粤海风

粤海风文丛

观故与观今

文化的现象批评
现象的文化批评

徐南铁 主编

暨南大學出版社
JINAN UNIVERSITY PRESS
中国·广州

图书在版编目（CIP）数据

观故与观今/徐南铁主编．—广州：暨南大学出版社，2017.5
（粤海风文丛）
ISBN 978-7-5668-1906-2

Ⅰ．①观… Ⅱ．①徐… Ⅲ．①文艺评论—中国—当代—文集 Ⅳ．①I206.7-53

中国版本图书馆 CIP 数据核字（2016）第 183157 号

观故与观今
GUANGU YU GUANJIN
主编：徐南铁

出 版 人：徐义雄
策划编辑：李　战
责任编辑：焦　婕
责任校对：黄志波　王嘉涵
责任印制：汤慧君　周一丹

出版发行：暨南大学出版社（510630）
电　　话：总编室（8620）85221601
营销部（8620）85225284　85228291　85228292（邮购）
传　　真：（8620）85221583（办公室）　85223774（营销部）
网　　址：http：//www.jnupress.com　http：//press.jnu.edu.cn
排　　版：广州市天河星辰文化发展部照排中心
印　　刷：佛山市浩文彩色印刷有限公司
开　　本：787mm×1092mm　1/16
印　　张：22.625
字　　数：469 千
版　　次：2017 年 5 月第 1 版
印　　次：2017 年 5 月第 1 次
定　　价：60.00 元

序一：不必藏诸名山，还是置之案头

□ 邵燕祥

《粤海风》改版百期选文，放在一起重读，语境大体依然，立意仍觉警策，可以说不失其现实意义，常读常新。不必藏诸名山，还是置之案头吧。

我不久前为一部杂文大系自选一集，对1986年夏写的《说“三不”》一文的去留，却颇犹疑了一阵。

那篇二十九年前的旧文，围绕领导人重申“不抓辫子，不戴帽子，不打棍子”的承诺，说了一些个人的想法。

这个“三不”，我最初想，该是针对余悸犹存的人们，用以安抚民心的。所谓抓辫子、戴帽子、打棍子，至少是从“文革”前的二十世纪五六十年代就有的问题，故在1961年政策调整时就提出过“三不”来消除影响。但随后阶级斗争的弦越绷越紧，一个个大小运动都要“大批判开路”，口诛笔伐，故态复萌。到了十年动乱，变本加厉，不可收拾。以致经过平反冤假错案、真理标准讨论等一系列务实和务虚的努力，许多人刚刚从“口欲言而嗫嚅”的状态中试步走出来，但仍然感到“辫子”“帽子”“棍子”如习惯势力的阴影在周边浮动。当年的领导有鉴于此，乃重提“三不”的口号，也许更多的是在向某些部门的掌权者发出信号，让他们收手吧。

我在《说“三不”》中，指出在社会政治生活中“抓辫子”“戴帽子”“打棍子”的现象，对照宪法和党章，有辱国格和党格，并说“一个死抱住这一套不放的人，如果是共产党员，那也是不合格的”。因此，我说，对有关部门和干部仅提出“三不”，是“取法乎下”，相当于在公共汽车服务公约中订上“（对乘客）不夹不摔”一样，实在是大大地降格以求，会惹人耻笑。因此，我在文中建议，似可不必再提“三不”这个低标准的“丢人”口号了。

为了论证以“三不”来制止“辫子”“帽子”“棍子”的横行之可笑与可悲，我引了一幅给干部颁发“无亏损奖”“不贪赃奖”“不损公奖”的漫画为例说，如果满足于以“三不”为民主生活的佳境和极致，那就仿佛要对党员干部设立“不抓辫子奖”“不戴帽子奖”“不打棍子奖”；而“能不挨整，于愿足矣”则将被誉为模范公民的模范心理了！

这一番意思不是很好吗？为什么在选与不选上费了踌躇呢？是由于“辫子”“帽子”“棍子”已经销声匿迹，上述议论就如鲁迅说的那样，该与“时弊”一起速朽了吗？环顾周围，还不能这样说。

我是觉得三十年前那篇旧文，在今天看来，已经深感立论太高，过于超前，近乎空话了。

别的不说，当时被视为好玩的“无亏损奖”“不贪赃奖”“不损公奖”之说，今天看来，不像讽刺与幽默，反倒像是正式的建议了。

更重要的在于，当时就“三不”说了些多余的话，不但无助于实际生活中消除“抓辫子”“戴帽子”“打棍子”的现象，反倒参与推动了取消“三不”的提法，遂使原来可以公开声讨的弊端，变成免予追责的隐形常态了。我为自己的幼稚多嘴，颇有些悔之不及。

如是云云，我把那篇《说“三不”》最终留在自选集里，只是为了“存以备考”。

那么，是不是还应建议，重新把“三不”的老口号，作为旗帜高高扬起呢？

我想，中国传统文化讲，“事不过三”，这个“三不”也许在我建议不提它的20世纪80年代，由于出自享有公信的领导人之口，或对某些顽固不化的干部还有些警示作用，在今天不管谁说，恐怕都只能归于空话套话一类，如春风过各式各样的马耳了。

《粤海风》改版之始，已近20世纪末，那时早已不提“三不”了，而舆论环境则“如鱼饮水，冷暖自知”：编者知之，作者知之，多数读者或亦知之。作为一个文化批评的平台，这份双月刊最大限度地吸引了尽可能多的作者和他们的批评性言论，也最大限度地包容了质疑、商榷、辩难、驳论等不同意见。大家常说“真理越辩越明”，即使不提到真理的高度，光说欲求真理所必不可缺的前提条件之真相，也是需要多方互相补充印证，才能充分显示的。要达到这一境地，一份杂志首先是编者（当然作者也不应缺席），除了要具有“雅量”外，还须真正具有求真务实的文明精神。

求真务实谈何容易，它是要在排除“假大空”“瞒”和“骗”的艰难博弈中前进的，“真善美”是在克服“假恶丑”中得以立足的。这才成其为文明精神：文明是一种态度，是一种教养，更是一种精神。

人类是在不断扬弃野蛮的过程中逐步进入文明的。野蛮的特征是崇尚暴力。在原始人里，暴力是本能。随着人类的进化，暴力赋有了多种物质形态，其中包括语言暴力，进而从语言暴力发展出文字暴力。中国历史上十分突出的“偶语弃市”和“文字狱”属之，在中国以言治罪、以文治罪，总之以思想治罪，至少怕已有三千年的历史。直到共产党取得全国政权以前，“左联”中某些“倚势欺人”以鸣鞭为能事者，还曾以“实际解决”恫吓被他们视为敌对的、正在受到蒋介石追剿的鲁迅。从1955年开始的反胡风等运动中，文字暴力总是与政治暴力相辅并行，对被施暴者“实际解决”，这是人们比较熟悉的近事了。

这里我突出地说到文明，并且与野蛮对举。因为就文而言文，我们要看到文字暴力的实质：它是反文化的，更是反文明的；它是野蛮的遗留，更为野蛮开疆拓土。

而操文字暴力以行者，已不是旧日形态的野蛮人，他们可以文质彬彬，他们可以口若悬河，他们可以倚马千言，然而不掩其野蛮本色者，一句话，叫作：不讲理。

本来，在中国传统文化熏陶的观念中，“有理走遍天下，无理寸步难行”，然而在某种特定情势下，却是“有理寸步难行（甚至动辄得咎），无理横行天下”。比如“理论”一词，究其语源，原是动词，如“理论一番”，就是互相据理而论，离开讲道理，理论也者，就是胡搅蛮缠。但恰恰是多年以来，一家之言乃至所谓金口玉言占据了所谓理论的制高点，派生出各式各样不像样而自称“理论”的无知谬说，违情悖理的无理搅三分，这就使有些人的所谓“理论”大大跌价，成为无理之论，其丧失信任也必矣。

与此相连带的是，对人“抓辫子”“戴帽子”“打棍子”的语言暴力、文字暴力实施者，早已不是文盲、半文盲，而多是具有相当学历甚至高学历及各类职称、学衔者。如果说，当年暴力施行者自诩“俺是大老粗”，或仍可予以某种程度的理解和谅解，而这类不复“大老粗”的“识字分子”施暴者，却不可再作等闲看。本来，在传统文化中，尊重有一定文化程度的人，是因为他们不仅识文断字，而且“知书达理（礼）”，“理”所在，通过读书以达之。如果一个识字且不止于识得“之无”的人，不顾常情常理常识一味不讲理而不知脸红，你管他叫“知识分子”？读书人？文化人？都不像。叫他什么好呢?!

在当局重提“三不”直到不提“三不”以后，那些继续以各种方式要弄“欲加之罪”的“辫子”“帽子”“棍子”的，就是这样一些人。

在可以预见的时限内，似乎不可能根除这类人所安身立命的基点。

正是因此，我格外珍视《粤海风》新编百期所经历的十八年，是在特定的语境下跋涉过来的。当代人仍可从这一选集所收的文字中找到一代人思想、智慧、理性的果实，将来的读者或仍可从这些果实中发现一代人凝结的心血。

是为序。

2015年6月1日

序二：文化批评的风骨与风格

□丁　帆

在我从事文化与文学批评近四十年的道路上，我始终坚信的是马克思文化批评的怀疑与批判精神，如果没有这种批判的意识，马克思的思想也就不可能成为主义而发扬光大。但是马克思主义的精华，如今在我们的批评界却很难寻觅了，这是一个时代批评的悲哀，也是几代批评家的悲哀。谁来打捞这样的批评精神呢？担任《粤海风》十八年主编的徐南铁就在执着地做着这样的工作。

自20世纪90年代以降，国内人文社科杂志因受制于种种规约，纷纷抹去了观念的棱角和思想的锋芒，各个主编都自觉或不自觉地完成了“华丽的转身”——或成为“传声筒”，或成为“批发商”，唯独失去的是办刊杂志的灵魂：风骨与风格。这不能不说是几十年来各种各样的政治运动所造成的恶果，人们已经习惯了规训与顺从，主编大人只要铲除自己思想深处的异想，不以“独立之思想，自由之意志”为办刊的基本原则，杂志就能活下去，乌纱也就不会掉。

其实，凡是办刊者都知晓这个普通的常识：人文杂志如果没有怀疑与批判的精神做导向，没有犀利和独到新颖的观点做基础，那么，这份杂志一定是失败的。当20世纪90年代人们都在高声呼吁“人文精神”的时候，我们恰恰丢失了人文学科的灵魂，那是一个“丧魂落魄”的时代，只有少数的人和少数的杂志在始终坚定不移地苦苦寻觅着那条人文学科的“黄金通道”——在没有批判的年代里寻找批判的武器，在没有武器的岁月中寻找武器的批判，“破”是手段，“立”才是根本，重建一个有序的启蒙话语体系，成为这一代学人的人文之梦。倘若有一份杂志能够成为发表独特见解的平台，那将是一种什么样的情形呢？大自然的造化就是如此，当《粤海风》以其绰约的风姿款款走近我们时，谁都不敢相信她能够走得这么远。

无疑，一份杂志的好坏优劣往往取决于其主编的办刊思想与办刊方针，但是，我认为更重要的是取决于主编的人文知识积累而形成的正确价值观。只有具备这样素养的人，才有可能把一份刊物办得风生水起，让思想的磁力吸引着一大批优秀的人文学者团结在其周围，并为追求真理和正义而呐喊。我以为《粤海风》之所以十八年来能够在人文学科界有其稳固的地位与声望，当然是与办刊者的学识与胆识分不开的。

就我本人而言，当初给《粤海风》投稿完全是看中这份杂志批判的锋芒，与主编的交流只是投稿时简短的书信往来，甚至直到今天我还没有见到过主编徐南铁一面，但是我们的心走得很近，甚至比那些经常见面的同仁学者们都近，我想，那一定是他的学识和胆识感动着我，也一定是我们有着共同的价值理念。

从105期刊物的1 000余篇文章中遴选出四本书结集出版（此前于2014年已经结集出版了《迎面有声》等三本）的目的是十分清楚的，南铁兄是要为世纪之交的中国千年文化转型期里的一种思潮留下历史的底片，让将来的文化史书写者知道在这个历史时段里还有这么一群文化人在孜孜不倦地追求着他们的文化信仰，坚守着自己的人文底线，虽然我不敢说这就是“中国的脊梁”，但是从一个个闪过的作者面影和一篇篇犀利文章的长镜头中，我以为他（它）们的“风骨”和“风格”是一致的。所谓“风骨”，乃批评之真义也，几十年来，我们把批评与评论混为一谈，中国有“评论家协会”，而无“批评家协会”，就充分体现了把批评泛吹捧化的普遍心理，我并不是说批评就不能进行褒扬式的评论，而将批评与吹捧的评论画等号，就完全歪曲了批评的另一个更重要的内涵，不知从何时起，批评失去了自身的批判锋芒，当文化与文学批评一俟抽掉了批评的内涵，变成了一味的吹捧式的“评论”，成为时代的吹鼓手，成为某种文化意识形态的奴仆，就意味着这个时代的批评死了，文化也就死了！这其实就是一个简单的常识，但是要让人们理解这一文化与文学批评的真义却是一件十分艰难的事情。所谓“风格”，我在这里不是专指文章在审美层次的那种格调，而是把布封的“风格即人”延展到这几本书中的所有文章的一致指向上——把人性的诉求和文化的进步作为批评的本义，批判一切阻碍人类文化进步的不合理现象，为建构一个理想的文化体系与制度而努力。我想，主编这套丛书的南铁兄的初衷应是如此吧。

不要以为文坛上的“评论”十分热闹，其实那数量巨大的评论文章背后只有一种理念支撑却是十分危险的，殊不知，它产生的恰恰是一个时代的文化失去活力的表征，人们看不见的是那种模式化“评论”背后巨大的空洞，一个没有多元批评的文坛是一个行将没落的文化界面，所以，重拾马克思主义的批判精神才是文化与文学批评的首要任务，要知道，一个社会的进步，应该依靠不断洗涤其身上的文化污垢，不断疗治其自身的文化疾病，才能获得不断再生的新细胞，健康地成长，如果连这个常识都不懂，我们的批评家们还能做什么呢?!

南铁兄试图用自己毕生的精力去完成看似并不伟大的工程，虽然并不浩浩荡荡，虽然默默无闻，虽然筚路蓝缕，但是它所折射出来的人文意义却是永恒的。也许在许多年以后，当我们重读这部书系的时候，它会给后人留下一丝惊喜，若是如此，我们也就含笑九泉了！这不是悲壮，而是欣慰。

是为序。

2015 年 4 月 28 日于仙林大学城依云溪谷

序三：思想的发散性无法遮住

□ 蒋述卓

认识徐南铁已经很多年了，知道他做人做事朴实踏实，不事张扬，不扬才露己，也不轻易褒贬他人，只默默地做他的事、写他的文。正如他接手编《粤海风》杂志，默默地一编就105期了，而且每期的卷首语都由他来撰写。如今他从经他手所编的文章中精炼出若干，编为四大册，奉献给读者，也以此表示他对从事编辑工作的欣然谢幕，当然更表示他对自己编辑理念与文化职责的肯定。

南铁编杂志是有他的理念与原则的，也是有他的文化担当与价值追求的。作为一份文化杂志的主编，他立足广东，放眼历史与未来，针对时下的文化问题，在繁烦的约稿、选稿、编稿工作中默默地实现着他的理念与追求。

在广东，从改革开放初期以来，就曾有办思想文化类报刊与杂志的尝试，有的留下来了，成了品牌，如《随笔》《开放时代》；有的虽留下来了，但也作了办刊方向的调整，如《南风窗》；有的则夭折了，如《沿海大文化报》。南铁曾是《开放时代》的副主编，也是《沿海大文化报》的创办人之一。《粤海风》则是在20世纪90年代才在南铁手上竖起文化批评的旗帜。它的出现开始并不特别引人关注，但年复一年，它所编发的文章在思想文化界的影响却日益增加，正如一笔沾了水的墨落在宣纸上逐渐晕染开去，结出了五彩的花，被读者所喜爱、所珍藏。

《粤海风》所编发的文章，不像学术文章那样端着架子说话，有那么多烦琐的注释或参考文献，也不像某些报纸那样搞“标题党”，故意制造些惊世骇俗的话题。它更注重思考的深刻性、思想的发散性和较高的文化品位。当然，它也没放弃学术性，提倡与推崇的也是有“学术的思想”，亦即思想的启发要建立在一定的学术根基之上，讲究忆人议事尽量做到出之有根据、立论有法度，讨论问题时也尽量平心静气，去除火气。所以，不少文章观点是较为内敛的、含蓄的，但思想的发散性确是遮不住的，这就形成了这些文章的内部张力。或许这正是形成《粤海风》杂志的个性与风格所在。正如这沿海地区的风一样，刮台风的时间毕竟是少数，大多数时间是轻拂人面的冷风或者暖风。但沿海的风会带来新意，带来创意，带来变化，确是我们不得不承认的事实。

是为序。

2015 年 5 月 1 日于羊城暨南园

序四：沙尘吞没不了痕迹

□ 李新宇

这是一套很好的书，值得一读。它是徐南铁从他所主编的100多期《粤海风》中选出来的。

我常常想，那些比较好的报刊，比如《南方周末》，应该定期或不定期地分门别类按专题编辑文集。我的想法当然是读书人的一种私心，因为成堆的报刊实在没有足够的空间保存，分专题做成文集，不仅方便保存，而且翻阅起来也方便。现在，徐南铁这样做了，我当然要表示我的支持，为这套书的出版表示我的祝贺！

《粤海风》是份难得的好刊物，从1997年至今，18年，100多期，很受知识界的欢迎。当然，文化批评刊物，涉及精神立场和价值取向，在这个价值分裂而且颇为混乱的年代，自然是“众口难调”，无论哪一家有个性的刊物，想获得“一致好评”都不大可能。不过，这种情况倒正好成为对刊物的一种检验，什么人喜欢什么刊物，什么刊物为什么样的群体服务，可以一目了然。据我所知，知识界除个别人之外，对《粤海风》的追求、选择和自我定位，都是颇为赞赏的。我所尊敬的董健先生曾经说过这样一段话：“近十多年来，思想文化界的麻木与混乱，虚假与平庸，标征着中国知识分子精神状态的严重恶化，这使我辈仍固守着知识分子价值立场的人感到十分苦闷和寂寞。只有少数刊物给我们以温慰与鼓励，《粤海风》就是其中之一。”（《粤海风》2014年第1期）必然有人不喜欢这样的言论，正如有人不喜欢《粤海风》和《炎黄春秋》《南方周末》等报刊一样，因为如果认定这十多年的思想文化是一片繁荣，形势大好，或者认定它糟透了，远不如“就是好呵就是好”的那个年代；如果认定知识分子已经死了或早就应该死去，或者认定知识分子仍然应该被改造，所谓知识分子的价值立场是应该被彻底打掉的；那么，这“苦闷和寂寞”就是活该，而给知识分子带来“温慰和鼓励”的刊物，自然不是好东西。然而，一个不可否认的时代事实是：董健先生的感受并非个别人的感受，而是许许多多知识分子和文化人的共同感受。当我看到他的这段话时，第一感觉就是：老先生说得太好了！

一份有理想、有追求、有个性的文化批评刊物，能够生存下来，实在不容易。坚持走自己的路子，坚守自己的品格，而且深得读者喜爱，它靠什么？只能是靠刊物的质地，靠它的实际内容，更具体地说，靠它对理想的坚守，靠它所显示的担当，靠它的品格，靠它给读者带来的知识扩展和思想启迪。文章言之有物，使人读之受益，说说容易，做起来并不容易。直面现实问题，揭示历史真相，说说也不容易，做起来就更不容易。然而，《粤海风》坚持了下来，刊物一直保持着清新活泼和可贵的锐气，在一片沉沉暮气之中像一片绿洲，显示着思想文化的生机。

《粤海风》的自我定位是明智的，也是成功的。它没有向当下流行的权威刊物或核心刊物看齐，没有让自身加入死气沉沉的学术期刊队伍，也没有让自己走上取悦大众的道路，没有成为娱乐性的文化快餐。它是名副其实的文化批评期刊，面对知识界，关心的是思想文化问题。与此同时，值得称道的还有它的开放性和前沿性。开放性表现在它的目光和视野，也表现在它的作者队伍来自五湖四海，而且表现在它不拘一格的文体和形式。这里有无可挑剔的学术论文，也有长长短短多种多样的学术随笔，立足于广东这个时代变革的前沿，同时面对全国，容纳知识界的不同声音。刊物显示着一种难得的锐气，有可贵的开拓和创新精神，既能及时反映出时代的矛盾和困惑，也能帮助读者看到一些长期以来被遮蔽和改写的史实，明白一些被涂抹得面目全非的事件背后的真相。未来的学者梳理某些问题的研究时，大概不会忘记许多问题是《粤海风》最先提出的。

众所周知，刊物的面貌往往取决于主编，有什么样的主编，就有什么样的刊物，这话也许并不完全准确，因为主编有时也会无可奈何，无力把刊物办成自己想象的样子，但是，一个没有理想和追求的主编办出的刊物是什么样子，人们却并不陌生。回顾过去的几十年，许多曾经很有影响的刊物，就因为主编退休或更换，便不再受人关注，这也是众所周知的事。《粤海风》得到读者的喜爱，得到知识界的好评，显然与它的主编徐南铁有关。徐南铁这个江西汉子，出任《粤海风》主编时刚刚40岁多一点，正是做事的年纪，而且有才有志有追求，有胆有识有担当，怀揣许多梦想，所以，他不会像一些主编那样为办刊物而办刊物，为做主编而做主编，更不会把精力用于创收赚钱，而是真想为文化建设做点事。正因为这样，他这个主编做得特别用心，因为他知道珍惜自己拥有的一切，比如，他知道珍惜现实给予的言论空间，知道尽量用足它。我们的空间本来就有限，而我们的许多主编们，却常常并不珍惜，满脑子都是那个职位，以及职位所附带的那些利益，而没有理想和追求，没有历史的责任感，这样一来，自然不会有担当的勇气。因此，秋风未起，就担心树叶掉下来砸了脑袋，缩手缩脚，这也不敢碰，那也不敢动，所以，什么开拓，什么创新，什么建设，就都谈不到了。更为严重的是，言论空间的边界在哪里，常常没有明确划定，为安全计，自然是主动远离边界，但这种做法的结果，却是把本来有限的空间弄得更窄。

徐南铁的可贵之处，就在于他是想做事的，所以不会做那样的主编。他是什么样的主编？《羊城晚报》的方唐先生说过："曾闻人说：办杂志可用秀才，办大报必须是将军之才；南铁先生是将军之才办杂志。"真是知人之论，南铁本应是将军。做杂志的主编，亦然可见将军风：知大局，识大势，胆大心细，敢于攻守。因此，他能把有限的主观能动性投入历史的大局和大势之中，使它得到充分发挥。18 年的事实告诉我们，他为自己赢得了更多的空间，为知识界赢得了更多的空间，却并没有因为冲动和莽撞而使刊物与自己一起葬送。

办刊物不容易。18 年，100 多期，风风雨雨，坎坎坷坷，甘苦可想而知。行进的艰难，成功的喜悦，感受最深切的还是主编。所以，一份好的刊物，一份体现了主编意志的刊物，对于它的主编来说，就像是他的孩子。何况，一个人能有多少个 18 年？青春所在，心血所系，回望之际，岂能无情？我想，这也是徐南铁编这套书的心理动因。

所以，最后我要说：敢于直言现实弊端，敢于披露历史真相，有这两点，100 多期《粤海风》已可永存。于沙漠中开出一片绿洲，艰难维持 18 个年头，即使最终被沙尘吞没，也在历史上留下了痕迹，南铁兄应该无憾！

我相信，尽管中国的思想和文化（尤其是学术）正进入一个大跃进的年代，就像 1958 年的钢铁与粮食，丰收的锣鼓过后，可能留不下多少东西，但是，这套书和《粤海风》一样，不会像那些泡沫一样无声消失，更不会像某些跃进成果一样成为历史的笑柄。

2015 年 5 月于天津社会山花园

目　录

艰难的反思

价值的寻求

尘封的历史

那一段尘封的历史……

□何家栋

我和勉思新中国成立之初就在一起工作，友谊始于半个世纪之前，应该说算是相知甚深的老朋友了，有时候长时间不见，也会想念她：她生活怎样？还能骑车四处奔走吗？每逢文艺界有点风吹草动，也会替老康和她担心：这次会不会受到牵连？但是也很奇怪，虽说是天天见面，工作上接触频繁，对于她的人生经历和思想状况，她所谈甚少，我所知的也就更少了。只听说她是在抗战胜利后就到解放区去了，路过“卡子”时还曾被扣留过。在我们那个时代，凡是有过秘密工作经历的人，都有一个共同特点：彼此间从不谈私事，更不会因为好奇而去探询对方的来龙去脉。这特点一是秘密工作养成的习惯，二是出于年轻知识分子的矜持，觉得一涉及人间烟火的家常琐事，就未能免俗。因此，我是通过多年的直观印象和日常表现来了解她的为人处事的。

我们报社的前身是《华北新大众报》，那是一份“识字分子”办给农民看的四开小报，以大众化、通俗化作标榜，无非搞一些大鼓词、快板书之类的东西。其实那个大众化也是小众化，还得让“识字分子”去念给文盲听，不像现在的大众流行文化，连农村老奶奶也会唱“外面的世界很精彩”。平津战役开始，我被抽调去天津“接管”。北平和平解放后，《新大众报》进城接管了杜聿明的《新生报》，改为全国总工会直属的机关报《工人日报》。因为机构庞大、经费不足，之后便出现了生存危机，无法维持一份日报的出版，所以又将我调回报社印刷厂当厂长，来搞“创收”，以解燃眉之急。用今天的一个大点的字眼形容，也算是“临危受命”吧。但我不知勉思是何时调到报社的，当我不分昼夜到处借纸借钱的时候，她已经骑着一辆崭新的自行车起早贪黑地跑新闻了。我们两家的关系也较近，因为我妻子与她是同行，也是记者，空暇之余，两家人偶尔还聚聚餐。这在当时是有些犯忌的，因为一不小心，就可能被扣上“小集团”的帽子，给人招惹不必要的麻烦。

生活虽然困苦，但也是快乐的。一个新的时代开始了，人们对它寄托了太多的希望，工作起来就像拼命。每天早晨上班之前还要进行两个小时的政治学习，一天下来，总要把人搞得筋疲力尽。经理张诚来自新华书店，对于经营管理并不是外行，在他的支持下，我们迅速将报厂改造成书厂，一边承印外活，一边自己编印各种学习材料，以书养报，正式打出了工人出版社的牌子，并推举赵树理担任社长。报社还封我为出版科科长，其实是个光杆司令，没有一个兵，我只好玩“空手道”，整个出版社，从编稿、校对到装帧设计，都是自拉自唱。我们编印识字课本、政治教材，也印领袖像、工会会员证，面向市场，见缝插针。由于财源茂盛，一年后，报社经济情况好转，购置了新机器、新厂房，陆续建立了制版车间、装订车间，还买了彩印机。然而，想不到的是，报社摆脱困境之日，也正是我大难临头之时。“三反”运动甫一开始，我就中箭落马了。查不出经济问题，就查政治问题；没有现行问题，就查历史问题。最后以“历史不清、来路不明”为由，将我清除出党，行政职务一抹到底，也不分配工作，放在校对科打杂，形同无业游民。沦落至此，那些当权者竟无一人替我说句公道话，使我真正感到精神上孤立无援的痛苦，想不通自己为什么那样惹人讨厌。

我当时并不了解，进城之初，康生就给毛主席打过一个报告，提出对待白区工作人员“降级安排，控制使用，就地消化，逐步淘汰”的“十六字方针”，毛已批示施行。我的问题大概就是按这种精神处理的。在留用人员中，有的党员是在北平和平解放前夕入党的，也被当作“投机分子”取消了党籍。这个“十六字方针”起初可能只针对留用人员，以后就渐次波及白区地下工作人员和城市知识分子，变成普遍性的指导原则。从华北大学等单位分配来的二三十名知识分子多数被打成右派、反革命，仅存的一个，“文革”中也被打成“特嫌”，全部被如此这般地给“淘汰”了。

由此看来，在中国该如何处事，最重要的还不是人和物的关系，而是人和人的关系，具体到工人日报社，就是进城人员和留用人员（加上新招收的青年学生）的关系，有人戏谑是“土八路”与“洋八路”的关系。当年随军进城的人，尤其是那些“识字”的乡下人，都有某种优越感，常常表现出他们不仅是解放者，也是征服者。他们对城里人处处看不惯，他们口称你“先生”“小姐”，不是出于尊敬，而是出于鄙视；看见女士们热天穿着短袖长衫、没有长裤的“洋装”，就挖苦她们是“捞鱼的胳膊过河的腿”。然而，城里人也看不起那些从农村来的土包子，嘲笑他们不会使用抽水马桶，像在农村蹲茅坑一样蹲在马桶上；嘲笑他们把夜里睡觉关灯叫“吹灯”，虽然表面上客客气气、恭恭敬敬，背地里还称他们是“山药蛋”“土八路”。

那些“识字者”是在游击战争环境中受的中小学教育，对人类文明成果接触甚少，对世界文化思潮所知无多，他们是扛着枪雄赳赳地进入北京城的，有一种天生的自豪感。按理说，落后的农村战胜了先进的城市，有如历史上的“蛮族入侵”那样，终将也会被世界文明所同化，尽管它节节抵抗、处处排斥，也终归会对毛泽东当年所说的“糖衣炮弹”甘之如饴。但是这些人缺乏历史的预感性，他们自认为掌握着绝对真理，视城里人为改造对象，要用改造农村、颠覆社会的方式来改造和颠覆城市的一切。与他们相反，勉思却总是把这些城里的新同志当作自己人，发现他们有什么困难和烦恼，就设法帮助解决。有一段时间，支部还要调她去做党务工作，这位置与她与人为善的态度显然不相适宜，因为贯彻“十六字方针”，就要打得准、打得狠，谁要是讲究仁至义尽和通情达理，谁就会变得与东郭先生一样倒霉。勉思从未整过人，也不会整人，不得不挂冠而去。

“三反”“五反”运动结束后，上海、武汉、重庆、沈阳等地的工人出版社都统一到北京来了，全国总工会也将整个文教部下放，工人出版社与《工人日报》分离，正式建立了自己的组织机构，但依旧不给我分配工作。我觉得与其退避三舍不如主动进取，看到报上登载的战斗英雄吴运铎的长篇事迹，很受感动，就跑去找他，要帮他整理革命回忆录，于是就有了那本轰动一时的《把一切献给党》。当时的文艺作品主要是反映穷人如何翻身、婚姻如何自由的，人们还很少看到胜利是怎样获得的、共产党员是怎样战斗的一类题材，吴运铎的奋斗历程，正好填补了这个缺口，因此书一出来，不胫而走，几个月内，就印了几百万册，吴运铎也成为青年人崇拜的偶像。此时，当年送我参加八路军的黄明鉴老师正好从上海找我来了，历史上的疑点也得到澄清。出版社这才设立一个文艺编辑室，叫我负责。之后又调勉思来“协助”工作，领导上的意图是安排她当“政治副主任”，同志们就戏称她为“政委”。因为我不是党员，就由她来代表“党的领导”。

勉思的到来，成为我生活中新的起点。我虽然是一个文学爱好者，但从来没想过要从事什么文学事业。工人出版社定位为工会专业出版社，这种出版体制是从苏联搬来的。但是我们知道，如果一个出版社在文化上没有地位，就没有存在的必要。因此我们就想加强综合性，并且保持有别于其他出版社的特色，陆续制定了一批传记文学和革命回忆录的选题。我们和作家建立了广泛的联系，有的由我们出题目，请他们写书，不少作品得到好评，如李伯钊的《女共产党员》、黄钢的《革命母亲夏娘娘》、吴南生的《松柏长青》、欧阳山的《红花冈畔》、魏巍的《红色风暴》、周立波的《铁门里》。刘白羽写无脚拖拉机手《熊熊的火焰》，素材是我们提供的，到焦作访问也是我们安排的。《方志敏战斗的一生》是我们从档案馆找到方志敏的“自述”，参照修改才成书的。雷加在延安访问过老一代工运领袖朱宝庭，留下一份访问记录，也是我们在档案中发现，又到上海等地调查访问、收集资料后，协助作者完成的。我们的工作还得到冯雪峰、叶圣陶的指导，叶圣陶为《女共产党员》的文字做过润色，冯雪峰对《把一切献给党》的文字作过修改，还特地约请作家杜鹏程为此书写了评介文章。我们编辑“文化欣赏丛书”时，他牵头写了《中国古典文学欣赏》，吴晓邦写了《舞蹈艺术欣赏》，马可写了《中国民歌欣赏》。此外还出版过两套小丛书，一为《科普小丛书》，一为《语文小丛书》，在京的专家学者如王力、曹伯韩都是积极支持者。徐特立、谢觉哉、叶剑英、李维汉都为我们审阅过书稿，胡耀邦还向共青团推荐阅读陶承的回忆录《我的一家》。

其间，我一生中最重要的事件，也许是“1955年审干”。这次“审干”没有搞成轰轰烈烈的政治运动，而是不动声色地组织专人做调查取证。负责我的专案审查的就是王勉思。她费尽周折在大别山一带找到了童年时代和我一起求学、参军的伙伴，为我写出证明。能找到这些人也颇具戏剧性，勉思是通过全国总工会副主席陈少敏才打听到他们的下落的，线索近在咫尺，不过举手之劳，但原先办案的人，宁肯视而不见，也要一错到底。勉思还找到了我几次被捕时的审案人，查看了当年的审讯档案，甚至还找到了1943年在冀东根据地整风中把我们十几个青年打成特务的当事人，弄清了许多令人迷惑不解的问题。所以，当我在审查结论上签字的时候，勉思用有些调侃的口气说：“这一查，倒查出个英雄来了。”我说：“总算还我一个清白，帮我放下了思想包袱。”我对勉思的感激之情是不言而喻的，她在我心里是一个有恩的人。

在这以前，支部组织委员通知我：当年停止你的党籍不合组织原则，你可提出申诉，要求恢复党籍。我说：如果错了，应由组织来纠正。如果仅仅是程序问题，我可以谅解，没有必要申诉。问题一直僵持着，此时勉思也劝我说：应该重新入党，因为这是惯例，过去有的同志（她没有说就是康濯）受到错误处理，后来纠正了，重新入党，党龄还是连续计算的。我想，这就是说过去处理是正确的，现在纠正也是正确的，这不是自相矛盾吗？我把自己的真实想法告诉勉思：“我所以要求恢复党籍，只是表明对过去的追求并不后悔；如果重新入党，我就要考虑是否值得牺牲个人自由。”勉思大吃一惊：“原来你这么想呀！太成问题了。”我把她当作唯一能说心里话的朋友，而她也总给我善意的批评。我姐姐、姐夫和孩子在抗日战争中失踪，母亲每次提起，都要流泪。为安慰老人，我编造一个善良的谎言说：“别担心！姐姐一家跑到台湾去了，台湾解放，就会回来的！”我想，只要不让母亲伤心，死后下地狱拔舌根都是值得的。母亲不知深浅，以后逢人便说女儿跑到台湾去了，于是，警惕性高的邻居就向组织报告，说我有海外关系。勉思知道了，又批评我说：“你姐一家都被日本飞机炸死了，干嘛没有问题还要制造问题。”我无言以对。也只有她一个人当面对我提出这样的忠告，而不是留待“秋后算账”。我很欣赏她的文雅风度，但我学不来，常常信口开河，说话走火，她也只是苦笑而已。

常言说得好，性格即命运。这种性格注定了我还要跌跤，还要走更加崎岖的路。1957年“反右”运动我又中了“阳谋”。因为出版了刘宾雁的《本报内部消息》，受到株连，被打成右派。听说勉思在支部会上替我辩护过几句，也被批评为右倾，一位主管文艺的总编辑还责备她“把关”不严，没有尽到“政治副主任”的责任。这倒怪了，这份书稿勉思并未看过，恰恰是这位总编辑审阅定稿的。但他说他只承担“工作责任”，而我们却必须承担“政治责任”。我想犯错误的人还是少一点好，就把责任包揽下来了。定案会上，一个个右派上台表态，痛哭流涕，表示悔改。我头脑麻木，手脚冰凉，一直冷到骨子里，像是噩梦缠身，惊恐万状；又像一具活尸，一动不动地呆坐着。几次催我发言，都毫无反应。最后才说了一句："无话可说。"结果引起公愤，在众人看来，这简直就是茅坑里的石头，又臭又硬。整座大楼顿时沸腾起来，一片"打倒""严惩"的怒吼，楼道里、楼梯上，糊满了声讨的大字报。运动中我没有说话的自由，现在连不说话的自由都没有了，一个身处政治旋涡中的人，想保持沉默的权利都是没有的。不过，我毕竟活下来了，确切地说，我根本就没有想过哈姆雷特那个"生存还是死亡"的问题，丧失了人的尊严，就等于丧失了人的价值，生命本身都失去意义了，那也无所谓选择了。

不幸的是，勉思和我都没有从现实中得到教训，反右斗争余烟未散，还在"打扫战场"，她又跑去约请李建彤写西北革命领袖刘志丹的传记故事。她不仅自己积极搜集素材，还说服李建彤让我这个新"戴帽"的右派做这本书的责任编辑。陕甘革命根据地有着一段错综复杂的历史，虽然中央做过决议，已有定论，但想不到还是有人因为没当上"正确路线的代表"而耿耿于怀，准备翻案。我以为，按照《毛泽东选集》上《关于若干历史问题的决议》的精神写就行了，谁知书稿送给云南省委第一书记阎红彦征求意见，就出了大事，他向中央告了一状，他不说自己要翻案，却倒打一耙，诬蔑《刘志丹》是为高岗翻案。后来因缺乏证据，又改口说是"宣传高岗观点"，还无中生有地说选题是由习仲勋、刘景范策划的。由此引出毛泽东在中共八届十中全会上那段广为传诵的名言："利用小说反党是一大发明。凡是推翻一个政权，总要先制造舆论，做意识形态方面的工作。革命的阶级是这样，反革命的阶级也是这样。"于是，两年后，我刚摘掉右派帽子，又被扣上反党帽子，成了"双料分子"。十中全会确定以阶级斗争为纲，我们就上了那个纲。

"自古昏奸乱天下，岂有文章倾社稷？"阎红彦利用小说告状虽不是一大发明，但的确开了风气之先，此后文艺界告密成风，闹得乌烟瘴气，以致老人家多次批示，警告某些文艺部门已跌落到"裴多菲俱乐部的边缘"，在文学、戏剧、电影、哲学、史学、经济学各界接二连三地展开大批判，直到发动"文化大革命"。阎红彦自己在"文革"中也死得不明不白，冤冤相报，岂不可叹。我至今也不明白，为什么把文艺问题、历史问题变成政治问题，一部小说怎么就成了习仲勋篡党篡国的纲领？《刘志丹》写的不是高岗，也不是写高饶联盟，怎么就说是为高岗翻案？

这期间，勉思已随康濯调往河北保定（之后又调到湖南长沙），工人出版社也因精简机构被裁撤，人员另作安置。凡出身不好，有历史问题的，都调离北京。留下一块牌子，并入工人日报社。全国总工会在"精简机构"上可谓独具匠心，每次都顺利完成任务，官僚机构却毫发无损。当年精简任务下来将文教部并入出版社，此次又将出版社撤销，演了一场"分久必合，合久必分"的闹剧。大概是"反右"运动给了他们一个教训：出了好书，他们升不了官；出了问题，倒可能丢了乌纱帽，倒不如一了百了地不出书了。但是最不可思议的是，当年辛辛苦苦兴建起来的工厂和办公大楼竟成了包袱，说尽好话，才无偿地白送给人家。当年拼死拼活，到头来居然一文不值，都成了无效劳动。

《刘志丹》一案清查了几年，也没有作出结论。勉思在此案中应该是个关键人物，从定选题到组稿，搜集素材，都出过大力，还写了终南山溃败的初稿，但是，检举揭发时，没有任何人提过她的名字，她得以逃过一劫。据说，溺死鬼都要拖一个人下水做替身才得超生，但在我们这些难友中，任何人都没有嫁祸于人，即使当面对质，也没有互相指责。因此大难之后见面，谁也问心无愧。此后，我和勉思就很少见面了，她偶尔进京，总要到我家看望老人和孩子，但我们往往是默默相对，似乎一切尽在不言之中。临别，也总不忘留几斤粮票，给孩子一点零花钱。对于身处逆境（也是绝境）的人，仅仅因为还有一个人惦记着你和你的家人，就能使人不失去希望，更何况是在全民面临饥馑苦难的年代，节省下自己的口粮让幼小者多吃一口，那不仅仅是雪中送炭，而且是相濡以沫。我去建彤大姐家里也是如此，她也常给孩子带些副食品，有时是几块点心，有时是自己院子里栽的扁豆、丝瓜。我的孩子比她们多，她们的孩子得了浮肿病，我的孩子却没有浮肿的。此情此景，教人难忘。

“四人帮”垮台了，《工人日报》准备复刊，有几个朋友想起我，提议暂时将我借调回来参加筹备工作，但也有人说我已双目失明，丧失劳动能力。当时的全国总工会书记张维桢说了一句话：“那更应该回来，一个瞎子，在农村怎么生活？”于是，我的命运又一次发生转机。当时我被流放山东已 14 年，虽然身处穷乡僻壤，但也安之若素了。对北京，并没有什么好感，早已觉得无足留恋，再加上信息闭塞得很，还以为是叫我回去挨整呢。那时，建彤已排除多方阻挠，向中央申诉，要求为《刘志丹》案平反；勉思在湖南少年儿童出版社任社长，听到我回京的信息，立刻要我将以前出版的两本小书交由他们重印，康濯也忙着介绍我加入中国作家协会。我知道，他们无非是想多“制造”一点“舆论”空间，好为我落实政策增添一点动力，用心之良苦，真令人感怀。后来，我的问题终得全部平反。

现在，勉思把她谈往忆旧的文章结为一集，重启已经“尘封的历史”，准备出版，并嘱我作序。往事如烟，不堪回首，我还能说些什么呢？半个多世纪的风雨历程只能归结为一句话：她的文字正如她的为人：质朴无华，一片赤诚，处处流露着对历史的负责和对逝者的爱心。唯愿天下有情有义的人，都像她一样善待和自己相处的人。⧉ 2005 · 3

“五四”当事人的争议与反思

□张耀杰

90年前的1919年5月4日，北京爆发了青年学生自主爱国的五四运动。五四运动最为重要的政治成果，并不是从日本侵略者手里争回了山东青岛，而是一方面孕育了中国共产党，另一方面为中国国民党输送了大批青年才俊，从而在很大程度上扭转了中国社会的发展路径。相关的历史文献表明，关于五四运动的是与非，即使在当年就已经引起过究竟是以理爱国还是依法爱国的歧义与论争。

一、 陈独秀的直接行动

1919年5月5日，天津《大公报》转引中美通讯社的消息说：“昨晚北京大学学生亦开会于法科讲堂，到会者千余人，群情愤激，决议翌日联络京中各学校举行庄严之游街大会，以示争回青岛之决心。有谢君当场破指大书‘还我青岛’四字，演说均极沉痛，至十一时方散会。今日（四日）午后一时，全体学生二千余人齐集操场，各人手持一小旗，上书‘勿作五分钟爱国心’‘争回青岛方罢休’‘宁为玉碎勿为瓦全’‘愿全国共弃卖国贼’‘头可断青岛不可失’‘中国宣告死刑了’种种字样，又有种种绘画旗帜，上书‘卖国之四大金刚应处死刑’‘小饿鬼想吃天鹅肉’等字样，由各班长率领并举维持秩序之干事数人，并推段君等四人访谒各国公使，示我国争回山东之决心。由是全体出发，往天安门集合，高等师范、朝阳大学等十数校学生走前门大街，经珠市口北折进东交民巷，是时各警察区沿路均增加警士，以防意外云。”

这里的谢君，指的是北大法科学生谢绍敏。“卖国之四大金刚”指的是北洋政府中亲日派的曹汝霖、陆宗舆、章宗祥等人。“想吃天鹅肉”的“小饿鬼”指的是日本人。“段君等四人”应该是北大学生领袖段锡朋、罗家伦、江绍原、张廷济等人。

1919年5月11日，由《新青年》同人，也是后来的中国共产党创始人陈独秀、李大钊、高一涵等人负责编辑的《每周评论》，以“亿万”的署名刊登了《一周中北京的公民大活动》，其中也介绍说，参加五四运动的青年学生，人人手里拿着一面或两面白旗，旗上写着些“诛卖国贼曹汝霖陆宗舆章宗祥”“还我青岛”“不复青岛宁死”“头可断青岛不可失”“国民应当判决国贼的运命”之类的口号。

关于五四运动的历史现场，已经被蔡元培免去北大文科学长职务的《新青年》与《每周评论》主编陈独秀，在5月7日写给胡适的书信中介绍说：“四号下午，京中学生三四千人聚集天安门，到东交民巷各使馆；适礼拜日，英美公使都出去了；学生即到曹宅，曹逃避，章宗祥刚在曹宅，受了一顿饱打，幸亏有日本人竭力保护，送日华医院竭力医治，现在生死还不能定。”

关于五四运动爆发后的社会反响，陈独秀的判断是：“京中舆论，颇袒护学生。但是说起官话来，总觉得聚众打人放火（放火是不是学生做的，还没有证明），难免犯法。”

在谈到政府当局即将采取的行动时，陈独秀预言说：“大学解散的话，现在还没有这种事实；但是少数阔人，确已觉得社会上有一班不安分的人，时常和他们为难；而且渐渐从言论到了实行时代；彼等为自卫计，恐怕要想出一个相当的办法。惩办被捕的学生三十多人（大学为江绍原等二十二人），整顿大学，对付两个日报，一个周报，恐怕是意中的事。”

这里所说的“渐渐从言论到了实行时代”的“一班不安分的人”，指的并不是别人，而恰恰是陈独秀自己以及围绕在他周围的一部分北大师生，特别是后来成为中共创始人的李大钊、张申府、张国焘、高一涵、罗章龙、邓中夏、高君宇、刘仁静、袁振英、黄日葵这些人。

早在1919年1月19日，陈独秀就在《每周评论》第5号发表《除三害》一文，其中认为中国如果不除去军人、官僚、政客，政治上就没有清宁的日子。要想除去这三害，第一，“一般国民要有参预政治的觉悟，对于这三害，要有相当规模的示威运动”；第二，“社会中坚分子，应该挺身出头，组织有政见的、有良心的、依赖国民为后援的政党”。

5月4日当天，陈独秀在《每周评论》第20号发表随感录《两个和会都无用》，指出中国的南方政府与北方政府之间的上海和会，与巴黎的国际和会一样是分赃会议，“与世界永久和平，人类真正幸福，隔得不止十万八千里，非全世界的人民都站起来直接解决不可”。

5月26日，陈独秀在刊登于《每周评论》第23号的《山东问题与国民觉悟》一文中，更加明确地提出了“强力拥护公理，平民征服政府”的政治口号。到了6月11日，陈独秀干脆在安徽同乡胡适、高一涵、邓初等人的陪同下，到新世界等公共娱乐场所散发起标题为“北京市民宣言”的政治传单。当场被捕后由于认罪态度尚好，经过三个多月的关押，他于9月16日被安徽同乡保释出狱，随后把《新青年》杂志回迁至上海。

二、梁漱溟的依法爱国

主张在法律制度的框架之外“直接解决”的陈独秀，自然不承认学生“犯法”之类的“官话”。然而，北大哲学系讲师、前司法部秘书梁漱溟，却基于法律常识，把青年学生火烧交通总长曹汝霖位于赵家楼的私宅、痛打驻日公使章宗祥，明确认定为违犯法律的“专顾自己不管别人”的专制行为：“在道理上讲，打伤人是现行犯，是无可讳的。纵然曹、章罪大恶极，在罪名未成立时，他仍有他的自由。我们纵然是爱国急公的行为，也不能侵犯他，加暴行于他。纵是国民公众的举动，也不能横行，不管不顾。绝不能说我们所作的都对，就犯法也可以使得。……在事实上讲，试问这几年来哪一件不是借着国民意思四个大字不受法律的制裁，才闹到今天这个地步？……但我如说这话，大家一定不谓然的很多，我以为这实是极大的毛病。什么毛病？就是专顾自己不管别人，这是几千年的专制（处处都是专制，不但政治一事）养成的。”

为了提倡尊重法律权威、遵守法律程序的文明意识，梁漱溟建议说：“最好我们至检厅自首，判什么罪情愿领受，那真是无上荣誉。这好榜样，可以永远纪念的。”

但是，梁漱溟依法爱国的现代观念并没有得到自以为爱国有理的青年学生的真诚响应，反而得到据说是来自《新潮》社的匿名警告。当年的学生领袖许德珩，在被捕之后还写了一首白话文的打油诗：“为雪心头恨，而今作楚囚。被拘三十二，无一怕杀头。痛殴卖国贼，火烧赵家楼。锄奸不惜死，来把中国救。”

这首诗里所表现的，显然不是在制度框架和法律程序之内既敢做也敢当的依法爱国，而是梁漱溟所批评的“绝不能说我们所作的都对，就犯法也可以使得”的“存天理，灭人欲”式的以理爱国，或者说是自以为爱国无罪就“专顾自己不管别人”的专制爱国。正是基于这种以理爱国的极端情绪，当年的北大学生为了逃避自己的法律责任，还不择手段地采取了栽赃陷害、嫁祸于人的行为方式：“当时章宗祥的病还没有脱离危险期，时时有死耗之传闻。刚巧北大有一位同学叫郭钦光在这个时间死了，他本来是有肺病的，在‘五四’那一天，大约因为跑得太用力了，吐血加重，不久便死了。当时大家怕章宗祥和我们打官司，所以定下一个策略（这个策略之最初主动者便是狄君武），硬说郭钦光乃是在‘五四’那一天被曹家佣人打死的。于是郭钦光遂成为‘五四’运动中唯一烈士，受各处追悼会之无数鲜花美酒之吊祭和挽章哀词的追悼。在上海还有一位女士，当众痛哭郭烈士。郭君那一天因为走路过多，身体过劳而使肺病加重乃是确实的，这是我们应该同情他。但是把他造成‘五四’的烈士，全国亦以烈士待之，多少未免有点滑稽。”

这段话出自北大学生领袖罗家伦的《蔡元培时代的北京大学与五四运动》一

文，查阅相关历史文献，上海学生万余人在南市公共体育场召开北大学生郭钦光烈士追悼大会的时间是1919年5月31日，包括北大学生在内的北京、天津、南京及留日学生代表，都在大会上发表了演说。

在1919年5月18日出版的《每周评论》第22号特别附录中，另有一篇原载北京《晨报》的文章，标题为“学生事件和国家法律的问题”，其中最为鲜明地阐述了当年颇为流行的以理爱国、爱国无罪的无政府主义爱国观：“我想国家和法律都是为人而设的，不过做人类求所以生活的一种工具，所以国家和法律没有自身的目的，一定要以人生的目的为目的。国家和法律的功用就在帮助人类求得人生的归宿。……现在的国家法律的观念，第一要希望和正义相合。如承认替父报仇为正当，法律上就应该许做儿子的杀父亲的仇人。因为国家和法律都有扶持正义的责任，断不能拿死板板的条文，去妨害正义，去阻止那向正义路上去的人。若是国家和法律单有维持秩序的责任，不问合乎正义不合乎正义的行为，皆一律看待，在文明的世界，这样的国家和法律实在是没有用处。无政府党所极力反对的就是这种国家，就是这样的法律。……无政府主义，所以发生的原因，就因为国家和法律专讲强权，不讲公理，专保护现状，不讲求进步。这种反乎人道正义的国家和法律，我们实在没有受他们裁判的义务。我们要到正义门前去自首；不要到强权武力门前去自首；我们要服从正义的裁判，我们决不甘心受强权武力的裁判。”

为了证明自己的观点，这篇文章还引用了胡适与罗家伦合译的易卜生戏剧《娜拉》中的如下对话：

(律师) 法律不管人居心何如。

(娜拉) 如此说来，这样法律是笨极了。

(律师) 不管他笨不笨，你总要受他的裁判。

(娜拉) 我不相信。难道法律不许做女儿的想法子免得他临死的父亲烦恼吗？难道法律不许做妻子的救他丈夫的命吗？我不大懂得法律，但是我想总该有这种法律承认这些事。你是一个律师，你难道不知道有这样的法律吗？柯先生你真是一个不中用的律师了。

三、 蔡元培、 胡适的低调理性

对于无政府主义所鼓吹的凌驾于法律程序之上或之外的绝对神圣的所谓“人道正义”，北大校长蔡元培（孑民），在他口述并由当年的北大职员都昌、黄世晖记录整理的《蔡孑民传略》中，以自己的亲身经历进行了深刻的反思与解构：1904年2月17日，正在与吴稚晖、章士钊、陈独秀、刘师培等人一起信仰无政府社会主义的蔡元培，在上海《俄事警闻》上发表小说《新年梦》。这篇小说针对的是当时提倡西方社会主义的一些人，不肯做工赚钱，总是抢占别人的财物供自己挥霍，理由是这些财物本来是公物。这些人经常嫖娼狎妓、诱骗良家妇女，有时还要与别人争风吃醋，从而严重玷污了神圣美好的主义。正是鉴于这种情况，蔡元培认为："此等主义，非世界大多数人承认后，决难实行，故传播此等主义者，万不可自失信用。……必有一介不苟取之义，而后可以言共产。必有坐怀不乱之操，而后可以言废婚姻。"

换言之，源自西方社会的包括无政府社会主义在内的极左理论及其高调道理，之所以能够在中国社会落地生根并且发扬光大的一个根本原因，就在于中国传统社会从来没有在公共领域与私人领域，或者说是在公共权力与私人权利之间，筑起一道足以保障相对脆弱柔软的个体人权的边界明确并且刚性有力的制度规则和法律程序；进而奠定一种以有限的程序正义尽可能地接近于无限的实质正义的程序，即正义优先的现代文明原则。于是便在中国近现代史上出现了一种非常奇特的现象，那就是任何"专顾自己不管别人"的个人或党派，都可以很随便地把西方社会既人人平等又公私分明的自由民主、人权正义，转换成为具有中国特色的"存天理，灭人欲"式的自以为掌握真理的群众专制及个人崇拜。

也正是基于这种较高境界的文化觉悟和精神境界，1920 年 5 月 4 日，北大校长蔡元培，应《晨报副镌》"五四纪念增刊"的约稿，在《去年五月四日以来的回顾与今后的希望》一文中，明确把不可持续的学生运动，看作是得不偿失的"自杀"举动，要求学生"打定主义，无论何等问题，决不再用自杀的罢课政策。专心增进学识，修养道德，锻炼身体。如有余暇，可以服务社会，担负指导平民的责任，预备将来解决中国的——现在不能解决的——大问题……"

与蔡元培的观点相一致，这一期的"五四纪念增刊"中还有已经与蔡元培形成铁三角关系的胡适、蒋梦麟共同署名的一篇《我们对于学生的希望》，其中写道：

> 现在有许多人说学生不应该干预政治，其实并不是学生自己要这样干，这都是社会和政府硬逼出来。如果社会国家的行为没有受学生干涉纠正的必要，如果学生能享受安心求学的幸福而不受外界的强烈的刺激和良心上的督责，他们又何必甘心抛了宝贵的光阴，冒着生命的危险，来做这种学生运动呢？……但是我们不要忘记：这种运动是非常的事，是变态的社会里不得已的事，但是他又是很不经济的不幸事。……单靠用罢课作武器，是最不经济的方法，是下下策，屡用不已，是学生运动破产的表现！

这篇文章显然是由胡适执笔写作的，其中进一步发展和完善了他发表于《新青年》"易卜生号"《易卜生主义》一文中，率先提倡的以"健全的个人主义"为核心价值的以人为本、民主科学、人人平等、思想自由、兼容并包、严格自律、遵守法律、尽职尽责的现代文化精神，并且提出了与"健全的个人主义"核心价值背道而驰的"暴民专制"的概念："要补救组织的不完备，应注重议会法规（parliamentary law）的重要条件。……此外还须注意团体生活最不可少的两种精神：（1）容纳反对党的意见。现在学生会议的会场上，对于不肯迎合群众心理的言论，往往有许多威压的表示，这是暴民专制，不是民治精神。民治主义的第一个条件，就是要使各方面的意见都可自由发表。(2) 人人要负责任。天下有许多事，都是不肯负责任的‘好人’弄坏的。好人坐在家里叹气，坏人在议场上做戏，天下事所以败坏了。不肯出头负责的人，便是团体的罪人，便不配做民治国家的国民。民治主义的第二个条件，是人人要负责任，要尊重自己的主张，要用正当的方法来传播自己的主张。”

应该说，从更高层次来反思五四运动中的暴力事件，青年学生的放火和打人，无论如何都不符合“用正当的方法来传播自己的主张”的程序正义优先于实质正义的现代民主意识和现代法律常识，反而是以多数压倒少数的“暴民专制”的一种表现。

四、《新青年》同人的理性反思

对于五四运动中大量存在的“暴民专制”现象，《新青年》同人钱玄同，在1921年1月11日写给鲁迅、周作人兄弟的书信中，进行了妙趣横生的深刻反思：“①我们做了中国百姓，是不配骂政府的；中国的社会决计不会比政府好。②现在社会上该攻击的东西正多得很。③中国的该办人和皇帝一样的该杀。④要改良中国政治，须先改良中国社会。⑤徐博士固然是王老七的令弟，但若使‘五四运动’的‘主人翁’来做总统，也未必高明，因为他们的原质是一样的。盖将白云鹏游街，固与将‘卖劣货的奸商’游街，等耳，何以异哉!”

这里的“徐博士”，就是被法国政府授予博士学位的大总统徐世昌，“王老七的令弟”就是“王老八”，也就是“王八蛋”的暗语。在钱玄同的眼里，五四运动中动不动就要把经营日本商品的所谓“奸商”拉出去游街的青年学生，在强权专制方面，与以皇帝自居的“王八蛋”总统徐世昌之间，其实是一脉相承的。

1924年5月13日，周作人以陶然的署名致信《晨报副镌》编辑孙伏园，题目就叫“一封反对新文化的信”。信中针对北京大学一名杨姓教师因与不认识的女生通信而被揭发、被革职的事件发表意见，说是“中国自‘五四’以来，高唱群众运动社会制裁，到了今日变本加厉，大家忘记了自己的责任，都来干涉别人的事情，还自以为是头号的新文化，真是可怜悯者”。

1925年8月10日，周作人又在自己编辑的《语丝》周刊发表《代快邮——致万羽的信》，再一次反思五四运动说：“五四运动以来的民气作用，有些人诧为旷古奇闻，以为国家将兴之兆，其实也是古已有之，汉之党人，宋之太学生，明之东林，前例甚多，照现在情形看去与明季尤相似；门户倾轧，骄兵悍将，流寇，其结果——总之不是文艺复兴!”

1925年5月10日，鲁迅在替许广平等人直接参与的女师大学潮进行辩护的同时，对于五四运动中确实存在的以专制态度反抗专制暴行的暴民专制现象，也进行了深刻反思："我还记得第一次五四以后，军警们很客气地只用枪托，乱打那手无寸铁的教员和学生，威武到很像一队铁骑在苗田上驰骋；学生们则惊叫奔避，正如遇见虎狼的羊群。但是，当学生们成了大群，袭击他们的敌人时，不是遇见孩子也要推他摔几个筋斗么？在学校里，不是还唾骂敌人的儿子，使他非逃回家去不可么？这和古代暴君的灭族的意见，有什么区分！"

由此看来，至少在《新青年》同人团队内部，对于五四运动中确实存在的与中国传统的"专顾自己不管别人"的皇权专制思想一脉相承的以理爱国，是持反思和否定态度的。90年来的历史演变，特别是"文化大革命"中自以为造反有理、造反无罪的"红卫兵"以及所谓的"革命群众"，所直接参与的打、砸、抢、烧运动充分证明，跑到法律程序之外的以理爱国、以理革命以及其他种种"爱国急公的行为"，与暴民专制及个人崇拜的独裁专制之间，其实只有一步之遥。自觉遵守现代法律意义上的程序正义优先于实质正义的依法爱国，才是现代公民既文明又理性的正当选择。◻ 2009·3

丁玲冤案及其历史反思

□陈漱渝

在当代文坛，孙犁是一位最耐寂寞、最不随意褒贬他人的大师。但他说过：“丁玲，她在三十年代的出现，她的名望，她的影响，她的吸引力，对当时的文学青年来说，是能使万人空巷的，举国若狂的。”（《关于丁玲》，《人民日报》，1986年3月19日）新中国成立前，不少青年由于阅读了丁玲的作品而接受了最初的革命影响。曾经先后担任毛泽东秘书、出任中共中央组织部副部长的李锐就是其中的一位。特别是在抗日战争时期，丁玲率领“西北战地服务团”开赴前线，深受抗日军民欢迎。周恩来当时说：“我们不但八路军上了前线，我们的著名作家丁玲同志，也已经带着西北战地服务团奔赴了前线。她是代表了人民群众的，所以在我们前方，不仅有军队的抗战，也有人民的抗战。”（邓力群：《追思逝者，激励生者》，《解放军报》，1986年4月22日）。

丁玲在国际上享有盛誉也是一件众所周知的事情。1952年，她的《太阳照在桑干河上》荣获斯大林奖金，在当时的中国文坛不啻引爆一颗原子弹。在美国出版的《二十世纪百科全书》中列有丁玲的词条，指出“丁玲女士，作为一名二十世纪最有力量、最为活跃的作家，在中国文学史上，占据着一个显著位置”。2004年9月，日本中国现代文学研究专家丸山升到鲁迅博物馆座谈。他指出，除了鲁迅之外，丁玲、茅盾等现代作家也受到了日本学术界密切的关注。丁玲的《太阳照在桑干河上》一度成为日本学习汉语的学生的必读书籍。

另外，丁玲又是20世纪中国的一位悲剧人物。她1904年诞生，1986年去世，在20世纪的一百年中存活了八十二年。然而她生命史上蒙冤受难的岁月至少有二十九年——从1955年被打成“丁陈反党集团”首领，直到1984年彻底平反，恢复名誉。但如果从1943年丁玲在延安审干期间被迫承认自己有“自首行为”算起，她蒙冤的时间则长达四十一年，整整占据了生命历程的一半。在这一段坎坷的人生历程中，丁玲先被下放北大荒十二年（1958—1970），又被关进羁押政治犯的秦城监狱五年（1970—1975）。出狱后再被发配到山西长治郊区的老顶山嶂头村四年（1975—1979），真可谓饱经磨难，九死一生。受株连者不仅有她的亲属、同事，甚至还有主持正义的审查办案人员。丁玲说，当年她像被发配林冲一样，脸上刺了字："叛徒""反党分子""右派分子"。而历史已经证明，丁玲是一个飞蛾扑火般执着追求革命的所谓"叛徒"，是一个没有任何反党言行的"反党分子"，是一个没有任何"右派"言行，甚至在晚年又从贬义上被扣上了"左派""红衣主教"帽子的"大右派"。

丁玲之所以被扣上"自首""变节"乃至"叛徒"帽子主要有两件事：第一件事是1933年11月至1934年，丁玲一度被国民党当局软禁在南京莫干山，身陷困境，身不由己，一度跟已经自首的丈夫冯达继续同居，并生育了一个女儿蒋祖慧。这件事丁玲1936年奔赴陕北苏区之后已向组织交代。鉴于丁玲毕竟断然抛弃了冯达，回到革命队伍，周恩来当时就对丁玲说过："唉，你们原有夫妇关系，这算不了什么。"陈云、李富春等负责人也持同样看法，没有把这件事看成丁玲被捕中的错误。1940年10月，中共中央组织部对丁玲被绑架、囚禁的历史进行审查，认定丁玲"仍然是一个对党对革命忠实的共产党员"——这也正是毛泽东当时的看法。此前两年，即1938年，蒋祖慧跟丁玲的长子、胡也频烈士的遗孤蒋祖麟一起被人送到延安，受到了组织上一视同仁的看待与培养。不过丁玲深责自己在莫干山被软禁期间心肠还不够硬，由于一时的软弱、麻木，竟容忍了以前的丈夫，在身上烙下了一条永远无法消除的"罪状"。

第二件事是1943年延安整风审干时丁玲的一个补充交代——1933年10月她在南京写过一张纸条，即"申明书"："因误会被捕，生活蒙受优待，未经什么审讯，以后出去后，愿家居读书养母。"这件事一直被有些人揪住不放，以此推翻1940年中共中央组织部对丁玲问题的明确结论，并作为长期揪住丁玲历史不放、对其进行政治迫害的正当理由。比如2002年，中国作协原秘书长张僖在他的回忆录《只言片语》中还说："由于几乎所有的当事人（包括丁玲同志本人），都没有认为1940年的结论是有效的（因为那是在没有提到纸条情况下做出的）。"（该书第151页）但1984年中共中央组织部在《关于对丁玲同志申诉的复议报告》中对"纸条"问题却是这样看待的："申明书的内容，没有以共产党员身份发表自首悔过的言词，说'出去后，不活动，愿家居读书养母'，是属于为了应付敌人，一般性表示对革命消沉态度。另一方面从丁玲同志整个被捕情况看，她被捕后拒绝为敌人做事，写文章，曾想逃跑、自杀均未成，最后她终于想方设法找到组织，并在组织的帮助下逃离南京，转赴陕北。被捕中并没有危害党组织和同志安全的行为。事实表明，她并不是消沉下去，相反是积极设法逃脱牢笼，继续革命。据此，可以认定丁玲同志写'申明书'问题，既不属于自首性质，更不是变节性质。"

丁玲"反党分子"的帽子是1955年被扣上的。当年9月30日，中共中央宣传部长陆定一主持部务会议，通过了中国作协党组《关于丁玲、陈企霞进行反党小集团活动及对他们处理意见的报告》；同年12月，中共中央又批发了这个报告。于是，丁玲被正式戴上了“反党集团”首领的帽子，但这个报告的实际内容却是所谓思想作风和工作态度问题，而且这些问题又大多子虚乌有。以三条主要罪证为例：

第一，对抗全国文联党组决定，纵容和支持陈企霞的反党行为。罪证是1949年跟陈企霞、萧殷并列为《文艺报》主编。关于这件事，丁玲当年是这样辩正的：“周扬同志决定《文艺报》上印上编委、主编名字，我在《文艺报》编辑部室内告诉了陈企霞、萧殷，说他们二人是副主编。陈企霞当时说，‘主编就主编，有什么副的、正的’。我没有立刻批评他，觉得在一些年轻的同志们面前说他不好，同时也因为我是正的，也不好批评他。可是后来印出来了三个主编，我即向周扬汇报，问他怎么办，并且说三个都负责也好，他们实际工作比我做得多。周扬没有批评我，也没有说这事做错了。他有过一点点不愉快的沉默，但随即同意了。这件事以后也没有人说起（陈企霞说是我请示了周扬，周扬同意了三个主编后才印出来的。我不能记得清楚，请组织上再调查一下）……这事是由于陈企霞有个人主义，而我有无原则的迁就。但不是我拒绝党的监督。我曾告诉过周扬同志，如果那时周扬说不可以，那我一定会遵照他的意见办的。”（丁玲：《重大事实的辩正》，1956年8月9日）陈企霞在1956年写给中宣部的《陈述书》中是这样说明的：“《文艺报》初办的时候，编者并未署名，决定丁、陈、萧三人编《文艺报》，并有一个编委会，我并未参与。编了不久，有一次丁玲同志说，她已同周扬同志商量过，决定编者署名，由丁玲主编，我和萧殷副主编，我当时根本没有考虑这问题，随便说了一句，署名不署名没有关系，主编还有什么副的。丁玲同志迟疑了一下，她说那么慢一点发表吧，再商量一下。大概又隔了一二期，丁玲同志才说她、周扬同志的意见，可以署三人主编，这件事经过就是如此。现在我可以问，如果我是自封，为什么封了二三年并没有人在会上或者是在一定场合下提出，作为领导者的丁玲、周扬根本没有和我谈过，隔了三五年才提出作为罪状了？”由此可见，关于《文艺报》主编署名问题，表现的是丁玲不计名利和待人宽厚，跟反党行为风马牛不相及。

第二，制造个人崇拜。“1953年，中央文学研究所在招待德国作家时，居然把丁玲的照片与鲁迅、郭沫若、茅盾的照片并排地挂起来。”关于这件事，丁玲当年是这样辩正的：“这件事发生的时候，我已经离开了‘讲习所’四五个月了。‘文研所’改为‘文讲所’后，我就没去过，在10月里，有一天张凤珠告诉我（那时她在我这里做秘书工作），‘文学讲习所’挂了很多作家的像，中国作家中有我。我一听就生气了，立刻打电话给田间，问这件事怎么搞的，叫田间立刻取下来，并且批评了田间。田间在电话中还想解释几句，坐在我旁边的陈明连连说，非叫立即取下不可，田间怎么这样瞎搞。田间立即答应取下。我还叫张凤珠看看取下没有。张回来告诉我说取下来了。”（出处同上）据查，中央文学研究所筹办于1949年，1950年10月正式开办，是新中国第一所培养作家的学府，丁玲出任主任，田间是秘书长。1953年9月，丁玲已辞去中央文学研究所所长之职，该所改名为中国作家协会文学讲习所。其实，直接挂丁玲照片的并不是田间，而是所里的另一位工作人员王谷林。他说："照片是我安排人挂的，和丁玲同志毫无关系。"但后来他也遭受惩罚，被发配到新疆二十多年。打倒"四人帮"后，王谷林落实政策，成了中国作协办公厅负责人。也许是历史的巧合，1986 年 3 月 15 日，他亲自安排办事人员，把丁玲的遗像悬挂在八宝山革命公墓礼堂的正中央。

第三，宣扬"一本书主义"，散播资产阶级个人主义思想。中国作协党组当年的"报告"写道："丁玲同一些青年写作干部说：'一个人只要写出一本书来，就谁也打他不倒。有一本书，就有了地位，有了一切，有了不朽。'把文学创作完全看成达到个人目的的工具。"丁玲当年的辩正是："我从来没有'一本书'思想，更无从宣传。……（苏联作家）爱伦堡来中国时，在座谈会上发言，也同我说过，说书和靴子不一样。靴子是应该要一百双比较差的，不应该要一双好的。而书呢，宁肯要一本写得好的，不要一百本写得差的。我当时觉得这话有道理，我们应该讲求一点质量了。我把这话同别人谈过，爱伦堡这话也许有其片面性，但这也扯不上是'一本书主义'。"（出处同上）文学研究所当年的学员们也都认为丁玲没有提倡过"一本书主义"。先后在文研所学习和工作的徐刚 1956 年 7 月在给中国作协党总支、中宣部党委、中直党委的信中说："丁玲同志在一、二期的讲话中都提到：'不要粗制滥造。写几本不很好的书，不如写一本好书。'我觉得这话是对的。"《小兵张嘎》的作者徐光耀 1956 年 12 月在写给中国作协的信中说："'一本书主义'这个词戴在丁玲头上，我现在认为是不妥的。她说过恍惚可以这样联系的一类的话，如她说：写一本书出来，应该让读者读了有所收获，长久不忘，要有作者自己的心血、自己的发现在里面，要有活得起来的人物等等。我以为她是在提倡注意质量，反对粗制滥造。这话至今看来，也没有什么错。"

丁玲对于 1955 年对她的错误处理是心中有数的。她明明白白地知道当时给她强加的罪名一条也不能成立，因此理直气壮地向中国作协和中宣部党委申诉，强烈要求组织上早日为她甄别平反。现存丁玲档案中，有一封她在 1957 年 4 月 26 日致作协和中宣部的信，其中写道："如果有人这样提出问题说：前年的作协党组错误地给丁玲戴上反党小集团的帽子的时候，是那样的勇敢，那样的坚决，那样的明确，那样的迅速。可是现在，将近两个整年过去了，纠正错误、平反工作却为什么进行得如此迟缓，这样束手束脚呢？到底有什么难以克服的困难和无法逾越的高墙？是什么原因作怪？什么东西作梗？对这个问题将怎样给予满意的回答呢？"（据《丁玲档案》）1957 年 6 月 6 日，中国作协党组召开了讨论处理"丁、陈问题"的第二次扩大会议。会上，周扬跟党组几个主要负责人在讲话中都表示，1955 年对丁玲的批判是不应该的，"反党小集团"的结论是不能成立的。他们的基本态度，一是心很虚，二是嘴很软，三是想给丁玲留下点尾巴，给自己争回点面子。与会者发言踊跃，认为 1955 年的错误批判和结论应该撤销。在这一点上几乎没有什么分歧。

周扬等人态度的变化并不是有意贯彻“引蛇出洞”的谋略，也不是单纯屈服于中宣部副部长张际春和机关党委书记李之琏的压力；而是因为早在1956年冬季，中宣部审查丁玲问题的专门小组经过内查外调，已经发现丁玲的反党事实纯属子虚乌有，足以推翻1955年作协党组“报告”的结论。中宣部部长陆定一批评直接处理此案的中宣部副部长周扬，周扬因此感到十分被动，十分不安。从1957年初开始，周扬即已着手跟有关同志一起修改对丁玲的结论（如一度提出把“反党小集团”降调而为“对党闹独立性的宗派结合”）。审查小组通过大量内查外调，也没有发现丁玲1933年被捕之后有任何“叛变”或“自首、变节、投敌、反共”的事实。1957年5月11日，韦君宜明确向作协党组提出“1955年对丁、陈的批判基本上是错误的”。同年5月31日，中国作协机关召开非党同志会议，与会者大胆、尖锐地批评了周扬，以肃反和丁、陈问题最为突出。在这种形势下，周扬等才主动表示，1955年对丁玲的批判是不应该的。然而，当年6月8日，中共中央发出了《关于组织力量准备反击右派分子进攻的指示》,《人民日报》发表了题为“这是什么?”的反右社论。中共中央书记处决定将丁玲问题交中宣部讨论处理。当天晚上十时半，中宣部部长陆定一表态：周扬没有宗派主义。对丁、陈斗争要继续，这是一场关系文艺方向的战斗，不要怕乱。6月14日，陆定一进一步强调，丁、陈是歪风的代表，应该展开一场斗争，把文艺界整顿一下。内部定调之后，周扬于6月16日、陆定一于6月17日两次表示再让丁、陈放一下，这才是真正的“引蛇出洞”。7月25日至8月初，在周扬的主持下，作协党组连续十六天召开了二十五次党组扩大会，分别批评丁玲、陈企霞、李又然。丁玲的合理申诉成了“配合资产阶级右派向党猖狂进攻”，丁玲本人也“名正言顺”地被划为“右派分子”。当年9月3日，丁玲、陈明被迫检讨。12月6日，丁玲被错误地开除出党。

至于丁玲的右派言行主要有两条：①跟《文汇报》右派及美术界江丰反党集团秘密勾结。②阴谋分裂文艺界。事实上，丁玲跟江丰并无交往，而且“江丰反党集团”本身就是一起错案。在整风期间，《文汇报》记者姚芳藻曾要求采访丁玲，要求她谈丁、陈问题，但被丁玲拒绝。至于阴谋分裂文艺界，事实真相是这样的：1956年夏秋之际，丁玲已满怀信心向上级申诉，对平反充满信心。这时，田间之妻、原中央文学研究所第一期学员葛文到丁宅串门聊天。她问丁玲：“这次如果解决不了问题怎么办?”丁玲随口回答：“这次要解决不了，我就退出作协。”就这样，一个被冤屈者的牢骚话就变成了有计划、有步骤的大阴谋，目的在于“反对党的领导，分裂文艺界的团结，建立反党的文艺思想阵地”。

丁玲冤案的造成，根子在历次政治运动中“左”的错误和文艺界长期存在的宗派主义。对这一点人们已取得了共识。但是，“左”的错误是靠人来执行的，宗派主义是在具体的人身上体现的。那么，在制造丁玲冤案的具体过程中，犯下“左”的错误和体现宗派主义的直接责任人是谁呢？对此，主要有两种不同意见。一种意见认为是周扬。丁玲冤案的造成固然有其特定的历史背景，但处心积虑、精心策划要把丁玲批倒批臭，直至党中央为丁玲作出了平反的正确结论之后仍然坚持错误的恐怕主要就是周扬。另一种意见认为是毛泽东。因为新中国成立后对文艺界的历次批判都是毛泽东亲自发动亲自领导的，对丁玲的整肃当然也不会例外。更何况 1956 年 12 月周扬曾在中宣部部长办公会议上表白，1955 年对丁玲的批判不是他建议的，他当时还在毛主席面前讲了丁玲的好话。

对于周扬的上述表白，有人相信，有人怀疑。相信的理由是：这次会议中宣部部长陆定一在场，周扬大概还没有当着中宣部部长的面假传圣旨的胆量；至于毛泽东指示的内容，有的允许传达，有的不允许传达，并非周扬所能左右。怀疑的理由是：时至今日，没有人知道毛泽东 1955 年对丁玲问题有什么具体批示，查阅有关档案也没有发现毛泽东当年批判丁玲的只言片语。1956 年 11 月 19 日，周扬作报告回顾毛泽东在新中国成立后发动的历次文艺运动，其中包括批判电影《武训传》，批判俞平伯的《〈红楼梦〉研究》，批判胡风集团，文艺界反右，以及 1963 年对文艺问题的两个批示，其中并没有包含“批判丁陈反党集团”（周扬：《高举毛泽东思想红旗，做又会劳动又会创作的文艺战士》），如果毛泽东的确发动了对“丁、陈反党集团”的批判，作为高级文艺官员的周扬在报告中绝不会也绝不敢遗漏——只要具有当时的政治常识，对这一点是十分容易理解的。

那么，周扬为什么要制造丁玲冤案呢？这首先需要从两人的关系说起。

丁玲是 1930 年 5 月经潘汉年介绍加入中国“左翼”作家联盟的，1932 年 3 月又在血雨腥风中加入中国共产党，但 1933 年 5 月即被国民党特务绑架。所以她在上海跟周扬接触的机会很少。作为一个小说家，她也没有直接介入左联时期的一系列文艺论争。所以这一时期她不可能跟周扬发生什么矛盾；只不过相对而言，丁玲跟冯雪峰比较亲近，又从冯那里了解到周扬对鲁迅不那么尊重。到延安之后，丁玲主要在中华全国文艺界抗敌协会延安分会（简称文抗）活动，而周扬负责的是鲁迅艺术文学院（简称鲁艺）。丁玲认为他们当时不但没有隔阂，而且有时还很亲近。见到周扬时，丁玲常直呼他的原名“起应”，她作品中的人物也曾以周扬孩子的姓名命名。1941 年丁玲发表了短篇小说《我在霞村的时候》，周扬读后来信说，看了这篇作品他感动得流泪。然而《周扬笑谈历史功过》的访谈录说：“当时延安有两派，一派是以鲁艺为代表，包括何其芳，当然是以我为首。一派是以文抗为代表，以丁玲为首……我们鲁艺这一派人主张歌颂光明，而文抗这一派主张要暴露黑暗……”（《新文学史料》1979 年第 2 期）周扬认为，王实味是写黑暗的老祖宗，萧军是写黑暗的理论家（萧说过太阳里面也有黑点），而丁玲则是暴露派在创作领域的实践者。虽然这种说法与事实不符，陈明曾在《丁玲在延安——她不是主张暴露黑暗派的代表人物》一文（《我说丁玲》，长沙：湖南文艺出版社 2004 年版）中予以批驳，却在一定程度上反映了周扬在延安时期对丁玲的印象。

丁玲跟周扬之间的矛盾主要是在解放战争时期暴露出来的。1946 年 11 月至 1948 年 6 月，丁玲倾全力创作长篇小说《太阳照在桑干河上》。1947 年 8 月间，丁玲将已完成的大部分文稿复写后征求周扬的意见。小说中有一个人物黑妮，原稿的身份是地主的女儿，长得很美。丁玲认为，地主子女跟地主本人不能同样看待。但周扬认为写黑妮漂亮就是美化地富。丁玲考虑了周扬的意见，将黑妮改写成一个孤女，虽是地主的侄女，却也是被压迫的人物。周扬此后不再当面发表对这部小说的意见，却向有关领导人（如彭真）打小报告，说这部小说有地富思想；又对诗人柯仲平说，这本书不能出版。周扬的这种做法给丁玲以很大打击，造成了双方的隔阂。后来在艾思奇、任弼时等负责同志的支持下，这部小说于 1948 年 9 月最先由大连东北光华书店出版，又于 1952 年 3 月获斯大林文学奖二等奖。《太阳照在桑干河上》取得成功之后，周扬才给这部小说以若干好评，现在看来不见得完全是发自内心。

从 1949 年新中国成立后到 1955 年，丁玲曾长期在周扬直接领导下工作，看来相处得并不融洽。丁玲的丈夫陈明在接受邢小群的采访时说："丁玲从来没有得罪过周扬，甚至没有批评过周扬。"① 我认为，陈明的这种表述似乎有些绝对化，也许只能反映丁玲这一方的自我感觉。而在实际上，丁玲还是批评过周扬的，周扬受到批评之后肯定会心存芥蒂。比如，新中国成立初期，丁玲认为周扬的文艺思想有些右倾，表现在对文联和作协的刊物经常放弃思想领导，在创作问题上过分强调写作技巧和作品的趣味性，甚至说"即使有点色情也可以"，对批判影片《清宫秘史》《武训传》的态度也不坚决。而在处理人际关系方面，丁玲认为周扬有宗派主义倾向，表现在对人有远近亲疏之分，特别是不能跟冯雪峰、柯仲平、萧三这些从解放区来的老同志搞好团结。丁玲还觉得周扬在私生活方面也不检点，如新中国成立初期一度跟某知名人士的女儿发生婚外情。周扬希望丁玲能对此予以理解。他说："你是作家，你应该懂得感情。"丁玲却顶撞说："你是领导，应该注意影响。"1956 年 8 月 17 日，丁玲又把这些意见形诸文字，向中宣部作了汇报。据中宣部机关党委书记李之琏回忆，这一材料曾印发给中宣部的部长、副部长、机关党委委员、作协党组成员和审查丁玲问题专门小组的成员。周扬对此十分反感。② 最让周扬恼火的是揭露他的男女关系问题。他对郭小川说："为什么要印发那样的东西呢？我现在还是中宣部副部长，还让不让我工作嘛？要看政治问题，要看一个人同党的关系嘛。"（大意）这以后他经常讲到丁玲对党的不忠，暗示他自己对党忠诚。1957 年 7 月 15 日第四次作协党组会上，周扬更明确表白："我对党是忠诚的，虽然我有缺点，但是对党我从来是忠诚的。"③

打倒"四人帮"之后，丁玲对周扬也有一些看法。她认为周扬疏远、冷落了党

---

① 陈明：《我说丁玲》，长沙：湖南文艺出版社 2004 年版，第 249 页。

② 李之琏：《我参与丁、陈"反党小集团"案处理经过》，《炎黄春秋》1993 年第 5 期。

③ 郭晓惠：《检讨书》，北京：中国工人出版社 2001 年版，第 196 页。

在抗日战争、解放战争中培养起来的一批老作家；而对青年作家捧得多，缺乏必要的严格要求。她还感到周扬在安排中国作协的领导时，只重用那些他信得过的“病人”（如两年不上班、后来上半班的张光年）、“忙人”（如身兼数职的陈荒煤）以及一些缺乏文艺工作实际经验的人。对跟自己有不同意见的同志，则动辄打成“保守派”“正统派”，不仅不搞大团结，甚至连假团结都没有。1981 年 9 月，丁玲准备写一封信给周扬，坦陈这些肺腑之言，但因重病辍笔，成了一封没有写完也没有寄出的信。以上我们只是客观介绍丁、周之间彼此的看法，并不包含笔者的是非评价，这是必须说明的。

周扬跟丁玲之间的矛盾产生，有人认为还有权力之争。中国作协原秘书长张僖说：批判丁、陈的问题，除了政治上的原因之外，也是争夺文艺界领导权的斗争。丁玲在某些时候是看不起周扬的，以她的身份和资历与周扬相比，她认为自己是超过他的。张僖的言外之意，是丁玲目无周扬这位领导，因而最终不为周扬所容。与此相悖的是陈明提供的说法。陈明对来访者邢小群说：“一九四九年三月，全国文代会筹备会成立时，丁玲在东北，中央打电报让她到北京参加后，周扬一再说服她留在北京，让她担任全国文协的日常领导工作。丁玲向他解释：来京前已和东北局宣传部的领导李卓然、刘芝明同志谈定，文代会后即回东北，到鞍钢深入生活，从事创作。周扬最后说了心里话：‘对其他几个老同志，我是有些戒心的。而你呢？你比较识大体，有原则，顾大局。’丁玲只好放弃原来的计划，留在了北京。”① 可见丁玲写完《太阳照在桑干河上》之后创作欲正旺盛，而无权力欲。她留在北京承担行政工作完全是服从周扬的安排，因此不可能主动跟周扬争权。郭小川则从另一个角度分析周扬跟丁玲的权力之争。他在 1967 年所写的一份交代材料中说：“原来文化方面是胡乔木管，后来由陆定一管，拉来周扬。周扬有文艺界的实权是从 54 年或 55 年初开始的。当时周扬手上只有作协。当初只有作协归中宣部，其他协会归文化部管。周扬要从作协打开缺口，掌握文艺界……因为反周扬的人很多，打丁是杀鸡吓猴，把作协的阵地抓到自己手上来。”又据张光年回忆，周扬知道他在文艺整风期间对丁、陈有些看法，便半开玩笑地鼓动他揭批丁玲：“现在是有冤报冤，有仇报仇呵！”张光年说：“丁玲同志改正了错误，才能领导我们工作。”周扬说：“丁玲做领导工作，那是不行了。”可见周扬的确是想把丁玲手中有限的行政权力拿下来。

无论是出于个人恩怨，还是出于权力之争，周扬整丁玲都是一个不争的事实，而且手段之高明、杀伤力之强也是无以复加。概括起来，周扬整丁玲使出了三个富有独创性的“撒手锏”：一是“一本书”，二是“两个点”，三是“三个时期”。关于丁玲的“一本书主义”完全是栽赃陷害，前文已经述及，不赘。但周扬居然根据这种不实的材料，对丁玲进行了振振有词的批判。他说：“这是两种世界观的斗争，

---

① 陈明：《我说丁玲》，长沙：湖南文艺出版社 2004 年版，第 239 页。

是关系如何培养下一代作家的根本方向问题。究竟是用共产主义工人阶级的世界观，还是用丁玲那样的资产阶级个人主义的世界观来培养和教育青年?”他进而用近乎威胁的口吻说：“写一本书，画一幅画，导演了一部影片，就认为自己了不得，就以为从此可以向党讨价还价，甚至和党分庭抗礼，这是资产阶级个人主义世界观的极端恶劣的表现。他们忘记了他们的名誉、地位，是党和人民给与他们的，因而也是可以从他们手中收回的。”（1957 年9 月16 日和17 日在中国作协党组扩大会议的讲话）如此吓人的上纲上线术，是今天在太平盛世生活的青年人匪夷所思的。“两个点”即丁玲历史上的“疑点”和“污点”。“疑点”是怀疑丁玲到延安是否为敌人所派遣。在刚刚审查丁玲历史的时候，如果有人对此提出“怀疑”并不是完全不可理解的。但当没有实证乃至“怀疑”为事实所否定之后仍然一直“怀疑”下去，则不能不令人对其“怀疑”的动机表示怀疑。至于“污点”，即指丁玲在被软禁期间仍与前夫同居并生下一女。对于一个革命者来说，这也许是暴露了人性的弱点吧，虽然这对夫妻是被职业刽子手强行捆绑在一起的，但如果一定要视为政治上的污点，那就只能够暴露出整人者人性的阴暗面了。“三个时期”即周扬认为丁玲一生有三个关键时期：①南京被囚禁时期。②延安时期。③新中国成立后。他说，丁玲在任何情况下对党都不忠诚，即在敌人面前、在革命的困难时期以及走上了领导岗位之后对党都不忠诚。周扬十分清楚，要达到否定后两个时期的丁玲，必须否定第一个时期的丁玲。只有将第一个时期的丁玲牢牢钉在历史的耻辱柱上，他否定第二、第三两个时期的丁玲才会顺理成章。明乎此，我们就不难理解周扬为什么至死也要咬住丁玲的“历史问题”不放。

1956 年10 月24 日，中宣部曾形成了一个“决定不再修改”的《关于丁玲同志历史问题的审查结论》，宣布“丁玲同志被捕后这一段历史已经审查清楚”，“属于在敌人面前犯过政治上的错误”。这个结论是经周扬同意之后才上报中央的，但事后周扬又明确地对陆定一说，对这个结论他不同意。陆指示李之琏跟中央组织部联系，将这份报告又撤回来。为此，周扬曾跟主管其事的中宣部副部长张际春大吵了一次。后来根据周扬的意见，于1958 年最后修订了这份结论，但落款仍署1956 年12 月的字样。这份修订文件，把丁玲在南京的问题仍上纲为“政治上的自首变节行为”，并对丁玲从南京奔赴延安这一段经历布下了疑阵，说什么“丁玲在什么情况下离开南京的，目前尚无法找到确切证明”——其实协助丁玲逃离南京的冯雪峰、张天翼、聂绀弩等人当时都健在，是很容易查证的。尤其难以谅解的是，直到打倒“四人帮”之后，周扬仍然阻挠恢复丁玲的党籍，阻挠为丁玲的历史问题平反。丁玲一直期待能从周扬口中听到“我错了”这三个字，但她在临终前听到的却是“丁玲问题不能平反”，丁玲“疑点可以排除，污点还是有的”。

如果仅仅从批判丁玲这一个侧面，周扬给人留下的自然是一副极左的面孔。但人是世界上最为复杂的动物，像周扬这种在复杂的政治斗争旋涡中弄潮的人，性格自然会更为复杂。比如在毛泽东眼中，周扬经常搞温情主义。因为长期把跟胡风的斗争视为“文艺战线中两条路线的斗争”，而提不到政治上的反革命的高度，毛泽东干脆不让周扬参与整肃胡风的事情。在陆定一眼中，周扬是好人，正派人，缺点是“太善良了”，“政治上不那么尖锐”。在1957年的反右运动中，周扬也保护了一些好人。漫画家华君武回忆，周扬在中宣部掌握的原则是“可划可不划就不划”。他说，如果自己当时在别的单位，早就当成了右派。与此同时，一些了解和尊崇周扬的人也承认，在处理丁玲的问题上，“那真是上纲上线，咄咄逼人”，表露出性格粗暴的一面。① 比如丁玲挨整感到痛苦，周扬竟说：“让他们担负着痛苦进坟墓去吧，你有痛苦你痛苦好了，不要抱紧我们。”② 张光年在回忆文章中，更具体勾画了他的这种两面性：“他也是一个热情的人，不是冷酷的人。谈到一些朋友被打成右派后的不幸遭遇，常常含着泪珠。但另外又是固执的，反胡风、反丁玲的问题上就是这样。”③

周扬在处理人的问题上为什么会出现以人划线、厚此薄彼的强烈反差呢？依据事实判断，总的根源就在于他身上久治不愈的宗派主义“癌症”。比如，20世纪30年代舒群写过一篇小说：《没有祖国的孩子》，被周扬视为“国防文学”代表作予以肯定。1957年，舒群本来会被划成右派，周扬坚决不同意，说：“你们开除他的党籍都可以，不要划右派。”于是照周扬意见办，将舒群开除党籍，下放到本溪钢铁公司的一个炼铁厂当副厂长。1979年舒群要回北京，找到周扬，周扬立即交付张僖办理。对田汉更是如此。1935年冬田汉被捕后也关押在南京，还为国民党演了戏，表现远不如丁玲，但周扬并没有对他上纲上线，咬住不放。什么叫“宗派”？毛泽东下过一个定义：“宗派，我们的祖宗叫做‘朋党’，现在的人也叫做‘圈子’，又叫‘摊子’，我们听得很熟的。干这种事情的人们，为了达到他们的政治目的，往往说别人有宗派。”以此为镜，周扬的宗派主义表现是十分清晰的。新中国成立后文艺界“左”的路线和政策通过周扬的宗派主义而发生作用，才酿成了丁玲等一大批文艺工作者的悲剧。

在酿成丁玲冤案的过程中，毛泽东起了什么具体作用，这是研究者无法回避的问题。根据目前掌握的资料可知，毛泽东对丁玲的态度变化可以分为三个阶段。第一个阶段是1936年11月至1951年7月，即从丁玲抵达陕北苏区首府保安至1951年7月毛泽东主动到颐和园云松巢看望正在从事创作的丁玲。这一阶段毛对丁玲的基本态度是赞誉和保护。

丁玲从南京到苏区之后，毛泽东对她可谓礼遇有加、亲切备至。1936年11月，他亲自出席了以中宣部名义召开的欢迎丁玲大会。同月，他支持丁玲创立了苏区第

---

① 徐庆全：《知情者眼中的周扬》，北京：经济日报出版社2003年版，第58页。

② 《中国作协会议记录原稿》，转引自陈徒手：《人有病，天知否?》，北京：人民文学出版社2000年版，第113页。

③ 王蒙、袁鹰主编：《忆周扬》，呼和浩特：内蒙古人民出版社1998年版，第13页。

一个文艺团体“中国文艺协会”，丁玲出任该会主任。丁玲在保安下榻的处所是外交部招待所，毛晚饭后常到这里找丁玲聊天。毛一条腿支在炕沿上，背靠墙壁，海阔天空什么都谈。1936 年 12 月，身处前线的丁玲从聂荣臻司令员手中接过一封电报，打开来，原来是毛泽东欢迎、赞扬她的一首词——《临江仙·赠丁玲同志》。这是毛泽东一生中唯一一首题赠作家的诗词，而且是战争年代用电报的方式拍到前线的，这更是一种罕见的情感表达方式。从保安到延安之后，丁玲出任了文艺界的一系列要职。虽说她不通世故，没有出席毛泽东跟江青的婚礼，又在《“三八”节有感》中讽刺了喜欢跳舞的江青，但这并没有真正改变毛和江对她的态度。1940 年中组部审查丁玲的结论，虽然签署人是陈云、李富春，但肯定丁玲是一个对党对革命忠实的共产党员却是毛定的调子。1942 年批判王实味和丁玲时，毛又明确表示，丁玲是“同志”，王实味是“托派”，这句话又保护了丁玲。丁玲一生中最快乐的日子应该是 1948 年 6 月 15 日。这一天的黄昏，丁玲在当时中共中央所在地西柏坡偶遇毛泽东和江青，毛热情邀请丁跟他们一起乘车去郊外散步。毛说，丁玲深入农村十多年，了解土地，是跟人民相结合的，所以让她以作家身份代表中国人民去匈牙利，参加国际民主妇联第二次代表大会。又说，陈学昭也去，却只能做随员，因为她不懂得中国人民，不能做代表。毛建议丁今后转向城市，转向工业，写城市建设。毛三次对丁玲说，历史是几十年的，看一个人要从他的几十年来看。丁玲当时正在修改《太阳照在桑干河上》，毛同意审读小说原稿，并约定丁要找他时，就在他散步的时候来。然后毛邀请丁共进晚餐，在席上把丁玲跟鲁迅、郭沫若、茅盾并列。毛认为郭沫若的文章才华奔放，而茅盾的文章不能卒读。这时江青插话，说有一个时期，丁玲作品的影响超过了郭沫若和茅盾。同年 6 月 19 日，江青又拉着丁玲，要她陪毛跳舞。6 月 22 日下午，毛跟中国妇女代表团成员座谈。毛说：“丁玲是个好同志，就是少一点基层锻炼，有机会当上几年县委书记那就更好了。”江青在会场上替毛跟丁照了一张合影，他们三人又照了一张合影。江青表示要读丁玲的文章，还邀丁玲第二天去喝酒。

第二个阶段是 1951 年 7 月至 1957 年 9 月。这一阶段，虽然在 1955 年开展了对丁、陈反党集团的批判，1957 年 8 月丁玲被划为右派又已成定局，但迄今为止我们尚未发现毛对丁玲问题的任何批示或谈话记录。坚决支持周扬批斗丁玲的是当时的中宣部部长陆定一。据郭小川日记，1957 年分管文艺界反右斗争的是周恩来、邓小平等同志。毛泽东作为最高领导，他当然不会不了解丁玲的命运，但肯定没有像延安时期那样对丁玲采取保护的态度。

第三个阶段是 1957 年 9 月至 1963 年 5 月。比如 1957 年 9 月，毛泽东接见捷克斯洛伐克访华代表团时说：资产阶级知识分子，搞文学的很糟，丁玲这样的人，是一个大作家、党员。1958 年 1 月，《文艺报》对《“三八”节有感》等作品进行“再批判”。1958 年 2 月 28 日，《人民日报》发表周扬的《文艺战线上的一场大辩论》。1962年7月28日至8月25日，中共中央召开八届十中全会，毛泽东在会上谈到如何认识形势：是不是一片黑暗，还是有点光明？同一件事，站在不同立场观察，会有不同结论。丁玲是反革命，曾经投降敌人，所以她只看到黑暗。1963年5月，中央召开工作会议研究农村问题。毛泽东在会上谈到了认识和实践、精神和物质的辩证关系。毛泽东谈到认识有一个过程。鲁迅目光敏锐，但身边的人也不那么干净，比如冯雪峰、丁玲、萧军。毛说他对丁玲的认识也有一个过程。

但丁玲对毛泽东的崇拜和感激却是一贯的，可以说是一往情深。丁玲记忆中最美好的时刻就是她跟毛泽东的交流。在《毛主席给我们的一封信》中她无限深情地写道："延安枣园里的黄昏，一钩新月，夏夜的风送来枣花的余香，那样的散步，那样的笑语，那样的雍容大方，那样温和典雅的仪态，给我留下了最美好的记忆。"她伏案创作的时候，常常"像火线上的战士，喊着他的名字冲锋前进那样，就是为着报答他老人家，为着书中所写的那些人物而坚持下去的"（《太阳照在桑干河上·重印前言》）。在蒙冤受难的时候，她也是只痛恨那种惯于耍弄权术，瞒上欺下，夺走她手中的笔，想置她于绝境的人。但打倒"四人帮"之后，丁玲的思想开始冲出了个人崇拜的樊篱。1978年12月10日，她在致陈明的信中写道："是的，我承认过我是反党反……一九五七年时，我们是因为觉得那是最高领导点了头，我们认为一切都应该只有接受，以后也是如此。在'文化大革命'时，更是不敢违抗。既然现在党中央提出实事求是，那我们就应该实事求是，还能当一个愚民吗？"决心不再当愚民，标志着新时期丁玲思想的新高度。

我们重新梳理丁玲冤案的有关史料，根本目的并非对有关责任人进行道德评判，而主要是希望通过对历史悲剧的回顾和对历史教训的总结，在今后创造出一个和谐的文艺空间，创造出一个和谐的生存环境——这也就是马克思、恩格斯在《神圣家族》一书中提出的政治理想："必须使环境成为合乎人性的环境。"① 必须承认，个人对历史进程能够产生或推动或延缓的作用。马克思在《法兰西内战》一书中指出，在19世纪70年代担任法国总理的梯也尔擅长玩弄权谋，因而他混迹官场的社会活动编年史就成了一部法国灾难史。但归根结底，任何个人都是在既定的历史条件下从事活动的，任何历史人物的活动都不得不受社会条件和历史规律的制约。比如，在反右运动中，周扬保过艾青，但艾青仍被划为右派。周扬保过白朗，但白朗明确表示她跟罗烽一致，不划界限，于是仍被划为右派。即使像丁玲这样杰出的个人，在政治高压下，也只能对命运采取逆来顺受的态度。相反，没有适当的政治环境和政治气候，周扬个人即使宗派主义再严重也不可能酿成那样一场知识分子群体性的灾难。至于周扬在革命文艺运动史上曾经作出的历史性贡献及其晚年的反思忏悔，虽不属本文的论述范围，却是应该给予应有肯定和科学的评价。□ 2005·4

---

① 中共中央马克思恩格斯列宁斯大林著作编译局编：《马克思恩格斯全集》（第2卷），北京：人民出版社1995年版，第167页。

红卫兵：从母爱教育的失落开始

□李　辉

一

1966年5月下旬，清华大学附属中学、北京大学附属中学等校的一些学生成立了“红卫兵”“红旗战斗小组”等群众组织，在校内开展批判活动。6月、7月首都一些学校学生纷纷效仿。7月28日，清华大学附属中学红卫兵写信给毛泽东，并寄去《论无产阶级革命造反精神万岁》和《再论无产阶级革命造反精神万岁》两张大字报。8月1日，毛泽东写信给清华大学附属中学红卫兵，热烈支持他们的革命行动。消息传出，首都中等学校、高等学校普遍建立起冠以“毛泽东思想”“毛泽东主义”等各种名称的红卫兵组织。

毛泽东在8月18日首次检阅红卫兵之后，红卫兵组织迅即遍及全国。

史无前例的红色风暴顿时冲击着整个中国。

1966年5月在北京开始兴起的红卫兵运动，对中国政治、文化、社会产生了巨大的冲击。在红卫兵运动高潮时，从大学、中学甚至到小学，不同年龄层次的学生都不同程度地表现出疯狂的领袖崇拜热情和野蛮的人性。对干部、老师、知识分子、名人进行抄家、揪斗、殴打，采用各种惨不忍睹的手段，如用图钉往老师脸上钉等。因此，不少“文革”研究者认为，红卫兵运动乃至“文革”使人的兽性大暴露。

为什么只有十几岁的红卫兵们，会突然间表现出这种野蛮行为？

1995年，我曾在一篇关于红卫兵的文章中这样写过：

从年龄上看，红卫兵中的大学生或者中学生，大都成长于1957年反右运动之后。在开始接受教育的年龄，此起彼伏的政治斗争、世界风云变幻，便构成了他们历史性格孕育、生长、定型的背景。……在他们的眼睛里，父辈的生存方式，从来离不开批判、斗争、革命。社会生活中，人之间来不得半点温存——那简直是不可取的奢侈，更不能允许毫无政治原则的妥协——那绝对是必须抛弃的软弱和政治上的不坚定。从此，人细腻而丰富的情感，渐渐变得简单而粗俗，阶级斗争的目光和心理状态，把生活万象，把他们的性格，也笼罩上你死我活的热衷斗争的阴影。(《残缺的窗栏板》)

究其原因，“文革”前几年在中国各类学校开展的政治教育中，批判所谓的资产阶级教育思想和人性论，强调阶级和阶级斗争，强调学生的战斗性和反抗精神，对少年儿童的性格和思维方式的形成产生了严重的负面影响。结果，红卫兵运动兴起初期，野蛮行为大行其道，兽性被当成革命造反行为，被看作“做革命接班人”的最好表现。

二

在谈及 1963 年对“母爱教育”的批判之前，有必要先对 1949 年中国教育体系的构成做简略描述。

在 1949 年之前的现代中国教育，学校大致分为公立学校、私立学校、教会学校三大类。这些学校各自有自己的教学方式、教材、教师构成。考试、招生相对独立运行，教师的聘用也是比较自由的、流动的。1952 年，在中华人民共和国成立三年之后，以上情况开始改变。1952 年 9 月 10 日，教育部决定，自 1952 年下半年至 1954 年，全国私立中小学全部由政府接办。在此前后，教会学校也相继停办，一些著名的高等教会学校在高等学校院系调整中被合并至其他公立高校。如北京的辅仁大学被停办，燕京大学合并于北京大学，上海的圣约翰大学停办，其文科调整至复旦大学。据 1953 年 10 月 11 日中国政务院颁发本年高等学校院系调整方案称，至 1953 年底，一般高等院校的院系调整工作基本完成。

因此，自 1953 年起，中国的学校基本上均属于公立性质，也就是说从小学到中学再到大学，每个教育层次和环节，都由政府统一管理，实施统一的教育方针、教育思想，这为党和政府加强对学校的领导提供了极大的便利。

与此同时，强调政治教育成为“文革”前中国各类学校的首要任务。

从 1950 年批判电影《武训传》开始，到 1954 年批判胡适、1955 年批判胡风反革命集团、1957 年反右运动，以及 1957 年 10 月高等学校学生中掀起的红专大辩论高潮，我们可以看到，中国教育界突出政治的气氛越来越浓，无论小学、中学还是大学，文化知识的学习不再放在突出的、首要的位置；相反，配合社会运动和政治运动成了教育的重点。

1962 年，毛泽东在中共六届二中全会上突出强调了阶级和阶级斗争，提出无产阶级专政下继续革命的理论，从此时开始，中国的学校对学生的教育便愈加政治化，对所谓资产阶级的人性论的批判，也就从文艺领域延伸到教育界，正是在这种背景下，《人民教育》杂志在 1963 年发起了对“母爱教育”的批判。

三

1963 年 5 月，《江苏教育》发表《育苗人》一文，介绍南京师范学院附小教师斯霞精心培育学生的事迹。此文后来被改写为《斯霞和孩子》，发表在 5 月 30 日的《人民日报》上。这两篇文章都强调教师要以“爱心”爱“童心”，儿童“不但需要老师的爱，还需要母爱”，教师“像一个辛勤的园丁”，“给我们的幼苗带来温暖的阳光，甘甜的雨露”。

10 月，《人民教育》在同期刊物上发表《我们必须和资产阶级教育思想划清界限》《从用“童心”爱“童心”说起》《谁说教育战线无战事?》三篇文章。这组文章以讨论“母爱教育”为题，认为所谓“母爱教育”就是资产阶级教育家早就提倡过的“爱的教育”，说它涉及教育有没有阶级性，要不要无产阶级方向，要不要对孩子进行阶级教育，要不要在孩子思想上打下阶级烙印。随后，围绕着这些问题，教育界掀起了一场关于“母爱教育”的讨论和批判。

《人民教育》是由教育部主办的刊物，在某种程度上可以代表教育部的声音。

在《我们必须和资产阶级教育思想划清界线》一文中，作者认为：“学校是阶级斗争的工具而不是像园丁在苗圃里随意地培育着幼苗、花朵。”

从这一观点出发，作者认为，对学生应该实施符合马克思主义的爱憎教育，而不是人道主义的母爱教育。他说：“不能用所谓的母爱、泛泛的爱来爱孩子和教育孩子。爱和憎总是有阶级性的。”“要以无产阶级的革命精神来武装儿童，要他们起来反对一切剥削和压迫，要他们憎恨帝国主义和一切反动派，憎恨阶级敌人，而热爱无产阶级和劳动人民。”

在《从用“童心”爱“童心”说起》一文中，作者认为：我们拒绝以“童心”爱“童心”的说法，因为它会引导我们陷入“人性爱”的污泥之中，会把我们领上“为教育而教育”的歧途。但是，应该肯定：人民教师要热爱儿童。这种“爱”，是从无产阶级的立场、观点发出来的，是体现为无产阶级革命事业服务的精神的，是爱国主义的表现。因为这种“爱”为无产阶级政治服务，它就服务于消灭人、剥削人的制度，不是脱离而是紧密结合现实的阶级斗争，以无产阶级的思想品德教育儿童，不要净领着孩子们“为小白兔的病痛而流出同情的眼泪”，需要培养下一代敢于和剥削阶级斗争的精神。

《谁说教育战线无战事?》的作者这样指出：“阶级教育是思想教育的核心。我认为，从孩子懂得要区分好人和坏人开始，就要适应他们的理解能力对他们进行阶级教育。离开了阶级教育这个核心，什么教育学生守纪律、有礼貌、团结友爱、不骄傲等，都可以变成资产阶级教育，和资产阶级教育没有区别。”

《人民教育》发表这三篇文章后，据编者称，在几个月时间里，编辑部收到近千件来稿来信，多数赞成这些文章的论点。将近一年后，即1964年10月，《人民教育》发表了关于这次围绕“母爱教育”讨论的综述，再次强调：

“我们的教育工作是阶级斗争的武器，学校教育不能脱离当前的阶级斗争。”

“是为了革命而爱孩子，不是为爱孩子而爱孩子。”

“同伟大的无产阶级的爱比较起来，母爱只能是渺小的，而决不是什么伟大的。”

四

从以上的叙述不难看出，针对少年儿童的母爱教育而展开的批判，突出了对学生们阶级斗争观念的灌输，把普遍存在的人性爱的教育扭曲为憎恨教育。这样，便使得不同年龄层次的学生在接受教育时，容易接受所谓无产阶级伟大的爱、革命的爱，而漠视人与人之间的日常生活的爱，在校园里，尤其漠视师生之间的爱。

革命、政治、阶级斗争成了他们成长过程中最为重要的思想内容，所谓无产阶级伟大的爱、革命的爱，进而具体体现为对毛主席的爱。于是，对毛主席和革命的态度，便成了这些学生们爱与憎的唯一评判标准，日常生活的爱的情感也渐渐被视为奢侈的、不应该拥有的情感。

在谈到对母爱教育的批判的同时，还必须注意到当时中国正在兴起“学雷锋运动”。从雷锋个人来讲，本身是道德上的一个楷模，时刻想到别人，为大家做好事，这在任何时代任何社会都是值得推崇的美德。但我觉得，如果从当年的历史背景来看，从后来形成的红卫兵群体的特征来看，从个人崇拜愈演愈烈的事实来看，也许对毛泽东本人来说，开展学雷锋活动所关心的不只是道德范畴的特点。他看问题从来是从政治入手的。对毛泽东的个人崇拜是在学雷锋之后形成的。大跃进、人民公社、三年困难时期，毛泽东在党内受到了很大的压力，其他人对毛泽东是批评的，毛泽东借助林彪在部队的影响开展学雷锋活动，这个背景今天我们是不能忽略的，这在很大程度上造成了一代学生对毛泽东的个人崇拜，为“文革”的爆发打下了基础。

对于雷锋有两种解释：一种是做一颗螺丝钉、做好事的道德形象，他的负面是不动脑筋，是纯粹工具论的具体体现；另外一种解释是林彪的题词：“读毛主席的书，听毛主席的话，做毛主席的好战士”，把雷锋变成对阶级敌人仇恨、对毛主席无比忠诚的形象。

正是在这样一种教育氛围中，十几岁的学生们开始形成红卫兵的情感模式。同情心不再被肯定，善良不再被肯定；相反，无情被当作革命的坚定性，野蛮被看作革命者应有的勇敢。当这样一种情感和道德观形成之后，他们顺理成章地走到了造反的前列，成了最为狂热、无情、野蛮的一代青年，成了“文革”爆发初期叱咤风云的一代，成了这场革命的工具。

这样的红卫兵，不会意识到他们所做的一切是违反人性的。因为在他们形成的观念中，本来只有革命的情感才是崇高的、才是值得肯定的。

由此可见，当我们探讨红卫兵运动兴起的原因时，应该注意到从小学教育开始所发生的对母爱教育的批判，注意到红卫兵的人性扭曲绝非完成于一夜之间。□ 2003·6

认错与忏悔

□汪成法

一

“昏黄的灯光下，78岁高龄的汤一介先生戴上老花镜，用颤抖的手，执意在记者的文稿上补充写下了一句话。这句话是：‘我错了，我要深刻反省。’记者的眼泪夺眶而出。在记者看来，以汤一介先生的德高望重，以他平日为人的人品和人格，他不必为了一个30年前历史的错误而忏悔。”

这是《中华读书报》记者陈香在《汤一介和“梁效”》一文开头写下的一段话。

“78岁高龄的汤一介先生”“执意”要“深刻反省”一个记者以为已经不必“忏悔”了的“历史的错误”，此事发生于1973年：“清华大学做了一个‘林彪与孔孟之道’的材料，送给了毛主席。毛主席看了之后就说不好，说清华是理工科学校，不懂这一块，要求找一些北大的老师来整批林批孔的材料。‘当时就把我们找去了，冯友兰啊，周一良啊，我啊。’汤一介说，这就是当时‘批林批孔’和‘梁效’，即‘两校’的由来。”当时，汤一介他们“心里都挺高兴”，“因为是毛主席找的我们，我们都觉得特别骄傲”。① 但现在，三十年之后，年近八旬的老人宣布自己“要深刻反省”了，因为他认识到“我错了”。难怪“记者的眼泪夺眶而出”，老人的表现确实让人感动。

但感动归感动，我倒不认为汤一介先生的忏悔是“不必”的：既然有“历史的错误”，认错和忏悔都是应当的，也是必要的。

只不过，记者在这里的表述不够准确：汤一介先生写下“我错了，我要深刻反省”这句话，只是在承认那一段“历史的错误”，宣布自己要进行反省，虽不能说和忏悔无关，但并不就等于忏悔。

---

① 陈香：《汤一介和“梁效”》，《中华读书报》，2006年2月8日。

忏悔和认错其实是两种不同的行为过程。

认错是一种外发的行为，是面对具体的他人——尤其是因自己的“错”而受到伤害的人——的一种表白，虽然，首先得是自己“认识”到自己的“错”，然后才是向确定的他人“承认”自己的“错”，但一般人们是在“承认错误”这个意义上来理解“认错”的。尽管不是非常明确，认错在一定程度上其实还是包含了来自他人的理解甚至谅解的期待，当然应该也包含了愿意接受应得惩罚的表示，正如“负荆请罪”的故事所展示的那样；而对于被当初的“错”所伤害的个体来说，有错者的认错也是其内心必然的期待，认错正是对他的一种必要的安慰，甚至可以说是精神的补偿。

忏悔则是一种内向的行为，是面向自己内心的心理过程，它是主体在认识到自己的“错”是一种“罪”之后，因为不能也不愿原谅自己而进行的反思与自我惩戒：在承认并惩戒自己的错与罪之外，忏悔者还必将追问致错与犯罪的个人原因。就忏悔的起源与表现来说，基督教的忏悔是向上帝承认自己的有罪，佛教是向佛祖承认自己的有罪，似乎也都是向外的，但事实上，无论上帝还是佛祖，都是无法明确证实的存在，是因为人内心的“信”其有才成为有意义的存在，因而对上帝或佛祖的忏悔事实上也是对自己内心的良知的忏悔，只能发生于已觉醒的灵魂之内心深处，也只对忏悔者自己而言才有意义。因此，忏悔者的期待就不是对“错”与“罪”的原谅，虽然也不会带给自己任何外来的惩罚，但忏悔者通过忏悔就已经对自己实行了良心上的自我惩罚。

当然，认错和忏悔其实又是一个一体两面的过程。二者都必须以认识到自己的“错”与“罪”为前提，但认错必须见诸行动，忏悔则是一个无法直接向外展示的过程。认错者未必就真忏悔，而忏悔者则必然会认错。对于曾经有“罪”与“错”者，人们可以期待他们的承认，甚至可以通过外在的压力逼使其不得不认错、认罪，但无法促成忏悔的发生，因为忏悔绝不是外力逼迫所能实现的。痛责某人不忏悔，其实只是因其拒不承认错误而发的愤激之词，或者可以说就是表示已经对其彻底绝望了而已。而当某人宣布自己要忏悔时，他其实说的只是自己愿意承认错误而已，和忏悔是否发生并无必然的联系。

正是因为忏悔的内向性，其成为无法从外部证实的过程。因此，对于有“错”者而言，虽然“认错”与“忏悔”都是应当而且必要的，但就社会舆论而言，则只能吁请有错者认错，而无法也不必责问忏悔是否发生。换个说法就是：对自我而言，认错和忏悔同样必要；对他人和社会而言，认错比忏悔更加必要。

二

但认错并非只是一句“我错了，我要深刻反省”。

认错还必须见诸行动，以行动来证明自己确是认识到昔日的错误，以行动来证明自己将改正或不再重复同样的错误。

仍从汤一介先生说起。其实，尽管是“梁效”成员，也写了一些文章，汤一介当时的主要任务只是做一些准备材料的工作。就是那些当时一同参与其事的其他学者，如他所提到的同为“梁效”成员的冯友兰、周一良等，也不过就是顺应上面的意思，望风承旨地写了一些披着学术外衣的批判文章，并没有做过什么伤天害理的大奸大恶之事。但是，因为这段经历，“四人帮”垮台后，汤一介又陷入了隔离审查，到 1978 年才被解放，其他人的经历也大致相似。当时的社会舆论对他们那些曲学阿世、助纣为虐的行为也不曾轻易放过，而是进行了辛辣的讽刺和鞭挞。用舒芜的话来说，就是他们的行迹“为清议”所“不容”，因此舒芜的《四皓新咏》组诗就得以“一时南北传写，敌忾同仇”，轰动一时。①

所谓“四皓”，是指在“文革”后期曾经作文把江青比作凤凰的冯友兰，为江青讲解《离骚》的魏建功，借批孔而影射批周恩来的周一良，以及据说替江青修改“江上有奇峰……偶尔露峥嵘”一诗并为之讲李商隐是法家的林庚。其中没有汤一介，这是因为他的知名度较小一些，资历也较这四人为浅，但社会舆论对他们的态度并无不同。只是，随着时光的流逝，人们心头的伤痕已渐渐平复，对历史的理解与认识也在逐渐加深，所以，到了 20 世纪 80 年代后期，在谈及“四皓”的这一历史时，人们就有了新的认识和评价：“新四皓只不过是‘四人帮’时期的文学侍从之臣，他们既是被利用者，在一种意义上也是受害者，时移事易，人们也就不再斤斤计较于他们的过去，而寄望于他们的现在和未来。”② 较之当初的“敌忾同仇”，这是一种理性的态度，当然也是人们在讨论一切历史问题时都应持取的态度。

但是，人们所寄望的“他们的现在和未来”，是要由他们用自己的言行来印证的，这就是要看他们“现在和未来”的所作所为，其中也包括要看他们在“现在和未来”是如何对待自己的过去的。大体而言，可以说“四皓”等人均不负众望，在各自的专业领域内都有突出的建树，无愧于他们各自名家大家的身份；就对待自己的过去而言，各人的表现虽也大致未曾再遭物议，但又各有不同：魏建功先生早

① 这一组诗是：“贞元三策献当年，又见西宫侍讲筵，雌雉山梁尊彩凤，栖栖南子是心传。”“诗人盲目尔盲心，白首终惭鲁迅箴，一卷离骚进天后，翻成一曲雨淋铃。”“射影含沙骂孔丘，谤书箢钥护奸谋，先生熟读隋唐史，本纪何曾配武周。”“润色奇峰伺黛螺，北京重唱老情歌，义山已被挦扯苦，拉入申韩更奈何。”按：“四皓”本指西汉初年的“商山四皓”，事见《史记·留侯世家》《汉书·张良传》。关于这一组诗，舒芜先生后来写了一段跋文，可以看出其思想前后变化的轨迹：“右旧作四皓新咏。时四害初除，群情激奋，某大学四教授当‘四害’横行之时，不无曲阿之迹，为清议不容，目为四皓，爰摭拾传闻，共抒愤懑，一时南北传写，敌忾同仇。倏忽遂已十年，所咏四君，其一已归道山，存者皆有建树，为世所许，且事情大白，当时传闻出入轻重之误，或又未免。然放翁诗云：‘万事不如公论久，诸贤莫与寸心违。’窃本斯意，过而存之，他日诗亡而后春秋作，是所愿也。”转引自程雪野（罗孚）：《碧空楼上问舒芜》《舒芜自谈〈四皓新咏〉》，《明报月刊》1987 年 12 月号。

② 程雪野：《碧空楼上问舒芜》，《明报月刊》1987 年 12 月号。

逝，未见其谈论自己的过去；林庚先生去世最晚，似乎也不曾谈及自己的这一段历史；冯友兰和周一良两位先生则都曾明确对自己“文革”后期的表现作出深刻的反省，虽然人们已经“不再斤斤计较于他们的过去”，但和汤一介先生一样，他们自己则都明确承认自己的这一段历史是犯了错误，“我错了，我要深刻反省”可以说是他们共同的心声。

对魏建功和林庚两位先生，没有谁再加以追究，这也可以说是对他们的沉默报以理解的同情。冯友兰、周一良以及汤一介等先生的自我反省，则曾经引起社会对他们这段历史的重新关注。但是，不论早已知道还是初次得知，舆论普遍对他们表现出理解的同情，人们不但不再深责他们当年的曲学阿世、助纣为虐，反而对他们今天敢于正视自己的错误，敢于承认错误，勇于表达自己的忏悔之情，表现出高度的赞赏。也许可以这样说，无论认错还是沉默，他们个人对待历史的态度都得到了人们的认可。因此，这就是曾经有过历史错误的人们所应持取的态度。

然而，较之魏、林二先生的沉默，究竟还是冯、周、汤诸位先生的表现更加值得赞赏。因为，虽然“文革”已经过去，但对“文革”的反思不应该成为过去，对于这一段给国家、民族和个人带来深重创伤的历史，我们有必要进行全面深入的研究和思考。而作为研究和思考的前提，很是需要这一历史的亲历者作出全面深入的描述，以他们的亲经亲历来再现这段历史。而像冯、周诸位先生这样曾经在运动中犯有错误的人，回首往事时对自己错误的再次承认、反省，就显得非常有必要而且可贵了。他们的认错正是一种对历史、对他人负责的态度，也是一种对自己负责的态度。作为亲历者，作为有错者，写出这段历史，承认自己的错误，应该是其义不容辞的责任。

认错之意义因此更为重大。

三

然而，忏悔不易，认错也难：认识和承认错误都不容易。

一句话或者会使受伤的心得到抚慰，也可能会令旁观者感到满意。但因此也会有敷衍其事的认错，为了安慰受害者和旁观者，更为了减轻受害者和旁观者的期待给自己造成心理上的压迫。甚至可能违心地认错，承认错误但并不认为自己真的有错。

如果首先是不曾“认识”到自己的错误，当然也就无从“忏悔”自己的错误；偶然“承认”有错，纯粹是为了欺骗公众，解除那包围着自己的舆论压迫。如果已经“承认”自己有错，但又一再为自己的错误辩护，这其实并不是真正的“认错”，因为这是“忏悔”缺席的认错。

认错也有一个过程：从“认识”自己的错误，到“承认”自己的错误。其间的过渡就是忏悔。“认识”到自己的错误了，才会忏悔自己的错误；忏悔使自己感到赎罪的必要，而公开“承认”正是赎罪的第一步，于是公开向人“承认”自己的错误就成为内心必然的需求。

忏悔在认错之中。

如果没有忏悔，是难以认识到自己公开承认错误的必要的，也就不会把认错当成自己必须承担的责任。

因此没有忏悔的认错不是真正的认错。

而伪装的违心的认错者必然会千方百计地、偷偷摸摸地为自己的错误和罪行辩护，其恶实远在沉默之上。

比如舒芜。1955年的“胡风集团案”，固然是胡风及其难友心中永远的痛，但同样更是因此被称为“犹大”的舒芜心中永远的痛。这痛楚会使尚未全然麻木的心灵感到难以呼吸的沉重。于是，四十年后，在为《回归五四》一书所写的《后序》中，舒芜公开承认自己当年的错误了：“由我的《关于胡风的宗派主义》，一改再改三改而成了《关于胡风反革命集团的一些材料》，虽非我始料所及，但是它导致了那样一大冤狱。”“有我应负的责任。本书的结集出版，也是向历史把这份沉重的责任永远铭记下来。”① 承认自己有“应负的责任”，并要“向历史把这份沉重的责任永远铭记下来”，这认错的话不可谓不沉痛。但是，就是在这篇《后序》中，以及其后的“口述自传”中，他终于又无法隐忍为自己辩护的热望，于是一再声明：冤狱实“非我始料所及”，而“所谓‘交信’，根本就不存在。我从来没有向任何人交过什么信”。当年的实际情况是，他认为胡风的宗派主义思想“在他的公开文字中表现得还比较含蓄，在私人通信中就说得很明显。我的文章要说清楚这一点，就不能不引用胡风给我的信。《人民日报》要发表我的文章，叶遥为了核实我文章中所引用的胡风给我的信原文，向我借信去校对，是借用一下，我就借给了她。‘借出去’和‘交上去’这两个性质完全是不一样的。我写的文章，引用了胡风给我的信，《人民日报》要发表这个文章，编辑部为了业务上慎重的需要，希望借书信原件去核对一下，这有什么不可以？何况叶遥女士既是编辑又是我的老熟人”。又说：“既然林默涵发了话，我就不敢不按照他的‘指示’编出了那个材料，谁知又惊动了毛泽东亲自介入进来，写了那么一个‘编者按’，定了那么一个吓人的罪名，后来的一切更是万万非我所能料到的”②。仿佛他当时完全是一片赤诚而又是完全懵懂，因而完全是无辜的一样。自然，“后来的一切”真的是“万万非我所能料到的”，但是，前面的“不能不”却未免说得过于轻巧，因为，他何以“不能不”这样做才是最应该进行深刻反省之处，而他却始终不能对自己作出这一选择的思想动因进行必要的探寻分析，也就始终不曾认识到自己错误的根源究竟何在，从

① 舒芜：《〈回归五四〉后序》，《新文学史料》1997年第2期。

② 舒芜口述，许福芦撰写：《舒芜口述自传》，北京：中国社会科学出版社2002年版，第282页。

而也自然不明白自己何以会被利用以及是如何被利用的。

与舒芜谊属朋友的聂绀弩，在其1985年1月14日写给舒芜的信中，一边称道舒芜的周作人研究，同时也对周作人的过人之处赞誉有加。但也就在这封信中，因为在舒芜的新作中没有看到舒芜旧日的一个观点："作过坏事的人，经过批判，不再诡辩推脱，也则罢了。否则才必须更严批判。"所以，在信的末尾，聂绀弩特意又加了这么一句话："周最丑处就在在回忆录中为自己辩护!"① 不知舒芜为何没有在新作中重申自己旧日的这一观点，重读聂绀弩此信，他又该会作何感想呢?

然而，"为自己辩护"的人即便承认自己有"应负的责任"，却不会认为自己就是"作过坏事的人"，他觉得自己其实是无罪的，人们对他的激切批判在他看来是冤枉的，是对他的污蔑，所以，他要站出来，洗刷泼在自己身上的污水。舒芜，正像聂绀弩所说的周作人一样，其"最丑处就在在回忆录中为自己辩护"，一再如他自己所抨击过的那样为自己的罪过"诡辩推脱"。但也正因为他一再的自我辩解，也就一再给予了人们重新审视他的历史的机会。在舒芜本人，这实在是一再自取其辱，但这也给了人们一次又一次的机会来审视像他那样从非常时期走出的灵魂的生存状态，因此这倒又应该感谢他的不甘沉默了。如果他像魏建功和林庚两位先生那样一直沉默，或者，如果他和周作人都是能够对自己的错误勇于承担的人，我们将失去细致观察这样的灵魂的机会了。当然，如果他们真是那样能够自我承担的人，或者也就不会有这样的罪过发生了。

四

在1982年所写的一篇纪念冯雪峰的文章中，舒芜曾经说过这样的话："并不是说雪峰同志的每一个错误都得到了纠正，例如解放初期，他也参加了对萧也牧同志完全不公正的围攻，他的调子还特别高，这就是他所犯过的一个令人难以淡忘的错误，后来也没有看见他公开改正。这是很可惋惜的。"② 这惋惜，是为冯雪峰而发，有此"令人难以淡忘的错误"且没有"公开改正"自己的错误，的确是冯雪峰的盛德之累。然而，冯雪峰批判萧也牧的文章发表于1951年，③ 冯雪峰1976年去世，了解这一段中国历史以及冯雪峰个人遭际的人应该可以理解：不管是否认识到自己的错误，在有生之年，冯雪峰根本没有"公开改正"其错误的机会。要说"惋惜"，更应该惋惜的倒是冯雪峰的早逝，没有等到可以"公开改正"错误的时代。

---

① 聂绀弩：《聂绀弩全集》（第9卷），武汉：武汉出版社2004年版，第438－439页。

② 舒芜：《忠贞的灵魂——读〈冯雪峰论文集〉》，《书与现实》，北京：生活·读书·新知三联书店2006年版，第12页。

③ 冯雪峰化名"读者李定中"发表的《反对玩弄人民的态度，反对新的低级趣味》一文，初刊于1951年6月25日出版的《文艺报》第4卷第5期。

当然，因为早逝，冯雪峰也没有得到可以为自己的错误辩护的机会。因此，除了舒芜之外，似乎也没有太多的人再来谈论冯雪峰的这一错误，尽管很多人都很清楚这一事件的来龙去脉。

其实，就舒芜而言，以他后来在“反右”和“文革”中的悲惨遭际，以他“文革”后在自己专业领域中的卓越建树，他自己不说，人们也会对他当年的错误报以理解甚至谅解的。虽然个人的主动程度以及后果的严重性不可同日而语，舒芜其实与他先讥刺而后原谅的“四皓”成员一样，也既是被利用者，又是受害者，因此，他也只要像汤一介先生那样，说一句“我错了，我要深刻反省”就可以了。如果他真心诚意地说：在“胡风事件”中，我错了，我犯下了不可饶恕的错误、罪过，不管是出于真诚也好，出于糊涂也好，还是出于自保或者献媚也好，人们可以根据自己的理解和认识来评论、臧否，我对此将保持沉默，决不诡辩推脱。而假如他终于果真从此不再谈起，尤其是不为自己辩护解释，那就真是一种认罪的态度。甚至，即使他从来不曾有过认错的表示，即如魏建功和林庚两位先生一样，一直对此表示沉默，我想，从此人们也就不会一再追问他了。

当年，在“胡风反革命集团案”公开之后，出面批判胡风的人何止千万，又有多少人不是“不能不”且又“不敢不”的呢？比如巴金，在1955年5—7月，连续发表了《必须彻底打垮胡风反党集团》、《谈〈洼地上的战役〉的反动性》（原题《谈别有用心的〈洼地上的战役〉》）、《他们的罪行必须受到严厉的处分》、《关于胡风的两件事情》等文章，积极地配合了当时的运动。胡风去世后，巴金重读了自己当年的文字，他说：“我好像挨了当头一棒！印在白纸上的黑字是永远揩不掉的。子孙后代是我们真正的裁判官。究竟对什么错误我们应该负责，他们知道，他们不会原谅我们。”“我对自己的表演（即使是不得已而为之吧），也感到恶心，感到羞耻。今天翻看三十年前写的那些话，我还是不能原谅自己，也不想要求后人原谅我。”“历史不能让人随意编造，沉默妨碍不了真话的流传，泼到他身上的不公平的污水也起不了什么作用，只是为了那些‘违心之论’我绝不能宽恕自己。”所以他才不能安于沉默，写下了记录自己“应当偿还的大小债务”的作为自己“一生的收支总账”的五本《随想录》①，作为认错之书，也是忏悔之书。而巴金也因此赢得了人们普遍的尊敬。

其实，过去的做法是否有“错”，过去的行为是否有“罪”，这虽然似乎是一个“认识”问题，但其实又是一个无须争论的客观存在，因为一个人的行为是否对他人造成伤害是既成事实，不会因其是否认识或承认而可以改变。只要伤害了他人，这个人就是有“错”、有“罪”的施害者，而“施害者有承认过错和表示忏悔

---

① 巴金：《怀念胡风》《无题集·后记》，《无题集（〈随想录〉第五集）》，北京：人民文学出版社1986年版，第176、177、187页。

的责任。记住自己的过错，这本身就是一种道德责任”①。拒绝认错，拒绝忏悔，就是拒绝承担相应的道德责任。

而历史的伤害既然已经发生，受害者就已然承受过历史的伤害，施害者事后的认错或者忏悔其实已经丝毫无改于当初的伤害，在某种程度上，可以说所谓的认错或者忏悔对他们而言并无任何实际意义。于是，认错和忏悔实际上又成为只对施害者个人更有意义的道德责任。拒绝还是承担，这完全是由个人的人格境界来决定的。而一个拒绝承担道德责任的人，最终伤害的是他个人的道德形象，最终受到伤害的只有他自己。◻ 2007·4

① 这是伦理哲学家、耶路撒冷希伯来大学哲学教授马格利特（Avishai Margalit）在《记忆的伦理》一书中的观点，转引自徐贲：《人以什么理由来记忆?》，《南方周末》，2007年3月22日。

革命与流氓

□王彬彬

一

北京出版社出版的“大家小书”中，有一本萨孟武的《水浒传与中国社会》(2005年4月)。萨孟武，中国现代著名学者，所长为政治学与社会学。《水浒传与中国社会》最初出版于抗战之前。20世纪60年代，作者在台湾做了较大的增删。北京出版社所印的，应该是增删后的版本。

萨孟武将宋江们所盘踞的梁山泊视作一流氓社会；将梁山泊“好汉”们的打家劫舍、杀人越货视作流氓革命。“梁山泊所代表的是什么？不消说，它的构成分子，以流氓为主，最初投到梁山泊的是晁盖等七人，晁盖虽是山东济州郓城县的富户，但他不喜欢结交文人，‘专爱结识天下好汉’（第十三回)，其下有吴用为不第秀才，公孙胜为云游道人，刘唐飘泊江湖，没有一定职业，三阮打渔为生，并做私商勾当，白胜为闲汉。梁山泊的好汉大率出身于流氓，没有正当的职业，或在山林‘剪径’，或在江湖‘揩油’，我们虽然佩服他们的义气，而对于他们‘迫上梁山’的环境，也该予以相当的同情，但不宜因佩服与同情，而讳言他们的出身。”①

其实不仅仅梁山泊的革命是一种流氓革命，中国历史上任何一次略有声色的革命，都与流氓有密切关系。在打家劫舍、杀人越货中，在攻城略地、逐鹿中原时，没有大量流氓发扬那种流氓精神，还真不行。中国有古语云：“秀才造反，十年不成。”仅有“秀才”的革命，那是成不了什么气候的。但是，要革命，要造反，完全没有“秀才”行不行呢？也不行。在中国历史上，略有声色的革命、造反，大抵是“秀才”与流氓共同完成的。不过，这革命和造反中的“秀才”，必须是流氓化了的“秀才”，或是甘愿与流氓为伍、认同了流氓的价值观念的“秀才”。在“秀才”与流氓共同进行的革命、造反活动中，“秀才”与流氓的关系有两种。一种是

① 萨孟武：《水浒传与中国社会》，北京：北京出版社2005年版，第6－7页。

“秀才”发动、领导流氓革命、造反。梁山泊就属于这种形式。宋江本是刀笔吏，“刀笔精通，吏道纯熟”。浔阳楼的“反诗”虽然写得不怎么样，但毕竟是会作诗的人。总之，宋江好歹也算个读书人。梁山泊如果没有李逵、刘唐、白胜、三阮这些流氓，固然不成；但如果没有宋江、吴用这样的读书人，也绝不能那样轰轰烈烈。“秀才”发动和领导流氓革命、造反的例子，历史上很多。所谓“太平天国”的革命和造反，也是一例。洪秀全、冯云山，都是多次考秀才而不售。虽然未售，但毕竟有考秀才的资格，毕竟多次进入考秀才的考场，勉强也算得个准秀才。没有杨秀清一类流氓，这场革命和造反固然闹腾不起来；但如果没有洪秀全、冯云山一类人的筹谋，没有他们弄出一种邪教作为意识形态，也不会有那么大的“成就”。

“秀才”与流氓的另一种关系，是流氓借助、利用“秀才”而发动和领导革命、造反。当然，更准确的说法，是一个（或一群）大流氓，发动和领导许多小流氓革命和造反，而在这过程中，却注意借助和利用“秀才”：刘邦和朱元璋就是两个很典型的例子。

不过，“秀才”发动和领导流氓革命、造反也好，“秀才”被发动和领导革命、造反的大流氓所借助和利用也好，作为“秀才”，都要在自身完成一场“转变立场”的革命，都要在“身份认同”上完成一次造反。必须放弃读书人的价值观念，必须改变读书人的思想情感甚至生活方式，而向革命和造反队伍中的流氓看齐。革命和造反之所以需要“秀才”，是需要“秀才”的知识、眼光，而并不需要“秀才”原本可能有的属于读书人的价值观念、思想情感。换句话说，革命和造反，只需要“秀才”的技能，而并不需要那种“知识分子精神”。在革命和造反中，无论是作为发动和领导者的“秀才”，还是作为被借助和被利用者的“秀才”，都必须在保留“秀才”的技能的同时，在精神上最大限度地流氓化，最大限度地与李逵、刘唐、白胜、三阮们“打成一片”。

二

萨孟武的《水浒传与中国社会》以这样的话开头：“在中国历史上有争夺帝位的野心者不外两种人，一是豪族，如杨坚、李世民等是。二是流氓，如刘邦、朱元璋等是。此盖豪族有所凭借，便于取得权力，流氓无所顾忌，勇于冒险。”① 萨孟武指出：

> 贫穷的普遍化就是暗示中国社会快要发生大乱。……此种历史都可以证明：因贫穷而作乱的，多由流氓发动。他们没有‘身家性命’，而生活又不安定，生的快乐既未尝过，死的苦痛也不恐怖。他们最肯冒险，由九死一生之

① 萨孟武：《水浒传与中国社会》，北京：北京出版社2005年版，第1页。

中，突然地置身于云霄之上。他们个人虽然没有势力，而成群结队之后，就可以横行江湖。绅士们怕他们捣乱，农民怕他们鱼肉，他们在中国社会上，乃是化外之民，隐然成为一个势力。

流氓在中国历史上曾演过重要的角色……①

社会动乱的年代盛产流氓。在这样的年代，要进行革命和造反，也不可能拒绝流氓，不可能不广泛地依赖流氓。1925年至1926年，毛泽东写了著名的《中国社会各阶级的分析》。文章以这样的话开头："谁是我们的敌人？谁是我们的朋友？这个问题是革命的首要问题。"这句话后来成为毛式名言之一。我们今天读到的这篇文章，临近结尾，有这样一段话：

此外，还有数量不小的游民无产者，为失了土地的农民和失了工作机会的手工业工人。他们是人类生活中最不安定者。他们在各地都有秘密组织，如闽粤的"三合会"，湘鄂黔蜀的"哥老会"，皖豫鲁等省的"大刀会"，直隶及东三省的"在理会"，上海等处的"青帮"，都曾经是他们的政治和经济斗争的互助团体。处置这一批人，是中国的困难的问题之一。这一批人很能勇敢奋斗，但有破坏性，如引导得法，可以变成一种革命力量。

这里说的，其实就是萨孟武所谓的流氓。萨孟武对中国流氓的看法是："中国的流氓不曾劳动，也不想劳动，社会并不依靠他们而存在，他们却要依靠社会讨生活。他们完全是一种过剩人口，纵令他们全部灭亡，也不妨害社会的存在，反而他们的灭亡却可使社会的秩序因之稳定。"② 而毛泽东在这里，虽然也指出了他们"有破坏性"，但对他们的同情、肯定、欣赏却表现得很分明。说这些大家熟知的江湖帮会，都是由失去土地的农民和失业的手工业工人组成，显然不合实情。在分析"谁是我们的敌人？谁是我们的朋友"时，毛泽东强调了"这一批人很能勇敢奋斗"，强调了他们"可以变成一种革命力量"，也就在强调：这一批人应是"我们的朋友"而不应是"我们的敌人"。

伦敦大学的美籍教授斯图尔特·施拉姆是国际上研究毛泽东的著名专家，有一系列关于毛泽东的著作问世。其中，政治传记《毛泽东》影响尤其大。施拉姆对毛泽东是很有好感的，对毛泽东有颇多积极的评价。他的《毛泽东》一书的中文译本，早由红旗出版社出版。在谈到井冈山时期的毛泽东时，施拉姆写道：

毛的部队中有经过教育而得到一定改造的非无产阶级分子，这不仅反映了他难以招到阶级出身好的官兵（毛自然是这样向上级党报告的），但这也与他自己气质和理想的基本倾向一致。他自幼就崇拜中国通俗小说中的草莽英雄，虽然他的世界观并不仅仅处在农民起义的水平，但是他对马克思主义的信仰并没有否定他少年时代的热情。他在1926年写的关于中国社会各阶级的文章就

---

① 萨孟武：《水浒传与中国社会》，北京：北京出版社2005年版，第5－6页。

② 萨孟武：《水浒传与中国社会》，北京：北京出版社2005年版，第4页。

> 是明证。他在文章中对五种游民——士兵、土匪、强盗、乞丐和妓女——都有生动的描述，并称赞他们有资格成为革命战士。在此文中并没有现在官方版本里加进去的批评的语言。他在谈到“政治和经济斗争的互助团体”的秘密组织时也是充满同情的。无疑，他在井冈山时期肯定一直是持这种态度的。对土匪和其他社会渣滓，他不是勉强而是很愿意收容的……①

施拉姆的叙述提醒我们，我们现在从《毛泽东选集》中读到的《中国社会各阶级的分析》并不是最初的版本。最初的版本中，并没有“但有破坏性”这样的评价。

井冈山时期的毛泽东，与其时在上海的中共中央之间很不和谐，这是中小学生学习中国现代史时都要学到的。其时的中共中央对毛泽东在井冈山的所作所为是很不赞同的，是忧心忡忡的。中共中央党校出版社 1989 年出版的《中共中央文件选集》第四册，收录了 1928 年 6 月 4 日《中央致朱德、毛泽东并前委的信》，信中说：“你们必须依照中央最近的军事工作决议案改造你们的军队……在成分上尽可能的增加工农和贫民的成分，减少流氓的成分。”

三

美国学者 R. 特里尔，也是研究中国问题的世界级权威。他的在世界上影响巨大的《毛泽东传》，由河北人民出版社 1989 年 3 月出版了中译本。特里尔在肯定毛泽东时更有热情。中译本中《出版者的话》中说：“R. 特里尔先生以其记者特有的敏锐和评论家特有的深度对毛泽东的一生作了追述。他的观点基本上与我们党关于历史问题的决议相一致。”特里尔写到井冈山时期的毛泽东时，有这样的表述：

> 毛采取了灵活机智的策略，他隐藏着的“猴精”又开始出笼了。中共的合法“妻子”无产阶级远在城市，在这种情况下，土匪就成了毛的政治“情妇”。
>
> 毛结识了两个臭名昭著的土匪首领，他们给毛六百人和一百二十支步枪。他把许多游民和懒汉都补充到他的队伍里。两年中，红军扩充的大多数都是一些游民。而这些人是工人和农民所鄙视的。
>
> 毛之所以招募这些无业游民是因为他无其他路可选择。然而，毛并不把游民看成是社会渣滓。“他们也都是人，”他谈及游民时曾说，“他们也有五官和四肢。”游民也属无产者，毛坚信自己可以改造他们。(第 110 - 111 页)

按照特里尔的理解，只是因为远离城市，才不得不大量吸纳流氓，这说法肯定是片面的。乡村有乡村的流氓，而城市也有城市的流氓。要在城市从事革命和造反活动，就免不了也要吸纳城市流氓。在上海的中共中央告诫在井冈山的毛泽东要

---

① 斯图尔特·施拉姆著，中共中央文献研究室《国外研究毛泽东思想资料选辑》编辑组编译：《毛泽东》(第 2 版)，北京：红旗出版社 1995 年，第 116 - 117 页。

“减少流氓的成分”，但当他们在上海从事革命工作时，也难免要发挥流氓的作用——顾顺章就是一个典型的例子。

顾顺章，上海吴淞人，本是上海南洋兄弟烟草公司的工人，也是“青帮”的活跃分子，“五卅运动”时便是工人领袖。1927 年，上海工人三次暴动中他都任工人纠察队总队长，周恩来曾经是他的副队长。中共六大后，顾顺章成为中共中央政治局委员，在周恩来直接领导下负责特科工作。1931 年 4 月，顾顺章从上海护送张国焘到“鄂豫皖苏区”。在武汉送走张国焘后，被叛徒认出并被捕，被捕后立即叛变。由于他所知事情太多，他的叛变令周恩来和整个中共中央极其狼狈，也给中共带来惨重损失。顾顺章在中共党内曾是传奇式人物，黑道白道都玩得转，神通之广大超出常人想象。张国焘在《我的回忆》中写到这次由顾顺章护送赴鄂豫皖的过程时，对他仍有这样的描述：“顾顺章一直主持中共中央的特务部，归周恩来指挥，是周的得力助手，这时，顾顺章又实际主管中共中央通往各地和各苏区的交通网。……我还是在五卅运动时与顾顺章认识的，那时我就欣赏他的能干，这次重逢，已相隔五年多了，他的才华更是令人佩服。不过他的仪表谈吐，多少有些海派气味；也许这点是他为人美中不足之处。”①

其实，顾顺章是上海滩上一个地地道道的流氓。他的才华，他的神通，都是一个非同小可的流氓所具有的才华和神通。在当时的上海，顾顺章的才华和神通，对革命是非常有用的。正因为如此，他在革命阵营内被极度重用。

早期共产党人，后来成为铁杆托派的王凡西，在《双山回忆录》中对顾顺章事件有这样的“反思”：“顾顺章给我们讲秘密工作，他那时主持着中央的特务。这个人流氓气重极，思想谈不到，虽然工人出身，为人机警异常；但领导革命特工终究不能靠这种人，他后来的叛变与作恶，我认为赏识他与提拔他的人也不能没有责任的。任何革命中不能没有此种人参加，拒绝流氓无产阶级的归附便不能做成群众性的起义，但如何分别他们的正反面作用（认清他们那种远远超过正作用的反作用），马克思和列宁都已经充分教育过我们了。中共的领袖们不接受这个教训，以致在长年的革命工作中，吃过流氓们无数次的亏，顾顺章不过是其中最著名的一个例子罢了。”②

早被清除出局的王凡西，是作为中共的局外人对“革命与流氓”这一问题进行“反思”的。他的“反思”，在毛泽东等人看来，一定也表现了一种托派立场，也表达了一种托派观点。在“正作用”与“反作用”的问题上，作为铁杆托派的王凡西与毛泽东等人本就有着不同的认识。按照托派的观点，毛泽东对农民运动的重视，毛泽东在农村进行的武装斗争，毛泽东“农村包围城市”的策略，都是错误的。所以，毛泽东决不能认同王凡西在“革命与流氓”问题上的“反思”。

---

① 张国焘：《我的回忆》（第 3 册），北京：东方出版社 1998 年版，第 2－3 页。

② 王凡西：《双山回忆录》，北京：东方出版社 2004 年版，第 109－110 页。

四

流氓应该各个民族各个国家都有，但中国的流氓自有“中国特色”，因而，中国的革命与中国的流氓之间，也会表现出一种具有“中国特色”的关系。

在中国生活过五十年的美国传教士明恩溥（阿瑟·史密斯）在《中国乡村生活》一书中，专门谈论了中国的“乡村地痞”：

可以说，不充分了解乡村地痞的地位，就不可能完全理解中国人的生活。换句话说，准确了解了中国地痞的特点和作用，就在很大程度上理解了中国社会。

如我们所知，地痞是中国的一大特色。这并不是说别的国家就完全没有或不常有独霸一方的人，而只是说中国地痞运用权力的模式是独一无二的。这一模式很大程度上决定于中国人的民族特性——即渴望和平，不愿卷入争端。我们的祖先曾经野蛮而好战，他们之中也有地痞，但其特点与中国这样平和的民族中产生出来的地痞有着本质的区别。①

按明恩浦的理解，中国地痞的存在是以其他人的胆小怕事、苟且偷安、能忍则忍为前提的。当然，还有一个因素，那就是地痞往往是最贫穷的人，他们无所失去，因而也就无所畏惧。而良民百姓则往往上有几片瓦、下有几寸土，令他们深为牵挂。中国有一句俗话：“赤脚的不怕穿鞋的”，就把流氓地痞与良民百姓的关系说得十分生动和深刻。

1948 年，赵树理发表了小说《邪不压正》，一定程度上揭示了乡村的流氓地痞在“土改”中的活跃，一定程度上让人们意识到乡村政权怎样被流氓地痞所掌握。小说发表后自然招来非议。1950 年 1 月 15 日，赵树理在《人民日报》上发表了《关于〈邪不压正〉》一文，为自已辩护。其中说：

据我的经验，土改中最不易防范的是流氓钻空子。因为流氓是穷人，其身份容易和贫农混淆。在土改初期，忠厚的贫农，早在封建压力之下折了锐气，不经过相当时期鼓励不敢出头；中农顾虑多端，往往要抱一个时期的观望态度。只有流氓毫无顾忌，只要眼前有点小利，向着哪方面也可以。这种人基本上也是穷人，如果愿意站在大众这方面来反对封建势力，领导方面自然也不应拒绝，但在运动中要加以教育，逐渐克服了他的流氓根性，使他老老实实做个新人，而绝不可在未改造之前任为干部，使其有发挥流氓性的机会。可惜那地方在初期土改中没有认清这一点，致使流氓混入干部和积极分子群中，仍在群众头上抖威风。

---

① 明恩溥著，午晴、唐军译：《中国乡村生活》，北京：时事出版社 1998 年版，第 213 页。

前面说，王凡西是托派，他对“革命与流氓”问题的“反思”不会被毛泽东们认可。赵树理不是托派，但他对“土改与流氓”问题的忧思，也没有被主流政治接受。从《邪不压正》开始，赵树理就不断被批判，“文革”中更是在批斗中被打断肋骨、摔断髋骨，最终惨死。我不知道，仅仅思考过“土改与流氓”问题的赵树理，在“文革”中是否又思考过“文革”与流氓的关系；我也不知道，如果赵树理能在“文革”中熬过来，在“文革”后仍然能够思考，他是否会思考整个这场革命与流氓的关系。

但是，在这方面，值得探究和思考的问题的确很多很多。明恩溥说，准确了解了中国地痞的特点和作用，就在很大程度上了解了中国社会。那当然也可以说，准确了解了中国流氓的特点和作用，就在很大程度上了解了中国的革命。反过来说就是：不了解中国流氓的特点和作用，就不能充分了解中国的革命。

不记得在哪本书上看到，江湖帮会中的一条“道德准则”是：“自己的事再大，也是小事；帮会的事再小，也是大事。”这让我想到我们从小就很熟悉的那句话：“个人的事再大，也是小事；集体的事再小，也是大事。”这句“江湖话语”与我们整个社会数十年间奉为圭臬的话语之间，显然有着亲缘关系。这样的情形应该并非个别。我们应该好好想一想、查一查：长期以来，作为正面的东西出现在各级教科书上的那些话，有多少原本是江湖黑话；长期以来，我们用来表决心、献忠心（甚至献爱心）的那些话，有多少原本是流氓话语。 2007・5

爱或革命的偏至

——鲁迅 1927 年来穗动因考

□朱崇科

某种意义上说，对鲁迅的抽象或拔高评价往往也是既神化又僵化鲁迅的悖论式操作，尤其是，意识形态及政治家们的介入①使得其间已经被压缩的主体论述空间和可能讨论继续萎缩，从而让结论变成单一而霸道的定论。大家耳熟能详的就是，鲁迅是伟大的文学家、思想界和革命家。可以反问的是，鲁迅是谁的革命家？是怎样的革命家？否则，鲁迅就很容易变成被掏空的文化符号，貌似高大实则脆弱。

实际上，相当长一段时期内，几乎所有不同时空（南京、绍兴、北京、厦门、广州、上海）的论题和事件都会紧贴鲁迅，比如，鲁迅何时变成马克思主义者？各地学者对此喋喋不休，实则落入同样的论述圈套。更多时候，这样的先入为主的伪命题其实更是为自身的多重合法性以及资源占有寻求依据或尚方宝剑。为此，曹聚仁的批评可谓一针见血，“一定要把鲁迅算得是什么主义的信徒，好似他的主张没有一点不依循这一范畴，也是多余的。马克思学说之进入他的思想界，仍然和托尼学说并存，他并不如一般思想家那么入主出奴的”②。

何谓现代意义上的革命？根据《现代汉语词典》解释，可分三种：①被压迫阶级用暴力夺取政权，摧毁旧的腐朽的社会制度，建立新的进步的社会制度。革命破坏旧的生产关系，建立新的生产关系，解放生产力，推动社会的发展。②具有革命意识的。③根本改革。③ 严格说来，上面的解释在意义指向上是滑动的，各派势力和既得利益者的思想完全可以对之加以填充、修订，并辅以革命的名声。鲁迅对此显然有着清醒的认知，而在实践上也有自己独特的坚守，在《而已集·通信》（1927 年9 月3 日）中他写道：“‘战斗’和‘革命’，先前几乎有修改为‘捣乱’

---

① 尤其具有代表性的是毛泽东同志对鲁迅的高度评价（如“中国的第一等圣人”，“最坚定”“最正确”“最伟大”的文化导师等）可谓盖棺定论，使得长时期以来鲁迅的研究往往成为领袖意志和结论的注脚而近乎停滞。

② 引自张梦阳：《中国鲁迅学通史》（上），广州：广东教育出版社 2005 年版，第 501 页。

③ 具体可参中国社会科学院语言研究所词典编辑室编：《现代汉语词典》（2002 年增补本），北京：商务印书馆 2002 年版，第 424 页。

的趋势，现在大约可以免了。但旧衔似乎已经革去。”①

回到论述对象与相关事件上来，1927 年鲁迅来穗事件是否也是革命的产物和选择后果？这似乎不是一个可以简单回答的题目，在我看来，这也是该话题的有意味之处：革命是否可以成为涵盖极广、无远弗届的关键词？其边界内外是否还有着深层的暧昧或吊诡？

考察相关研究现状，在观点缠绕中的确也凸显出革命论点的乏力。持革命观点的论者认为，鲁迅对广州是充满着“希望”和“光明”的，它们“显然也是无产阶级社会主义文化思想为领导的人民大众反帝反封建的思想在鲁迅头脑中的萌芽和发展的具体说明”。② 同时，有论者将原因归结为鲁迅要打击旧社会的主动性和“党的推荐与争取”的革命性操作。③ 而部分修正者的观点则认为，这是鲁迅想做一点事情、“造一条战线”，向旧社会发动进攻的“一点野心”在起作用，也和“仪式感”有关。④ 当然，这样的观点也有人持批评意见，认为此说夸大其词，所谓的“仪式感”也是没有很好地理解鲁迅，他将原因主要归结为鲁迅是因为爱情才来广州的。⑤ 上述争议其实更说明了该论题的价值，同时却又部分彰显了爱或革命观点单一论的偏执。

一、 许广平： 爱与革命的张力

李育中先生指出，鲁迅“南来的动机不能说与革命无关，但已很迂回曲折了。在鲁迅心中并不这样想的。说他来广州是直截为了革命，这是别人给他安上的，一个人不会那么从头到脚都革命的，事情并非这样单纯”⑥。在我看来，无论如何，身居广州、籍贯广州番禺的许广平理所当然成为身居厦门并思念着她的鲁迅赶赴广州的重要理由和动因，任何其他冠冕堂皇的借口都无法遮蔽这一常识，哪怕是曾经作为师辈的鲁迅自己碍于情面，“在许面前还有一点老师的矜持”⑦。具体说来，许广平之于鲁迅赴穗有着如下多重的牵引力。

---

① 鲁迅：《鲁迅全集》（卷三），北京：人民文学出版社 2005 年版，第 467 页。以下引文，如非注明，皆来自此版本。

② 廖子东：《试论鲁迅在广州期间的思想特征》，广东鲁迅研究小组编：《论鲁迅在广州》，广州：广东鲁迅研究小组 1980 年版，第 28 页。

③ 李惠贞：《鲁迅在广州的战斗历程》，广东鲁迅研究小组编：《论鲁迅在广州》，1980 年，第 316 - 318 页。

④ 具体可参朱寿桐：《孤绝的旗帜——论鲁迅传统及其资源意义》，北京：文化艺术出版社 2005 年版，第 313 - 320 页。

⑤ 代表性观点可参房向东：《孤岛过客——鲁迅在厦门的 135 天》，武汉：湖北辞书出版社 2009 年版，第297 - 305 页。

⑥ 李育中：《鲁迅在广州的若干问题》，广东鲁迅研究小组编：《论鲁迅在广州》，1980 年，第 502 页。

⑦ 房向东：《孤岛过客——鲁迅在厦门的 135 天》，武汉：湖北辞书出版社 2009 年版，第 301 页。

（一）爱亦革命：涵容的悖论

长期以来，许广平、鲁迅、朱安这段三人行的复杂关系令许多人不明就里，甚至朱安的身份成为鲁研界一个名存实亡的禁区①。但坦白说，从更高的层面思考，神化鲁迅者和丑化鲁迅者其实共享了相同的悖谬逻辑结构——极端化思维。事实是，只有将鲁迅还原成可能的“元鲁迅”，或至少将之置于其复杂又独特的历史语境（historical context）中，鲁迅的许多抉择才更有其合理性。从此意义上说，鲁迅和许广平的爱情选择本身也可理解为一种迫不得已之下的“革命性”操作。

简而言之，鲁迅、朱安、许广平三人行的历程同样也呈现出鲁迅特色的悖论性：接受朱安，其实更多的是在母亲善意的欺骗中尽孝道（包括传说中的未行刺杀任务也和孝道有关），而保留朱安其位不走极端（所谓革命，离婚或休书完全可以逼死当事人）恰恰是在旧制度尚未彻底崩坏，新制度尚未确立时的最好操作。后来，鲁迅勇敢接受许广平的爱更显示了他们彼此对真爱追求的革命性——他们二人都做出了很大牺牲。当我们将目光转向《两地书》后，其中朴素却满溢着爱意的文字令人关注，也带有论者所言的叛逆性，“一部厚厚的《两地书》，说出的仅仅是自己的矛盾和背叛历程，以及希望爱情能帮助他从不断的背叛中迈步出来的隐隐渴求。《两地书》就是关于背叛的隐秘对话”②。

回到《两地书》上来，二人的情爱交流虽然往往和时局、工作、事务等事宜息息相关，但其中的真挚、甜蜜与不动声色的含情脉脉往往蕴含其间，令人感到生活与爱的无限美好。略举一二说明：

比如，二人分赴厦门、广州，原本是为了更好地生活的，但哪怕是在船上，鲁迅已经开始倾诉思念，颇有些疑神疑鬼的迷恋，“我在船上时，看见后面有一只轮船，总是不远不近地走着，我疑心就是‘广大’。不知你在船中，可看见前面有一只船否？倘看见，那我所悬拟的便不错了”（《两地书·三六》，第107页）。无独有偶，许广平在书信中也开始发作，“临行时所约的时间，我或者不能守住，要反抗的”（《两地书·三七》，第108页）。可见二人心领神会，感情真切。

而鲁迅刚到厦门不到一个月，便有度“月”如年之感，虽然厦门的气候对他的身体还算不错，“我之愿合同早满者，就是愿意年月过得快，快到民国十七年，可惜来此未及一月，却如过了一年了”（《两地书·四八》，第136-137页）。可以推断，许广平对鲁迅的召唤力和吸引力相当之强，甚至让他们觉得自己的必要工作约定令人惆怅。

---

① 具体可参王润华：《从鲁迅研究禁区到重新认识鲁迅》，《鲁迅小说新论》，台北：东大图书股份有限公司1992年版，第1-26页。有关三人关系的论述可参曾智中：《三人行——鲁迅与许广平、朱安》，北京：中国青年出版社1990年版。

② 敬文东：《失败的偶像：重读鲁迅》，广州：花城出版社2003年版，第232页。

耐人寻味的是，在1926年12月30日，许广平写信给鲁迅提及中大的“左”倾流言可能会影响并牵连鲁迅而想要避开另找工作（《两地书·一〇七》）后，鲁迅却回答道：“至于引为同事，恐因谣言而牵连自己，——我真奇怪，这是你因为碰了钉子，变成神经过敏，还是广州情形，确是如此的呢？倘是后者，那么，在广州做人，要比北京还难了。不过，我是不管这些的，我被各色人物用各色名号相加，由来久矣，所以被怎么说都可以。”（《两地书·一〇九》，第273页）一方面帮许分析原因，另一方面却毫不畏惧。可以理解，哪怕是顶着各种流言、谣言的打击，鲁迅奔赴广州的想法不变，我们不能不说，其间爱情的力量非常强大。

不难看出，广州成为鲁迅愿意涉足，乃至热烈前往的另一块阵地，许广平的爱意绵绵（虽然未必直白热烈），不绝如缕，但同时，这种对真爱的大胆追求也是对偏执革命论或狭隘的传统的反叛，这本身就有一定的革命性。当然，这也和二人为彼此的勇于“牺牲”① 密切相关。

（二）就事论事：牵引或担忧

我们同样也可回到许广平在鲁迅来穗具体操作中的功能和影响考察，尽管具体事务操作与二人的爱恋有着难以割舍的关联，但不管怎样，许广平的建议、观察发挥了不容忽视的影响。

1926年9月，当许广平得知郭沫若离开中大后，她首先想到的是鲁迅可能可以补缺，“厦大情形，闻之令人气短，后将何以为计，念念。广州办学，似乎还不至于此，你也有熟人如顾先生等，倘现时地位不好住，可愿意来此间一试否？郭沫若做政治部长去了”（《两地书·五二》，第149页）。而在10月18日，许广平也作出类似的呼吁（《两地书·五九》，第169页）。

10月22日，许广平在知道中山大学改制后，更是提出类似的建议，虽然对中大的希望也难以确定，“倘有人邀你的话，我想你也不妨试一试，从新建造，未必不佳。我看你在那里实在勉强”（《两地书·六一》，第178页）。当鲁迅表示犹豫时，10月23日，许广平仍然在重复和强调自己的意见，“广大（中大）现系从新开始，自然比较的有希望……我想，如果再有电邀，你可以来筹备几天”，又言，“否则，下半年到哪去呢？上海虽则可去，北京也可去，但又何必独不赴广东？这未免太傻气了”。似乎颇有替广东（和自己）鸣不平之意。引人注目的是，许广平还在信末注明：“我这信，也因希望你来，故说得天花乱坠，一切由你洞鉴可矣。”（《两地书·六三》，第182页）这种建议不仅坦白，而且为了实现朝夕相对的愿望，不惜添油加醋，这自然也有了爱情的私心了。

---

① 具体可参王得后：《〈两地书〉研究》，天津：天津人民出版社1982年版，第350－352页。

而在10月27日，许广平又继续积极引导，“以中大与厦大比较，中大较易发展，有希望，因为交通便利，民气发扬，而且政府也一气，又为各省所注意的新校”。虽然担心薪水未必多，生活及应酬费提高，却也从另一个角度帮鲁迅思考、解忧，“但若作为旅行，一面教书，一面游玩，却也未始不可的”（《两地书·六五》，第185页）。正如房向东所言，“许广平不在中山大学供职，却时时留意它的动向，她是为鲁迅留意，留心。她在鼓动鲁迅来广州哩”①。

当然，许广平对此事并非毫无担忧。如之前所提的1926年底，她曾经担心谣言对鲁迅的不良影响，“现在外间对于中大，有左倾之谣，而我自女师风潮以后，反对者或指为左派，或斥为共党。我虽无所属，而辞职之后，立刻进了‘左’的学校去了，这就能使他们证我之左，或直目为共，你引我为同事，也许会受牵连的”（《两地书·一〇七》，第271页）。这段话其实更呈现出许广平对鲁迅的关爱，在名声上珍惜他，也愿意牺牲。但实际上，这恰恰激发了鲁迅男性的豪气，呈现出印象中所谓韧性战斗的鲁迅颇有张力的一面。

不难看出，即使是单纯回到鲁迅来穗的具体资讯交流和操作上，许广平同样也是一种积极的牵引，从提供信息，到建议，到谏言，她当然希望鲁迅有更好的去处，但也希望彼此可以因此朝夕相对。而中间的一些担忧和人生之路讨论，其实也是为了二人世界可能的平坦与顺利以及更多的幸福做好了铺垫。

（三）内外夹攻：威胁与促发

1. 汕头小风波：内在的张力

在《两地书》中，汕头事件或风波其实也潜存了二人情感的内在张力。曾经有一段时间，许广平在广州的“训育主任”工作并不顺心，因此决定“一结束，当即离开，此时如汕头还缺教员，便赴汕头，否则另觅事做就是了”，而且，借此也说了一些令鲁迅有点失望的话，“你暂不来粤，也好，我并不定要煽动你来”（《两地书·七二》，第201页）。鲁迅在回信中表现出类似的失望，称未必决定下一步奔赴广州，原因之一是“我的一个朋友或者将往汕头，则我虽至广州，又与在厦门何异”（《两地书·七三》，第203页）。言语中难掩落寞。突然间，二人的关系仿佛变得疏远起来。“朋友”的措辞似乎更表达了鲁迅对他们二人关系的一种失望和不甘。同样在这封信中，鲁迅表现出很柔软的身段，在吐露自己的路向后，他更希望“就想写信和我的朋友商议，给我一条光”（《两地书·七三》，第204页）。其中的祈求姿态呈现出鲁迅对许广平的重视和部分依赖。

11月13日许广平对赴汕头之事更多只是一个选择项，她写道：“此后你如来粤，我也愿在广州觅事，否则，就到汕头去。”（《两地书·七七》，第211页）11

---

① 房向东：《孤岛过客——鲁迅在厦门的135天》，武汉：湖北辞书出版社2009年版，第98页。

月18日，鲁迅仍然希望许广平留下，并希望通过下月中旬即将赴粤的孙伏园“看中大女生指导员有无缺额，他一定肯绍介的”（《两地书·七五》，第207页）。这已经是从侧面寻求支撑了。11月21日，许广平表明姿态，“如广州有我可做的事，我自然也可以仍在这里的”（《两地书·八二》，第223页）。同样，在11月28日，二人在讨论未来生路时，鲁迅写道：“我极希望H. M. 也在同地，至少可以时常谈谈，鼓励我再做些有益于人的工作。”（《两地书·八三》，第226页）

汕头风波最后的结局当然是以喜剧告终，许广平的自我寻找与确定或逃避最终还是落实到鲁迅身上，而实际上，此事件后，许广平更坚定地成为鲁迅的“贤内助”。毋庸讳言，这一内在的张力反倒更有助于提升二人的情感浓度。

2. 高长虹事件：外部的促发

无须多说，鲁迅和高长虹的冲突原因自然丰富多彩①，但此处特别想强调的是1926年二人有关许广平的纠葛。鲁迅和高长虹的裂痕主要是源于1926年10月的“压稿事件”——韦素园接替主持编辑不久，就发生了退回高歌（高的二弟）的小说《剃刀》不用，压下向培良的剧本《冬天》不发的事情。高长虹开始在他主编的《狂飙》上攻击鲁迅，之前鲁迅置之不理，后来鲁迅接到了韦素园的汇报。

鲁迅在同年12月29日复信给韦素园说：“景宋在京时，确是常来我寓，并替我校对，抄写过不少稿子……这回又同车离京，到沪后她回故乡，我来厦门，而长虹遂以为我带她到了厦门了。倘这推测是真的，则长虹大约在京时，对她有过各种计划，而不成功，因疑我从中作梗。其实是我虽然也许是‘黑夜’，但并没有吞没这‘月儿’。”同时，鲁迅也表达出一个男人的愤怒，“我从此倒要细心研究他究竟是怎样的梦，或者简直动手撕碎它，给他更其痛哭流涕”②。

而在同一天给许广平的信中，鲁迅写道：“用这样的手段，想来征服我，是不行的。我先前对于青年的唯唯听命（我先前的不甚竞争）③，乃是退让，何尝是无力战斗。”（《两地书·一〇二》，第263页）其间也呈现出鲁迅的当仁不让和血气。当然，除此以外，鲁迅也在12月30日写了小说《奔月》，在不乏超越性之余，④也把高长虹和他的现实交往注入其中，进行调侃。

考察高长虹的介入事件，对于高而言，或许是个悲剧，但对于许、鲁二人却更是一个促发与确认。正是这种外在的阻力、流言，更加刺激和强化了二人的爱情。人常言：“患难朋友才是真正朋友。”爱情何尝不如此呢？

---

① 具体分析可参董大中：《鲁迅与高长虹》，石家庄：河北人民出版社1999年版。

② 鲁迅：《261229致韦素园》，鲁迅先生纪念委员会编纂：《鲁迅全集》（第11卷），北京：人民文学出版社1973年版，第667页。

③ 鲁迅在原信中写作“我先前的不甚竞争”，后来改为前文的模样。但原信显然更倾向于向许广平示爱，积极征求，具体可参王得后：《〈两地书〉研究》，天津：天津人民出版社1982年版，第164页。

④ 有关《故事新编》意义狂欢性的分析，可参朱崇科：《张力的狂欢》，上海：上海三联书店2006年版。

通过上述论述不难看出，许广平作为爱情的符码成为鲁迅奔赴广州的重要引力，无论是工作上提供信息、分析与建议，还是对爱情的憧憬让二人心神相连，甚至是一些外来的阻力和内在的张力都可以深化感情及其热度，吸引鲁迅早日赴穗。

二、 革命： 朴素与张扬的纠缠

房向东不无偏激地指出，“说鲁迅南下厦门是为了投奔革命，如果生拼硬凑，也勉强还有文章可做，但倘说鲁迅从厦门抵广州，也是为了革命，或者说，是为了到革命中心，那就近于胡扯”①。显而易见，如果把革命简单等同于追踪历史大事或者抛头颅、洒热血，如“北伐”、刺杀等，那么鲁迅远算不上革命。但如果革命的范畴同时也包含了文化范畴，而且更细化一点，成为一个清醒的支持者和革新者（虽然未必亲赴前线枪林弹雨、出生入死），似乎同样也可视为具有革命性。

（一） 联合与打击： 革命战线的构想

鲁迅在《两地书·六九》中曾提及自己的“一点野心”，“其实我也还有一点野心，也想到广州后，对于‘绅士’们仍然加以打击，至多无非不能回北京去，并不在意。第二是与创造社联合起来，造一条战线，更向旧社会进攻，我再勉力写些文字”。又说：“究竟如何，还当看后来的情形的。”（第 195 页）

房向东对此段的分析耐人寻味，一方面，他非常犀利地指出，所谓“一点野心”其实更是鲁迅的一种行文习惯，和“一点想法”并无太大区别，同时，“鲁迅的战斗精神不是在某个地方‘确立’的，而是与生俱来的，是鲁迅，就意味着战斗”。悖论的是，这段话其实也变相论证了鲁迅赴广州战斗的一贯性，说明鲁迅来穗或为了进行革命也并非扯淡。

另一方面，房向东也指出，鲁迅要与创造社造一条联合战线的虚妄性，这不过是“鲁迅的一个期望”②。但在笔者看来，这种观点如果不是抠字眼也完全可以深化，亦可以从后顾的视角思考，仿若鲁迅所言的“看后来情形”。1928 年太阳社和创造社的一帮“左翼”幼稚病分子开始对鲁迅进行疯狂的攻击、羞辱和意气用事式的集体群殴，当然，鲁迅也毫不客气地进行反攻、批驳。但 1930 年出于诸多需要成立左联时，鲁迅仍然可以不计前嫌，在保持相对独立性的前提下，③ 共同为新的事业不懈劳作、冲锋陷阵、甘为人梯，虽然原因复杂，但这选择或许和鲁迅有意造

---

① 房向东：《孤岛过客——鲁迅在厦门的 135 天》，武汉：湖北辞书出版社 2009 年版，第 230 页。

② 房向东：《孤岛过客——鲁迅在厦门的 135 天》，武汉：湖北辞书出版社 2009 年版，第 301 页。

③ 有关“左翼鲁迅”的叙述，可参曹清华：《中国左翼文学史稿（1921—1936）》，北京：中国社会科学出版社 2008 年版，第 245 - 287 页。

联合战线的原初期待有一定关联，这更像是一种“被延宕的革命”。

由上可见，鲁迅的“一点野心”固然不可过于坐实、煞有介事，但同时却又不能太虚无缥缈，将之彻底消解。

（二） 被挟裹的革命性： 赴穗中的共产因素

不得不指出的是，鲁迅能够赴穗来中山大学执教，其中一个的重要原因在于广东共产党组织的推荐。

1926 年 7 月 17 日国民政府下令将国立广东大学改为国立中山大学，9 月 1 日正式改名，同时 10 月 14 日又改校长制为委员制。恰恰是因为革新伊始，需要招兵买马时，声名远播的鲁迅也进入了他们的视野。

而 1926 年秋，共产党广东区委书记陈延年亲自主持中大工作，并召开多次会议，讨论斗争策略并争取鲁迅事宜。会上决定推荐并欢迎鲁迅，并委托恽代英、邓中夏、毕磊和徐彬如与中大委员长戴季陶谈判，条件之一便是要聘请鲁迅。① 而韩托夫在回忆中也持同样观点，“据我所知，当郭沫若先生一九二六年离开中山大学后，两广区委党的组织曾派恽代英、毕磊和徐彬如等同志向学校当局提出要求聘请鲁迅先生来中山大学主持文学系，结果学校当局是答应了”②。

值得一提的还有，《两地书》中也不乏许广平给鲁迅介绍当时中山大学和广州各派政治势力的预热工作。《两地书 · 七六》中结尾曾经删去一句话：“因广州一般人也不欢迎共产。奇怪!”（如今的《鲁迅全集》2005 年版未复原）强烈表明了许广平以及鲁迅对待共产党的亲近态度。而在《两地书 · 九四》中，许广平在原信第四节介绍广东当时有变色的趋向，他们“眼见工会势盛，又觉扶助农工之非法，大有向变态度之势，凡稍彻底的人，即目为 CP，CY 而有驱之使去之势”③。显然，许广平已经对鲁迅进行了初步的共产党不同组织的名称的说明。可以推进一步，鲁迅后来对广州作出的“红中夹白”的敏锐判断其实和许广平早先的推介累积不无关联。

当然，在争取鲁迅的过程中，也要和国民党当时的“右派青年团”以及“树的党”④ 进行斗争。不难看出，不管鲁迅知不知情，他能够来中大具体操作中共产党的因素赫然在列，这本身也是一种革命运作的方式，借用鲁迅本身的革命性，两

---

① 具体情况可参徐彬如：《回忆鲁迅一九二七年在广州的情况》，薛绥之主编：《鲁迅生平史料汇编》（第四辑），天津：天津人民出版社 1983 年版，第 314 – 317 页。

② 韩托夫：《一个共产党员眼中的鲁迅先生》，薛绥之主编：《鲁迅生平史料汇编》（第四辑），天津：天津人民出版社 1983 年版，第 327 页。

③ 上两处有关原信的引文，分别参王得后：《〈两地书〉研究》，天津：天津人民出版社 1982 年版，第 111、152 页。

④ 有关“树的党”的解释，可参钟敬文：《关于“树的党”的信》，《寻找鲁迅 · 鲁迅印象》，北京：北京出版社 2002 年版。

股力量才会发挥出可能更大的社会影响，当然，不容忽略的还有许广平在通信中进步立场的感染。

（三）关心北伐：公私混杂

值得一提的是，在《两地书》中，鲁迅也频频提及对北伐形势的关心，尤其是他对取胜信息是欢欣鼓舞的。在《两地书·四八》中，他写道："看今天的报章，登有上海电（但这些电报是什么来路，却不明），总结起来：武昌还未降，大约要攻击；南昌猛扑数次，未取得；孙传芳已出兵；吴佩孚似乎在郑州，现正与奉天方面暗争保定大名。"（第136页）虽然情势未明，但颇有一副"秀才未出门，便知天下事"的淡定。

《两地书·五四》中提及，"今天本地报上的消息很好，但自然不知道可确的，一、武昌已攻下；二、九江已取得；三、陈仪（孙之师长）等通电主张和平；四、樊钟秀已入开封，吴佩孚逃保定（一云郑州）。总而言之，即使要打折扣，情形很好总是真的"（第155页）。这样的消息往往也是鲁迅对在厦门现状不满的一种转移和安慰。

《两地书·六〇》又言，"浙江独立，是确的了；今天听说陈仪的兵已与卢永祥开仗，那么，陈在徐州也独立了，但究竟确否，却不能知。闽边的消息倒少听见，似乎周荫人是必倒的，而民军则已到漳州"（第173页）。除了继续关心北伐，也将心思转向其附近区域。《两地书·七一》则说，"这里还是照先前一样，并没有什么，只听说漳州是民军就要入城了。克复九江，则其事当甚确。昨天又听到一消息，说陈仪入浙后，也独立了，这使我很高兴，但今天无续得之消息，必须再过几天，才能知道真假"（第199页）。显而易见，此时的鲁迅对北伐的胜利有着由衷的敬意和欣喜。

房向东指出，"鲁迅在信中多处强调北伐的胜利，在我看来，爱屋及乌，多少也有点'讨好'作为国民党党员的许广平"①。或许是相恋并思念中的恋人们喜欢分享更多大大小小的私事、公事，以便加深感情，消磨时光，或许鲁迅、许广平概莫能外。但在我看来，这种公私的混杂更是一贯对国家现代性建构密切关注的鲁迅的常规发展思路。但无论如何，这场肇始于广州的北伐会给思念广州的鲁迅带来别样的感受，因为他的爱人也在这个革命的策源地城市中。

同时，需要强调的是，身在厦门的鲁迅度过了别样的"双十节"，"今天是双十节，却使我欢喜非常，本校先行升旗礼，三呼万岁，于是有演说，运动，放鞭炮。北京的人，仿佛厌恶双十节似的，沉沉如死，此地这才像双十节"。又说："听说厦门市上今天也很热闹，商民都自动地挂旗结彩庆贺，不像北京那样，听警察吩

---

① 房向东：《孤岛过客——鲁迅在厦门的135天》，武汉：湖北辞书出版社2009年版，第115页。

咐之后，才挂出一张污秽的五色旗来。”（《两地书·五三》，第152页）鲁迅此处的对革命的希望和拥护绝非做作，而在小说《头发的故事》中，开头结尾都是以“双十节”作为意象，① 借此猛烈批判国民的冷漠和健忘，其实剪辫的自由本身也是新型国家赋予的一种权利，而如今的褒扬更是对国家现代性的一种支持。

而同样在厦门的一些演讲中，鲁迅也鼎力支持革命，并鼓励年轻人积极战斗，“你们尤其不可忘记：革命是在前线。要效法孙中山先生，因为他常常站在革命的前线，走在革命最前头……你们还有更重要的革命工作。你们不但要有推翻‘吃人’宴席的魄力，还要有赶走世间‘妖魔’造起地上‘乐园’的志气和勇气。我即将到广州中山大学去，这是真的。我到中山大学去，不只是为了教书，也是为了要做‘更有益于社会’的工作。希望你们毕业后要升学，能够在那边中山大学相见!”②

由上可见，鲁迅未必一如战士披挂上阵，流血出汗，但他奔赴广州的动因却和革命息息相关，或者是主动，或者是被动，其风格恰恰是务实的、朴素的，和习惯上的激情飞扬的“革命”风格颇有差异。

三、 经济理由： 淡化与发展

不出意外的，论者们都排除了鲁迅来穗的经济动因，并引用《两地书》中的说法，言及中大薪酬不如厦大，因此经济的考量不是重点。可以承认，鲁迅赴穗的理由并非出于经济基础决定上层建筑，但是论者对鲁迅经济状况的认知却不乏可商榷之处，本文主要侧重他跟厦门以及中大的薪水讨论。③

（一） 厦大之殇与鲁迅反抗经济异化

厦大国学研究院开给鲁迅的月薪是400元。毫无疑问，这是一项高薪礼聘并尊重人才的举措。但彼时作为私立大学的厦大在带给鲁迅先生舒适、温暖与无聊④之余，也给鲁迅一些经济异化方面的伤害。略举一二：

（1）林文庆随意压缩国学院开支，引起鲁迅、刘树杞之争，同时，也在短短数

---

① 有关辫子的政治分析可参朱崇科：《论鲁迅小说中的身体话语》，《身体意识形态——论汉语长篇（1990— ）中的力比多实践及再现》，广州：中山大学出版社2009年版，第231－233页。

② 厦门大学中文系编：《鲁迅在厦门资料汇编》（第1集），厦门：厦门大学中文系1976年版，第129页。

③ 有关鲁迅小说中的经济话语形构，可参朱崇科：《论鲁迅小说中的经济话语》，《中山大学学报》2009年第5期。

④ 有关论述可参朱水涌：《厦门时期的鲁迅：温暖、无聊、寻路》，《鲁迅：厦门与世界》，厦门：厦门大学出版社2008年版，第18－31页。

月内更让林语堂等人愤然辞职，国学院名存实亡。①

（2）过分强调金钱的功能，某董事会中，遵循有钱才有发言权的原则（有相关的回忆故事说明），这也造成了鲁迅对林文庆有更多的不满。

（3）平民学校演讲中，对物质的强调和对奴性的缺乏反省让鲁迅非常不爽。②

简单而言，剔除其间的意识形态色彩，李伟江的论述大致是可取的，“鲁迅一方面憎恶厦门大学的污浊，又主要由于中共广东党组织的推荐、争取，与中山大学委员会的聘请、敦促，特别是鲁迅抱着向往革命、投身革命的决心，再加上许广平的再三劝慰，在客观条件和主观要求基本具备的情况下，鲁迅便毅然离开厦门，奔赴广州”③。

（二）中大高薪：挽留与压制

朱寿桐指出，“中山大学方面在敦促鲁迅前去的过程中，一再表示可以介绍鲁迅到别的学校兼课以图有所补贴，这意思是中山大学实际能够支付给鲁迅的薪酬可能不高，至少不会比厦门大学高出许多。因此，鲁迅来广州，经济原因也基本上可以排除”④。如前所述，对经济原因的排除可以理解，但对鲁迅的薪水理解却缺乏发展的眼光。

之所以出现对鲁迅薪酬理解的偏误，原因或许很多，但最主要的可能有两点：第一，对《两地书》的解读不够细致，对其中来自中大的文件解读缺乏发展的眼光，实际上，中大给鲁迅的薪水是有逐步变化的；第二，如果认真查阅《鲁迅日记》，通过后者完全可以解决对鲁迅记载的中大薪酬的疑惑。而实际上，鲁迅在中大，从1927年2月到6月，其月薪是500元，远超出厦大时期的400元月薪。⑤ 当然，需要指出的是，鲁迅在广州时期远比厦大忙碌、疲惫，因为他身兼数职：教授、文学系主任、教务主任，忙得焦头烂额。同时，加上顾颉刚前来，“四一五”事件爆发，中大的高薪也未能阻止鲁迅弃绝教授。由上可见，尽管经济因素算不上要因，但有关错误认识却必须加以澄清。

鲁迅来穗的原因相当复杂，毫无疑问，爱人许广平的存在成为最重要的砝码，同时，需要指出的是，在她与鲁迅的恋爱中，其实也纠缠了革命的色彩，尤其是他们勇敢赴爱也是对神化/丑化鲁迅极端思维的反抗与颠覆。同时，鲁迅来穗其实亦

---

① 具体可参厦门大学校史编委会编：《厦门大学校史》（第1卷），厦门：厦门大学出版社1990年版，第78－87页。

② 上述有关事件的详细分析，可参朱崇科：《周树人教授，还是鲁迅先生？——论鲁迅对学院教授的弃绝》，《广州鲁迅》，北京：中国社会科学出版社2014年版。

③ 李伟江：《鲁迅粤港时期史实考述》，长沙：岳麓书社2007年版，第8页。

④ 朱寿桐：《孤绝的旗帜——论鲁迅传统及其资源意义》，北京：文化艺术出版社2005年版，第316页。

⑤ 具体论证和分析可参朱崇科：《鲁迅与中山大学教务的拓展》，《中山大学学报》2013年第3期。

有朴实的革命性，值得关注。而经济动因虽然占据次要位置，但其中却不乏值得反思之处。概言之，鲁迅来穗或有革命性，但此革命性已经不同于传统意义方面的褊狭与霸道了。

如果继续考察鲁迅的革命态度，整体而言，便不难发现鲁迅对革命保有极其复杂的心情，既支持又怀疑，"鲁迅怀疑革命，也并不是全然不相信革命，而是始终在信与不信之间来回摆渡。摆渡的动作以及它身上沾染的微言大义，最终置换为鲁迅语调上的辛辣、讥讽、故意所为含混、不带笑意的苦涩幽默以及冷漠"①。□

2014·2

① 敬文东：《失败的偶像：重读鲁迅》，广州：花城出版社2003年版，第13页。

李鸿章："谤满天下"的治世能臣与"裱糊匠"

□商昌宝

俗话说:乱世出英雄，英雄造时世。的确，19 世纪中后期，身陷内政外交危机中的大清帝国，还能够苟延残喘半个多世纪，端赖曾国藩、左宗棠、李鸿章、刘坤一、张之洞、袁世凯等治世之能臣的鼎力相助。尤其是李鸿章，王芸生在《六十年来中国与日本》中说，李鸿章"一切时务兵政，皆出其手，而晚清数十年之外交，尤一一身当其冲，惟日孜孜，自是一代人才"。蒋中正读完《李鸿章家书》后曾对陈布雷说过，李鸿章其人具有"安邦治国的宏才大略"，"在咸丰、同治和慈禧这几个庸主的手下也能办大事"。

历史的无情在于，即使如李鸿章这样的治世能臣穷尽全力，也仍然逃不出大清王朝频遭屈辱与不可挽回的覆灭结果。因此，在大清帝国的各种是是非非中，他也一同接受着世人的非议、嘲讽和诟病。例如无论当年反对派们的清议与弹劾，还是后世的主流历史叙事，早已经给李鸿章盖棺定论：软弱、妥协、投降主义、误国、卖国、汉奸……甚至说李鸿章就是晚清屈辱史的主谋者，一系列不平等条约的制造者，中国沦为所谓殖民地半殖民地的推动者。

究竟如何看待和评价李鸿章，其实并不仅仅是对一个历史人物进行评价和定论，而是关乎近代中国转型的理性认知和寻求共识性价值的课题。

一

总的来说，李鸿章的"谤满天下"不是来自内政而主要体现在外交，即他自己所说的"和戎"方面，时人胡思敬在庚子事变议和中曾有诗为证："还朝贼几伤裴度，免胄人皆望叶公。留得中兴元老在，一生功过在和戎。"

不错，如果排除"借师助剿"太平天国、"血腥镇压"捻军等阶级论观点，李鸿章所遭受的非议和诟病主要集中在对外交涉方面。其中有这样几个典型案例不妨简要梳理和置评一下：

其一，1870年接替曾国藩出任直隶总督后，主持处理了“天津教案”最后的议结，可以看作李鸿章的外交首秀。梁启超曾明确断言说：“李鸿章办外交以天津教案为首。”

天津教案的处理结果大致是知府和知县终身被贬黑龙江、二十名凶犯被斩首（实际斩首十六人）、三十一名从犯分别被充军十年和三年、赔偿金共二十五万两、北洋通商大臣崇厚出使法国谢罪、在原址上重建望海楼教堂等。这些处理决定，即便是被叙述为丧权辱国，也必须清醒的是，李鸿章并未实际参与谈判，只是赶在尾声时作为结案人之一而存在，因此不负有天津教案的责任。

其二，1870年开始对日谈判并于1871年签订中日《修好条规》和中日《通商章程》。这一次的谈判、签约，李鸿章充分展示了外交家的气度和能力，自如讨价还价，始终握有主动权，既坚持原则又相机行事，最终在以中方提出的拟稿为蓝本的前提下，签订了利益均沾、权利对等的条约。茅海建在《天朝的崩溃》中曾评价道：“中国近代的条约史由此别开生面：双方均向对方开放通商口岸，双方均都拥有领事裁判权和协定关税权，双方军舰均可自由驶入对方的通商口岸……”可见，在这一涉外案例中，李鸿章不但不应减分，反而应该加分。

其三，1874年对秘鲁和1881年对巴西的谈判以及签约，李鸿章为大清帝国维护了主权，为大清皇家和子民争得了利益。其中，清、秘的《会议专条》《通商条约》特别对华工在秘鲁的权益保障问题予以明确，尤其值得大书一笔。这或许是大清帝国第一次真正履行了政府保障公民权益的职能和义务。至于清、巴的《和好通商条约》，茅海建将其评价为“中国近代史上第一个平等条约”，其中包括两国互给最惠国待遇、取消关税协定、兵船彼此视为最优之国互相接待等。这两个条约完全算是正常国家间的交往，虽然谈不上通商大臣的李鸿章的功劳——毕竟是本职工作，但任何指责也都是没有道理的。

其四，1874年清政府因为“马嘉理案”与英国特使威妥玛谈判破裂，李鸿章被授权全权大使设法“调停”“弥缝”，在多方周旋后签订了中英《滇案条约》。这个包含“昭雪滇案”“优待往来各使节”“通商事务”等“三端十六款”和一个“另议专条”的条约，于清政府这一面来说，确实利益受损，例如清政府派员到英国道歉，赔偿金为二十万两银，英国派员到云南查看通商情形，增开宜昌、芜湖、温州、北海为通商口岸，租界免收洋货厘金，洋货缴纳子口税后免去各项内地税，英国可派员由甘肃、青海或四川进入西藏然后到达印度等。

但是，据此指责李鸿章软弱、丧权辱国也实在有些冤枉，因为：首先是总理衙门与英国特使谈判崩裂、事端更加严重后，李鸿章才临危受命；其次，李鸿章接管谈判并签订条约，很多条款是总理衙门此前与英国特使谈判中已经接受的；再次，如果李鸿章不签订这个条约，那么英国特使在谈判破裂后以武力相威胁（1876年春，英军蓝伯已经率领四艘军舰由印度来华）再订条约，后果将更为严重，而且此前的先例是不在少数的；此外，李鸿章在艰难的谈判中挽回诸多利益，如英国特使提出坚决将督抚大员岑毓英提京受审而清政府又坚决不同意的这一项最终未被写入条约，还有大幅度地向印度增税，对外国进口物资增收新的厘金等项。

或者不妨看看李鸿章的自我认识吧。

在条约签订后写给山东巡抚丁宝桢的信中，李鸿章这样写道："鄙意初欲认真办案，此外通商各节，徐与理处。庶抽薪止沸，不致为所挟持。无如内外胶执偏护之见，竟将决裂。迨赴烟就议，事已不可为矣。徒以庙堂忧系，时局艰危，不得不隐忍以图息事。人第见添开口岸，滇蜀驻员，谓通商之患将无底止。不知中土门户早经洞开，即添数口，利害各半，总署已允，该使尚未肯结案。幸将前请觐见，及王公往来，土货准华洋商人领单免厘各节概行抹去，于国体饷源尚无甚窒碍。从此妥为驾驭，二十年内或不至生事耳!"

过往的史家习惯将李鸿章的这一举动看成是他的自我辩解和表功，其实，如果认真研读这一段历史并本着一颗平常心可以发现，除了最后一句略带自我感觉良好的畅想外，其他内容大体属实。曾作为赫德秘书与李鸿章有过交往的《泰晤士报》记者布兰德在《李鸿章大传》中称：这一条约的签订是"李鸿章作为钦差大臣所进行外交活动的一大胜利"。

其五，是中法因越南起冲突后谈判以及签订中法《越南条款》（又称"中法新约""李巴条约"）。客观来说，这一仍带有城下之盟性质的条约，于清政府本土并无多大利益损失，如中越边境通商、设领事馆，法商运送货物进出云南、广西边界的"通商税则稍减"等都是正常通商约定，算不得丧权辱国。但于清政府在越南藩属权益有所损害——如法国对越南境内"扰害百姓之匪党及无业流氓"有权"自行弥乱安抚"，法国此后可以自行与越南签订条约，中国与北圻陆路交界允许法商运货进出等。

即便是从清政府利益受损这一方面来说，李鸿章要对这种损害负多大的责任呢?

首先，中法条约的谈判，是由受命于赫德的金登干与法国外交部政务司副司长戈可当在巴黎进行的，李鸿章虽被任命为全权大臣，却只能与法国政府任命的全权代表巴德诺"督同中外翻译官，详确考究，讲解文义"；其次，李鸿章虽始终参与中法谈判，但"李福协定"后，基本上被排斥于局外，直到《中法停战条件》签订后才被任命为全权大臣；再次，经历过中法正式宣战后签订的《越南条款》，与战前李鸿章和法国代表福禄诺商议的《中法会议简明条款》（《李福协定》）、李鸿章与法国驻华公使宝海商议的"李宝协议"（也称"宝海三条"），都没有明显的差别，而代价却除了人员伤亡外还有福建水师和福州船厂被炮轰、台湾被占领等重大损失。

对此，布兰德在《李鸿章大传》中写道："事实证明，最后双方都不得不承认，其和平主义是有远见的。如果他的政策没有被那愚蠢的总理衙门所妨碍，那么早在 1884 年 5 月就已与海军上校福禄诺签订了条约，这样中国便可以节省一亿两白银，而法国就会省下一场未能为其军队带来许多荣耀的战争。”可见，中法之战及签订所谓屈辱条约，李鸿章不应负太大责任。

正是因为李鸿章在中法谈判中的“优异”表现，签约凯旋回京后受到醇亲王的拜访，慈禧太后也先后几次“亲切”召见。这种行为表明，作为国家主人的清皇室虽然没有特别嘉奖李鸿章，但也绝没有任何追究责任的倾向。如果能明白这一点，也就不难理解布兰德在《李鸿章大传》中说：“中国既未支付赔款，亦未进一步地割让领土，而且还能将其夸耀为一次具有决定性胜利的战争，挽回了所有相关显贵的面子。”

二

接下来就是重头戏甲午中日海战。

客观地说，甲午中日之战，清政府斥巨资打造的现代化国防力量，竟然不堪一击、全军覆没，李鸿章无论作为海军衙门会办还是作为战时的总指挥，都负有不可推卸的责任，连备受李鸿章器重的严复也在给陈宝琛的信中说，战事失败李鸿章“不得辞其责”。所以，平壤战败后，李鸿章因“事事落后，不得谓非贻误”（翁同龢）和“日久无功”被“拔去三眼花翎，褫去黄马褂”；辽东战败后，又因“调度无方，救援不力，实堪痛恨”，被“革职留任，并摘去顶戴”，都是“罪有应得”的。为此，梁启超在《李鸿章传》中慨叹说：“中日之役是彼一生命运之转潮也。……积年之劳绩声名，扫地几尽。”

李鸿章确实应该被问责，但是像张謇等人在弹劾的奏折中以及后世的主流历史教科书中将全部责任都归咎于他一人，也是极不公平的。

首先，北洋海军的最高统帅海军总理大臣先后是皇族醇亲王奕譞、庆亲王奕劻，北洋海军的最高决策权当然也就不在李鸿章这个会办手里。这其中的一个表现是，李鸿章想要购买英国产的当时世界上航速最快的 4 000 吨级的巡洋舰，但是因为要给慈禧太后祝寿修建颐和园，政敌翁同龢掌控下的户部于 1892 年就已正式宣布海军停购军舰两年，结果这艘巡洋舰被日本买去，并以“吉野号”冠名在甲午海战中横扫速度上处于劣势的北洋舰队。

另一个表现是政令夕改。赫德在写给金登干的信中曾指出，清政府“头一天谕旨批准雇用 2 500 名外国军官建立一支 10 万人的军队，第二天却明令收回成命提出赔款议和”，“自以为重要和被以为重要”（刘仲敬：《自以为和被以为重要的李鸿章》）的李鸿章在这样的问题上却无能为力。可以想见，李鸿章尽管权重一时，但其看家护院的总管身份无法改变，院墙再危急，只要主子不发号施令，一个总管，在一家一姓的皇权专制帝国中，再有政治智慧和治国能力又能怎样呢？梁启超说，甲午之战李鸿章是“以一人而敌一国”，所以惨败也是意料之中的。

其次，尽管北洋舰队当时拥有大小兵船25艘，其中包括定远、镇远这样的铁甲舰，位居世界海军第八位，排名仅次于英、美、俄、德、法、西、意七强，远超日本的第十六位，西方各国也都认为大清帝国会赢得胜利，日本对打赢战争完全没有信心。但是，海军规制“以船之新旧、炮之大小迟速分强弱，不以人数多寡为较量”。况且，正如李鸿章在密奏中所说：“近年部议停购船械。自光绪十四年后，我军未增一船”，“今日海军力量，以攻人则不足；以之自守尚有余”（《李鸿章年（日）谱》）。

最终的结果证明，李鸿章的陈情并非长他人威风灭自己的锐气，那种沾沾自喜于军事GDP表面数字的行径，不过是坐井观天、外强中干的表现罢了。或者再退一步说，即便是黄海之战和威海卫之战的罪责都算到李鸿章头上，但是陆地上叶志超指挥的平壤之战、刘坤一指挥的辽东之战，均以全线溃败而告终，又该作何解释呢？总不能大清帝国的全部败仗和耻辱都由李鸿章一个人承担吧。

1875年9月19日，《纽约时报》曾刊载过《大清帝国军事资源透析》一文，其中这样写道：“如果清国人自鸣得意地沉醉于他们想象中的军力强盛的话，那么，与其说是似乎，不如说是显而易见，他们就将会越来越骄傲自大，越来越不把外国人放在眼中，进而也就不再理会是否还遵守他们已经签订的条约。这样的话，他们就只有再次遭受外国枪炮的教训。他们将会看到，新装备的这堆玩意儿在英国或法国军舰面前不过是一堆废铜烂铁，而他们那些号称为‘勇士’的乌合之众的军人们，其争强好胜的本领只有在逃跑中才能获得证明。”

事实都在那里明摆着，谦虚上进之人会选择亡羊补牢，自以为是之人会选择掩耳盗铃，这种永远无法取得共识的变态现象，不但在大清当年肆虐，而且绵延到今天，甚至有过之而无不及，真是可悲之极。

第三，战争的胜负与器械、军事实力等因素相关，但中国自古也有天时地利人和、人心向背等说法。

不妨举例说。甲午海战前的1889年，为筹办光绪帝婚礼花去了500万两。1894年，大清帝国举国忙着为慈禧太后花甲生日，包括筹建颐和园、三海等费用需要一亿两银子，这笔钱可以组建10支北洋舰队。

有人算过一笔账，慈禧太后每天的花销要4万两银子，一个月就要用掉一艘巡洋舰的钱。康有为在一项调查中指出，清廷皇宫的一切费用都是三七开，三成是实际费用，七成被经手人克扣分赃。

唐德刚对此也曾举例说，颐和园搭一个凉棚花掉了30万两，如果三七开就是实际花销9万两，但是如果换到平民百姓家，恐怕几百两也用不了。

赫德在给金登干的信中就写道：“他们还须把眼睛睁大些，认识到廉洁也是朝廷本身所应遵守的原则，例如，最近十年来，每年都给海军衙门拨去一笔巨款，现在还应当剩下三千六百万两，可是你瞧！他们说连一个制钱也没有了，都拿给慈禧太后任意支用去满足她的那些无谓的靡费了！”

当然，皇家奢靡无度，很可以理解，因为大清帝国的天下是爱新觉罗家人用“枪杆子”打下的，自家人享受、挥霍和滥用权力，是理所应当的，旁人岂可说三道四呢？千百年前，汉高祖携众臣子为太上皇祝寿就曾大言不惭地宣称以天下为产业，众臣皆呼“万岁大笑为乐”，可见一姓一氏的家天下腐败传统由来已久。

世间很多事在纵向对比之外，还应有一个横向比较。也就是说，若相比同一时期的日本，那就是别有一番滋味在心头了。

为了购买“吉野号”，日本天皇节衣缩食，皇后把仅有的几件首饰全部捐了出去。战事紧张之际，明治皇后亲上前线，变卖金银首饰犒赏军士，为伤兵洗涤和包扎伤口。而反观大清皇室，当辽东半岛失陷之时，首善之地的皇城，正歌舞升平、张灯结彩地举国欢度慈禧太后的六十花甲庆典。

对照这一点，就可以理解叶志超率领全军六天狂退500多里、鸭绿江防御战中清军各部听闻虎山失陷后马上不战而逃、清军静观日军在旅顺花园口登陆历时12天却未加阻拦、旅顺的三位守将和士兵将城池丢给日军后潜逃、民众纷纷为日军通风报信、主动送鸡和猪犒赏日军等行径都实属正常态势了。

这样的案例，在此前的1840年时存在过，在此后也是很常见。例如，1900年8月八国联军攻打北京城时，守城的清兵和义和团，在人数占优，甚至武器也不落后的情形下，却纷纷落荒而逃，而那些穿布衣长衫的老百姓，不但没有闭户锁门躲避战乱，反而竞相帮助联军登梯入城，引导联军从城外的下水道攻入城内。更富有挑战意味的是，联军攻打天津时，还出现了20世纪40年代淮海战役或徐蚌会战中被大肆宣传的独轮车、运输船为联军运送物资的“军民鱼水情”的一幕。

可见，这些平日拿着大清帝国的俸禄高叫着忠于爱新觉罗皇帝的臣民，其实都不过是做戏的虚无党，大难来时各自飞，才是他们真正的现实选择。

然而，这又能怪谁呢？国家的主人——大清帝国的皇室都不以国家、民族为己任了，附庸于主子的奴才们哪里会甘洒热血报春秋呢？至于被武力征服和平日受压制的民众，指望他们关键时刻挺身而出，岂不是白日做梦。左右不过是做奴隶，国家存亡，跟他们有什么关系呢？伊藤博文曾说：“支那乃专制之地，无论天才、地才，一遇专制俱成奴才！”呜呼！

至于北洋海军军纪废弛，统帅外行，指挥失当，军火（炮弹）供应不足——定远舰的十寸大炮的炮弹只有一枚、镇远舰只有两枚，军饷被贪污，官僚习气严重，不懂现代战争规则等诸多原因在此便不一一分析了。

关于甲午中日之战以及对李鸿章的问责问题，不妨再听听一些非主流声音：

日本击沉“高陞号”后清帝国掀起一片宣战之声时，赫德就在写给金登干的信中指出：“如今在一千个中国人中有九百九十九人肯定大中国可以打垮小日本，只有千分之一的人想法相反。”“我虽然一直认为中国本身肯定会以健康的方式通过革命的过程，尽管步伐缓慢，在较远的将来是会走出一条路来的。但我相信若是它被日本打败，倒可以把进步的车轮从古旧的泥淖中拔出来，让中国摆脱束缚，朝着正确的方向前进；另一方面中国如果取胜就会把进步拖后几个世纪！日本人在近三十年里所做的事值得高度赞扬，他们在朝鲜所推行的改革也引起我们极大的同情和得到我们的祝愿……可悲的是，当一个人正在尽力支持中国时，他却不得不赞同日本人的目标和方法！”真是难为大清帝国的海关税务司了。

《李鸿章大传》的作者布兰德说：“直到日本战争这片黑云压倒之时，才暴露了这条纸龙板泥结构内部是多么的虚弱。”“尝中夜起而大哭”的严复在《与陈宝琛书》中说：“以此亡国，谁曰不宜?”恭亲王奕訢率领全体军机入奏皇帝说：“中国之败全由不西化之故，非鸿章之故。”

史家唐德刚在《晚清七十年》中说：“大清帝国之亡国，并非亡于‘辛亥革命’，而是亡于‘甲午战争’。甲午之败把我国现代化运动的第一阶段，历时50年，尤其是其后期的25年（所谓‘同治中兴’）的‘科技现代化’的总成绩，给冤枉地报废了。甲午之败也拆穿了大清帝国五十年科技建设的纸老虎，……也使那个有见识有权力，集中兴名臣于一朝的官僚集团，胆战心寒而全部自动或被迫地靠边站，对变法图强丧失了信心。”“只搞科技现代化，而我们的社会结构、政治组织、生活习惯、价值观念等等，基本上还停滞在‘中世纪’的落后状态，要科技先生独挑大梁来救国救民，是救不起来的。……我们不把中世纪落后的遗传从身上甩掉，现代化的衣履是穿不上去的。老实说，日本人之胜于我者，便是他们善于模仿，把中世纪的东方习俗彻底丢掉。”

三

当然，李鸿章被举国斥为秦桧、卖国贼、汉奸，所谓“半生名节，被后生辈描画都尽”（《庚子西狩丛谈》），更大程度上在于《马关条约》的签订。

首先，在清廷作出与日本和谈决策时，并未选择已被革职的李鸿章，而是派出张荫桓、邵友濂等作为全权大使，结果日方以“全权不足”为由拒绝他们，同时提出“须另派十足全权、曾办大事、名位最尊、素有声望者方能开讲”（《翁同龢日记》）的条件。清政府在不便派出皇族恭亲王奕訢时，只得重新起用李鸿章。

不得不领命的李鸿章自然知道此次议和谈判非比寻常，于是在进京与皇帝和群臣议事时，对日本提出的赔款、“朝鲜由其自主”“商让地土”等条件进行充分讨论。在涉及割地问题一项时，李鸿章曾“语甚坚决”地表示“割地不可行，议不成则归耳”，但是，清廷担心议和不成日军进攻北京，所以原则上也予以应允。

为此，历史学家杨国强这样评述道："炮口勒逼之下的委曲求和既是难事，又是污名。但面对'日人方图远略，举倾国之师，逼我和款，所索即奢，且不愿遽和'的局面，却没有一个人愿为天下作计，分担难事和污名。'诸人相对默默'正写出了当初一腔义愤与如今一腔和心的对比。若以这些人作为反衬的景观，李鸿章白发远行的伶仃身影确乎显出了挺拔和刚毅。"

是的，中日这一轮谈判不同以往，作为已基本沦为战败国的一方，对等谈判显然是不可能的，这一点大清君臣都看得清楚。作为深谙中外交涉的李鸿章自然更加明白其中的苦衷，所以在出行前上奏说："此次日本乘屡胜之势，逞无厌之求，若竟不与通融，势难解纷纾急……（谈判中）当相机迎拒，但能争回一分，即少一分之害。伏念此行，本系万不得已之举。……臣受恩深重，具有天良，苟有利于国家，何暇更避怨谤。惟是事机之迫，关系之重，转圜之难，均在朝廷洞鉴之中。臣自应竭心力以图之，倘彼要挟过甚，固不能曲为迁就，以贻后日之忧；亦不敢稍有游移，以速目前之祸。"（《预筹赴东议约情形折》）这不仅是李鸿章对北京的表态，事实上也成为他谈判的指导思想。

其次，作为战胜国的日方为停战——而非议和——而提出的过分条款，就已经令李鸿章和清政府难以接受，若不是关键时刻日本人小山丰太郎的刺杀行为促使日本政府愧疚地主动让步，先行签订无条件停战的协定，恐怕李鸿章真的或是难以完成议和使命，或是议和接受更为苛刻的条件而遭受更惨烈的国骂。

在议和条款的问题上，李鸿章凭借受伤之躯和极尽个人受辱的外交手段，将日方和约底稿中提出的三亿两赔款降至两亿两，赔款由五次缴清改为八次，数额也由初次一亿两改为五千万两；通商口岸由底稿的顺天府（北京）、荆州府沙市、长沙府湘潭县、重庆府、梧州府、苏州府、杭州府7处缩减为荆州府沙市、重庆府、苏州府、杭州府4处；日本轮船行使权限由底稿的宜昌—重庆、长江—洞庭湖—湘江—湘潭县、广东—西江—梧州府、上海—吴淞江—运河—苏州府—杭州府等四条线路缩减为宜昌—长江—重庆、上海—吴淞江—运河—苏州—杭州两条线路；底稿第六款第五条"日本国臣民在中国输纳税钞及规费，可用库平银核算外，亦得以日本国官铸银圆照公定之价输纳"被删掉了；为确保条约实行，底稿中提出日军暂时占领的奉天府、威海卫两处缩减为威海卫一处。其他细微之处在此不一一开列，好事者可参见王芸生编著的《六十年来中国与日本》。

之后，李鸿章又通过俄、德、法等国的干涉，以三千万两银子的代价收回辽东半岛。

从这些条款和利益维护方面来看，尽管力度不是特别大，但已然能够看出李鸿章积极斡旋和殚精竭虑的成效了。须知，这一次大清帝国面对的不是英法美等完成现代转型的国家——他们与清政府作战多次却从没有领土要求，而是一个亚洲后发的正处于转型期的近代帝国。须知，文明进化的程度也决定了战争的目的、意义和结果。

在这一前提下，李鸿章作为战败国的全权乞和代表，能为大清帝国在咄咄逼人的日本政府那里将损失尽可能降至最低，很有一种虎口夺食之感。可以说，环顾当年的大清帝国，可能除了恭亲王奕訢，再无任何大员能够担此重任了。对此，布兰德在《李鸿章大传》中的评价是："在其参与的众多谈判中，没有哪一次，能比这次签订《马关条约》更令人钦佩，无论是敌人还是朋友都对他钦佩至极。"

还要清楚一点，《马关条约》的签订与此前的条约不同，这一次虽然远离大清本土，但谈判期间却是使用了现代化的通信工具——电报。这一现代化的手段运用，使得李鸿章在整个谈判过程中，能够随时与北京最高当局保持密切联系，包括条约的最终定稿，都是经过太后、皇帝与总理衙门的首肯后李鸿章才落笔的。也就是说，条约中任何有损大清帝国利益的条款，李鸿章都不再负有直接责任，他不过是奉命行事，履行"签字画押"的形式责任。所以，即使是试图阻止条约签订的张之洞也不过托词和约"恐系大学士李伤重昏迷之际，李经方等冒昧应许"（王芸生编著：《六十年来中国与日本》），仇隙之深的太傅翁同龢这一次也一改过往"口水爱国"的习气和敌对态度，与那些不明就里的脑残愤青们划清界限。

《马关条约》签订后，美国前国务卿福斯特在给李鸿章的信中这样写道："您一定要记住，毫无疑问，您也肯定明白，据我所知，在世界历史上，还从未签订过一份让双方都满意的和平条约，甚至是仅有一方完全满意的都没有。一方或者另一方（更多时候是双方）都肯定说是对方在谈判中得胜了。全权议和代表的任务根本就是吃力不讨好的活，就算是当你代表的是战胜国的时候也是那样，更别说代表弱国了。"

可见，李鸿章之与《马关条约》的谈判虽谈不上有功，但也绝对无过。至于光绪皇帝义正词严地责怪李鸿章"身为重臣，两万万之款从何筹措；台湾一省送予外人，失民心，伤国体"，显然是在推卸责任，不值一哂。

特别是谈判过程中，李鸿章遇刺，左下眼窝被子弹击中，如果这时他聪明地选择打道回府，即如陆奥宗光所担心的"中途归国"，凭情论之，朝野上下应该都不会有更大的异议，千古骂名更是可以借机规避，但李鸿章还是出于大清帝国的利益和爱新觉罗皇室的重托，谢绝医生马上施行外科手术的建议，不惜生命，忍辱负重，其"慷慨忠愤之气，君子敬之"。

李鸿章当时曾说："国步艰难，和局之成，刻不容缓，予焉能延宕以误国乎？死生有命，我宁死无割。"面对这样拳拳的爱国衷肠，再简单粗暴地斥责其为卖国贼，实在是有些太不近人情了。如果缺乏这种历史之同情，就不会理解梁启超何以在《〈李鸿章〉结论》中说"天下唯庸人无咎无誉"，并将那些"骂李鸿章为秦桧者"斥为"虚娇嚣张之徒"的"狂吠而已"。

茅海建在《奸臣模式：由琦善卖国而想到的》中曾写道："那些没有办法找到

中国失败真正原因的史料作者和著作家们，正是让‘奸臣们’承担了本应由中国旧体制承担的责任，从而就像保全皇帝的名誉那样，保全了中国的性理名教、文物制度的地位。在这里，琦善不仅做了道光帝的替罪羊，而且还做了中国旧有道统的替罪羊。”其实，琦善如此，李鸿章又何尝不如此呢?!

当然，卖国贼的帽子戴在慈禧太后和光绪皇帝的头上，也不合适。因为，若论爱国，还有谁能比这两位国家的真正主人更爱大清国呢？所谓大清国，并不是经过选举由民众授权而成的契约国家，而是爱新觉罗家族的先辈们拿脑袋拼杀得来的，整个国家都是他们家的私有财产，他们能不爱之深切吗？又怎么会像后世那些空口喊爱国的国家蛀虫们一样去主动出卖呢？

还要知晓，经历过大久保利通、伊藤博文等精英引领维新后的日本政府，也并非是十足的流氓逻辑和霸权法则，否则，还用什么谈判，还凭什么对李鸿章以礼相待，并容忍他的倚老卖老以及各种生活劣习（如当众吐痰等），直接迫使清政府全盘接受条约岂不更省事？

四

至于李鸿章外交生涯备受非议的最后一笔，自然是因“义和团”而引起的庚子事变。

庚子事变，是近代中国以来最大的一次排外事件，而且是大清帝国的中央政府直接与底层无知愚昧的乌合之众首次倾情联手，公然向11国同时宣战，“致罹穷凶极恶之罪，实为史册所未见，事殊悖万国公法，并与仁义教化之道均相抵牾”（《议和大纲》）。

历史在慈禧太后携光绪皇帝远逃西安、八国联军占据皇城北京后停滞了。这僵局谁来破解呢？

已风烛残年并被贬任两广总督的李鸿章，再次成为清王朝统治者唯一指望的御敌、和谈工具。

想一想，大清帝国也真是可怜：享用皇粮国税的皇亲国戚、文武百官何其多，口口声声以国家和民族为己任的仁人志士何其多，但在关键时期，却找不出第二个能肩负起帝国救亡使命的人来，难怪朝廷和各省官员一遍一遍发电催促李鸿章出来“主持局面”。李鸿章北上因病滞留上海期间，清廷接连电谕“不特安危系之，抑且存亡系之。旋转乾坤，匪异人任”；两江总督刘坤一在急电中说：“追及大清存亡，惟公是赖!”

当然，更为可怜的是，李鸿章明知道此行困难重重，但在所谓“苟利国家生死以，岂因祸福避趋之”的儒家仕文化的熏陶下，依然难改“修齐治平”的尽忠报国之心。对此青年史学家刘仲敬评说：“庚子谈判是李鸿章的回光返照，由此可以看出他的性格。他好强不肯认输，属于那种‘把蜡烛两头点燃’的角色。”

然而李鸿章终究不是神，面对这样一个烂摊子，力挽狂澜是无论如何不可能了，能够正常收拾残局就算万幸，因为在其到京之前，各国就已经对先行回京的庆亲王奕劻宣称：“不见端王（载漪）、庄亲王（载勋）、辅国公载澜和刚毅、徐桐等官员的人头，不开始谈判。”（陈霞飞主编：《中国海关密档》）当然，更紧要的是，联军将慈禧太后也列为需要严加惩办的罪魁祸首，这已超乎李鸿章来京前的预想。

参与庚子条约谈判的顺天府尹陈夔龙在回忆各国议定约稿后通报清方开谈的情况时这样说道：“各使遣员来告，并出示草案，谓向各军官苦口商酌，竭力争执，始允如此定议。明知条款之酷虐，但中国铸此大错，亦实无可如何。现有一言奉告，将来条款送到，中国政府万不可一字驳复，须知我等公使责任在重修旧好，各军官则穷兵黩武，意在直捣西安。”

事实也确实艰难。李鸿章和奕劻在议和期间曾表达过：“此次办理议和，极艰窘”；“洋情叵测，棘手万分”；“词意决绝，不容辩论”；“稍一置词，即将决裂。存亡之机，间不容发”。（《寄江督刘鄂督张》《寄西安行在军机处》）

深知内情的荣禄当年就说：“可怜庆、李，名为全权，与各国开议，其实彼族均自行商定，是日交给条款照会而已，无所谓会议也。”（《荣禄存札》）

就连置身于议和局内的海关总税务司赫德在 1901 年 3 月致同僚金登干的通报中也说：“谈判进展缓慢——不知何时我们才能谈出结果。”（《中国海关密档》）

议和谈判尽管如此艰难，甚至李鸿章初到北京时除俄国公使外其他各国公使均避而不见，但在治世能臣李鸿章的运筹斡旋下，大清帝国终于“能以并不十分惨酷的代价签订辛丑条约，把支离破碎的中国从瓜分豆剖的边缘中挽救过来”（庄练：《李鸿章传》）。

当然，李鸿章也因为这个众所周知的丧权辱国的条约，再次被置于舆论声讨的风口浪尖上。

如何来客观评判主导和议谈判和签订《辛丑条约》的李鸿章？恐怕不是几篇小文章能解决的，尤其是在学者和国民的价值观普遍背离常识、理性的前提下。还是再来听听中外那些非主流的声音吧。

条约签订后，赫德在致金登干的函中说：“李鸿章很消瘦——但他已尽其职，并做得不错，可怜的老家伙！”（《中国海关密档》）《芝加哥每日论坛报》载文评价说：“最近在北京举行的谈判中，李鸿章为中国做了最后的，也是最伟大的服务，他最终维护了这个帝国的领土完整。”

齐如山在回忆录中写道：“庚子事变八国联军进驻北京，朝廷宣布由李鸿章全权担任议和大使并从广州赶赴北京时，整个北京城都在盼望着李鸿章的到来。的确也是这样，当整个清国陷入最大的灾难，京城沦陷，清国的官员们死的死、亡的亡，或者袖手讷言、各求自保、麻木不仁时，只有李鸿章，算是挺身而出，走着一条与众不同的路，那就是，以个人的屈辱和牺牲换取最大限度的时局缓和。李鸿章当然知道这样的行为本身极容易被钉在民族和国家的耻辱柱上，极容易在历史被简单化以及别有用心中充当牺牲品，但他无法躲避，也无法逃脱，只好走上前台。也可能李鸿章唯一能自我安慰的就是，这样的举动，避免了进一步的生灵涂炭，而他一辈子服侍的清国朝廷，也终于可以回到京城了。”

在慈禧太后和光绪帝回銮途中，78 岁的李鸿章病逝，随驾的吴永在《庚子西狩丛谈》中写道：“得此噩耗，兀如片石压入心坎中，觉得眼前百卉，立时皆成惨色。闻两宫并震悼失次；随扈人员，乃至宫监卫士，无不相顾错愕，如梁倾栋折，骤失倚恃者。至此等关键，乃始知大臣元老为国家安危之分量。想此时中外朝野，必同报此种感想；即平时极力诋毁之人，至此亦不能不为之扼腕；公道所在，殆不可以人力为也。”

中国的文化传统是盖棺定论，但是，关于李鸿章这样一个毁誉参半的历史人物，不但当年，就是如今也还是相当艰难的。还是来看看各位方家的评价吧。

布兰德在《李鸿章大传》中写道：从 1870 年李鸿章担任直隶总督兼北洋大臣到 1901 年辞世，“其在国外的声望远远超过在国内的声望，这种在世界范围内享有的声望，无疑是缘于其在外交领域的卓越成就，而非其在行政或军事上的成就。30 年来，其地位举世无双，无人可替代。他是一名优秀的语言战士；用外交手腕守护着北京；他是中国苦难的代言人；他是缓和清廷周期性战败所带来的痛苦与赔款的调和剂”。“对他而言，不幸的是，在他那个时代绝不会向群众的世俗智慧发出雄辩的号召，或者要求其摆脱政治上的无知。……在天朝体制中没有构建政党机器的基础——没有投票箱，甚至没有那种让选民在两个同样不受欢迎的候选人中进行选择的象征。”

与李鸿章打过交道的宓吉在《英国人在中国》一书中写道：“李鸿章被看做是扭曲、邪恶、狡诈等的代表，但从事实的角度来看，若我们从广义的角度来看其官场生涯，其心中目标似乎已是非常简单了。他是一名领航员，其任务就是保证轮船不撞礁。为达到这个目标，他必须照顾好船长，安抚好船员，且避免与其他船只相撞。这使他要扮演一个十分谦卑的角色，且时时面临着屈辱。机会主义，对潮汐、风向和水流的研究，对其他不遵守交通规则船只的动向的研究，这些都是安全航行的必要条件。为保证这些因素，时不时的牺牲是必需的，必须要丢弃一些货物，调整航向，以避免撞礁。有时，虚张声势能挽回局面，但是在大多数情况下，安全是通过让步得来的，无论这些让步得体与否。”

《华盛顿邮报》上《中国的巨大损失》一文写道：“李鸿章对于中国的意义，就如同格莱斯顿之于英国，俾斯麦之于德国，迪亚斯之于墨西哥，麦金莱之于美国。从孔夫子的年代直到如今，这是一场漫长的哭泣，而在世纪之交的当下，人们依然充满疑惑：中国及其 4 亿人民，果然诞生了如此一个伟大的人物了吗？这个人——李鸿章，孤独地站立着，与别的中国政治领导人的差距是如此遥远……对李鸿章公务生涯的回顾，将得出一个令人悲伤的结论：他无数次地将中国人从无知而导致的麻烦中拯救出来，却每次都被指责受贿及不忠。”

究竟该如何评判李鸿章？《庚子西狩丛谈》中记载，李鸿章生前曾有过一番“自论终身政绩”：“我办了一辈子的事，练兵也，海军也，都是纸糊的老虎，何尝能实在放手办理？不过勉强涂饰，虚有其表，不揭破犹可敷衍一时。如一间破屋，由裱糊匠东补西贴，居然成一净室，虽明知为纸片糊裱，然究竟决不定里面是何等材料，即有小小风雨，打成几个窟笼（窿），随时补葺，亦可支吾对付。乃必欲爽手扯破，又未预备何种修葺材料，何种改造方式，自然真相破露，不可收拾，但裱糊匠又何术能负其责?”不错，如果这间“破屋”确实已经风雨飘摇、几近颓败，其统治体系完全丧失纠错功能，而那些自命为英明伟大的占有者又一意孤行、顽固到底地坚信房屋的寿命千秋百代，那么，仅仅作为一个愚忠的“裱糊匠”，任你如何努力拼刷和“补台”，又怎么能挽救这个事实上已经是破败不堪、千疮百孔的“破屋”呢？ 2014·6

胡秋原与鲁迅的论战与纠葛

□秋　石

《论“第三种人”》是鲁迅晚年撰写的一篇较为重要的杂文。此文写于1932年10月10日，发表于20天后——1932年11月1日在上海出版的《现代》第二卷第一期。此文仍然沿袭了鲁迅一贯的犀利笔锋，矛头所向直指论敌——“第三种人”。但在猛烈抨击为他所痛恨的“为虎作伥”的“第三种人”之前，他首先对为“第三种人”辩护的“文学自由人”胡秋原，予以了虽不指名道姓但是火力更加威猛的抨击和剥皮。继冯雪峰、瞿秋白、周扬多篇檄文之后，在鲁迅的笔下，胡秋原又一次被斥为“资产阶级的走狗”。

本文要论述的，亦即要澄清的史实，是鲁迅对“文学自由人”胡秋原先生的两点凶猛的指斥，或曰他加在胡秋原先生头上的两顶帽子之所在——这也是在《论“第三种人”》一文中鲁迅产生的两个重要错讹。而且，正是由于鲁迅当年激愤之余信马由缰开具的这两顶帽子，给胡秋原的一生蒙上了不应有的阴影。乃至在“史无前例的无产阶级文化大革命”中，在台湾已经生活了22年的胡秋原，被中共最高理论刊物《红旗》杂志沿用鲁迅的这段指斥，进而被斥为“托匪”。

下面，我们不妨先来读一读《论“第三种人”》一文的开首语。

鲁迅这样写道：

> 这三年来，关于文艺上的论争是沉寂的，除了在指挥刀的保护之下，挂着“左翼”的招牌，在马克思主义里发见了文艺自由论，列宁主义里找到了杀尽共匪说的论客的“理论”之外，几乎没有人能够开口。然而，倘是“为文艺而文艺”的文艺，却还是“自由”的，因为他决没有收了卢布的嫌疑。但在“第三种人”，“就是死抱住文学不放的人”，又不免有一种苦痛的豫感：左翼文坛要说他是“资产阶级的走狗”。

附在《论“第三种人”》一文末尾的两段注释①，无论是1981年版的《鲁迅全集》，还是2005年版的《鲁迅全集》，其内涵无疑是大同小异的，尽管后者做了一

① 1981年版《鲁迅全集》第4卷第442页的①、②注释，2005年版《鲁迅全集》第4卷第454页的①、②注释。

些文字上的修饰，加在胡秋原头上的两顶帽子也稍稍有些缓解，但依然将“胡秋原和某些托洛茨基派分子”紧紧地捆绑在一起。

这两顶帽子分别是“在马克思主义里发现了文艺自由论”和“在列宁主义里找到了杀尽共匪说”。

马克思确实倡导文艺自由了吗?

胡秋原先生关于“文艺自由论”的出处有两个地方。其一是1934年12月25日出版的《文艺评论》创刊号，胡秋原先生以《文化评论》社的名义，发表了题为“真理之檄”的发刊词。其二是写于“1931年11月15日晨”，发表于同期《文化评论》上，以批判国民党当局卵翼下的右翼文人鼓吹的“民族文艺理论之谬误”为主的《阿狗文艺论》一文，就是引发“左联”一干要员对胡秋原“鼓吹”的“文艺自由论”进行围剿式批判的核心内容，也是鲁迅在《论“第三种人”》一文中加以严厉申斥的。既然鲁迅在其文中使用了“在马克思主义里发现了文艺自由论”如此辛辣的语言，那么，马克思他老人家到底有没有说过类似的话呢？回答是肯定的：马克思确实倡导文艺自由，而且身体力行，不遗余力。

与马克思、恩格斯同时代的德国工人运动的著名活动家，德国社会民主党“左翼”杰出的理论家、政论家、历史学家和文艺评论家弗兰茨·梅林（1846—1919），受马克思女儿劳拉·拉法格夫人委托，继编辑出版《马克思恩格斯通信集》之后，通过长期收集、研究、校印马克思和恩格斯著作，精心撰写了《马克思传》一书。弗兰茨·梅林的这部《马克思传》，近一个世纪以来，被誉为较全面反映马克思一生革命经历，特别是马克思和恩格斯创立马克思主义全过程的一部经典著作。在我国，最初的中译本由罗稷南先生翻译，1953年由三联书店出版。1965年7月，人民出版社又出版了最新中译本。

弗兰茨·梅林深刻指出：

> 马克思在文学鉴赏方面，正如他对莎士比亚和瓦尔特·司各脱的偏爱所表明，是没有任何政治和社会成见的。但是他也绝不是那样常常和政治上的漠不关心或甚至奴颜婢膝相联的“纯粹美学”的信徒。在文学方面，马克思也是一个了不起的人，一个不能用任何死板公式来衡量的具有独到见解的学者。因此，他在选择文学读物方面完全没有洁癖，有时对于那些学院审美家们望而生畏的读物，他也并不嫌弃。像达尔文和俾斯麦一样，马克思爱读长篇小说。他特别喜欢惊险小说和幽默小说：从塞万提斯、巴尔扎克和菲尔丁，下而至于保尔·德·科克和因写了《基度山恩仇记》而内疚的大仲马。①

---

① 弗·梅林著，樊集译：《马克思传》，北京：人民出版社1965年版，第623－624页。

读了弗兰茨·梅林的上述精辟论述，我们再来读一读马克思和恩格斯是怎样阐述文艺自由的。

发表于1842年5月德国《莱茵报》上的《第六届莱茵省议会的辩论》（第一篇），是马克思在青年时代撰写的一篇经典批评文章（此文已在1972年收入由人民出版社出版的《马克思恩格斯论艺术》（四），第180－252页）。在该文中，时年仅24岁的马克思采取了与其他青年黑格尔派和自由主义报刊所持立场不同的革命民主主义的立场。当其他自由主义集团欢迎新的书报检查令的时候，马克思却揭露了它的反动性质，一针见血地指出农奴制的书报检查同出版自由是不能相容的。马克思在其文中所采取的立场，一方面取决于对书报检查及其控制下的报刊的无情批判，另一方面又取决于对资产阶级——商人的文学观点的批判，这种观点把文学降低到手工业的水平，把出版自由和工业自由等量齐观。在同反动统治当局及资产阶级——商人的文学观点进行斗争的时候，马克思捍卫了大胆的自由的民主主义的报刊。

马克思和恩格斯又在其共同合作撰写的《评普鲁士最近的书报检查令》一文中，对写作自由作了更为精彩的论述。

综上所述，胡秋原说的一点也不错，马克思确确实实，并且不止一次地呼吁、倡导文艺自由。难能可贵的是，早在青年时代，马克思就在自己的头脑里确立了文艺自由、出版自由等理念。而且，马克思的这一理念的萌生源，还可以上溯到其接受启蒙教育的少儿时代：“你怎么说就怎么写，怎么写就怎么说，在小学时老师就这样教导我们。”“这是真正的历史观点，它反对弄虚作假，反对先杀害历史理性然后又把它的遗骨当做历史遗物来敬奉的观点。”①

那么，鲁迅为什么会如此斥责胡秋原“挂着‘左翼’的招牌，在马克思主义里发见了文艺自由论”呢？这跟当时的大环境有关。一是由国民党右翼文人潘公展、范争波等人于1930年6月策划了所谓“民族主义文学”的运动，这个运动鼓吹以“民族主义”为“中心意识”，对抗此前三个月成立的以“左联”为代表的普罗文学，即无产阶级革命文学。而且，这个“民族主义文学”运动，在日军发动“九一八”事变侵占东三省后，又为蒋介石鼓吹的“攘外必先安内”的媚日投降政策百般辩护。正是在这个特定的气候条件下，冒出了自称为“文学自由人”的胡秋原，以及不满“左联”对胡秋原“文艺自由论”围剿而异军崛起的以苏汶为代表的“第三种人”。鲁迅认为，胡秋原和苏汶等人的所作所为是在向“左联”进攻，分裂“左翼”作家队伍等等。这些都令鲁迅愤慨不已。而鲁迅之所以不公开点名批评胡秋原，是因为胡秋原撰写的《阿狗文艺论》（正是此文的公开发表，引发了冯雪峰、瞿秋白、周扬等一干“左联”头面人物义愤填膺地对胡秋原实施排炮式的批

① 马克思：《马克思恩格斯论艺术》（四），北京：人民文学出版社1972年版，第294页。

判），其矛头所指，乃是着重批判了国民党蒋介石卵翼下的“民族主义文学”派的反动实质和荒谬论调。由于冯雪峰（论战中化名洛扬、丹仁）、瞿秋白（化名司马今、易嘉）、周扬（用名周起应、绮影）等“左联”一干头面人物的介入和重炮猛轰，十分自然的是，鲁迅必定会站在他们的立场上，维护他们的集体行动，并为之鼓与呼。二是距此文发表一年多前，为鲁迅格外器重的柔石等“左联”五烈士惨遭国民党秘密杀害，在鲁迅心中留下了至死也无法磨灭的伤痛。为揭露国民党之暴行，鲁迅牵头主持出版了“左联”秘密刊物《前哨》（纪念战死者专号），并亲自撰写了《柔石小传》《中国无产阶级革命文学和前驱的血》等（见鲁迅《二心集》，收入《鲁迅全集》第四卷），以及应美国友人史沫特莱约请、为美国《新群众》杂志撰写的《黑暗中国的文艺界现状》一文，并参与起草《中国左翼作家联盟为国民党屠杀大批革命作家宣言》。因之，一旦有人对“左联”暴露出来的问题和错误，尤其是人们所反感的唯我独革、唯我正确的严重“左倾”关门主义政策提出严厉批评时，鲁迅会将其视之“进攻”而加以撰文痛斥。三是鲁迅对马克思、恩格斯等人的著作读之甚少（对其原著的阅读更是少之又少），实际上，他也几乎没有什么时间可以对马、恩的原著加以精心研读，其了解也是肤浅的。平时的一些有限的了解，也多是听多次到过苏联的瞿秋白的介绍而已。因而，失之全面、出现偏颇的理解，也是可以预见到的。而胡秋原则不同了，他年轻，自幼勤奋好学。在遭血雨腥风的 1927 年宁汉合流右翼国民党迫害流亡后，胡秋原就比较系统地阅读了马克思、恩格斯的著作，有的还是外文原著。值得一提的是，在后来亡命日本留学的那段时间里，为撰写七十万字的《唯物史观艺术论》（副题为“朴列汗诺夫艺术之研究”）一书，胡秋原几乎是通读了《马克思恩格斯全集》，以及普列汉诺夫、列宁、托洛茨基等人的著作。因之，他对马克思、恩格斯和普列汉诺夫等人倡导的“文艺自由”，有着入木三分的理解。胡秋原毕其一生认为：“承认文艺自由与否，是马列分水线，而不承认，必到史达（斯大）林主义。”（胡秋原：《关于一九三二年文艺自由论辩》，写于 1969 年 1 月 10 日，原刊于 1969 年 1 月台湾《中华杂志》，后收入《胡秋原文章类编之一：文学艺术论集》下册，由台湾学术出版社 1979 年 11 月出版）

其实，说到底，不可否认的根本的一点，或曰共同点：鲁迅同样是高度崇尚文艺自由和言论自由的，而且，他为之奋斗了一生。1906 年，因愤于自己祖国的不强大而遭受帝国主义列强的蹂躏，以及中国人惨遭杀戮及周遭同胞身上显现的麻木不仁，正在日本仙台医专习医的鲁迅，毅然决然地作出了弃医从文的选择。我们应该看到，这，不仅仅是鲁迅个人人生经历上的一个重大转折，而且，更重要的是，这是中国近现代文学史、思想史上的一件大事——由此诞生了中国文学史上最伟大最具凝聚力的一位文学家、思想家和革命家。有关这一点，我们可以从其 1922 年 12 月 3 日所作的《呐喊 · 自序》（刊于 1923 年 8 月 21 日北京《晨报 · 文学旬刊》）

中得到印证。在《呐喊·自序》中，鲁迅对自己人生道路上的这个重大转折作了说明。值得指出的是，也是人所共知的——这一点非常重要，回顾当年，在国民党蒋介石政权独裁统治的年代，鲁迅不也是一再猛烈抨击当局的书报言行审查政策，一再呼吁文学自由、新闻自由和言论自由吗？不仅仅是鲁迅这么呼吁，而且，按照马克思的科学共产主义学说，在共产党最终夺取政权，实现无产阶级专政并在经历一个相当长的过渡时期之后，也就是到了人类最高级的社会——共产主义社会之后，其终极目的就是消灭一切阶级、一切政党，实现天下大同，还人民以全面自由。这其中，就包括文艺自由和言论自由、新闻自由这三个最基本的自由要素。

关于鲁迅抨击剥夺作家创作自由、出版自由的国民党当局推行的书报检查制度的论述，可参见其“一九三五年十二月一日至一月一日晨，写讫”的《且介亭杂文·后记》［见《鲁迅全集》（六卷），第463－479页］。针对始于1934年5月，因《新生周刊》刊登一则“影射日本天皇”的《闲话皇帝》，随着该刊主编杜重远的锒铛入狱，国民党“中央图书杂志审查委员会”也就销声匿迹了。为此，鲁迅在其《且介亭杂文二集·后记》中，用其惯有的无比辛辣讥讽的笔调写道：

> 如此善政，行了还不到一年，不料竟出了《新生》的《闲话皇帝》事件。大约是受了日本领事的警告罢，那雷厉风行的办法，比对于“反动文字”还要严：立刻该报禁售，该社封门，编辑者杜重远已经自认该稿未经审查，判处徒刑，不准上诉的了，却又革掉了七位审查官，一面又往书店里大搜涉及日本的旧书，墙壁上贴满了“敦睦邦交”的告示。出版家也显出孤苦零丁模样，据说：这“一秉大公”的“中央图书杂志审查委员会”不见了，拿了稿子，竟走投无路。

“列宁主义里找到了杀尽共匪说” 的指斥原委

在《论“第三种人”》一文中，有关鲁迅对“列宁主义里找到了杀尽共匪说”的指斥，又是怎么一回事呢？胡秋原撰写的《阿狗文艺论》，通篇充斥着对国民党右翼文人竭力鼓吹的《民族主义文艺运动宣言》的有力批判。在《钱杏村理论之清算与民族文学理论之批评》一文开始时，胡秋原撰有一个导语，这个导语泾渭分明地表明了他对左、右翼文人的态度。胡秋原指出：

> 最近三四年来，中国文艺理论界有一个最大的滑稽与一个最大的丑恶。前者即是左翼文艺理论家批评家钱杏村君之“理论”与“批判”，后者是随暴君主义之盛衰而升沉的民族文艺派之“理论”与“创作”。

显而易见，在这里，胡秋原先生视“左联”诸君为友。而民族文艺派则是其对立面，并被冠以“随暴君主义”的“丑恶，而且是最大的丑恶”。其次，在此文中，胡秋原对钱杏村散布的“阿Q死了”“我们永远不需要阿Q时代”的说法所作的令人信服的驳斥，以及对钱杏村曲解茅盾小说的真正含义，错误地认为茅盾小说“否认英勇的革命战斗的现实”等观点的分析，无不说明了胡秋原对鲁迅、茅盾经典作品的全力维护。对钱杏村错误理论批评归批评，但胡秋原还是实事求是地肯定了“钱杏村先生的努力与精力，是可佩服的”，“但他在中国新文艺批评之初期建设上，不能不说他尽了相当的功绩”。事实上，正是文学自由人胡秋原，最早窥出了钱杏村文艺理论与批评的软肋，或曰幼稚的呈苍白状的缺失。由于胡秋原抢在“左联”前面批评了钱杏村的苍白理论，因而引发了推行关门主义政策的冯雪峰等人对胡秋原的进一步反击。胡秋原撰写《阿狗文艺论》的初衷，是针对“仇视解放运动”“宣传剿灭苏联”和“满足帝国主义欲望”的《民族主义文艺运动宣言》派们攻击“左翼”无产阶级文艺运动“嚣张”的谬论的，孰料却引发了“左联”一大批人对胡秋原的围攻，而右翼文人却一个个作壁上观，无一人同胡秋原论战，这，岂非咄咄怪事？实在的事实表明：对“当时的革命文学运动”，胡秋原是维护，而绝不是什么“诽谤”与“否定”。那么，鲁迅为什么会在《论“第三种人”》中指斥胡秋原是一个在“列宁主义里找到了杀尽共匪说”的论客呢？

令鲁迅产生如此与事实大相径庭的错讹的原因，我认为有二：其一，也正是笔者于此前强调的，鲁迅为维护冯雪峰、瞿秋白、周扬等“左联”头面人物的“集体行动”保持步调一致。其二，与当时的革命环境相关，即被“左联”乃至中共高层所切齿痛恨的某些共产党人和“左联”重要盟员的“背叛”行为，有着至关重要的联系。

先谈“其一”。

在鲁迅撰写并发表《论“第三种人”》一文的半年前，亦即1932年6月6日出版，由“左联”直接掌管的《文艺新闻》第58号上，发表了化名洛扬的冯雪峰所撰写的《“阿狗文艺”论者的丑脸谱》。在这篇颇有点谩骂味道的论战文章中，冯雪峰毫不客气地给论战的另一方胡秋原安上了一顶被共产党和“左翼”势力视为仇敌的托派帽子——这也是胡秋原成为“托派”“托匪”最早说法的源头。这就是胡秋原被诬指为“托派”的最早文本！但冯雪峰此文中所列举的胡秋原之“罪状”，以及被诬指为“托派”的依据，却又是如此苍白而又不堪一击！

谈及胡秋原对马克思、列宁的态度（或者说，是否如“左联”一干要员们对他的批判的那样），我们不妨来读一读胡秋原先生本人有关这方面的论述。胡秋原有关这方面论述的文章，题为“浪费的论争——对于批判者的若干答辩”。它的撰写与发表时间，与鲁迅《论“第三种人”》处在同一时间段（写于“1932. 10. 24夜”，刊于《现代》1932年第2卷第2期）。因之，以出手快捷、笔锋犀利著称的胡秋原的这篇“答辩”，从某种意义上讲，同样可以视作对鲁迅《论“第三种人”》一文的答复。值得提上一笔的是，于该文文尾，胡秋原并不因为鲁迅对他的“莫须有”的凶猛指斥，对己文进行修订而迁怒于鲁迅一丝一毫，或进行反唇相讥。与之恰恰相反，继1928年以区区18岁“初生牛犊”之手笔，发表令当年文坛和鲁迅赞叹的《革命文学问题》一文声援鲁迅反击创造社之后，又一次维护了鲁迅作为“中国大作家”的核心地位。

其二，鲁迅所指斥的在“列宁主义里找到了杀尽共匪说的论客”的说法，非但胡秋原本人没有说过这样的话，而且当时的托派也没有说过这样的话。事实上，胡秋原从来没有说过他信奉列宁主义。当年，他所崇尚的是非暴力主义的马克思科学社会主义的学说，以及后来同列宁有隔阂但仍被列宁尊奉为“俄国马克思主义之父”的普列汉诺夫的学说。有关这一切，可以从胡秋原20世纪20年代末期的青年时代到后来在台湾生活的半个多世纪的著作、演讲中，得到进一步的证实。在这场由“左联”头面人物发起围攻的文艺论辩过去四十年后，1972年7月15日于台湾寓所，胡秋原先生在读到中共理论刊物《红旗》杂志沿用鲁迅当年的这一指斥，将其打成“托匪”的文字时①，不由得再一次辩称道：

> 一，略。
>
> 二，我从未加入托派。所谓托派，其正式名称是“共产党反对派”……在俄国起于1927年，传到中国，……必须是共（产）党才是托派，……我不曾作共（产）党，所以无从做托派也不曾单独加入托派。……
>
> 三，我不仅与托派无组织的关系，在思想上亦从未受托洛斯基或者一派之影响。
>
> 四，我与马克思主义有十年的缠绵。但我的马克思主义来自普列汉诺夫，我从未承认“马列主义”，亦未认为……托洛斯基、史达林是真正马克思主义者。
>
> 五，马克思主义者确有文艺自由，……不过，……托洛斯基亦未赏主张文艺自由。在我相信马克思主义时期，我重视的是马克思主义方法论——唯物史观。

上述，见胡秋原著《关于红旗之诽谤答史明亮先生等》，原刊于1972年8月《中华杂志》，后收入《胡秋原文章类编之一：文学艺术论集》下册，由台湾学术出版社1979年11月出版。由此可见，胡秋原并非什么“杀尽共匪说的论客”，自然，也并非什么历史上被沸沸扬扬传得可恶无比的“托派”！

然而，这又是怎么一回事呢？这恐怕还得从当年共产党及其红军领导下的苏区说起。众所周知的一个史实是，当时，在几乎所有大大小小的苏区，发生了震撼苏

---

① 秋石注：1972年3月出版的《红旗》杂志，刊登了一篇题为“为什么提倡读一些鲁迅的杂文?”的应时文章，此文无中生有地说什么鲁迅在杂文中所揭露的“‘在马克思主义里发见了文艺自由论，在列宁主义里找到了杀尽共匪说的论客’的托匪胡秋原”，“不是孤立的个人，而是‘代表着某一群’”，“是一定阶级、一定政治集团的代表”。文章还由此进一步发挥道：“鲁迅同他们的斗争，不是‘个人间事，无关大局’，而是阶级对阶级的斗争。”

区党内外的在极端“左倾”机会主义路线统治下的肃反扩大化，乃至到了最后，大批逮捕、杀戮被无端诬为“AB团”“托派”之类的各级共产党干部、红军指挥员、政工人员这种令亲者痛、仇者快的罪恶行径。也就在这一时刻，1925年入党的中共老资格党员、“左联”早期重要成员的杨邨人，在被派往湘鄂西苏区（洪湖苏区）“体验生活”亲眼看见了这一惨痛事件发生的过程，加上那些平时极端“左倾”，关键时刻却叛变投敌疯狂迫害昔日“战友”的丑恶行径，他不由得迷惘了，失望了……以至于回到上海后，心有余悸之时，披露并撰写了诸如《离开政党生活的战壕》《揭起小资产阶级革命文学之旗》《我的供状》《赤区归来记》等一系列亲历反思文章，因此被“左联”视为叛徒、取消派（托派）、反动派帮凶等而被抛弃（开除）。但此事却与胡秋原这个文学自由人无关。只是后来杨邨人宣布加入第三种人行列后，“左联”一些人又将他并入胡秋原、苏汶一类的“异类”。

1932年10月，杨邨人得以逃脱国民党军队对苏区的又一次围剿，以及历经昔日“战友”投敌对自己的出卖之后，从危机四伏的湘鄂西苏区回到了上海。在读了《现代》十月号刊登的几篇论争文章后，他撰写了《论“第三种人”的文学》的论辩文章，希望“和左联诸同志讨论。那文章里面，最重要的是说左联放弃了最多数的小市民和农民的群众，现在应该扶掖小资产阶级的革命文学，而转变战斗的对象，向鸳鸯蝴蝶派进攻。并且左联不是共产党，不应该以政党的立场为文坛的立场而对于‘第三种人’的作家加以攻击和非难。不料这一论文和一封信，去了以后，一直到现在，左联置之不理。……”接着，无奈之中的杨邨人又接连写下了《离开政党生活的战壕》和《揭起小资产阶级革命文学之旗》等论战文章，公开宣称加入“第三种人”的行列。

毫无疑问，正是因了杨邨人先生这篇被“左联”置之不理的论辩文章《论“第三种人”的文学》，加上苏汶的异军突起及向“左联”公开叫板，鲁迅一时气愤之下，便有了不点名的胡秋原系“列宁主义里杀尽共匪说的论客”的这一说法。其原因十分简单：“叛徒”杨邨人是帮苏汶、胡秋原说话的；而胡秋原同情杨邨人这种具有“小资产阶级根性”的文人，也是在情理之中的。

胡秋原：中国版的“纪德”

从某种意义上说，胡秋原就是中国版的“纪德”！纪德在应邀访问苏联后，放弃初衷“背叛”了原来对苏联和斯大林的狂热崇拜。这是一个十分深刻的问题。

不能过于苛求文人。但文人须有良知和人性，而且，他首先也应当是一位人道主义者。在这场本不该发生的令亲者痛、仇者快的围剿“文学自由人”的大论辩过去四年后，因参加联共倒蒋抗日福建事变而遭受蒋介石通缉流亡海外，帮助中共驻共产国际代表团编辑《救国时报》及《全民月刊》的胡秋原，在莫斯科一再拒绝中共领导人王明提议加入共产党的盛邀。这也许与当时斯大林在苏联全境推行的清党运动大开杀戒有着密切的关联。其结果是，这位本来可以成为自己人的早期共青团员、国民党“左派”、马克思科学社会主义学说的信徒，倒向了国民党阵营。令人匪夷所思，也颇为滑稽的是，对于这位独具嬉笑怒骂风格，与鲁迅一道不住抨击自己媚日剿共打内战，且遭自己亲手通缉的昔日小政敌，蒋介石竟也不避前嫌，任命他为国民党政权国防最高委员会的秘书兼国民党喉舌《中央日报》副总主笔！

当这场本不该发生的论辩过去半个世纪后，历史上一度被人视作“反共老手”和“托匪”的胡秋原，为邓小平推行的改革、开放路线所深深折服，热烈欢呼中华民族伟大复兴时代的来临。1988 年 4 月，胡秋原在台湾登高一呼，顺应时代潮流，成立中国统一联盟。四个月后，正在美国访问、讲学的他，无视李登辉之流一再发出的恐吓威胁，毅然直飞大陆，与中断了 40 余年来往的邓颖超、李先念等“共党”高官老友笑论两岸一统大业。返台后，被海内外舆论誉为“两岸破冰第一人”的他，又亲将国民党党证送往“中央党部”。在退出已有半个世纪党龄的国民党党籍的同时，胡秋原庄重地向世人宣告：“我做中国人定了，相信没有人能够开除我的中国国籍！”

在时空越过七十多个年华后，我们再来检视一下当年发生的这场“文艺自由论辩”的来龙去脉，以及鲁迅在其《论“第三种人”》一文中对胡秋原近乎莫须有的指斥，就可以窥见其先天存在症结之一二了。在这里，一方面说明了鲁迅对外部发生过的以及正在发生过的人和事信息的闭塞，对共产党领导下的苏区情况了解尤为甚少。而且，由于当时政治环境的异常之险恶，实际上，他也不具备获得此类信息源的可能。而在另一方面，那些围聚在鲁迅身边被鲁迅视为“知己”“亲密战友”的瞿秋白、冯雪峰等共产党高层人士，即或他们知悉一些内情的话，他们也难以会同鲁迅讲述或探讨中共党内和苏区发生的残酷斗争特别是自相残杀的事例。如若他们真的这样去做，无疑会从根本上产生鲁迅对共产党的信任危机。诚如后来，1936 年 4 月冯雪峰肩负中共中央重要使命，再度来到鲁迅身边时，由于其本人对共产国际和中共推行的抗日统一战线心存疑虑，又怎么可能说服或影响鲁迅接受中共这一新的重大政策呢?! 于是，便有了远比四年前“文艺自由论辩”严重得多，范围更广且参加人数更众，导致整个“左翼”文艺阵营元气大伤，所产生影响更坏的“两个口号”之争。

然而，令胡秋原终生难忘的是鲁迅在《辱骂和恐吓决不是战斗》一文中保护了他。此外，胡秋原还有令他终生难忘的另一件事是，当“文艺自由论辩”结束时，不仅在上海的中共最高负责人张闻天以“科德”的笔名写下了那篇著名的文章《文艺战线上的关门主义》，严肃地批评了“左联”一些人在这场“文艺自由论辩”中的极左做法。而且，鲁迅还专门委托冯雪峰给他送去了一帧为他所喜爱的“俄国马克思主义之父”普列汉诺夫的照片——冯雪峰在交付照片时向胡秋原说明道：这是苏联友人刚刚送给鲁迅的。为此，鲁迅将其送去照相馆经精心翻拍后，赠送给胡秋原，以释前嫌。胡秋原直到晚年都称鲁迅的这个举动“很有人情味”。病榻上的胡秋原再一次强调说：“我永远忘不了鲁迅!”

2004 年 5 月 24 日，胡秋原因脏器衰竭，逝世于台北新店耕莘医院，终年 94 岁。◫ 2008 · 5

附作者来信（节选）：

此稿酝酿了整整四年。2004 年 2 月，我随中国作协代表团赴台访问，我此行赴台，除团里安排外，唯一愿望想见一见当年的“左联”和鲁迅的论敌胡秋原，此年的他已 94 岁。我意识到他可能不久人世，出发前我专门拜访了贾植芳先生，他一再鼓励我拜访胡秋原先生，还说胡“有骨气”，是被冤枉的。抵台次日晚，我如愿坐在了台北新店胡府客厅里，晤谈了 100 分钟。3 个月后他去世。去世前他专门委托长女给我打来电话，至今，我与其家人一直保持着联系，也获得了他不少论著。为填补现代文学研究的这一空白点，我正在逐步深入。2004 年 8 月，我在出席于青岛召开的有多国学者参加的鲁迅研究二十年大型研讨会，并致函尚在运转编辑出版的新版《鲁迅全集》修订编辑委员会，指出 1981 年版 4 卷第 442 页鲁迅《论“第三种人”》一文之后注释的极左，他们表示接受订正。但新版出来后，发现只是模糊地改动了一下。继之，我又发现该文中鲁迅不点名批评胡秋原的两个指斥“在马克思主义里发见了文艺自由论，列宁主义里找到了杀尽共匪说”，完全不能成立，没有任何依据，是硬伤。我认为必须纠正，以免误导后人，何况新版《鲁迅全集》此文的注释仍然沿袭 1981 年版，只不过做了小改动罢了。贾植芳先生（他已于今年 4 月 24 日去世）不止一次对我说：秋石，你不同于那些吃官饭的学者，不应当有条条框框，不能有什么顾虑，一定要把这个问题搞清楚，何况你已见过胡秋原先生……

知识分子思想改造运动是“偶然”发生的吗？

——与杨奎松先生商榷

□杨学武

一

20 世纪 50 年代初，中国大陆的知识分子们经历了一场轰轰烈烈的思想改造运动。这是政权更替后首次拿知识分子“开刀”的政治运动，倘若将它与时隔几年后再次拿知识分子“问斩”的反右派斗争串联起来，组合成一部知识分子的“命运交响曲”，那么，前者即是“序曲”，后者便是“高潮”。尽管“序曲”有如莫扎特小提琴乐曲的“柔版”——思想改造运动初始进行时，其“调门”还是所谓“和风细雨”的，但随着运动的深入开展，“触及灵魂”的大小批判、“人人过关”的自我检讨、“脱胎换骨”的思想转变，还是让许多知识分子“心惊肉跳”，至今仍“心有余悸”……正如历史学家杨奎松所说：“研究中共建国史，不能不碰触到知识分子的问题。今天谈及这个问题时，各方面比较一致的说法是，1950 年代经过‘思想改造’和‘整风反右’两场政治运动之后，中国知识分子即‘集体失语’，‘丧失了独立性、自主性和批判性’。如果说 1949 年以前中国知识分子还生产出了一些具有个性的传世之作，那么，1949 年以后连个人专业范围内的这种创造性都不见了。”① 依笔者之见，即使在经过思想解放和改革开放的当今所谓“盛世”之年，许多知识分子的思想仍未真正“解放”，无论是面对不堪回首的历史还是面对不堪入目的现实，他们仍处于“集体失语”的状态，仍缺乏“独立性、自主性和批判性”。追根溯源，谁能否认这不是当年思想改造运动的后遗症?!

这么一场对知识分子具有重大而又深远历史影响的政治运动，该是多么需要进行深刻反思，总结其教训，纠正其错误，以期让知识分子从思想改造的桎梏和阴影中彻底解放出来，真正成为如鲁迅先生所说的“独立的人”和“知识阶级”。可

---

① 杨奎松：《忍不住的“关怀”——1949 年前后的书生与政治》，桂林：广西师范大学出版社 2013 年版，第 1 页。

是，这场运动不仅在官方的历史解读中被认为是“积极的”和“有利的”①，即使在某些知识分子个人的历史解读中也含糊其辞地对它既不能肯定也不敢否定，因此对它的反思和研究不仅谈不上深入，甚至连某些简单明了的问题也不甚了了——譬如这场运动究竟是怎么发生的，至今竟然还是一个“有待商榷”的问题。

杨奎松先生在接受《南方人物周刊》记者访谈时说：“思想改造运动的发生其实非常偶然，或者可以说并不在共产党的计划之中。它最初还是北大校长马寅初建议搞的。只不过马寅初最初想搞的是学习运动，想不到学习运动开始不久，毛泽东就发现共产党干部贪污腐败的问题不得了，转而发动了一个‘三反’运动。‘三反’运动弄到学校里，和政治学习运动结合起来，才变成了后来的思想改造运动。”② 杨先生乃时下著名的历史学家之一，为文以严谨著称，所述观点和所引材料都必有出处。他的这段关于思想改造运动发生的“偶然”说或无“计划”论，当然并非他的杜撰，而是有据可查的。由中共中央党史研究室撰写的《中国共产党历史》，其“知识分子思想改造运动”一节的内容，大约就是杨先生文章的出处。笔者也为了有据可查，特将有关文字引述如下：

> 1951年9月，北京大学校长马寅初等致信周恩来，热诚邀请毛泽东等中央领导人任北大政治学习运动的教师，以期提高教职员的政治思想水平，推动学校的教育改革。党中央十分赞赏和支持这种主动要求学习的行动，决定把学习运动扩大到北京、天津所有高等学校。9月29日，周恩来受党中央委派，向参加京、津两市高校教师学习会的3 000余名教师作了《关于知识分子的改造问题》的报告。周恩来结合自己的经历，深入浅出地阐明知识分子进行思想改造的必要性，勉励一切有民族思想、爱国思想的知识分子努力站到人民的立场，再争取进一步站到工人阶级的立场。……周恩来的报告亲切诚恳，使到会的教师深受教育和启发，深感很需要进行思想改造，方能获得思想上的进步。随后，京、津两市20所高等学校开展了以学习马克思列宁主义、毛泽东思想为主要内容，联系本人思想和学校实际，通过批评和自我批评，肃清封建买办思想，批评资产阶级和小资产阶级思想的学习运动。11月30日，党中央发出指示，要求有计划、有领导、有步骤地在大中小学的教职员和高中以上的学生中，普遍进行初步的思想改造工作，主要解决分清革命与反革命、树立为人民服务的观点问题。由此，思想改造学习运动在整个教育系统推广开来。
>
> 毛泽东赞扬文化教育界知识分子的自我教育和自我改造运动。他在全国政协一届三次会议的讲话中指出：各种知识分子的思想改造，是我国在各方面彻底实现民主改革和逐步实行工业化的重要条件之一，是值得庆贺的新气象。响

① 中共中央党史研究室：《中国共产党历史》（第2卷 1949—1978 上册），北京：中共党史出版社2011年版，第158页。

② 《知识分子“投诚”的宿命——杨奎松谈书生与政治》，《南方人物周刊》2013年第24期。

应毛泽东的号召，全国文联决定在文艺界进行一次整风学习。从1951年11月下旬到1952年夏，各地结合纪念毛泽东《在延安文艺座谈会上的讲话》发表十周年，全面展开文艺界的整风学习，初步澄清文艺工作上资产阶级、小资产阶级思想的影响，明确了文艺首先为工农兵服务的方向。1952年1月，全国政协决定成立学习委员会，负责组织和领导各民主党派、无党派民主人士、工商宗教界人士开展学习运动，结合全国正在开展'三反'运动的形势，进行批评和自我批评，以求纠正违反国家利益、人民利益的错误思想和行为。1952年六七月间，科技界也开展了学习运动，逐渐扩展到整个知识界，发展为全国规模的知识分子思想改造运动。①

乍看起来，杨奎松先生从最高权威读物中，解读出知识分子思想改造运动的发生是“偶然”或无“计划”的，似乎言之有据和言之有理。可不是么？马寅初本是“无意插柳”——在北大教职员中搞个学习活动，不料“柳成荫”——被毛泽东借题发挥或“扩大化”为波及全国的知识分子思想改造运动。如此看来，这场运动倘若真的是“积极的”和“有利的”，那么马寅初当属首功之臣；倘若确实对知识分子有什么伤害和恶果，那么马寅初就是始作俑者。于是乎，毛泽东在这场运动中就“事不关己，高高挂起”了——即便《中国共产党历史》也承认这场运动中“存在一些缺点”，“给知识分子造成很大压力，感情上伤了一些人”，② 但这也怪不到毛泽东的头上，因为并非他与知识分子有意过不去，而是知识分子自己“自作多情”并“自作自受”。不是说反右派斗争是毛泽东的“阳谋”么？那么知识分子思想改造运动岂不是他的“无谋”？

一场全党高度重视、全国统一行动、历时一年有余、殃及上千万知识分子的思想改造运动，难道真的是“偶然”的或无“计划”的吗？笔者认为，一向治学严谨的历史学家杨奎松先生恐怕也难免“智者千虑，必有一失”，正如有人指出他某部著作中有百余处“硬伤”，他上述的“偶然”说或无“计划”论，是否最新最大的一处“硬伤”？

二

马寅初“自发”地在北大开展政治学习活动，与其说“无意插柳”引发了知识分子思想改造运动，不如说正与毛泽东早就想对知识分子进行思想改造的计划“不谋而合”。历史的真相往往在于细节。马寅初在北大发起政治学习活动，确切时

① 中共中央党史研究室：《中国共产党历史》（第2卷 1949—1978 上册），北京：中共党史出版社2011年版，第156－157页。

② 中共中央党史研究室：《中国共产党历史》（第2卷 1949—1978 上册），北京：中共党史出版社2011年版，第158页。

间是1951年8月，那时正是学校暑假期间。马寅初是1951年6月1日就任北大校长的，其实，他发起政治学习活动，似乎也说不上真正的“自发”或“主动”，其“后果”还是有“前因”的。8月22日，周恩来在一次讲话中说：“从旧社会过来的知识分子，在过去不是受着封建思想的束缚，就是受着帝国主义奴化思想的侵蚀；现在，要为新中国服务，为人民服务，思想改造是不可避免的。”① 当时北大副校长汤用彤听了周的这个讲话，回校后自然要向校长马寅初汇报。有道是“听话听音，锣鼓听声”，马寅初从周恩来措辞强硬的“思想改造是不可避免的”话中，岂能没有“兵临城下”和“在劫难逃”之感？由此不难想到，马寅初发起政治学习活动，哪是他“思想领先”？而是周恩来的讲话深刻启发和明确引导了他。既然“思想改造是不可避免的”，那么马寅初的行动，就可能是与其“被动挨打”不如“主动出击”的招数。这个前因后果说明，显然不是马寅初的行动启发引导了周恩来和毛泽东，从而由“马氏政治学习活动”一下“变成”了“毛氏思想改造运动”。怎能设想一介书生的马寅初，其思想政治水平“高超”“领先”于伟大的政治家周恩来和毛泽东?!

周恩来8月22日的讲话，与9月29日的《关于知识分子的改造问题》报告，前后呼应，高度一致。周恩来的这个思想是从哪里来的？是从天上掉下来的吗？不是；是他头脑里固有的吗？也不是。他作报告是受中共中央也就是毛泽东委派的，因此他的思想来自毛泽东。事情的详细经过是这样的：9月3日，马寅初利用参加中央人民政府第12次会议的机会，向周恩来汇报了北京大学教授们“自发”学习活动的情况，并邀请周恩来作学习报告予以辅导。7日，马寅初又致函表达了邀请毛泽东等党和政府领导人辅导讲课的愿望。9日，周恩来致信毛泽东和刘少奇等，报告马寅初拟邀请中共中央负责人为北大教师学习会作报告，推动以思想改造为目的的学习运动。11日，毛泽东批示说：“这种学习很好，可请几个同志去讲演。”② 周恩来将毛泽东的批示批转给教育部，并决定组织北京、天津两地20多所高校教师参加学习运动。周恩来29日的报告开宗明义就是“改造问题”，而不是马寅初“一厢情愿”的“学习问题”，这充分说明，周恩来是“有备而来”的。周恩来代表毛泽东向全国知识分子发出的“改造”号召，是事前就“计划”好了的，绝不是一时兴起而“偶然”作出的。而且这个事前“计划”，也绝不是周恩来的自作主张，而一定是毛泽东的“英明决策”和“战略部署”。

其实，对知识分子进行思想改造，是毛泽东早就有的“预谋”或“计划”，且是深谋远虑和精心设计的。

早在1942年延安整风期间，毛泽东就“有组织、有计划”地进行了一场知识分

---

① 中共中央文献研究室：《周恩来年谱》（上卷），北京：中央文献出版社1997年版，第175页。

② 毛泽东：《在马寅初关于北京大学教员学习问题给周恩来的信上的批语》，《建国以来毛泽东文稿》（第2册），北京：中央文献出版社1987年版，第448页。

子思想改造运动的预演，他在那篇著名的《在延安文艺座谈会上的讲话》中，吹响了知识分子思想改造的“战斗号角”。那时延安的知识分子以作家和艺术家居多，他们的思想和表现也最活跃，譬如写《野百合花》的王实味、写《“三八节”有感》的丁玲等，因此毛泽东的这个讲话就以文艺界知识分子为主要对象。颇有意味的是，毛泽东在讲话中也是以自己的亲身经历“现身说法”（后来周恩来作《关于知识分子的改造问题》报告，大约就是“活学活用”毛泽东这一套的），他声情并茂地讲道：“在这里，我可以说一说我自己感情变化的经验。我是个学生出身的人，在学校养成了一种学生习惯，在一大群肩不能挑手不能提的学生面前做一点劳动的事，比如自己挑行李吧，也觉得不像样子。那时，我觉得世界上干净的人只有知识分子，工人农民总是比较脏的。知识分子的衣服，别人的我可以穿，以为是干净的；工人农民的衣服，我就不愿意穿，以为是脏的。革命了，同工人农民和革命军的战士在一起了，我逐渐熟悉他们，他们也逐渐熟悉了我。这时，只是在这时，我才根本地改变了资产阶级学校所教给我的那种资产阶级的和小资产阶级的感情。这时，拿未曾改造的知识分子和工人农民比较，就觉得知识分子不干净了，最干净的还是工人农民，尽管他们手是黑的，脚上有牛屎，还是比资产阶级和小资产阶级知识分子都干净。这就叫做感情起了变化，由一个阶级变到另一个阶级。我们知识分子出身的文艺工作者，要使自己的作品为群众所欢迎，就得把自己的思想感情来一个变化，来一番改造。没有这个变化，没有这个改造，什么事情都是做不好的，都是格格不入的。”① 时隔二十八天后，毛泽东受周扬邀请在鲁迅艺术文学院发表讲话，再次发出要求知识分子进行思想改造的号召：“你们现在学习的地方是小鲁艺，还有一个大鲁艺，还要到大鲁艺去学习。大鲁艺就是工农兵群众的生活和斗争，广大的劳动人民就是大鲁艺的老师。你们应当认真地向他们学习，改造自己的思想感情，把自己的立足点逐步移到工农兵这一边来，才能成为真正的革命文艺工作者。”②

此时中共还是“在野党”，毛泽东对知识分子进行思想改造的“计划”和行动，按说只能在中共占据的地盘内进行，可那时毛泽东似乎已有了统治全国的雄心，他安排胡乔木、何其芳、刘白羽等人“深入”到国民党的陪都重庆，对周恩来直接领导下的与中共有密切接触的知识分子们宣讲《讲话》精神，号召他们与延安“保持一致”——对自己的思想也“来一番改造”。郭沫若等人积极响应，纷纷表示“学习不止，改造不已”。而胡风的态度不仅“暧昧”和“落后”，且不合时宜地提出什么“环境与任务的区别”——意思就是不能把《讲话》从延安照搬照套到重庆。尤其是对何其芳、刘白羽以“改造”别人为使命的盛气凌人的架势，胡风更是看不惯、不买账，他后来还在“三十万言书”中毫不讳言地写道：“一九四四年，何其芳、刘白羽

① 毛泽东：《毛泽东选集》（一卷本），北京：人民出版社1964年版，第808页。

② 中共中央文献研究室编：《毛泽东年谱：1893—1949》（中卷），北京：人民出版社1993年版，第385页。

同志到了重庆，我用文协名义约了一批比较进步的作家为他们开了一个小会，请他们作报告。何其芳同志报告了延安的思想改造运动，用的是他自己的例子‘现身说法’的。由于何其芳同志的自信的态度和简单的理解，会后印象很不好。何其芳同志过去的情况还留在大家的印象里，但他的口气却使人只感到他是证明他自己已经改造成了真正的无产阶级。会后就有人说：好快，他已经改造好了，就跑来改造我们！连冯雪峰同志后来都气愤地说：……我们革命的时候他在哪里？”①

起源于延安整风的知识分子思想改造运动，本来按照毛泽东的“既定方针”有条不紊地进行着，可由于抗日战争胜利结束和国共内战随之发起而不得不“暂停”——之所以叫“暂停”，是因为毛泽东不会放弃知识分子思想改造这个另一战场上的重大“战略部署”。因此，1949年初中共尚属胜利在望之际，毛泽东与斯大林特使米高扬在西柏坡畅谈建国蓝图时，就把知识分子的思想改造问题提到了重要议事日程。学者李玉贞在《毛泽东同米高扬谈建国蓝图》中披露：“城市工作特别是在知识分子中工作的复杂性，紧迫地提到了中共面前。对这样一个群体的认识决定了中共的政策。中共的认识是什么呢？毛泽东向米高扬阐述的看法是：‘外国资本使知识分子变坏了。中国知识分子的许多代表人物留学美国、英国、德国和日本。他们不由自主地成了这些国家影响的传播者。’”“听了米高扬关于种种非无产阶级思想从外部向党施加压力的观点后，毛泽东得到启示，这就是无论在党内还是党外都要坚持苏式共产主义关于阶级斗争的理论，认为这是抵制知识分子在中国传播资本主义国家影响的良方。在实践中、在政策上，他进一步明确，不能使用‘非自己人’的知识分子。”“……这一切明显勾勒出中华人民共和国成立后对知识分子进行思想改造的前因。”②

正是有上述“前因”，当毛泽东站在天安门城楼上宣布“中华人民共和国成立了”之时，他对知识分子进行思想改造的“雄心”和“计划”，也就有了全面实现和胜利完成的条件。于是，就在此后不到一年的时间内，毛泽东就“时不我待”地提出了对知识分子进行思想改造的“建议”；而当这一运动还处在“进行时”，毛泽东就情不自禁地欢呼胜利的到来。

1950年6月6日，毛泽东在党的七届三中全会上作《不要四面出击》的讲话，非常明确地提出：“对知识分子，要办各种训练班，办军政大学、革命大学，要使用他们，同时对他们进行教育和改造。”③ 这是毛泽东在中共建政后第一次公开提出对知识分子进行“教育和改造”。此后不久的6月23日，毛泽东又在全国政协一届二次会议上当着以知识分子为代表的各民主党派和无党派民主人士的面，再次强调思想改造的必要性。他甚至把思想改造上升到与战争、土改同等重要的地位，并把三者形象化

① 胡风：《胡风全集》（第6卷），武汉：湖北人民出版社1999年版，第312页。

② 李玉贞：《毛泽东同米高扬谈建国蓝图》，《炎黄春秋》2014年第2期，第9页。

③ 《毛泽东选集》（第5卷），北京：人民出版社1977年版，第23页。

地喻为三“关”。他深谋远虑地说：“战争和土改是在新民主主义的历史时期考验全中国一切人们、一切党派的两个‘关’。……战争一关，已经基本上过去了，这一关我们大家都过得很好，全国人民是满意的。现在是要过土改一关，我希望我们大家都和过战争关一样也过得很好。……只要战争关、土改关都过去了，剩下的一关就将容易过去的，那就是社会主义的一关，在全国范围内实行社会主义改造的那一关。”为使知识分子过好“那一关”，毛泽东还循循善诱地启发和引导与会的知识分子们学会运用“批评与自我批评的方法”，他谆谆教导说：“这是一个很好的方法，是推动大家坚持真理、修正错误的很好的方法，是人民国家内全体革命人民进行自我教育和自我改造的唯一正确的方法。”毛泽东后来在 1951 年 10 月 23 日召开的全国政协一届三次会议上作《三大运动的伟大胜利》的开会词中，特别提到对知识分子进行思想改造是他的主张和建议，他不无自豪和兴奋地说道：“在我国的文化教育战线和各种知识分子中，根据中央人民政府的方针，广泛地开展了一个自我教育和自我改造的运动，这同样是我国值得庆贺的新气象。在全国委员会第二次会议闭幕的时候，我曾提出了以批评和自我批评方法进行自我教育和自我改造的建议。现在，这个建议已经逐步地变为现实。思想改造，首先是各种知识分子的思想改造，是我国在各方面彻底实现民主改革和逐步实行工业化的重要条件之一。因此，我们预祝这个自我教育和自我改造运动能够在稳步前进中获得更大的成就。”①

三

上述毛泽东关于知识分子思想改造的这些重要讲话，对杨奎松先生的“偶然”说或无“计划”论是一个无可辩驳的反驳。连毛泽东自己都承认知识分子思想改造运动是他的“杰作”——是他早在 1950 年 6 月就“建议”搞的，怎么是杨奎松所说“它最初还是北大校长马寅初建议搞的”呢？马寅初怎么可能比毛泽东还“英明”？杨奎松把如何开展知识分子思想改造运动的“建议”权，“硬生生”地从毛泽东手里剥夺下来，又“硬生生”地强加在马寅初头上，这个“硬伤”实在是太大了。毛泽东关于知识分子思想改造的“建议”，与马寅初发起政治学习的活动，时隔一年有余。毛泽东几次关于知识分子思想改造的讲话都是公开的，马寅初岂能不“认真学习”和“深刻领会”？那么可想而知，正是为了积极响应毛泽东的号召和“建议”，马寅初才在全国率先发起政治学习活动的。“活生生”的历史证明，毛泽东是名副其实的知识分子思想改造运动的发起人，马寅初不过是一个积极响应者。载入史册的知识分子思想改造运动，这个“历史功勋”非毛泽东莫属，怎么能让一介书生的马寅初“贪天之功为己之功”？倘若把这个“历史功勋”记在马寅初

① 《毛泽东选集》（第 5 卷），北京：人民出版社 1977 年版，第 23 页。

的账上，岂不是犯了“欺君罔上”的“弥天大罪”？幸而是在“盛世”之年，要是在“反右”或“文革”之年，杨奎松如此“篡改”中国共产党的历史、掩盖伟大领袖毛主席的“历史功勋”，其下场简直不堪想象。

不过，说马寅初在北大发起的政治学习活动，为开展知识分子思想改造运动提供了契机，倒是顺理成章和实事求是的。毛泽东提出知识分子思想改造的“计划”之后，却因故迟迟未能实行。中共建政后百废待兴，一个运动接着一个运动。毛泽东所说的土改这一“关”，有如“急风暴雨”地过去了；而知识分子思想改造这一“关”，之所以未能“雷厉风行”地进行，除了党国大事太多忙不过来的客观原因之外，恐怕还有对于如何改造知识分子和知识分子如何接受改造，以及通过一种什么样的方式去进行等“颇费思量”的主观原因。毛泽东在1950年6月6日发表的《为争取国家财政经济状况的基本好转而斗争》（即在中共第七届中央委员会第三次全体会议上的书面报告）中，就运用他惯用的辩证法语式，对知识分子思想改造问题进行了这样的论述：“有步骤地谨慎地进行旧有学校教育事业和旧有社会文化事业的改革工作，争取一切爱国的知识分子为人民服务。在这个问题上，拖延时间不愿改革的思想是不对的，过于性急、企图用粗暴方法进行改革的思想也是不对的。”① 这里的“改革”和“改造”有一字之差，虽然其指向和内涵都是一样的，并不会“差之毫厘，失之千里”，但从差别中不难看出毛泽东对知识分子思想改造问题，是动了很大脑筋的。尽管当时毛泽东持“谨慎”态度，但随着形势的变化尤其是各个胜利的到来，他的态度也就由“谨慎”变得“胆大有为”了。既然毛泽东把改造这一“关”同战争“关”和土改“关”相提并论，那么它的进行就一定是必然的。而当土改这一“关”胜利通过之后，改造这一“关”也就势在必行了。马寅初在北大发起政治学习活动，也只是为知识分子思想改造运动提供了一个契机而已，使毛泽东深思熟虑的“计划”得以顺利实施。难怪毛泽东在《三大运动的伟大胜利》中那样兴奋，最后满怀豪情地说：“同志们，只要我们这样做，我相信，胜利决定地是我们的。”② 更有甚者，毛泽东在1952年1月1日写的《元旦祝词》中特地写上：“祝我们在社会各界首先是知识分子的思想改造战线上的胜利！”③ 由此可看出，毛泽东对知识分子思想改造运动是多么高度重视！

综上所述，太多的历史事实证明，知识分子思想改造运动是毛泽东深谋远虑和高瞻远瞩的“伟大成果”，是中共建立并巩固权力高度集中和思想高度统一政权的“历史必然”，而绝非杨奎松先生想当然的“偶然”或无“计划”的。笔者认为，倘若把知识分子思想改造运动的“偶然”说或无“计划”论，写成历史读物并固化和传播下去，其“硬伤”给知识分子造成的伤害，恐怕是不言而喻的。▢ 2014·2

---

① 《毛泽东选集》（第5卷），北京：人民出版社1977年版，第19页。
② 《毛泽东选集》（第5卷），北京：人民出版社1977年版，第52页。
③ 《毛泽东选集》（第5卷），北京：人民出版社1977年版，第60页。

我认识的一位老华工

□陈传席

我对“一战”时中国华工赴欧问题向无研究，但我上中学时认识一位老华工，他说他去法国从未做过苦工，而是帮她们“印种”。当时法国男人死于战争中的太多，几个城市连及农村，几乎没有中青年男人，只剩下女人。他们去了主要是陪法国姑娘睡觉，帮助她们怀孕生孩子。几十年来，我也一直认为华工去欧是为了帮她们传宗接代，而书上讲华工在欧洲受苦，都是宣传词。后来看了一些资料，并非完全如此，大多数华工还是去做苦工的。但我所了解的这位华工的经历，也并非孤例，虽非普遍现象，也可算是部分现象。记于此，以供研究华工问题专家参考。

时间：1967 年夏秋之际

（47 年前事，当时是“文化大革命”时期，1966 年，我被打成“反革命”，判刑二十年，后从牢中逃跑，到了北京，直到 1967 年初才回。1968 年 5 月之后，又忙着联系下放农村，所以，定在 1967 年不会错。老华工当时身穿丝绸衣裳，摇着扇子，应该是在夏秋之际。）

地点：安徽省泗县城内银行西便门前及银行大院内。那时县城只有这一家银行。

当时我是安徽省泗县中学的学生。泗县在安徽省北部，十分贫穷、落后，离铁路远，这里的人大多孤陋寡闻。有一天我在学校看书，有人告诉我泗县来了一位法国老头，住在银行内，你不去看看？其实，他不是法国老头，而是中国老头，从法国回来的。

我到了银行，银行的正门台阶较高，西边还有一个边门。边门前，坐着一位清瘦的老人，身穿白色而微黄的丝绸衣裳，摇着芭蕉扇。当时的中国人都非常贫困，他这一身穿着，以及形象气质，都和常人不同，绝不是一个劳动者。我当时虽然只有 17 岁，但对历史还比较熟悉，知道他实际上是一位老华工，第一次世界大战时去了法国。我便和他聊了起来，他一个人坐着无聊，也乐意和我讲话。当时并没有采访的意思，只是出于好奇心，想了解他的一些经历，他也不隐瞒，很乐意告诉我。因为我懂一点历史，提出的问题多，他也讲得兴致勃勃。我没有问他的姓名，或者他讲了，我已忘记了。

他是泗县北部人，大约是刘圩公社，或者马厂、黑塔人，祖祖辈辈务农。民国五年（1916年），第一次世界大战在欧洲正酣，他在农村，什么都不知道。忽然，有人来征人去欧洲做工。据说到欧洲做工可以赚很多钱，要二十岁至四十岁的人。他当时三十多岁，已娶妻并生了几个儿女。因为家贫，便想出去赚点钱。和他同时去法国的还有好几个青年，其中一人还不足二十岁，但报名时说二十岁了，其余人都是二十多岁。这几个青年都没有结婚，只有他结过婚，年龄也最大。

他说他是民国五年八、九月间到了法国的（也许是民国六年，即1917年，但绝不是民国四年或七年）。他原来想，到了法国一定会干苦工，但并没有，他几乎一天苦工也没有干过。到了法国（什么城市，我已忘了），很快就有人把他和他的同伴送到一个小城市去。这个城市，包括附近的农村一大片地区几乎没有男人，尤其是没有中青年男人。打起仗来，男人上战场，都死在战争中了，剩下的都是女性，中青年女性更多。

到了这个城市的下午，他的同伴都被几个中年妇女一个一个地领去，他也被一个中年妇女领去，安排吃住，房间很干净，比在中国的住房不知好多少倍。他在房中坐一会，那个中年妇女又领来一位年轻的姑娘，示意由这位姑娘照顾他。中年妇女走后，这位年轻姑娘便做饭给他吃，晚上还陪他睡觉。刚开始他很奇怪，不用干苦工，还有姑娘照顾和陪睡觉。好在他身无分文，也不怕。这个姑娘又教他讲法语。过了几天，换了一位姑娘，大约之前那位姑娘被认为已怀孕了。过了几天，中年妇女又带来一位姑娘。过几天后又换一位姑娘……都是陪睡、做饭和教法语。也有过了几个月，原来陪他睡觉的姑娘没有怀孕，又来了的。

他后来找到他的同伴，了解到原来那几位华工也是如此，过几天便换一位姑娘，当然也有三十多岁的妇人。他的同伴都没有结过婚，当然都十分高兴。几个人在一起各自谈起自己的经历才知道，大战中，法国男人都必须上战场，大多都死了，这个城市的中青年男人几乎全死光了，要他们来，是为了帮助姑娘们怀孕、生孩子（他说的泗县话是“帮他们印种”）。

他们名为华工，不但没有干过苦工，甚至连家务都很少干，主要任务是陪法国姑娘睡觉，让她们怀孕、生孩子。我问他：“是否法国地方政府见当地男人死光了，要发展人口，只好借助华工，因为有中年妇女组织嘛。”他说：“不知道。”因为和法国女人在一起生活，法语也就学会了。就这样，过了很多年（不足十年），他们不知睡过多少法国姑娘，也不知有了多少孩子，但他没有正式的妻子。他想这样下去，老了怎么办？这时候，他的法语已经很好了，他就向那位中年妇女提出想有一位固定的妻子，生下自己能认的儿女，晚年好有个照应。后来果然有一位三十岁左右的姑娘嫁给他，他已四十多岁了。从此，他便结束了乱婚——实际无婚姻而只能有性生活的生活。他和妻子在一起开了一个饭店，妻子会做西餐，他会做中餐，饭店以中餐为主，也以中餐最招徕顾客，他们生活得很好。

后来他们生了很多女儿，似乎没有生儿子，正因为他想要一个儿子，便不停地生，但生的都是女儿。其他几个同伴虽比他晚一点，但也都有了正式的妻子，既生了儿子，也生了女儿。

我问他：女儿都干什么工作？他说他的女儿都很漂亮，有几个女儿帮助他开饭店，还有几个女儿上了大学，当时能上大学已不简单。

他的饭店开得很好，越来越大，也越来越有名气。开始时只是个小饭店，很单一，后来有吃的，有住的。宾馆也越来越好。餐厅有宴会厅、会议厅等等。

名气大了，当时中国驻法国大使黄镇也知道他的饭店开得很好，便去看他。他又是一位爱国华侨（他说华侨都很爱国）。黄镇后来便经常到他的饭店去看他，每次都住在他的店里，他们成为朋友。

几十年间，他和妻子、女儿生活得很和谐。因为生意很成功，法国人对他也很尊重。

八十多岁时，他的法国妻子去世了，他一直惦念中国家中的妻子和儿女，便向黄镇大使提出，想回去看看他们。他提出这个想法时，正值“文化大革命”前(1966 年前。大约是 20 世纪 60 年代初。因为他说从提出到落实有好几年)，黄镇大使便帮助他。他于 1967 年回到中国，回到他的家乡安徽省泗县。当然各级政府都有人关照他。

回到家乡，家中依然很贫困。当然，比他老的老人都早已去世了，他的妻子和大儿子也去世了，他说，他的儿媳妇还在，小儿子还在，还有很多他从未谋面的孙子。他说他的儿媳妇在，是大儿媳、二儿媳还是小儿媳，我未问。还有他的侄子们也还在，他从法国带回不少钱和东西，孩子们都很高兴。但家中太穷，没法住，有关部门便把他安排在银行住，银行保卫组（保卫科?）有专人照顾他。

我问他，其他几个伙伴还在法国吗？为什么不回来？他说，他们在法国生活也不错，因为他们走时没有结婚，家中无妻室儿女，老人都死了，回来看谁呢？回来也没有落脚处，也没有个依靠，回来又干什么呢？所以，他们都没有回来。

当然，他反复提到黄镇大使，似乎没有这个关系，他也回不来。

我和他讲了很长时间的话，天已略晚，外面起了风，他又转到银行的院子里。他自己搬的板凳，并没有叫我帮助他。我跟他进了院子。现在想起来，我那时已 17 岁，应该帮他搬下板凳，可惜那时没想到。

我问他，你离开中国时，那时中国的主席是谁？他说，那时不叫主席，只记得袁大头（按：即袁世凯。似乎袁世凯也死了，但农村落后，不一定知道）。我又问他，你知道蒋介石吧？他说，走时还不知道蒋介石，后来在法国才知道有个蒋介石，名气很大，尤其是他领导的北伐战争，在国外引起的震动很大，华侨都知道他

（按：他还讲了几个细节，我现在恐怕记忆有误，暂不记于此）。但后来，他的名气很不好。我问他是什么原因。他说，1936 年“双十二事变”，你知道吧？西安事变（我说知道）。西安事变，张学良、杨虎城二将军拘捕蒋介石，但并没有加害于他，后来，张学良出于义气，送蒋介石回南京，蒋介石不但不感谢张学良，反而背信弃义，把张学良扣押起来，言而无信，不道德。从此，华侨中很多人都反对蒋介石。背信弃义，言而无信，是所有人都看不起的，法国人也因此看不起蒋介石。在此之前，法国的报纸，提到蒋介石，都是很尊重他的，西安事变后，他扣押了张学良，大家对他都不尊重。后来，他打了败仗，大家都认为这种人不宜当中国的领袖……

（他还谈到周恩来，称赞的多。因为我当时对周恩来的历史不熟悉，他讲时，我听得不太懂，也记忆不清，故略去。）

别人都说他九十岁了，实际上他才八十多岁，年近九十，但身体精神都很好，走路健步如飞。有一次我在供销总社（或者是物资局，地点在当时的百货公司后面）碰到他，我问他干什么，他说找领导批一块肥皂。当时商店里买不到肥皂，必须得领导批条子，拿着批件，才能买到一块肥皂。

当时是“文革”间派性最严重的时期，银行、供销社、百货公司中的一派造反派和我属于一派，他们造反很需要学生帮助“冲杀”，写大字报、画漫画等。所以，他们对我们都很亲热，我和他们聊了一会，这位老华工又回来了，手里拿着刚买到的肥皂，说：“肥皂法语叫‘萨榜’。”他很有兴致，说：“天热，法语叫‘宜勒夫埃瘦’。”“刮风，法语叫‘宜勒夫埃俱汪’。”他扬了扬手中的肥皂说：“多少钱？法语叫‘巩比艳撒固特’。”我听了很高兴，他说：“你要学法语，就跟我学，我的法语是法国姑娘们教的，又好听又标准。”我笑了笑，没讲话，当时是知识越多越反动，学外语是里通外国。现在回忆起来，十分后悔，当时为什么不跟他学习法语呢？那时年轻，记忆力好，只要学一两个月，一般生活用语也就差不多会了。他当时讲的法语，只是一遍，我至今都记得，如“你好吗”，法语是“搞忙打雷巫”；“谢谢”，法语是“买河西”。这些我至今都记得很清楚，尽管我一个法文字母都不认识，话却会几句。如果学几个月，收获该多大啊！

我又问他，在法国买饭要粮票吗？他笑着说，在法国，只要有钱，什么都能买到，从来不要粮票、布票、油票。我当时感到十分奇怪，不要粮票、布票、油票，怎么买粮、布、油呢？那不是乱套了吗？

他似乎也不敢讲得太多，因为有人指导他在国内不能乱讲，更不能宣传资本主义……

几个月后，我回家走在泗县至徐州专区睢宁县途中，那时学校离我家 140 多里，我舍不得花钱坐车，从来都是步行回家。在大约离泗县城 15 里的地方，我看到一个骑自行车的人过来了（那时见到骑自行车的人，很是羡慕），定睛一看，原来是这位老华工（当时称他为“法国老头”）。他穿着大风衣，风采超过当时的地方官员和教师，只是自行车是破旧的。可能是银行给他借的，那时即使有钱，也买不到自行车。似乎车子坏了，他下车，修了修，又骑上，哗啦哗啦地向前骑。我认识他，他不一定认识我了，我也没有和他讲话，他转脸看了我一眼，我朝他笑了笑，点点头，都各自继续走路。我看他车后带着一些东西，大约是回农村老家，带给儿孙们的。

20世纪20年代，他离开国内前是一个农民、大老粗，并不识字，在法国生活50多年，他不但能写一些汉字（不知道他怎么学的），看报纸、书籍完全没有问题，而且会讲一口漂亮的法语。他的形象、气质、风采已不像一个农民了，而是像一个有修养、有文化的企业家，但又不胖，且瘦削，甚至像一个老知识分子。

当时，中国的农民到了六七十岁，大多卧床，也许有少数人还可以走动，但都老态龙钟了，而他年近九十，还能骑自行车，在汽车穿流的公路上，在山间崎岖凹凸坑洼的小路上，上上下下，他骑得很稳，这真是一个奇迹。

当时，欧洲的物质那样丰富，而中国那样贫困，泗县又更贫困、更落后，不知他回来后，后悔不后悔。还有，他回来了，见到了自己中国的儿孙，但法国那边，他还有很多女儿、女婿、外孙等，那是和他生活了几十年的骨肉，他怀念不怀念？他在法国和那么多女人，生了那么多他都不认识的孩子，肯定有儿也有女，他们并不知道自己的父亲是谁，然而这些儿女要是互相通婚，怎么办？这些儿女，如果问他们的母亲，父亲是谁，又怎么办？这些我都没有问他，很后悔。其实，即使问他，他也未必回答得出来。

1968年5月份，我们开始准备上山下乡，大约8、9月份，我便在屏山公社屏山南的一个大队落了户，算是上山；后来又转到瓦坊公社歧路大队，算是下乡，在农村两年。有人说我在农村受了两年苦，但我并不认为是受苦，而是经历、锻炼，大有益处。后来便去上学、工作、考研、考博，去美国，又回来当教授、博导，再也未回到泗县，更没有再见到这位老华工。不过，我曾托人打听过他，听说他九十岁时，真的还在骑自行车，且健步如飞。他什么时候死的，我不知道，但他最终葬在中国的土地中，埋在他故乡的土地中，这是肯定的。

只是他的法国众多儿孙们，明的，暗的，是否知道他的结局呢？那时农村很落后，通信也不发达，法语怎么写，信怎么写，他泗县的亲友们也不会。他的死，法国的女儿、女婿、孙子、重孙们可能不会知道，但会估计到，因为他回国时，已年近九十。然而是否知道，已无关紧要，“死去何所道，托体同山阿”，如是而已。

他的经历，尤其是在法国当华工的经历，也许对华工研究专家有一定价值。故记于此。◻ 2014·5

沉重的阅读

滇西抗日：留将百世告同胞

□宁 铂

我站在静静矗立于绿树如茵的小山坡上的滇西抗日战争纪念碑面前。四月的朝阳越过高黎贡山灰蒙蒙的山顶，把金色的朝晖洒满笼罩在一片轻纱般的薄雾之中的芒市坝子。这是一块巨碑，东面雕刻着的李根源先生的啼血之作，把我们带到了风雨如磐的时代："八年浴血抗天骄，杀气如云万丈高。写就一篇新战史，留将百世告同胞！"

1942 年 3 月，日寇在占领了缅甸首都仰光之后，调集了 5 个师团的兵力，分两路沿锡当河和伊洛瓦底江河谷向缅北突进。为支援在缅甸作战的英军，保卫我国在抗战时期仅存的一条国际陆上交通线——滇缅公路，在盟国的邀请下，我远征军 10 万将士进入缅甸战场，在同古（Toungoo）、棠吉（Taunggyi）、仁安羌（Yenangyaung）及锡当河谷中的逐次抵抗战斗中予日寇以相当的打击。但是西线伊洛瓦底江河谷方向的英军被日寇屡败，士气低落，抵挡不住日寇的猛攻，一路败退；守卫东线的国民党军第 6 军军长甘丽初庸碌无能，始终搞不清正面敌军的兵力和战力，被投入东路的日寇第 56 师团逐次击破；该军 55 师师长"鼠胆将军"陈勉吾贪生怕死，一与日军接触便命令所部放开公路正面逃入山林，导致战略要地罗衣考（Loikaw）丢失，东线防御洞开！主要由日本东北地区的产业工人组成，号称"工人师"的凶悍无比的日寇第 56 师团趁机在急于赶走英国侵略者而引狼入室的糊涂缅人的带领下衔枚急进，向滇缅公路上我远征军补给基地，处于深远后方的腊戌（Lashio）进行远距离穿插。一昼夜之间竟然在掸邦高原的丛林中突奔了一百余公里，一战便击溃了抗战无能、发"国难财"有术，竟合伙以军车从事走私活动，并无耻盗卖全国人民节衣缩食从盟国那里换来的军需品的"腐败将军"张轸、刘伯龙、马维骥等率领的国民党军第 66 军主力，于 4 月 28 日占领腊戌，并分兵一部迅速抢占滇缅边界附近缅方重镇八莫（Bhamo）、密支那（Myitkyina）等地，将我远征军主力切断在缅甸（后各部历尽千辛万苦，付出了惨重的牺牲方得以逐步撤回国内及印度）；日寇乘坐一部缴获的汽车，混在拖儿带女由缅甸向国内逃亡的惊慌失措的华侨难民队伍之中，猛犯我远征军根本来不及设防的边境。5 月 3 日位于滇缅边境线上的重镇畹町落入敌手，滇缅公路沿线之芒市、龙陵等地也于5月4、5日相继沦陷。另有一队狡猾的日寇，由临时收买的汉奸领路，抄中缅边境走私贩毒小道直取滇西咽喉要隘惠通桥，于5月5日突然出现在惠通桥头！我守桥之工兵万般无奈，只得置西岸绵延百余公里的撤退队伍及已经上桥的数十名难民的生命财产于不顾，先敌炸毁惠通桥。但日寇仍凭借着简陋的渡河工具强行渡过雨季中波涛汹涌的怒江，我东岸守军云南省保安旅息烽部一个连的官兵几乎全部伤亡，眼看不支，幸从保山驰援之国民党军第71军宋希濂部先锋李志鹏之第36师及时赶到，经过数日恶战，将渡到东岸之日寇500余人歼灭，日寇残部仅数十人泅水逃回西岸，我渡怒江反击的部队也随之在优势敌人的攻逼之下受挫，陆续撤回东岸，敌我两军于怒江对峙的局面方得以初步形成。与此同时，小股日寇仍然四处狼奔豕突，怒江以西各地相继沦陷！

在滇西沦陷后，自愿请缨到滇西前线参加抗战的云贵监察使李根源老先生在《告滇西同胞书》中无限悲愤地写道：

> ……根源生长迤西，滇西是我的桑梓，也是我父老祖宗坟茔庐墓的所在地。现在敌人打进我们的家乡来了。看看腊戍撤退后滇西公私损失奇重，真所谓生灵涂炭，哀鸿遍野；看看五月四、五两日保山遭受兽机的轰炸，颓垣败墙，血肉横飞，迤西重镇化为灰烬，保山县城立成死市，鸦狗群聚，时疫蔓延，举世闻悉，同声愤慨，百年浩劫，惨不忍睹……

1942年5月4日和5日，与地面部队向怒江一线的推进紧密配合，108架次日寇轰炸机对人口密集的滇西重镇保山实行了惨无人道的大轰炸，当场炸死无辜平民及难侨1万余人。保山全城变成了一片废墟。由于时值雨季，死人过多，战事逼近，草木皆兵，政府职能部门瘫痪，再加上大批难民从缅甸等热区涌入，饮用水遭到了污染，导致了保山坝区自5月15日开始的、长达3个月之久的霍乱大流行，并在6月10日左右达到最高峰。据当时五城镇镇长徐笃人统计，死亡民众竟超过了6万人！李根源和宋希濂心急如焚，连电省府及中央，苦苦求援。省方遂于6月间派遣数支携带霍乱疫苗的医疗队深入滇西，虽活人无数，惜乎大疫已成，覆水难收……

缅甸失利，滇西屏障虽难保全，但若负有守土之责的官吏们能临危不乱，团结民众共同对敌，情况或许会有所转机！可恨这些只有剥削、欺压良善百姓本事的“硕鼠”们一闻前线吃紧，竟置良心、职责与国法于不顾，纷纷弃职鼠窜而去！

云南省主席龙云的公子、当时驻守腾冲的腾龙边区行政监督龙绳武，一闻日寇入侵滇西，竟立即将个人在腾龙各地搜刮得来的人民血汗——玉石、象牙、珍贵财物及鸦片——共计数百驮，先由特务营护送保山，继而于5月7日上午亲自带着数十驮物资由部队护送逃离腾冲。途经双虹桥，畏惧日寇过桥追赶，竟置惠通桥炸毁后扶老携幼、历经千辛万苦方沿着“瘴疠”猖獗的怒江河谷一步一步地挨到桥边的难民于不顾，下达了“过河拆桥”的缺德命令，将双虹桥拆毁！当天深夜，腾冲县县长邱天培、警察局局长周淮也弃职逃命。可怜腾冲百姓，见当官的都脚底擦油逃得一干二净，也只有仓皇地背井离乡逃难去也！5 月10 日下午 2 时许，日寇 292 人竟然不费一枪一弹占领了腾冲……

当时的滇西边区，本有以龙云的侄子龙奎垣为旅长的云南省某保安旅（代号为“息烽”，史称“息烽部”）负责守备。日寇推进迅速，各部不及收缩集中使用，亦属无奈。但该部爱国官兵仍然各自为战，在惠通桥和腾冲尹家湾、飞凤山等地奋勇抵抗，击毙日寇大队（营）级军官“黑风司令”一员，消灭日兵一部，我方牺牲亦达百余人。但是旅长龙奎垣在属下的士兵还在惠通桥东岸与日寇苦苦交战、保山危急时，不仅不派兵增援，也不在二线组织抵抗，竟趁乱打劫，纵兵抢掠刚遭日寇轰炸后的保山，干下了一桩在抗战期间全国范围内绝无仅有的、肮脏无耻的强盗勾当！

5 月5 日夜，龙奎垣率护兵十余人窜到保山城市中心三牌坊，对聚集在那里的惊魂未定的民众们胡说：“日本侵略军已渡过怒江，中央命令放弃保山。”煽动民众逃亡，好为自己蓄谋已久的强盗行径遮羞！当时一位 50 余岁的老人奋起质问曰：“现在惠通桥敌我正在激战，中央军已经增援上去。你何出此言煽惑民心?”老羞成怒的龙奎垣竟凶性大发，拔出手枪杀害了这位老人！

保山全城民众惊恐万状，扶老携幼连夜逃遁，只剩下一座空城。市区内被炸后的余烬未灭，暴露街头的尸体血迹未干；城南飞机场与南岳庙附近，焚烧仓库的火光冲天，黑烟滚滚弥漫天空。而龙奎垣及其属下的匪兵们则换上便服，放手抢劫商号及各殷实富户，为掩盖其强盗行径又故意制造混乱，四处纵火，鸣枪助威。一时枪声乱作，火焰炽烈。可怜这滇西膏腴之地保山，经日寇飞机这一炸和龙奎垣这一抢一烧，更加之霍乱流行，一时竟成人间地狱！

泸水县上江坝，是怒江沿线两个较大的坝子之一。茶马古道上的古渡口栗柴坝就位于这个坝子中。自三四月间缅战吃紧以来，就陆陆续续有从缅境逃回的难民经灰坡垭口来到栗柴坝渡口求渡。仅有的一条渡船日夜往返于怒江两岸，亦属杯水车薪。进入 5 月，求渡之难民愈加拥挤，其中甚至有一些在惠通桥、双虹桥求渡不成辗转前来者。帮瓦寨保长李春鸿却勾结本寨为富不仁的土豪劣绅倪朝相，乘人之危大发“国难财”，诡称帮助难民造筏过渡，大肆侵吞难民财产，待钱到手后却百般狡赖拖延。一直到 5 月 19 日中午 11 时左右，日寇掩至，当场杀害难民 300 余人，造成了闻名全国的栗柴坝惨案，怒江水为之而变赤！

日寇第 56 师团 2 万余人马，由汉奸引路，在怒江以西的滇西大地上到处耀武扬威。日寇所到之处，先是纵兵一通烧杀抢掠，然后建立乡村伪政权，旨在推行奴化教育的学校也建立起来了；为了达成对滇西人民的精神和经济方面的全面控制，鬼子又收买、策反了帮会首领杨吉品等，成立了“维新社”等带有黑社会性质的汉奸经济组织，直接对滇西人民进行经济剥削和政治压迫。另一件十分可恨、十分缺德的事情是日寇为了增加税收，改善自身经济状况，麻痹人民的反抗意识，竟打着“改善民生”的称号，哄骗、强迫山区各族人民大面积地种植罂粟，并在为其提供种苗的同时提供技术服务。

在整个沦陷期间，据腾龙边区十土司地区（新中国成立后改称为德宏傣族景颇族自治州）战后不完全统计：潞西损失房屋535间、粮食128 990斤、牛255头、马245匹、猪171头；梁河损失房屋899间；盈江损失房屋297间、粮食20万箩、牛2 135头、马1 344匹、猪6 174头；莲山损失房屋801间、牛1 140头、马471匹、猪7 908头；陇川损失房屋1 500间、牛1 322头、马225匹、猪3 000头；瑞丽损失房屋843间、牛120头、马5 020匹、猪6 564头。以上各地百姓死于非命者共1 359人。更令人发指的是，在1944年11月国民党军攻克龙陵，开始对芒市—畹町段滇缅公路沿线的日寇残部进行扫荡时，从芒市撤退的日寇第56师团师团长松山佑三中将竟下令烧毁沿路无法抢走的谷堆150多处，共计6万余斤。

日寇在怒江西岸最重要的防御支撑点——松山要塞中常驻有一个加强联队（团）以上的兵力，时常外出窜扰。附近15个村寨219户人家，有175户中的549人被杀害或因逃到生存条件极为恶劣的深山老林里而病死、饿死，占175户989人的55.5%。死绝29户。松山寨子16岁的小姑娘李筛弟被一群兽性大发到处寻找“花姑娘”的鬼子追赶，竟活活地被当场吓死；小水沟农民李民录主动谄媚讨好日寇，第一次送蛋，第二次送鸡，第三次把家里仅有的一头小猪也抱去送上。可是当他刚转身往回走时，即被鬼子一枪射死！大弯子75岁的段声荣和60岁的段声华，也是因为送东西给日寇，在返回的路上被日寇打死；田里耕作的农夫、路上行走的妇女、山坡上嬉戏的儿童，都成了鬼子炫耀枪法的活靶子；在永兴寨子，毫无人性的鬼子穷极无聊，竟将狼犬牵去奸污可怜的瘫痪女人张凤英，张拼死不从，惨遭枪杀。

日寇扫荡路过村寨，必将村中所有活着的动物屠杀得一干二净。由于肉食过多，兼之天气较热，无法吃掉也无法带走，鬼子吃鸡只吃鸡腿和翅膀，猪、牛等只要四条腿，其余部分到处乱扔，狼藉遍地，臭不可闻。日本兵吃饱喝足之后，竟在农民的咸菜坛子、酒坛子、饭锅、饭甑和谷堆里拉屎，在油瓶子里撒尿；又将吃不了的大桶米饭和肉混上粪便等污物堆成一堆，在上面也拉上屎；把谷仓里的粮食倒在地上，任骡马在上面肆意践踏、拉屎撒尿；有的还将从牺牲的抗日游击队员身上剥下来的皮挂在百姓家门口，把人肉塞到百姓家的抽屉里吓人取乐。泸水县内的日寇竟然发展到灭绝人性地吃人肉的地步，据20世纪80年代抢救出来的文史资料记载：光在灰坡据点附近的村寨被鬼子活活杀死吃掉的、有名有姓有亲友作为人证的傈僳族百姓就有亥富子、普几张扒、光学玛等人。

滇西热区，素称“瘴疠之乡”，是疟疾等传染病的高发病区。其中以“闷头摆子”（疟疾凶险发作中的“脑型”）最为可怕。盘踞滇西的日寇与瘟神结盟，在芒市、龙陵、腾冲等地散布鼠疫杆菌！

腾冲县临危受命的抗日县长、民族英雄张问德在1943年9月12日给日寇驻腾龙行政班本部长田岛寿嗣邀请他个人“长日聚谈”“双方民生之困难问题”，“不许有一语涉及双方军事问题”的邀请信的回信（即闻名全国的《答田岛书》）中义正词严地说道：

……自事变演变以来，腾冲人民死于枪刺之下，暴露尸骨于荒野者，已逾2 000人；房屋毁于兵火者，已逾5万栋；骡马损失达8 000匹；谷物损失达百万石；财产被劫掠者近50亿……

……余愿坦直向阁下说明：此种痛苦，均系阁下及其同僚所赐予；此种赐予，均属罪行！……

……痛苦之腾冲人民将深切明了彼等应如何动作，以解除自身所遭受之痛苦。……

滇西自古以来不是一块“人间净土”，各民族、各利益集团之间尔虞我诈的摩擦和斗争也相当激烈。1924年在干崖（现属盈江县）还因汉傣两民族土豪之间分赃不均的矛盾引起大规模民族仇杀，总计伤亡达1万余人！但是为了抗击日本帝国主义者，人们还是自发地、迅速地团结到了由汉地中央政府树起的“抗日守土”“团结御侮”的神圣旗帜下！就是在干崖兵灾中杀红了眼的敌对部落也在李根源先生等抗日民主人士的斡旋下握手言和了。在整个滇西抗战期间，除了南甸土司龚某等极少数人一度有过“脚踩两只船”的投敌行为之外，整个滇西地区的各族土司（包括汉族）们都或多或少地参加了抗日工作。

白发苍苍的李根源老先生，在得知滇西沦陷的噩耗之后，立即向国民党政府请缨，风雨兼程赶回滇西，以他辛亥革命元老、滇西道德之士的身份四处游说，为滇西各民族、各阶级抗日统一战线的迅速建立立下了汗马功劳！

日寇占领腾冲，原县长邱天培及一批“硕鼠”抱头鼠窜而去，但是有长达数千年文明史的腾冲人民没有屈服。1942年5月23日，“息烽部”别动1连在连长杨正昌的指挥下，于腾北尹家湾、飞凤山地区主动伏击搜索前进的日寇，当地壮丁在地方政府的组织之下全力支援战斗，为我军运送粮弹、饮水。是战我方牺牲官兵18人，参战壮丁牺牲13人，我方组织民众支援前线之区长殉国，击毙日寇大队长“黑风司令”一员、官兵40余人，打响了滇西敌后抗战的第一枪！

为了支持滇西人民的抗日救亡斗争，国民党军预备第2师在师长顾葆裕、副师长洪行、参谋长彭劢的率领下于1942年5月12日奉命移防腾北（1943年7月间由李志鹏的第36师接防），承担开辟腾北抗日根据地的光荣任务。腾冲沦陷区不愿意做亡国奴的老百姓和各学校的师生都陆续来到腾北根据地，参加抗日救亡工作。以年过古稀的刘楚湘先生为首的腾冲临时县务委员会在腾冲沦陷后不到一个月的时间里（1942年6月5日），在腾北的江苴街正式成立了。不久，省政府正式任命张问德为腾冲县县长。腾冲人民在这位已经年过花甲、白发苍苍、饱读诗书、正气凛然、铁骨铮铮、百折不挠，任职期间曾经8次徒步翻越高黎贡山的全国闻名的“抗日县长”为首的县政府的领导下，义无反顾地投入了抗日守土的伟大斗争。腾北敌后抗日根据地尽管经历了日寇多次疯狂而残酷的“扫荡”，却一直坚持到1943年10月间才全部沦陷。而在1944年5月间国民党军开始反攻滇西时，腾冲人民又重新在腾冲县政府的领导下，全力支援担任北线攻击任务的国民党军第20集团军，军民紧密配合，将侵入腾冲的日寇全部歼灭在县境之内。

滇西边疆是少数民族聚居地区，为了支援滇西人民的抗日斗争，第11集团军司令宋希濂除命令担任江防的第71军等部抽调成建制的部队轮番进入沦陷区游击之外，派遣预备第2师副师长洪行统领该师一部挺进南甸敌后，还将由黄埔教导团为基干扩建而成的中央军第2军主力两个师调到阿佤山区，担任沧源、孟定、镇康方向的翼侧防御。各部一到驻防地域，便将发动群众，广泛宣传国民政府的抗日救亡政策，扶持、建立少数民族抗日武装，巩固抗日民族统一战线作为主要任务。预备第2师副师长洪行，外号“洪胡子”，与该师参谋长彭劢被腾冲人民在抗日歌谣里同称为“一文一武”。在预第2师守备腾北期间，这两位清正廉洁的民族英雄除了甘冒矢石冲锋陷阵之外，还经常斗笠赤脚，走村串寨，发动群众，在民众中享有崇高的威望。洪行甚至亲自化装成苦力，混入飞凤山日军要塞的施工队伍中进行实地侦察，后被日寇意外留难，我方大惊，连忙组织营救，方有惊无险。腾北换防后，洪行调任第6军新39师师长，在滇西反攻战役的龙陵会战中奉命死守张金山、南天门，阻击从芒市方向增援而来的日寇主力，全师几乎拼光！洪行因到长官部开会，回程途中自驾吉普车失事而意外殉职，令人扼腕痛惜！

国民党政府调集了16万精锐，组成新的远征军（Y部队），在卫立煌、黄琪翔、宋希濂等主张团结御侮，在抗日战场上立下了赫赫战功的名将的统帅下，以最快的速度陆续完成了在怒江一线的集结，接受盟国从“驼峰航线”陆续运入的美械装备，并在盟军派来的大批军事顾问（当时的远征军一直到连一级都配备有盟军顾问）的指导下进行严格而艰难的整训，屡败屡战，经历了“防御”和“相持”阶段。滇西战区皆是崇山峻岭，公路交通极为闭塞，仅靠一条坡陡弯急，在日机轰炸、洪水塌方和人为破坏下已经变得千疮百孔的滇缅公路和少数骡马大道，根本无法有效地保障对集结于怒江一线的配属有大量105榴弹炮及战车等重装备的16万大军的补给。特别是战役初期正值雨季，日寇死守松山咽喉要地不退，惠通桥东西几十公里范围内的滇缅公路一时无法打通，南线进攻的国民党军第11集团军不得不将西岸连骡马都难以通过的泥泞深山樵夫小道当作其最主要的补给线，使得超越松山守敌迂回到龙陵近郊的集团军主力经常陷于粮弹两缺、伤病员无法及时后送的进退两难的状况，极大地影响了其战斗力的充分发挥。为了保障滇西反攻战役的顺利进行，我方在滇西地区动员了大批民工，直接参加对前线作战部队的补给工作。为了抗战的胜利，滇西人民咬紧牙关，全力投入到支援前线的工作中。

请想象这幅情景吧！雨季中的滇西，天空似乎永远笼罩在铅灰色的雨幕之中。河谷闷热无比，挥汗如雨；山中大雨滂沱，洪水肆虐，塌方、滑坡比比皆是，道路泥泞难行；而爬上了山顶之后却又仿佛进入了又湿又冷的冬季，冷得人上牙打下牙，瑟瑟发抖！从河谷到岭头之间的高差多数都在500米以上，有时甚至超过了1 500米！就在山间曲曲弯弯的、泥泞而陡峭的羊肠小道上，不时传来一阵阵马铃和牛铃的叮咚声，蜿蜒而艰难地行进着一支支由精瘦干巴、鸡皮鹤发的老汉，满脸菜色、身背幼儿的妇女，口唇上刚刚长出密毛的少年和手脚粗黑的矮壮老妇驱赶着的，驮着沉重的粮袋、罐头、弹药、手榴弹甚至是已经拆开了的步兵炮和山炮的瘦马和老牛们组成的支前马帮。饿了啃几口已经有点发馊了的苞谷，渴了抓过身上背着的竹筒急匆匆地喝几口，困了铺开牲口背上驮着的毡垫在泥水中和衣而卧，冷了拥挤在一起互相取暖……饥饿、疲劳、蚊虫、寒冷、酷热、淫雨、“瘴气”以及敌方发射的冷枪冷炮无时无刻不在威胁着他们的生命。为了击败横行在滇西大地上的嗜血的日本法西斯侵略者，多少支前民众和牲畜在生命的极限状态中默默地倒下了，默默地化作了滇西巍峨的崇山峻岭中那一抔普普通通的红土……据战后不完全统计：在滇西战役中，参加给前线运送粮弹的滇西民夫达到4 160 324人次，骡马1 193 652次，驮牛380 478次；将军粮9 125吨、马料650吨、弹药3 347吨，连同食盐及各种装备等大约14 000吨运送到了前线。参加运输之民夫至少有二三十万人，其中还包括3 000余名从南洋回归祖国参加抗战的华侨机工（司机）；共有3 854位民夫、4 794匹骡马和1 510头驮牛为了抗战的胜利献出了自己的生命。宋希濂在战后的1945年曾经深情地撰写过署名文章，对抗战期间滇西人民对抗日军队的支持感恩不尽，表示没齿难忘。许多参战的国民党军将领们也陆续撰文表达了同样的观点。

1944年5月11日，我远征军各部在滇西人民和各友邦不遗余力的主动配合和支援下，强渡怒江。滇西反攻战役正式揭幕。官兵们同仇敌忾，人人奋勇，个个争先。经过灰坡、南—北斋公房、桥头—马面关、老东坡、张金山、三台山、回龙山等地的浴血恶战，力拔松山，气吞腾冲，会战龙陵，横扫芒市、遮放，合击畹町，于1945年1月27日与驻印军郑洞国部（X部队）所辖孙立人之新1军会师于畹町附近、缅甸境内的芒友，将入侵滇西之日寇或歼灭或击溃，悉数扫出国门之外，光复了滇西沦陷区全部国土。

战后，在日本历史学研究会编撰的《太平洋战争史》第4卷中，编者们写道：“在缅甸战场上，自夸精锐的日本陆军被他们一向所轻视的中国军队打垮了。”

那些在滇西抗战期间助纣为虐或趁火打劫的汉奸、匪盗、滥行刁民、贪官污吏等帮凶走狗一个个也都没能逃脱历史的审判！在缅甸抗战不力，一触即溃，导致腊成丢失的第66军番号被撤销；第66军军长张轸、新28师师长刘伯龙、新29师师长马维骥被宋希濂悉数送上军事法庭。虽然张、刘二犯在同伙的包庇下侥幸逃脱了制裁，马维骥也只是被关了数月而已，但是从此以后，他们在军界俱是声名狼藉；临阵逃跑的泸水设治局局长刘公度被关进模范监狱；栗柴坝惨案中帮瓦寨保长李春鸿和劣绅倪朝相的汉奸行径被难民告发，李春鸿被我抗日游击队捕获，就地正法。倪朝相虽然一时侥幸逃脱，在20世纪50年代初“镇反”时依然难逃血债血还的命运；为保山人民切齿痛恨的杀人放火的“强盗旅长”龙奎垣经省主席龙云包庇，暂时逃脱了国法军纪的惩罚，而且还升了官，1949年12月又投机参与云南起义，似乎“官运”一时还颇为亨通，殊不知“江山易改，本性难移”，其视人民如草芥之奸恶习性依然不改，1950年又在昭通地区与龙云的三公子、流氓恶少龙绳曾共谋率部叛变为匪，自取灭亡。

滇西反攻战役共歼灭日寇21 057人。为取得这一战果，国民党军付出了阵亡26 697人、伤35 541人、失踪4 056人的惨重代价。其中尤以松山、腾冲两场死打硬拼的攻坚恶战牺牲最为惨烈，真可以说是“一寸山河一寸血”！

战后，远征军各军、师、团分别在其曾经浴血奋战过的战场附近建立了许多纪念物，经过了50余年的尘世风雨之后，这些纪念物多数已经是“断碣残碑，都付与苍烟落照”了。偶尔能看到几位白发苍苍的拄杖老人，踽踽而行，爬上树木丛生、百草丰茂的陡峭的山坡，摆上几件简陋的祭品，涕泪滂沱，口中呢喃，壮怀激烈！

曾同甘苦好兄弟，身去功成起我悲。
畴昔英风回想像，只今剑气凛须眉。
一介埋骨真吾土，万口传名为尔碑。
手酹清浆酬国士，临风不觉泪交垂！

第54军军长阙汉骞，眼含热泪，为长眠在滇西的崇山峻岭和红色坝子之中的数千名部下题写了这首诗。也许真的是因为“赋到沧桑句便工”的缘故吧！从这位身经百战，颇有点“张飞”色彩的老兵的心田中自然流出的诗篇竟然是那样荡气回肠、扣人心弦。

滇西作战期间，我参战各部无一不是伤亡惨重，兵员缺额极大，有些作战单位甚至好几次被打光。芒友会师之后，各部在滇西进行了短期的整补，撤销了一些元气已伤透、难以恢复的部队番号。然后在国民党政府的统一调动下，分批奔赴抗日大反攻的新战场。

国民党政府为了嘉奖在滇西抗战中英勇奋斗的将士们，向参战部队颁发了大量勋章和奖章，一时各部队的长官们加官晋爵，勋标闪亮，得意扬扬，名利双收。可怜那些为中华民族的自由和解放英勇奋斗过的、在枪林弹雨中九死一生活下来的国民党军下级官兵们，不仅不可能像他们的长官们那样荣誉加身、衣锦还乡，甚至连他们那些英勇地战死的战友们所获得的青史留名的理解和光荣都与他们根本无缘！特别是曾在那些被撤销番号的部队服役过的被迫退役的下级官兵，其命运就更加悲惨了。

漫漫还乡路，长亭更短亭！在曾经被鲜血浸透的，弹坑密布、余烬未熄的滇西各条大路沿线上，艰难地蹒跚着一支支由衣不遮体、满面风尘、瘸腿断臂、神态茫然而绝望、操着各种奇奇怪怪的外地口音的伤病官兵和编余遣返人员自发凑成的游魂一般的还乡大军。他们走村串寨，沿门乞讨，绝望而徒劳地追逐着每一辆从他们身边驶过的车辆，在押车长官凶狠的皮带下和人们瞧狗似的厌恶的眼光之中麻木地唱着悲惨的家乡小曲，期望能捕捉到从人们双眸中透出的哪怕只是一瞬间的人性的理解和同情！多少人在痛苦和绝望之中默默地倒在了他们那些还没有来得及掩埋的在战斗中牺牲的战友身旁。

人间不葬天来葬，
鹰驮忠魂游九方。
雾城痛饮黄龙酒，
国人何处抚国殇？

写下这诗的抗日县长张问德泪流满面，绝望而徒劳地四处奔走呼号，企图引起有关部门哪怕只是一瞬间的良心发现式的注意。

善良而知恩图报的滇西人民眼含热泪，手捧自己所能找到的饮食，打开自己那还没有完全整修好的房门，把与他们根本无亲无故的落难的恩人们恭恭敬敬地迎到了自己的家中。通过招赘等方式在滇西安家落户的远征军人员终于在 20 世纪 80 年代重新获得了他们早在几十年前就应该获得的理解、荣耀和尊严！此时人们才惊奇地发现，在经历了如此多的苦难之后，竟然还有如此多的原远征军官兵顽强地活了下来！他们在那常人根本无法想象的逆境中所表现出来的坚强意志和生存能力使得每一个知情者都不得不为之真心地叹服！到底是在抗战的熊熊战火中锤炼出来的中华民族的英雄好汉！

曾经在滇西乃至整个东亚的土地上那样趾高气扬、不可一世地飘荡着的膏药旗，1945 年 9 月 3 日于停泊在东京湾上的“密苏里号”战列舰上垂头丧气地降落了。在滇西抗战中为祖国和人民立下了卓越功勋的国民党军各部，被由反动派控制的国民党政府作为反人民的内战的主力，从抗日的第一线先后奔赴东北、胶东、华北等地，加入了为维护蒋家独裁专制统治的战争。多少抗日英雄与他们那些同样是抗日英雄的敌手在死拼滥打，化为猿鹤沙虫！曾经率领部下苦战松山两个多月之久，亲手把血染的战旗插上松山要塞的最后一个日寇堡垒上的第 8 军 103 师师长熊授春，战死在淮海战役的双堆集战场上（时任第 14 军军长）；以第 5 军军长的身份越级指挥复仇之师第 200 师参加滇西反攻战役的邱清泉也战死在淮海战场；宋希濂、王凌云、周福成、钟彬、熊新民等人兵败被俘；而看透了蒋家政权的反人民本质的陈明仁、陈克非和彭劢等人最终则选择了起义的道路；卫立煌、黄琪翔等人最后也“叶落归根”；霍揆彰、黄杰、阙汉骞、李弥、顾葆裕等人亡命孤岛，痛苦而寂寞地结束了自己灰色的余生；先后投入滇西反攻作战的国民党军各部，最后退到台湾的仅有已经被打得七零八落的阙汉骞的第54军而已，其他各部都已经深深地湮没在历史的洪流之中。

光阴似箭，岁月如梭。五十多年的尘世风雨，来去匆匆!

我在蒙蒙的细雨中徘徊在滇西抗日战争纪念碑前，反复吟诵着李根源先生的诗作，不时抬头仰望着由劫后余生的宋希濂将军80岁时亲笔题写的碑名，心潮久久不能平静…… ◻ 2005 · 4

思痛：打捞和抢救历史真相

□邵燕祥

“认识你自己!”这是很难的。韦君宜在饱经沧桑的暮年做到了。她是在半个多世纪的时代大背景下审视自己走过的道路，从而逐步认识自己的。

认识古代史之难，难在人物已杳；认识当代史之难，难在许多当事人或利害攸关者还在。遭受苦难的人回顾历史而痛定思痛；制造苦难的人，难免因别人回顾历史而触到痛处，于是掩盖历史，讳莫如深，篡改历史，混淆是非，甚者则欲销赃灭口，扼杀记忆，以掩天下人耳目。

然而我们不但要回顾五十年的历史，也要回顾百年的历史；不但要回顾百年来我们这块土地上的历史，还要把中国放在世界的背景下来重新认识。中国的革命史和中国共产党的党史也不能离开世界背景，我们耳熟能详的教诲：中国革命是世界革命的一部分；何况中国曾只是共产国际的一个支部！苏联共产党（布尔什维克）那时被称为“列宁斯大林党”，中共是按照联共的榜样，并在联共的帮助下建立起来的，整风中强调以《联共（布）党史》为中心教材，新中国成立后重申要“以俄为师”。

而经过大半个世纪实践的检验，这不是一个可称良师的学习对象。在20世纪30年代全世界一片反法西斯声中，它就以牺牲弱小国家为代价，与另一个极权主义国家纳粹德国订立互不侵犯条约；在这之前，共产国际对德共的指示，就是打击作为中间力量的社会民主党，实际上大大帮助了纳粹及其党魁希特勒。这一姑息养奸策略的恶劣作用不亚于英国首相张伯伦大受国际舆论诟病的绥靖主义。战后苏联以本国利益为基准，干涉别国内政，直到武装干预，对所谓兄弟党，如同毛泽东说的，仍是以“老子党”自居，都是人所共知的。

在对内政策方面，苏联这“第一个社会主义国家”，是依照阶级斗争和社会革命的理论建立起来的。由于强调夺取政权和在执政后以巩固政权为第一要务，在其表现的诸多方面，竟与自古以来中外权力者尊奉的“唯权力论”一脉相承；它经常表现为“唯意志论”，也是唯依权力者的意志来行事。在这里，国家被解释为主要包括军队、警察、监狱等暴力的专政机器，国家功能是全能的，无所不管的，其目标在于变全国为一个大军营、大劳动营。它以阶级的名义行使自己的权力，阶级意志通过政党体现。尽管斯大林曾经批判过无产阶级专政是“党专政”的说法，但是从“群众、阶级、政党、领袖”的经典理论公式出发，经常形成一定的领导集团，从而“推举”出“最有威信的……”“领袖人物”来统帅一切，阶级专政也就一变而为代表一定集团的领袖的专政了。斯大林就是这样的领袖。如果说他在国际事务中除了迷信武力以外还同时使用权术的话，在国内对人民则是赤裸裸的施行暴力的统治。大者如强行农业集体化，少数民族集体大迁徙，以及与知识分子为敌的种种举措；他在党内斗争中也是极端残酷的，动辄置人于死地，不论是异议者，真正或假想的政敌，还是其他撞在枪口上的冤死鬼。他所操纵的司法部门和报刊广播，可以随时宣布无辜者为人民公敌。这一切都是在革命和专政的名义下进行的，革命要求打破一切旧秩序；以革命为唯一的秩序；专政更不受法律的制约，只要是为了对社会进行“革命的改造”，为了镇压对革命的反抗，什么都做得出来，此之谓为所欲为：为了达到目的，不择手段，再无信义和道德可言。而在革命理想的外衣下，鼓励告密和伪证，掩盖、篡改并伪造历史，一切归结于一个伟大的目的，就是巩固那凌驾于全民意志和利益之上的，标榜为阶级权力的权力者的利益，即特权。

中国共产党在几十年的革命历程中，围绕着对共产国际和苏联是否唯命是听，对苏联模式是否原样照搬的问题，不是没有争议和斗争的。然而由于先天的政治血缘，也由于中国社会发展阶段与苏俄革命前后同具的东方特点，要想彻底摆脱苏联在思想上、政治上、组织上以至体制上的影响，是根本不可能的，那在革命的严酷年代不仅将被视为异端，而且将被视为背叛。中国的第一代革命者，其中的先锋分子多受过西方资本主义文明的熏陶，但他们首先受的是本土前资本主义文化的传统教育，这也是他们能够接受以反对资本主义相号召的苏联影响的内因之一。

中国共产党内部肃反，不是从20世纪40年代整风运动的“抢救失足者”开始的。早在土地革命时期，中央苏区的“反AB团”，鄂豫皖、洪湖以至陕北等根据地的肃反都曾大开杀戒，现在的研究还未充分表明，这些究竟是执行共产国际指令，学习苏联的结果，还是中外相结合，或主要是继承和发展了本土上农民造反和秘密会党的传统做法。正如中国革命内部长期对文化、知识的贬低，对读书人的歧视打击这一反智倾向，究竟是从苏联革命经验和“无产阶级文化（拉普）派”那里接受的影响，还是更多地来自农民成分的自发倾向——在传统的“士农工商”向“劳农至上”的革命转化中，“乡里人”对“城里人”、“泥腿子”对“油嘴子（包括读书人)”的矛盾从沉睡到唤醒，并趋向极端。

在延安的整风运动中加上了“抢救”这一插曲，是很典型的。后来在全国规模上重演了多次的，以政治革命和思想革命为内容的群众性运动，都以此为滥觞。“肃反”加“反智”，直到“文化大革命”，也未能超越这个模式。

韦君宜老人从“抢救失足者”开始有关历次政治运动的回忆是符合逻辑的。她的经历作为个案，也有概括一代人以及两三代人的典型意义。她是20世纪30年代中期参加共产党领导的革命的。人们称作红色的30年代，乃就全世界而言，那是在1929年大萧条之后，在美国，罗斯福正以他的新政挽救着资本主义的经济走出危机，而“左倾”成为西方知识分子中一个相当有力的潮流，似乎除了不断发生危机的资本主义，只有苏联式社会主义是人类可以选择的出路。在东方的半封建半殖民地中国，人们，尤其是知识分子和产业工人，辗转于贫困的不自由的生活，又面对着日本帝国主义强敌压境，随时有沦为亡国奴的危险，在当时国内的政治格局中，救亡图存的迫切要求使人们把希望从国民党身上转而寄托于当时以“抗日救国”相号召的中国共产党。

韦君宜在正式发表《思痛录》之前，曾经出版小说《露沙的路》，我以为是自传体小说，虽截至1949年前，仍可与《思痛录》参照阅读。在那里，同样表现了如她这一类型的革命者在特定历史情境下的内心矛盾。革命要求以集体主义消灭个人主义，令每一个具体的个人归于“阶级”“国家”“人民”“革命”“集体”的共名。而像韦君宜这样的知识分子，一方面受到党的多年的教育，另一方面也受过完整的家庭和学校教育，在二十多年中形成了自己的良知，不可避免地要以良知来审视自己和审视周围的一切。这样的矛盾，一直向后延续到1949年前后参加革命的一代。北京大学中文系女生林昭，在1957年大鸣大放中提出一个“组织性和良心的矛盾”的命题，遂被打成极右派，并在后来的日子里，引申升级以致处死。这似是题外的话，其实并非无关。因为这样的悲剧涉及千百万人，其性质也远非个人的悲剧。

韦君宜能够在有生之年，虽是抱疾执笔，毕竟把她的经历、她的心路写了出来，不只是倾诉隐痛，更意在共同搜索那使人类不能免于痛苦之源，这是一种大彻大悟大悲悯，一切良知未泯的人应该同她一起思考。红岩烈士何敬平诗云：“为了免除下一代的苦难，我们愿把这牢底坐穿！”事实证明，光是把牢底坐穿并不能真正免除下一代的苦难，如果不反思，不总结经验教训，旧的牢底坐穿了，肉体和精神还会堕入新的牢笼。只有在“认识你自己”的同时，力求在动态中认识历史和现实，才能使我们和后代从历史性的苦难中真正获救。

感谢韦君宜，她在失语和丧失活动能力前，在半瘫痪状态中，最后做了这样一件事。她参与了，也可以说率先投身于打捞和抢救历史真相这一项有待更多的人加入的巨大工程。

历史是社会的集体的记忆，历史又是多少代人苦难和血泪的记录。“不识庐山真面目，只缘身在此山中”，我们虽置身历史中，但未必能对历史有透彻骨髓的认识。现在，我们通过《思痛录》，通过有关此书的背景可以看到什么？扩而大之，我们通过几十年的中国历史，通过对当代中国与世界，特别是中国与苏联、与国际共运的关系的历史来看，我们个人的悲欢离合、荣辱浮沉的“小历史”，不是都寓于“大历史”的左右进退、是非功过之中吗？

没有纯粹个人的历史，也没有纯粹个人的命运。“思痛”云云，更不仅仅涉及个人的痛苦。

《思痛录》还给我们一个启示，就是要在历史的时空中作纵横的比较，拿我们身历的历史，不但同苏联和东欧前社会主义国家比，而且同中国皇权专制主义统治下的古代史比，同苏联前身沙皇俄国的历史比，同20世纪的法西斯轴心国家德、意、日等极权国家比，也同“二战”中组成反轴心的欧美各国比……在全人类命运的大角逐大展示中，找出其间的异同，加以鉴别，找出适于我们自己的前进道路来，掌握我们自己的命运。

那么，我们就不是为“思痛”而“思痛”了。我想，这一点，应该得到所有真正坚持辩证唯物主义和历史唯物主义的人们，真正实事求是、追求真理的人们的首肯。

以上所云，既是因《思痛录》，也是因《求真录——回应韦君宜》而发。后者选辑了韦君宜的朋友和读者所写的读后感，也选辑了她自己发表及未发表的文字中可资参考的篇章。这些都有助于我们了解《思痛录》成书的经过和书中内容的时代后景。我希望读者朋友们，能从上述更辽阔而纵深的风云视野来阅读这一切，也许《思痛录》的意义会更加凸显出来。□ 2000·1－2

民初思想界的自杀风潮

□张光芒

不少学者注意到，戊戌变法失败后和20世纪初，有好些留学生知识分子曾不惜个人生命，献身革命，其中有好几位知名人士蹈海自杀。他们之所以选择死亡，不是因为“不值得活下去”，也不是为了在自我的毁灭中求欢乐的疯狂，而是为了将自己的“死”与民族国家的“生”联结起来。他们不是如现代海德格尔所说只有在死面前才知道生，而仍然是传统的“未知生，焉知死”（孔子），因为知道了生的价值才去死，即以一己之死来唤醒大众的生。但似乎较少有人注意到在辛亥革命爆发之后、民国缔造之际也有如此一种自杀和采取近乎自杀行动的风潮，但其动机业已不同，且要复杂得多了。

1911年10月10日武昌起义与1912年民国成立，对许多知识分子来说，这两个日子不啻是世界末日的来临，我们看：

1911年11月9日，林纾封存好家中的财物，携全家老少从北京避居天津英租界，叹曰：“……焉能居危城，阖门殉老夫……”大有“身沦异域”之慷慨悲凉的意味。

1911年12月，王国维携眷随罗振玉逃居日本京都，开始过亡命遗臣的生活。罗振玉对王国维说：“方今世论益歧，三千年之教泽不绝如缕，非矫枉不能返经，士生今日，万事无可为，欲拯此横流，舍返经信古末由也。”从此王国维“尽弃前学，专治经史”。他曾多次想投“御河”自杀，终于于1927年6月2日在颐和园昆明湖为“文化神州”之衰败而殉身。遗书中曰：“五十之年，只欠一死。经此世变，义无再辱。”陈寅恪在挽词中说：“凡一种文化值衰落之时，为此文化所化之人必感痛苦。”

1912年5月，因“逃官”从上海赴日本的苏曼殊仅仅用了5天时间一气呵成地写成了他日后广为流传的《断鸿零雁记》，主人公——他自身是一个“有愁无命”的性情中人。也就是在这一年，他作出了“死”的决定，他执行这一决定的方式是暴饮暴食，终于于1918年5月2日在上海医院了结了他的心愿。

1912年，梁济（梁漱溟的父亲）向神明和父灵起誓殉清，此后便竭其所能写下自尽的理由，并几度肯定自杀的誓愿，终于于1918年11月10日（一说农历十月初七）自沉于北平城北的积水潭中。他的生日是1859年10月10日，正是武昌起义爆发的那一天。梁济“殉清”之举在社会上引起轩然大波，众说纷纭。或以为“其忠于清所以忠于世，惜吾道不敢惜吾身”，竭力表彰其殉清之志。据《清史稿·梁济传》载：“有吴宝训者，字梓箴，蒙古人。尝为理藩院员外郎，素与济游，闻济死，痛死越日，亦投净业湖而死。”

1912年至1913年梁漱溟也经历了一个严重的精神危机，两度企图自杀。这番精神崩溃的搏斗，将他从一个具有激进色彩的西化派最终改变为“亚洲反现代化思想家中最为精深的一位”（艾恺语）。

1913年9月23日，章太炎于监禁中拟自杀。其《家书》云：“吾处此正如荆棘，终日无生人意趣，共和党亦徒托清流，未能济事。……展转思之，惟有自杀，负君深矣。然他人皆无可与谋，以疏阔者多，周密者寡耳。此书恐成永诀也。”其长女于1915年9月8日自杀身亡，时人又误传章太炎在被袁世凯软禁期间亦遭不测。而章实有多次绝食之举。

……

一批曾立于时代潮头的先进的思想家或启蒙学者何以到此时变成守旧的“顽固派”，从康有为、梁启超、章太炎、梁济，乃至最狂热鼓吹西学的严复等，无不如此。这是一种怎样的现象？为什么？早在民初，李大钊就对发生在眼前的这一自杀“风潮”进行探讨，他把自杀的原因看作模仿、激昂、厌倦和绝望的心理现象，而在其背后又存在着激发这些心理现象的罪恶黑暗的社会现象。其中绝望是最大的原因。在清末尚存有光复与共和的希望，人们忍受着压迫而其志不移；可是民国之后不仅理想与希望完全破灭，政治风气还更加恶化，因此伤心者在悲愤之余而自杀——这是一种“从黑暗到绝望到死”的过程。对父亲之“殉清”久久难以释怀的梁漱溟后来也曾做过解释，他认为，这种变化和一个人的精神状态及年龄有关：当40岁时，人的精神充裕，那一副过人的精神便显起效用来，于甚少的机会中追求出机会，摄取了知识，构成了思想，发动了志气，所以有那一番积极的作为。然而到了60岁以后，人的精神不如往昔，知识的摄取力、思想的构成力都大不如前，所有的思想都是以前的遗留，没有那方兴未艾的创造。而外界的变迁却一日千里起来，于是乎就落后为旧人物了。胡适则不以为然，他以为，梁的这种解释不免有点“倒果为因”。要成为精神不老的人，必须具备一种永远开放的心态，养成一种欢迎新思想的习惯，使新知识、新思想可以源源进来的同时，对于社会要极力提倡思想自由和言论自由，养成一种自由的空气，布下新思潮的种子，这样才能成就一个精神不老的人。《梁漱溟评传》的作者马勇则认为这两种解释都有道理，但都显得不够。“从外部条件看，可能是中国的文化传统太顽固、太持久了，因而才使近代先进的思想家个个成为悲剧式的人物。”

这些观点分别从人的生理、心理的内在根源和社会文化的外在原因加以解释，最好的理解我想应是将这诸方面综合起来。一个人在家庭熏陶、社会环境、教育素养等的长期影响下会逐渐形成一种较为稳定的性格气质、思维方式、行为习惯、思想信仰，而这些方面又互为因果地构成一个人完整的人格结构。在社会时代的动荡冲击下，不同的人格结构会因其向度、力度的不同而出现不同的反应方式，产生不同的心理的、情感的变化，出现感情与理性的分离、直觉与理智的落差，乃至造成人格的分裂。美国汉学家约瑟夫·勒文森在研究梁启超时曾指出，他“在19世纪90年代作为这样一个人登上文坛：由于看到其他国度的价值，在理智上疏远了本国的文化传统。由于受到历史的制约，在感性上仍然与本国传统相联系”。其实不仅梁启超是这样，每个人对历史都有一种感情上的义务，对价值有一种理智上的义务，并且每个人都力求使这两种义务相一致。但是处于新旧交替、从传统到现代过渡时期的历史人物往往并不能做到这种一致。于是在嬗变交替、剧烈动荡的时代，作为时代思想的代言人和时代晴雨表的知识阶层就必然会出现人格分裂的现象。如王国维在18岁以前所致力的主要是传统的史学，甲午战争之年的维新热潮激发他开始探索新的学术道路，转向对以哲学为中心的西方文化的广泛接触；但哲学并未能解决新与旧、中与西剧烈冲突所带给他的困惑；于是他再转而从事文学，企图在艺术美学的境界中寻找到内心的平衡；然而辛亥革命的巨变粉碎了他的理想，也打破了他所力求的心理平衡，当他把民初的恶劣政局与西学的传播联系起来时，他对后者的信念也就不可避免地产生了动摇，终于，传统本身重新燃起了他潜意识中的眷恋之情，促使他投身于古史考证的怀抱。

鲁迅曾在《现今的新文学的概念》一文中揭示过知识分子的这种先天性的缺陷：“希望革命的文人，革命一到，反而沉默下去的例子，在中国便曾有过的。但如清末的南社，便是鼓吹革命的文学团体，他们叹汉族的被压制，……但民国成立以后，倒寂然无声了。……空想被击碎了，人也就活不下去。”也许只有像鲁迅那样经过寂寞如毒蛇般的咬噬之后，终于产生了“历史的中间物”意识，并能从这种反抗绝望的斗争中重新调整自我，在决绝中获得新生，从精神的涅槃中取得生命的重塑。这种精神的蜕变与更生过程是异常艰难的，对大多数人来说，如果没有一种超常的人格力量，是很难走出这一步的。于是更多的人从失望走向绝望、从绝望回归传统，再也无力自拔，无力弥补感情与理性的背离状态。习惯于呼吸“天朝大国”之空气的守旧者或改良者，也许更难以接受的还有“真命天子”的消失而带来的难以承受的空虚状态。这也是我们理解这一现象所不容忽视的方面。

实际上，从民初到“五四”前夜，知识分子从某种理想主义转向非理想主义，从乐观主义转向悲观主义，从科学主义转向非科学主义，从热衷入世转向潜心出世者，大有人在。除了上述一类在民国缔造之时即发生这种转向者，还有相当一批是由民初时情绪的兴奋状态中很快即跌落下来的。像号称“美男子”的李叔同，曾留学日本，加入过同盟会，曾为我国话剧史、美术史和音乐史作出过开创性贡献。1912年民国肇始他以一首《满江红》激励了当时不少青年人，词中有云："……魂魄化成精卫鸟，血花溅作红心革。看今朝，一担好山河，英雄造。"可谓意气风发，豪情干云。然而不出几年，他却看破红尘，视万贯如敝屣，置家室于不顾，于1917年7月，披剃于杭州虎跑寺。他的出家，震动了当时的教育界与文艺界。对于其出家的真实动机，当时中国、日本以及南洋各地的新闻报刊纷纷著论，后人也多有研究。有谓他忧世嫉俗，有谓他祖业破产，有谓他忏悔余生。另外如柳亚子认为有作为的知识分子遁入空门，不仅是他个人的悲剧，也是时代的悲剧。朱光潜认为，"弘一法师……是以出世的精神做入世事业的。入世事业在分工制下可以有多种，他是从文化思想这个根本上着眼。他持律那样谨严，一生清风亮节，会永远廉顽立懦，为精神文化树立了丰碑"。李叔同的高足、著名美术家丰子恺认为"艺术的最高点和宗教相接近"，弘一法师出家前后追求理想的虔诚和献身精神，"却是始终如一的"。他还曾在一篇《陋巷》的散文中说李当时"似乎嫌艺术的力道薄弱，过不来精神生活的瘾，把图画音乐的书籍用具送给我们，自己到山里去断了十七天食，回来又研究佛法，预备出家了"。《马一浮评传》的作者马镜泉则认为李的出家实则是受了马一浮先生熏陶与影响之缘故，李曾在一封信中说到自己自从受"马一浮大士之熏陶，渐有所悟，世味日淡，职务日荒"。

当然我们还必须注意，这样一种心路历程在每个人那里并不是完全一致的。对不同政治理想、思想素质及传统影响的知识分子来说，这是一次极其不同的心理情感的强烈体验，其中存在着各式各样的区别，也存在着这样那样的不同规律。比如与上述"从黑暗到绝望到死"相联系也稍有区别的还有这样一个现象，即不少近代知识分子在辛亥革命前后经历了一种由儒转佛又由佛返儒的思想行程。像章太炎就从"由俗成真"的佛学最终转回到"回真向俗"的孔学；以"融贯儒释道"闻名于世的马一浮，虽曾广为方外高人尊崇，最终亦弃释道而归儒；熊十力自谓"余平生之学，颇涉诸玄而卒本大易"。走了一条从儒学到唯识再归周易的往返之路；而梁漱溟由儒到佛再折回儒的过程要更快一些。另外像李叔同、彭逊之（马一浮的老友，曾一起研究易经）、谢希安（谢无量之弟，清末毕业于上海复旦大学，辛亥年间出家，后成为高僧）等为免于忧患，干脆剃度出家，再无还俗之理。其中缘由确值得后人深味与研究。□ 2000·7－8

血色，正淹没于浪漫
——关于“联动”与“血统论”

□丁　帆

我总以为“文革”没有“博物馆”，这段历史就会逐渐被淹没，甚至会被扭曲和阉割。看来这样的担心不是没有道理的，眼下“红色经典”被一次又一次地炒热，而且批评界所讨论的焦点就是集中在改编的过程中是采取解构、戏说与消费的立场，还是忠实原著的立场上。在国家权力、市场权力、大众权力和知识权力的选择中，唯独没有考虑到的是历史真理的权力。想想也是，不必说文学界在媚金媚俗的文化语境中撕掉了最后一层面纱，即便是如今的学界和文化界一触及这一命题，似乎就进入了“历史考古”的领域，往往是顾左右而言他了，我不知道这是这门“文革史”学问的幸还是不幸呢?!

更为可悲的是，“文革”过去近40年了，这段历史的研究已经成为全世界学术界共同关注的公共研究领域。若论资源和语境条件，理当属于大陆地区。但可惜的是，和敦煌学的研究一样，它发生在大陆，研究却在国外。无疑，“文革”是人类历史上的一场灾难，但是，在总结这段历史的时候，它又是人类精神史上的一笔宝贵的财富，尤其对于如今的中国年青一代来说，了解“文革”更是一次不可或缺的精神洗礼。

即便是对“文革”历史进行重新创作和书写，也会因作者的经历各异而大相径庭。最近，当我看到电视剧《血色浪漫》里的那些军队高干子弟在“文革”中的种种“逍遥”举止与“浪漫”情事的时候，我虽然被那种殉情浪漫的审美所打动，但是更能使我联想到的却是那个“红色恐怖”年代里的红卫兵秘密组织“联动”的许多故事。我不知道作者是因为不了解当时那群高干子弟的那段特殊的政治经历呢，还是有意回避这个本不可逾越的书写内容。殊不知，那时的“联动”在那一代青年的眼里，尤其是处在非政治中心的外省年轻人心里，简直就像苏联卫国战争时期的“契卡”那样神秘，抑或就像“盖世太保”里的“党卫军”那样具有一种恐惧的魅力，对于当时追逐“红色恐怖”的革命青年来说，无疑有着无穷的神秘感和诱惑力。尤其是那些生活在下层的红卫兵，以及一切向往加入红卫兵的外围青年们，都是用一种仰视的眼光和敬畏的口吻去看待与谈论他们的，就像未庄的那些真真假假的“革命者”一样，以谈论京城里的那些戴着分等级的呢子、缎子、绸子袖章的红卫兵之“革命壮举”而感到自豪与荣耀。其实，不研究那段历史，你就根本不会知道在那层神秘的面纱后面隐藏着巨大的政治角逐背景。“文革”滑稽的闹剧总是以喜剧的形式抑或严肃的正剧而开场，最后才是以悲剧的形式而告终的。

“联动”这个“文革”专有名词如果不加注释，现在的年轻人是不能理解的。乍看起来，这一名词还很有“后现代性”的意味，或许在“后现代派”的理论家那里倒还可以阐释出一套“继续革命”的新理论来。殊不知，这其中复杂的历史内涵与社会内涵是足够我们几代“历史考古”学者享用的了。

“联动”就是“联合行动委员会”。如果说“血统论”是红卫兵运动兴起的思想基础和社会基础，那么，当1966年9月北京师范大学“井冈山战斗兵团”开始批判谭力夫的“血统论”时，“联动”的高干子女们却是用另一种更“纯粹”的“贵族血统论”来挤兑谭力夫们的“泛血统论”，就像希特勒时代的“党卫军”一样去剿灭异己。众所周知，红卫兵运动一开始就是那些“高干子弟”的专利，他们“保卫毛主席、捍卫毛主席的无产阶级革命路线”不是没有条件的，而随着运动的一步步深入，在明确了所谓“两个司令部”和“两条路线”以后，那一大批昔日不可一世的“八旗弟子”们也随着父辈们的倒台，开始了他们短暂的悲剧政治生涯。当然，“文革”期间谁都不会预料到自己的命运会向哪个方向发展，可能今天红得发紫，明朝就成为阶下之囚。正因为这批“高干子弟”不愿屈服于严酷的政治斗争的压迫，更不愿意接受失去生活的花园和天堂的事实，所以，他们才孤注一掷，敢于用鲜血和头颅去和强大的“无产阶级司令部”的“无产阶级专政机器”相抗衡，用另一种“革命的暴力”来挽救一个行将灭亡的政治群体，最终为“文革”历史涂抹了一道“血色浪漫”的斗争风景线！

针对1966年10月25日林彪在中央工作会议上关于“两条路线”的讲话，11月27日北大附中首先秘密成立了“首都红卫兵联合行动委员会”，也就是“东城区纠察队”“西城区纠察队”和“海淀区纠察队”的联合体。12月5日即发布了“首都红卫兵联合行动委员会宣言”。他们将矛头直接指向了“中央文革”和江青，口气很大，提出了“打一打关锋、戚本禹，吓一吓陈伯达”。而且，“联动”分子公然提出了“文化大革命”是“左倾”路线的理论，这在那个“红色恐怖”的年代里算是先知先觉了。按一般的说法，“联动”的成立日期就是在12月5日，因为“宣言”具备了理论纲领和组织纲领，而且，这一天还有一个令人震惊而难忘的革命仪式：北京工学院附中的邹建平等人爬上了西直门城墙，刷下了一条几十米高的巨幅标语：“中央文革把我们逼上梁山，我们不得不反！”同时，在天安门广场和王府井大街也出现了“联动敲响了中央文革的丧钟！”“坚决保卫革命的老干部！”等大标语。可以说，这两条标语正是代表了“联动”绝大多数人的心境，前者是出于“革命”的理性，而后者却恰恰是感性的动机。因为他们都是一群共产党资深元老的子弟，出于对那个集团利益的本能捍卫，他们便不惜“冒天下之大不韪”，“舍得一身剐，敢把皇帝拉下马”了。的确，在尖锐无情的政治斗争中，这些青年的勇气一点都不比他们的老子在战火纷飞的年代里抛头颅洒热血的干劲差。当江青在12月初召开的批判资产阶级反动路线大会上气势汹汹宣布“联动”是反动组织，要进行专政时，30多位“联动”分子齐刷刷地起立，齐刷刷地戴上“联动”的长袖章，齐刷刷地脱帽，齐刷刷地迈着整齐的步伐昂首挺胸地离开会场。这把当时的江青和中央“文革”的成员都给镇住了！像这样一个具有小说意义的壮烈的历史长镜头没有被“文化大革命史”和文学艺术形式所记录与运用，可能也算作一种历史话语和文本的缺失吧。据载，周恩来的秘书周荣鑫和廖承志就因为在调解“联动”和“造反派”之间的矛盾时，同情了“联动”，因而被打倒和批斗，就连周恩来也无可奈何，破天荒地吸了香烟。

1967年的元旦，“联动”中的一些人为了更加纯洁组织的高贵性，发布了所谓“中央字003号通告”，宣布了早在1966年10月1日在中南海政治局礼堂成立的以中共中央、北京市委、国务院、人大常委会、中国人民解放军将校、中央军委、国防部、十六省省市委革命干部子弟（女）为主体的“联合行动委员会”。

显然，这个“通告”应该是1949年新中国成立以来首次公开与当时的毛泽东思想和路线叫板的宣言。虽然“动机不纯”，但是，它对以毛泽东为主体的“无产阶级司令部”的威胁是巨大的，而且这在共产党的历史上、在共和国的历史上也是绝无仅有的大逆不道的行动，确实是令人震惊！它竟敢宣告只“忠于马列主义和1960年以前的毛泽东思想”，而矛头直指毛泽东的现思想和现专制。我以为，就凭以一群中学生为主体的思想者是绝不可能将毛泽东思想从1960年划界的，就凭这一点深刻思想内涵可以认为，没有强大的体系性思想的支撑，是不可能有此犀利深刻的分析的。可见“文革”真正的内幕是多么的复杂，许多历史的真实细节远没有被揭示出来。也许，“联动”是一个由中学生组成的冲动性组织，他们凭着感情和直觉行事，凭着对当时政权剥夺了自己的既得利益的仇恨，凭着父辈倒台后对政治前途的担忧，不顾一切，没有任何策略地去逞一时的匹夫之勇，他们进行的是一场不计任何后果的政治斗争。他们冲击公安部，开始了“打、砸、抢”的“武斗”行动，到头来当然在“无产阶级专政的铁拳”下，落得个粉身碎骨的下场。1967年1月31日，当《红旗》杂志第3期上的社论《论无产阶级革命派的夺权斗争》一出笼，就宣告了“联动”的彻底覆灭。尽管此后“联动”还是不甘心灭亡，做出了许多惊人之举，但毕竟是强弩之末。从1967年1月17日开始公安部在北京工学院附中抓人，到清明节的秘密逮捕，一共有一百多个“联动”分子被江青和谢富治抓进了北京半步桥第一监狱。当然，在一些元老们和周恩来的努力下，这些青年人很快就被放出来了，当他们见到周恩来的时候，个个放声痛哭。其实，这其中半是怨恨半是委屈，这种仇恨的抒发积聚成的能量最后也成为日后粉碎“四人帮”的重要动力。

值得深思的是，在整个红卫兵运动的过程中，究竟谁对谁错？这是一个怪圈和悖论。它绝非“文革”时期流传的那段民谣那样简单：“好人打坏人——有理，坏人打好人——冤枉，好人打好人——误会，坏人打坏人——活该。”当然，“文革”是笔糊涂账，想要算清楚也确实不容易，这也是许许多多过来之人在恩恩怨怨中始终解不开的思想之结，但是，我们只要从大处着眼，从历史和民族的前途出发，就能厘清这个思想谜团。正如一位外国学者所言：“‘文化大革命’堪称史无前例，也再没有任何时期能像‘文化大革命’这样，会使得一切历史类比都陷入无效。”说到底，这场红卫兵运动其实就是毛泽东和一批开创江山社稷的元老们之间斗争的折射，而江青在直接面对这些昔日的“八旗子弟”时，只能用“平民红卫兵”来制衡“保皇红卫兵”，最后不得不动用专政机器来维持局面。当初，她支持“血统论”助长红卫兵运动是“文革”前期斗争的需要；后来，她又从反“血统论”的立场上来揪出一条又粗又长的“资产阶级反动路线”的黑线，也是“文化大革命”高潮期政治斗争的需要。这其中不能不说是渗透着毛泽东的战略部署和决策的。反之，“联动”（“保皇派红卫兵”）在与“平民红卫兵”（“造反派红卫兵”）较量时，为了显示他们高贵的血统，也就同时陷入了他们开初所批判的“血统论”的怪圈之中。仔细想想，也是其必然结果，“存在决定意识”嘛。那么，在这场红卫兵运动中，最倒霉的还是被贵族的“联动”们，乃至平民的“造反派”们所羞辱与歧视，践踏与残害，甚至于动之以刑、赶尽杀绝的那些属于异类的“狗崽子”们了。从这个角度来说，“文化大革命”中的“血统论”和“反血统论”只是政治斗争的需要，都没有真理权力可言，也就更无人权而言。

也许，“联动”留给“文革”和后世的一个最值得注目的惊叹号就是那一条标语：“毛主席正确不正确，十年以后见！”当历史翻过一页又一页的时候，我们再来检阅这“文革档案馆”里的陈迹，不得不慨叹历史的无情与严酷。那是“联动”分子们先知先觉的真知灼见吗，还是历史经验使这些年轻人说出了一个不为人们所洞悉和体悟的常识呢？

如今，历史虽然早已翻过了“文革”那一页，但是，当人们来重新审视和书写这段历史的时候，不知道是由于对史料的不熟悉，还是历史观发生了巨大的变化，能够真正把握住“文革”历史脉搏的学人和艺术家日渐稀疏、凤毛麟角了，尤其是在艺术家的笔下和聚光灯下，那种对“文革”充分浪漫化、平淡化、简单化与规约化的艺术手法，才是从根本上将“文革”的本质给颠覆了，把“文革”这一民族的巨大肉体和精神灾难轻轻地消解掉了。从王朔的《动物凶猛》被改编成《阳光灿烂的日子》（这个片名的改变就意味着审美观念和历史观的巨大变化——把人民大众的受难之日当作艺术的狂欢之时）后，陆续出现的长篇电视剧有《梦从这里开始》《血色浪漫》等。且不说那林林总总的小说、散文、诗歌中所流露出来的对

"文革"歪曲和美化的情绪与感觉，仅仅就这几部电视剧在读图时代所引起的反响来说，也是非常可观的。艺术家们是在人们的灵魂记忆中驱赶着神圣的民族痛感！这种民族痛感的获得是很不容易的，它是那个时代几亿人用鲜血的代价换来的历史教训，它是我们民族的一笔巨大的精神财富，诋毁它，就意味着背叛！人们，尤其是年青一代对"文革"没有任何感性的记忆，就在艺术家营造的这种略带刺激的甜蜜浪漫氛围中将"文革"的本质给彻底偷换和美化了。作为艺术家，他的责任不仅是将审美的感受传达给读者与观众，还必须承担历史的责任。你可以不对道德负责，也可以不对伦理负责，甚至可以不对任何的人与社会负责，但是你不能不面对庄严的历史和不可儿戏的人性！如果把一个巨大的历史悲剧改变成一出喜剧，或者是一出闹剧的话，那么，我们这个民族也就离下一幕更大的历史悲剧不远了。

上述的三部影视片都是反映"文革"时期"高干子弟"，尤其是"军队高干子弟"生活题材的作品。说实话，它勾起了我对"文革"的少年浪漫记忆，尽管其中有许多苦涩的内容，但是，正如沈从文所言："回忆是有毒的！"从感情上来说，艺术家调动了我的忆旧审美功能，使我进入了审美的规定情境，达到了"忘我"的彼岸境界；而从理性上来讲，我又不能抛弃"文革"那个巨大灾难的背景，而孤立地去看一个个故事和人物。舍弃了知识权力的阅读，就意味着对人性的背叛，也就意味着放弃了文化批判的职责。批评家不可以，艺术家也同样不可以。在这种两难的悖论中，我们价值取向的天平究竟倾向谁？也许这是个常识性的问题，但是，历史一次次地告诫过我们：我们往往就是不断地犯着常识性的错误！

我们可以清晰地看到，在这些影视作品中，作者们都一致回避了这批"高干子弟"在那个时期所经历过的"重大政治生活"。当然，从20世纪80年代后期开始，王朔在文坛上的"功绩"就是"躲避崇高"和"消解重大叙事"，将叙事转到"日常生活"的"原生态"之中。但是，在"文革"的斗争语境中，尤其是早期的红卫兵运动中，还没有出现过那种浪漫的"逍遥派"。像《阳光灿烂的日子》那样在青春萌动期里的风花雪月之浪漫连一点血色都没有，可能是对那个时代绝无仅有的臆想。无疑，当一个作家对他所描写的文化语境没有切肤之痛，他是不会对那个时代产生深刻的反思的，也许那时正是王朔们的"红小兵"的逍遥时代。不，那时"红小兵"还没有命名。在他的"童年记忆"和"少年记忆"中，省略的是严酷紧张的斗争场景，情窦初开的欲望远远压倒了革命的激情。当然，作家的选择是自由的，把"好玩"的童心进行无限的放大和夸张，不失是一种颇有"后现代意味"的审美选择。但是，作为一个有着人性底线的灵魂塑造者，他不应该有意忽略掉人类历史上的那段痛史的基本描写，就像许多作家在描写"二战"时期法西斯统治下的生活时所持的叙述态度那样，即便是喜剧式的，也有一个最基本的价值批判立场。如果放弃了这样一个基本的价值立场，一切艺术只是一个躯壳而已，它无疑是没有生命的。

这种对“文革”文化背景有意无意的规避与舍弃的思潮影响着几代青年作家，甚至影响到了一些批评家。就《梦从这里开始》和《血色浪漫》两部电视剧而言，应该说是深得那种“后现代”理念衣钵的。我承认作家有选择题材的自由，他可以不屑于写那些“重大题材”，但是，你笔下的人物既然进入了“文革”的文化语境，既然涉及了这些人物在“文革”中的政治生活以及家庭背景，你就应该收起你的那副调侃戏谑的面孔，严肃地去书写这个关乎我们民族命运的历史。我以为《血色浪漫》里的钟跃民、张海洋和黎援朝们这批“军队高干子弟”（按剧情故事的推断，他们都是“老三届”）在那个时期还没有进入做“逍遥派”的状态，本着既得利益，这时正是他们政治奋斗的黄金时期和关键时刻，他们这时并不是在“老莫”里逍遥，也没有把心思放在“拍婆子”和“泡妞”上，这些浪漫的情事都应该是发生在1968年以后。而作者舍去了“重大事件”及其背景，只轻描淡写地交代了一下他们的父辈被隔离审查的背景。我不知道作者们（据说也都是那场“革命”的亲历者）为何省略了那段惊心动魄的庄严历史，是“为了忘却的纪念”？还是“为了纪念的忘却”？抑或是为了“躲避崇高”而远离对历史的反思与忏悔?!

其实，正如影视片中所描述的那样，这些“高干子弟”的父辈们或迟或早都会得到“解放”的，一旦父亲“解放”，马上就穿上了“国防绿”。龙子毕竟还是龙子，他们最终的命运是绝对不会“打洞”的！而且最终在“新时期”里必然会成为国家的栋梁。而那些去“修地球”的，除了平民子女外，就数那些罪有应得的“狗崽子”们了。而最不能容忍的，也是作者着力向世界展示的钟跃民式的那种桀骜不驯的高贵性格，他显然带有“血统论”的痕迹。

我们不担忧已经失去的历史疼痛，而是担忧未来会不会给我们的后代再来一次历史的重演！

就我所接触到的国外的“文革”研究资料来看，其研究状况基本分成两类形态：一类是属于“旁观者清”的那种，他们不仅能够从历史的细节上作出微观的分析，同时也能够从宏观的大视角切入，揭示出历史事物的本质，可谓高屋建瓴；另一类属于对中国话语尚有隔膜，尤其是对“文革”语境没有一点感性认知，只能就事论事，甚至用西方的话语和思维习惯去诠释“文革”，就显得幼稚而风马牛不相及了。我不知道大陆的一批青年赞颂“文革”的情绪来自何方，但是，那种对“文革”的顶礼膜拜之价值观和国外研究后现代革命的学者如此相似乃耳！君不见，张广天的一出《切·格瓦拉》就煽动了多少青年的“继续革命”的热情！

辛格（Martin Singer）认为，“文革”将中国青年学生从理想的一代变成了迷惘的一代：“对于多数中国学生而言，‘文革’使他们不可补救地失去了政治上的纯真。这种纯真——以及相伴的乐观和献身精神——对于奋力拼搏以告别过去，并在现代各国确立自己地位的国家而言，是宝贵的资源。这种纯真只会失去一次。在一个老革命家为从不可避免的历史风暴中保留自己遗产的很不成功的斗争中，这种纯真失落了，这是‘文革’的真正的悲剧。”确实，中国新的年青一代不纯真了，他们更加实际了，他们对于“文革”的渴望完全是叶公好龙式的，真的来一次“文革”，他们绝不会是那种理想和浪漫型的角色，因为“潜藏在各种对于文革后果反应后面的，是一种深刻的失落感——文化和精神价值的失落；地位和荣誉的失落；前途和尊严的失落；时间、真理和生命的失落；总之，几乎一切使生命有价值的东西的失落”。“现在中国有一种认同危机，类似于杜克海姆（Emile Durkheim）在他论述无目的性问题时所描述的危机。准则是人类行为的最终基础，但现在准则已分崩离析，但又没有新的准则来代替。因此，我们——特别是年轻的一代——正面临一个无目的时期。人们不清楚他们在追求什么，他们要什么。他们想要改变，但什么样的变化是合适的，他们不确定。”（石安文）面对这样一个精神废墟的基础，我们的学者和艺术家们应该做些什么，又能做些什么呢？

今天，当我们重写这段历史的时候，当我们用艺术的手法再现这段历史的长镜头的时候，我们不能仅仅怨恨于这一段历史给我们曾经带来的灾难，更不能轻慢地抹去历史的血痕。唯有在“血色的浪漫”中看到“浪漫的血色”，我们才能接近历史真理的和艺术真理的本质，才能在历史的荆棘中找到民族重生的路径来。否则，吃人的时代还是会再来的！ ◻ 2005 · 2

延安文人的真诚与说谎

□袁盛勇

一、 给知识分子正名

对于一个革命作家来说，在写出真正的革命文学作品之前，最为关键的在其“可是一个‘革命人’”，因为按照鲁迅的说法，如果作者真是一个革命人，“则无论写的是什么事件，用的是什么材料，即都是‘革命文学’。从喷泉里出来的都是水，从血管里出来的都是血”①。其实，这是毛泽东在延安时期特别是整风运动开始后所致力要解决的历史性课题之一，他多么焦灼地希冀延安文人能够尽快被塑造成为他所认可的真正意识形态化或有机化②的文人。

但是，要对知识分子和延安文人进行改造，要想把他们改造成为真正的有机化文人，首先就遇到了一个如何重新界定知识分子的问题。在《新民主主义论》中，毛泽东把知识分子分为三类，这就是共产主义知识分子、革命小资产阶级知识分子和资产阶级知识分子。对于延安文人和知识分子，毛泽东在阶级属性上是把他们视作小资产阶级的。他说，“农民以外的小资产阶级，包括广大的知识分子、小商人、手工业者和自由职业者”。又说，“知识分子和青年学生并不是一个阶级或阶层。但是从他们的家庭出身看，从他们的生活条件看，从他们的政治立场看，现代中国知识分子和青年学生的多数是可以归入小资产阶级范畴的”③。这在《讲话》中也是非常显明的。但是，延安整风前后，毛泽东对延安文人和知识分子的看法在重心上

---

① 鲁迅：《革命文学》，《鲁迅全集》（第3卷），北京：人民文学出版社1981年版，第544页。

② 葛兰西（A. Gramsci）曾经认为，“每个新阶级随自身一道创造出来并在自身发展过程中进一步加以完善的‘有机的’知识分子，大多数都是新的阶级所彰显的新型社会中部分基本活动的‘专业人员’”（葛兰西著，曹雷雨等译：《狱中札记》，北京：中国社会科学出版社2000年版，第2页），都是有机地隶属于其所在的阶级。因此，我之所谓“有机化”其实在意识形态本性上正是指“意识形态化”，它既是一种状态，又是一个过程。

③ 毛泽东：《中国革命和中国共产党》，《毛泽东选集》（第2卷），北京：人民出版社1991年版，第640－641页。

发生了一定转变：以往较多注意这类人的优点，故在“小资产阶级知识分子”的名称上总要加上“革命的”三字，以作较为积极的意识形态限定；现在却过多关注并凸显他们所具有的小资产阶级劣根性，认为延安文人还是对小资产阶级自身有着惊人的迷恋，灵魂深处还是一个小资产阶级王国。而此种认识的转变是与他的下述判断联结在一起的，他说：“中国是一个小资产阶级成分极其广大的国家，我们党是处在这个广大阶级的包围中，我们又有很大数量的党员是出身于这个阶级的，他们都不免或长或短地拖着一条小资产阶级的尾巴进党来。”所谓主观主义、宗派主义和党八股，“都是反马克思主义的，都不是无产阶级所需要的”，而它们都是“小资产阶级思想的反映”。① 正因为如此，何谓“知识分子”的问题就会在新的历史情境中异常醒目地进入毛泽东的理论建构和批判视野。

关于这点，当时有人撰文指出，毛泽东在《整顿学风党风文风》的著名演讲中实则对知识分子问题“重新作了一个估计”② 和界定。凯丰亦就此指出：“我们平常所说的知识分子，是就他的社会出身而言，如果他的社会出身是知识分子，即使他一点真正的知识没有，还是一个百分之百的知识分子。”而毛泽东在整风报告中“所说的知识分子是指理论与实际相联系而言，凡理论与实际相联系的，就叫真知识分子，否则就不是名符其实的知识分子”③，或者说是假知识分子，这就是所谓的名不正则言不顺。可见“正名分”在毛泽东意识形态话语的建构中显得何等重要。关于“正名分”，毛泽东曾说：“‘正名’的工作，不但孔子，我们也在做，孔子是正封建秩序之名，我们是正革命秩序之名。”其区别仅在“孔子是名为主，我们则是实为主”而已。④ 那么，毛泽东是如何为知识分子正名的呢？他在整顿“三风”的演说中首先就何谓马克思主义理论家发表了看法。他认为，某人马列主义书籍读得再多也不能断定他就是马列主义理论家，“因为马列主义是马恩列斯他们根据实际创造出来的理论，从历史实际与革命实际中抽出来的总结论。我们如果仅仅读了它，但是没有根据它来研究中国的历史实际与革命实际，没有创造出合乎中国实际需要的自己的特殊性的理论，我们就不能妄称为马克思主义的理论家”。在这个意义上，即使“一个人读了一万本马恩列斯，每本又都读了一千遍，以至于句句都背得，这还是不能算理论家的”。那么，毛泽东要的是什么样的理论家呢？他要的是“能够依据马恩列斯的立场、观点、方法，正确地解释历史中与革命中所发生的实际问题，能够在中国经济、政治、军事、文化种种问题上给予科学的解释，给予理论的说明”的理论家。他认为，只有这样的理论家才是真正马克思主义的理论

① 毛泽东：《反对党八股》，《毛泽东选集》（第3卷），北京：人民出版社1991年版，第833页。

② 王子野：《真知识与伪知识——读书杂记之一》，《解放日报》，1942年5月28日第4版。

③ 凯丰：《如何打破教条主义的学习》，《解放日报》，1942年6月11日第4版。

④ 毛泽东：《关于〈孔子的哲学思想〉一文给张闻天的信》，《毛泽东文集》（第2卷），北京：人民出版社1993年版，第160页。

家，否则就是假马克思主义理论家。考虑到当时中共意识形态领域斗争的现状，这真的理论家实际乃指毛泽东及其理论上坚定的追随者们，假的理论家是指王明、张闻天、博古等有留苏背景的党内理论家们。这些理论家是“知识分子”，而且是党内大知识分子，因此，毛泽东趁势又解释了何谓知识分子的问题。他在论述时采用的是先扬后抑的手法，首先肯定了中共大量吸收知识分子和尊重知识分子的必要性，指出“没有革命知识分子，革命就不会胜利”，可接下来话锋一转，说：“但是我们晓得，有许多知识分子，他们自以为很有知识，大摆其知识架子，而不知道这种架子是不好的，是有害的，是阻碍他们前进的。他们应该知道一个真理，就是许多所谓知识分子，其实是比较最无知识的，工农分子的知识有时倒比他们多一点。”① 毛泽东说知识分子最无知识，这句话后来经过康生在整风会议上的反复渲染，简直成了延安最为流行的警语之一，对知识分子而言也就成了无可逃脱的一句咒语。所以当时的延安文人和知识分子最初听了都感到吃惊而震撼。② 但毛泽东正是沿着这样一种话语逻辑，运用其特有的阶级分析方法，改变了以往知识分子在启蒙结构中的优势地位，启蒙者与被启蒙者在新的意识形态话语中发生了根本性易位：“拿未曾改造的知识分子和工人农民比较，就觉得知识分子不干净了，最干净的还是工人农民，尽管他们手是黑的，脚上有牛屎，还是比资产阶级和小资产阶级知识分子都干净。”③ 于是，这自然有一个思想改造的问题，有一个身份转换的问题，有一个原来的启蒙者向被启蒙者如何进行学习的问题。因为只有经历这样一个过程，延安文人和知识分子才能扫除灵魂上的污点，改变自己的世界观，才能真正做到把立足点“移到工农兵这方面来，移到无产阶级这方面来”④。而要让延安文人真能达到此等思想境地，真正打破出身阶级的束缚而成为无产阶级的有机化文人，就必须进行长期的思想改造，并把它们及时纳入到正在开展的整风运动中来。

二、 整风学习与内圣之学的复活

1942 年 4 月 3 日，中宣部发布了整风期间第一个“四三决定”，要求延安开始

---

① 毛泽东：《整顿学风党风文风（二月一日在党校开学典礼的演说）》，《解放日报》，1942 年 4 月 27 日第 1-2 版。此文于新中国成立后编入《毛泽东选集》时，毛泽东作了一些修改，删掉了一些富有现场感和口语化的地方。故本文在引用该篇时主要采用初刊本。

② 参阅魏东明：《从学院到实际》，《解放日报》，1942 年 6 月 2 日第 4 版。

③ 毛泽东：《在延安文艺座谈会上的讲话》，《毛泽东选集》（第 3 卷），北京：人民出版社 1991 年版，第 851 页。

④ 毛泽东：《在延安文艺座谈会上的讲话》，《毛泽东选集》（第 3 卷），北京：人民出版社 1991 年版，第 857 页。

进入整风学习阶段，学习中央规定的二十二个文件，[①] 并且详细规定了学习步骤和方法：各机关、学校“要深入的研究，热烈的讨论，先把这些文件的精神与实质领会贯通，作为自己的武器。为此目的，各同志必须逐件精读，逐件写笔记，然后逐件或几件合并开小组会讨论，必要时由中央及本部派人作报告。在阅读与讨论中，每人都要深思熟虑，反省自己的工作及思想，反省自己的全部历史”[②]。以后的整风文件学习在基本方法上都是按照这一规定执行的。首先，无疑是要求大家精读文件，领会文件精神。这“精神”有人把它喻为“道法”，认为中央规定的整风文件，“不仅英光灼灼，而且血泪斑斑”，是党在此前艰苦斗争中所获得的宝贵经验，“创道法很难，学道法也很不易”，故而必须“熟读深思”。[③] 而目的在于较好地促进人们深刻领会文件精神或实质，提高整风学习效果。但整风期间，精读文件还只是最初的阶段之一，要想真正让人对新的意识形态及其领袖人物产生完全认同，还必须引导大家开展深入的自我反省。

谢觉哉当时写了一篇文章，题为“由讨论到反省”，《解放日报》把它作为“代论”（代社论）发表，正好表征了这样一个阶段的必然到来。[④] 而其倡导“反省”的理论依据来源于《解放日报》此前刊发的一篇社论。这篇社论要求参加整风的革命同志“一定要反省自己”，因为反省自己正是人们“掌握文件精神和实质的必要条件”，只有经过这一阶段，才能彻底揭示并清除自我灵魂深处“小资产阶级的散漫性和自由主义的习气”，“建立起无产阶级的思想方法和工作作风”，也才能“真正了解文件，实行文件中所包含的道理”，更好地达到整风的目的。[⑤] 而此种反省是必须对照文件中的每一条来实行的，是要运用文件来反省自己。毛泽东在中央学习组召开的高干会上曾经对此有过明确论说。他认为：“批评和自我批评是一个整体，缺一不可，但作为领导者，对自己的批评是主要的。干工作要有一个重心，今天我们教育工作的重心，在自己考虑一下、研究一下，自己反省一下，重心在自己……要使我们所有的学生、干部都了解，在整顿三风时重心在自己。”因而，

---

① 初为十八个文件，即①《毛泽东二月一日在党校的报告》；②《毛泽东二月八日在延安干部会上的报告》；③《康生两次报告》；④《中央关于增强党性的决定》；⑤《中央关于调查研究的决定》；⑥《中央关于延安干部学校的决定》；⑦《中央关于在职干部教育的决定》；⑧《毛泽东在边区参议会的演说》；⑨《毛泽东关于改造学习的报告》；⑩《毛泽东论反对自由主义》；⑪《毛泽东农村调查序言二》；⑫《联共党史结束语六条》；⑬《斯大林论党的布尔什维克化十二条》；⑭《刘少奇论共产党员的修养第二章第二、第三、第四、第五节》；⑮《陈云论怎样做一个共产党员》；⑯《红四军九次代表大会论党内不正确倾向》；⑰《宣传指南小册》；⑱《中央宣传部关于在延安讨论中央决定及毛泽东同志整顿三风报告的决定》。后增补了四个文件，即①《斯大林论领导与检查》；②《列宁、斯大林等论党的纪律与党的民主》；③《斯大林论平均主义》；④《季米特洛夫论干部政策与干部教育政策》。

② 《中央宣传部关于在延安讨论中央决定及毛泽东同志整顿三风报告的决定》，《解放日报》，1942 年 4 月 7 日第 1 版。

③ 焕南（谢觉哉）：《应该“熟读”而又“深思”》，《解放日报》，1942 年 4 月 25 日第 2 版。

④ 参阅谢觉哉：《由讨论到反省》，《解放日报》，1942 年 6 月 13 日第 1 版。

⑤ 社论：《一定要反省自己》，《解放日报》，1942 年 5 月 23 日第 1 版。

他要求每一位“在座的同志要以身作则，自己进步，要反复研究自己的思想、自己的历史、自己现在的工作，好好地反省一下”。而反省的重要方式就是写反省笔记。对这，不仅前述中宣部“四三决定”有规定，而且毛泽东在此次高干会上作了进一步强调。他说：“中宣部那个决定上说要写笔记，党员有服从党的决定的义务，决定规定要写笔记，就得写笔记。你说我不写笔记，那可不行，身为党员，铁的纪律就非执行不可。……不管文化人也好，‘武化人’也好，男人也好，女人也好，新干部也好，老干部也好，学校也好，机关也好，都要写笔记。首长首先要写，班长、小组长都要写，一定要写，还要检查笔记。……现在一些犯过错误的同志在写笔记，这是很好的现象，犯了错误还要装老太爷那就不行。过去有功劳的也要写笔记，……也许有人说，我功劳甚大，写什么笔记。那不行，功劳再大也得写笔记。”① 毛泽东讲话写文章本以简洁有力著称，可这次说到领导干部必须带头进行自我反省并写反省笔记时却啰唆之至，唯恐与会者听不明白。可见，“反省”在整风运动的开展中是何等重要的一个环节。

对于一个深通中国文化和中国士人心理之奥妙的领袖而言，毛泽东在此肯定想到了传统的内圣之学。早在1939年8月，刘少奇在延安马列学院讲演《论共产党员的修养》时就曾借儒家“吾日三省吾身”之说，强调党员必须加强党性修养，其中并有对“克己奉公”的宣扬，这也容易在形式上让人想起儒家“克己复礼”之说和“公天下”的社会理想观念。刘少奇在党性修养理论中明确运用传统的内省方法，并且多次借用传统语汇来说明共产党员修身之重要和修身之可行，其实正因应了毛泽东所谓马列主义中国化这一具有民族主义色调的意识形态之构建路径的需求。毛当年之所以非常欣赏刘的这次演讲并把它列入整风文件之中，恐怕这也是原因之一吧。关于这层意思，凡是对古代历史与文化较为熟稔的，当不难领悟到。吴玉章曾写道：在整风学习中，“我恍然觉得我们现在整风的工作，就是中国古圣先贤所谓‘克己复礼’‘正心诚意’的修养”，“所谓‘诚其意者，毋自欺也’（《中庸》），虽然旧思想是唯心的，但他的严于自己省察、行为不苟，是可宝贵的”。② 古代儒家修身之法“慎独”在整风期间亦得以提倡。在整风文献中，这始见于刘少奇《论共产党员的修养》。刘氏认为，作为一个党员，只要他真正做到了大公无私，具有共产主义美德，那么，他就“可能最诚恳、坦白与愉快。因为他无私心，……即使当他个人独立工作无人监督可能作各种坏事之时，他能‘慎独’，不作一切坏事”③。于是，“慎独”也就自然成为参与整风者进行自我反省或自我批评的方法和

① 毛泽东：《关于整顿三风》，《毛泽东文集》（第2卷），北京：人民出版社1993年版，第416－418页。

② 吴玉章：《以思想革命来纪念抗战五周年》，《吴玉章文集》（上卷），重庆：重庆出版社1987年版，第240页。

③ 刘少奇：《论共产党员的修养》，《解放日报》，1942年4月13—14日第4版。

原则之一。[1] 延安整风在方法上所具有的传统修身色调，在一篇题为“反省”的社论中表现得相当触目。其中有两段是这样写的：

> 反省用不得“恕”字，尤其不可先有成见，在胸腔里做挡箭牌。古时贤人曾子说过：“吾日三省吾身：为人谋而不忠乎？与朋友交而不信乎？传而不习乎？”……错误总是有的，没有错误，到（倒——引者）是怪事；反省越深刻，改正越努力，发见错误的也越多，这就是一步步地上进。……
>
> 反省，等于古人说的“夜气”，白天做的，晚上睡在枕上一想，良心发现，忏悔了；或者灵光一闪，懂得了。马上把它捉住，“操则存，舍则亡”。这不是件易事，必有空明的脑子（无成见），充分的时间（不烦忙），相当的知识（文件看懂了），才能有好的反省。它不是为给人看而反省，而是为着真正自己的修养。[2]

由此可知，儒家的东西在延安整风中已经奇迹般地复活了。陈伯达在他论述自我反省的文章中，认为马列主义本来“并不是什么神秘的东西”，只要人们乐于进行批评和自我批评，都有“得道”的可能，因为按照孟子的说法：“人皆可以为尧舜。”[3] 孟子这话的意思是，人人都可以成为像尧舜一样具有高尚之德的圣人。但要真正做到这点，按照儒家的说法，就要“克己”“无我”“无欲”“无私”。于是，在这一人格化模式中，人也就成了完全道德化的人，人也就被“道德”吃掉了。其实，延安整风所要达到的目的之一也与此类似。所谓反对主观主义、自由主义、个人主义，说到底就是为了根除个体人格之本心，而让人把一种据说唯一正确和高尚的意识形态理论和道德观念内化为自己的本心，这样，人也就成了一个具有“非人格化”意味的社会性躯壳和意识形态话语躯壳。因此，毛泽东提倡的“批评与自我批评”就不仅仅是借鉴了列宁主义塑造新人的方法，它与古代的内圣之学或内圣外王之道具有一种深刻的关联，正是在这点上，它已经具有某些民族主义的风味，具有一种道德本体主义的气质。[4] 或许正因为如此，它才易于为那些带有中国士人气的知识分子所接受，延安整风也才会真正收到预期的效果吧。但问题是：采用类似传统“修齐治平”模式来催促无产阶级新人的诞生，果真能为“新人”带来那种道德的完善并使全体国民日渐臻于圣人之境吗？而具体对于延安文人和知识分子来说，他们在经过严厉的反省之后就真能达到一种至诚至信的精神境地？

---

① 参阅韩作黎：《我是怎样反省自己的》，《解放日报》，1942 年 6 月 20 日第 4 版。

② 社论：《反省》，《解放日报》，1942 年 8 月 16 日第 1 版。

③ 陈伯达：《思想的反省——学习随笔之二》，《解放日报》，1942 年 8 月 28 日第 4 版。

④ 参阅高华：《红太阳是怎样升起来的——延安整风运动的来龙去脉》，香港：香港中文大学出版社 2000 年版，第 427－436 页。

三、 真诚与说谎： 延安文人心态的特殊变奏

本来，毛泽东希望人们通过整风对自我灵魂深处的小资产阶级王国进行彻底清查和批判，并以此接续古老而又常新的内圣外王或修齐治平传统，其目的主要在于重新构建人们的意识形态认同和道德自律机制，并在此之上重建个人的绝对权威形象。因此，他曾多次呼吁人们向党交心，号召人们发扬实事求是的优良作风，对革命保持真诚的信仰，向党和人民说真话。他说："讲真话，每个普通的人都应该如此，每个共产党人更应该如此。"① 这在相当长的一段时间内，其实也正应和了延安文人对"真诚"的呼唤和歌颂，进而言之，因应了延安文人和知识分子所期待着的至诚人格建构心理。周立波曾经抒写过他的"真诚"之歌："我要强烈的反复我的歌，/因为我相信我的歌是歌唱真诚的，/共产主义：真诚，/毛泽东：真诚，/那些在毒瓦斯和枪炮弹下冲锋的人们/那些在黄土荒山的山顶上挥着锄头的人们，/那些用一双赤脚板走过雪山和草地的人们，/那些在饥饿的寒冷的牢监里足足被关了十年的人们：/真诚。/凡是真诚的，都应被歌唱。/而我的歌还有这样的使命：/叫真诚统治着人境。"② 我认为，此时延安文人所言"真诚"建立在自我观察和体验之上，因而带有一定的个人性，符合文学与生命的自在本性。但至整风期间，"真诚"所赖以存在的个体性基座遭到了彻底批判，因而其内涵也必然发生了变化：这时的"真诚"强调的是对党和革命的忠心，是要求人们把曾经拥有和现在具有的个人隐秘毫无保留地呈现出来，是要求人们彻底消灭自我存在的私人化空间，让人在党的审查面前成为一个透明的物体，成为一个时刻敞开而又空无的"此在"。于是，人们对"真诚"的呼唤也就转化为党对"忠诚"的要求，而这，其实正是毛泽东予以创构的新的意识形态的内在道德指向之一。那么，在此种状态下，人们是否真愿或真能向党完全交心或说真话呢？

1943 年春，林默涵写过一篇题为"说真话"的文章。他认为，"在检查个人的思想时，最重要的事，便是要说真话。这有两方面的意思，一方面是对别人，一方面是对自己"。无论对人对己，都应当把自己真正了解的情况，"完完全全的说出来，是则是，非则非。好处要说，缺点也一样的要说"。这才真正是"对党负责"的态度。③ 但是，说真话就真的那么容易？首先，也许大家认为在批评别人时可能易于说真话。但是，延安整风期间在相互批评时就出现了不少互相攻讦、挟私报复的事。吃一堑、长一智，以后大都变得要么保持沉默，要么采取明哲保身的态度，

---

① 毛泽东：《在中国共产党第七次全国代表大会上的口头政治报告》，《毛泽东文集》（第 3 卷），北京：人民出版社 1996 年版，第 349 页。

② 周立波：《一个早晨的歌者的希望》，《解放日报》，1941 年 10 月 28 日第 4 版。

③ 默涵：《说真话》，《解放日报》，1943 年 4 月 7 日第 4 版。

要么哼哼哈哈地说些鸡毛蒜皮的小事。① 因而，在这本来就注重明争暗斗的中国社会，相互之间要真能以诚相待，把真话和盘托出，那才真是不可思议。其次，面对自己，要真能做到在众人面前“脱裤子”“割尾巴”，要真能做到把灵魂深处的秘密向党坦示出来，那就更是难上加难了。当时有不少文人已经意识到了这个问题的严重性。林默涵说，“要完全坦白的说出自己的一切，就比较难了。因为意识不正确的人，常有爱面子以及其他种种顾虑，觉得把自己的缺点或毛病向大家公开，总是一件丢脸的或者是可怕的事情”②。林默涵把不敢说真话归结为“意识不正确”，恐怕是理解得太简单了。难道事情就真的如此简单？

整风期间，为了便于党的各级组织准确掌握每个人的历史，更好地开展审干运动，也为了挖出藏在群众和干部之间的特务或奸细，中央要求每位干部抱着对革命忠实的态度撰写较为详细的自传。但偏偏有位爱好文学的青年学生，也可说是青年知识分子，他在撰写自传时起初由于受到当时延安社会风气的影响，在写作时多处隐瞒真相，编造了一些虚假内容。换言之，他没有按照党的要求说真话，而是讲了假话或说了谎。我们不妨较长地引述一段他自己的交代：

> 那是当我入校不久的时候，干部处发下了很多的纸张和表格，叫我拿出对革命忠实的态度来，写一个详详细细的自传。我写了，而且写得很详细，很长，还用上了我平常写小说的手法了……我把我家里的情景，都写出来了，不过，就是有一点不够真实。大家都知道，边区是有共产党的地方，共产党就是无产阶级的政党。换句话说，就是穷人的政党。我又是一个初到延安的人，我怕真实的写出来，会与我家里有害，与自己不利，最主要的，我也感到说出身贫穷的光荣。当时我想：少写一点，总是好些。因为这，我家里本有一百多亩地，我却写了二十多亩，我本是一个小地主的儿子，一变而为贫农的儿子了。我把我所知道的，我家里的佃户的穷生活，都写成我家里的生活了。王老五——我的一个穷邻居，便作了我父亲的模特儿了。我写我家里是这样的穷：吃饭常吃不饱，吃了上顿，没有下顿；屋子露着天；我母亲常常哭，怨老天爷不睁眼，她的命苦；我父亲成天价唉声叹气的愁着没法过，他一脸鼓皱纹，胡子都愁白了；我弟弟常哭着，嚷着饿，给我母亲要馍吃，因为这我母亲常打他……还有怎样受地主的压迫，等等一大套，我都写上了，我很满意，我自己写的像真的一样。③

显然，这位青年受到共产党越穷则越革命这一观念的影响，为了投其所好，也为了保护自己和家人，而有意改写或编造了他的阶级出身和家庭境况，并且写得以假乱真，以至于后来干部处的人都无从发现其中的虚假。倘若不是他本人胆小，害怕露

---

① 参阅师鲁：《关于批评方法问题的研究》，《解放日报》，1942 年 4 月 11 日第 2 版。

② 默涵：《说真话》，《解放日报》，1943 年 4 月 7 日第 4 版。

③ 甘雨禾：《我底自传是怎样写成的》，《解放日报》，1942 年 4 月 26 日第 4 版。

馅，而去予以重写修正，那么这一自传尽管是虚构而成，也不会被人轻易发现的。

这方面的经验，对于那些经历过多次群众运动的人而言，应该说是很多的。比如，韦君宜有位同学曾在延安抢救运动中被错打成特务，后来在平反大会上哭诉当时受冤屈的心理状态时竟说："我真后悔当时为什么要背叛我的家庭出来革命！我真应该跟着我的父亲跑的。当时我就想过，如果能再见到我的父亲，我就要对他说：'把这些冤枉我的人都杀掉吧。'"韦君宜听了，只觉"心惊胆颤，如冷水浇头"。因为这位女同学的父亲当时是一个国民党的专员，韦君宜"怕的是她这样惊人的坦率，把心里动过的这些念头都公然在大会上说出来，这还得了吗？光为这句话，就可以把她又逮捕起来的啊！即使今天不捕，这笔账记上，以后遇上'运动'随时都可以要她的命！"① 韦君宜当时还只有二十几岁，就有这样老成持重的念头，就希望自己的同学和朋友不要对党坦然说出自己的真实想法，而要学会在运动中伪装自己，那么，对于那些在革命熔炉中久经考验的革命者来说，无疑更会对党隐藏自己的真实想法了。因为大家清楚，倘若不能伪装自己的真实念头，倘若不能根据当时意识形态的需要而说点迎合时势的话，那么就有可能随时导致生命的危险。或许在这个意义上，说谎已经成了那个时代和那种情境中的人们（自然包括延安文人和知识分子）面对外部及内心世界的压力所具有的一种进行自我防御的应对机制。当然，如果把说谎仅仅理解为出自生命本能的应对机制，那还并不完全符合延安政治文化语境所固有的实情。其实在一定程度上，它也是当时党的审干、抢救政策纵容和鼓励的结果。比如在抢救运动中，一些子虚乌有的特务系统被捏造出来，凡是在抢救运动中表现积极，主动坦白自己是特务的，一概给予奖励和表彰。表彰方法有戴大红花的，有吃西红柿挂面、鸡蛋挂面或红枣稀饭的，如此等等，不一而足。故而一些人尤其是年龄较小的，为了享受一顿难得的佳肴，也就拼命坦白自己就是国民党派来延安搞破坏的特务。② 有人被怀疑为特务，如果此人不承认或不配合组织的诱供，则将永世不得翻身，并且还要经受一番非人的折磨；而一旦承认了，则有可能再次受到组织的青睐，从轻发落。在此种情况下，被组织怀疑的知识分子也只好违心编造情节把自己说成是一大特务。杨述曾被组织内定为特务，但他起初死活不承认，害得"地委书记天天拍桌子大发雷霆"，在上级领导的一再督促下，韦君宜答应去劝说爱人杨述坦白。怎么劝说的呢？韦君宜写道："我见了他，只说得一句：'形势非叫你坦白不可，你就坦白了罢。'说罢就大哭起来。他也放声大哭，说了一句：'好的。'"③ 之所以会"放声大哭"，乃因他们无端受到了组织的怀疑和

① 韦君宜：《思痛录》，北京：北京十月文艺出版社 1998 年版，第 16－17 页。

② 延安大学抢救甄别阶段即有人在座谈会上谈过当时的真实想法，云："痛恨自己在外面没有参加过特务活动，否则坦白了才光荣，还受优待，免得和组织对立。"（延安大学甄别小组：《审查工作汇报记录整理·小组会议录的整理》，西安：陕西省档案馆存件，全宗号 16，案卷号 49）

③ 韦君宜：《思痛录》，北京：北京十月文艺出版社 1998 年版，第 12、14 页。

冷落，他们曾对组织抱着无比的热诚，他们一直把延安当作心中的圣地来供奉，来赞美，认为到了延安就像回到了自己的家，可现在他们被无端地抛弃了，他们什么都不是，由人见人爱的人变成了人见人唾的鬼。这叫他们怎能不倍感冤屈而泪流满面呢？韦君宜当时写了一首较长的诗，真切地记述了当时遭受冷落倍感冤屈的心路历程，其中写道："八年来/对人说/这儿是我们的家/可是/如今在家里/我们却成了外人/那好比一个暖热飞腾的梦/（可怜那个糊涂梦）。"梦破了，这给人的打击该多么巨大，而对生性敏感的知识分子来说更是如此，所以韦君宜难抑心中的愤懑，仿佛向天呼告道："家啊！/你对我们/就是这般模样！/究竟谁是手足！/谁是仇人？/谁是亲人/谁是奸臣？/光明的世界里/却搅在一团糊打混/我们如今成了外人/有辱骂/有冷眼/有绳索/有监狱/……看那些冷眼/世上人有什么肝胆？"于是，韦君宜一类知识分子曾经怀有的那片对党的纯真在刹那间被彻底摧毁了，她（他）们仿佛成了流落街头的无名歌手，只好哭一般地倾诉自己抑郁的心曲，在茫然中等待诺亚之舟的到来："家呀/（让我再呼唤这一声！）/我们对得住你/你愧对了我们/世界/人生/革命/学来好大个聪明！/如今/已变成无家的流民/夜晚寻不上宿头/让我弹一曲没弦的琴/你听/站在旷野里/呆望着/最远的星星……"①

其次，他们之所以会放声大哭，乃因他们作为正直的知识分子，最终却不得不昧着良心走上说谎的人生旅途，诚如韦君宜后来所言：她"参加革命就准备好了牺牲一切，但是没想到要牺牲的还有自己的良心"②。确实，对于受过现代教育并具有传统美德的知识分子来说，有什么比不得不去牺牲自己的良知更让人痛心的呢?!但这种被迫的牺牲，当时却往往被看作是具有党性的表现，是忠于革命事业和对党负责的表现。王世英是位与刘少奇关系不错的高级干部，他初到延安后感觉"人际关系越来越难处"。有一次跟刘少奇说：回到延安，我好像学了一些坏东西，自己不愿说的必得去说，不愿做的必得去做，因而感觉没有以前在白区干秘密工作时那样纯洁。刘少奇却说：你这不是学坏了，而是"学好了"，因为"所谓好坏之分，应从党的工作，党的利益出发，吹牛拍马不好，但对工作有利就是好的，就要做"。③ 当时有人写过一篇题为"做事与做戏"的杂文，它虽是讽刺国统区重庆的，但借用来指涉当时延安或延安文人的情状也算非常合适。文章指出："做自欺欺人的戏的名角，听说同时也就是高喊'至诚'为'民族精神之原动力'的'大师'。"④ 当然，这从当时的政治意识形态角度来看，说谎本就是一种对党真诚的表现，是产生意识形态认同的必要条件之一。

---

① 转引自杨团：《回应韦君宜·代序》，载邢小群、孙珉编：《回应韦君宜》，北京：大众文艺出版社2001年版，第12－13页。

② 转引自杨团：《回应韦君宜·代序》，载邢小群、孙珉编：《回应韦君宜》，北京：大众文艺出版社2001年版，第14页。

③ 参阅段建国、贾岷岫：《王世英传奇》，太原：山西人民出版社1992年版，第244－245页。

④ 李心清：《做事与做戏》，《解放日报》，1942年4月7日第4版。

散文家吴伯箫可算是延安文人日渐走向说谎的典型之一。延安抢救运动期间，他担任边区教育厅中等教育科科长，不幸被打成“国民党 CC 特务”，受尽了委屈。1944 年 3 月，这一消息传到国统区，据说他已被整死了，西安方面就为他开了追悼会。延安听到了这消息，不久后也就特别安排他在“延安文化界招待中外记者团座谈会”上发言，以示“辟谣”。随即又把发言稿整理刊发在《解放日报》上。他在发言中说，“我们边区是自由光明的地方，共产党是行仁施义的政党”，现在“我却很健康，很愉快”地生活着：“在生产运动中，我的成绩不坏，种菜纺线，是一名光荣的纺毛突击手。在这里，我们有上万上几十万的亲爱的同志，同志们都有兄弟姊妹般的，并超出兄弟姊妹般的情谊。……就这样活着，并且活得很好，很好！”① 显然，吴伯箫已经在说谎机制的驱使下，有意掩盖了事实真相，虽然国民党也是在借他的受难做文章，但他也不能睁眼说瞎话，把自己所遭遇过的不白之冤和心灵苦楚一并抹消。当然，作为后来者，我们也不能要求他在那样一个历史情境中完全说出实情，在一个动辄得咎的政治语境中，真想说出实情那是需要相当大的勇气，更是需要以生命作抵押的。因为，即如韦君宜来说，她虽然在当时写了以上那首充满不平之意的诗作，以后又坚持写了那本具有反思力度的《思痛录》，但直到 20 世纪 90 年代初期，她还不许亲人把那首诗拿出去发表。② 我想，她是宁愿把这段真情埋在心底，让它化作尘埃随风而逝的。再说王实味吧，这位曾被视为延安时期最具有铮铮个性且有鲁迅精神的知识分子，不也曾被有关部门安排跟中外记者见面，并且按照有关人士的授意而当众违心地承认了自己的错误吗?③ 因此，延安文人所必然具有的说谎机制的产生，既有个人的、传统文化的原因，更有政治的、社会的和意识形态的原因。④ 正是由于后者的无处不在，他们的某些说谎才是合法的，也才会确如“真诚”一样光芒四射而成为中国知识分子和民众的一种美德。也许，在那严酷的政治意识形态统制下，人们为了生存必须说谎，不会说谎才真是一个时代的愚者呀！而对延安文人来说，他们连自我感情的抒写在整风期间都遭到了彻底批判和否定，诚实的心灵袒露也就自会受到超我的强烈抑制，因此，为了适应历史情境的需要，他们不得不有意识地戴上了足可自欺欺人的人格面具。于是，说谎也就成了他们正常的存在状态。而且，这一说谎心理和说谎机制更会由于当时恐

---

① 吴伯箫：《斥无耻的“追悼”》，《解放日报》，1944 年 7 月 3 日第 4 版。

② 参阅杨团：《回应韦君宜·代序》，载邢小群、孙珉编：《回应韦君宜》，北京：大众文艺出版社 2001 年版，第 11 页。

③ 赵超构曾对此写道：“当我们坐下来的时候，王实味却先开口谈起他自己的事情来了。谈话的神情完全像演讲，时刻舞着手势以加强他的语气，说到他过去的‘错误’，他的表情严肃到可怕。有时，竟是声色俱厉的。”（赵超构：《延安一月》，上海：上海书店 1992 年版，第 147 页）

④ 应该指出，说谎在政治极权状态下具有普遍性，也是政治性的需要所致，并非无产阶级所独有。比如美国政坛和人民的谎言也多。但在一种有着健全政治体制的情境下，被迫的说谎往往能够得到有效抑制和及时揭露。所以，关于政治意识形态统制下说谎心理的产生，应该说是非常复杂的，除了把它归结为个人的、社会的以及政治意识形态本身的原因之外，政治体制的建构以及如何建构也是一个重要因素。

怖气氛和恐惧心理的存在而得到进一步加强。

四、 恐惧、说谎与意识形态认同

毛泽东曾在中央党校作过题为“整顿学风党风文风”的著名演讲。他在强调感性知识和理性知识结合的重要性，尤其是在强调于生产和斗争实践中得来的感性知识更具有某种优越性之后，说了如下一段饶有趣味的话：

> 像大司父（大师傅——引者）煮饭就不容易，要把柴米油盐酱醋等件合起来创造成吃的东西，这是并不容易的事情。弄得好吃更加不容易。……火大了要焦，盐多了发苦（笑声），煮饭做菜真正是一门艺术。书本上的知识呢？如果只是读死书，那末，只要你识得三五千字，学会了翻字典，手中又有一本什么书，公家又给了你小米吃，你就可以摇头摆脑的读起来。书是不会走路的，也可以随便把它打开或者关起，这是世界上最容易办的事情。这比大司父煮饭容易得多，比他杀猪更容易。你要捉猪，猪会跑（笑声），杀它，它会叫（笑声），一本书摆在桌子上既不会跑，又不会叫（笑声），随你怎样摆布都可以。世界上哪有这样容易办的事呀！

又在指斥纯粹的理论知识分子时说了如下一段话：

> 直到现在，似乎还有不少的人，把马列主义看作现成的灵丹圣药，只要得了它，就可以毫不费气力的包医百病。这是一种幼稚的蒙昧，我们对这些人还应该作启蒙运动。那些将马列主义当宗教教条看待的人，就是这种蒙昧无知的人。对于这种人，应该老实的对他说，你的教条没有什么用处，说句不客气的话，实在比屎还没有用。我们看，狗屎可以肥田，人屎可以喂狗。教条呢？既不能肥田，又不能喂狗，有什么用处呢？（笑声）①

请大家仔细读读这两段话吧。毛泽东论及知识分子，他先贬之以煮饭的师傅，再把苦苦钻研理论的行为抑之以屠夫的杀猪，更把抽象的知识（所谓“教条”）说成“实在比屎还没有用”。用语真是尖刻恣肆，讽刺真是不留情面。或许是感到以上所举例证和言语，事后想来实在有碍观瞻，所以毛泽东在后来主持出版“毛选”时就把它们通通删掉了。诚如他所言：“我这样说的目的，就是故意挖苦那些把马列主义看成教条的人，使他们大吃一惊，苏醒过来，好拿正确的态度对待马列主义。”② 他在《反对党八股》中更是把它提到方法论的高度来说明：“说理的首先一个方法，就是重重地给患病者一个刺激，向他们大喝一声，说：‘你有病呀！’使患

---

① 毛泽东：《整顿学风党风文风（二月一日在党校开学典礼的演说）》，《解放日报》，1942 年 4 月 27 日第 1－2 版。

② 毛泽东：《整顿学风党风文风（二月一日在党校开学典礼的演说）》，《解放日报》，1942 年 4 月 27 日第 1－2 版。

者为之一惊，出一身汗，然后好好地叫他们治疗。”①

早在1927年3月所写的经典性革命文本《湖南农民运动考察报告》中，毛泽东就以非常赞赏的笔调写到了农民为所欲为的狂欢性表演：“的确的，农民在乡里颇有一点子‘乱来’。农会权力无上，不许地主说话，把地主的威风扫光。这等于将地主打翻在地，再踏上一只脚。……反对农会的土豪劣绅的家里，一群人涌进去，杀猪出谷。土豪劣绅的小姐少奶奶的牙床上，也可以踏上去滚一滚。动不动捉人戴高帽子游乡，‘劣绅！今天认得我们！’为所欲为，一切反常，竟在乡村造成一种恐怖现象。”毛泽东认为，这种恐怖现象在农民运动的革命时期是非常需要的，“质言之，每个农村都必须造成一个短时期的恐怖现象，非如此决不能镇压农村反革命派的活动，决不能打倒绅权”。② 显然，整风期间毛泽东对恐惧氛围的营造在其思想观念中具有延续性，只不过早期为他所赞叹的“恐怖”是从政治革命角度来看待，发生在农村，针对的是乡绅；而延安时期他所倡导构筑的“恐惧”是从思想革命角度来看待，产生自延安，针对的是小资产阶级知识分子和一切意见不合的异己者。问题是，延安时期知识分子所遭遇的恐怖氛围远比我们想象的要复杂得多，它不仅仅是所谓思想上的，更是肉体上的。肉体上遭遇的折磨乃至生命的遽然消失其实远比观念转换时的心灵痛苦要直接而具象得多，这也是人类历史上的统治者为何要长期使用酷刑的原因之一。整风期间，延安文人在和风细雨的思想改造之外，也能时时感受到血雨腥风的恐怖场景存在，当整风发展到审干和抢救阶段时更是如此。在当时凌厉的政治攻势面前，在严重的“逼供信”状况下，谁不会感到恐惧和震惊，谁不会产生说谎或欺骗以求蒙混过关的心理呢?！正如后来有人在延安大学审干抢救甄别小组会上所言，不少人当时承认自己是特务的原因主要在于：“不是对组织忠实坦白，而是受‘逼供信’的罪，不得不欺骗组（织）一下，也不是出于本心。”③

据胡乔木所言，在延安审干、抢救运动中，仅半个月就挖出了所谓特嫌分子一千四百多人，许多干部惶惶不可终日。而这些干部尤以知识分子为多。④ 许多知识分子不堪凌辱，相继走上自杀一途。据刘少奇1949年在天津的一次讲话中交代，当时延安自杀身亡者即多达五六十人。⑤ 再谈几个跟延安文人密切相关的例子。东北作家白朗流亡到延安，不料在审干、抢救中受到极大精神打击，先是在解放日报社挨整，继之在中央党校三部遭批斗，终于导致“在长达一年半的时间，白朗糊里

---

① 毛泽东：《反对党八股》，《毛泽东选集》（第3卷），北京：人民出版社1991年版，第833页。

② 毛泽东：《湖南农民运动考察报告》，《毛泽东选集》（第1卷），北京：人民出版社1991年版，第16－17页。

③ 延安大学甄别小组：《审查工作汇报记录整理·小组会议录的整理》，西安：陕西省档案馆存件，全宗号16，案卷号49。

④ 参阅胡乔木：《胡乔木回忆毛泽东》，北京：人民出版社1994年版，第278－279页。

⑤ 参阅朱鸿召：《延安文人》，广州：广东人民出版社2001年版，第176页。

糊涂，痴呆麻木，整日不讲一句话”①。抢救期间，已经并入延安大学的“鲁艺”的政治空气也越来越紧张了。当时，鲁艺共300余人，却有267人被打成特务，比例之高，骇人听闻。有位叫高洛音的女青年，被迫承认自己是特务，是叛徒，并且抓捕过周扬，但事后由于过分恐惧而与其三个孩子一同自焚。也许是在精神崩溃之际，还在想着如何避免她的孩子在日后遭到别人的侮辱吧。此外，木刻家彦涵亲眼看到鲁艺一位被审的青年，发疯般冲出关押室，大呼“冤枉啊——”，纵身跳下悬崖，凄厉的声音回荡在山沟，也久久萦荡在彦涵的心里。② 薄一波曾经认为中央党校是延安抢救运动的重灾区之一，而且真切叙述过他所亲眼看到的“抢救”惨状，其实，这也构成了延安文人置身其间的生存环境的一部分。他说：

> 有一件我难忘的往事，其情其景，多年来不时地涌上心头，……那时我母亲也同我一起到了延安，我把她安置在深沟的一个窑洞居住。有一天我去看她时，她说：“这里不好住，每天晚上鬼哭狼嚎，不知道怎么回事。”我于是向深沟里走去，一查看，至少有六七个窑洞，关着约上百人，有许多人神经失常。问他们为什么？有的大笑，有的哭泣，……最后，看管人才无可奈何地告我：“他们都是‘抢救’的知识分子，是来延安学习而遭到‘抢救’的！”③

由于知识分子和延安文人的意识形态认同机制根植于一定的恐惧心理之上，故而也自然包含了一种说谎机制的产生，这无疑为他们的意识形态认同增添了某种难以言说的复杂面影。但在当时，这个复杂性却被人们轻易地忽略了。□ 2005.4

---

① 王良：《罗烽、白朗蒙冤散记》，《新文学史料》1995年第2期。
② 参阅孙志远：《感谢苦难：彦涵传》，北京：人民文学出版社1997年版，第242页。
③ 薄一波：《七十年奋斗与思考》（上卷），北京：中共党史出版社1996年版，第362页。

不可逃避的沉重阅读

——初读胡风“三十万言书”全文

□邵燕祥

一

胡风先生在1954年向中共中央送交了《关于解放以来的文艺实践情况的报告》（以下简称“三十万言书”），主要是对于1949年以来中宣部等有关党组织对他的批判作出申辩，要求把他如实地作为一个多年为坚持马克思主义文艺理论原则、为发展革命文艺事业而奋斗的战士，给予公正的待遇。结果，与他天真善良的愿望相反，这使他遭遇了更严酷的不公正待遇，被打成“反革命集团”的首犯，逮捕入狱，关押十年后才走过场开庭判刑，又在有期徒刑期满之后加到无期徒刑。

“文化大革命”期间自然无法治可言，一个什么人说的一句“关到死”就成了加判的依据；然而，即使在“文革”之前的十七年里，又谈得上什么法治？当时，连一部起码的刑事诉讼法都没有，只有一份“反革命惩治条例”。在“党是领导一切的”体制下，“反党”和“反革命”本来只是一纸之隔，不过，一经定为反革命，就可以适用“反革命惩治条例”来判刑了。

胡风的“上书言事”，在他自己，以为只是向党中央、向毛泽东反映他对周扬的批评意见，对林默涵、何其芳等的反批评意见，他不知道周扬等在政治上、组织上代表着党在文艺战线的领导，是毛泽东文艺思想（也就是中共文艺政策）的执行者，因而也在文艺理论上代表着党的领导。他们是毛泽东文艺思想的合法阐释者和合法捍卫者，甚至因而取得了在中国解释马克思列宁主义理论的强势身份，以致胡风的这一“报告”就成了“告御状”，并且是把矛头指向党，要挑战毛泽东的权威。后来，如1959年、1962年彭德怀两次“上书”，1962年班禅额尔德尼报进“七万言书”（全名是“通过敬爱的周总理向中央汇报关于西藏和其他藏族地区群众的疾苦和对今后工作的建议”），都遭到批判和关押之灾，更不要说众多的普通干部和群众，他们的“上书”往往不经转达，就直接转到所在单位甚至公安局，作为“向党进攻”的罪证了。

胡风对此完全没有精神准备。这是他虽为鲁迅的忠实学生，却远远不及鲁迅的地方。20世纪30年代周扬担任“左联”党团书记和文委书记期间，鲁迅曾称他为“奴隶总管”，“取了工头的立场”，是“小不如意，就倚势（！）定人罪名，而且重得可怕的横暴者”，有了这种体验，无怪鲁迅早在1934年给曹靖华的信上就说，“倘当崩溃之际，竟尚幸存，当乞红背心扫上海马路耳”。鲁迅逝世前不久，又曾向李霁野等自述，他又一次“故作庄重”地对冯雪峰（F君）说：“你们来到时，我要逃亡，因为首先要杀的恐怕是我。”（诚实忠厚的冯雪峰连忙摇头摆手地说：“那弗会，那弗会！”其实雪峰何尝保证得了，事实证明他后来也是泥菩萨过江啊）鲁迅开这样的玩笑，也许当时又听到有关苏联的什么传闻了。鲁迅的这类想法，有当时的文字为证，与后来周海婴记述毛泽东答罗稷南问对照看来，不能不惊讶于20世纪30年代鲁迅与20世纪50年代毛泽东的“灵魂”也真的是“相通”的。

鲁迅深深懂得历史的内瓤，懂得文艺家和政治家之间必有的分歧和隔膜；有人曾说他是“世故老人”，胡风却缺少这份“世故”；周扬晚年对梅志说，“胡风不懂政治”，不能说没有一定道理，至少胡风所理解的政治不同于周扬心目中和实践中的政治吧。

鲁迅早就去世，历史无法假设。而胡风的后半生，用北京话说，是整个让人给“涮”了，且不是一般地玩弄于股掌之上，而是折磨其精神，剥夺其自由，摧残其肉体，肃清其影响。在完全不同的意义上，可以说，胡风在毛泽东发动的“复杂的阶级斗争”中，才真是“书生气十足”呢。

二

鲁迅在20世纪30年代，虽对周扬等表示不满，但他对瞿秋白、冯雪峰这两位共产党人是信任的，甚至可以说是互相知心的。他不但在文化战线上策应了共产党反对蒋介石国民党的政治军事斗争，而且多次承担了为地下党转信、联络等任务。冯雪峰经过长征，又在陕北参加瓦窑堡会议后被派回上海，想必也向鲁迅谈起过他在中央苏区与毛泽东一起谈论鲁迅的情形，还有陈赓来向鲁迅介绍长征的悲壮经历。这一切，使鲁迅愿引毛泽东为同志。

现在没有材料表明毛泽东当时已经了解到鲁迅与周扬等的龃龉，但随后围绕“两个口号”的论争，毛泽东有可能把周扬等人看作是王明路线的支持者（毛泽东在“文革”前夕审定的由江青主持的《部队文艺座谈会纪要》，提出所谓“三十年代文艺黑线”的命题，可以证明），这样，鲁迅在毛泽东眼中，不仅是反对蒋介石文化围剿的骨干力量，而且不妨视为反对王明路线的借助力量。直到整风运动和延安文艺座谈会之前，在多处，如1949年《新民主主义论》中，毛泽东对鲁迅作了大家熟知的极高评价，自然不是因为什么“无缘无故的爱”，而是出于他作为言行规范的革命功利主义，也就是所谓政治需要。有些人说毛泽东对一些人的评价出尔反尔，对过去的战友翻脸无情，就是因为他们头脑里还有毛泽东不止一次严厉批判过的“人性论”之类的东西，不了解毛泽东所主张的革命功利主义，就是以党内外政治斗争中的利害为判断敌友我和是非黑白的标准的。

胡风当时与冯雪峰的亲密关系是众所周知的，并因此受到某些人的诟病。鲁迅和冯雪峰对毛泽东心存敬重，必然也影响到胡风。现在没有任何材料表明胡风在20世纪30年代对远在苏区和陕北的毛泽东有什么异议，毋宁说，胡风所参与提出的“民族革命战争的大众文学”的口号，比“国防文学”的口号，与毛泽东坚持的“统一战线中的自主权”更显得“保持一致”。

那么，在周扬、林默涵等于20世纪50年代力主的“算老账”，也就是习惯上所说的30年代“两个口号”论争中，胡风的错误到底在哪里？聂绀弩晚年一语中的地指出：这实际上是错误的组织和正确的个人之争（按：这里的“组织”自然就是指提出“国防文学”口号的周扬等人了）。胡风虽然在日本加入过日本共产党，但回到上海后却因受阻未能转为中共党员，一般党内的组织原则、组织纪律，本来似乎不能完全适用于他（正如不能完全适用于鲁迅），但他所参加的“左联”是共产党领导的组织，他在其中又担负一定的领导责任，须得接受“左联”党团书记周扬的具体领导。而胡风并非俯首帖耳之辈，这恐怕是导致不受信任之源。不知从什么时候起，在共产党领导的革命队伍里，流行一句跟“宁左勿右”句式一样的箴言，叫作“宁犯政治上的错误，不犯组织上的错误”，只要百分之百地听命于直接上级，哪怕是执行上级的错误指示，也只负执行的责任；而如果持有不同意见（哪怕是抵制错误指示），搞不好就先获一个对抗上级、无组织无纪律的罪名；若在战场上，甚至可以军法从事。偏偏是这个胡风，放着“国防文学”的口号不附和不响应，却去跟非党的鲁迅一道另提一个什么口号，不是正坐实了“内奸”的指控吗？

抗日战争开始后，周扬去了延安。胡风到了武汉，并且在那里见到周恩来，周对他从事抗战文艺的出版给予支持，加上周的个人魅力，使胡风心悦诚服地接受周恩来，也就是共产党的领导，他和周之间应该说建立了良好的工作关系以及私人关系。这时候他摆脱了得不到周扬所代表的党组织信任的阴影。不仅胡风，就连当时左中右各方面的人，都不会注意到毛泽东与周恩来的微妙关系，更不会预见到在所谓红区白区、八路军新四军等自然形成的区划归属下，这种关系会形成某些成见，周恩来经常处于既要调停矛盾，保护干部，又要避嫌的尴尬状态。

周恩来和董必武一起领导国统区的工作，在实践中对胡风其人和他的思想、工作、优点、缺点是有基本了解的，并把他当作向党靠拢的进步文化人来依靠。但是远在延安的毛泽东关于胡风都知道些什么呢？他是通过什么渠道、以什么方式来了解大后方首先是重庆文化界的情况的呢？这只能待若干年后档案解密才能弄清，但这些琐细的情况在档案中也许并无记录。

1938年10月，毛泽东在《中国共产党在民族战争中的地位》的报告中说："洋八股必须废止，空洞抽象的调头必须少唱，教条主义必须休息，而代之以新鲜活泼的、为中国老百姓所喜闻乐见的中国作风和中国气派。把国际主义的内容和民族形式分离开来，是一点也不懂国际主义的人们的做法，我们则要把二者紧密结合起来。在这个问题上，我们队伍中存在着一些严重的错误，是应该认真克服的。"现在我们知道，这个报告是在中共六届六中全会上作的，这次重要会议"批准了以毛泽东同志为首的党中央政治局的路线"，报告论战的锋芒是针对王明的。民族形式云云，首先是一个政治范畴。后来在延安等地提倡文学艺术的"民族形式"，要求为"老百姓所喜闻乐见"，是对毛泽东上述例题的引申。

在1940年重庆发生的关于民族形式的论争中，胡风以《论民族形式问题》一书参与进去。起初，是向林冰等用民族形式否定了"五四"新文学，说那是"大学教授、银行经理、舞女、政客以及其他小布尔"的东西，这引起了胡绳、潘梓年、以群等党员理论家的批评；胡风在批评前一种意见，捍卫"五四"新文学传统的同时，也批评了后者虽拥护"五四"新文学，却使问题陷进形式主义，"使文坛的大部精力集注到抽象的讨论里面，反而把急迫的斗争课题丢到了一边"。当时重庆地下党方面认定向林冰属于国民党方面的敌对分子（20世纪80年代后澄清，不是那么回事），而胡风把他们并列起来批评，引起他们的不满。不过，严重的问题其实不在这里，而是胡风"对于五四当时的领导思想的提法是错误的，是违反了毛主席的分析和结论的"，这才是要害之所在！

然后，1942年毛泽东"讲话"发表，胡风认为很重要，但又以为国统区与延安情况不同，不能把"讲话"里的观点割裂下来在国统区直线运用。当时，郭沫若和茅盾都在重庆《新华日报》上发表了拥护的文章，而胡风却没有为此著文，这在当时当地并没有人向他指出，直到20世纪50年代周扬在批判胡风时指责说，郭沫若、茅盾都对"讲话"表过态，你却没有。1952年，在党员干部彭柏山（后来也被划入了胡风集团）提醒下，胡风为纪念"讲话"10周年写了《学习，为了实践》一文，交给周扬却未获发表。"胡风反对'讲话'"的说法，从20世纪40年代到50年代，在一定的圈子和层次流传，可谓"深入人心"，也就像一道暗影笼罩在胡风身上，而他还以为自己只是在一些有关文艺理论思想观点上，坚持真理，坚持马克思主义！

1945年初，他主编的《希望》创刊号刊出了舒芜的《论主观》，实际上被认为是对毛泽东整风运动报告"反对主观主义"的指示唱反调，又把舒文中的"主观"等同于胡风提倡的创作中要发扬的"主观战斗精神"，这就坐实了胡风反对毛泽东思想的预设。此前不久，在重庆与胡风有所过从的党内文化人胡绳、乔冠华、陈家康等，曾被称为"才子集团"，受到党内批评，作了检讨。据估计，他们的检讨，有可能多少涉及胡风；这种估计不是完全没有根据的，他们随后与胡风不同程度上"划清界限"，或以批评胡风来代替自我批评，都可作为旁证。这个"才子集团"

的成员，用一句或许不太恰当的话说，当时都是周恩来的“爱将”。而周恩来在整风运动中，正是陪同受批判的“教条主义”的王明作为另一批判重点的“经验主义”的代表人物。周恩来的处境也是要应对不容反驳的批评。在这前后，他在回延安对文化界作报告时，曾提到“胡风的文艺思想有错误”；不过，周在当时报告中也强调说，胡风在上海与鲁迅的关系密切，在政治上是进步的，是反对国民党的反动与倒退行为的，是与我们合作的。

周恩来当时是在充分肯定胡风在政治上与中共合作的前提下，说到胡风“文艺思想有错误”的。后来的长时期中，周恩来都坚持这个口径。这是在“敌我友”的格局中把胡风定位为友。新中国成立前不久，胡乔木劝胡风“和整个共产党做朋友”，一方面是说他与一些共产党人的友谊和相知只是属于私人交往，另一方面是说他与“整个共产党”还连“朋友”都不够，甚至是说他以一人而与整个共产党对立。但胡风则认为自己大半生追随中国共产党，他给自己的定位是“自己人”，用北京熟语说就是“不把自己当外人”，这是他“书生气”的又一表现，甚至是他的悲剧之所在。

其实，周恩来在重庆后期的一次与胡风的谈话中，早已对他说过，理论问题只有毛主席的教导才是正确的，并要他改变对党的态度（转引自张晓风《我的父亲胡风》）。以周的身份，话也不能说得再明白了。然而胡风并没有真正明白周的意思。

抗战胜利以后，国共内战再次爆发，1947 年人民解放军转入反攻，中共预计在三年内取得最后胜利，此时已是胜利在望。这年 9 月，由周恩来起草、毛泽东改定的一份发给高级干部的党内通知说，在打垮国民党反动派后，就要把斗争转向资产阶级右翼。同年 11 月 30 日，毛泽东在发给斯大林的电报中说，在中国革命取得彻底胜利的时期，要像苏联和南斯拉夫那样，让除中共以外的所有政党通通离开政治舞台，以巩固中国革命（这个意见随后被斯大林否决了，才有 1948 年邀请民主党派和民主人士召开新政协的倡议）。

无须再寻找其他的档案，只要领会了这两份文件的精神，那么对 1948 年在香港发起对胡风的批判就不会感到突兀。由中共南方局文委在港出版的《大众文艺丛刊》上，头条刊出郭沫若声讨沈从文、朱光潜、萧乾等的《斥反动文艺》一文，而对胡风的批判文字另发，没有将胡风列入“反动”系列，已是姑念其曾属于“进步”文人，加以区别对待了。

这次批判因潘汉年的缓冲，稍露锋芒便偃旗息鼓了。潘汉年从统一战线的全局考虑，动员胡风放下手头的写作（胡风刚刚写了反批评《论现实主义的路》的前两章），到香港并转赴东北解放区。

此后胡风的遭遇，从新中国成立前的第一次全国文代会、政协会，到新中国成立初期近五年的种种，在“三十万言书”中有纪年式的记述。有关对胡风的工作，大都经由周恩来过问。其间，值得说一下的是，1951 年周恩来找胡风作了一次长达五小时的长谈，曾说，关于文艺理论，有的同志对你有意见，又提示说“同志们”都说胡风“不合作”，并说问题是很多，但应该“和同时代人合作”，云云。这一年为纪念“讲话”发表10周年，6月8日，《人民日报》转载了《长江日报》上舒芜对胡风的发难文章，胡乔木起草的编者按第一次在党中央机关报上点名“以胡风为首的一个文艺上的小集团”，把胡风等的文艺思想判为“一种实际上等于资产阶级小资产阶级的个人主义的文艺思想”；7月23日，周扬写信给周恩来，提出“对胡风文艺思想的检讨步骤”报批，准备先召集少数党内文艺干部统一认识，接着开会“由胡风首先作自我检讨性的发言（我已告他准备，估计他的自我批评不会很好），然后大家发表意见，进行辩论”；7月27日，周恩来写信给胡风，劝他对舒芜的文章“望你能好好地读它几遍”，实际上是劝胡风也按照舒芜的方式进行检讨。这正如五六年后他劝马寅初作个检讨以求解脱一样。马寅初做不到，胡风也做不到，他们都必得为此付出代价。

胡风从1949年第一次全国文代会起，由于会上对国统区文艺界的不公正评价，就感到自己似乎成了唯一的“罪人”。新中国成立以后，他很快就发现自己置身于被怀疑所笼罩且不能发表作品的敏感境地。又经过不能说服他的大小会议的批判，他总在寻找能与党——与党中央直接对话的途径。1954年党的四中全会号召团结，这是围绕高（岗）饶（漱石）事件的一次会议，与文艺界更与胡风无干，但胡风不了解其中原委，误以为这是彻底解决他的问题的一次机会，于是起草了“三十万言书”。周恩来并没有把这份材料转送毛泽东，这恐怕应视为对胡风的有意保护。但到了秋天，毛泽东发动对俞平伯《红楼梦研究》以及《文艺报》的批判，胡风又误以为这是党中央读了他的“三十万言书”后采取的动作，于是在有关座谈会上作了发言，从而引起毛泽东的注意，调阅胡风的上书，决定发动大规模批判运动，并亲自来抓。1955年3月一个夜晚，乔冠华和陈家康、邵荃麟到胡风家，乔传达了周恩来的指示：“应检查思想，应该打掉的打得愈彻底愈好，这才能更好建设新的。但是，要实事求是，不能包，包不是办法。”这是以周恩来的地位和处境所能做到的，对胡风最后的关注。

三

现在人们提到胡风问题，容易联想到周扬等从20世纪30年代起同他因成见或误解形成的积怨，这方面的因素，由于新中国成立以后周扬身居文艺界的要职，并在批判胡风的整个过程中主持具体的操作，自是显得突出。而在此间，还有一个人起着不容忽视的作用，却往往不为人知，那就是胡乔木。他在新中国成立初期，即以毛泽东的政治秘书的身份，在意识形态的要害部门发挥着超常的作用；他任中宣部副部长，但他经常传达毛泽东的指示，说毛主席怎么怎么说的，中宣部部长陆定一也得听他的。他又是当年毛泽东“讲话”的整理者，以及毛泽东若干文稿的起草者，他对任何敌情充满了不亚于毛泽东的敏锐嗅觉。至于他到处发表的意见里面，哪些来自毛的授意，哪些得到过毛的默许，都氤氲在一片神秘之中。圈子里面的人包括部级以上的党政干部，都知道他的分量，写了东西都愿意请他“斧正”。

早在1945年，舒芜《论主观》发表后，就是从延安衔命到重庆的胡乔木，找胡风约舒芜来谈话，结果很不愉快，胡风虽未发一言，却因一直在场，便也与其事焉。到北京以后，胡乔木在与胡风的多次接触当中，都说过分量很重、含义甚深的话，如1949年指出胡风“对世界对历史的看法和共产党不同”，“而且这还不是‘庸众’的意见”，那么这又是传达谁的意见呢？还有，像胡乔木1951年批评胡风“不该把旁人都看成是异端”，以及前引劝胡风“和整个共产党做朋友”，说“脱离了共产党就是脱离了（人民）群众”的话，都带着严重的警告性质，这与中共党内高层指责胡风与党的关系“不正常”“不合作”是同义互文的。这些意见里，哪些是他个人的，哪些来自领导人如毛泽东；他个人的某些判断，是否影响过毛泽东，或者在多大程度上影响过毛泽东呢？

周扬1952年向周恩来缕述胡风问题时，说胡风的“文艺理论是有错误的。主要是片面地强调所谓‘主观精神’，实际上就是拒绝小资产阶级知识分子作家到工农群众的实际斗争中去改造自己。在这个基本点上，他的理论是和毛主席的文艺思想正相违背的”；“1940年左右关于民族形式的争论，他把我们共产党员作家和当时被疑为与国民党有联系的向林冰相提并论，左右开弓，而他的整个观点是反对民族形式的”；“1947—1948年关于‘主观问题’的争论，他不但没有很好地考虑共产党员作家对他提出的批评意见，相反，对这些批评意见采取一律骂倒的态度”。所以，“根据这两件事实说明，他不但在理论上是错误的，在态度上也是不合作的”，云云（转引自张晓风《我的父亲胡风》）。

胡风1954年的“三十万言书”，除在第二部分“关于几个理论问题的说明材料”，对林默涵、何其芳的反批判文章进行辩正的同时，申述了自己的主要理论观点外，在第一部分“几年来的经过情况”中，说他进入解放区后，发现党的原则和党的精神被各种庸俗的理解所掩蔽，脱离了现实主义道路；否定了现实主义原则，“五四”传统和鲁迅实质是被否定了。“在这样的情况下，我又看出了文艺上的具体领导对我是基本不信任的，甚至抱有敌意，对工作甚至连表面的支持都不给我”，云云。

1954年12月8日，周扬在《我们必须战斗》的报告中，更直截了当地说：“胡风先生是以‘马克思主义者’自命的，有些人也是这样看他，因此就有特别的必要来说明他和我们之间的分歧。”诗人彭燕郊也曾引用过一位党的文艺领导干部的话：“胡风是以马克思主义的面目出现的，但我们认为他不是马克思主义者，有些人甚至有一种误会，以为他的理论就是党的理论，这是必须讲清楚的。”

书生气十足的胡风，一直到“三十万言书”里，还以大量篇幅辩证理论问题，他不知道党的有关负责干部以及党中央并不认为他具有对马克思主义的阐释权，这个阐释权乃是有专属的。中共按照苏共的模式建党，奉马克思列宁主义为指导思想，党在意识形态领域开展阶级斗争的第一位任务，执政前是扩大马列主义的影响，执政后则是巩固马列主义的阵地，这直接关系到建党的合法性和党的领导地位。党以民主集中制为组织原则，“个人服从组织，下级服从上级，少数服从多数，全党服从中央”，不仅适用于统一全党的行动，也适用于统一全党的思想，即在思想上、政治上个人与组织保持一致，全党与中央保持一致。党的政策和领袖的言论自然是体现了马列主义与实际的结合，是不容置疑、不容讨论的，其解释权也只属于党的有关各级组织或各级干部。对于任何普通党员个人，上级或称领导干部就是组织的代表。要求每一个体为革命利益作出牺牲，包括了精神的方面，在特定条件下，包括了牺牲对真理的探求，牺牲独立的思考。这是在长期以武装斗争和秘密斗争为主要形式的革命活动中，基于斗争的残酷而势所必然的。

胡风虽然早年参加过日共，但限于文化界活动，恐怕对此体会不深。他认定自己虽然没有加入中国共产党，但愿像鲁迅那样，作为党外布尔什维克，坚持和捍卫“五四”文学和鲁迅传统，坚持和捍卫马克思主义的文艺理论原则，为此要批评某些党员干部的文艺思想，即他认定是背离了“五四”文学精神和马克思主义原则的庸俗社会学、机械论和公式主义、客观主义等等。在有权认为自己是唯一马列主义代表的人那里，这无疑是同党争夺领导权，争夺文化界内外的群众（作者和读者），看来，这就是胡风与党（党的有关负责干部以至党中央）关系问题的关键。

从20世纪30年代算起，半个多世纪过去了，从20世纪50年代算起，也已半个世纪。拨开历史的烟云，也许可以较少成见或偏见；我认为胡风的文艺思想，就整体说是属于马克思主义体系的。毛泽东说过，十月革命一声炮响，给我们送来了马克思列宁主义。严格地说，列宁主义只是马克思主义的一个学派。中国共产党接受的，基本上是列宁主义的理论和实践的影响。毛泽东思想经典提法是马克思列宁主义与中国革命实践的结合。胡风的文艺思想不但吸收了列宁的理论，例如每个民族有两种文化等观点，而且也有取之于斯大林的，如对“拉普”的批判，“写真实”等（所以黄药眠批判他的文章题为“论约瑟夫的外套”，约瑟夫即斯大林也）；然而是否完全符合毛泽东的理论口径，本来是可以讨论的。胡风一直认为，实际上只要坚持“五四”文学精神和鲁迅战斗传统，就是坚持了党的文艺理论原则，他也许没有注意到，“讲话”的基本点与“五四”精神并不在同一起跑线上。毛泽东的“讲话”，主要是确定了文学艺术和一切文化意识形态都要从属于党的事业，一切知识分子都必须按照党的要求改造思想，否则就是拒绝与工农相结合，就是与党两条心，就是要依资产阶级小资产阶级的面貌改造党，就是“不革命”甚至“反革命”的了；“讲话”并不是也无须解决文学艺术创作规律性方面的一切问题。在胡风有关文学的具体论述中，如果与毛泽东的某些论断有所出入，本来也是可以理解，无足为奇的。固然，毛泽东多次讲过“真理愈辩愈明”，现在看来，那是在先验地设定真理在“我”，预期在同“对立面”的辩论中以压倒性优势取胜，以树立和加强马克思列宁主义的领导地位，从而给异己理论和异己力量以毁灭性的打击。那处于弱势的个人或“集团”当然只有束手就缚作“检讨”的份儿。反胡风斗争即使不从反对“反党集团”升级为反对“反革命集团”，也必然是这样的结果，理论认识的分歧必定走向政治斗争，这是意识形态斗争的战略所规定的，胡风注定成为一个重大战役的打击对象，是所谓“在劫难逃”的。

这里着重从文艺领导体制以及政治领导体制的角度，看胡风陷入“反党”“反革命”泥淖且越陷越深的足迹。这不排除胡风的性格，尤其是如周扬等在以党的名义活动时的个人作用，对事态发展所产生的影响。

早在1950年3月14日，周扬在文化部大礼堂向京津两地文化干部作报告，批判被认为是宣传胡风文艺理论的阿垅的两篇文章，就第一次当众点名胡风的“小集团”，说阿垅的文章是小资产阶级作家“小集团”的抬头，提出其危害性“等于是社会民主党”；他激动地指着台上的四把椅子说，有你小资产阶级坐的，但如果乱说乱动，就要打！狠狠地打！（按：依当时的《共同纲领》，共和国政权内部包容了工人阶级、农民阶级、小资产阶级、民族资产阶级四个阶级）

在“三十万言书”里，胡风复述了1952年周扬责令他检讨时所谈的要点：“1. 我反对了党员的意见，但党是代表群众的，党内人的意见总要对些。……2. 舒芜是进步了（他说不是投机取巧），舒芜说的‘几个人’，实际上是指我。3. 我说的话九十九句对，但如果有一句在致命的地方错了，那就全部皆推翻了。4. 他觉得过去的事不必谈，但还有几个人受我的影响，所以，要舒芜和受我影响的青年来出席，也要茅盾来出席，大会小会轮流地开。5. 要我主动地检讨，少说或不说优点，只说缺点。6. 要打掉我的架子……”

在1952年12月16日的会上，周扬总结说，胡风的文艺理论是“反党”的路线，要胡风承认这一点，在文艺理论上“脱裤子”，结论要由胡风自己来做，云云。

所有这些剥夺被批判者尊严，强迫被批判者在“自我批评”的名义下违心承认错误以及“认罪”的粗暴做法和粗俗说法，出于文质彬彬的周扬之口，会使今天年轻的读者大感意外；然而历次政治运动的过来人对此是十分熟悉的，即使是受过高等教育如周扬等人，在自觉或不自觉地代表一种巨大权力时，都会表现出相应的气魄，原先可能有的教养也会作为资产阶级、小资产阶级的气质遭到抛弃或扭曲。不只是周扬，不少在党执政前革命年代中与群众同甘共苦的文艺战士，后来成为执政的文化官员，往往多少经历了这样的变化，他们要“打掉”例如胡风等人的“架子”，他们却有了“唯我独‘革’”的“架子”。

今天和以后的文艺学者，可以也应该对“三十万言书”中表述的理论观点进行研究，对其在一定历史条件下的正确或错误作出判断。这已经是为了学术研究，而不是为了判明胡风的功过以及“罪”与“非罪”。以今天人们的政治视野和思想境界来看，即使胡风的文艺思想不属于毛泽东思想的范畴，也不属于马克思主义的范畴，这也是他的权利；没有理由强迫他作检讨，更没有任何理由以此为借口对他进行虐杀和囚杀。不但在思想领域如此，在组织方向也一样，为胡风辩诬时强调并没有一个什么以他为首的集团，但我以为：“有个集团又何妨？”从宪法应该实施对九项法定公民权利的保障来说，这是个常识问题，只是常识总为特殊历史条件下的现实所掩了。

胡风在坚持他心目中神圣的真理时，有时也会由不妥协引向观点的褊狭，在他对一些作家作品进行艺术评论时，更不排除简单武断、分析不足和个人好恶的成分，这都可能授人以柄或四面树敌，加深了他处境的不利，甚至激化了矛盾，从局外或事后看，这不能不使人遗憾。但如果不是这样，胡风还是胡风吗？还是“这一个”胡风吗？而“三十万言书”整个是以自我批评的基调写成的，这表达了他希望直接诉诸党中央，“解决问题”的诚意。他表现出在他是很难为之的委曲求全的姿态，反省他“和党的不正常关系”；但直到20世纪70年代单人监禁令他精神分裂之前，他实际上仍然坚持自己的文艺理论的主要观点，即“五四”精神、鲁迅传统和现实主义，没有轻易承认什么文艺思想上的原则错误。他以党外的身份服从党的纪律，在他身上就表现为党性要求与追求真理的矛盾；就如林昭、韦君宜先后痛感到组织性与人性、党性与良心的矛盾一样，这是有待于真正的马克思主义探索解决的。

四

“三十万言书”由毛泽东决定将第二、四两部分随《文艺报》印发，付诸“公开讨论”，很快由于毛泽东为胡风与人来往信件加了按语公之于世，形势便急转直下，中共中央宣传部在毛泽东运筹帷幄下具体部署，“步步为营’地把胡风及其“同案犯”驱赶到狭窄的死地。

毛泽东在《关于胡风反革命集团的材料》按语中说：“反革命分子怎样耍两面派手法呢？他们怎样以假象欺骗我们，而在暗里去干着我们意想不到的事情呢？这一切，成千成万的善良人是不知道的。”

现在，历史证明这个所谓胡风反革命集团是根本不存在的，那么，究竟怎样把一个不存在的反革命集团制造出来，把两千多人锻炼成罪呢？中国的数以亿计的善良人才是长期不知道的。

毛泽东说：“广大群众很需要这样一部材料。”他说的是由他作序并亲自加了若干按语的《关于胡风反革命集团的材料》。现在，我们已经知道这部材料是由断章取义等手法深文周纳出来的，因此很需要根据现有的第一手材料，加以笺注，把原来摘录的信件，附在每条摘录后面，并加以必要的注释，也可以说，“广大群众很需要这样一部材料”，有了这样的材料，就可以明白当时处心积虑给胡风等罗织罪名的人，用了哪些构陷的手法，这种手法在不讲法治的年代，与“逼供信”（包括刑术）一道，制造了多少冤假错案。十卷本的《胡风全集》，在书信卷发表了胡风致友人的大量信件，其中对曾被摘引的部分都改用与正文不同的字体排印，与上下文连读，可以看出摘引者的用心。然而，全集印数很少，除了从事研究的人以外，很难方便地读到。我认为单独印这么一个笺注本，可以满足广大普通读者的阅读需要。①

毛泽东为上述“材料”写的序言和按语，是紧接着“三十万言书”的下文。今天的读者从“三十万言书”的有关部分里看到的，与其说是为胡风申辩，不如说主要是当时（20世纪50年代初期，甚至回溯到40年代和30年代）革命文艺内部斗争的来龙去脉，是把相沿成风的党内斗争方式施之于党外，把例如延安整风运动中的“审干”式的“批评与自我批评”（通过排比，确定对象，即将之推向被告席，进行“有罪推定”，无休止地追索检查交代等）推广到全国范围的典型记录。即使单从党的建设角度来看，也不无值得总结的正反两方面经验。

我们说中国是一个法治的国家、法治的社会，但在当时法治还不太健全，我们在日常生活中随处可以听到、见到大大小小的冤案错案：导致胡风事件的法律的、政治的、思想的、习惯的种种条件并没有完全消除，我们亿万普通公民的人权还没有从人治和以权干法的阴影下走出来。“三十万言书”读起来诚然是沉重的，但，现在也还不是容我们逃离沉重的时候。◻ 2003·5

---

① 1999年湖北人民出版社出版十卷本《胡风全集》，其第6卷首次发表了胡风“三十万言书”全文。为让更多读者看到这份有历史意义的材料，该社出版单行本，书名为“胡风的三十万言书”。

胡风事件五十年祭

□周正章

要开作一枝白色花——
因为我要这样宣告，我们无罪，
然后我们凋谢。

——阿垅

一

1955年5月发生的胡风（1902—1985）事件迄今已整整五十年。在历史尘埃早已落定的今天，这个事件的主要制造者、参与者和许多受难者大多已远离我们而去，而殃及的健在者也都是耄耋老翁了。但是，这个事件留下哪些特别的内涵值得我们长久记忆呢？对这个悲剧本身灾难性的规模、影响、意义与走向及其前因后果，我们能作出今天所能认识到的回答吗？我以为，我们如果把胡风事件放到涉及毛泽东（1893—1976）施政方略这个高度，去寻觅至今尚存的谜团，似乎才能够破译这个事件的密码。

胡风事件所起的历史作用，较之前所发生的电影《武训传》批判运动、知识分子思想改造运动、《红楼梦研究》批判运动、胡适思想批判运动，乃至对“高饶反党集团”的批判，从历史链条的环节上看，都显得更为重要。因为，在以后历次实际政治较量的操作中，唯有胡风事件一直被作为开展政治斗争的“惊堂木”的警告符号，而贯穿于中国政治风暴的全过程，直至这场风暴完全平息为止。20世纪80年代为胡风冤案的平反，竟历经三次（1980年、1986年、1988年）才最终彻底平反，这也是全国所有冤、假、错案的平反中的唯一。综观全局，胡风事件的独特意义，由此也得到了突出的显现。

毛泽东晚年曾高度概括自己的一生做了两件事：一是推倒蒋介石，二是发动“文革”，打倒自己身边的二把手刘少奇。（毛的原话大意是：一生做了两件事，一是把蒋介石撵到几个海岛上，一是发动了“文化大革命”）对于刘的不满，毛在

1950年3月意欲批判电影《清宫秘史》受刘的搁置时就初现端倪了。虽然毛与刘这次政治较量声色未露，其内心郁积的愤懑，迟至1967年4月1日，才通过戚本禹《爱国主义还是卖国主义？——评反动影片〈清宫秘史〉》一文的发表大白于天下，但事情的发生，则早于胡风事件五年之久。

1956年4月25日，胡风事件刚过，毛在中共中央政治局扩大会议上作《论十大关系》报告，谈到"顶级反革命分子"时说："什么样的人不杀呢？胡风、潘汉年、饶漱石这样的人不杀，连被俘的战犯宣统皇帝、康泽这样的人也不杀。"[《毛泽东选集》（第5卷），第282页] 毛在这里把无职无权的、当时连工作岗位都尚未确定的一介文人胡风，列于一连串曾经显赫过的人物之首，绝非偶然。原因何在？在于毛潜意识的未来的棋盘上，胡风事件还要派上更大的用处。胡风事件搞定后，无论对于开展意识形态斗争，还是开展所谓"对敌斗争"，其实际的功利主义价值，都不是这些显赫者的效应可以比拟的。

二

中共在全国范围内建政之初，不断开展斗争，继续革命巩固政权，这几乎是一切工作的全部目的；而斗争锋芒在扫除了正面之敌对势力蒋介石及其残余势力之后，则越来越转向内部"敌对势力"的寻找与搜索。毛亲自发动的运动有：先是对电影《武训传》的批判，继而是对知识分子的思想改造运动；再是对《红楼梦研究》的批判，继而又是以自由主义知识分子为主要对象的对胡适思想的批判。在这两个由"点"到"面"的回合中，基本上止于思想斗争，没有涉及对具体当事人，如编剧孙瑜、主演赵丹、红学家俞平伯等的人身斗争，更不必说对鞭长莫及、远在美国的胡适了。但这些都只是大规模"阶级斗争"的前导，都还不具有强烈的政治警示作用；而这一具备特殊政治指向的斗争工具，还有待于在不断展开的运动的动向中去寻觅、挖掘或随机捕捉。

1951年10月23日，毛在全国政协一届三次会议的开幕词中，向全国知识分子发出思想改造的号召："思想改造，首先是各种知识分子的思想改造，是我国在各方面彻底实现民主改革和逐步实行工业化的重要条件之一。"一雷天下响，各个领域知识分子的头面人物在从中央到地方的报刊上，纷纷作出思想改造的示范，各基层单位的芸芸小人物则一一仿效。这个在各个层面上展开的、大规模的以知识分子自贬、自损、自贱、自谤为主要内容的思想改造运动，为了达到让斯文扫地的目的，几乎到了要人人表态过关的地步。被动的与主动的、真诚的与敷衍的、公开的与未公开的书面检讨资料，真是堆积如山。

但是一直到1954年，在这堆积如山的检讨书中，一份期待已久的、胡风的合格检讨书始终未到。胡风生性倔强，恃才傲物，自认为早在20世纪"三十年代第一年起，就是以共产主义者的为人道德约束自己”［《胡风致熊子民》，《胡风全集》（第9卷），第599页］，自以为是党外布尔什维克者，感觉没有什么好检讨好改造的，并拒绝检讨。即使1952年9月特别安排过四次“胡风文艺思想讨论会”，实质是要胡低头认错做检讨的专题会议；1953年又继而公开发表林默涵、何其芳批判胡风并向其施压的文章，意欲彻底压倒胡的“气焰”，以迫使胡完全就范，按照口径，全面检讨。但胡软硬不吃，执意坚持，拒绝检讨。这样抵制“思想改造”的例子，当时实属罕见。连当年对独夫蒋介石都绝不买账的马寅初，也带头在北京大学率先开展“思想改造”；更不必说许多从蒋政权之下走过来的硬汉子了（见笑蜀：《知识分子思想改造运动说微》，《文史精华》2002年第8期）。而胡风，在重庆时期确实有些抵牾《讲话》的言论，并被他的“宿敌”周扬历历记录在案，甚至连毛泽东也芥蒂于心。

1945年8月28日，毛抵重庆，参加国共两党和平谈判。这期间，胡风曾三次见到毛：一次是9月4日，由冯雪峰陪同在曾家岩50号欢迎毛的舞会上，仅握手略略交谈几句走了过场；一次是10月8日，在张治中欢送毛的有500余人参加的大型鸡尾酒会上，似未直接接触；一次是10月11日，在欢送毛回延安的九龙坡机场，“虽然被徐冰从背后往前推了一下，但仍然没好意思走上前去握手”（《胡风自传》）。

早在1938年3月，胡风在武汉主编的《七月》第10期上发表过《毛泽东论鲁迅》。这是毛于1937年10月19日，在延安陕北公学鲁迅逝世周年纪念大会上的讲演记录稿的首次发表（同天，胡在武汉各界鲁迅逝世周年纪念大会上被推为大会主席）。这是两人在两地之间唯一的一次文字之交，又是共同感兴趣的话题，本可引为谈资的；但在晤见时，经过抗战八年的烽火，似乎都淡忘了，连一句寒暄的客套话都没有留下。这三次不冷不热的见面相识，虽然从胡的方面说，显示其在高层社交场合多少有点腼腆、矜持的书生本色，但从毛的方面，与其说是疏忽、不在意，不如说是有意的冷淡。因为这次会晤之前，毛对胡产生的芥蒂早已深藏心底了。

但毛这次与胡的会面，对其印象无疑是深刻的。他终于把久闻其名的胡风，在“两个口号”论争中崭露锋芒的，在鲁迅著名的《答徐懋庸并关于抗日统一战线问题》中作为焦点人物出现的，与自己一同列名于鲁迅治丧委员会的，在延安与周扬以及徐懋庸等从上海来的文化人交谈时屡屡提及的，只是见于书面文字或耳闻的胡风，和眼前这位零距离接触的，与自己身躯一般高大的，显得矜持而书生气十足的胡风联系在一起。在表面冷淡的背后，毛在内心对胡却是“十分重视”的。

1945年10月11日，毛与蒋签订《双十协定》后从重庆抵达延安，即指派与他同机往返的政治秘书胡乔木第二天再飞回重庆，专程调查重庆“左翼”文化界几个重要问题，尤其是“胡风问题”；或者可以说，正是由于在机场看见了胡，才触动了毛的政治“灵感”也未可知。这个安排，自非寻常。胡乔木飞回重庆后，约见胡风两次，在文艺理论上硬是谈不拢。后胡乔木又通过胡风约见舒芜，就舒在年初由胡风主编的《希望》杂志上发表的《论主观》《论中庸》两文的哲学问题，在11月8日和9日激烈地辩论了两个半天。胡乔木概括道："毛泽东同志说过：唯物论就是客观，辩证法就是全面。而你的《论主观》恰好是反对客观；你的《论中庸》恰好又是反对全面。"（参见《百年潮》2004年第11期，第41页）胡风始终在场，未置一词。1945年4月23日至6月11日，刚刚召开过的中共七大，在党章中已经确立"毛泽东思想"为一切工作的指针，在延安所及的范围内，包括重庆的"左翼"文化界，对此已是一片称颂赞扬之声，胡风的态度只能被认为是冥顽不化了。

胡在文艺理论上与毛的文艺思想的分歧与冲突，在1945年后越来越趋于明朗与尖锐。这源于20世纪40年代初，由于胡对自己文艺理论的坚守，并因逐步形成由自己为核心的"七月派"，及其同仁在理论与创作实践上的积极呼应，胡愈发不屈不挠。用鲁迅生前曾经批评胡"在理论上的有些拘泥的倾向"（《答徐懋庸并关于抗日统一战线问题》）的话说，是不是越来越"严重"了？

1940年10月，胡风在重庆发表长达5万余言的论文《论民族形式问题》，对许多著名作家参加的"民族形式"的论争，作了像别林斯基似的"鸟瞰"：对延安与重庆两地的论争参与者，如郭沫若、潘梓年、葛一虹、光未然（张光年）、叶以群、胡绳、罗荪、巴人、周扬、何其芳、黄芝冈、田仲济、陈伯达、艾思奇、张庚、向林冰等，一一点名批评。用周扬后来的话说，胡把"左翼"作家批评尽了，是反对民族形式的（胡风同仁在20世纪40年代办的好几个刊物都承传了胡这个毫无忌讳的、狠劲十足的文艺批评的作风，被得罪的作家不在少数，这里不一一列举。但这却也为后来的胡风事件的一哄而起，上下互动，在客观上预设了"干燥的柴火"）。胡的基本观点，认为民族形式不是民间形式，以鲁迅为代表的"五四"的新文艺形式才是民族形式，因为它是适应新的社会现实而产生的，是不能也不该倒退到复古主义的民族，即民间形式的老路上去。这个理论虽然可从列宁的每个民族有两种文化的思想找到根据，但中共高层的观点是"民族形式就是人民的形式，与革命内容不可分"（中共宣传部致电董必武）。当时的中共，要宣传、组织以农民为主体的千百万群众投身革命与战争，亟待确立以民间形式为主的民族形式以教育之，这就不能不是个严肃的政治问题了。

20世纪40年代初毛关于整风运动的三篇文章：《改造我们的学习》《整顿党的作风》《反对党八股》，作为政治学习文件传到重庆"左翼"文化界，其反对教条主义的实质是批倒在延安的王明，而胡风与周恩来身边"才子集团"的乔冠华、陈家康等则发表文章，反对"用教条主义反教条主义"，并发表对毛《在延安文艺座谈会上的讲话》在解放区与国统区的施行应区别对待的、颇有点"离经叛道"的观点。胡风又著文引申为反对国统区"左翼"文学界的教条主义，与延安反对王明苏联模式的教条主义成了南辕北辙的两个概念。这自然引起了延安的严重关切，

1943年11月22日，中共中宣部关于《新华日报》《群众》杂志的工作问题《致董必武电》对此提出严厉批评："现在《新华》《群众》未认真研究宣传毛泽东同志思想，而发表许多自作聪明错误百出的东西，如××论民族形式、×××论生命力、×××论深刻等，是应该纠正的。"董必武当即按照组织原则从事，迅速作出纠正，乔、陈当然也只得接受党内批评。乔、陈虽与胡交往不疏，或许碍于纪律似并未将内情告之，而胡仍浑然不觉；或许胡以党外布尔什维克自居，继续我行我素。1944年7月党员作家何其芳、刘白羽由延安抵达重庆宣传毛的《讲话》，并与胡细谈几次，其实是打招呼，胡仍有抵触情绪，"拘泥"地认为这只是理论问题、学术问题、文学问题，自以为本于马列经典，是没有什么错误可言的。

1945年1月，如上所述，胡在《希望》杂志第一期上发表了遭到"左翼"文化界非议的舒芜的《论主观》，还有后来的舒芜的《论中庸》引起了毛对胡的严重关注，是顺理成章的。

胡虽然在20世纪30年代初已投身"左翼"文学运动，并以此为安身立命之本，但却只心甘情愿地以马克思主义为本体，还不适应时至20世纪40年代该以毛泽东思想，即中国的马克思主义这个公式为本体的事实，并认为在政治上与中共为"同路人"，在文艺上自己可以有独立见解，这也是胡风所服膺的鲁迅的观点；而在毛看来，一切问题都从属于政治问题，并不存在什么理论、学术、文学等可以游离于政治问题之外而进行自由讨论的，胡只是"自作聪明错误百出"的、尚不甘心服膺于自己理论的、时不时还要中共（通过周恩来）提供办刊物经费或道义支持的一介文人而已。不屑还来不及，热情更谈不上了。

这次毛泽东与胡风见面后，毛很快从军事上、政治上，继续全身心地投入了与国民党的最后决战。处于日理万机状态的毛，不可能对胡的文学活动有更多关注，但反映到中枢的几件事，则很可能进入了毛的视野之中：

（1）1948年中共在香港主办的《大众文艺丛刊》连续发表了党员作家邵荃麟、乔冠华、胡绳、林默涵等人的文章，点名批评胡风的文艺观点与毛泽东《讲话》的对立。这显然是一次中共组织的、清算国统区抗战期间的文艺工作以宣传毛泽东文艺思想的举措，当然也是借以进行政策调整的举措之一。胡风则以长达10万字的《论现实主义的路》提出反批评。

（2）1949年7月在北京召开全国第一次文代会，胡风出席了大会。7月3日，郭沫若的总报告《为建设新中国的人民文艺而奋斗》中，有句"只准自己批评任何人，不准任何人批评自己的歪风是一种专制主义的表现，应该为我们有思想的文学艺术工作者所不取"。7月4日，茅盾的《在反动派压迫下斗争和发展的革命文艺》报告中，有"关于文艺中的'主观'问题，实际上就是关于作家的立场、观点与态度的问题"这一部分，是对胡不点名的批评。胡是茅盾报告起草人之一，因有异议而未参加，这符合胡的性格。茅在报告后的《附言》中注明"胡风先生坚辞”，而不是通常使用的“因故”或“因事”之类的托词，其不合作的态度显得很触目。7 月 6 日，毛“突然”亲临大会，发表简短的“欢迎你们”的讲话即退场而去。郭、茅的报告，恐非毛过目不可，而胡的“表现”毛当了然。

（3）1951 年 1 月胡乔木约见胡，12 月周恩来约见胡，1952 年 4 月周扬在时任华东军政委员会文化部副部长的彭柏山（胡 20 世纪 30 年代的左联盟友，后被胡案株连）陪同下访见胡，这三位毛身边的人都不同程度地对胡的不合作、“抽象地看党”提出批评，而胡则没有认错检讨的表示。

（4）据学者蓝棣之说：“中央档案馆里面有这样一篇文献，解放初期，江青出席文艺界一个会议时说，新中国文艺的指导思想是毛泽东文艺思想。胡风当场表示，在文艺上的指导思想应当是鲁迅的文艺思想。江青回家给毛泽东说了之后，毛泽东很不高兴。”（见何梦觉编著的《鲁迅档案：人与神》第 216 页）

三

1949 年，第一次文代会对于胡而言是不愉快的。而接踵而至的不愉快，则使胡一步步陷入层层叠叠的痛苦郁闷之中。但胡也是坚强的、豪迈的、欢快的。在 1949 年开国大典后，他即天才地写下了“时间开始了”，气势澎湃地呼唤着一个“新”的时代的开始。这首长诗在刚刚成为中共中央机关报的《人民日报》上发表，激动了那个时期的许多激进青年知识分子。胡风说：“发表后，惊住了一切人。”当然，不包括大量仍存在着的、处于中间状态的自由主义知识分子。但实际上是什么“时间开始了”呢？历史的实际走向，与胡缺乏深厚历史感的预期是大相径庭的。不是历经无数苦难后的中国，走向科学、民主、繁荣、昌盛的“时间”开始了，而是十月革命后在苏俄曾经经历的、为了进一步巩固政权的“继续革命”将在中国展开的“时间”开始了。

此刻的胡存在着好几个误区。

误区之一：1949 年开国大典后，11 月 20 日，诗人胡风在 8 月 1 日刚定为中共中央机关报的《人民日报》上发表政治抒情长诗《时间开始了！——欢乐颂》，对毛的礼赞应该说是真诚的，邵燕祥对此解释“诗难作伪”。长诗近五百行，占据整版的篇幅，毛不大可能看不到或不知道，但毛对此并不领情。因为有个显著的事实，似为许多研究者所忽略，紧接着的长诗第二乐章《光荣赞》就不能继续在《人民日报》上发表，而被挤到《天津日报》上去了。接下来合计长达四千五百行长诗的五个乐章《欢乐颂》《光荣赞》《青春曲》《安魂曲》《胜利颂》的出版就遇到了麻烦，只得先后由上海的海燕书店、天下图书出版公司两家私营出版社出版，几乎都是胡自己操办，“组织”并不沾边；而批评长诗的文字却接踵而至，搞得书店积压卖不出去。照说歌颂中共及其领袖、革命及其历史、人民及其英烈的作品，在这举国欢腾之际是没有人敢从中作梗的，也不应该发生这样的事，但毕竟还是发生了。解开这个误区之谜，还是鲁迅这句话说得透彻：“奴隶只能奉行，不许言议；评论固然不可，妄自颂扬也不可，这就是‘思不出其位’。”（《隔膜》）据1949年12月14日《胡风日记》：“和胡乔木通电话。他不赞成《光荣赞》里面的‘理论’见解，当然不能在《人民日报》上发表了。”

误区之二：认为所有这一切都是周扬的一手遮天。1953年1月、2月，《文艺报》连续发表林默涵的《胡风的反马克思主义的文艺思想》和何其芳的《现实主义的路，还是反现实主义的路?》（前者由《人民日报》转载），但胡不仅没有任何检讨，也毫无妥协之意。胡始终认为，是周为了20世纪30年代文艺理论论争与“两个口号”论争的恩恩怨怨，而对自己泄私愤图报复，甚至相当主观地认为，机械论统治中国文坛20年的局面都是由周扬造成的。

误区之三：1954年2月，真是无巧不成书。此刻万般无奈而又郁闷的胡风，读了报纸上公布的中共七届四中全会《关于增强党的团结的决议》，其实这是中共解决了“高饶反党集团”并未点名批判高饶的决议，其中有刘少奇在全会上不点名严厉指责高饶的内容：“夸大个人作用，强调个人的威信，自以为天下第一，只能听人奉承赞扬，不能受人批评监督，对批评者实行压制和报复，甚至把自己所领导的地区和部门看作个人的资本和独立王国。”这里所指“把自己所领导的地区和部门看作个人的资本和独立王国”的措辞，原指高饶，当然也带有普遍性，而胡联系到自己总是受周扬挤压的实际，把周扬拿来对号入座，越看越像是指周扬；以为是解决自己与周扬矛盾的最好时机来了。胡风遂于1954年3月至7月，在北京与外地的十多位同仁的配合协助下，三个月足不出户，全力以赴地写成《关于解放以来的文艺实践情况的报告》即著名的《三十万言书》。7月22日，通过习仲勋向中央政治局及毛泽东、刘少奇、周恩来呈递。在这份《三十万言书》中，以天下为己任的胡风，对林文、何文进行了酣畅淋漓的反驳，并把矛头直指文艺界领导人周扬，还对文艺工作如何运作踌躇满志地发表了意见。当次年1月14日胡向周扬提出不要公开发表《三十万言书》，他还要修改时，已经由不得他了。这正应了“一字入宫门，九牛拖不出”的古训，何况三十万言呢!

误区之四：1954年10月16日，毛就《红楼梦研究》问题给中央政治局写信，严厉批评“大人物”压制“小人物”，发动了对俞平伯《红楼梦研究》的批判。10月28日，《人民日报》发表由毛修改并定名的、以袁水拍署名的《质问〈文艺报〉编者》，批判《文艺报》压制“新生力量”时，政治上幼稚而又主观与过敏的胡风，以为是自己的《三十万言书》中对《文艺报》的批评发挥了作用；况且胡在此之前早就称，阿垅、路翎是受《文艺报》压制的“小人物”，其措辞与毛不谋而合，天下哪有这么巧合的事呢?! 于是在10月31日至12月8日全国文联主席团和中国作家协会主席团联合召开的扩大会议上，胡风两次发言，把受《文艺报》压制的路翎、阿垅、李希凡、蓝翎，都作为“小人物”的新生力量联系起来，向《文艺报》的上级主管人周扬猛烈开炮。12 月 10 日《人民日报》发表由毛修改的、周扬在会上的发言《我们必须战斗》，其中第三节“胡风先生的观点和我们的观点之间的分歧”，把批判重点转向胡风。胡到这时才提起笔来写《我的自我批判》，但已经迟了。1955 年 1 月 24 日，由毛签发的《关于组织唯物主义思想批判资产阶级唯心主义思想的演讲工作的通知》中已决定：对俞平伯《红楼梦研究》的错误思想的批判已告一段落，对胡风派思想的批判已经初步展开，对胡风及其一派的文艺思想的批判亦将展开。①

误区之五：胡二十世纪三四十年代在武汉与重庆先后办《七月》与《希望》杂志，周恩来在道义与经费上都曾给予支持，甚至通过郭沫若在第三厅为其安排工作，帮助解决生活待遇问题；即使 1949 年后，胡风也还保持着与周的通话渠道。按理说，在民主程序健全的情况下，位居第三位的周是有相当发言权的。但在当时情况下，周对胡保护、支持的空间是非常狭窄的，已与在重庆独当一面时不可同日而语。所以，周虽然对胡多次说过，有什么意见可以写给中央参考，也只是一般反映情况之类的意思；而周同时也多次告诫胡：理论问题只有毛主席的教导才是正确的。这来自周亲身体验的话胡竟听不进去。政治底牌似未必透露给曾领导过胡的周公。一个明显的例子，1955 年 5 月 13 日《人民日报》上公布《关于胡风反革命集团的材料》，即第一批材料的同时，也发表了胡风的《我的自我批判》。当天，周接到胡风电话，胡说《人民日报》发表的《我的自我批判》，是第二稿而不是定稿的第三稿，“这里面肯定有鬼”！胡的稿子原是交《文艺报》发表的。周马上打了两个电话，先给管《文艺报》的周扬，后给管《人民日报》的邓拓，核实清楚后，指示《人民日报》既然搞错了，要发篇检讨。邓拓决定照周恩来的指示办，并责成经手人袁水拍起草检讨稿。袁求救于周扬，周将袁水拍、林默涵、康濯邀至家中商讨对策，感到棘手。结果，周扬决定绕过周恩来，直接去请示毛。周扬领了最高指示回来后，即向在周家中等候消息的袁、林、康宣布：“主席说，什么二稿三稿，胡风都成反革命了，就以《人民日报》的稿样为准，要《文艺报》按《人民日报》的重排。”周扬还向《文艺报》的康濯透露一个“秘密”：“主席讲，胡风是要逮捕的。”② 周扬轻而易举地把周恩来的“指示”给予纠正，恐怕连给周恩来的招呼都可打可不打了。而周恩来对胡风三天后的 5 月 16 日深夜，即 17 日凌晨，将被逮捕的“机密”还不知情。否则，他去发那个要《人民日报》检讨的指示有什么必要呢？这绝不是这位以干练著称的政治家所为。据《周恩来年谱》记载：1955 年 5 月 17 日，“凌晨，到毛泽东处开中共中央书记处扩大会议。会上谈关于胡风问题”。此刻的胡风，已经在几小时之前进了班房了。

---

① 万同林：《殉道者——胡风及其同仁们》，济南：山东画报出版社 1998 年版，第 308 页。

② 康濯：《〈文艺报〉与胡风冤案》，《文艺报》，1989 年 11 月 4 日、18 日。

误区之六：胡在重庆文坛上声誉颇隆，已被称为“中国的别林斯基”“东方的卢卡契”和“鲁迅绝顶忠实的传人”①，这些桂冠对胡而言是荣耀的，也是胡在中国文坛从事文艺批评工作，积十多年辛劳与奋斗的结果；然而，也是以胡的狠劲十足的文艺批评得罪许多作家为代价的。在民主健全的国度，这是不可能成为文艺范畴之外的任何问题的。但是，在中国则不然。尤其是“鲁迅传人”的称号，负面效应可能更大，虽然胡一般并不以此自称，但一旦较量起文艺论争，他都难免表现出浓厚的“鲁迅情结”。胡认为“董事会”即中共政治局内对文艺问题不懂都是外行时，其实，他自己却也并不懂“董事会”对文艺问题的运作与判断，将是以《联共（布）党史简明教程》的经验，并根据巩固政权的“利与害”的需要作出政治功利主义的决断，是不可能着眼于文学理论的“是与非”与艺术问题的“美与丑”的。对这个政治功利主义的意识形态的绝对垄断，是绝不容许任何人插嘴的，包括周扬；苏俄搞了一个高尔基，中共搞了一个鲁迅，这两个党外布尔什维克虽然被尊崇得好像“圣人”似的，但是他们从文学艺术规律出发的文艺思想并未被接受。其实，鲁迅在《文艺与政治的歧途》中说得很分明：“政治家既永远怪文艺家破坏他们的统一，偏见如此，所以我从来不肯和政治家去说”，我注意到第一次文代会纪念文集的扉页上，有个毛、鲁侧面头像向左重叠的文代会的“会徽”，在胡及许多文化人看来，鲁独尊于文艺乃至文化界是毫无疑问的；但他们一般容易忽略，这个被独尊的“鲁”也将是按毛的为了巩固政权、继续革命、不容“破坏统一”的需要而被“改造”的“鲁”。毛为了在政治上、思想上、文化上完全驾驭对鲁迅的诠释权，决意摘掉胡这顶十分令人注目的“鲁迅传人”的桂冠，是迟早的事。

此时，看到七届四中全会决议公报的、处于兴奋状态中的胡风，完全忘记了自己还是个思想没有被“改造”好的人，完全忘记了对这十多年来发生的这一系列“不愉快”的根由的深层思考，他也完全忘记了颇有行政经验的彭柏山的忠告：“人家当家，要错也错下去，发现了以后再来改，不要别人插嘴的，所以有人说你杞人忧天。”他也完全忘记了对鲁迅有独到见解的贾植芳的提醒：“我们和鲁迅不同，鲁迅懂得中国历史，我们却不懂。”其实，当年胡风在鲁迅身边时，对鲁迅1934年发表的那篇《隔膜》确实没有完全读懂，或许没有在意。鲁迅说得很分明：“进言者方自以为在尽忠，而其实却犯了罪，因为另有准其讲这样的话的人在，不是谁都可说的。一乱说，便是‘越俎代谋’，当然‘罪有应得’。倘自以为是‘忠而获咎’，那不过是自己的糊涂。”

胡风的“糊涂”，是一个性情中人的“糊涂”，也是耿介文人的“通病”。用鲁迅的话说：“胡风鲠直，易于招怨”，“神经质，繁琐，以及在理论上的有些拘泥的倾向”。这里借用王元化的一句话，似乎可说得更清楚些：“近读朱一新《无邪堂

① 戴光中：《胡风传》，银川：宁夏人民出版社1994年版。

答问》，谈到和与介问题。无邪堂认为，必须接人以和，持己以介，和与介是并行不悖的。又说‘己介必以介责人，则触处皆荆棘矣’。”① 这是个很高的道德规范，王先生是用来分析他那一生坎坷的老师任铭善的。其实，移用于胡风，我以为也未尝不可。

四

毛之所以高度重视胡风一案，不在于胡的地位高低，当时胡只是拥有全国文联委员、中国作家协会常务理事、全国人大代表等几个虚衔，连具体的工作岗位都没有确定，充其量是个作协驻会作家；而在于他讨厌胡对马克思主义词汇的“班门弄斧”，且在文学界又有一定影响力。毛就要把胡认定为披着马克思主义外衣，反对马克思主义的敌人。有了这只大口袋，不愁今后还会有地位更高、影响更大、人数更多的所谓反马克思主义的敌人，还有什么“打着红旗反红旗”“反革命两面派”“反革命修正主义”“资产阶级的党内代理人”“走资本主义道路的当权派”等，都要陆陆续续装进这个口袋里的。因为，这个从内部挖掘政治上敌对者的资源，反过来说陆续给敌对者戴上反马克思主义的帽子以置于死地，将成为今后继续革命的主要方略与基本走向。从这个角度理解，胡案之所以被毛捕捉，而亲自挥毫动笔，并居于第一线直接部署指挥不是偶然的，但必然性往往寓于随机性之中。

“后院失火”使胡风事件发生了第一个转折。舒芜是胡风20世纪40年代在重庆办《希望》杂志时的重要撰稿人，曾因发表被延安认为是和整风运动反主观主义相对抗的《论主观》《论中庸》招致延安不满，搞得满城风雨。1949年后，舒芜不甘心于广西南宁当中学校长，曾托请胡风帮助调动工作，胡经努力未果。舒芜1952年5月25日在《长江日报》上发表《从头学习〈在延安文艺座谈会上的讲话〉》，这篇顺应思想改造潮流的文章，很快引起北京重视，即由《人民日报》于6月8日转载并加编者按。舒芜从胡乔木执笔的《人民日报》编者按指出的：存在着“以胡风为首的一个文艺上的小集团”的严厉措辞中，看出了自己可能上调北京的价值所在。不久果然调至北京工作，如愿以偿；从另一角度说，则是北京对久久不降服的胡派的一次成功的分化。同年8月中旬，舒应邀往北京参加“胡风文艺思想讨论会”，途经武汉时曾踌躇满志地对曾卓说：“北京拿胡风没办法，要我去开刀。”同年9月25日，《文艺报》发表舒芜的《致路翎的公开信》。《文艺报》在该文编者按中进一步指出：这个小集团“在基本路线上是和党所领导的无产阶级的文艺路线——毛泽东文艺方向背道而驰的”。其实，路翎这几年创作了以抗美援朝战争为题材的小说《初雪》《洼地上的“战役”》等，在读者中口碑颇好，却因是胡风同

---

① 王元化：《记任铭善先生》，《文汇读书周报》，2005年2月4日。

仁的关系亦时时受压。但这封公开信把矛头指向路翎，则是被用来对胡的“敲山震虎”。

1955年春天，舒芜交出了一批胡风给他的信件，胡风事件发生第二个转折，形势急转直下，已完全不可收拾。随着《人民日报》公布由毛亲自撰写按语的三批材料（5月13日、5月24日、6月10日），胡风问题已经由“胡风反马克思主义文艺思想”而成“胡风反党集团”，再由“胡风反党集团”而成“胡风反革命集团”。

关键性的第三个转折是毛于6月8日决定：“我以为应当借此机会，做一点文章进去。”（《致陆定一、周扬》）6月10日，毛在第三批材料公布编者按中说：“胡风的主子究竟是谁?”“胡风和胡风集团中的许多骨干分子很早以来就是帝国主义和蒋介石国民党的忠实走狗，他们和帝国主义国民党特务机关有密切联系，长期地伪装革命，潜藏在进步人民内部，干着反革命勾当。”这就把第一、二批材料的“反党”性质的胡风问题，向政治性质推进；从而把此刻已被逮捕的胡风及其同仁们推进“反革命集团”的深渊以坐实，胡风一案则被“做”成了冤案；从而在这个冤案的基础上，把“文章”向“清查出一切暗藏的反革命分子”的“肃反运动”顺势“做”过去。胡风事件成了不可替代的过渡和桥梁。毛对桀骜不驯的、在文艺上有一定能量的胡派的斗争，断断续续持续了十多年，用毛的话说，“作为一个集团的代表人物，在解放以前和解放以后，他们和我们的争论已有多次了”。在毛看来文艺理论没有什么好争论的，《讲话》已经指出，“文艺为政治服务，文艺为工农兵服务”就是经典，问题早已解决，不必再与之纠缠了。毛认为，胡反周扬、反《讲话》，实质就是反毛本人。其实，胡并无从政治上直接反毛的言论。

毛说：“胡风集团能给我们一些什么积极的东西，那就是借着这一次惊心动魄的斗争，大大地提高我们的政治觉悟和政治敏感，坚决地将一切反革命分子镇压下去。”

一时间，从中央到地方各种宣传机器都开足了马力，仅毛亲自撰写序言和按语的《关于胡风反革命集团的材料》（人民出版社）的小册子，全国就印刷了700多万册；那本以妖魔化为能事的漫画小人书，估计不下千万册之数。我记得，这本连环漫画小人书在当时的城市里是挨家挨户散发的。当时，迅速出版投入运动的书籍还有：《胡风这个反革命黑帮》（新知识出版社）、《胡风反革命集团是中国人民的死敌》（华岗编写，新知识出版社）、《胡风反革命集团的罪恶活动》（北京大众出版社）、《揭露胡风反革命集团的丑恶面貌》（湖北人民出版社）、《胡风反革命集团的丑恶嘴脸》、《坚决彻底粉碎胡风反革命集团》（人民出版社）、《胡风黑帮的灭亡及其他》（王若望著，新文艺出版社）、《讨论胡风文艺思想参考资料》第一至第五辑、《揭露胡风黑帮的罪行》及其续编（中国作协上海分会）、《胡风文艺思想批判论文汇集》第一至第六集（作家出版社）、《坚决彻底粉碎胡风反革命集团·报刊资料索引》（山东图书馆）。这里所存录的书名，恐怕现在许多大图书馆甚至出版社本身都未必再予以收藏，这些书已成了稀世文物与古董了；其内容与印数就不必去说它了。但当时的阵势，则由此可见一斑。

五

毛泽东要逮捕胡风的决定，究竟是怎样作出的？这可能永远是个谜。

毛在1955年5月13日《人民日报》发表的《编者按语》的结束语中明明写着："胡风应当做剥去假面的工作，而不是骗人的检讨。剥去假面，揭露真相，帮助政府彻底弄清胡风及其反党集团的全部情况，从此做个真正的人，是胡风及胡风派每一个人的唯一出路。"这篇文字当写于5月13日之前夕，不会很久，这里还有"从此做个真正的人，是胡风及胡风派每一个人的唯一出路"这句话。这意思分明说胡风及其同仁是有"出路"的"人"，还不是"无出路"的"鬼"。而13日上午，即第一批材料发表的当天上午，周扬跑到毛泽东面前状告周恩来插手胡风一案，如上文"误区之五"所述，周恩来要《人民日报》就登错胡风稿而做检讨一事，是不是毛听了勃然大怒，对周恩来庇护胡风感到恼火，遂要给他一点颜色看看——警告周恩来插手太多，遂执意让胡风由"人"变成"鬼"呢？6月10日公布的"第三批材料"的第二十二条，"1952年5月7日芦甸给胡风信（自天津）"有句："希望你早点写信给周，表示要来北京，要工作；他迟不回信，又写信催；他再不回信，就来京找他。""材料"注："［周］指周恩来同志。"毛的《编者按语》对这句话分析批判道："他们有长期的阶级斗争经验，他们会做各种形式的斗争——合法的斗争和非法的斗争。我们革命党人必须懂得他们这一套，必须研究他们的策略，以便战胜他们。切不可书生气十足，把复杂的阶级斗争看得太简单了。"这里有没有给周"上课"：要"懂得"他们这一套，"切不可书生气十足"，"把复杂的阶级斗争看得太简单了"的意思？在向全国公开的文字里，对其批评的笔调大概只能点到如此委婉的地步了。是耶非耶？这就有待于档案资料的进一步证实了。

"有人还听到胡乔木说，周总理看到'胡风反革命集团'第三批材料后说过：'阿垅是我方的地下情报人员，给我方送军事情报的，中宣部和统战部要注意这个问题。'"① 作为周总理的这个重要证词，也只是说说而已，其对诗人阿垅的被逮捕、判刑，乃至瘐死狱中却毫无解救作用。一年时间查清这个证词，确凿无疑，但因"钦定"谁也奈何不得。（阿垅送军事情报的具体情况，见王增铎发表于《新文学史料》2001年第2期的《还阿垅以真实面目》：其一，通过上海胡风转送军事情报，由胡风、廖梦醒、张执一证明，并"从中央有关部门历史档案查出：1947年6月24日上海我党一秘密电台所发出的一份《蒋进攻沂蒙山区计划》的情报，与阿

---

① 黎辛：《关于"胡风反革命集团"案件》，《新文学史料》2001年第2期。

垅、胡风、廖梦醒、张执一等人所谈相符。”其二，是通过南京郑瑛供给军事情报，1948 年 11 月 12 日、13 日、18 日，12 月 12 日、29 日共五次。这份材料留底存天津市公安局。由郑瑛、张棣华证明。其三，是通过杭行在胡风家中给上海地下党送了三批情报，由杭行、蔡炽甫证明。其四，是通过方然为浙江游击队送军事地图，由方然、蔡炽甫证明。由于阿垅提供的情报在质与量方面均属上乘，胡为周恩来所熟知。否则，周见第三批材料时，不可能脱口而出：“阿垅是我方的地下情报人员，给我方送军事情报的。”）

毛一旦决定，就要付诸行动。不过，胡风是刚刚当选的全国人大代表，还要人大常委会办理一下批准的“手续”。

1955 年 5 月 13 日上午，毛亲口对周扬说“胡风是要逮捕”之后就作了布置：“这几天还要派人去看看胡风，稳定他一下。”周扬当即又对康濯作了如何“稳定”胡的具体安排。这天，《胡风日记》载：上午“区政府及军委工作组来量房子，要征用”，下午“听总理和陈毅副总理关于亚非会议的报告”，晚“康濯和严文井来”。胡对此浑然不觉，天天依然练拳不断，对这一批又一批前来家中看屋、看望的“客人”仍以礼相待，蒙在鼓中，被“稳定”得很好。

5 月 16 日晚饭时，中国作协党组书记刘白羽带领几个陌生人，来胡风家搜查。至 17 日凌晨 1 时半，胡风在家中被逮捕。公安人员继续搜查，大约天色将亮时分，胡风夫人梅志也被逮捕。

据上述《周恩来年谱》载：1955 年 5 月 17 日，“凌晨，到毛泽东处开中共中央书记处扩大会议。会上谈关于胡风问题”。现在未见当时会议纪要的档案资料，这次高层专题会议，对逮捕胡风以及胡风问题究竟是如何决策的，无从知晓；但会议召开的时间在胡风被逮捕之后几个小时，是可以肯定的。而会议的大致情况，似乎从下列两位知情人的文章中可略知一二。

胡风事件见证人之一的黎之，在《关于“胡风事件”》一文中说：“当时是否逮捕胡风高级领导层有不同意见。有人（其中包括一直主张批判胡风思想的人）不同意逮捕胡风，理由是没有可靠的证据，宪法刚刚颁布。最后还是逮捕了。有人说胡风不是反革命作家。毛泽东说：‘不是反革命作家，至少不是革命作家。’”

时任毛泽东政治秘书兼中宣部副部长，并与胡风于 1949 年前后有多次直接接触与交往的胡乔木，在《胡乔木回忆毛泽东》中说：“抓胡风，我是不赞成的。毛主席写的那些按语，有些是不符合事实的。胡风说，三年局面可以改变，毛主席认为是指蒋介石反攻大陆。实际上，胡风是说文艺界的局面。”胡乔木的这个说法是有佐证的：“陆定一说过，胡风案件要定‘反革命’性质时，毛泽东找了他和周扬、胡乔木商谈。毛泽东指出胡风是反革命，要把他抓起来。周扬和他都赞成，只有胡乔木不同意。最后还是按照毛泽东的意见办，定了胡风为‘反革命’。”① 当年由中宣部派出参与审查“胡风案件”的、时任肃反小组办公室副主任的王康也证实了胡乔木的说法：“胡乔木还说，他对毛主席的决定提出不同意见后，担心自己的政治生命可能就要完了。”王康当时对胡风案稍有不同意见，立刻受到罗瑞卿的呵斥：“王康！你这个意见是个坏意见！”②

5 月 18 日召开人大常委会取消胡的人大代表资格，是在胡被逮捕第二天。在随后的 5 月至 6 月的黑色日子里，一场席卷全国各地的搜捕大批知识分子的风暴开始了。被捕的还有：北京的路翎、绿原、徐放、谢韬、刘雪苇、牛汉、鲁煤、杜谷、闫望、于行前、冯大海、李嘉陵……上海的贾植芳、彭柏山、王元化、任敏、耿庸、王皓、王戎、张中晓、罗洛、何满子、李正廉、顾征南、许史华、罗飞、张禹、梅林、满涛……天津的阿垅、鲁藜、芦甸、林希、李离……南京的欧阳庄、化铁、华田、洪桥……浙江的冀汸、方然、孙钿……陕西的胡征……湖北的曾卓、郑思、伍禾……湖南的彭燕郊……广东的朱谷怀……辽宁的晋驼、侯唯动……重庆的何剑薰、冯异……能迅速提供这么一份全国各地胡风分子的名单，当非周扬莫属也。文坛这些才华横溢的诗人、作家、文艺理论家、批评家、编辑、出版家、翻译家，还有高等学府及文化研究机构风华正茂的教授、专家、学者，最终被正式判刑的只有三人：拖到 1965 年 11 月，胡风在北京被判有期徒刑 14 年，剥夺政治权利 6 年（1969 年又改判无期徒刑，收监关押）。1966 年 2 月，阿垅在天津被判有期徒刑 12 年。3 月，贾植芳在上海被判有期徒刑 12 年。

随即在 7 月 28 日，中宣部查禁这些作家作品的《通知》下达全国。正如谢泳所言：从《通知》“开列的查封名单可以看出，这些作品绝大多数是歌颂新中国和抗美援朝的，译作也都是马列著作和革命文学，还有梅志的儿童文学”。据 1980 年 7 月 21 日《关于“胡风反革命集团”案件的复查报告》：“在全国清查‘胡风反革命集团’的斗争中，共触及了 2 100 人，逮捕 92 人，隔离 62 人，停职反省 73 人。到 1956 年底，绝大部分作为受胡风思想影响予以解脱，正式定为‘胡风反革命集团’分子的 78 人（内有党员 32 人），其中划为骨干分子的 23 人。到 1958 年给予停职、劳教、下放劳动处理的 62 人。”许多胡风研究专家，如万同林、戴光中等都认为，这是个很不完全的统计，并指出：胡风家乡湖北蕲春县中小学所有语文教师，就因胡风问题被停职审查了一年，而其中除了张恩是胡风的侄儿，没有一位教师与胡风有任何关系。

其实，就在这年秋天，公安部经过调查，上述那些构陷已完全澄清，汇报到中央领导“肃反”的“十人小组”。经研究，小组成员公安部部长罗瑞卿、中宣部部长陆定一决定：将此事压下，不上报毛泽东。倘若上报给一意孤行的毛，不仅难以

---

① 陈清泉、宋广渭：《陆定一传》，北京：中共党史出版社 1999 年版，第 399 页。
② 王康：《我参加审查胡风案的经历》，《百年潮》1999 年第 12 期。

改变既定之局，还怕有违毛的“战略”部署，自找麻烦讨苦吃。即使如此百般逢迎，他们两位也还是在劫难逃，十年后步胡风后尘，也被关进了曾经关押过胡风的秦城监狱。

最近，《随笔》2004 年第 6 期上刚披露，诗人贺敬之当年因胡风问题被隔离审查半年，“审查中对我到延安初期在《七月》杂志发表两首诗和解放初期胡风为我出版一本诗集，以及胡风到北京后我对他的几次看望，进行了长时间的审问，并结合我的文章和创作在大会上进行了全面批判，最后给了我党内严重警告（后改为党内警告）的纪律处分”。在此之前，外界无人知晓。这是党纪处分的例子，恐怕不属复查报告所指的范围之内。

据贾植芳指出：“关于我的问题，甚至‘胡风反革命集团’案，在五七年也成为是‘反右’的一项内容，不仅有一批伸张正义的教授们为此落马，连一些平时与我接近的学生也没有逃过。在五四（按：‘四’字应为‘五’字之误）年我出事以后，我教过的五四、五五两个班学生也成了清查对象。”①

幸好，毛鉴于延安“抢救运动”的教训，在 1955 年 6 月 3 日由陆定一主持起草的《中央关于揭露胡风反革命集团的指示稿》中，特别交代了：“在中学生和小学生中不要去进行这种坦白的号召。”否则，其株连数目更难以想象。

与胡风事件几乎同时发生的，还有一起“潘（汉年）扬（帆）反革命集团”冤案。潘汉年时任上海市副市长，江苏宜兴人，在北京开会期间，于 1955 年 4 月 3 日夜晚在所下榻的北京饭店被秘密逮捕，连市长陈毅都不知情。与潘汉年有兄弟关系的南京大学校长潘菽、在武汉的新华社湖北分社任社长的潘梓年一度遭株连。弟兄三个“反革命”竟在上海、南京、武汉三个长江重镇“窃据”高位的传闻，一时间沸沸扬扬！

正如毛在 6 月 15 日的胡风材料的序言中所指出的那样：通过胡风事件，“各种暗藏的反革命分子就会被我们一步一步地清查出来的”。1955 年 5 月，中共中央成立处理“胡风反革命案”的五人小组。7 月，五人小组又发展扩大为中央“肃反”十人小组。于是，在全国范围内，由胡风事件转入了“肃反”运动，整肃包括自由主义知识分子在内的各类知识分子。至 1956 年底，“肃反”运动一共查出 8.1 万多名“反革命分子”，有 130 多万人交代了各种“政治问题”。② 由此可见，胡风事件演变为政治事件后，具有此前任何一个政治运动所不可替代的独特性，对于此后的历次政治运动，客观上所起的负面的“推波助澜”作用，是显而易见的。

---

① 贾植芳：《狱里狱外》，上海：上海远东出版社 1995 年版，第 155 页。

② 转引自万同林：《殉道者——胡风及其同仁们》，济南：山东画报出版社 1998 年版，第 321 页。

六

历史怎能这样任意涂写?

其实，在胡风事件发生后，中国并不是个完全意义上的“无声的中国”，在当时就有人发出了“胡风不是反革命”的声音。敢说“不”字者，除高层有过那异见的声音之外，中层和一般知识分子也曾经有过不同意见的声音。虽然微弱，但这不屈的声音的存在，在那个年代确是难能可贵的。这不屈的声音之所以可贵，是因为它是正义的，它是属于人民的，它是属于历史的。任何悠长的岁月都改变不了人民和历史的法则。

胡风长子张晓谷在《没有忘却的记忆》中曾提供一个情况：“父亲还没有平反时，大概是1979年初，我所在单位一个原来军宣队的同志告诉我，他的一个老战友1955年在公安部工作，参与‘胡风集团’案调查，没过多久就得出结论：证据不足，不能定为反革命。报告送上去，最终的批示是：‘是货真价实的反革命’。此人也就调离了公安部门。”这里所说的“送上去”，大概也止于中央“十人小组”，与上说恰好吻合。

1955年5月25日，全国文联和中国作协主席团召开有700多人参加的斗争“胡风反革命集团”大会，翻译家、美学家吕荧只身一人登台为胡风辩护：“胡风不是政治问题，是认识问题，不能说是反……”话未容说完，就给扯下了台。此事，经毛在按语中点名，故很闻名；但绝非“六亿一人”。

几乎同时，即第二批材料公布后，钱锺书说：“胡风问题是宗派主义问题，他与周扬有矛盾，最后把胡风搞下去了。”（见《随笔》2005年第1期，第43页）

当时一个名为何国芳的人在上海市委文艺工作委员会办公室汇编了一份资料。该资料指出：“在普通知识分子中，还有少数人公开表示胡风的文艺思想是对的，认为对胡风的斗争太过分了。中国作家协会上海分会会员孔另境在讨论会上说：‘现在发表的批判文章千篇一律，没有超过林默涵、何其芳的论点。’同时他又说：‘林默涵、何其芳的文章早就被胡风驳倒了。’中国福利会儿童时代社田地说：‘我过去对胡风派的诗很感兴趣，现在也还看不出什么问题来，如有人能写出文章批倒胡风文艺理论，有创作出来的诗那我就服了。’”“有些大学教授口头上说胡风思想不值得批判，实际上有对立情绪。如复旦大学有些教授、讲师说：‘这样一来反而抬高了胡风。我们有资产阶级思想，可是没有资产阶级学术思想。’该校外国语文系教授全增嘏（按：原文误为“暇”字）说：‘胡风思想很混乱，没有什么道理，不值得批判。’外国语文系林同济教授说：‘胡风思想只能影响那些文化程度低的人，我们从封建社会来的有抗毒素。’”（见《内部参考》1955年第102期，第49页）

仅以上几个事例可以证明，当时敢于在不同场合表示异见者，不认同胡风是“反革命分子”者，应该说还是大有人在的。不只是胡乔木、王康，至少还有这位公安干部、吕荧、钱锺书、孔另境、田地、全增嘏、林同济数人，否则，胡案的平反便失却了广泛的社会基础了。

1955 年“肃反”和 1957 年“鸣放”期间，对于刚刚发生的胡风事件，在全国范围内出现了强烈反弹的势头绝不是偶然的。仅据中共中国人民大学委员会编辑的《高等学校右派言论选编》和复旦大学校刊编辑的《毒草集》和《明辨集》中，因“胡风问题”愤愤不平而被打成“右派分子”者有：

中国人民大学法律系学生林希翎，新闻系学生潘俊民、朱维民、韩洪棣，计划系学生韩枫，财政系学生陈祖武，历史系学生张艺文、蒋济良、张可治、刘平、杨汝栩、朱福荣、罗旭畅，计划系讲师朱澄平，历史系讲师章起，马列主义研究班研究生佟骏，新闻系译员徐京安，档案系助教马馨，出版社编辑曹达夫，该校职员濮仲文等人。该书还收录了清华大学 s. c，北京钢铁学院章萼航、徐涤如、贾恩光、卢一安，四川大学龚鳌、潘英怀、郑尚可、冯元春，北京矿业学院洪念祖，山东大学杨学孝，同济大学张雅微，北京大学崔德甫等人。①

复旦大学王恒守教授在“肃反”时提出：“我过去以为胡风是党员，共产党分两派，两派争权，胡风不得势，后来探知胡风不是党员，我想共产党好比是和尚，胡风好比是居士，居士虽不出家，本领不一定比和尚差。”张孟闻教授：“贾植芳的问题不是政治问题，而是思想问题。”“虽然，我对贾植芳不认识，但可以肯定，他不是政治问题。尽管你们这样说，我不这样看的。”②

这自然是很零星的记载。据我所知：鲁研专家闵抗生教授当年是南京师范学院中文系学生，也因胡风问题在一次鸣放会议上作了公正而客观的讲话，就被作为“右派分子”处理了。吴奔星因其《茅盾小说讲话》由泥土出版社出版而遭软禁两星期。这就无须再一一列举了。

当时中国有 500 多万知识分子，被打成右派的达 55 万。当然，包括这些未出校门而因胡风问题受牵连的莘莘学子，还有许多这里列名与没有列名的、敢于仗义执言的大学教授们。

其中林希翎为胡风辩护的“右派言论”具有代表性。她说：“胡风如果是反革命，那为什么他把自己的纲领提给党中央呢？这不是自找苦吃吗？不管他的纲领正确与否，是不能采取镇压的手段的。为什么向党中央提意见就是反革命呢？”“总之，从三批材料看，不能说明胡风是反革命。”“说他们通信秘密，哪个人通信不是秘密的呢？说他们私人间的友谊是小集团，这就使得人相互不敢说真话。按照法律只有企图推翻政权的才叫反革命分子，而胡风显然不是这样的。”这个认识，与

① 万同林：《殉道者——胡风及其同仁们》，济南：山东画报出版社 1998 年版，第 302 页。

② 转引自贾植芳：《狱里狱外》，上海：上海远东出版社 1995 年版，第 154 页。

1980年7月21日《公安部、最高人民检察院、最高人民法院党组〈关于“胡风反革命集团”案件的复查报告〉》的结论完全一致：“没有事实证明以胡风为首组织反革命集团。也没有证据说明胡风有反对社会主义制度、颠覆无产阶级政权为目的的反革命活动。因此，胡风不是反革命分子，也不存在一个以胡风为首的反革命集团。胡风反革命集团一案应属错案错判。”不幸的是，林希翎这个“右派”的“反动言论”，比“复查结论”早了23年。9月29日，中共中央批转这个报告的《通知》说：“‘胡风反革命集团’一案，是当时的历史条件下，混淆了两类不同性质的矛盾，将有错误言论，宗派活动的一些同志定为反革命分子、反革命集团的一件错案。中央决定，予以平反。”

但是，好在历史的结论，还得由人民来书写，这不是任何违背人民的意志所能决定得了的！

七

胡风事件的发生，本质上是由于（排除自由主义知识分子之外的）主流社会的人们对社会认识的分歧而产生的冲突。毛认为：1949年之后的中国应是以瑞金—延安—北京为轴心的“苏维埃”共和国的延伸，其社会的政治、军事、经济、文化必须与之一以贯之。我们通常所说的“计划经济”，其实就是“苏维埃”式的经济，其政治、军事、文化，也必须是“苏维埃”式的。因此，这就使整个社会继续处于“苏维埃”式的自我锁国与外部封锁的状态，于是只能无奈地以自力更生作为一条狭窄的出路。以刘少奇、周恩来为代表的一种观点则认为：1949年之后的中国应告别苏维埃共和国体制，应是向全新的人民共和国迈进的开始，因施政对象已扩大到包括“苏维埃”在内的全体人民，其社会的政治、军事、经济、文化，应与“苏维埃”有所不同。何况，国家已经正名为“人民”共和国，毕竟已不是“苏维埃”共和国了。所以，必须努力打开闭关锁国的状态，以合世界潮流才是康庄之路。因此，这“名实不符”与“名实相符”的矛盾与分歧，这两种对中国社会的认识的分歧的客观情势，就造成了在政治、军事、经济、文化上两种不同观点的不可避免的碰撞、震荡与冲突。

如果说批倒刘少奇、彭德怀、孙冶方，分别是政治、军事、经济上的标志性事件，那么胡风冤案便是文化上的标志性事件，而且为所有这些事件的前导。他们都是试图把中国拉回到已无法回去的“苏维埃”老路上的障碍物和牺牲品。

《清宫秘史》在今天看来是一部很平常的影片，当年为什么被提升到“爱国主义还是卖国主义”这么吓人的政治高度呢？“文革”期间花费了那么大力气也没有把如何“爱”如何“卖”说清楚，即使是今天人们也说不清、道不明其真实内涵。但是，我以为，我们如果把它放在上述两种分歧的治国理念上来理解，是不难寻找到应有的答案的。

坚持固有的“苏维埃”的治国理念，对于文学乃至文化的思路，就必须坚持《讲话》的原则决不动摇，因为它体现了“苏维埃”的精神实质。而胡风原先认为在重庆与延安对待《讲话》应有所不同，不能以教条主义对待之；后又认为1949年后的北京，应与1949年之前的延安有所不同，《讲话》已不能适应新情况，也不能以教条主义对待之。这是胡风在文学乃至文化上反对教条主义的重要贡献。正如邵燕祥所指出的那样：“说到‘反对教条主义’，在王明倒台之后，这个口号也就收了起来，时过境迁，竟成禁忌，历史证明，在毛泽东时代教条主义大行其道，那教条却已不是来自莫斯科的指示了。”（见邵燕祥：《愧对马克思》，《随笔》2004年第6期）因此，这在文化上的反复较量，几乎充满了整个毛的时代；这也是文艺界屡屡成为政治运动的重灾区的缘由。终于在邓小平时代，提出“文艺为人民服务，为社会主义服务”的口号。这也是包括胡风派在内，许许多多中共党内与党外文艺乃至文化工作者，以无数的牺牲换来的成果。

胡风事件，本质上是文学与政治的冲突，是置身中国主流社会的、直道而行的知识分子的代表人物和继续坚持“苏维埃”的政治原则的政治家的冲突。这个运用专政方式处理文艺理论是非的举措，是延安时期整肃王实味的继续。对于纵横捭阖的政治家来说，虽然有如快刀斩乱麻，可以收效于一时，然而，其代价无疑是巨大而惨烈的，其后果无疑是严重而久远的，其影响无疑是广泛而无法挽回的。胡风事件的负面效应，只能由这个国家的人民，以一代人的时间来默默地、长远地、痛苦地承受了。

1955年5月，胡风事件发生了具有戏剧性的、像三级跳一样的“急骤演变”，从以上接触的资料看，并非中共高层充分酝酿、反复讨论、集体研究“按部就班”推进的，而带有很显著的随机性。或者说，原先有个类似延安文艺座谈会的“治病救人”的解决方案，像对待当年的萧军那样，结果却完全走了样。从中国对内对外的政治走向上观照，这个事件把中国的现代化的进程阻断了。从1949年起，不断有各种类型的知识分子逆离境出国潮从海外归来，投身祖国建设，著名的如冰心、吴文藻、红线女、马师曾、老舍、萧乾、邓稼先、钱学森等，在这期间，从东南亚各国归国学习、工作的华侨学生亦络绎不绝。但在1955年发生震惊中外的胡风事件之后，这个方兴未艾、利国利民的正常进步与发展的势头也不复存在了。

胡风事件虽发端于文学，但它在被提升到政治上之后具有的转折意义，及其波动全局几十年的教训无疑是极其深刻的，也是值得人们沉思的。差之毫厘，失之何止万里也！□ 2005 · 3

附录

中央宣传部关于胡风及胡风集团骨干分子的著作和翻译书籍的处理办法的通知（1955年7月28日）

上海局；各省（市）委，内蒙古、新疆自治区委、西藏工委宣传部；文化部、高等教育部、教育部各党组：

关于胡风及胡风集团骨干分子的著作和翻译的书籍，经请示中央暂作如下处理，望即执行：胡风和胡风集团骨干分子的著作和翻译的书籍，一律停止出售和再版；其中翻译部分的书籍如需出版，必须另行组织重译。

公共图书馆，机关、团体和学校的图书馆及文化馆站中所存胡风及胡风集团骨干分子的书籍，一律不得公开借阅，但可列入参考书目，具体办法由文化部另行拟定。

由高等教育部及教育部负责清查在教科书及教学参考书中所采用过的胡风及胡风集团骨干分子著作的情况，并根据上述原则迅速提出处理办法。

附来应停售和停版的胡风及胡风集团骨干分子的书籍目录。这个目录是不完全的，在执行中由文化部加以补充。

附件：应停售和停版的胡风及胡风集团骨干分子的书籍目录

1. 胡风：《论民族形式问题》、《密云期风习小纪》、《光荣赞》（以上是海燕书店出版），《欢乐颂》（海燕书店、天下图书出版公司出版），《为了朝鲜，为了人类》（人民文学出版社、天下图书出版公司出版），《人环二记》、《剑·文艺·人民》、《论现实主义的路》、《棉花》（须井一郎著）、《文艺笔谈》、《人与文学》（高尔基著）（以上是泥土出版社出版），《安魂曲》（天下图书出版公司出版），《从源头到洪流》、《和新人物在一起》（以上是新文艺出版社出版），《山灵》（张赫宙等著）（文化生活出版社出版），《在混乱里面》、《为了明天》（以上是作家书屋出版），《逆流的日子》（希望出版社出版），《美国鬼子在苏联》（吉姆·朵尔著，泥土出版社出版）。

2. 刘雪苇：《论文一集》（另名《过去集》）、《两间集》、《论文二集》（以上是新文艺出版社出版），《鲁迅散论》（华东人民出版社、新文艺出版社出版），《论文学的工农兵方向》（新文艺出版社、海燕书店出版）。

3. 阿垅（亦门）：《作家底性格和人物的创造》、《诗是什么》（以上是新文艺出版社出版），《诗与现实》（五十年代出版社出版），《中朝友谊海样深》（浙江人民出版社出版）。

4. 绿原：《集合》、《大虎和二虎》（以上是泥土出版社出版），《又是一个起点》（海燕书店出版），《从一九四九年算起》（新文艺出版社出版），《黎明》（梵尔哈伦著，新文艺出版社、海燕书店出版)，《文学与人民》(乔瑞里等著，武汉通俗图书出版社出版)，《苏联作家谈创作》(薇拉·潘诺娃等著，中南人民文学艺术出版社出版)。

5. 鲁藜：《李村沟的故事》、《时间的歌》、《星的歌》、《枪》(以上是新文艺出版社出版)，《锻炼》(海燕书店出版)，《红旗手》(作家出版社出版)，《未来的勇士》(通俗读物出版社出版)。

6. 芦甸：《我们是幸福的》(文化工作社出版)，《浪涛中的人们》(作家出版社出版)，《第二个春天》(新文艺出版社出版)。

7. 路翎：《朱桂花的故事》(作家出版社、知识书店出版)，《英雄母亲》、《祖国在前进》(以上是泥土出版社出版)，《在锻炼中》、《求爱》(以上是海燕书店出版)，《板门店前线散记》(人民文学出版社出版)，《平原》(作家书屋出版)，《迎着明天》(天下出版社出版)，《财主底儿女们》(希望出版社出版)。

8. 冀汸：《桥和墙》、《喜日》、《这里没有冬天》(以上是新文艺出版社出版)，《有翅膀的》(泥土出版社出版)。

9. 梅志：《小红帽脱险记》、《小面人求仙记》(以上是新文艺出版社出版)，《小青蛙苦斗记》(天下出版社出版)，《小红帽》(梅志原著，刘思平改编，文化供应出版社出版)。

10. 罗洛：《春天来了》、《技巧和诗的构思》(那察伦柯著)(以上是新文艺出版社出版)，《人与生活》(泥土出版社出版)。

11. 方典：《向着真实》(新文艺出版社出版)。

12. 张禹：《我们的台湾》(新知识出版社出版)，《文艺的任务及其他》(泥土出版社出版)。

13. 耿庸：《从糖业看台湾》、《论战争贩子》、《〈阿Q正传〉研究》(以上是泥土出版社出版)，《他就是你的仇人》(文化工作社出版)。

14. 牛汉：《祖国》(五十年代出版社出版)，《彩色的生活》(泥土出版社出版)，《在祖国的面前》(天下出版社出版)，《爱与歌》(作家出版社出版)。

15. 化铁：《暴雷雨岸然轰轰而至》(泥土出版社出版)。

16. 贾植芳：《住宅问题》(恩格斯著)、《论报告文学》(基希著)、《俄国文学研究》(谢尔宾娜等著)(以上是泥土出版社出版)，《契诃夫的戏剧艺术》(巴鲁哈蒂著)、《契诃夫手记》(契诃夫著)(以上是文化工作社出版)，《近代中国经济社会》(棠棣出版社出版)。

17. 满涛：《樱桃园》(契诃夫著)、《狄康卡近乡夜话》(果戈理著)(以上是人民文学出版社出版)，《契诃夫与艺术剧院》(史达尼斯拉夫斯基著)、《别林斯基选集》(第一卷、第二卷)(以上是时代出版社出版)，《别林斯基美学中的典型问题》(安德莫夫著)、《文学的战斗传统》(果戈理著)(以上是新文艺出版社出版)。

18. 吕荧:《叶甫盖尼·奥涅金》(普希金著,人民文学出版社出版),《仲夏夜之梦》(莎士比亚著,作家出版社出版),《列宁论作家》、《关于工人文艺》(以上是新文艺出版社出版)。

19. 徐放:《赶路集》(作家出版社出版),《野狼湾》(五十年代出版社出版)。

舒芜——为什么是经久未衰的话题

□郭铁成

在中国当代学界有一些人或事，将成为长久的话题。其中胡风和胡风事件当然要算一个，由胡风引出的舒芜，也要算一个。关于舒芜，在胡风事件后就曾为学界私下所议论，胡风平反后更成了一个公开的话题。有人骂他是“犹大”，对他在胡风问题上的很多做法感到震惊，尤其对他主动交出胡风的书信，出卖胡风，陷胡风及其朋友于铁窗之灾，恨恨不已，特别是当事人更是终其生不能原谅；有人把他交信的举动同当时时世的险恶联系起来，认为是政治的压迫，使本人别无选择，对他则表示了相当的同情和理解。总之，是非功过各有所见。平心而论，我对舒芜的一些行为实在厌恶、鄙薄之至。但我想的是另外一些问题。我认为，即使在当时，舒芜的行为于情于理也都十分反常，是一个还存有道德情感，还讲究人格尊严的人所耻于做出的，然而，他，一个颇有些名气的学者，居然坦坦然、很以为然地做出了。回首半个多世纪前那些往事，我不是愤怒，也不是同情，倒是他的做法和态度引起了我深长的思索。

此事需从舒芜《论主观》的文章说起。1945 年由胡风主编的《希望》创刊号发表了《论主观》之后，立刻惊动了共产党中央，引起了中共中央的高度重视。此时延安的整风运动已经结束，在中共党内已经确立了毛泽东和毛泽东思想至高无上的领导地位，而胡风的杂志竟在此时发表舒芜这样强调“主观战斗精神”，反对“唯物论”“辩证法”的文章，其严重性可想而知。事实上，早在1943 年11 月，中共中央就曾对重庆的《新华日报》《群众》等报刊的“离经叛道”提出过严厉批评：“现在《新华》《群众》未认真研究宣传毛泽东同志思想，而发表许多自作聪明错误百出的东西，如××论民族形式、×××论生命力、×××论深刻等，是应该纠正的。”其中的“××”，即胡风，“×××、×××”，即乔冠华、陈家康，他们都属于周恩来身边的所谓“才子集团”，在延安批判王明的教条主义时，正是他们著文反对“用教条主义反教条主义”，主张毛泽东的《讲话》要在“国统区”和“解放区”“区别对待”。《希望》此时又发表了《论主观》（接着又发表了舒芜的《论中庸》），在毛泽东那里，显然要由此联系到两年前的情况，并视为对他权威的一种挑战。毛参加“重庆谈判”返回延安后，立刻派胡乔木再次前往重庆，解决他们的问题。此前，就舒文，黄药眠曾著《论约瑟夫的外套》予以批判，周恩来也曾举行了专门的“讨论会”，进行批评，但火力似乎不猛，范围也很小，收效不大。胡乔木到重庆后先找胡风谈话，但文艺思想的问题始终谈不到一起。接着又找舒芜。“舒芜接胡风信，便从百多里以外的地方乘船专程赶到重庆市区。胡乔木同他谈了两次。第一次是在张家花园文艺界抗敌协会里胡风住的房间，胡乔木讲，你是哲学唯心论、主观唯心论。舒芜不服，同他辩论，反反复复同他辩论这两句话，谈了一下午。最后胡乔木约舒芜第二天‘到我们那儿去谈’，也就是到曾家岩50号周公馆去谈。第二天上午在周公馆的谈话，除胡乔木、舒芜而外，在座的还有胡风和地下党西南局文委的负责人冯乃超、邵荃麟，他们只是听，一言未发。谈话中，胡乔木说：你要知道毛泽东同志对中国革命的伟大贡献之一，就是区别无产阶级革命性和小资产阶级革命性，而你将它们混淆了，要以小资产阶级革命性取代无产阶级革命性！胡乔木还说：毛泽东同志指出，什么是唯物论？就是客观。什么是辩证法？就是全面。你的《论主观》，恰好是反对客观。你的《论中庸》恰好是反对全面。胡乔木这两段话，给舒芜的印象最深。舒芜不接受胡乔木这些批评，他反复辩论。最后胡乔木激动起来，拍了桌子说：‘你这简直是荒谬！’谈话继续不下去了。”下午因为胡乔木有事没谈成，本来陈伯达也要来同舒芜谈，但舒已经买了船票就“婉谢”了。①

从这两次“谈话”，我们可以看到很多情况：一个普通作者在一份远在重庆的共产党外围的杂志上发表了一些“异见”，毛泽东就急匆匆地派自己的意识形态助手亲自跑到重庆去找当事人“谈话”，一次不成还要第二次、第三次，胡乔木不成，还要陈伯达再谈，我们一方面看得出，经过延安整风之后，毛泽东统一人们思想的意识是极其强烈的；另一方面也分明看出毛泽东对舒芜“主观论”是极其重视的，因为那“主观论”通过一种哲学思想的阐述，强调了恰是通过延安整风所极力消灭的知识分子自由精神（资产阶级思想）。舒芜在文章中分明谈到，“对于新的探索和追求，如果真正发现了错误，固然要严格地批判；但更重要的，是要小心细致的，甚至像淘沙拣金似的，把其中正确的因素发掘出来，发扬起来，帮助它成长”，“今天由于批判地接受遗产这口号的提出，对于古代某些最反动的学派，都已经在用着这种淘沙拣金的功夫，何独于现实的新探讨新追求反这样苛刻呢？对于旧的东西就心平气和委曲求全，对于新的东西就痛心疾首求全责备，这种态度早为鲁迅先生所斥责过了”。他还反对用过于简单的“楚河汉界”的阶级分析方法判断生活在错综复杂社会中的人，批评了文坛学界中“党同伐异”的各种宗派现象等等。我们知道，这些思想毫无疑问属于“自由”“民主”“个人”“个性”“主体”“自我”；

---

① 伍宇：《舒芜和“胡风集团”案件》，《思想的时代》，长春：吉林文史出版社2000年版，第64页。

这一类自由主义思想范畴，属于“资产阶级知识分子”的价值理念。它们部分地为胡风的“主观战斗精神”所守护着，如今又通过舒芜的文章公开地张扬起来（舒芜甚至在文章中声明，他文章的思想，“不是书斋里的清谈，而是我们当前生死存亡的关键”），不能不让毛泽东十分警觉，也格外愤怒。然而，舒芜的头并不那么好剃，两次谈话，拍了桌子，也没有压住，竟自扬长而去。怀有异见的知识分子毕竟还有一个生存空间，他们在这生存空间毕竟还可以保持自己的独立性。

如此，一下跳到了六七年以后。

这六七年可是“天翻地覆慨而慷”。形势大变，“思想专政”的大网已经撒向全国，舒芜原来可以同胡乔木“辩论”并扬长而去的“生存空间”已经荡然无存，胡乔木以及一些曾与之论争过或与之有过恩怨过节的共产党“左翼”文化人，现在都成了文化界握有予夺实权的领导。如果此时舒芜联想到六七年前的往事，对自己的命运有些担心，我们不会感到不可理解。他那两篇文章，胡乔木批判他反对毛泽东思想的那两次不愉快的谈话，以及他所表现出的桀骜不驯，都可能使他今后的生活蒙上阴影。虽然他偏居一隅，还当上了南宁一所中学的校长，又兼着“省人大代表”“广西文联研究部部长”“南宁市文联副主席”“南宁市人大代表”这样一大堆荣誉职务，但要求思想高度统一的共和国体制，改造知识分子的大势和不断深化的对胡风文艺思想的批判，毕竟从根本上决定着他的命运，逼他时不时要想到自己该怎么办的问题。他能怎么办？从道理上看，他说来说去也是思想的问题、理论的问题，或用当时流行的话来说，是个世界观的问题，他那样看了，那样写了，也那样坚持了，那是他的思想，他的学术。就算是那些思想不对，“真正发现了错误”，“要严格地批判”，但总要“小心细致的，甚至像淘沙拣金似的，把其中正确的因素发掘出来，发扬起来，帮助它成长”吧。况且，思想和学术的问题，并不是可以轻而易举地定得出是非的，思想和学术的是非也不该由强权来确定，而要通过思想和学术界的自由研究和探讨来明辨。退一步说，就算是他那些思想、理论都要不得，都要改造，反正大家都是在“长期改造”，他充其量在“长期改造”之外再同胡风等人一起被“长期批判”就是了。“心底无私天地宽”，他一个学人，还是做他的学问就是了……我想，舒芜能这样想，可能问题就简单多了。也许有人会说，这样想也太书生气了。是的，是很书生气。可是既为“书生”，还是书生气点好。书生的价值也可能恰恰在于学问上思想复杂，生活上却往往把复杂问题简单化了。有时，这也未免不是一得。但此刻舒芜的思想肯定不是这样，他的思维要比书生的复杂得多。往事可能已经成为他一个不小的心结，利害得失的问题、何去何从的问题肯定会不断在脑里盘旋，而关于自己思想和学术的是非和价值的问题，肯定已经不在头脑中占据多大位置了。这样，他的思想动态和生存表现就开始从学者（书生）的常态中分离出来。他陷到了六七年前的往事里。然而，他越是处心积虑地想到那些往事，那些往事就越是对他形成压力，就像契诃夫笔下那个把喷嚏打到长官后脑勺上的小公务员似的，为恐惧所折磨，而且越想越害怕，越想越造成无以解脱的精神重负，而主动检查、主动改变自己命运的想法就越强烈。我们还可以估计到，舒芜一旦陷入这种思维里，他同胡风的关系也会成为他一个挥之不去的阴影。他不只在观点、思想上与胡风大体相同，他的文章还发表在胡风办的刊物上，他还同胡风及其朋友们过从甚密，胡风及其朋友们正被官方不间断地批判、围攻着，处境险恶，今后如何难以预料，说不定自己在官方那里也成了胡风同伙，自己同胡风及其朋友们竟成了一条线上拴着的蚂蚱。然而，这情况就不能改变改变吗？为了不陷入这不幸里，他是不是应该采取什么行动，主动把自己同胡风分开呢？他要先胡风们一步，主动检查，有一个绝不同于胡风及其朋友们的姿态，会不会扭转他的不利局面呢？最后，他肯定还会想到如何检查的问题。他可以在有关知识分子改造的会上检查，也可以向共产党的组织书面检查，甚至可以给胡乔木写封信，反省一下六七年前的文章以及胡乔木帮助自己、自己执迷不悟的往事。当然，也可以像后来那样，写出文章来，公开发表在报刊上。几种检查的方式相比，当然还是后者更有影响力，也更能显示自己同他们彻底分道扬镳的决心。当然，就是公开写文章检查，也有两种完全不同的写法：从常情、常规、常理来说，他应该只检查自己，不涉及别人，就算是知道别人如何如何，那也是人家自己的事情，不该由他来说；如果另有心结、另有打算，那就是另一回事了。我们知道后来的情况是舒芜公开写了文章，而且完全违背了常情、常规和常理。他不只是痛心疾首地检查了自己，还特别把“我”放到了“我们”中，通过自我检查的方式，仿佛漫不经心地顺手把他往日的朋友们捎带出来。

他检查说：“《讲话》发表的时候，国民党统治区内某些文艺工作者，认为这些原则‘对是对，但也不过是马列主义 A、B、C 而已’……我曾经是他们中的一个。”他在文章中指证那个“我们”，是“吕荧、路翎和其他几个人”。

他说：“但是后一种作风，我们过去居然把它说成是工人阶级的‘精神状态’，还要充分发扬它。所以说‘我们’，是因为还有几个人，曾经具有相同的思想，路翎就是一个。《人民日报》5 月 12 日的‘文化简报’中说：‘……’这是完全确实的。我和他曾经在一起鼓吹这种‘精神状态’有好几年。”

他还说：“据说今天还有人——例如吕荧——在高等学校讲授‘文艺学’的时候，把毛泽东文艺思想排在讲义的最后一章，当作文艺学中一件极其偶然极其例外的现象……”

这可实在令人毛骨悚然了。他个人检查不要紧，却又顺手把“吕荧、路翎和其他几个人”揪了出来，推到陷阱里，而自己却抽身跳了出来。经舒芜那样一检查，就事实上封住了“吕荧、路翎和其他几个人”检查的路：舒芜是“揭发”了他们，他们再“检查”也是“抗拒”后的不得已而为之了。那还有好吗？胡风说这“等于卖人肉”[1]，是一点也不假。胡风还说：“在整风运动中，主要的一条是说领导，并检查自己，除了同组的，是不要扯远的。解放以前，只是各自为战，解放以后，是各个在领导下做工。谁和谁也不是穿连裆裤的……谁也负不起别人的担子。”[2]这说的是常情、常规、常理。但是，此时的舒芜显然是要通过检查把自己同胡风和他的朋友们分开，其目的不是在于解决“思想”而在于解决“利害”，常情、常规、常理就可能对他不那么适用。那么，这样太有悖于常情、常规、常理，不要为天下人所诟骂吗？他肯定是知道的；但此时那常情、常规、常理算得了什么？在“革命原则”和“革命利益”（他的个人利害此刻一定会在他心中发生一个奇妙的转换）面前，它们其实都是一文钱不值的“资产阶级烂货”。胡风及其朋友们的怨怼和诟骂也算不了什么，反正从此是“你走你的阳关道，我走我的独木桥”，你坚持你的资产阶级立场，我转向我的无产阶级，哪里还想得了那么多！

对利害得失的处心积虑，显然使舒芜的灵魂发生了可怕的裂变。冷冰冰的利己主义终于压倒了思想的原则和做人的道理，一种叫作“精神”的东西在这位学者身上已经消弭了。

舒芜发表在1952年5月25日的《长江日报》上《从头学习〈在延安文艺座谈会上的讲话〉》的检查，对瓦解胡风“文艺小集团”无疑是个可喜的信号，《人民日报》6月8日即对该文进行转载，并加了胡乔木亲自写的“编者按”。“编者按”根据舒芜的检查完全坐实了“以胡风为首的一个文艺小集团”的存在。不久，他应邀参加北京“胡风文艺思想讨论会”，批判胡风文艺思想。他肯定从这里看到了自己命运某种转机的可能。接着，他一不做二不休，又写了《致路翎的公开信》，以向路翎“进言”的方式，显示了自己的新思想、新立场和同“胡风派”们决绝的态度。果然，他很快被调往北京，命运真的“转机”了。

六七年前的舒芜是个有清醒自我意识、清醒理性思维的知识分子。他同胡乔木谈话中的表现，更显示了一个知识分子不畏权势、执着于真理的人格精神。这些本不是在一个人身上说没有就没有了的，也不是三年五载的“思想改造”就能轻易瓦解的。那些年我们当然看到大批知识分子甚至比舒芜出名得多的知识分子都乖乖做了“顺民”，虚心下气地“改观换魂”，但仔细看一下就会辨识出那其实是迫于形势，出于无奈，不得不以自我贬损的方式，以换取自己和家人生活的一点平安，在内心的深处和行动上，却大都在小心地守护着知识分子那不该泯灭的尊严和操守。那是一种“底线”。那“底线”就是他仅余的存在，失去它就等于他生命的丧失。我想，能写出《论主观》，并在胡乔木的教训中扬长而去的舒芜断不会认识不到这一点。然而，当他不再以思想的是非，而是以实际的利害为自己的行为准则时，他

---

① 胡风1952年6月9日给路翎的信，胡风：《胡风全集》（第9卷），武汉：湖北人民出版社1999年版，第338页。

② 绿原：《胡风和我》，《新文学史料》1989年第3期。

的选择就与那些真正的学者和知识分子的选择大相径庭了。他有意通过发表在报纸上的检查顺手把胡风和他的朋友们卖出去，不但宣布对以往价值理念和独立精神的彻底放弃，也宣布了自己一种不顾一切的决绝。接下去，他再故作姿态，“规劝”胡风们，就更是一种主动“依附”和“邀宠”的行为，说是对一种“精神”和“人格”的“变节”和“背叛”，一点也不为过。一个被动，一个主动；一个于无奈中虚于周旋，在顺随中守护着自我，一个是在恐惧中把自我和别人一同交出去，并以交出别人来改变自己的命运。

舒芜既然下定决心、不择手段地甘心“依附”，那下面的行为，什么交出胡风的书信啊，什么在林默涵的指示下对书信“分类”啊，对信中一些隐语、暗语、特殊用语进行“注释”啊，就都是很自然的了。这并不是如有些人分析的，在权力面前能不能“拒绝”的问题，也不是毛泽东和胡风孰重孰轻的问题，而是只要主人需要就要做也必须做的问题。

在是否主动交出胡风书信的问题上，舒芜一向辩解，认为是事出有因；他的一些同情者也多认为那是出于无奈。舒芜在批判胡风的文章中提到了胡风的书信，“没想到”《人民日报》向他组稿的女编辑要“借”胡风的书信去看一看，他以为“可能是编辑部要核实文中所引胡风的信，遂很‘乖’地将保存完好的胡风历年来的信件交给女编辑”①，“没想到”这信竟到了中宣部文艺处处长林默涵的手里……最后就是“没想到”这竟给胡风酿成了大祸。然而，在这一连串的“没想到”之前有一个肯定会“想到”的事实却被舒芜和他的同情者们轻描淡写地滑过去了：舒芜批判胡风居然引用胡风给他的私人信件。身为学者的舒芜不会不明白，他同胡风并不是以书信的方式进行公开论战，他引用的信只是胡风写给他的平常书信，它们就如闲谈一样，带有随意性质，往往率性而作，口无遮拦，公开的思想辩论是断不能以此为依据的。把人的私下信件公开出来，作为自己立论的依据，说别人如何如何，给别人下各种结论，既为学术规范所不许，也是有损学术道德的行为。他既然在公开的文章中不顾规范和道德引用了胡风的私人信件，那就无异于向社会公开了这些私人信件，否认了这些信件的私人性质。既是公开了这些信件，否认了这些信件的私人性质，那编辑的“借”看，也就是一件很自然的事了。她“借”了，再把它交给林默涵，自然也没有什么大不妥。所以，至为关键的还是舒芜在公开文章中对胡风私人信件的引用，说什么“没想到”，不过是托词而已。事情再清楚不过：舒芜既然已经把他自己的“自我”完全交出，既然在交出“自我”时已经毫无顾忌地把别人出卖了，此时他还能有守护别人的“自我”的意识吗？既然能把“吕荧、路翎和其他几个人”的“自我”顺手交出，再“顺手”把自己掌握的胡风的“自我”交出去，不是很合逻辑的事情吗？

---

① 此处引文见伍宇：《舒芜和“胡风集团”案件》，另见舒芜答问，奚纯整理：《第一批胡风材料发表前后》，《新文学史料》1990 年第 1 期。

我们看到舒芜一连串让我们极为惊诧的有悖于常情、常规、常理的行为。事实上，这不难解释，一个人只要突破了“自我”这个人格底线，那是什么事情都可以做得出来的。那时，再按常情、常理、常规来衡量他，可能就不大会说得通。

舒芜之所以被学界一谈再谈，既因为他行为本身的“超常”，更在于他行为的后果。胡风事件从“文艺小集团”到“反党集团”又到“反革命集团”，株连数千人，成为新中国成立后第一大“文字狱”，舒芜在其中起了重要的转折作用。假如他的“依附”乃至对知识分子精神价值的背叛，仅仅涉及他自己，或只是造成了某人、某些人的不幸，也许人们早就把它放到一边了。偏偏胡风和胡风的朋友们并不是默默无闻的小人物，这株连深广的“文字狱”在中国知识界又留下了永远无法磨灭的痛苦记忆，给中国文学和学术的发展造成了难以弥补的创痛。胡风和他的朋友们因为这惨剧将永远在中国文学史上留下重重的一笔，这一笔中当然也就少不了舒芜这个另类角色的名字。这实在是没办法的事情。

此外，还有一个也许是更重要的原因，就是舒芜的表现和他在“胡风集团冤狱”中所扮演的角色，触及了中国文化、道德范畴中太多发人深思的问题。中国传统文化一向最崇尚气节。“贫贱不能移、富贵不能淫，威武不能屈”是中国士子最为崇仰的道德境界。这“不能移”“不能淫”“不能屈”的是什么呢？就是对一种真理的坚守，对一种信仰的忠诚，对同自己生命紧紧相联结事物（这里有邦国、有父母，也有夫妻亲情、朋友情谊）的生死相依和不可动摇的情怀。人们对“气节”的崇仰可以说是超功利的，即使对敌对政治集团中的体现了这种精神的人，也往往能超越利害给予特殊的尊敬（这一点古今中外都不例外，实例也很多）。可以说，这种“气节意识”已经深入于中国文化的血脉和中国士子的精神骨髓，想彻底泯灭它在人们心中的价值几乎是不可能的。中国传统文化这种精神，也是一种人类性美德。这种超越于简单利害的形而上追求，才真正属于人类。它并不针对哪一种具体的权力，也不在于某一政治权力是好还是坏，得人心还是不得人心，它要的只是独立于权力之外的属于人的精神价值，一种不可或缺的个体性存在。这也就是陈寅恪在王国维墓碑的铭文中所说的：“先生之著述或有时而不章；先生之学说或有地而可商。唯此独立之精神、自由之思想，历千万祀，与天壤而同久，共三光而永光。”遗憾的是舒芜正是公开背叛了这种精神价值。

当然，舒芜的“背叛”是一种时代性的文化现象。阶级分析和阶级斗争的学说，是不承认这种“超阶级”的精神价值的，它把一切都“阶级化”、物质利益化，并不遗余力地阉割和解构“气节”的精神实质，把作为伦理精神的“气节”政治化，用“反革命”的“气节”这种政治定性，彻底把它从伦理文化中开出去。在这样一种“政治文化”中，窥人隐私、看他人日记、拆别人信件、打“小报告”、“背对背”揭发、告密诬陷、出卖朋友乃至师长等为传统伦理所最不齿的东西，都可“以革命的名义”畅行无阻，甚至受到革命的鼓励。道德伦理意识已经荡然无存，一切都为披着“革命利益”外衣的最卑下的利己主义所取代。舒芜的行为就出现在这种文化中，当然并不特别让人不能理解。但是，我还是要说，这种文化对于年青一代诚然具有他们难以抗拒的同化作用，对于舒芜那一代知识分子却不是那么简单可以消弭的。传统文化的力量、他们的教育背景以及个人的文化教养，都使他们中的绝大多数人本能地抵制着它的同化，即使孤立无援，危机四伏，他们也要维护那为人在世的起码德行。这也正是舒芜即使在20世纪50年代也为人私下所不齿的原因。

经历了“文革”浩劫的中华民族，应该对“气节”这样的精神价值有更深刻的理解。一个民族要是在自己的文化中连“气节”这样的伦理精神都被踩到脚下，那就是他的自毁和自戕。强劲有力的个体丧失了，民族的凝聚力也就不再存在。一个民族假如只是被赤裸裸的利害左右，不再有任何形而上的伦理守护，这民族是相当危险的。

舒芜在胡风事件中扮演的角色所以为学界特别重视，并成为迄今为止一个经久未衰的话题，也许这是一个更重要的原因吧！ 2005·5

魏晋文人的劫难与怪圈

□曾纪鑫

东汉末年，董卓叛乱，呈大一统局势的汉王朝被各路军阀分解得支离破碎，中华大地又一次陷入干戈纷争、杀戮不断的混乱局面。经历东汉末年严酷的党锢之祸后，整个知识分子群体的人生价值观念与生存心态几乎发生了根本性的变化。

此前，他们以儒家入世学说为指导，渴望建功立业，而政治的黑暗与宦海的险恶似乎给他们上了一次人生的“大课”。个人追求、人生价值、功名利禄在血流成河的屠杀面前，全部变得黯然失色，他们不得不发出人生如朝露、如浮萍、如飙尘、如远行客的深切慨叹，目光从现实社会转入精神世界。于是，追求独立的人格与超脱的意境，成为寄身于魏晋南北朝这一悲惨乱世的知识分子的群体特征。

在魏晋南北朝的三百年混乱时期，先是群雄逐鹿，接着八王叛乱，后是五胡入华，朝代如走马灯似的更换不已。然而，跃动于历史舞台上的，却少有知识分子的身影。他们不仅没有春秋战国时期游士的积极进取、干预世事，反而陷入一种莫可名状的忧虑烦恼、惶恐不安与悲哀痛苦之中。为宣泄排遣，他们或吃药行散、醉酒长啸，或放浪形骸、谈虚说玄。

吃药行散由曹魏时期的大名士何晏起始，尔后逐渐发展为一种士人之风。寒食散中配有紫石英、白石英、赤石脂、钟乳石、硫磺等五种矿石，毒性颇大，若服食不当，将对人体造成较大伤害，常有服后致残、致死的情况发生，与现在的吸毒大同小异。

何晏等一批正始名士以服用寒食散宣泄内心的焦虑与苦闷，而以“竹林七贤”为代表的另一批士大夫则以狂放不羁、裸裎醉饮等方式排遣心中的迷茫与痛苦。“竹林七贤”指山涛、嵇康、阮籍、向秀、刘伶、阮咸、王戎七人，据《魏氏春秋》所载，他们“相与友善，游于竹林，号为七贤”。

阮籍饱读诗书，曾在曹操手下做过记室，听说军中一个厨子善于酿酒，仓库中藏有300斛上等美酒，便向朝廷提出要求，当了一名步兵校尉。一天夜晚，阮籍终于寻了个机会，独自一人跑进仓库开怀畅饮，结果醉倒在酒坛旁呼呼大睡。第二天早上被署中执事发现时，阮籍还未清醒过来。执事以为抓住了一名盗酒小偷，正欲邀功请赏呢，仔细一看，才发现此人是自己的上司。阮籍除纵酒度日外，还常常有意做出一些与传统礼法相悖的行为。在母亲去世的居丧期间，他仍然酒不离口；一户当兵人家死了一位才貌双全、尚未出嫁的女儿，阮籍与这户人家并不相识，却赶去吊唁哭泣；邻家卖酒少妇长得漂亮，他常跑去饮酒，醉了就躺在那位少妇身旁……

刘伶纵酒，则不分时间、地点、场合，想喝就喝，一喝就要尽兴弄个酩酊大醉。他写了一篇《酒德颂》，描述自己进入醉酒状态后物我两忘的境界，认为自己除了酒还是酒，此外便一无所知。每次乘车外出，刘伶总要备上一壶美酒，还让人扛着一把锄头跟在车后说："我若饮多醉死，就马上用锄头埋掉。"

除阮籍、刘伶外，名列"竹林七贤"的其他几人也是嗜酒如命，行为放浪，"越名教而任自然"。

魏晋士大夫不计生死，将服食行散药视为一种时尚，蔚然成风；或是以酒为癖，狂放不羁，发泄不满，他们之所以如此消极避世、及时行乐，主要由外部恶劣的生存环境所致。身居乱世，士大夫与普通百姓一样，生命得不到半点安全与保障。汉末董卓篡权，无论达官贵人、学者名流、普通百姓，只要稍不顺心，无不被肆意杀害。190 年 2 月，董卓为避开讨伐他的联军，决定放弃洛阳西迁长安。出发前，他下令将全城富豪集中在一起全部处死，财产全部没收，接着纵火烧毁洛阳。这些引颈受死者中，就有不少拥有"恒产"居于富豪之列的士大夫。无罪得咎，一切于转瞬间化为乌有，却又无法改变当时的社会现状，找到美好的出路，不得不引起广大知识分子的思索、焦虑与痛苦。"铠甲生虮虱，百姓以死亡。白骨露于野，千里无鸡鸣。"面对这纷乱破败的世界，就连当世枭雄曹操也深感无能与无奈，只有挥笔继续写道："对酒当歌，人生几何！譬如朝露，去日苦多。"人生太短暂了，只有借助酒力与醉意，尽量活得潇洒一些、愉快一些。

可是，当出身于知识分子的曹操一旦大权在握后，便对过去的同仁与"战友"采取了严厉的高压政策，打击、杀戮、剪除，视士大夫为草芥，将他们玩弄于股掌之间。孔融、许攸、杨修、娄圭、崔琰等一大批著名知识分子，无不遭到他的强权诛杀，弄得整个士大夫阶层人人自危。为了自保，士大夫们要么曲意逢迎，如墙头草般依附统治机构；要么回避退让，寻找自保之策。

继曹操、曹丕父子之后，曹爽执政，曾经服用寒食散的何晏、夏侯玄等正始名士辅政。他们一改曹操、曹丕"术兼名法"的严刑厉法之策，主张并推行"无为而治"。何晏、夏侯玄等具有理性与良知的士人想"无为"，而另一批刽子手却将恶欲膨胀到了极点，他们握着磨得闪亮发光的屠刀悄然上场，天真而善良的正始文人却无半点觉察。当司马氏一场兵变给曹氏皇族带来刀光剑影的满门血腥之灾时，何晏、丁谧、毕轨、李胜、桓范等辅政名士不仅自己受害被杀，还牵累三族男女老幼无一幸免。据《汉晋春秋》所载，仅司马氏的这次屠杀，就造成当时名士减少一半。何晏一直胆战心惊地生存于世，“常恐入网罗，忧祸一旦并”，并以各种方式寻求自保，结果还是陷入统治者的魔掌无以逃脱。文人学士的生存环境实在是太恶劣、太悲苦了！

面对严酷的社会现实与生存环境，在出世与入世间，“竹林七贤”内部也产生了分化。山涛、向秀、王戎先后放弃了往昔的“越名教而任自然”的理论主张，投身到当朝集团司马氏阵营之中，通过入世求官、建功立业的传统模式寻找人生归宿。而阮籍、嵇康、刘伶、阮咸则继续保持过去的观点，在未竟的人生之路上煎熬挣扎、艰难探索。

阮籍的女儿被司马昭看中，想娶给司马炎为妻。阮籍不愿与当道的统治者同流合污，便大醉六十天不醒，弄得司马昭无法开口而作罢。此后，他更是行为放达，以不谈论政治时事、不臧否人物的方式保全性命。

司马集团在大肆屠杀那些不肯向自己低头的知识分子的同时，也不惜以高官厚禄为诱饵招揽名士，为自己的政权服务。嵇康在“竹林七贤”中人品最高，他刚直不阿，最富反抗精神。司马昭曾派亲信钟会登门游说嵇康“出山”，钟会不仅没有成功，反而遭到嵇康的奚落。曾是“竹林七贤”之一的山涛投靠司马氏做了吏部尚书，不久升为散骑常侍。吏部尚书一职于是空缺，山涛自然而然地想到了过去的朋友嵇康，便向司马昭极力举荐，并写了一封信给嵇康，劝他“出山”辅助司马氏。嵇康接信，不仅没有“领情”“出山”，反而给他写了一封《与山巨源绝交书》的回信。在信中，嵇康对庸俗世事、虚伪礼教进行了猛烈的揭露与抨击，然后说道：“我如何立身处世，心中早已明确，哪怕是死路一条也罢，也是咎由自取，如果你以一些事情来勉强我，就等于是把我推入沟壑……你如果以为与我共登仕途是在寻找快乐，其实是在逼我发疯发狂，我想你应该对我没有什么深仇大恨，还不至于这么做吧？”嵇康的这封绝交信既是与过去的朋友山涛（即山巨源）绝交，也是与司马氏统治集团绝交。与重权在握的司马氏绝交，必然招致忌恨，他们随便找个什么岔子，夺走一条性命那可真是“小菜一碟”。嵇康的绝交信一出，就等于将自己推上了人生的绝路。果不其然，司马昭借曾被嵇康得罪过的钟会之口，给他随便扣了一顶“言论放荡，非毁典谟”的帽子，便绑赴洛阳东市问斩。

魏晋南北朝时期被统治者杀害的著名士人除嵇康、何晏、丁谧、毕轨、李胜、桓范外，我们还可以列出一长串，如《博物志》作者张华，著名诗人、美男子潘岳，中国古代山水诗鼻祖谢灵运，史学名著《后汉书》的作者范晔……

在中国古代社会，统治者总以为自己是人间俗世的主宰，拥有至高无上的权力，没有任何约束，视包括文人学士在内的广大民众如同草芥，他们想杀就杀，想砍就砍，无须罪名，也不需要寻找什么理由。置身如此恶劣逼仄的生存环境，稍有一点血性与骨气的文人无不动辄得咎，成为统治者剿杀异己的牺牲品。

敢于与社会抗争，与统治者较劲，能够发出独特声音的优秀文人无论在哪一朝代，都属凤毛麟角。于后人而言，他们是一缕缕难以搜寻的旷世绝响。那些留存于世、一代又一代大量繁衍生息着的，多是一些充满奴性与媚骨的士人。他们的生理基因、文化基因决定了下一代、下下一代不可能长出文化的参天大树。这便是中国古代文化长期徘徊不前，难以超越春秋战国这一历史性标高的主要原因之所在。

避死求生、保全性命是人类的一种内在本能。面对屠伯们高高举起的闪亮刀子，除了那些少数卓异者外，普通人士自然会计算一下成本得失。拿着鸡蛋碰石头，于一般人而言，无异于傻瓜一个。国民是现实的，或者说是世俗的。可生活在一个积淀如此深厚的封建专制社会中，人们又如何超拔得了呢？就以“竹林七贤”中曾令人佩服不已的阮籍而言，自己的女儿被当道、当权者看中，对一般人来说，自然是一件求之不得的大好事，可他却敢于拒绝。当然，阮籍的拒绝是一种讲究策略与艺术的弹性拒绝，不同于嵇康的绝交与决裂。因此，司马集团多少还容得下他，他还活得下去，也想继续活下去。既然想活，就得克服文人动嘴动笔的习性，这，他也耐着性子做到了。然而，即使阮籍独善其身，司马氏却不让他安身。谁让你是一个影响巨大的名人学士呢？于是，在嵇康遇难后的第二年，他们还是找到阮籍的名下，让他弄篇文字性的东西，向司马氏集团表态。想到嵇康的惨死，阮籍只好妥协照办，违心地写了一篇劝司马昭进封晋公的《劝进箴》。因为心有不甘，也就多多少少地玩了一点花巧，把语意弄得较为含糊。对此，司马昭忽略不计，没有就《劝进箴》中进退不明的词句跟他较真。而阮籍呢，不知是心怀恐惧担心司马氏再来与他为难，还是因为写了这篇《劝进箴》羞愧难当，或是疾病缠身无法治愈，总之是《劝进箴》一写，不出几个月，就与世诀别了，时年五十三岁，正是人生年富力强可以大干一番的好时光。

阮籍的去世，标志着一个时代的结束。

西晋灭亡后，士族大举南迁，依然恣情纵欲，少有进取拼搏者。然而，他们的放浪形骸仅学得了魏晋名士的皮毛。如果说阮籍、刘伶等人以酒当歌、举止怪诞是不甘与当道同流合污而又苦于没有出路的一种消极反抗，那么南北朝时期的士人只是为饮酒而饮酒，为放浪而放浪了。比如士大夫出身的官僚胡毋辅之、谢鲲、阮放、毕卓等人就常常聚在一起，散发裸体，闭室畅饮，通宵达旦。一次，他们正在如此酣饮作乐，突有一个名叫光逸的同仁前来拜访。门房不让进，他就脱光衣服，把脑袋伸进狗洞大声喊叫。胡毋辅之听了，当即说道：“肯定是光逸来了，别人决不会这样子做的。”马上将他招进屋内，一干人继续狂饮不止。

除饮酒放浪外，南北朝时期，特别在南朝，玄学之风尤为盛行。身为文人，当然以舞文弄墨为能事，可稍有不慎，就会惹来杀身之祸。如果不说、不谈、不写，又何以名为文士？既要说，又不招来统治者的忌恨，只有这样才不失为两全之策。于是，他们远离社会，远离现实，谈玄弄虚。“居官无官官之事，处事无事事之心”，在其位，不谋其职；处其事，却无所事事，在虚幻与玄谈中消时度日。

其实，清谈之风于汉末就已兴起，那时候，士人们除研讨学术外，还干预时事，品评人物。只是由于党锢之祸与魏晋南北朝的政治压迫加重，士大夫们才逐渐由具体的指斥朝政、臧否人物转为抽象谈玄。经过血雨腥风的洗礼，魏晋南北朝间的士人已分化为两个不同的层面，置身政权机构者为维护统治阶级及正统名教而不遗余力，退避在野者为求人格独立而狂狷放达，一任性情自由挥洒。尽管这一时期的在野士人在历史上留下的印痕并不怎么深刻，但只要我们将他们放在整个中国文化的历史长河中进行比较，就可发现这些狂放怪诞者、特行独立者、谈虚说玄者，是中国古代知识分子少有的个体自觉之群体。◻ 2014・2

抄袭：精神的疲软与麻木

□董　健

抄袭不好，人尽皆知。且此种丑事，古今中外均有发生，人们已经见怪不怪。因此，再从一般道德意义上抨击抄袭，似乎已经显得是多余的了。然而发生在中国的抄袭，尤其是20世纪90年代以来屡禁不止、愈演愈烈的抄袭，却是一道特别刺眼的“风景线”，它在全世界恐怕都是十分领先的。我则“看中”一点：它是认识中国当今文化的虚假、平庸和学人精神状态的一个“窗口”。

从文化的大背景上说，如果人们的精神空间越来越小，人们的想象力和创造力越来越弱化直至丧失殆尽，文章都是“千人一面，千部一腔”，那么抄袭与否就难以鉴别了。记得“文革”后期，我被驻校工宣队、军宣队派到农村进行“教育改革”的“实践”。报上在批判周扬等“四条汉子”，队领导叫我执笔写一篇批判稿，代表当地“贫下中农”集体表态。军宣队一位领导在审稿时说：“毛主席语录引得不够多，印出来难看。”那时发表文章，凡马恩列斯毛的话均用黑体，这位领导认为黑压压一片才好看——这“好看”恰是“政治上”叫人放心的同义语。那篇文章仅毛泽东的话就占去近一半篇幅，剩下的也不过是对毛著的解释和我们的体会，而这“解释”和“体会”也是从中央文件和报刊文章中抄来的。当时私下就流行着这样的顺口溜：“小报（指地方报纸）抄大报（指中央报纸），大报抄梁效。”所谓“梁效”便是“两校”之谐音，因为那时清华、北大的大批判组正是“四人帮”的御用写作班子。可见，在绝对的“舆论一律”之下，写作者被剥夺了自由表达的权利，天下文章只能是“一大抄”，差别只在于“直接抄袭”与“间接抄袭”之间。前者是对某书、某文一字不差地照抄；后者则是改头换面地袭其大意。

可以想见，经过1949—1966年基本上的“舆论一律”（说“基本上”，是因为1956年至1957年上半年、1960年至1962年上半年，曾有过短暂的稍可自由表达的时候），又经过“文革”十年完全、彻底、绝对的“舆论一律”，人们的想象力、创造力已经被剥夺得差不多是“白茫茫大地一片真干净”了，在这种文化背景下，如果不经过以“实践是检验真理的唯一标准”的讨论为突破口的思想解放运动，人们能从“天下文章一大抄”的状态中走出来吗？记得1978年，我发现辽宁某大学学报上的一篇文章全是抄袭，便写稿揭发此事。该校领导派专人来南京向我解释：作者备课时，从报刊上东抄一段，西抄一段，当她将讲稿整理发表时，早已忘记是从哪儿抄来的了，所以连注释也没有。他们请我谅解，不要发表揭发的文章。在刚刚走出“文革”之时，在中国大学里靠“东抄一段，西抄一段”来备课、讲课的教师恐怕不在少数。经过“文革”十年，中国人在精神上处于一种疲软与麻木的状态。在这样的状态下，不会有创造性的思维，也不会有自由的意念表达，要不抄袭，不亦难乎！

经过20世纪70年代末至80年代初的思想解放运动，中国思想界、学术界、教育界出现了一些有利于自由探索、自由表达的新气象。整个80年代，抄袭之事相对较少。显然，只要精神的空间是宽松的，只要学术研究的自由与思想表达的个性得到起码的尊重，选择抄袭一途的人总是少之又少的。尽管人的才华、思维能力各有不同，但在写作中毕竟“自己创造”的愉快与成就感是远远胜过“抄袭别人”的那种暗暗的恐惧和自鄙感的。即使从“趋利避害”的人之本性来讲，人们也会很自然地追求前者而放弃后者。况且，越是有独创性的知识者，越是看重自己文章的个性。过去在极左路线统治之下，当知识者捍卫自己文章的个性之时，就会被批判为“个人主义”“自高自大”等等。如果他确实是觉得“自己的文章最好”，他能去抄袭吗？你把文章白白送他他也不要啊！春秋战国时期，学术独立，思想自由，文化生辉。在百家争鸣中，儒、道、墨、法诸家各是其所是，非其所非，他们互相批判甚至互相攻击，但绝不会去互相抄袭，因为各家均有其“本根”，更有其自信，用今天的话说，均葆有很强烈的“主体性”。这一点可以反照出今日抄袭者是多么的没出息！

秦汉以后，文化走向专制，思想定于一尊，文章之事又往往被说成是“经国之大业，不朽之盛事”，文章会给为文者带来“名”与“利”，于是想得到“名”与“利”而又无能（或不想付出劳动）作出好文章的人，就开始当“扒手”——剽窃别人的精神劳动果实了。开始时是手抄本，未经发表、刊布，不好直接要来抄，于是便将人家的作品整个地偷来，冠以自己的大名，流行于世，反使原作者有口难辩。南朝刘宋之时，有一位叫何法盛的文人，见朋友郗绍写了一本《晋中兴书》，就对朋友说：“你已经名位贵达，不需要再靠这本书去出名了。可我还是一个无闻于时的寒士，很需要靠著作博得名声，你就把这本书送我吧。”但作者没有答应。然而这位叫何法盛的“寒士”有一天来朋友家，居然趁其不在时把书稿窃走。作者没有“兼本”（复本），无法将自己的著作面世，于是世间流行的《晋中兴书》都是以何法盛冠名的。这是我最近读顾农《听箫楼五记》读到的一则故事，觉得在最近披露的抄袭事件中，苗怀明颇似那位书未刊布就被偷的郗绍。感谢现代科技，苗有“兼本”，这“兼本”不久将由南京大学出版社出版，否则，世间就只能流行那本抄袭之作了。不过，现代科技在救了苗怀明的同时，也方便了抄袭者。他们不用再像那位南朝“寒士”般亲自跑到作者家里去偷，网上下载、书上复印、报刊剪贴，都十分方便。手段不同，实质则一：看重的并非学问本身，而是那学问的载体——文本本身可以兑换来的“名”与“利”。就人类自身的精神状态来说，这里没有丝毫创造、发现的愉快，没有丝毫因成就感而产生的自豪感。除了投机取巧的一丝得意之外，恐怕主要就是一种精神的疲软与麻木了。

在中国社会与文化的转型期里，这种精神的疲软与麻木几乎是一种顽固的“时代病”。回眸20世纪90年代以来，随着教育、学术管理上体制性的腐败，抄袭、剽窃之风变本加厉，恶性发展，早已把学人道德吹得七零八落了。全国有那么多报刊和出版社，每月都有大量文章、书籍面世，除了抄袭、剽窃之作外，还有数量在日益增加着的低水平重复的“大作”。表面看来，热闹非凡，堪称学术“繁荣”，其实是一个国家一个时代的精神生产的机器在“空转”。这“空转”不仅耗费了资源和时间，而且还要排出“废气”——一种毒害人的学风、道德，助长着虚伪与平庸的学术空气。教育缺乏独立，学术缺乏个性，思想缺乏自由。有此三“缺”，人的精神空间日趋逼仄，人的想象力与创造力便会逐渐萎缩，诚如鲁迅所言：“没有了能想的头，却活着。”可以设想，一个精神疲软而麻木的学人，面对管理体制的种种“压迫”（要完成一个个硬指标）与“诱惑”（种种光圈、桂冠、奖励、待遇），即使不抄袭，他也难免粗制滥造，去应付那“空转”的机器。即使教育部颁布《学术规范》，也只能管其“身”而不能管其“心”。人们甚至不无理由作这样的推论：体制的腐败与抄袭、剽窃之风是共谋的。如若不是，为什么一些抄袭丑闻暴露了的人物（特别是一些有头有脸的人物）屡受体制的保护？为什么出台的一些管理办法、一些评奖、一些项目申报等，往往在客观上支持平庸而善作伪、善作巧的市侩式知识者，而不利于那些真正埋头做学问并有独创精神的学人？这就难怪优秀的伦理学专家肖雪慧发出了大学称得上是“抄袭、剽窃者天堂的地方”这样无奈而忧愤的感慨！

精神的疲软与麻木，其最可怕的后果还不是精神生产机器的“空转”，而是人的兴趣的丧失。“兴趣”是研究主体全身心拥抱客体，也就是人与对象融为一体的一种境界，也可以说是一种能激发创造性的情感状态。如果你对古典小说没有兴趣，只是觉得可以将它作为“材料”，变出“论著”去交换“好处”，那你是不可能对它进行认真研究的，这样，你抄袭别人的成果，自然会手到擒来，没有什么心理障碍。这正如面对美味，只是觉得它可以提供维持生命的营养，而全然不顾它的色香味美带给你的愉快，那你就只是一个“食者”，而不是“美食家”。在文化研究上应做“美食家”，不应做那种见物不见人、毫无兴趣可言的平庸的“食者”。抄袭是“食者”勾当，为“美食家”所不齿。启蒙主义思想家卢梭认为兴趣是人的精神自由的表现，因此它与人的认识和创造的能力密切相关。他说，当人们“向剥夺他们自由的暴君牺牲了自己的趣味”时，他们的趣味就腐化了，也就等于消失了。这里说的那个剥夺自由的“暴君”不一定就指某一具体的权势者，凡是使人丧失了自己趣味的外力，如金钱、名位、官职等，都可成为这种剥夺趣味的“暴君”。卢梭还说，“对生活最有感受的人”，他对自己的才能、感觉、器官都充分感觉到了，充分运用了，兴趣才会产生。精神疲软与麻木者显然与之无缘。“认识是由兴趣促成和推动的，兴趣贯穿于人类日常的工具行为和交往行为中。”（哈贝马斯观点，转引自何家栋、裴非《学统与师道的重建》）我国前辈学人梁启超、胡适等也都强调过“兴趣”对生活、学习和创造的意义。而现在教育界、学术界的风气，却是“实用”得很，“浮躁”得很，无处不“物化”，无事不“量化”，人成了机器，兴趣全抛。在此风熏染之下，抄袭的丑事怎么会消失呢？ 2005·2

艰难的反思

关于中国法学向何处去的对话

□邓正来　邹立君

邹立君：自从 2005 年《政法论坛》连续四期刊载《中国法学向何处去》到 2006 年商务印书馆成书，针对您这一文章的各种解释、商榷和批判的文字见于多种书刊报纸和网络媒体当中，可以说您的文章已经引起了学界与一般读者的广泛关注。北京大学出版社甚至出版了全国近 30 位博士生专门研究此文的论文集。对此，请您谈谈人们关注相对集中的一些问题。我们首先从“中国法律理想图景”开始。我注意到有很多学人都希望您对“理想图景”给出一个明确的界定，他们认为即便您不明确理想图景到底是什么，也应该提出一个如何达致它的方法论。您对此有什么看法?

邓正来：我在我论著的最后写了这样一句话：“当我把你从狼口里拯救出来的时候，请别逼迫我把你重新送回到虎口中去。”这是因为我知道，肯定会有很多人都想让我去提供一个中国法律的理想图景。我认为，这不是谁提供理想图景的问题，而是每个中国人，每个法律人，每个自以为他是关心中国的人应该思考的大问题。至于最后形成什么样的理想图景，则是反复博弈达成的重叠共识。但是，对于当下的中国和中国人来说，这不是关键的问题，关键的问题是我们必须从现在就开始思考。实际上，我是拒绝对理想图景是什么这个问题作回答的，我的论著不是在讨论本体论的问题，不是在讨论理想图景是什么的问题，而是旨在把这个本体论开放出来的哲学前设问题。我在这里的思考，不是一个逻辑的前设，而是一个哲学的前设，这是一个任何人进行思考的基本前设。

方法论的问题确实很重要。但是值得我们注意的是，方法论是一个如何的问题，当本体论问题本身还没有成为明确问题的时候，方法论问题是没有意义的。我在论著中也讨论了一些有关方法论的问题（比如说，有关对中国“现实”做问题化的理论处理等），但是我的方法论讨论只是处于如何建构中国法律理想图景的层面。因此，我的论著的核心要旨不在于方法论，而在于把这个问题提出来。我们只有开放出这个问题，我们只有在认为这个本体论问题存在的时候，“如何实现理想图景”的方法论才是有意义的。而当本体论问题尚被遮蔽或还没有被建构起来的时候，谈方法论的问题多少有些奢侈。

邹立君： 那么，请您接着谈谈把“理想图景”这个本体论问题开放出来的哲学前设的问题。

邓正来： 把“理想图景”这个因素或维度引入对中国法学（或中国学术）的反思和前瞻，在根本上意味着我试图在中国法学的领域中，甚或在中国社会科学的领域中，把那个被遮蔽的、被掩盖的、被忽略的关于中国人究竟应当生活在何种性质的社会秩序之中这个重大的问题开放出来，让我们必须对它进行思考和发言，进而形成得以使“主权的中国”成为“主体性的中国”的中国自己的理想图景。在我看来，对中国法学乃至中国学术所依凭的立场的内涵和性质进行反思和批判，是一回事；而对确定理论立场甚或前设这一做法本身进行反思和批判——而不论其内涵和性质为何，则是另一回事。但是，至为紧要的是，我在论著中所展开的不仅仅是对中国法学乃至中国学术所依凭的立场的内涵和性质的反思和批判，而且也是对那种以本质主义的方式或一元论的方式来确定理论立场甚或前设那种做法本身的反思和批判。

邹立君：“我们所生活于其中的社会秩序的正当性”的问题，可以说是您一直以来最为关注的一个根本问题。您的《中国法学向何处去》一书的写作，是否可看作您对这一根本问题追究的智性努力的一部分？

邓正来： 更为一般地讲，“社会秩序的建构及其正当性”，确实是我一直所关注的问题，也是我一生以学术的方式所要回答的根本问题之一。当然，这个问题也是现代法学理论最为核心的问题，即如何在不诉诸神之假设的条件下建构或实现法律的正当性。在很大程度上讲，我至今所作的学术研究都是和这个问题紧密相关的，我的学术旨趣也在于对这个问题以及使这个问题成其为问题的各种因素的思考。这部论著的写作，可以被认为是我在中国法学这个领域里，对“我们所生活于其中的社会秩序的正当性”问题的研究状况所作的一种个案性分析。

邹立君： 个案性研究可以说是您对自己研究所作的一个重要的限定，您做这一限定有何重要的理论意义？

邓正来： 从学科的角度上看，我对中国法学所作的反思和批判确实是法律哲学的问题，是关于中国的法律哲学问题。然而，从实质上讲，或者从思想研究的角度看，我所关注的不仅是中国法学向何处去的问题，而且也是中国向何处去的问题。在这个意义上，本文对中国法学的反思和批判，只是我对中国当代学术进行反思和批判的一个具体个案。

所谓个案，主要是在这样两个意义上讲的：第一，我所旨在揭示和批判的，在根本上讲，乃是某种特定的“知识系统”对其所描述、解释或论证的对象所具有的那种我所谓的“正当性赋予”力量，亦即在整体上，中国学术在当下的中国发展过程中对某种未加反思和批判的“移植”入中国的社会秩序或政治秩序施加了一种为人们所忽略的扭曲性的或固化性的支配力量。第二，我对作为整体的中国法学的反思和批判，事实上还隐含着一个最为根本的问题，即什么是“中国”以及如何认识和解释“中国”的问题。因为在我看来，中国法学在1978年至今所存在的种种问题，除了我在论著中所作的分析和讨论外，都在根本上涉及了我们重新定义“中国”，如何重新定义“中国”和根据什么定义“中国”的问题。

邹立君：为什么您要强调“重新”定义中国的问题？

邓正来：提出重新定义中国的问题，主要是以我的两个判断为根据的。

第一个判断是，我觉得，从1840年以来，我们就开始思考中国如何赶上世界其他国家，这是一个很好的趋向，但是这个趋向也给我们留下了很大的遗憾，同时也给我们留下了一个全新的使命。所谓遗憾，乃是指我们不对我们的思考根据进行思想。在很大程度上讲，我们知识界内部的论争实际上是西方本身的理论论争在中国领域中比较拙劣或低水平的“复制性”表演：或者是我们帮着中国的古代先哲与西方思想家论战，或者是我们帮着西方思想家与中国古代先哲论战，而我们自己因为没有思想的根据和没有自己当下的问题意识而是“不存在”的。所谓新的使命，就是指我们必须去思想中国人应该如何生活得更好的根据的问题。中国现在之所以提不出自己的理论，之所以不能为世界的人类未来发展做出一种比较有意义的贡献，我认为，要害就在于我们的思想是没有根据的，是对思想的根据不思想的。当然，我们的思想也不是全没有根据的，只是我们有的这种根据乃是一种抽象的概念性工具，而不是源于我们活生生的生命经验。这里要强调的是，我不是要阻止其他人对其他问题的讨论，而是想在同时开放出一个在我看来是政治哲学和法律哲学所不能回避的问题。

第二个判断是，伴随着全球化时代的到来，伴随着中国对世界的开放，尤其是在中国经由加入WTO等国际组织而进入世界体系以后，我们所关注的中国，已经不再是一个地理意义上的孤立的中国，而是一个“世界结构”中的中国。对于中国来说，这才是三千年未有之真正的大变局。此前的中国，作为独立的主权国家，虽说也因位于地球之上而与其他国家交往或冲突，但是从未真正地进入过世界的结构之中——这意味着中国虽在世界之中却在世界结构之外，是“世界游戏”的局外人。因此，在根本上讲，中国对这种世界结构的正当性是否发言乃是无甚意义的。然而现在的情形则大为不同了，中国经由承诺遵守世界结构的规则而进入了世界结构之中，成了“世界游戏”的一方。中国进入世界结构的根本意义乃在于，中国在承诺遵守世界结构规则的同时也获致了对这种世界结构的正当性或者那些所谓的普遍性价值进行发言的资格：亦即哈贝马斯意义上的“对话者”或罗尔斯意义上的“虚拟对话者”——“正派的人民”（decent peoples）。更为重要的是，中国对遵守世界结构规则所作的承诺本身，已经隐含了中国亦由此获致了参与修改或参与制定世界结构规则的资格。在当下的世界结构中，主权的中国或者主权平等的原则是不能救济世界结构下的中国实际上面临的不“平等”遭遇：一是边缘化的问题，二是形式对话资格的获得并不等于你获得了实际对话的资格。这里的核心问题是：不仅中国要告诉世界我们所认为的好的生活是什么、善的生活是什么、有品性的生活是什么，而且每个中国人也应该有自己的理想图景。

总之，我对中国法学的反思和批判以及对“中国法律理想图景”之建构的主张，在根本上乃是以一种自主的方式重新定义“中国”之努力的一部分，至少是要求根据中国本身定义“中国”并建构“中国自己理想图景”的开始。

邹立君：一方面，您强调世界结构或“全球结构”中的中国；另一方面，您又强调根据中国本身定义“中国”，世界结构或“全球结构”在您重新定义中国的努力中到底有怎样的作用？它仅仅构成了您思考中国问题的一个大的理论背景还是具有某些实质性的建构作用？

邓正来：“世界结构”或“全球结构”构成了我反思和批判中国法学乃至整个中国学术的重要背景之一。在此，我想它主要涉及两个方面：一是作为研究对象和思想根据的“世界结构中的中国”的意义，二是我们如何认识和解释“世界结构”本身。这里主要讨论第二个方面。

从我本人对“全球结构”这个问题的认知过程来看，我大体经历了两个阶段：我最初在对中国发展研究进行反思性检讨和批判的过程中，对中国学者在不经批判的前提下就接受西方现代化方案以及隐于其间的知识这一点深感困惑。我认为，这个问题所涉及的并不是“是什么”的问题，而是“为什么”和“如何”的问题：一是中国社会科学在发展的过程中为什么亦步亦趋地步西方社会科学的后尘？而我们知道，西方社会科学的主流则是以文明对传统、西方对非西方等为人们不加追究的前提性假设为基础的。二是中国社会科学究竟是如何形成这种品格的？经由思考和研究，我认为：中国论者采取寻求西方经验和理论支援是受着某种被我称为“现代化框架”的支配。当然，这种“现代化框架”也就是我现在所指称的“现代化范式”。这种“现代化框架”带有明显的“思维定式”成分或“前见”性功效，因此与西方知识分子提出的各种现代化理论本身不同，而且也与那些几乎无从验证的公理性命题不同。

但是我必须承认，这些讨论对于我们认识全球化时代的知识生产及传承关系来讲还只是些一般性的论辩，而无法洞见知识传承与支配关系的问题在“现代化时代”与“全球化时代”之间的区别，或者说无法揭示出这两个不同的时代对知识传承与支配关系这个问题的不同影响。正是在此一意识的支配下，我进入了对这个问题的进一步追问，亦即进入了关于这个问题思考的第二个阶段。

众所周知，自20世纪80年代末以降，全球化论题开始成为学术界最为重要且最具争议的一个论题，然而，全球化问题本身需要我们对“全球化”进行建构，而前提则要求我们强化全球化的“问题意识”，也就是将全球化问题本身“问题化”，并由此洞见到全球化对中国的特定意义。这个论题在理论上的最大意义，我个人认为主要有两个：一是它有可能促使我们去建构一个全球化的中国法学的范式；二是它因此要求我们对全球化时代本身进行建构。

就如何认识全球化时代而言，我认为，我们需要注意下述三点：第一，全球化时代至少要求我们关注这样一个根本性视角的转换问题，亦即在一定程度上或在某些颇为重要的方面从原来具有政治性需要的主权向非政治性的视角进行转换。第二，在我看来，全球化时代与“现代化”时代一样，对于发展中的中国都具有特定的支配性，但是这里关键的并不是支配，而是支配的性质。就这种支配而言，“现代化”时代支配的实效乃在于受影响的中国与它的“和谋”；据此我们可以说，现代化时代的支配是非结构性的和非强制性的。全球化时代是一种我所谓的结构性的或强制性的支配时代。结构性的或强制性的支配是这里的核心，也是对中国或中国法学具有特殊意义的关键因素。第三，我对全球化时代的建构，亦即全球化时代对中国或中国法学具有结构性的或强制性的支配，乃是以社会学家齐美尔、社会学家希尔斯、社会理论家沃勒斯坦等论者的观点为基础的。这里就不再重述了。

因此，我认为，中国法学在“全球化时代”的基本使命，就是对这种为人们所视而不见的极其隐蔽的转换过程或机制进行批判，并透过此一努力而使法律制度中的理想要素或价值恢复其原本具有的可争辩性，进而对具体个案中的多种理想要素进行反思性的探究。显而易见，这是一种具有根本意义的政治哲学主张，因此，它为我在这部论著中反思和批判中国法学乃至整个中国学术提供了一个极其重要的思想背景。

邹立君：有论者认为您在论著中无论对“现代化范式”的批判还是对“全球结构”的建构都受到了一种西方范式或西方话语的支配，您认为这种批评有道理吗？

邓正来：这是一个极为重要的问题，是一个关于我们究竟应当如何看待和处理中西思想资源的问题。关于这个问题，我以为，需要把握这样几个要点：

第一，明确我对“现代化范式”的批判和“西方法律理想图景”与“中国法律理想图景”的区分是在什么意义上展开的。如前所述，我对“现代化范式”支配中国法学的批判在根本上是为了揭示某种特定的“知识系统”在当下中国发展过程中的变异结构中所具有的那种我所谓的“正当性赋予”力量，而中西“法律理想图景”的区分则在根本上涉及了重新定义“中国”，如何重新定义“中国”和根据什么定义“中国”的问题。

第二，我认为，西方思想所主张的和西方实践所承认的某些基本价值无疑具有普世性，因此对“西方法律理想图景”与“中国法律理想图景”的区分并不是要简单地否定这样一些普世性的价值，而是要强调指出这样一个事实，即某些基本价值具有普世性的事实并不意味着这些价值在特定时空中予以信奉和实践的某种序列安排也一定具有普世性，因为在任何特定时空中，基本价值序列的安排和选择，在很大程度上都是以人们对该时空中的问题的认识为依凭的，进而它们受到特定时空的限制。这在很大程度上也就是我所说的对某些普世性价值的“弱”承认。

第三，有关“中国法律理想图景”之建构的主张，既不是简单地对西学研究的否定，也不是简单地对中学研究的主张。在这里，我所关注的核心问题乃是我们关于中国这个特定时空的当下意识。我非常注重西学经典的研究，而且也很尊重中国的哲学思想，但是我个人以为，更为重要的是我们在对这些思想资源进行研究的时候是否具有当下中国的问题意识。这意味着我们在运用这些思想资源进行思想的时候一定要有自己的思想根据，而这个根据又显然是离不开我们对中国的定义的——“中国”在这里绝不是人们所说的 1978 年以前的中国，也不是此前更久远的中国，而是既具有历史性又具有结构性的当下的中国。再者，这还意味着我们在建构中国自己的理想图景的过程中，不仅可以使用西方的思想资源，而且也同样可以使用中国的先哲思想，但是关键在于我们绝不能仅仅陷在帮助中国古代先哲与西方思想家进行论战或者帮助西方思想家与中国古代先哲进行论战的困境之中而迷失了自己，亦即完全丢弃了我们自己的关于当下中国的问题意识。

邹立君：您认为“理想图景”的建构需要所有的中国法学论者甚至所有中国人的“反思平衡”。我们是不是可以这样理解：在世界结构之下，理想图景的建构强调的是中国的主体性地位，那么，在中国的城乡二元结构和贫富悬殊结构之下，强调的是中国人的主体性地位？

邓正来：你的这个说法很有意思。我们可以发现，中国长期以来一直是一个主权国家，但是自与西方遭遇以降还没有成为一个“主体性的中国”。因此，世界结构中的“中国”的实质不在于它的个性或与西方国家的不同，而在于主体性，在于中国本身于思想上的主体性：其核心在于形成一种根据中国的中国观和世界观（亦即一种二者不分的世界结构下的中国观），并根据这种中国观以一种主动的姿态参与世界结构的重构进程。在当下的世界结构中，从强调“主权的中国”到强调“主体性的中国”的转换，根本的要旨便在于突破主权的限度，走向世界结构层面的“主体间性”“文化间性”或“文明间性”，而这在更深的层面上则意味着不再是某些主权国家决定世界结构的规则或合法性，而是主体间性与世界结构的规则或合法性在交往和商谈中一起生成演化。

我认为，我们既不能简单地、“不思”地生活在“西方理想图景”之中，也同样不能简单地、“不思”地生活在我们自己都不知道性质为何的社会秩序之中。因此，在这个意义上，对于每一个中国法学论者而言，甚至对于每一个中国人而言，开始对“中国法律理想图景”进行思考和追究本身，就在很大程度上意味着一个新法学时代的来临，至少是一个开始思考和追究我们自己的根本生活之正当性的时代的来临。

邹立君：从康德的“永久和平论”到罗尔斯的“万民法”，乃至哈贝马斯的“民主商谈”理论几乎都在关注世界和平或者世界秩序的问题。您所提出的理想图景主要是一个针对中国当下时空的观念，那么，我们有没有可能在世界秩序理论的层面来理解和把握“理想图景”的问题？

邓正来：我想，我的研究所关注的最根本的乃是一个世界性的问题。大家都知道，“一战”以后，当时巴黎和会对德国进行惩罚，而这种惩罚实际上是要使德国回不了欧洲。于是，像马克斯·韦伯那批思想家便提出了一个非常好的问题：如何做一个德国人？实际上，法律哲学家卡尔·施密特（Carl Schimitt）以及政治哲学家莱昂·斯特劳斯（Leo Strauss）的理论都是对这个问题的回应。我认为，在世界结构中，每个国家都面临着这样一个在“普遍性与特殊性”层面的“什么是我们的有品格、有道德的生活”的理想图景问题。并且，各个国家也一定有各自不同的“现实”和问题。

邹立君：有人主张将对理想图景的讨论推向第二阶段，您对这种主张怎样看？您认为需要注意的关键在哪里？

邓正来：对这种主张我当然欢迎并热切期待着！当然，我更希望那是一种批判性的甚至颠覆性的推进，因为那将昭示着一种理论“自觉”生命的开始，一种热爱智慧的生活的开始。□ 2006·5

中国宪法的传统与特色

□单　纯

一、新中国宪法传统中的“序言”问题

现行中国宪法除了具有自己特殊的演变历程之外,其体例结构的特色则体现在“序言”方面。从大的类型方面讲，这种“序言”的特殊性是属于世界范围内的社会主义体系的；然而从民族特色方面讲，它的篇幅又是最长的，特别强调国家执政党的思想传统、奋斗历程及政治目标。

世界范围内已经存在的各种宪法，在冷战结束之前大体被划分为西方自由民主式的宪法和苏联开创的共产党主导的社会主义宪法。在这两种类型中，无论是西方式的宪法体系还是社会主义的宪法体系基本上都有序言，不过它们的序言又有基本的差异。这些差异大体上又可以分为两个方面：一是序言的字数容量；一是序言的内容。

一般西方体系的宪法，序言的字数容量极少，大多都只是一两句话，如美国、法国和德国，字数容量一般都不超过 200 个字，日本 1946 年的宪法例外地多达 400 字。而社会主义体系中的宪法，序言基本上都很长，字数也明显较多。如苏联 1977 年的宪法有 1 400 字左右，朝鲜 1972 年的宪法有 1 100 字左右，古巴 1976 年的宪法有 750 字左右，越南 1992 年的宪法有 750 字左右；中国 1954 年的宪法有 940 字左右，1975 年的宪法有 800 字左右，1978 年的宪法有 1 200 字左右，1982 年的宪法有 1 800 字左右。与西方体系中的宪法相比，社会主义体系中的宪法序言在整个宪法正文中所占比例突出地大，而在社会主义体系中中国类型的宪法序言容量之大更为突出。

就序言的内容来看，西方体系的宪法序言基本上以一两句话表达立法的目的及对法律的崇高信仰，要么用上帝的名义或蕴含在基督教文化中的自由、正义、公平、博爱，如希腊宪法（1975 年）序言中的“以神圣的不可分的三一真神的名义制定本宪法”，德国《基本法》（1949 年）序言中的“我德意志人民，认识到对上

帝与人类所负之责任……制定此基本法”，美国宪法序言中的“……树立正义……安享自由带来的幸福，……制定和确立这一部宪法”以及法国宪法《人权和公民权宣言》所规定并为1964年宪法序言中的“……自由、平等、博爱的共同理想为基础……而设计的新体制”这类的语句，简练地表达其形成与宗教传统中的基本价值观与立法目的的关系，用宗教传统中固有的“上帝是正义之神”“上帝是立法主”“上帝具有自由意志”“上帝面前人人平等”这样的观念，突出公民对于宪法的普遍信仰。

但是，社会主义体系中的宪法序言，大多要陈述共产党领导社会和政治革命的历程，其所信奉的主义、对其政治领袖的礼赞以及政党自身的理想追求，以期在此基础上建构起公民对于一种新的政治传统的信仰。然而，参照西方体系的宪法和社会主义体系宪法都有保障公民权利并以此为目的而限制各种政党、组织机构及个人权力的共性，有些类型的序言宣示了这种共性，有些则放在后面的章节条文之中加以陈述。因此，序言是不是像宪法章节一样具有最高的法律效力，这就成了一个问题。

实际，在这个问题之前，新中国宪法的制定者还有一个问题，就是我们的宪法是否需要序言。如果需要，是完全照抄苏联宪法还是应该体现中国革命的特色呢？当然对于西方宪法序言那种带有宗教色彩的传统和价值观，1954年中国人在撰写宪法序言时显然是拒斥的。经过比较西方、苏联和近代中国三种宪法系统之后，共产党的领袖毛泽东及其党内同事还是决定参照苏联社会主义系统的宪法体系，需要撰写一个较长的序言，将共产党的思想原则、奋斗历程及目标都放在序言里面，将西方序言中的具有宗教色彩的价值观替换成中国特色的思想和文化内容，赋予其宪法章节条文所陈述内容的同等意义，共产党老资格的宪法学家张友渔对此特点解释说：“我们之所以要有序言，是因为我们正处在过渡时期，有些必须规定在宪法里的东西不便写成条文。宪法的基本任务，即国家在过渡时期的总任务，和实施宪法的条件（如统一战线、全国人民的团结、各民族的团结）都不便写成条文……不如放在序言里容易说得清楚，说得透彻。另外，如宪法产生的背景、革命胜利的过程、外交政策等，也都不便写成条文，放在序言里更恰当些。规定在序言里的东西，虽然不写成条文，但也具有宪法的作用。”① 他在这里所作的解释，主要是针对西方系统和社会主义系统中宪法序言的差异性而引发的争论。西方系统的宪法序言，从文化传统和逻辑上讲自然具有法律性质和效力，因为上帝或神就是他们信仰中的最高法律渊源，其终极价值观自然也蕴含其中。而社会主义体系中宪法的序言具有两个特点，其一是篇幅太长，几乎等于一篇独立的文稿；其二是内容繁多，涉及一般的宪法原则和价值取向，共产党特殊的意识形态和革命历程，共产党的思

① 张友渔：《宪政论丛》（下册），北京：群众出版社1986年版，第28页。

想、组织方法以及奋斗目标。因此，针对社会主义体系的宪法序言或者说针对中国宪法的序言传统（四个宪法版本都有篇幅较长的序言）在中国的制宪、修宪人士以及相关学者之间形成了三种意见：一种认为序言与宪法的章条内容一样具有同等的法律效力，是宪法形式和内容的有机统一；一种认为序言只是宪法正式章条的引子，相当于一篇文告，不具有法律的效力；一种认为序言中与章条内容相关的具有法律效力，而与之不相关的则没有法律效力。当代比较权威的宪法学者许崇德认为："序言应该跟条文一样具有法律效力。违背序言就是违宪。因为序言把具体有重要精神实质性的东西作了规定，特别是规定了国家的总任务，'一个中心、两个基本点'也在序言里面，如果违背它，当然是违宪。"① 许教授的解释几乎是用了一个变相的波普尔（Karl R. Popper）式的"经验归谬法"（empirical falsi-fication）把可作价值检验的命题推延至序言中的全部内容，因而为其性质下定义。问题的关键是，我们宪法的序言里面还有许多语句所表达的信息完全是价值中立的，与宪法章条里的内容没有必然联系，因此很难说其具有法律效力，比如说类似"中国人民反对帝国主义和封建主义的历史任务还没有完成"或"我国将长期处于社会主义初级阶段"这样的历史阶段或社会性质判断，在公民之间不可能形成完全一致的看法，如果持不同或相反的看法，是不是就"违宪"了呢？如果宪法序言整体都具有法律效力，序言中一些更具执政党的意识形态的观念就很难更新，不唯与党所提倡的"与时俱进""科学发展"和开拓创新精神不相协调，而且也不利于区别党章与宪法、共产党先锋队与公民社会、党纪与国法之间的辩证关系。

实际上，我们看到在四个不同时期的宪法序言版本中的变化是很大的。这种情况一方面说序言被赋予与章条内容同等的法律效力必须在它们之间保持统一性，这对于修宪技术来说有轻重顺序不易平衡的困难，对于适用法律来说，具体是依照序言中还是章条中的精神也难以把握；另一方面，序言的内容涉及党的意识形态和国家政策的指导原则部分会越来越多，篇幅也会相应变大，公民以及适用法律的相关机构和人员也很难从序言中领会宪法的精神和价值取向，通过序言有效树立对宪法的信仰也变得更加困难。我这样的分析，实际上也是在表达一个意见，即序言应该尽可能地简洁，将相关信息浓缩到章条正文中去，便于了解和适用宪法者把握原则和精神，建立起对宪法的崇高信仰。根据我们四个宪法序言变动的经验，如"从中华人民共和国成立到社会主义社会建成，这是一个过渡时期"（五四宪法）、"我们必须坚持中国共产党在整个社会主义历史阶段的基本路线和政策，坚持无产阶级专政下的继续革命，使我们伟大的祖国永远沿着马克思主义、列宁主义、毛泽东思想指引的道路前进"（七五宪法）、"我们要坚持无产阶级对资产阶级的斗争，坚持社会主义道路对资本主义道路的斗争，反对修正主义，防止资本主义复辟，准备对付

① 许崇德：《我国宪法与宪法的实施——第九届全国人大常委会法制讲座第一讲讲稿》，见曹建明等：《在中南海和大会堂讲法制》（1994 年 12 月—1999 年 4 月），北京：商务印书馆 1999 年版，第 208 页。

社会帝国主义和帝国主义对我国的颠覆和侵略”（七八宪法）。这些内容，照当今的政治标准来看，有些是错误的，有些仍然是正确的，但是它们在形式上更近于党章，而不是近于宪法；其进入党史或其他专门史的历史意义远远大于进入宪法序言的法律意义。将党的宗师和各代领袖的思想写入序言是“文化大革命”中“七五宪法”的首创，如果沿袭下去，此条文句将会越写越长，党章的原则与宪法的精神保持形式的统一，能否在国家的实际社会生活中有效地促进党的思想先进性和指导性、宪法的权利平等性和社会的正义性三者之间的互动与和谐，这恐怕是一个需要实事求是地认真思考的问题。

二、 人民与公民观念的法理辨析

中国宪法在半个多世纪里表现出来的不稳定性，主要是与共产党高层的指导思想的波动性有关：照现在中国学术界的共识讲，“五四宪法”和“八二宪法”的关联性和稳定性是与共产党正确的指导思想相联系的，而“七五宪法”和“七八宪法”则是与共产党的错误思想或错误思想的残余影响相联系的。其形式体例方面的特色主要体现在“序言”上面，好像是画龙点睛一样，社会主义国家的宪法在序言上都有共性：党的指导思想、党指导下的社会革命经历以及党的奋斗目标。其在内容上的特色则体现在对公民权利的认识上，就中国宪法的例子来看，“公民”权利的最终肯定也是经历了对“人民”权利的认识转化而来。

宪法的原则和精神在广泛的意义上讲是指对于公民权利的保障以及政府权力的分立和限制，其蕴含的伦理价值含义是“权利”是自然的、正当的、平等的和神圣的，而“权力”在本质上则是邪恶的，它的必然趋势是破坏人的自然伦理，侵害人的自然权利，近代西方人对于阿克顿勋爵（Lord Acton）的那句名言“权力腐败，绝对权力绝对腐败”（Power tends to corrupt，absolute corrupts absolutely）的“绝对信仰”（absolutely believe it）表明他们的宪政信念：权力必须加以分解、制约和限制，如对权力三权分立的分解和制约，甚至对于立法权、修宪权的制约和限制来避免其伦理上的邪恶趋势和对于权利的侵害。因此，宪法在申明保障公民权利时也自然设定公民是有道德的，西方传统是从宗教的“上帝的选民”和“上帝按照自己的样子造人”而对人性本善“信以为真”（believe to be true）的，中国对人本质上的自然道德性则是建立在儒家的“性善论”基础上的，所以说是“大道之行也，天下为公。选贤与能，讲信修睦。故人不独亲其亲，不独子其子。使老有所终，壮有所用，幼有所长，鳏、寡、孤、独、废、疾者，皆有所养。男有分，女有归。货恶其弃于地也，不必藏于己。力恶其不出于身也，不必为己。是故谋闭而不兴，盗窃乱贼而不作，故外户而不闭，是谓大同。”（《礼记·礼运》）信仰“天下为公”的人就是“大同社会”中的“公民”，其所有的“自然权利”是从“天命之谓性”

里进化而来的，与西方传统由上帝制造和挑选略有不同。但是，也主张本性是善的，因而也被赋予了自然权利。

但是，马克思主义对于人的性质的定义是从阶级分析开始的，所以认定资产阶级的宪法只可能保障资产阶级的权利，无产阶级的宪法逻辑上也就只能保障无产阶级的权利，并没有抽象的“公民”这一说。对于宪法必须要面对的“权利”问题，新中国的宪法也有一个协调“人民”的权力与“公民”的权利之间的关系问题，认识这个问题有一个过程，好在最终“人权”还是被写进了“八二宪法（04 修正案）”2004 年的修正案中，表明这个问题在认识上已经有了新的突破。这是中国宪政史的实际情况，也是中国宪法演变过程中的一种重要的特殊性。

关于“人民的权力”与“公民的权利”问题，四个宪法的序言和相关条款是这样表述的：“五四宪法”：“……建立了人民民主专政的中华人民共和国”（序言）；“中华人民共和国的一切权力属于人民。人民行使权力的机关是全国人民代表大会和地方各级人民代表大会”（第一章第二条）；“中华人民共和国公民在法律上一律平等”（第三章第八十五条）。

“七五宪法”：“……建立了人民民主专政的中华人民共和国”（序言）；“中华人民共和国的一切权力属于人民。人民行使权力的机关，是以工农兵代表为主体的各级人民代表大会。”（第一章第三条）；“公民的基本权利和义务是，拥护中国共产党的领导，拥护社会主义制度，服从中华人民共和国宪法和法律”（第三章第二十六条）。

“七八宪法”：“我国的无产阶级专政得到了巩固和加强”（序言）；“中华人民共和国的一切权力属于人民。人民行使国家权力的机关，是全国人民代表大会和地方各级人民代表大会”（第一章第三条）；“年满十八岁的公民，都有选举权和被选举权。依照法律被剥夺选举权和被选举权的人除外”（第三章第四十四条）。

“八二宪法”（04 修正案）：“……建立了中华人民共和国。从此中国人民掌握了国家的权力，成为国家的主人。……社会主义的建设事业必须依靠工人、农民和知识分子，团结一切可以团结的力量”（序言）；“中华人民共和国的一切权力属于人民。人民行使国家权力的机关是全国人民代表大会和地方各级人民代表大会。人民依照法律规定，通过各种途径和形式，管理国家事务，管理经济和文化事业，管理社会事务”（第一章第二条）；“凡具有中华人民共和国国籍的人都是中华人民共和国公民。中华人民共和国公民在法律面前一律平等。国家尊重和保障人权。任何公民享有宪法和法律规定的权利，同时必须履行宪法和法律规定的义务”（第二章第三十三条）。

在这四部宪法中，前三部的序言都明确表达了国家权力的性质，即“人民民主专政”“无产阶级专政”，这倒是与条文中行使国家权力的机关性质相吻合，但是与条文中的“公民权利”就很难吻合了，因为“公民”只是法定的国籍地位概念，而“人民”是参与共产党领导的社会革命并最终掌握国家权力的阶级，即无产阶级。在“序言”中强调“人民”实际上是强调“权力”优先，然后才是后面条款中被赋予的“公民权利”；“人民民主专政”是指权力专属于国家中的某个掌权的阶级，它与后面条文中的国家所有的“公民”并非等同的，在逻辑上讲它不会必然赋予其他“公民”与革命的“人民”一样的平等权利，所以在“七五宪法”中会明确讲行使权力的主体是“工农兵”，在当时人们的观念里“人民”“无产阶级”及其“专政”都是同一的。既然如此，公民的权利完全被解释成了义务，即“拥护中国共产党的领导，拥护社会主义制度，服从中华人民共和国宪法和法律”。

“八二宪法”在处理“人民”与“公民”、权力与权利的概念关系上有明显的变化，即在“序言”中只描述近代产生民族国家以来中国发生的历史变化，对“人民”的解释则是用“工人、农民和知识分子，团结一切可以团结的力量”来暗示，不再明确讲权力与人民的专属关系，这样就比较容易理解条文中的“人民行使权力”和“公民”的国籍地位之间的平等性而非阶级性，国家的权力被限制于承担“国家尊重和保障人权”这样的政治责任。不再在“序言”中确定“权力”的专属性质，有利于表达宪法以“人民权利”为价值取向的根本精神，在理论上讲可以避免施行宪法时的“权力”本位思想和施舍“权利”时所附加的义务条件。

在“八二宪法”以前，虽然“人民”出现在“序言”中，“公民”也出现在条文中，但是就不能产生“公民权利”优先于人民代表大会机构“权力”的思想，更不能容忍出现“尊重和保障人权”这种对于国家权力的可归责性法理限制，主要原因是我们长期习惯于用经济基础和意识形态来界定人的性质，因而在本质上不是保障公民权利，而是限制公民权利：“人民的范围是以阶级内容来划分的。人民一词在使用上，一般是从政治上区分敌我，是表明他们是国家的主人翁而言。而公民的范围一般是从法律上来确定的。公民的范围比人民的范围广。它既包括人民，也包括依法被剥夺政治权利的人。这些人虽然也包括在公民范围之内，但是他们并不能享有全部公民的权利，也不能履行某些光荣的义务。”① 这就是毛泽东在指导制定“五四宪法”时有关权力与权利关系的思想，他是以敌我意识形态和无产阶级与资产阶级的经济地位关系来看待“人民”和“公民”、“权力”与“权利”的；关于人民的界定，他说：“人民是什么？在中国，在现阶段，是工人阶级、农民阶级，城市小资产阶级和民族资产阶级。”关于“权力”他说是专属于无产阶级的：“对人民内部的民主方面和对反动派的专政方面，互相结合起来，就是人民民主专政。”“人民民主专政需要工人阶级的领导，因为只有工人阶级最有远见，大公无私，最富于革命的彻底性。”② 因此，我认为，“八二宪法”的序言不再强调“权力”的专属性——“人民民主专政”，既有利于“人民”与“公民”在内涵上的统一，也利

① 法学教材编辑部编审：《宪法讲义》（内部发行），北京：法律出版社 1981 年版，第 116 页。

② 毛泽东：《毛泽东选集》（第 4 卷），北京：人民出版社 1991 年版，第 1475 页。

于突出“权利”优先于“权力”的宪法精神。

此外，突出“权力”的专属性则难以保障“权利”的平等性和正义性，因而容易造成宪法的不稳定和断裂。从法国近代宪法的经验看，这一点是比较明显的。从1789年到1870年巴黎公社之间法国先后变换了八个宪法，“权力”的专属性在革命、共和与复辟政权之间交替表现，主导这些宪法的三个等级总是倾向于将专属权力与自己等级的权利挂钩，造成三个等级间没有共同的权利价值信仰，只有权力角逐，国民、等级间的倾轧，宪法轮替也见证了各等级主导的残暴权力——“白色恐怖”与“红色恐怖”。特别是“雅各宾党人”将本来由宗教传统中养成的“自由、平等、博爱”的权利价值观发展成为一种权力暴政，完全背弃了“一切政权由全民产生”的宪制精神，后来人类历史上立足一个阶级专权的政治都被称为“雅各宾专政”，用以说明其与追求普遍权利的宪政原则的差异。所以，法国现代宪法学家艾斯曼认为，在法国大革命中体现的卢梭的“人民主权”应该转化为“国民主权”才更符合宪法的精神。

与法国革命、宪政经验和宪法类型相比较，美国也自有其特色。首先，美国的革命不是在同一个国家内由各社会阶级争取权利的，而是整个殖民地人民向其宗主国英国争取国家独立的权利，所以它的宪法和人民主权是与普遍“权利”和“国民主权”相契合的，其宪法精神和人民主权原则表现在《独立宣言》和林肯《葛底斯堡演说》中就是上帝赋予每个人的“不可转让的权利”（unalienable rights）以及在“上帝护佑之下的国家可以获得自由的新生，民有、民治、民享的政府因之永世长存”（that this nation, under God, shall have a new birth of freedom; and that government of the people, by the people, for the people, shall not perish from the earth）。照杰弗逊看，“生命、自由和追求幸福”都是属于“造物主”赋予人的基本权利，因此是超越任何世俗权力的；林肯的“三民主义”中的“人民”是指那些信奉“人人生而自由并且由上帝平等地创造出来”这一宗教观念的新国家中的公民（a new nation, conceived in Liberty, and dedicated to the proposition that all men are created equal）。所以，在理论上讲，美国宪法精神中的权利是优先于权力的，其观念养成不是社会革命的实践，而是孕育于其西方宗教传统的价值观，也被美国人自称为“白色盎格鲁—撒克逊新教精神”（WASP），这便是它们最核心的价值观和人权观，甚至认为它超越了一切其他形式的权力。

联系法国和美国宪法中的权利观念，多少可以说明我们四个宪法中权利观念的演变是与我们赋予“人民”的意识形态和社会的革命经验相关联的。在社会革命的经验中，接受共产党意识形态并参加其领导下的革命活动的人被赋予人民的含义，所以社会革命后建立的政权必然专属于“人民”，而将这个专属的“人民民主专政”的权力转化成承担“尊重和保障公民权利”的政治责任，需要一个社会发展的过程和人的认识过程。当我们的社会发展到动员一切社会成员参与社会建设和发展时，“人民”的意识形态和“专政”的权力就不再是“公民权利”的前提和限制了，相反而成了后者的政治义务，这种转变不仅使我们的“八二宪法”将“公民的基本权利和义务”（第二章）置于“国家机构”（第三章）之前，以示其重要性，而且最终使我们在2004年的宪法修正案中将人权写入宪法。

三、结论

中国现行宪法的传统与特色是在新中国成立之后的60余年的时间里形成的，其四部宪法和六个修正案既说明中国现行宪法的艰难发展历程和勇于修正错误、突破局限的制宪和修宪指导精神，也反映出宪法的稳定性、连续性与执政党的指导思想、领袖的个人意志以及对于权力和权利之间轻重关系的判断有密切的关系。在制宪和修宪过程中追求意识形态的同一性、蔑视传统文化价值与民族精神的必然关联性，势必导致党国不分，权力至上，酿成宪法不足以保障其选出的国家主席的个体生命、公民权利遭到普遍践踏的社会悲剧。“八二宪法”及其相关修正案在尊重和保障权利的宪政精神指导下，已经将“人权”写入宪法，也明确了通过限制各种权力和分配国家权力来保障公民权利的具体宪法条款，为公民和社会重树对宪法的信心、维系宪法的权威、促进法治国家的建设提供了法理依据。▣ 2011 · 2

政府规模快速增长之谜

□罗仲伟

什么是政府的合适规模？驱动政府规模增长的原因是什么？为什么战后各国政府规模的增长呈加速趋势？这些问题历来是人们普遍关注的焦点。

用突飞猛进来形容政府规模的增长并不为过。美国联邦政府支出与国民收入之比，在60年间上升了7倍以上。被认为经合组织国家中政府部门最小的国家瑞士，其政府支出也曾接近其GDP的三分之一。而瑞典和荷兰等国的政府支出在进入20世纪80年代后一度接近GDP的三分之二。

再来看看中国的情况。仅以改革开放后的政府行政管理费支出为例，1980年为75.73亿元，占财政总支出的6.23%；1996年达到1 040.8亿元，占财政总支出的13.1%。15年间增长了13倍。其中不可否认有物价指数变动因素，但政府规模增长过快是毫无疑问的。1980年全国党政机关、社会团体等靠财政负担的人员共有527万，到1996年底膨胀到1 093万，加上事业单位，吃“皇粮”者共达3 500万之巨。这支庞大的队伍若组成一个国家，其人口数在世界上应可进入前30位。

当然，人们早就意识到了政府规模过大的种种弊端，也不会对政府规模加速增长所蕴藏的政治社会危机熟视无睹。容忍制约社会经济发展的因素恣意妄为无疑意味着自杀。因而，第二次世界大战以后，世界各国要求精减政府机构，控制政府规模的呼声始终不绝于耳。几乎各国的各届政府都屡屡把对“自身”的改革作为任期内的重大使命。遗憾的是，政府机构改革的实践却总是跳不出“精简—膨胀、膨胀—精简”的怪圈，实在令人啼笑皆非，困惑不已。近来有报道称，在改革开放以来我国第四次大规模政府机构改革中，1998年精简分流的党政机关富余人员已开始回流，反弹之快不能不使人惊讶。

事实上，从当今世界各国的实践来看，无论是实行资本主义制度的国家，还是坚持社会主义制度的国家；无论是发达工业化国家，还是发展中国家，恐怕都不能说已经找到了圆满解决政府规模增长问题的有效办法，面对政府规模增长过快这一全球性“通病”“顽症”，人们只能是满头雾水，伤透脑筋，充满力不从心之无奈。或许正因为如此，对学术、理论界而言，探求政府规模及其增长之谜似乎一直是一种极富挑战意味的超级诱惑。于是乎，有关的各种理论、假说应运而生。其中，公共选择理论对这些问题的解答大概最具说服力和可操作性。作为政治体制的经济分析，公共选择理论从其诞生的那一天起，应该说就成为破解政府规模及其增长之谜的天生工具。

从逻辑思路出发，要解释政府规模为何增长，首先需要解释政府为什么存在。

政府是公共物品的提供者和外部性的消除者，这是为什么政府存在的传统解释。交易成本理论就认为，国家是作为提供公共物品、消除外部性的最低交易成本机构出现的。这就意味着，如果政府提供的“物品”，如教育、警察保护、工商管理、国防等，价格相对提高，政府规模就会相对增长。既然政府提供的公共物品大多数具有服务性质，而政府这样的服务部门在推动生产力进步方面缺乏潜力，那么就可以预期这些物品的价格会相对增加。

表面观察，当今世界各国的军队服务，资本密集度和技术密集度都极高，计算机、电子印刷技术、电子通信技术、互联网以及其他办公自动化技术革新已经在众多政府工作领域中提高了生产力，政府部门生产力的增加似乎并不慢。但是事实并非如此，目前有关政府生产力的研究，都相当一致地认为政府部门的生产力滞后于私人部门的生产力，政府生产力的增长甚至可能是零或负数。正如布坎南（Buchanan）已经注意到的那样，与政府部门生产力滞后的原因相比，政府部门生产力滞后可能更多地表明为什么政府规模的增长成为一个“问题”。应该说，无论促使政府提供物品的价格相对提高的原因是什么，这种提高本身说明了某些政府规模的增长。

政府因提供公共物品和消除外部性而存在，基本上是对政府的一种规范描述，也就是一种政府应该做什么的理论，而不是对政府实际做了什么的分析。一种实证的政府理论似乎必须分析政府活动的再分配性质。即政府是作为社会收入和财富的再分配者存在的，甚至于宣称，政府的全部活动就在于再分配。对社会全部所得收入以不同的合适比例征税，再把税收所集中的资金以不同比例对社会各阶层予以补贴。正是通过这种存在差异的税收—补贴组合，政府得以进行社会收入和财富的再分配。这样说来，政府规模的增长当然取决于收入再分配的形式。换言之，再分配斗争的一种必然结果就是政府规模的增长。

然而，实证考察的结果却表明，与正好取得再分配所必需的政府规模相比，政府早已增长到远远要大得多的规模，无论是政府的工作计划、职能部门，还是工作人员数量都是如此。因而，政府的收入再分配功能同样不能完全解释政府规模的增长。或者应该这样说更确切，政府规模的增长并不排斥再分配因素。

公共选择理论的著名先驱者塔洛克（Tullock）早在 1959 年所作的关于民主政治中多数通过规则的经典讨论，被认为是政府规模问题的开创性公共选择分析之一。塔洛克提出了一个饶有趣味的分析实例：由 100 个农民组成的一个社区就修筑道路的提议进行投票，但是要修筑的每一条道路都只会使一部分农民受益。运用多数通过规则，必然会产生一个由51个农民组成的联盟。其政治后果是，由于这个联盟肯定获胜，所以只有那些服务于这51个农民的道路才会被修筑。这样一来，这51个农民只支付了修筑这些道路所需成本的51%，却享受了这些道路100%的服务。因此，他们肯定会投票使社区的修路决策总是维持在这样的水平上，即比如果他们必须支付全部成本时他们所愿意接受的修路水平更高的水平。因而，相对于一致通过规则下将产生的帕累托最优水平，在两种情况之中，多数通过规则导致了政府支出水平过度。情况之一是，修这些道路的支出大于一致通过规则下的支出；情况之二是，如果使用一致通过规则，那么将根本没有激励促使政府（即这100个农民所组成的社区）修路。

这个关于集体决策修路的例子极其精妙地阐明了在多数通过的规则下，政府规模会怎样变得过大的政治决策过程，实际上生动地揭示了利益集团在这一过程中的作用。显然，讨论政府规模及其增长不可能也不应该忽视利益集团的作用。除了上述例子中利益集团直接操纵投票结果可能影响政府规模外，利益集团还可能以这样一种政治过程影响政府规模：执政党向利益集团提供种种偏袒、倾斜，以交换来自利益集团的支持。当这些偏袒、倾斜采取对准特殊利益集团的某种形式，但是对其他集团产生溢出时，政府规模就会有较大的增长。在对1970年经合组织国家的一项实证检验研究中，显示出在一个国家中，有组织的利益集团数量对政府部门的相对规模有正向的显著影响。

当然，关于利益集团的影响导致政府规模增长的过程，以及利益集团与政府规模增长之间的进一步关系等，仍是留待人们继续拓垦的宝地。

政府不仅因为公民、利益集团或立法者要求增加支出而可能膨胀，而且因为提供政府工作计划和日常运转的官僚要求增加支出而可能增长。政府官僚机构作为一种独立的力量，完全可能导致扩大政府规模。很明显，“官僚们对在政府中增加货币开支要比只让货币流经政府更感兴趣”（缪勒语）。

理解为什么一个政府机构总希望索取对于既定产出的较高价格并不困难。额外的收入可以用于增加工资或补贴，庞大的人员队伍提供了更多的闲暇，更多的额外支出承担了会议旅游、高级轿车、高档宴请等在职奢华享受。总之，政府规模的增长可能为一个个官僚们营造出使他们工作轻松愉快、生活收放自如的一整套环境。一个官僚的“工资、办公室的额外支出、公共名誉、权力（和）赞助”等都与政府机构的规模正相关。在这一意义上，官僚最大化预算模型与经理最大化公司模型有着异曲同工之处。适合于最大化公司模型的行为基础和实证检验，某种程度上可以用于支持最大化政府预算模型。

就职业官僚而言，与一个缩减的政府部门相比，在一个迅速增长的政府部门获得晋升的机会肯定会更大。由此，职业官僚们总被某种财政激励所驱使，极力推动他们使自己所供职的政府部门迅速膨胀，以增加他们晋升到更高职位的可能性。此外，不像高层政治家以及委派官员受到任期的限制，作为职业官僚，他们完全可能一直待在某个政府机构中，直到从该机构的膨胀中直接受益。

至于在中国目前的官僚体制下，出现的突击添丁、卖官鬻爵、集党纳私等怪现象，就是官僚力量促使政府规模增长的一些特例。

需要强调的是，官僚力量超越立法机构和公民所要求的规模而扩张政府预算的能力，部分取决于歪曲公共物品真实价格和数量的能力，这种歪曲能力又取决于预算本身的规模和复杂性。一般而言，官僚体制越庞大，外部人对其活动的监督就越困难，致力于增加官僚体制规模的内部人就越多，此外，官僚们对信息的控制也极大地增强了官僚们扩张预算的力量。

政府规模增长的另一种解释是财政幻觉假说。如果说官僚力量增加政府规模的假说认定官僚体制可以就其供应不同产出水平的真实成本欺骗立法机构，那么，财政幻觉假说就是确信立法机构可以就政府的真实规模欺骗公民。财政幻觉这一令人似感陌生的概念其实并不年轻，在20世纪初，意大利政治学家帕维安尼（Puviani）就强调了对一种实证的政府理论而言，财政幻觉所具有的重要性。

政府规模的财政幻觉解释建立在这样的假设基础上：公民是通过他们的纳税负担来度量政府规模的大小。一般情况下，公民们会根据自己纳税负担的变化感觉到政府规模的变化，从而反对超过自己意愿的政府规模扩大。立法—行政实体为了支持和掩盖这种政府规模的增长，会采用某些方法增加公民的纳税负担，同时又使公民并没有意识到自己正在为此纳更多的税。如果纳税负担可以用这些方法加以巧妙地伪装，公民们就会产生政府比它实际的规模更小的幻觉，因而政府规模就可以超越公民的愿意接受的水平增长。

话说回来，财政幻觉终究不可能永久性地损害公民的视力，总有一天，这种欺骗行为不得不狼狈收场。关键在于，财政幻觉虽然可以作为为什么政府规模增长得比公民情愿的规模更大的一种解释，但是仍然没有回答政府规模为什么会增长的问题。

明眼人可以看出，上述五种政府规模及其增长的可能解释，实际上代表着两种截然不同的国家观念。政府作为公共物品的提供者和外部性的消除者、政府作为收入和财富的再分配者，以及利益集团作为政府规模增长的促使者等，基本依据都是关于民主国家的经典理论。主张国家终极权威与普通公民共度蜜月，国家是为执行“人民的意愿”而存在的，国家政策是公民个人偏好的集中反映，这些就是这种国家观念的主要思想。由诺贝尔经济学奖得主阿罗（Arrow）创始的公共选择理论中，大多数经典文献都是以这种公民高于国家的国家观为基础，国家通常简单地作为一种把个人公民的偏好转变成政治成果的投票规则出现。

而官僚力量作为政府规模增长的诱导者、财政幻觉作为政府规模增长的掩饰者等，则把国家置于公民之上。在这里，国家的偏好，或者政府中某些个人的偏好具有决定性意义。公民和政治体制至多构成对政治领袖和官僚们追求自己个人利益的松散约束。帕维安尼的思想为这种国家统治公民的国家观念奠定了理论基础，并且由尼斯卡宁（Niskanen）、布伦南（Brennan）与布坎南等人赋予了特征。

虽然看起来这两种国家观念是相互排斥或对立的，但是实际上两者都可能在某种程度上是正确的。例如，政府官僚们和工作人员极有可能利用其所具备的某种相机决策权力，牺牲公民利益而增进他们自己的利益，然而，通过现有的民主政治体制表示的公民偏好也会构成一个随之而来的约束（游戏的规则的确影响游戏的结果，体制至关重要，由此可见一斑）。因此，与其说上述五种解释对于从不同角度阐释政府规模的增长都是言之有理的、不容忽视的，不如说全面理解政府规模的增长需要综合考虑各种解释。

尽管目前看来，这些理论的解释力并不能令人满意，理论本身还存在着这样那样的缺陷，尤其是需要进一步更具说服力的实证检验，也可能还会有新的问题提出，还需要发掘新的视角，甚至需要建立全新的理论，但毕竟为揭示政府规模及其增长之谜找到了予人启迪的探索路径，构筑了较为清晰的理论分析框架。尤为重要的是，对政府规模及其增长的探谜，既刺激、推进了公共选择理论的发展，又为公共选择理论的实际运用提供了极为典型化的、具有可操作性的用武之地。

借用一位先哲充满睿智与幽默的一段话语结束本文，是再恰当不过的了：“我骑在一个人的背上，使他窒息，让他背着我行动，还要使我自己和其他人都确信我非常对不起他，并且希望用一切可能的办法减轻他的重负——除了从他背上下来。”□2000·1－2

市场经济散论

□周国平

一、 诚信和尊严

在今日市场经济的环境中，国人普遍为诚信的缺乏而感到苦恼。商界中的人对此似乎尤有切肤之痛，前不久央视一个节目组向百名企业家发卷调查，征询对“当今最缺失的是什么”问题的看法，答案就集中在诚信和信任上面。其实，消费者是这一弊端的最大和最终受害者，只因处于弱势，他们的委屈常常无处诉说罢了。

如此看来，诚信的缺失——以及随之而来的信任的缺失——已是一个公认的事实。这就提出了一个问题：我们是否曾经拥有诚信？如果曾经拥有，又是在什么时候缺失掉的？

翻阅一下严复的文章，我们便可以知道，至少在一百年前我们还并不拥有，当时他已经在为中国人的“流于巧伪”而大感苦恼了。他说的巧伪，是指在互相打交道时斗心眼，玩伎俩，占便宜。比如说，凡约定的事情，只要违背了能够获利，就会有人盘算让别人去遵守，自己偷偷违背，独获其利，而别人往往也如此盘算，结果无人遵守约定。今天读到他的这些描述，我们仍不免汗颜，会觉得仿佛是针对现在写的一样。一百年前的中国与今天还有一个相似之处，便是国门开放，西方的制度和思想开始大规模进来。那么，诚信的缺失是否由此导致的呢？严复不这么看，他认为，洋务运动引入了西洋的许多好东西，但一进到中国就变质。例如公司，在西洋是发挥了巨大效能的经济组织形式，可是在中国，即使两人办一个公司也要相互欺骗。所以，原因还得从我们自己身上寻找。现在有些人把诚信的缺失归咎于市场经济，这种认识水平比起严复来不知倒退了多少。

其实，诚信的缺乏正表明中国的市场经济尚不够成熟，其规则和秩序未能建立健全并得到维护。而之所以如此，近因甚多也甚复杂，远因一定可以追溯到文化传统和国民素质。西方人文传统中有一个重要观念，便是人的尊严，其经典表达就是康德所说的“人是目的”。按照这个观念，每个人都是一个有尊严的精神性存在，不可被当做手段使用。一个人怀有这种做人的尊严感，与人打交道时就会有一种自尊的态度，仿佛如此说：这是我的真实想法，我愿意对它负责。这就是诚实和守信用。他也会这样去尊重他人，仿佛如此说：我要知道你的真实想法，并相信你会对它负责。这就是信任。可见诚信和信任是以彼此共有的人的尊严之意识为基础的。相比之下，中国儒家的文化传统中缺少人的尊严的观念，因而诚信和信任就缺乏深刻的精神基础。

也许有人会说，“信”在儒家伦理中也占据着重要的位置。不错，孔子常常谈“信”，《论语》中论及诚实守信含义上的“信”就有十多处。但是，在儒家伦理系统中，“信”的基础不是人的尊严，而是封建等级秩序。所以，毫不奇怪，孔子常把“信”置于“忠”之后而连称“忠信”，例如“主忠信”“言忠信”“子以四教：文，行，忠，信”等。可见“信”是从属于“忠”的，诚实守信归根结底要服从权力上的尊卑和血缘上的亲疏。在道德实践中，儒家的“信”往往表现为所谓仗义。仗义和信任貌似相近，实则属于完全不同的道德谱系。信任是独立的个人之间的关系，一方面各人有自己的人格、价值观、生活方式、利益追求等，在这些方面彼此尊重，绝不要求一致；另一方面合作做事时都遵守规则。仗义却相反，一方面抹杀个性和个人利益，样样求同，不能容忍差异；另一方面共事时不讲规则。在中国的商场上，几个朋友合伙做生意，一开始因为哥们义气或因为面子而利益不分，规则不明，最后打得不可开交，终成仇人，这样的事例不知有多少。

毫无疑问，要使诚信和信任方面的可悲现状真正改观，根本途径是发展市场经济，完善其规则和秩序。不过，基于上述认识，我认为同时很有必要认真检讨我们的文化传统，使国民素质逐步适应而不是严重阻碍这个市场经济健全化的过程。

二、 企业家式的能力

读哈耶克的著作，常常会感觉到一种挑战，对我一向具有的某些信念的挑战。由此又引起我的反省，反省的结果往往是，我承认有必要对我的信念进行修正。这里我谈其中的一例。

在现实生活中，我经常发现这样的例子：有一些很有才华的人在社会上始终不成功，相反，有一些资质平平的人却为自己挣得了不错的地位和财产。这个对比使我感到非常不公平，并对前者寄予同情。据我分析，之所以出现这种情形，一个重要原因是前者不善于经营自我，而后者善于。在我的概念中，所谓善于经营自我无非是善于利用人际关系和利用机会为自己谋利，几乎与钻营是同义语，一向为我所鄙夷。我看重真才实学，而认为这种经营自我的能力绝不属于真才实学，并且是有真才实学的人所不屑的。

然而，在《自由秩序原理》中，哈耶克却对这种能力给予了充分肯定。他称这种能力为“企业家式的能力”，其特征是善于恰当使用自己既有的能力，为之发现获得最佳运用的机会。他认为，在发现自己能力的最佳用途上，人人都应该是企业家。一个人的成功不是取决于自己既有的才能、知识、技术等，而是取决于能否成功地将它们转换成“对其他有能力做出回报的人有用的具体的服务”，这正是自由社会的本质之所在。说白了，就是要善于推销自己，为自己找到最好的市场，卖最好的价钱。

这个论点无疑直接触犯了我一贯的道德信念，因此我阅读时在旁边打上了问号。但是，经过仔细思考，我不得不信服于哈耶克论证的逻辑力量。哈耶克也承认，由于企业家式的能力之强弱，造成某一特殊能力相同的人之间报酬悬殊，这种情况被视为不公，引起了极大不满。同时，每个人必须为自己的才能去寻求市场，必然面临风险和不确定性，也就把大多数人置于压力之下，“这是一个自由社会加诸我们的最为严格的也是最为残酷的要求”。但是，哈耶克认为，让每个人自己承担寻求机会的压力是有必要的。他的一个最有说服力的论据是，在自由社会中，才智不是特权，任何人无权强制别人使用他的才智，因为这意味着剥夺了别人的选择权利。而且，如果根据才能而不是根据使用才能的有用结果来决定报酬，便意味着必须有某个权力者对才能的等级进行裁决，这必定会导致专制。因此，“如果想替代那种对自己的命运负责而导致的压力，那么可供选择的就只有那种人们必须服从的个人命令所产生的令人更为厌恶的压力。”

的确，我们对这种“令人更为厌恶的压力”记忆犹新。在计划经济体制下，我们每个人的地位和报酬是由权力机构决定的，往往还是由某个直接上司的个人意志决定的。决定的依据在名义上是能力以及被荒谬地等同于能力的资历，事实上掺杂了许多别的因素，包括政治表现、个人恩怨等等。而且，与计划经济配套的人事制度又把我们紧紧地捆绑在某一个单位里，使我们没有哪怕只是选择同样有权决定我们的命运的稍微开明一些的上司的自由。在那种情形下，我们诚然无须承受对自己的命运负责的压力，因为我们的命运完全不在自己的掌握之中，可是，正因为如此，我们所承受的不公正远比现在严重、可恶而且令人绝望。当然，在市场经济体制下，也非事事皆公正。譬如说，我仍然认为，人的能力的性质和发展方向是不同的，必然有一些在某方面很有才能的人却难以学会那种企业家式的能力，让他们因此陷入困境肯定是一种不公正。但是，只要我们坚持市场经济，这种情形就不可能完全避免。市场经济只承认在市场上得到实现的价值，这一条不能改变，否则就不是市场经济了。除了计划经济和市场经济，我们没有别的选择，只能两害相权取其轻。

根据以上的思考，我觉得应该修正我对企业家式的能力的成见，对之也持肯定的评价。具体到文化人，无论作家、学者还是艺术家，都要有市场意识，善于为自己的产品争取好的效益，应该把这看做一种正面的能力，一种对自己的命运负全责的积极的态度。不过，我的修正不是无条件的，我仍坚持两个信念。第一，如果说企业家式的能力是善用自己能力的能力，那么，前一个能力是前提，然后才谈得上善用它，首先必须创造出好的产品，然后才有推销的资本。而且，在两种能力中，我仍认为前一种比后一种价值更高，因为真正的文化价值是靠前者创造的，后者的作用只是传播业已创造出的文化价值和获得世俗的成功罢了。所以，有杰出才能的文化人仍应专注于自己心灵所指示的创造方向，犯不着迎合市场去制造水准较差但销路更好的产品，为此承受相对的贫困或寂寞完全是值得的。事实上，无论何处，最好的作品都不是最畅销的，最畅销的往往是市场嗅觉特别灵的二三流作者制造的产品，我们对此应当心平气和，视为市场经济条件下的正常情形。第二，企业家式的能力应该是遵循市场规则进行经营的能力，违背商业道德的奸商没有资格称作企业家。因此，譬如说，那些通过媒体的大肆炒作来推销平庸之作的文人，那些在现场音乐会上用假唱来蒙骗听众的歌手，都不能视为真正具备了企业家式的能力，其行为只能算做商业欺诈。按照我的理解，提倡企业家式的能力恰恰是要反对这些现象，大家都卖真货，进行公平竞争，建立起健康的市场经济秩序。

三、 品行与报酬

哈耶克不但反对报酬直接与才智挂钩，而且反对报酬与品行挂钩。我觉得，和前一观点相比，这一观点比较好理解。当然，我们都希望，好人有好报，坏人有坏报，每个人的福分和他的德行之间有一种联系，好像这样才公平。从一种朴素的感情出发，看到老实人吃亏，圆滑之徒占尽便宜，我心中也大为不平。但是，我知道，如果用这种朴素的感情指导经济活动，结果必定大谬。

按照品行分配，必然牵涉谁来对品行做鉴定的问题。无非有三种可能，一是由某个权力机构或权力者来做，二是由社会舆论或所谓“群众反映”“民主评议”来做，三是由当事人自己来做。我相信，凡有理智的人都不会赞同第三种办法，因为根据每个人的自我评价决定他应得的报酬，等于没有任何标准，完全无法实行。至于采用前两种办法，我们对由此产生的恶果并不陌生。事实上，在计划经济体制中，品行或明或暗是决定报酬的重要因素。当一个负责人有权对其下属的品行做鉴定并且据此来分配经济利益时，所鼓励的往往是效忠、勤勉、服从等消极性质的品行，不可避免地会助长媚上之风。我不否认会有诚心用贤的好官，可是，相对于由体制决定的基本趋势，这种情形无足轻重。把做鉴定的权力交给“群众”，结果也许更糟。当事情涉及每个人的切身利益之时，人们的私心不可能不起作用。且不说别的，单是一般人都难以戒除的嫉妒心，就足以阻止他们都投优秀者的票。通常的情形是，群众评议中的优胜者是那些人缘好的人，而不是贡献大的人。

以上还只是说，按照品行分配不可能做到公正。问题不止于此，在哈耶克看来，要害是这一分配原则必然会毁坏自由社会的基础。他说："自由人的标志乃是其生活并不依赖于其他人对他品行的看法，而只依赖于他给其他人所提供的产品或服务。""如果在一个社会中，个人的地位是根据他与人们关于道德品行的观念间的相符程度而加以确定的，那么这个社会就是自由社会的对立面。"在本来的意义上，道德是一个人对如何生活为正当和高尚的理解，是他对自己的要求和为自己立的标准，体现了人的内在自由和精神追求。因此，它本不该是行政的对象，而把它和分配挂钩的做法却是运用强有力的经济手段把它变成了行政的对象。倘若人们的生活状况在很大程度上取决于是否遵循某种道德规范，那么，绝大多数人就范就是必然的结果。这种做法的另一个恶果是，使道德行为丧失了精神性质，变质为纯粹的功利行为。所以，按照品行分配不但搞乱了分配，而且也败坏了品行本身。凡是推行这种做法的地方，必定缺少真正的道德，盛行的是伪善和挂着道德招牌的明争暗斗。

在分配与道德无关这一点上，当代另一位自由主义思想家罗尔斯持相同看法。他特别指出，我们不可混淆法律的正义和分配的正义，以为两者性质一样，作用相辅，前者用于惩恶，后者用于奖善。的确，我们理应分清法律、道德、分配这三个不同的领域。品行属于道德的领域，我们可以对一个人的品行好坏做道德的评价，但是，既不能用法律手段对之惩处，也不能用分配手段对之赏罚。当然，倘若一个人的品行坏到了触犯刑法的地步，法律就该出面了。品行和分配也不是毫无关系，但这种关系只能是间接的，唯有当品行导致经济上的结果时，它才对分配发生影响。譬如说，一个勤勉工作的科学家取得了重大成果，因此得到了优厚报酬，他之能够得到这个报酬，他的勤勉肯定也起了一定作用。但是，很显然，这个报酬是给予他的成果的，而不是给予他的勤勉品行的。也许还有一些同样勤勉甚至更加勤勉的科学家，却没有取得这么重大的成果，也就不能给他们相应的报酬。又譬如说，一个有诚信的商人也许会因为好的信誉而获得可靠的市场，相反，一个没有诚信的商人可能会因为信誉太坏而终于破产。不过，诚信与否必须在产品上体现出来，决定成败的仍是产品满足市场需要的情况，人们是为自己所愿意购买的商品付钱，而不是为某个商人的诚信品行付钱。

在市场经济条件下，分配归根结底是由市场上的供求关系决定的。一个人所得报酬的大小，取决于他所提供的产品或服务满足市场需要的程度，而这一程度又是由许多因素决定的，品行至多是其中的一个因素，而且往往是不很重要的因素。像勤勉、诚信这样的品行与报酬多少还有间接的联系，有一些更重要的品行，例如正直和善良，连间接的联系也没有，有时候甚至会给自己带来利益的损害。可是，如果你是一个正直的人，你会企求你的正直给你牟利吗？如果你企求这样，你还是一个正直的人吗？说到底，做人和做事毕竟是有区别的，做人要讲道德，做事要讲效率，讲道德是为了对得起自己的良心，讲效率是为了对得起自己的生命。前一个

“对得起”不必也不能用金钱来衡量，后一个“对得起”主要指实现自己生命的价值，但在为社会创造价值的意义上有权要求合理的报酬。作这样的区别是不是公正呢？我认为是公正的。

四、 市场经济与性爱自由

在今日中国，人们在性、爱情和婚姻方面已经享有很大的自由，这种自由在二三十年前是不可想象的。那时候，虽然爱情和婚姻的自由也写进了法律，但是，在行政和舆论的强大干预下，这种自由在实践中至少打了极大的折扣，在许多场合实际上被剥夺了。凡是从那个时代走过来的人，应该对两个现象记忆犹新。一是非婚（不论婚前还是婚外）性关系成为行政处罚的对象，并且遭到舆论的普遍歧视和谴责。多少人因为所谓“生活作风问题”——这个词对于今日的青年是多么陌生——而抬不起头，甚至印上了历史污点，影响一生的前途。二是离婚极其困难，不但当事人要经历两败俱伤的持久的消耗战，而且几乎必定会受到来自行政方面，常常还是司法方面的阻挠，并且同样遭到舆论的普遍歧视和谴责。

现在，这两个现象已经基本上成为过去，无论非婚性关系，还是离婚，在相当程度上已被视为个人的私事，人们普遍对之持宽容态度。这是一个重大的进步。事实上，非婚性关系的自由是爱情自由的必要条件和重要内容。对于青年男女来说，婚前的禁欲不但是不人道的，而且往往会造成择偶上的盲目性，因为在这一禁令下，他们一方面可能由于欲望的逼迫而饥不择食，匆忙结婚；另一方面又不得不在缺乏性经验，因而对于性生活是否和谐毫无把握的情形下互定终身。婚外性关系的情况比较复杂，可以肯定的是，原则上这也应是有关当事人的私事，而不应是司法或行政干预的对象。同样，离婚的自由是婚姻自由的必要条件和重要内容，这个道理是不言而喻的。我们的婚姻法把判离婚的根据由过错改为感情破裂，无疑是在保护离婚自由方面迈出了决定性的一步。修改后的现行婚姻法增加了离婚时感情受伤害一方有权要求获得经济赔偿的条款，这一条款十分耐人寻味。我从中读出的潜台词是：从前备受舆论谴责的婚外情不再是一种道德罪恶，而转换成了某种可以在经济上加以计算的权益侵损，这就更加彻底地把婚爱纠葛还原成了当事人之间能以一定方式扯平的私事。

性爱生活是私生活的最重要的组成部分，因而上述变化在一定程度上反映了中国公民生活中一个不受侵犯，亦即受到法律保护的私人领域正在逐渐形成。对于这一事实的意义，我们无论怎样估价都不会过分。若问这一重大变化缘何而来，我认为答案只有一个，就是缘自市场经济体制的确立和推进。西方历史表明，那种保护个人自由的社会秩序正是伴随着市场经济的发展而得以建立和健全的。在中国，有识之士早就为性爱的自由大声疾呼，但阻力重重，收效甚微。市场经济一推广，很快以不可阻挡之势解决了人们在理论上争论不休的问题，把一切守旧的声音置于绝对劣势。关键在于，市场经济不但有力地改变了人们的道德观念，而且有效地削弱了行政机构干预人们生活的强制力量。在计划经济体制下，一个人的社会地位和经济收入在很大程度上取决于行政机构对他的评价，这种情形迫使他在私生活领域中也不得不按照行政机构所承认的标准行事。相反，在市场经济体制下，每一个人至少在理论上都拥有选择职业的自由，亦即凭自己的本事找饭吃的自由，而这就意味着任何地方或单位的行政机构都不再能决定他的命运。一个人一旦拥有经济上的自由，他在私生活领域里便也有了相当的自由，这时候，能够约束他的就只有法律了。也就是说，只要他不触犯法律，就没有人能惩处他。当然，他不能不顾忌社会舆论，可是，我们发现，一旦行政权力不再能干预人们的私生活，社会舆论很快就会发生变化。改革开放以来，正是那些首先脱离体制而到市场上去谋生和求发展的人，由于他们摆脱了行政权力的控制，因此在私生活方面也是率先开放。毋庸讳言，其中有种种不良现象，但我认为，从总体上说，这些在体制外的人（例如商人、私营企业家、公司白领、自由艺术家）的生活方式对于改变社会舆论起了非常积极的作用。一种更加合乎人性的新生活方式一旦得到社会的容忍和默认，它必然会迅速传播，以至于当体制内的人起而效仿时，相关的行政权力对之也无可奈何了。这就是我们今天所看到的局面。

想一想在不太久以前，人们谈论起西方的性自由还会感到惊慌或者艳羡，而在今天，中国的性自由水平已经不亚于许多西方国家，变化真是太大了。性自由完全不必是乱交，它在根本上是指，把两性关系看做个人的私事，在不触犯法律的前提下，允许个人在这个领域内自由地选择他自己所喜欢的方式，包括传统型婚姻、开放型婚姻、非婚同居、不禁欲的独身等。在我看来，市场经济在两性关系领域所促成的最重大进步就在于此。

当然，市场经济在这一领域还造成了其他一些重要变化，例如极大地改变了人们在择偶时的价值观念和衡量标准。其中，金钱的作用上升到了一个显著的地位。不必说那些刻意傍大款的人，即使一般的男女，现在在决定嫁娶时也很少有不考虑对方的财产状况的。金钱似乎成了最性感的东西，富人和所谓成功人士在异性世界里往往能得到更多的机会。我觉得，对于这种现象，我们无须大表义愤。事实上，无论在何种体制下，人们在择偶时一般都会考虑自己的实际利益，这是完全正常的。比如说，在过去的时代，阶级出身是人们在择偶时不可忽视的因素，而高官子女和在权力阶梯上居高的人士在婚姻上也必然处于有利的地位。所以，区别只在于，金钱取代权力成了利益权衡的重点。同时我又相信，不论过去还是现在，总是有人更加看重感情，而不把权力或财产当做择偶的主要依据的。

我丝毫不想低估伴随着市场经济的发展所出现的种种负面现象，不过，我认为应该对之作具体分析。在转型时期，滞留的旧体制的某些弊病或落后的文化传统与尚不健全的市场经济相结合，往往会有恶性的表现，许多负面现象可以由此得到解释。一个显而易见的事实是，在市场经济发达的西方国家，并不存在诸如大量官员受贿和养情妇、地下或半地下色情业昌盛、拐卖妇女的犯罪活动猖獗等现象。因此，不能把这些现象一股脑儿都算在市场经济的账上。即使市场经济是原因之一，对它的功过也应该算总账。我们有理由期望，市场经济的健全发展将会导致一种确保个人自由的法治的建立，而这意味着一方面个人享有充分的性爱自由，另一方面各种性腐败和性犯罪现象将受到有力的遏制。◻ 2003 · 1

信用的失落：中国经济大隐患

□周其仁

信用与产权，是民营企业发展中面临的一个重要问题。

在我国，经济主要划分为两大块，一是国有经济，一是民营经济。就目前而言，国有经济不仅运行情况不好，更严重的是它的信用关系已经非常糟糕。许多国有大中型企业都陷入严重的债务纠纷，如三角债、拖欠银行债务等。这种情况导致了国有商业银行的大量不良债务。如何摆脱这种困境？解决的办法还在探索之中。

与之相比，民营经济又处在一种什么样的境况中呢？我认为在目前普遍的信用丧失的情况下，研究民营经济如何建立信用是一个非常重要的课题，它关涉到民营企业到底能不能做大的问题。

在今天的民营企业问题研究中，有一个引人关注的话题就是，为什么企业总是做不大？有的企业好不容易规模上去了，却又偏偏出了这样那样的问题。这里面当然有多方面的原因，如企业内部的结构问题、老板的素质问题、企业策略问题等等。但我想从另外一个角度，即市场的角度来讨论这个问题。

企业与市场的关系，就如同鱼和水。水如果不深，就养不出大鱼。目前中国的市场，我认为尺寸已经够大，问题在于厚度不足。研究市场一个最简单的方法就是：人口×购买力=市场规模。所谓尺寸够大，就是指人口基数基础上的购买能力。中国12亿人口形成的市场潜在购买力在全球来说都是引人注目的。目前所有经济大国都对中国感兴趣，它们看到的就是这个非常大的有待开发的市场。

当然，仅仅考虑人口的基数是不全面的，购买力也是构成市场规模的关键因素。在鸦片战争之前，西方很多大企业家就认为，中国有很多人口——当时是4亿，市场非常之大。英国纺织业的企业家甚至有一句很有名的话：要是每个中国人都戴一顶睡帽，英国的纺织业之都曼彻斯特24小时不停地开工都做不完。但是后来发现，中国人虽多，收入水平却很低，没有多少人戴睡帽睡觉。于是，第一批钢琴就卖不掉，纺织品也卖不掉。最后转为做鸦片生意。

这当然是100多年前的事，自改革开放以来，中国人的收入增长很快，购买力大增，中国已形成一个规模巨大的潜在市场。但是从制度经济学的角度看，中国市场规模虽大，厚度却不足，壁垒众多。虽然中国在行政上是一个统一的国家，但由于种种干预，市场被分割得七零八落；大量的行政性垄断也妨碍了统一市场的形成。此外，更为严重的，是促使市场繁荣的制度基础异常脆弱，尤其是其中的信用关系。市场要做得厚，其中最根本的一个条件就在于信用。

我谈信用，并不排斥其他方面的重要性，如国家的政策、企业家的文化心理以及他们的策略选择。但是我认为，市场的厚度是企业做大的一个条件，而市场厚度的一个重要因素就是信用。谈到信用，就涉及一个更为基本的问题，即产权问题。这几年对产权问题讨论很多，但我认为还有一些偏颇之处。因为在过去，计划经济下的公有制主导一切，对任何私有的、民营的经济都持排斥态度，所以，我们早期对产权的讨论，更多的是关心国家政策如何保护企业家的财产、创业者的财产（当然，即使是这样一个问题，现在也还没有完全解决）。但是，如果从发展市场经济的要求来看，产权还有它更重要的另一方面，即产权不仅仅是涉及企业家利益的问题，它还关系到交易各方的利益问题。在市场经济发达的国家，保护产权不单是保护一方的所有权，还要保护交易各方的所有权。也就是说，从一个发达的市场经济的角度来看，产权有它更重要的其他方面的含义，它不单单保护我们的利益，另有非常重要的另一面是保护别人的利益，这正是市场厚度的一个重要含义。一个社会如果只保护老板的利益，而不保护工人、高级经理、技术人员的利益；或者只保护债权人的利益，而不保护债务人的利益或者相反，那么它的市场都不可能做得很厚。一个好的市场，是一个能够不断变厚的市场，它必须保护市场参加者各方的产权。而在这一点上，我们过去却几乎把它忽略了。我们的法律理应对此作出明确的规定。

但是，对市场经济来说，仅仅有法律的规定这一产权保护的基础是远远不够的。从发展的眼光看，市场要做厚，形成良性发展，除了这一制度基础之外，要害的问题还是信用关系。现在的中国，几乎所有的企业界人士一说到信用问题，都不免大发感慨：市场不可靠，货发出去，款却收不回来；银行总是担心贷款发出去，就永远收不回来；股东的钱到了企业，却分不了红等等。这些都说明了我们在信用问题上的危机。

有着几百个亿资产的广东的窗口公司——广信公司关闭，这在金融界不啻一次地震。广东是全国实力最强的省份之一，占了全国 GNP 的 1/10，进出口的 40%。但就是这样一个经济大省，它的窗口公司因为五亿美金的支付款周转不灵而宣布关闭。这一事件立即在国际信用市场产生强烈反应。广信关闭后，整个国际信用市场资本相对于中国的评级立即下调。中信公司作为中国第一家信托投资公司在国际上发行债券，美元债务要增加 500 个基本点，达到 11%。而这件事又引起连锁反应，影响了全国所有的信托公司，从而使中国在国际市场上的债务、融资都受到影响。这也正说明了信用关系在市场中的重要性。

当然，在信用问题上，民营经济与国有经济有明显的不同。但如果没有信用，民营企业就永远没有发展的基础，永远只能小打小闹，停留在你骗我、我骗你的阶段，也永远不可能把市场做厚，永远养不出“大鱼”。所以我们讲产权，要强调保护他人产权这一含义。这一点，现在还没有成为我们的社会基调，也没有成为大家的共识，结果，有许多企业，也包括民营企业，在进行另一种比赛，比赛怎样骗别人。这对市场厚度的形成大为不利。

亚洲金融风暴之前，企业界有人担心中国没有足以与国际上大企业相抗衡的民族企业，于是想通过政府行为去垒一些大企业出来。把企业人为地合并起来，使它变成世界上有分量、有竞争力的大公司。这件事已经有人开始做了，最有名的是南京几大石油公司合并成了一个国家企业集团。可是，亚洲金融风暴特别是韩国金融危机之后，人们马上就认识到人为垒出来的大企业并不可靠。因为这样垒出来的大企业，依靠政府行为通知银行增加贷款，但企业并没有因此而激发活力，于是企业债务与银行贷款形成恶性循环，企业借新债还旧债。这样，一到账务日，整个银行，整个国有企业，整个国家经济就陷入危机之中。垒出来的大企业并不适应市场经济的竞争，很多人想人为地造出大企业，挤进世界500强中去，这是一个误区。离开市场的实际和特殊要求，离开市场的厚度来讨论企业、发展企业，这是危险的行为。这正如在脸盆里养大鱼，把鱼硬放到脸盆里面，鱼非死不可。企业要发展，要做大，关键还在于把市场做厚。没有一个有相当厚度的市场，企业的发展就永远只能是一句空话。

中国市场就目前的情况而言，广度（尺寸）已经足够，人口乘以购买力而形成的市场规模是够大了，但这还不够，使市场变厚的信用关系还远没建立起来。市场规模大，但信用很差，这样的市场环境是发展不了大的民营企业的。因此，保护产权（包括市场参与者各方的产权），建立信用制度，形成良好的信用关系应该成为全社会的共识（以制度建设为中间环节来把市场做厚，要比完全靠道德约束的因素更快，更有效）。只有这样，才能逐步建立良好的市场秩序，营造民营企业成长的市场环境。

讲到经营的产权，还要重点讨论一下市场条件下民营企业中老板和高级经理的关系问题。

老板和工人，这是一个劳资对立的概念。这个概念属于18世纪。但如今在股份制企业条件下，这样的情况正在发生变化。大约是1993年，有了一个新的概念：大家都是打工的；大家又都是老板。作为一个企业的老板，他要扩大规模，便要募股。当股额越来越大的时候，他的股份已经占得相当少，企业成为一个名副其实的公众企业。这时，每一个持有股份的人都成为老板，这是所谓人民资本主义的概念。现在则有一种新的说法，叫做利益相关者。企业的利益相关方——工人、高级经理、技术人员、推销人员、供货商、服务商，还有中间会计师、基金经理等，一同处在企业网络之中。而其赖以联结、制约各方最主要的关系就是契约关系，企业网络中的每一个相关者，其实都是在契约关系下履行其职责。

在这个网络中，高级经理问题显得尤其复杂。在西方，有一个关于有效工资制度的讨论，其关注的核心就主要是如何给高级经理定价的问题。如在美国，企业给高级经理的定价就往往很高，大大高出市场的均衡价值。甚至在经济不景气、企业减员的时候，高级经理还会涨薪。这跟人们理解的市场经济供求规律似乎是相冲突的。按通常的理解，在供过于求的时候，高级经理的薪水也应下调，因为如果你一个人不干，自然还会有很多人在后面等着。这一现象引起很多人的不解，对此，经济学家提出了有效工资的理论。

什么是有效工资？在企业中，高级经理的活动是非常难于监督的，连老板都很难监督他。比如，他在办公室里发号施令、打电话、运筹帷幄，但你不知道他是在为谁的利益忙，是为公司的利益，还是为他个人的私利？非常难以识别。监督成本非常高。因此，所谓有效工资，就是指给经理人员以超过市场均衡价值的价格，其目的在于让他实行自我监督。在这样的情况下，高级经理如果对公司不忠，并由此而丢了工作的话，那将是一种很大的损失，可以设想，通常而言经理人员都会珍惜这一来之不易的机会。

在中国，这方面的情况却非常混乱。有很多经理还有自己的小公司，香港、台湾都有很多这种现象。这在西方是不能想象的。受聘于当地的经理，就不能同时在另一个地方兼差，这必须要交代清楚。但我们很多人还没有这方面起码的概念，不知道怎样才能有效地激励经理人员的积极性。要解决这个问题，我认为至少有三种措施是行之有效的。

首先，拉开高级经理中正手与副手的薪水差距。现在企业中普遍存在的问题是正手和副手之间收入差额太小，这样，在副手变成正手的升迁概率非常低的情况下，副手往往患上偷懒症，因安于现状而缺乏进取的积极性。解决问题的办法是把正手与副手的薪水差距拉大，这样，虽然副手升迁的机会不多，但一旦升迁，其待遇就会极不相同，这正是激励副手积极工作并试图做得比正手更出色的重要动因。

其次，让高级经理的利益与企业利润挂钩。通常来说，我们的情况是高级经理的利益只与企业生产成本相关，而与利润无关。解决问题的办法是让高级经理同老板一样，关心利润，而不只是关心成本。所以，要寻找把利润与高级经理联系起来的途径，而这正是利润分享制度的内涵。

再次，以股本把高级经理和企业联系起来。对一个企业来说，当年的利润很可能并非来自当年，而来自前几年的部署。如果高级经理在计划中只关注了当年的利润，而对企业的长远利益漠不关心，这无疑是一种短期行为，这样的企业制度也是一种有问题的制度。然而，我们目前的情况往往是，高级经理一来，就马上给他高工资，马上给他股份，这就很可能导致他对企业的长远利益缺乏关心。对此，正确的做法应该是，如果企业看准了的人才，就应该用股本和他联系起来。做到这一点有多种方法，其中一种是增值的办法，即把人力资本转成股本，形成其稳定的、长远的收益权。在签约的时候就讲清楚工资多少、分红多少，但并不是马上给分股权，而只给认股权，等三年或五年之后再分股，让他年老退休之后可以照样分红。用这种办法，就把高级经理跟企业长远利益联系起来。因此，企业要做大，做成千军万马，不可能老板事事都管，老板一定要委托代理人去管，这里就有很多制度安排，所以就要考虑股权，从而有利于形成企业的团队精神。

至于高科技产业就更复杂了，更要头脑定价，而且要懂得怎样来定价。即使是白菜，定价不好，也会导致供不应求。不给头脑定好价，将来优秀人才全部到国外去了。

民营企业应该解放思想，学习适应市场竞争条件下的企业管理理论，才能采纳并留住优秀的人才。当然，这些事情实际操作起来相当复杂。比如让经理人员通过融资或其他方法成为大股东这种措施，办起来就很不容易。实现对人的投资，这是企业成长中一个很重要的问题，没有这一步，企业就不可能做大。对此，具体的操作尚需在实践中逐步探索并积累经验，这需要一个长期的过程，实行起来非常复杂。我们现在在一些公司做的案例是把经理人变成大股东，这是对人投资。西方有个理论叫“所有者偷懒”，经理通过融资的方法，就可以变成大股东。国内的银行不敢做这事，它只能做项目贷款。

总之，对民营企业来说，若要生存，要发展壮大，时刻离不开信用。有人说，守信用有什么用？按时还钱、善待员工、善待高级经理、尊重股东等，这一切都好像是很吃亏的事。这种观点是十分有害的。因为资本市场一旦发达起来，信用的价值就会真正体现，那时，一个不讲信用、信用等级不够的企业，即使有再好的发展计划，也将因无法如愿融资而前功尽弃。我们应该有一种长远发展的眼光，着手于信用的建立，只有这样，民营企业才能真正生长出“大鱼”来。◻ 2000 · 5 – 6

转型代价与农民负担

□孙　津

不管怎样理解现代化，也不管现代化是否有一个统一标准，所有发展中国家或欠发达国家都在想方设法地建设自己的现代化。这似乎说明，现代化是一个过程。现代化的标准，也许并不是现在所谓的西方发达国家的物质文明。一个国家建成现代化，是一种转型。然而，任何成就都要付出代价，或者说都有它的成本，转型也一样。中国转型的代价是什么？又是由谁来承担的？就本文所讨论的问题来讲，这种代价的一个特征化体现，是所谓农民负担的。

就当前的情况来看，转型主要指改革开放，即由计划体制向市场体制转变。然而从较长一个时期来看，一个国家现代化的转变，其模式选择主要是由其社会变革的性质所决定的。中国社会变革的性质是农民革命，这也是毛泽东所谓中国的问题是农民问题的本义。我的看法是，这个革命尚未完成，改革开放是这个革命的继续，它要达到的是一种新的社会结构，农民负担是这一转型过程中的特定范畴。

不管叫作改革开放，还是称由计划向市场的转变，这一艰巨的工作总是有其代价的。问题在于，任何事情的代价都不是平均分摊的。我们说农民是这个代价的承担者，并不是说其他人不承担代价，也不是指数量上农民支撑着比别人多的代价(尽管事实上这是很可能的)，而是说：农民为自己的革命支付代价；农民的支付能力和担负方式决定着转型的成功与否；农民相对城里人来讲在支付代价方面有一种超出自己承受能力的心态和特征。不能说城里人把所有的代价都转嫁给农民了，但是中国转型的成功，最终取决于农民革命的完成却是没有疑问的，农民负担作为一个特定的范畴，也将在这一完成过程中逐渐失去意义。

一、 革命

巴林顿·摩尔（Barrington Moore）在20世纪60年代中期表达过这样一个观点：现代化进程是由一系列失败的农民革命开始的，而在20世纪，它却经由成功的农民革命进入高潮。所谓成功的农民革命，主要指苏联和中国，而在20世纪60

年代讲这番话，当然也是针对全球殖民体系的瓦解而言的。那么，中国的农民革命与现代化道路的选择是什么样的关系呢？或者具体地说，中国是怎样经由农民革命而开始了真实的现代化进程呢？

其实，摩尔的话用在中国是有些不精确的。在他看来（我也是这样认为的），革命是指社会结构的变革，所以不同于农民起义。我们知道，欧洲的一些农民起义，比如闵采尔、巴贝夫领导的起义是有变革社会结构的要求的，而中国历史上数不清的大小农民起义几乎都没有提出这个要求。所以可以这样说，太平天国的失败标志着中国农民起义历史的结束，并开始了中国由前现代化社会向现代化进程的转变。真正使现代化在中国具有实施条件的准备工作，是经由中国共产党领导的农民革命来完成的。

第一，不管这个准备工作叫作土地革命还是新民主主义革命，总之共产党对这场革命的前途或导向的规定是十分清楚明了的，即社会主义。自20世纪90年代以来，我多次表达过一个观点：世界上所有的社会主义国家都是由封建社会变革而来的，其主要形式也都是武装夺取政权。这种情况在中国体现得尤其突出。它所表明的事实是，共产党领导的农民革命在资本主义现代化模式之外，平行地选择了社会主义现代化道路。重新审视这一历史事实，在今天具有极为重要的理论意义和实践意义。从理论上讲，不管苏联和中国的革命各自有什么样的特点，总之，社会主义的建立本来就不必以对资本主义的取代或变革为条件，而这一点正是今天中国改革开放最根本的历史合法性。

第二，中国农民革命的最核心任务，是铲除封建的土地所有制。这里的“封建”是中国社会特定的历史范畴，主要是指地主的土地私有制以及与之相适应的地主官僚体系。这种情况既不同于中国古代的封建也不同于欧洲资产阶级革命前的封建和十月革命前沙皇俄国的封建。中国农民革命所要变革的社会结构是政治性的，即让所有农民当家做主，而就农民分得田地这一点来讲，并不具有土地私有的经济性变革，更不具备变革生产方式的技术革命条件。正因为如此，改革开放在农村所走过的大包干，乡镇企业、农业产业化、农村城市化历程才表明了它所具有的继续农民革命的性质。

第三，农民构成了革命武装斗争的主力军。这一点在中国尤其突出，因为中国革命武装斗争的时间远比苏联要长，其间还夹着八年抗击日本侵略的民族战争。相对十月革命以工、兵起义为特征的军事形式来讲，中国革命建立农村根据地和农村包围城市的经历使农民对共产党的感情认同有着极大的天然性和一致性。正是这种感情认同，保证了中国社会主义现代化道路选择所必需的政治稳定和社会稳定，甚至超越了各种具体的利益计较。

二、代价

以1949年新中国成立为标志的农民革命胜利的唯一原因，是共产党的领导。或者反过来说，只有共产党领导的农民革命取得了成功。因此，经由农民革命而进行的现代化转型，其代价也只能从这个事实出发来考虑。这当然不是说，由于共产党的领导才造成了代价，而是说，任何事情的成功都要付出代价，而这种代价的情况只能从事情的性质和方式来分析。

新中国成立后的近20年里，中国学习和参照苏联的现代化模式，采取了以剥夺农村经济为代价的工业化发展模式。剥夺农村经济，是计划经济自觉的安排，也只有计划经济体制才能保障这种剥夺。在对农民革命的诸种看法中，一般都同意，如果中国地主阶级能够实行市场经济，使农村生活商业化，农民革命就发生不起来。根据这个看法，中国实行高度计划经济的时候，农民革命很可能会发生，尤其因为计划体制并没有改善农民生活，而且三年自然灾害更提供了革命的机会或条件。然而，这种情况并没有发生，其中最根本的原因，在于中国农民经由革命成功（指夺取政权）所获得的政治权利和经济权利是不协调的，或者说是不对等的。这就是我所要说的中国转型的代价。

过去的计划经济，从根本上讲并不是一种纯粹经济模式，而是用政治来计划经济，所以到其极端发展的时候才会批判“只算经济账，不算政治账”，才会“宁要社会主义的草，不要资本主义的苗”，以致到改革开放时还要争论经济模式“姓资姓社”的问题。对于农村来讲，分到手的土地又被人民公社收回当然是个政治问题，但干好干坏一个样的经济状况，表明“农民”并不是一种职业身份，而是一种政治依附的标志，而从这种依附到契约的身份关系转变，至今仍没有彻底完成。在这种情况下，农民对土地的经济依赖是虚假的，而且土地也不是农民自己的生产资料，反过来，应该说事实上是以土地为生存必要环节所形成的政治依附关系，才是农民经济上不负责任的根据，也就是俗话讲的没有生产积极性。

改革开放从农村开始的历程已经表明，农民的首创精神是在变革人民公社体制这一点上具有革命性的。但是，农民与国家之间契约关系的形成却是缓慢而不自觉的，相对城市居民来讲，农民的所谓“二等公民”状况是人们所明了的，也是政府正在想办法逐步解决的问题。这种依附性还可以从一种正面的角度来分析：当农民的庄稼遭灾的时候，他会理所当然地首先向政府要求补助和救济。社会主义优越性、共同富裕的社会理念、救助弱者的一般道德等，这些都是具有正面价值的原则，但它们并不能改变农民在政治权利和经济权利上不协调或不对等的身份依附性质，因为政府按市场（或契约）关系并没有实施这种补助或救济的义务。除了大规模的灾害超出了农民自己的承受限度而使救灾成为政府乃至全社会的行为，农民自已本应在正常年景的收入中留出一部分用作防灾救灾。

代价并不必定意味着不好，或者不经济。以剥夺农村为代价来优先发展工业，以尽量限制农民生活水平来保障对城市居民生活的支撑，这些做法留下的教训是沉重的。然而，工农业之间的剪刀差在一个农业大国向工业化转变中只能逐步缩小，这可能就有其必然性了。改革开放从农村开始，实际上是国家自己先拆除了对农民的保护，但这样做的结果却是促进了农村市场经济的生成，也使农民身份向契约的转变有了可能。这种代价是值得的，甚至是经济的，但它的性质和方式仍是由政治权利和经济权利的不协调或不对等所制约的。

三、 负担

负担，在此指的是额外承受的东西。代价并不必定就是或造成负担，但是，我们现在所讲的农民负担，却是和农民革命或中国转型的代价有直接因果关系的。具体地说，农民负担来自农村市场经济发展和以契约关系为核心的政治权利之间的矛盾。

根据《农业法》，农民缴纳的各种税款应不超过年收入的5%，这叫作合法（当然也是合理）负担。但是按照契约关系，公民纳税是法定的义务，这一项其实不应算作负担。之所以用“负担”来表示这种义务，实际上还是没有从政治上摆脱对农民依附身份的定位，这是一方面。另一方面，农民实际缴纳的款项要远远超出这5%，所以农民负担才成为一个严重的社会问题，而这个问题的的确确是转型的一种代价。

统统归于“农民负担”之列的内容很多，主要有这样几大类：干部太多、税种太多、规定订阅的书报杂志太多、行政事业收费太多、达标活动太多，以及隐形涨价、提留统筹、合法集资、义务劳工等等。在这些名目繁多的负担中，一般中等富裕地区的教育经费就超过了法定负担所谓的5%，农民负担之重由此可见一斑。

但是，农民的生活确实比以往任何时候都好，为什么过去不讲什么负担呢？道理很简单，农民负担并不仅仅是（甚至不是）一个交钱数量多大的问题，而是市场体制下产值分配公开以及个人对其经济行为负责的必然结构。从这个意义上讲，农民负担是中国转型在改革开放中一个特定的历史范畴，它表明的是农村经济向市场化转变的一种进步。之所以农民负担会成为严重的问题，并不在于农民实际经济能力是否支付得起，而在于政治观念的转变和相应的政治权利的落实没有跟上——说它是转型的代价的道理也就在于此。

战争年代，农民为了打日本，为了分田地，再大的牺牲也不成其为负担，因为这是农民为自己利益所尽的本分责任。人民公社时期，无论支出还是收入，都归于集体的名下，而且实际上农民根本不对任何事情（不管是穷还是富）负责，所以也没有“负担”这个问题。改革开放以后，人民公社的结构散了，但是在安全和生存的保障上依赖政府的心态并没有根本改变，所以就把交钱给政府看成负担，此其一。其二，相对城里人来讲，农民的纳税是公开的。每一户，甚至每一个农民劳动力就像城里的一个公司、一个工厂，什么税都要交。完全有可能的是，城市从业者在工资之外被扣除的利润额比农民所交的税比例要大，但这一块利润在城市是不公开的，而且不是由每一户或每一个人来直接面对国家和政府有关职能部门的。因此，农民就显得有负担了。当然，这不等于说城里人的生活在改革开放中不如农民生活改善得快。其三，农村的市场经济要求每个农民时刻计算他的获利率，当然要尽量压缩成本。改革开放一直强调要农民富起来，并且在舆论导向上为农民减轻负担说话，这就助长了农民对致富的期望值，甚至造成了只讲合理致富而不愿承担义务的心理态势。其四，城里人的公益事业主要靠政府拨款，这种形式所体现出的经济权利农民却享受不到。所有农村的开支都要靠农民交款，造成了农民拒绝支付代价和尽义务的心理，而且把真的义务看成负担了。其五，政治权利和经济权利的不协调或不对等，使腐败现象在农村的发生更显得无序，也更无遮掩，这当然也助长了对负担本身的道德义愤。

此外，还可以列出一些造成负担的原因，不过，问题并不在于农民应该或能够承受多大负担，而在于农民自己政治权利和经济权利的不一致，以及农村在这方面和城市的不一致。这是转型的代价之一，也是当前要解决的重要问题。对此，有两点看来是可以肯定的：其一，农民负担问题的解决是一个不短的过程，有待于多方面的条件，而不仅仅是政策的硬性规定；其二，“负担”将随着政治权利和经济权利大体一致的机制的形成而失去意义，比如说，乡镇干部不再像现在这样，夹在中间整天为催缴各种款项而操心了。

四、 前途

无论说农民革命的继续还是说转型代价的回报，其前途都是中国特色的社会主义。代价主要指政治权利和经济权利的不协调、不对等，那么，就最大限度减少代价来讲，农村转型的前途要完成四项主要任务：

第一，农业产业化。就现实情况来讲，产业化在此不仅仅指技术手段和生产规模，更重要的是使农民获得农业产出的商业利润。具体地说，就是把农村经济产出（经由加工）进入流通领域或环节所生成的利润归于农民所得。农民在这方面的经济权利还没有完全落实。

第二，民主政治的参与。这方面最突出也是最重要的实践，就是村民自治。不管在村民自治方面还存在多少问题，作为拥有最多人口的农民阶层在民主政治参与方面的自觉意识和实践训练，必将对中国整个民主政治的发展（性质、方式、进度等）产生根本的制约作用。

第三，与城市机制的一致。这一点看起来是由户籍管理的形式来决定的，但其内容却是多方面的权利规定。比如在教育机会、流动、就业、财政拨款等许多方面，农民尚没有（或不完全）享有与城市居民对等的权利，但是，就像农民负担问题一样，这方面权利的对等需要各种条件，不能只靠政策，更不是相互剥夺或平均主义，而是要形成合法、有效、经济、规范的动作和保障机制。

第四，农村城市化。这是指一种综合发展。无论具体的模式和考量的标准是什么，它都不意味着农村向城市的看齐，而是在政治、经济、文化等各方面具有全新功能的一套整体结构变革。到 1997 年，中国市区人口占总人口的比例已从改革开放前的 12% 上升到 43.8%，这是城市化发展一个极为巨大的成就。但是，问题还不仅仅在于数量的变化。现在市区人口中非农业人口只占全国总人口的 17.7%，相对上述 43.8% 来讲，非农业人口以外的市区人口实际上占市区总人口的近 60%。这固然表明了城市对各种流动人口（主要是农村多余劳动力）的吸纳能力，但更表明了城市化进程中某种正在生成的全新机制。◻ 1999 · 4

全球化时代的游戏与信仰

□余世存

没有人怀疑，我们的文明正在经历转型。这个转型是漫长的，如唐德刚以为中国的现代转型如同冲出三峡走向大海，从鸦片战争到现在只是走到了三峡，前后行程需要三百年左右的时间；这个转型又是有阶段、有任务的，如黄仁宇以为蒋介石的中国和毛泽东的中国都是历史假借其手书写下的命运文本；这个转型又是众所周知地充满了苦难、悲剧和罪恶，又是一言难尽地充满了新奇、断裂和反复。由于这个转型如此复杂，文明的转型长于或繁复于人生百年，中国人的人生信念或文明信仰经常地处于孤绝无援的个人情境里，从而加剧了文明新生、自处并与其他文明共处的艰难。

因此，直到今天，我们对自家文明的整理远未开始；对于自家的历史，我们仍无法怀抱钱穆所称道的“温情和敬意”。动辄批判、视而不见、一味打压、以今非古，仍是我们的常态。从曾左胡李一代，到康梁孙黄一代，到陈胡鲁蔡一代，到“一二·九”一代，以及当今中国的几代人，所有中国现代转型的参与者们，都未能如毛泽东所说的得以总结，成为我们当下社会生活的组成部分。从这个角度看，唐德刚的“三峡论”仍有意义，就是说，即使转型时代里个人、阶层可以获得一时一地的信念，如曾国藩、章太炎、王国维、陈寅恪、熊十力、梁漱溟、胡适之等个人，或上山下乡的“四五”一代人，他们多少有过理想主义、民族主义的底蕴，但到今天为止，我们的文明历史仍缺乏足够的信心，仍缺乏整体意义的信仰。

从长时段来看，今天的中国正处在一个极为关键的历史时期。那就是，我们已经快要度过文明应战的阶段，触摸到文明“自性”的大创造秘密。这种秘密本身即一个现代民族国家持续不断跃迁的信仰。费正清等人简单地把中国的转型历史总结为“挑战—应战”的文明应激冲突模式，这一模式当然有一定的解释力。直到今天，我们仍有意无意地做了这一模式的注脚。从比器物，比钢产量，到比经济增长率、人均产值，到比竞技体育、市容市貌、市场法治，到比技术、资本、社会秩序，我们总是处于文明的比较中，而未能重建我们文明的信仰，我们自身的生活。只是当我们越过前辈的努力，越过器物、制度、技术、资本、文化等决定论思维的影响，我们把文明发展进步的本质定位在个体的身心安置那里，我们确立起“人是目的”的信念，文明的发展才真正有了自处并与其他文明共处的生机。就是说，对真正的现代人来说，他的生活水准或生命质量，绝不是如发展中国家的子民那样，以为是微不足道的，只要他和他的民族一样怀有不可更易的伟大信仰，他有着坚实的现代意识和文明理性，他对过去就绝非轻视或有优越感，他尊重历史，并感恩过去；他对未来也绝非羡慕或可望不可得地哀叹，他向往未来，并实在地建设未来。从这一角度看，我们中国的现代转型，对数代或十数代中国人而言，确实是一次空前壮烈的文明重建。费正清对文明冲突的解释已经远不能满足当下中国的进步历史。中国之中国，必须进入亚洲之中国，进而进入世界之中国的时代。文明交流远非争战所能说明，而是信仰结下的花实之展览、参证和相互欣赏。

由此可知，生活在当下的中国，无论我们是否自觉，我们都担负了某种历史任务，我们是历史之手书写的个体文本。父辈的命运远非阶级斗争话语可以支配，我们也不应该仅由发财致富或小康环保一类的话语支配一生。在努力生活和工作中寻求超越性的获得，倾听别样的声音，我们才能在不同的时空里获得会心。我们周朝的先人就知道，“国将兴，听于民；将亡，听于神”。国之将兴，神降以“监其德”；国之将亡，神降以“观其恶”。无论听民听神，方生方死的转型，需要我们倾听一己之外的声音。这种生存的信仰情怀是我们能够获得真知大道和经验并表达正义的可靠保证，也是一个共同体能够发展进步的前提。在网络时代，或说全球化时代，这种不无严正的信仰情怀，对转型民族或发展中国家来说，可能是最为必需的。

因为全球化时代是一个反讽的时代，是一个游戏的时代，是一己之私被无上尊崇的时代。但转型文明在基本的价值观念、立国原则、外交理念、生活方式等问题上都有待成熟定型，因而发展中国家及其个人更需要在反讽中建立信仰。没有这种信仰，个人就不成其为文明，即使寄人篱下，即使反认他乡为故乡，他仍只能做丧家之犬，而不能如犹太人、法国人、美国人、德国人等发达国家的公民一样有着坚定的信仰和生活。一个人可能认同自由，但更需要他的国家信仰自由精神；一个人可以爱国，但更需要他的国家能够在国际社会里有效地自处依存；一个人可以教化他人，可以先富先贵，但更需要他的文明能够发扬光大。如果我们考察文明交往的历史，我们可以对当下中国的信仰情怀有更深切的理解。

尽管文明间的交往有着数千年的历史，但由于受制于地理、技术和生活方式，传统的文明交往或者是猎奇点缀，或者是自我认同感的强化修正，不同的文明是不能化约的，无强弱较技或僭妄代替的。中国文明与佛教文明的交往就在中国文明史上经历了秦汉帝国时期的参证、南北朝至大唐帝国的冲突反复、宋明帝国时期的取用自新等阶段，但中国文明与佛教发源地印度文明仍各自独立存在并平行发展，它符合中国文明善待天下的意志，“万物并育而不相害，道并行而不相悖”。

只是今天的西方文明不同。受惠于古希腊文明和古希伯来文明，西方世界在近代完成了伟大的现代转型，地理大发现、文艺复兴、资本主义的诞生、工业革命、启蒙运动，数百年间西方世界在人类文明的诸多种类里脱颖而出，成为有史以来地球上最为强势的文明。文明间的交流不再以自存为目的，文明有了前所未有的张扬姿态。尽管在中西文明交流的第一阶段，伏尔泰、莱布尼茨、歌德等思想巨人都从中国文明里取证受益，但以西方文明的认知精神、现代性骄傲和强霸的物质扩张态势，西方很快地将中国文明纳入了其认知体系中一个无足称道的位置；而中国的精英分子迟缓了百年之久，在西方的炮舰和鸦片叩击国门时，才从西方文明里参证受教。西方的侵略态势很快让中西交流进入了冲突之中，中国的现代史以及延伸至未来若干时期的历史即这一冲突如戏如剧的阶段。

中国的现代转型远未完成，其他古老文明的现代转型亦多未获成功。而西方也以世界知识的面目宰制了其他文明体系，并决定了全球化的内容和方向，它以物质的名义求解了精神，以科学的名义挑战了伦理，以西方的名义统治了世界，以人类的名义征服了自然。这种文明的竞技不再如中国文明奉行的“天地之大德曰生”，而有了你死我活般的征服意志。它理所当然地遭遇了抵抗，尽管抵抗远未有效，尽管抵抗充满绝望，但既然西方知识不足以改变其他文明种族的肤色、语言，不足以蒸发其他文明种族的背景、历史，这种文明间的反征服就仍是不可避免的，而且在西方知识的攻击下会变种图存的。今天的世界充满悲剧，正是因为我们不仅远未走出文明交流的第二阶段，而且更改了传统文明冲突的性质。文明的化合新生仍是今天人类世界崭新的课题。

但是各个文明至今都少有反思。弱势文明是本能地抗拒同化；强势文明也在经历了现代性的内在紧张（我指的是近百年来的西方历史，充满怀疑、充满不确定、充满血腥和浩劫的西方历史）之后，再次焕发出其现代早期的自信和扩张神色。不过，西方此次抛开了其启蒙运动以来的立身原则，直接承载古希腊时期的自然法正义征伐世界。伊拉克战争就是因为这种不同于传统的文明冲突而上演的新篇章。

我们无意于对一个强势文明本身评短论长，我们只是指出这种新冲突将会是人类的悲剧。历史已经无情地表明，没有我们，西方文明的成就同样会在地球上空前而独孤求败；同样自明的是，没有我们，西方世界的混乱、浩劫，从尼采到希特勒，从奥斯威辛、达豪到古拉格群岛，仍会发生，而西方“垮掉”“颓废”“嚎叫”“分裂”的人群仍会代代延续；因为我们和西方的同在，从鸦片战争到广岛长崎的蘑菇云，从印第安人的消失到非洲的黑奴，从拉丁美洲的动乱到“9·11”，从巴以冲突到伊拉克战争，人类世界才如此危机重重，乱象环生，而三百年来辉煌的西方文明确实正滑向洪水—十字架—世界末日的险境危途。我们正主动被动地同路，我们共命运。

我们知道自己的力量不足以影响西方人，我们知道自己的智慧不足以劝服西方，知识能够真正自省自新，我们也不能只希望他们来参悟生死，敬畏天地，我们不能只希望他们不仅仅敬畏自己的上帝，我们需要反躬自省，因为我们自己的精神病痛和道德错乱同样急需疗救。在跟西方冲突的现代历史上，我们早已失去了自身的历史记忆和文明根基。如前所说，我们至今无法整理我们的文明和历史，如王康先生所说，“我们的精神父辈、祖辈和曾祖辈不忘天下的襟抱，肩挑大义的勇力，四海一家、天下大同的理想，为天地立心、为生民立命、为往圣继绝学、为万世开太平的古道宏愿，更是我们失落已久，甚至从未真正体悟践履的中国天职。这是我们的悲哀，我们的变形记”。“我们这些本应成为中国三千年未有之大变局天命所赋、继往开来的一代，几乎沦为全面背离中国常道、畸零虚无的一代。”在跟西方冲突的现代历史上，我们早已全面接受了西方的学科分类、学位制度、知识谱系的格式化。

在跟西方冲突的现代历史上，西方的话题是在挑战，是叩关，是租界，是围堵，是演变，而我们则只有一个话题可供谈论，那就是应战。中国的近现代史实际上就是一部对西方知识及其外在形式的侵犯迫使中国应战的历史。由于这种侵犯曾有过赤裸裸的殖民主义嘴脸，今天它也有着“有教无类”的用心而无“因材施教”的善意，复仇和挑战或许成为我们一时一地的情绪，却从来没有成为中国社会心理的主流。相反，在中国人现代应战伊始就伴生着一种更为深刻的观念，即不战。康有为以变法图强的先驱而著《大同书》，孙中山在张扬民族主义的同时倡导“天下为公”，章太炎在汇通中西及佛理思想时提醒世人西方的“进化”眼光不曾看到进化“俱分”的本质，他也从庄子的“齐物”思想中劝导西方“以不齐为齐”，这种表达着中国人的普世主义理想，也是我们今天应对全球化时代的危机时最可宝贵的精神起点。“在最积极的意义上，我们作为中国历史链条的自然环节，依凭基本的文化自觉和道德责任，有望成为中国历史文化起死回生的最后一代见证者和传人。”

为争取这最积极的意义，为疗救我们的病症，我们确实有必要回到自家的文明历史。我们的历史，“历经千载、由无量数的中国农民、诗人、工匠、歌者、樵夫、哲人、渔夫、史官、武士、高僧、禅师、隐士、大师天才、匹夫匹妇、帝王将相、贩夫走卒共同垒筑的文明圣殿”，是我们最可宝贵的财富。要在今天获得生活的信仰，我们就得尊重历史。一切经典都不过是历史叙事，但历史是我们中国人的宗教，暗含着我们命运的符码，蕴藏着我们渴望自新并“日日新”的巨大而永恒的秘密。西方认知辨析力的强霸仍不足以用自己的自然科学、社会科学和人文科学等科学精神来分解中国知识的经史子集系统，格式化的知识眼光不足以消解中国文明的兵医农种巫部等知识系统，这本身也需要我们共同参详，需要西方知识能够正视，有所补益，从而为应对我们都感同身受的人类情感认知的急迫性同心同力，真正创造人类和谐发展的大同世界。这种文化自信，不是来自现实的比较，而是来自一个伟大文明的信仰。陈寅恪在困厄时期在举国皆沉醉的情况下说：“涕泣对牛衣，卌载都成断肠史；废残难豹隐，九泉稍待眼枯人。”但他依然坚信：华夏之文化，历数千载之演进，后渐衰微，终必复振。因为他知道，我们的文明终将与他人的文明共美于世，这也是一切文明极致的境界。

因此，无论一个文明民族内部的奋斗，还是文明之间的争斗，都没有多大价值。一个人斤斤计较自己，患得患失，他就远离了文明，他就成了网络游戏中的妄人，成为反讽时代的小丑。冲突的高下，挑战和应战都是兵家谋略；而“大同”“为公”“以不齐为齐”才是中国文明应对天下万物的智慧。“荆人有遗弓者，而不肯索，曰：荆人遗之，荆人得之，又何索焉？孔子闻之曰：去其‘荆’而可矣。老聃闻之曰：去其‘人’而可矣。”（《吕氏春秋·孟春纪·贵公》）费孝通说过，各美其美，美人之美，美美与共，世界大同。我们虽然处于传统文明全局式退潮之中，我们还只是“美人之美”，但只有我们能够建立起整体上的信念，回到自家的历史中来，我们对自己、对他人文明才有更高的理解和欣赏。享有文化昆仑盛誉的钱锺书，在世纪之交的市场或新人类的热闹里寂寞地撒手尘寰，但他留给我们的，依然是澄明的心智和热烈的期盼：东海西海，心理攸同；南学北学，道术未裂。

是的，道术未裂，这首先要求我们不能让自家的文化“为天下裂”，这首先要求我们在长于人生百年的文明转型中怀抱有坚定的信仰。花果飘零，种子风落随意。作为中国文化血脉的传人，我们愿以中国文明的智慧为一瓣心香，能够为世界祝福。□ 2004·6

全民作秀的时代？

□张 弘

没深入想过是何种原因，中国人往往喜欢把事情搞大，搞到“全民”的范围。在我印象与记忆中，从前有过“全民皆兵”的时代。名人的诗句曾写过，所谓“不爱红装爱武装”，即女孩子也一律打扮成兵模样，不要说那些名牌繁多的化妆品，就是裙子都不让穿，遑论露肩露背的吊带衫？那情景，今天的“小资”族、“BoBo”族的时髦年轻女性们，恐怕无论如何也想象不出来。还有“大炼钢铁”，中小学都停了课，盖起土高炉，把铁锅、铁门……凡带铁的玩意儿都扔进去烧炼。我上小学时，还有把麻雀当成“四害”来消灭的运动，也是停了课，爬到里弄居民住宅的屋顶，聒噪呐喊，打算在全上海的范围内不让麻雀停下来休息，据说这样做能让可怜的小鸟累死。

但这种“全民总动员”又未必是我们时代的专利特产。读过史书，唐代也有。如唐宪宗崇尚佛教，专门派人到西域去迎取佛骨，即相传佛涅槃后火化后的骨灰残骸（如是体内蛋白质烧结的结晶物，就叫舍利珠，更加珍贵），到达首都长安后举国若狂，各地搞盛大仪式，也达到了全民共庆的程度。大文学家韩愈正做着副部级的官，见耗费民力物力，就上书反对，搞得“龙颜大怒”，差点丢了脑袋，最后给贬到广东潮州去了。

如今没有那种上头的政令强制，但有点什么动静，还是很容易就搞大铺了开来。去年选拔“超女”算开了个头，那已经是短信满天飞、“粉丝”满街涌的盛况了。今年“超女”继续选，还加上“超男”——虽然名称不那么叫，但什么“莱卡加油！好男儿”“我型我秀”等，名目更加繁多。而且尽管皆为地方电视台主办，又都在全国范围搞一层层的初赛、预赛、决赛。唯恐声势不够大，过程还越搞越细，什么“十一进十”“八进七”，每淘汰一个选手，都要大动干戈，开上一两个小时的赛会。怀着各种明星梦的年轻人自然踊跃报名，积极投入训练，或热辣或青涩地登台亮相。“粉丝”们也根据不同的口味，拥护着各自的偶像，蜂拥而来，蜂拥而去。对了，别忘记还有不甘示弱的中央电视台，也筹办了类似的选秀节目，可惜一个个名字我叫不上来。

果然又见全民范围的群众运动的空前盛况。专家们早就发话在先：当今潮流是“日常生活审美化”。文化娱乐艺术审美这块高雅精致的蛋糕，正在变成大众制造又为大众消费的农家土烧饼，人人都能咬上一口。歌舞表演或脱口秀，都不再属于精英艺术家的专擅。“粉丝”们及观众的狂热，也是他们秀出自己的难得机会。又何况莺歌燕舞，也像河清海晏一样，是传统所谓太平盛世的表征之一。或许，我们正应该张开双臂，毫无保留地欢迎这全民作秀的时代？

但且慢。冷眼看去，所谓的群众运动，仍是隐蔽的“运动群众”，只不过背后在推动的那只不大容易看清的巨手换了。眼下市场经济占统治地位，实际的驱动力是金钱利益，虽然旗号上不忘写上“草根民间”“艺术民主”“培养年轻人才”等漂亮字样。娱乐公司是想选新角、推新人，录制光碟专辑、开演唱会来挣得更多的钱，电信公司靠海量的短信费发财，电视台也不例外，广告的收入就是一大笔。可怜那些纯真的少男少女，自以为当了一把艺术的主，其实仍是让商人们开了涮。

难怪了。去年“超女”选拔就有这样那样的黑幕被抖搂出来，当然又被匆匆忙忙地收拾干净遮掩起来。今年似乎干净不少，但纷纷扬扬的议论和传闻仍旧少不了。别的不说，单看所谓的“好男儿”一色俊秀柔美的“靓女”模样，全无一点阳刚气，就明白娱乐公司下的是什么订单。虽说后来为补救，又让选手们穿上军装手握现代化兵器亮相，或打扮成武林侠客，可那些花拳绣腿，又岂能掩盖气质上的婉弱？街头采访时有位普通姑娘早就点破了：“难道歌唱得好，舞跳得好就是‘好男儿’的标准？”是呀，真的是一片赤诚要寻找“好男儿”，为什么不到抗洪救灾的部队战士中去，不到顶着烈日在马路上坚守岗位的交警中去，不到冒着持续高温在建筑工地上苦干的农民工中去？

不用说，电视频道也名不副实。有段时间，上海有家电视台的“娱乐新闻”节目卡掉新闻，专报节目主持人如何学习跳舞。作为传媒，播出的节目是要保障信息量的。可现在打开任何一个频道，都会跳出那些过程喧哗乏味、制作平庸老套的作秀节目来，事先还会大作预告。好在国内几乎都不是收费频道，电视台播什么老百姓就看什么，否则准保有大批拒绝付费和退订频道的。这类节目的充斥，由于它不包含任何及时重要的信息量，妨碍了公众应有的信息知情权。

更要紧的问题还在于，这类节目的泛滥，无形中树立了一种榜样，造成了一种风气。它昭示给一代男女青年的成功之路，是通过轻歌曼舞或狂歌劲舞，而不是别的。艺术人才需要培养，“草根”或民间的艺术值得关注，这些都不错，那就按照分工在一定领域做就是了。年轻人喜欢娱乐，那就在业余时间随自己兴趣爱好娱乐好了，而且不一定就限于P舞K歌某一形式。更不必举国若狂地全民总动员，到处推波助澜。我们寄希望于未来一代的，绝不止于能歌善舞这一点点。

总之，在我看来，全民作秀的时代并不值得期待。该是对“超女”“快男”选秀的热潮泼点冷水，甚至到了该叫停的时候了。□ 2006·5

可怕的是只有一种正确的声音

□裴德海

一条奔涌的大河总会不择细流，一部交响曲总会有各种和声。同样，一个正常的社会必然是各种声音的汇集，在这种大汇集里当然应该包括正确的和不正确的以及各种胡说八道的声音。

西方国家曾有过一项关于最敢胡说八道人的排名，结果让人大跌眼镜的是，在所有行业中，高居榜首的竟然是各类专家。由此可见，胡说八道似乎成为专家们的“专利”。因此，对于胡说八道，第一，不可以禁；第二，今天胡说八道，明天兴许是真理。

具有爆炸效应的李某某案引发了清华法学教授的发言，他说良家妇女与陪酒女郎应区别量刑，一时被网民噎得无话可说只剩下道歉，他的话成为地道的胡说八道了。事实上，司法实践中，往往并不完全按照成文法量刑。在这里，我绝非是对清华教授的言论进行是非评判，而是觉得应该尊重他的正当表达，哪怕是胡说八道的表达。记得去年有位叫做韩德强的教授，不是因为其在学术上产生了影响而是因为他的拳头。他是在去年“九一八”游行队伍中动手打了一位“胡说八道”的老人，并迅速成为轰动互联网的“耳光事件”。我不禁要问，韩教授凭什么有教训人的权利？即便老人胡说八道，胡说八道就可以挨揍，挨整，挨禁言吗？

那么，韩德强打人的合法性何在呢？其一，他似乎占有天然的正义，因为老人的话语表达违背主流表达，对于异质思想就有铲除和禁止乃至消灭的合法性传统。其二，他觉得打人就是伸张正义，伸张正义就是对胡说八道的惩罚。这也是与法律正义性并行不悖的。

其实，本可以让胡说八道的人继续去胡说八道，让真理持有者继续去弘扬真理，可谁能让他们有这样一个辩论的场地？如此说来，那位韩教授也属无奈，不打还真无法表达他的真理和正义。正义与真理通过强权捍卫便成为合法性存在了。那么，为何不可以诉诸辩论呢？即便莫衷一是，是非难辨。正因为难辨，我们才需要辨明。这就是辩论的价值。辩论从来就是文明的标志，中西皆然。

其实，早在中国古代，就有礼与义，儒家各学派之间或者儒家与其他学派之间的辩论，著名的有陆九渊和朱熹的“鹅湖之会”。相对西方而言，中国古代的辩论基本都是在室内进行，极其文明与优雅。辩论中通常以史实、儒家（或各派）经典论著等为依据。在古代中国，辩论大都偏向哲学之争。辩论与政治基本不太关联。

在古代印度，那时，各个宗教派别繁多，主要是宗教派别之争。著名的有唐三藏在那烂陀寺的小乘佛教与大乘佛教之间的辩论，他们可以在几百人面前公开辩论。其辩论的是非标准主要以各个宗教派别教义为依据。这就是著名的古印度宗教教义之辩。

在古希腊，一直延续着辩论的优良传统。甚至到了中世纪还一直保留，大学里都开设了修辞、语法（帮助辩论）的科目。主要议题是关乎哲学人生与世界的方方面面。由于政治相对民主，政治家们为了获得民意支持也是使尽浑身解数，到处演讲辩论。他们一般是在城市广场或大剧院里公开演讲辩论，有名的如苏格拉底在人审判厅的辩论。古希腊则是无所不辩，无处不辩。希腊的辩论是以政治辩论为主，而辩论又影响着城邦发展。

其实，近代以来，胡说八道的事件总是不绝于耳。早在1917年的时候，年仅三十岁的钱玄同就说过：“人过四十，便该枪毙！”这可能算得上顶级胡说八道了。后来钱先生自己很轻松地如期到达了“不惑之年”。他并没有被枪毙，依旧“不好意思”地活了下来。也许他自己已经忘了这茬事了，可别人没忘，到他四十岁时，许多人都十分认真地给他写了悼文、写挽联，准备在著名刊物《语丝》上开辟“钱玄同先生成仁专刊”，就连鲁迅也写诗嘲笑道：“作法不自毙，悠然过四十；何妨赌肥头，抵当辩证法。”如此集体性的胡说八道并没有影响社会的安定，反之，却让生活增添了轻松的色彩。甚至到了1918年，这位钱玄同先生更是进一步发扬其胡说八道之风格，他在《新青年》杂志上发表《中国今后的文字问题》一文，提出“废孔学，尤不可不废汉文；欲驱逐一般人之幼稚的、野蛮的、顽固的思想，又不可不先废汉文”。钱玄同在这篇著名的文章中，认为汉字是记载孔门学说和道教妖言的符号，断不适用于20世纪，并从《新世纪》上摘引了一大段吴稚晖痛斥汉字的文字，引为同道。他咒骂道：“汉字真正是世界上最龌龊最恶劣最混蛋的中世纪的毛坑。”陈独秀的答复竟然是，可以废除汉字，但不可以废汉语。“且存汉语，而改用罗马字母书之。”胡适则表示“极赞成”陈独秀的意见。鲁迅也曾有过类似的胡说八道：“汉字不灭，中国必亡！”由此可见，敢于胡说八道者，绝非只是少数。那么，请问当时是谁给予他们一而再再而三胡说八道的权利？当局似乎听之任之好不作为，而类似于韩教授者们当年也未动用拳头。

著名的人类学和考古学家玛格丽特·米蒂说过：发掘出一个原始部落的遗址后，应如何判断这个部落是不是已经进入早期文明阶段了？既不是看遗址中是否发现了陶罐或者鱼钩，也不是发现了碾米的石臼。米蒂教授通过精深的研究得出的结论是：看人类受伤后又愈合的股骨。她接着解释说，在一个完全野蛮的部落里，个体的生死纯粹取决于残酷的丛林守则：优胜劣汰。除了少数特例，多数受伤的个体都无法生存下去，更别说等到骨伤痊愈了。如果在一个部落的遗址中出现了大量愈合的股骨，就说明这些原始人在受伤后得到了同伴的保护和照顾，有人跟他们分享火堆、水和食物，直到他们的骨伤愈合。因为，这就标志着原始人类开始懂得“怜悯”，而“怜悯”正是文明与野蛮之间最根本的区别。她接着说，更高的文明便是道德的前提，那就是允许任何人说话。允许人说话，哪怕是一派错话、谎话和废话，但那恰恰是说话人所拥有的不可剥夺的权利。我们应该记住且能耳熟能详的有“我不同意你说的话，但我誓死捍卫你说话的权利”。这句话作为一个 18 世纪的启蒙思想家的思考，伏尔泰的思想无疑是超越时代的。他这句话为民主在理论上划定一个界限，启发人们更深入地思考民主与人权的价值。它为我们描述了理想中的民主社会公民实现自己话语权的自然状态。但是，如果我们真要想达到这样一种状态，却并不容易。

那么，我们又如何可以保证辩论的自然生长和文明绽放呢？韩德强打人的重要症结就是矛盾的不可调和性以及观点的遮蔽性。因为，打与被打的观点都无从畅快淋漓地释放，他们需要寻找到一块文明的场地进行文明的辩论。可是，我们总是无法找到这块绿洲，也就是说当他们双方的共识几乎为零时，语言已经毫无意义了。除了拳头还是拳头。

所以，能够捍卫别人说话的权利就是避免拳头的关键。那么，谁有这种“捍卫”的权力呢？韩德强没有，老人也没有，拥有这个权力的是国家公器以及那些掌握着国家公器的人，具体而言，是由这些人组成的政府议会法院等公权力。只有他们才能剥夺或捍卫别人说话的权利——包括自由说话的权利。因为我们知道，所谓言论自由，并不是指我们寻常百姓的街谈巷议，饭桌上的闲言碎语。言论自由是指公众不仅仅能够在私人空间里窃窃私语，更可以在各种公共场合包括以新闻、出版、集会等形式自由地发表自己的看法。所以，我们所说的言论自由本质上是指一种必要的政治权利。这种政治权利不是普通民众之间可以相互捍卫的，能够捍卫它的只有公权力。只有公权力才能切实推行或限制、禁止这种权利。言论自由显然是一种政治权利。鲁迅在《无声的中国》里说过“——人会没有声音么？没有，可以说，是死了。倘要说得客气一点，那就是：已经哑了。青年们先可将中国变成一个有声的中国”。

放眼今天社会现实，我们要有充分的胸怀理解那些“语不雷人死不休”的各类专家的胡说八道。一个正常的社会，每个人都有说话的权利，当然包含说错话的权利。因此，专家们的胡说八道，应是理所当然的事。他们不仅可以放胆去说，而且说后没有后顾之忧。当然，我们能够容忍胡说八道，并非表明我们喜欢。为什么在这样一个杂语喧哗的多元价值时代，不可以有一些异质声音存在？而新的思想往往就发源于异质的声音。

和谐的社会首先是思想活跃的社会，同时还应是各种思想碰撞磨砺的社会。只有谬误的存在才可能显现出真理的力量。在学术上少了胡说八道，不只是学术的清冷，更是思想的匮乏。而社会生活中，增加一些这种“不和谐”的声音，也许才是一个健康社会的应有状态。但我们到哪里才能听到这些声音呢？于是我们开始怀念那些叫作《新青年》《语丝》和《新世纪》的。因为，我总是固执地相信胡说八道并不可怕，可怕的是只留下一种正确的声音，倘如此，那社会必定是一个病态的社会。◻ 2014・2

城市的宿命与多样性的悲剧

□袁　瑾

1961年，美国自由撰稿人雅各布斯出版了她专门探讨城市规划问题的扛鼎之作——《美国大城市的死与生》。这本书自问世以来即被视为城市规划领域的经典著作，时隔40多年，今天读来依旧如沐春风。作者雅各布斯不仅拥有丰富的专业知识，同时还具有深厚的人文精神与现实批判意识，这使得此书没有局限于建筑规划学的狭小格局，而是广泛影响到我们整个的公共领域与城市生活。雅各布斯揭露的是20世纪50年代美国大城市发展的真相与疮疤，同时也为当代中国城市建设应该具备怎样的素质和基准，应该朝着怎样健康的方向发展提供了最具建设性的多样性原则。

所谓多样性原则就是“城市对于一种相互交错、互相关联的多样性的需要，这样的多样性从经济和社会角度都能不断产生相互支持的特性”。这种多样性并不是形式和外观上的多样性，而是城市内部功能性的混合效用，它意味着“城市中没有某一个因素可以成为所谓的关键因素。城市里各种事物的混合本身就是一个关键因素，事物间的互相支持就是一种秩序和法则”。也就是说，富于活力的、动态的多样性并不来自个别专家或管理者的规划设计，而是城市长期自我完善的结晶，从这个意义上说，扶持城市原有系统的生命活力，尊重街区及居民的基层自治，才能实现城市的可持续发展。令人遗憾的是，当代中国城市建设主要依赖于专业设计和硬件设施投入，这种单向度的发展模式和“大跃进”式的扩张运动，不仅没有为城市肌体的良性循环提供契机，反而在很大程度上破坏了城市的生态平衡与空间自由，侵蚀着原本多样性的城市文明。

一、城市化妆运动与乌托邦的幻灭

中国自20世纪90年代以来，以城市形象建设为代表的城市美化运动（确切地说是化妆运动）就从未间断过。我们的城市外观是越来越亮丽，但人与人之间的交流越来越贫乏，以高大全为美学标志的当代城市摧毁了曾经阡陌交错的旧有社区格局，而开创的所谓花园城市其实极大地损害了城市居民的生活质量。

雅各布斯谈到城市美化运动时，曾询问纽约某个住宅区居民对修建绿地的真实想法，她得到的回答是：“他们建这个地方的时候，没有人关心我们需要什么。他们推倒了我们的房子，将我们赶到这里，把我们的朋友赶到别的地方。在这儿我们没有一个喝咖啡或看报纸或借五美分的地方。没有人关心我们需要什么。但是那些大人物跑来看着这些绿草说，‘岂不太美妙了！现在穷人也有这一切了！’”此种情况与我们的现实生活多么相似：偌大的广场和草坪、豪华的歌剧院与音乐厅，这些美轮美奂的城市意象已经遍布中国的每个角落，它们的确美化了城市，但生活于此的居民十有八九会认为它们大而无当、华而不实。因为广场和草坪往往暴露于炎热的日光之下，根本无法让人踏足休息。这既是对城市土地资源的极大浪费，也无形中压缩了市民自由活动的空间。诚如雅各布斯所言，“就像所有的乌托邦计划一样，拥有任何重要计划的权利只属于手握重权的规划者”。专家和官员主导了每一个城市街区的建设，真正生活于此的居民却无从参与改变自己生活的计划，而一旦考虑到他们真实的生活体验和个人感受，那么很有可能得出与那些貌似真理的计划截然相反的结论。

以广州的城中村为例，这个聚集着大量外来人口的街角社会类似于过去美国芝加哥臭名昭著的意大利人聚居区。由于这里治安不佳、卫生条件恶劣，历来被视为政府重点整治和消灭的对象。然而，客观评价城中村，要知道1平方公里的区域内往往居住着7万到8万名外地人，如果没有如此低廉的房价和生活系统，怎么满足这样庞大的低收入群体的日常需要？如果没有这些默默劳作的外来务工者，又如何支撑今天日新月异的城市建设？城中村既为城市低收入阶层和外来移民开辟了一个安身立命的空间，同时也为整个城市的发展和其他阶层的安居乐业提供了保障，这些不都说明城中村具有存在的重要价值和对社会的积极贡献么？它恰恰是城市发展自身多样性的结晶。

遗憾的是，2007年10月，有着800年历史的猎德村作为广州第一个“城中村”改造试点开始动工拆卸，代之而起的是新中央商务区（CBD）和高档豪华住宅区（珠江新城）。试问，以后还有谁能为贫寒的民工和外来的保姆提供可以居住的廉租房和物美价廉的一日三餐呢？片面追求城市外在形式的美化理念而放弃城市内部功能多样性发展的需求，必将造成广大底层民众生活环境的恶化，一个城市如果连最基本的生存需要都无法满足人们，我们所追求的花园城市到底有何意义？它的整齐划一和美轮美奂不过是以牺牲弱势群体的生存权益为代价，这显然不是一个包容和谐的市民城市，而更像是某种封闭而空洞的建筑乌托邦。

二、 新城化运动与旧城的死亡

当代城市建设有一个核心理念，即“老不如少、旧不如新”，因此要“以老换少，破旧立新”。每一次旧城改造几乎都按照同质化的标准模式进行，却忽视了老城区自身强有力的更新完善能力。尽管老城区在今天的城市规划者眼里看来又破又旧，但如果仅此说明老城区不如新城有活力则大错特错。雅各布斯认为，要想促成城市多样性的产生，必须从四个方面进行考察：①社会行为；②经济行为；③真实生活如何被使用；④如何解决有序复杂性的问题。这四个方面相互联系，彼此影响，但它们都可以通过街道的使用来说明城市多样性的内涵和意义——“城市互相关联的人行道用途，这为它带来了一个又一个驻足的目光，正是这种目光构成了城市人行道上的安全监视系统。这种秩序充满着运动和变化，尽管这是生活，不是艺术，我们或许可以发挥想象力，称之为城市的艺术形态，将它比拟为舞蹈——不是那种简单、准确的舞蹈，每个人都在同一时刻起脚，转身，弯腰，而是一种复杂的芭蕾，每个舞蹈演员在整体中都表现出自己的独特方格，但又互相映衬，组成一个秩序井然，相互和谐的整体。”

雅各布斯将路人行走比喻为芭蕾表演，意在说明老城区的活力体现在街道上，而不是建筑上，这恐怕也是传统社区与现代都市最大的区别所在。雅各布斯身为母亲，用女性特有的直觉捕捉城市生活的细节；她早年当过记者，这又促使她凭借强烈的社会责任感去关怀生活在城市中的所有个体。她发明的街道眼理论意在表明老城区的街道充满了驻足和游赏的快乐，其社会行为建立在多样化的交流与共享基础上，带有和谐温馨的社区意识。反观我们被汽车和快车道抽空了精血的新城，以及那些冷冰冰的大马路，是否特别值得今天的城市建设者反省和深思呢？除此之外，雅各布斯还通过比较老城与新城的营业广告时间敏锐地洞察出老城区经济行为的活跃程度同样具有新城无可比拟的优势。这一理论在中国同样奏效，以广州为例，新城天河区作为商业中心，无论怎样繁华，到了夜间 10 点必然关门大吉，而位于老城荔湾区的上下九是居住与商业功能充分混合的街区，在亦商亦住的自由空间内，这里即使到了凌晨依然车水马龙，夜市兴隆。可见“老城市看来缺乏秩序，其实在其背后有一种神奇的秩序在维持着街道的安全和城市的自由”——这正是老城市的成功之处。

老城的成功其实是若干个世代生活积累下来的必然结果，每一个杂货铺和报摊都是历经无数次淘汰和选择后遗留的精华，所以每一所房子和住户之间都有着天然的有机联系，它们是一个完整的生命系统。而新城的发展则是瞬时性的，从新城的开发到建设不过几年时间，在如此短的时间内聚集的商户与民居无论其密度还是内在的有机联系都显然无法与老城相媲美。但问题是，新城的发展往往都建立在摧毁老城的基础之上，在大规模的拆迁运动中，尽管政府承诺修旧如故，但这种情况通常针对的是个别文物古迹，一般的市民和住户并没有得到回迁的优待。每一次剧烈的改造和社会变迁牺牲的多半是底层民众的利益，过去生活于老区的广州市民为了配合修建地铁被迁移到偏远的芳村和同德围，渐渐被城市抛弃和遗忘。一座座拔地而起的摩天大楼不过是依靠疯狂的房地产运动催生出来的怪物，它们彼此之间缺乏任何的必然联系，老城的活力也随着封闭的楼盘而一起消沉下去。单纯的发展主义所引发的旧城改造运动直接割裂了城市内部的有机联系和生命尺度，导致旧城和固有社区的迅速瓦解和死亡，阻碍并遏制了城市生活的多样性和文化活力。

三、 郊区化运动与公共生活的萎缩

在今天的大中城市周围，别墅群如雨后春笋般遍地开花，这些吸人眼球的山林美墅或湖畔住宅可以追溯到19世纪末霍华德记者倡导的“花园城镇”。在美国，这套理论的直接成果就是20世纪50年代美国的郊区化运动，市民们满怀憧憬地将居所搬到田园，但事实证明了这只会造成城市中心的衰落和黑暗。雅各布斯尖锐地指出：“我们今天炮制出来的处于半郊区和郊区地带的混乱状态到了明天就会被那里的居住者本身所抛弃。这种分布稀疏，互相间相隔甚远的地方缺少一个居住点应有的足够的内在活力、持久力和固有的可用性。”对照中国的情况，郊区化运动则有某些不同的表现，因为住在郊区的要么是拥有豪宅或别墅的有钱阶级，要么是出于经济原因无奈选择市郊楼盘的城市中低收入者。前者在逃避城市中心的繁华与喧嚣，而后者试图进入城市中心分享低廉的交通与生活成本却无法企及，这无疑构成了中国城市发展的一大悖论。

而在笔者看来，郊区化运动最大的危害不仅体现在资源和土地的浪费上，同时还涉及教育，比如大学城。几乎所有的大学城都修建在郊区，那里荒无人烟，成千上万的学生被安置于此，形成一座座知识的孤岛。教育的孤岛化必定是比居住的孤岛化更为可怕的事情，以广州的大学城为例，它位于市郊的番禺小谷围，放眼望去，一排排红色或灰色的教学楼、宿舍楼散布于空旷的草地与水泥路上，每栋建筑之间相隔竟有几百米之远，每栋楼都惊人地相似，难以想象从这样机器般的领地中能够培养出怎样的人才。所谓的个性、特色、全面发展、综合素质等等美妙的教育理念和培养目标岂非痴人说梦？大学城不仅将摧毁学生的个性，同时也剥离了师生之间的日常交流，被圈养于孤岛的大学生既不能进入城市生活，也无从感受社会的真实面目，他们逐渐从公共生活中隐匿和退场。

美国学者雅各比在《最后的知识分子》中高度评价以雅各布斯为代表的美国老一辈公共知识分子，并且指出雅各布斯之所以能够在城市研究方面取得如此富有创见的成果，根本在于她作为一名独立的自由撰稿人能够广泛地介入公共生活，“她认为自己之所以能不盲从权威，是因为可以到处行走和观察而不受传统的规划思想的阻碍”。然而，今天的中国知识分子既已过早地被学校规训与体制化，丧失了波西米亚人的自由和不羁，与此同时，他们的后继者——当代大学生则被更无情地放逐于荒岛和郊外。这些学生对社会和公共事务缺乏热情，而大学城封闭孤独的生活则让这种消极态度更为顺理成章地发扬光大，他们理应融入生机勃勃的城市，如今却被隔离在暮气沉沉的工厂。新一代的大学生会不会像雅各比所预言的“他们并不是幻想破灭，因为他们没有幻想”？盲目的城市扩张和圈地运动不仅将城市逐步带向郊区化，同时也消解了城市中心的活力，公共生活的萎缩已成为不争的事实，尤其是在网络时代的今天，开放的赛博空间相对于冷漠的都市也许更加具有亲和力。

四、 城市多样性与温柔的谋杀

关于多样性的问题并非什么新鲜话题，因为“多样性”一词在今天俨然是城市建设的流行语，从学者专家到政府官员，无不把多样性当作标签挂在嘴边，而在现实中，我们看到的恰恰是多样性的消逝乃至毁灭。值得警醒的是，当代城市内部的矛盾越积越多，冲突层出不穷，环境污染、交通堵塞、贫富分化、群体事件等已成为严重制约中国社会发展的突出问题。显然，当城市无法满足人们的需要时，城市就会显得不安、烦躁、病患重重，莫名的饥渴与恐慌正包围着城市。试问，我们的城市究竟需要什么?

雅各布斯告诉我们，每一个城市居民需要的就是城市的需要，它是一种现实的需要，生活的需要，来自不同街区、不同时段、不同阶层、不同人群的各种需要，多样性原则从本质上说就是要满足这些需要，通过完善城市生活的协调与互补能力，丰富并扩展公共空间的使用效率，实现所有文化圈层的共生关系。遗憾的是，当代中国城市发展的致命弱点就在于城市功能性的残缺和混合效用的匮乏，断裂的社会结构与城市形态无法将城市内部有机地联系起来，突兀空洞的建筑物如幽灵般散落在城市的各个角落，原子化的大众挣扎徘徊于越来越封闭的生存空间，从而显露出多样性的萎缩与城市生活的衰竭。

雅各布斯说：“我们用金钱扼杀了千姿百态的成功的多样性，这就有点像温柔的谋杀。”如果说这场谋杀在20世纪的美国依次经历了城市美化、旧城改造以及郊区化三个阶段，那么在中国，我们已轻而易举地完成了这三大运动，并将那些可怕的病态城市（花园城市、梦幻城市、郊区城市）如数打包过来。两者不同的地方在于，美国是按照一种渐进的方式逐个暴露出城市规划的后遗症，而中国则是以突击的手段在最短时间内迅速移植外来建筑，并消化不良。今天的中国也许是世界上城市化速度最快的国家，但问题无疑也是最多的。要知道，这些问题虽然在西方早已经历过，但他们可以用近百年的时间来解决这些流弊，而中国的悲剧则在于只用了三十年的时间就积累了这全部的恶果，并且还在重蹈覆辙。推土机依然隆隆作响，盲目混乱的城市建设犹如脱缰的野马一路狂奔，难以停歇。当土地的热情已被耗尽，人造的花园也不再鲜活，我们是否还有足够的勇气去应对未来的挑战？但愿这场对城市多样性的谋杀能早点结束。◻ 2009 · 4

价值的寻求

关于“潜规则”的普适性

□陈家琪

吴思先生在他的《潜规则：中国历史中的真实游戏》一书中第一次提出了“潜规则”这个概念，在我的印象中，这个概念一开始并不大为“主流媒体”所认可。后来，不知什么原因，也不知出于什么样的考虑或力量，这个词就大肆流行起来了，以至于赤峰“贪胆”奇大的那位市长大人（徐国元）的名言“办事送钱，送钱办事”，也作为一项他所信奉的“潜规则”刊登在党报的标题上。（见2009年7月28日的《新华每日电讯》）

吴思先生说，“潜规则”指的是“中国社会在正式规定的各种制度之外，在种种明文规定的背后，实际存在着一个不成文的又获得广泛认可的规矩，一种可以称为内部章程的东西。恰恰是这种东西，而不是冠冕堂皇的正式规定，支配着现实生活的运行”。

“潜规则”能支配中国数千年中现实生活的运行，一定具有某种普适性的品格。

在什么意义上，这种普适性也适用于外国，历史发展到今天，它在我们本土又有了哪些更为丰富或更为隐蔽的变迁，这就是我所想到的一个问题。

笔者曾尝试区分“普世”（universal）与“普适”（general）（见《书城》2008年第2期）这两个很容易混同的概念：“普世”的词根“uni”与“单一、整体、统一”有关；“普适”的词根“gene”则与“遗传、系谱、全面”有关，尽管我们在一般的意义上把这两个概念都可以理解为“一般”或“普遍”。

所以，当我们谈到“潜规则”作为“中国历史中的真实游戏”时，我们更愿意使用“普适”这个词，因为它与文化、传统、习俗这些更多具有“遗传基因”意味的词语有关。

人类有无“普世价值”一直是一个有争论的问题。我个人认为，尽管“普世价值”讲的是人类，是从正面必须加以肯定的基本价值，比如我们中国共产党人也曾为之而奋斗的在人类生活中一定存在着的某种具有普遍性的价值与尊严，但它的出发点却是个人，是个人对痛苦、屈辱的大致相同的感受。我们相信人类对于不幸的感受大致上是差不多的，尽管人与人对于什么是幸福的理解可能完全不同。所以正如查尔斯·泰勒所说，在人类任何一种生活方式中，“残忍”“凶恶”“屈辱”“勇气”“尊严”总是不可缺少的术语，“因为没有它们我就不能评估可能的行为过程，不能判断我周围的人和处境，或不能决定我是如何实际感受某人的行为或生存方式的”。(《自我的根源》(中译本)，第85页)

“普适”指的则是一种工具性的、为了达到某种目的而信从的“行为或生存方式”；相对于这种“行为或生存方式”而言，“残忍”“凶恶”“屈辱”“勇气”“尊严”完全可以作为手段获得另一种理解，一种在“潜规则”，也就是种种明文规定背后的“实际存在着的一个不成文而又获得广泛认可的规矩，一种可以称为内部章程的东西”；恰恰是这种手段性、工具性的东西，而不是冠冕堂皇的正式规定（任何正式规定都可以转化为手段与工具），支配着现实生活的运行。

在“中国历史中的真实游戏”中，能涵盖一切的、最宽泛意义上的“潜规则”到底指什么？其实就是“说”与“做”的不一致，就是“说归说，做归做”，就是谁都知道了在什么情况下能说什么，不能说什么，什么事该怎样说，不能怎样说，说了就会有怎样的后果。要是在中国这块土地上还有人不知道什么话是可以公开说的，什么话只能私下里或只在几个朋友间说，那他一定来自“外星”或是一些完全不读书、不看报，不懂中国国情的“老外”。

要让所有的人都明白这一点并获得广泛认可并不是一件容易的事。读余英时先生的《宋明理学与政治文化》，里面提出两个概念：“政治生态”与“政治文化”；当“政治生态”差强人意，知识分子觉得自己还能为“平治天下”（建立理想的人间秩序，这被说成是中国传统文人的不灭情怀）做点事时，就会“得君行道”（前提是有了明君），如“王安石与宋神宗争辩时‘辞色皆厉’，朱熹在‘封事’与‘奏礼’时直言无忌”，这一切都是因为“宋太祖相传立有‘不杀大臣及言事者’的誓言”；当政治生态恶劣，如明代，当读书人“夜坐，思一身一家苟得平安，深以为幸”时，就只有走“觉民行道”的老路，回到内心，启发良知：“良知在人，随你如何不能泯灭，虽盗贼亦自知不当为盗，唤他做贼，他还扭捏。”余英时先生说，这就是促使理学从朱熹之学到阳明之学转变背后的政治生态。

到什么时候，在“潜规则”的实际支配下，就连“觉民行道”（所谓的“启蒙”，或可理解为前面所提到的“普世价值”）之类的话也不能明说了呢？

宋代著名学者李觏曾在一首诗中写道：“秦法虽甚苛，秦吏若犹拙；山林不数里，俾尔逃得脱。”① 那时候支配“山林”的世族群落至少还有能与国家政治在某种“潜规则”下抗衡的能力；个人在世族群落中也可以说些与国家政治不太一致的话。当这种抗衡能力完全消失后，“潜规则”也就势必覆盖了每一个人的言行。

所以“普适”，我更愿意在中文的语意上把它理解为一个从“普遍适用”的工

---

① 王毅：《中国皇权制度研究》(上)，北京：北京大学出版社2007年版，第372页。

具性概念到“普遍适应”的生存方式上的概念，它讲的是“普遍适应”，一种生活态度、生存方式上的习以为常和普遍认可。外国的政治人物，比如外交部、国务院的发言人，他们也懂这套“潜规则”，也有他们“普遍适应”了的“一套不成文而又获得广泛认可的规矩，一种可以称为内部章程的东西”，因为有“国家利益”这一最大的目的规约着他们的言行；与他们不同的，就是我们中国人几乎每一个人都把自己的言行与国家利益、国家形象联系在一起，所以也就都如“发言人”一样整日里说着那些表里不一或口是心非的东西，久而久之，自然也就习以为常、普遍适应了。

现在让我们把话题再回到那位“贪胆”奇大的赤峰市长身上。

这几天发生在赤峰的事很引人注意，一是有了这位市长大人把“办事送钱，送钱办事”的“潜规则”公之于众的名言；二是那里的自来水严重污染，数千人不得不住院治疗。《新华每日电讯》头版是：《赤峰自来水污染：天灾之中有人祸》(2009 年 8 月 5 日)。“天灾”是什么？因为下了一场暴雨；“人祸”指什么？报纸上列出了好几条，比如“市场化”后为控制雇工成本而减少人员，20 余人看管 9 口取水井，人员严重不足；比如一味扩大城市规模，发展与实力严重脱节等等。文章说，这种情况并不仅仅发生在赤峰。这也就是说，城市建设中的“潜规则”正在赤峰浮出水面。

“浮出水面”这个词好，因为“潜规则”的“潜”本来就与“水”有关；“上善若水，水善利万物而不争”（《老子·第八章》），如果只讲那些冠冕堂皇的话，扩大城市建设规模自然是一件“利万物而不争”的好事。但实际呢？

“潜规则”浮出水面有好的一面，让大家看到了实际上支配社会运转的力量与关系，但另一面就是有可能让更多的人去设法适应这样一些“潜规则”的运行方式。

说徐国元“贪胆”奇大，是因为他在受查期间还在贪，6 年敛财 3 200 万元，日均受贿 1.5 万元。

但严格说起来，这两件事又都算不上什么了不起的事，比徐国元“贪胆”更大，比赤峰水污染更严重的事几乎可以用得上“数不胜数”了。

徐国元吸引人的地方不在其“贪胆”之大或敛财之多，而在其每收一笔钱必先要放在“佛龛”下面，并在家中设立佛堂，供奉佛像，每日烧香拜佛，就是入狱后也日日手捧佛珠念诵不已；更富有戏剧性或表演性的就是他把自己的一大笔金银财宝悄悄转移至云南省一座寺院的住持处，然后再把密码箱的钥匙“轻薄地藏匿在了佛像的耳朵里”。(见 2009 年 7 月 28 日《新华每日电讯》)

也许，当徐国元这样做时，水污染的事还没有发生，还“潜伏”着；但，还是让我们闭住眼睛想象这两组画面的重合：一组是某幢豪宅中有一佛堂，佛堂中的菩萨慈眉善目，前面香烟缭绕，市长夫妇正虔诚地跪拜上香；另一组是赤峰市下辖的

12 个旗县中有 9 个属国家级和自治区级贫困县，而赤峰市饮用水中的大肠杆菌、沙门氏菌已严重超标，致使凡饮用者都不得不前往就医。

于是，信仰、拜佛、保佑之类的言行就使得徐国元案有了新颖之处。

在无数的古典小说和戏剧作品中，我们都看到过父母官祈祷上天或佛祖保佑子民渡过难关的描述；今天，这位父母官保佑的是自己的赃物不被发现。

徐国元说自己不是一个庸官，说明他不相信靠菩萨保佑就能消灭大肠杆菌；徐国元承认自己是个贪官，又说明他相信菩萨可以帮自己非法敛财并渡过难关。

为什么不相信菩萨能灭掉大肠杆菌？因为他是一个唯物主义者；为什么又相信菩萨能帮他藏匿赃物赃款？因为至少在他看来，全社会其实早已接受了这样一条“潜规则”，这就是“办事送钱，送钱办事”；在他看来，这是一件天经地义、理所当然的事；或者说，“潜规则”在他看来已不再“潜伏”，而是可以光明正大地登堂入室。这就犯了“潜规则”的大忌。

菩萨所能保佑的，从来都是已被人们信从了的事；他能从一个普通家庭出身的人一步步爬上来，48 岁就成为一个地级市的市长，凭什么？就凭这两条，一是作为一个唯物论者，他一点也不昏庸；二是作为一个自认把准了社会脉搏的人，他又不得不相信诸如此类的好事能落在他头上，一定有某种不可思议的、“潜伏”着的神奇力量在起作用。

这力量就体现在“潜规则”上；“潜规则”是一些不能明说的“规则”，一明说，不但立即失效，而且身败名裂。看来徐国元念佛还没有念到家，不知道佛经中记载的那些公案、棒喝、机锋到底意味着什么。

我有时想，“潜规则”其实也可以分为两类：一类就是人人心知肚明的那套暗中支配社会运行的力量；另一类则可以理解为依然在暗中运行着的“良知”，或可理解为“民心、民意”。当年王阳明说“良知在人，随你如何不能泯灭”，就大约指的是这种“潜规则”或“潜力量”。由于找不到表达渠道，这种“规则”或“力量”也就只能在暗处聚集、汇合，于是就构成了今天街谈巷议中的各种谈资笑料。幸亏有了网络这一平台，至少算是提供了一个把“潜”变成“明”的发泄或表达渠道，否则，当这种体现“良知”的“潜规则”与徐国元之流所信奉的“办事送钱，送钱办事”之类的“潜规则”在“暗处”发生碰撞时，我们这些只知信守各种明文规定的制度法规的人又当如何作出自己的判断？

也许我们的聪明才智，很大一部分就耗费在这样那样的对各种形态的“潜规则”的判断、应付与适应上。这上面的浪费，应该远在徐国元之流所贪污、挥霍的数目之上，这还不包括对人的那种心智或良知上的摧毁——如果我们还相信人心中确有这样的精神性追求的话。◻ 2009・5

有感于到国外学中国文学

□康保成

一

20 世纪 90 年代初，我偕妻、女经由香港赴日本讲学。由于刚过了那个重要的敏感年代，而我本人又刚刚背了一个处分，所以当列车驶过罗湖桥时，不由得感到一阵轻松。在香港停留两天之后，我们一家三口便乘机抵达了日本九州大学的所在地——福冈市。

第一次迈出国门，看什么都是新鲜的，其中最不解的一个现象是：我所教授的学生中，竟有不少是中国留学生，有硕士生，也有博士生。本以为来这里一定是为日本学生上课，哪想到操着一口流利普通话的同胞，一个个正襟危坐，和对中国语似懂非懂的日本学生一道，在听我这个外籍教师授课。

渐渐地，我熟悉了这里的环境，也和中国留学生们成了朋友，彼此打成一片，无话不谈，对中国学生来日本学中国文学的现象，也慢慢地理解了。

日本是中国的近邻，其汉学研究不仅传统深厚而且覆盖广泛，几乎每一所像样一点的大学都有丰富的汉籍收藏，都有专门从事中国文学研究的学者，其中著名的汉学家完全可以和国内的一流学者对话。一位在日多年的中国朋友告诉我："日本人是把中国学问当做他们自己的东西研究的。"我的观察验证了这位朋友的话：在一些日本的大学里，中国文学是和"国文学"即日本文学放在同一个学部的，而把西洋文学等放在"外国语学部"。我任教的九州大学文学部有中国文学、中国哲学、中国史（他们叫"东洋史"）专业，中国文学专业两代已经卸任的主任教授目加田诚先生和冈村繁先生都是成果卓著、名声显赫的大汉学家。可惜我到任不久，90 岁高龄的目加田诚先生便驾鹤西归，故无缘目睹其真容，但与冈村先生却有过多次接触。

冈村先生当时 70 出头，身体非常健康（日语叫"元気"），退休后在私立久留米大学任教。他在《文心雕龙》《文选》和白居易研究方面堪称国际一流，同时写得一手漂亮的书法和汉诗，但不会说汉语。他性格豪爽、爱说爱笑。一次聚餐，他说："我考证《楚辞》不是屈原写的，因为根本就没有屈原这个人，因此得罪了许多中国朋友，说我存心诋毁中国文化，其实我是最爱中国文化的。"说完放声大笑。这话不假，冈村先生真的非常喜爱中国文化。他原来是学日本文学的，但学着学着，发现日本文学与中国文学渊源太深，要是弄不明白中国文学，就理不清日本文学的来龙去脉，于是索性改行，一心一意研究起中国文学来。越研究，就越有兴趣，对中国文化就越热爱。正如王元化先生《冈村繁全集·序》所说："他对中国文化怀有深厚感情是从他长年累月对中国文化的倾心研究中产生出来的。随着研究的深入，他逐渐感受到中国文化的魅力。日本接纳中国文化有悠久的历史，不难理解，作为日本汉学家的冈村先生，他对中国文化的感情还包含着中日文化关系的历史渊源。可能正是这缘故，使得他在涉及中日文化关系的研究方面，能够不拘狭隘的民族观念，不受学术以外因素的牵制拘囿，而发表自己的研究结论。"

冈村先生对中国学者很尊重，有许多中国朋友。我的老师王季思先生是研究古典戏曲的名家，与冈村先生的专业领域有距离，但冈村先生专程到中山大学拜会过季思师。当时正值中山大学 60 周年校庆，在王老师的客厅里，两人通过翻译，交谈甚欢，黄天骥老师当时也在座。若干年后，天骥师访日，冈村先生和他的学生、我的合作老师竹村则行先生设宴招待，轮到我叨陪末座，并充任翻译。二人海阔天空，无所不谈。从对季思师的怀念（当时季思师去世不久），谈到广州人"天上除了飞机，地下除了凳子，什么都敢吃"。我这个"半瓶子醋"不到的日语"翻译"，竟然磕磕巴巴地把两位前辈学者的谈话大体上传达给了对方。

关于冈村繁先生的为人与为学，以及他和中国学者的友谊，不是一两句话说得完的，因与本文主旨无关，只好暂且打住。总之能师从这样的汉学家，无论是日本人还是中国人，都是一种幸运吧！况且就学风而言，日本汉学界重材料、重微观、重考据，受乾嘉学派影响很深。相比之下，国内某些人喜欢赶时髦、跟风潮，动不动就要建立"自己的理论体系"。有段时间，"新三论"（即系统论、信息论、控制论）风靡文学研究界，一连串新术语、新概念把人都搞懵了。对于刚刚起步的青年学子来说，大概前一种风格更适合他们吧？想到这里，我似乎突然领悟了为什么曾经有"敦煌在中国，敦煌学在国外"的说法，深感自己当初对中国留学生到国外学中国文学的诧异，真是少见多怪了。

其实，汉学早就是一门国际性的学问。日本、韩国等紧邻中国的"汉字文化圈"之外，荷兰莱顿大学汉学研究院（Sinological Institute of Leiden）、美国哈佛大学燕京学社（Harvard-Yenching Institute），都是遐迩闻名的国际汉学研究中心。我有幸在 2008 年分别拜会了这两座学术殿堂，收益不小。这是后话，下文再说。

二

毋庸讳言，中国留学生到日本学习中国文学，不仅仅是为了学习专业和研究学术，更重要的是为了谋生。

我的日语启蒙老师张先生是“文革”后首批自费留学日本的，半年后回国，买了两套大房子，当然那时国内的房价很低很低。他告诉我一个秘密：到日本的中国学生，名为留学，实为打工，因为日本的钱好赚。

的确，日本的人工费比国内贵很多很多，工资也高很多很多。20世纪90年代初，日本的“中国语热”正在兴起，许多高校，甚至高中都开设了汉语课，但中文教师却相对短缺。根据日本有关方面的规定，凡持有硕士学位的中国留学生，都可以在高校兼职教中文，日语称为“非常勤讲师”。“非常勤讲师”按课时（日语发音叫“KOMA”）计算酬金，每个“KOMA”大致相当于中国的两节课，酬金是1.1万到1.3万日元不等。按当时的汇率，相当于800元到1 000元人民币之间。而当时国内的大学教授，月薪远达不到1 000元。所以，扣除物价因素之后，“非常勤讲师”的收入还是远远高于国内的大学教授。

更有吸引力的是，如果外籍的“非常勤讲师”每周的“KOMA”数超过了一定的数量，就可以在“入国管理局”申请到工作签证。也就是说，如果留学生毕业之后找不到正式的工作（大学叫“专任教师”），就可以以“非常勤讲师”的身份合法地留下来继续挣钱。以中国人吃苦耐劳的精神，留学生们往往同时在几所学校兼职教中文，收入也就相当可观了。尤其是中国语言文学专业的中国留学生，既有母语的优势，又有专业的优势，最容易被日本各高校录用。虽然“非常勤讲师”比专任教师收入少很多，但上了课就走，不用开会（日本的教授会议很多，很占时间），也不用参加校方和学部组织的各类活动，非常自由，所以我的朋友、一位来自北京的留学生告诉我：这里有的人宁愿做一辈子“非常勤讲师”。后来，这位朋友果然做了20多年的“非常勤讲师”。他用挣来的收入不仅供女儿在价格昂贵的双语学校读到毕业，还用这笔钱供女儿赴美国留学。女儿赴美报到时，夫妻俩一同把女儿送到波士顿。我曾经戏称作“非常勤讲师”的中国留学生为留学生中的“贵族”，但也非常明白，他们不过是高级打工族，挣的都是血汗钱。他们在日本打拼，却按中国国内的消费水平，一分一厘地计算着花销。到了21世纪以后，日本经济持续低迷，大学经费削减，想找到一份“非常勤”的工作也不容易了。

就我接触到的情况而言，到日本学习中国文学的某些中国留学生颇有自卑感。他们有句口头禅：“一流的学生到欧美，二流的学生到澳洲，三流的学生来日本。”其实情况并不完全像他们所说的。到日本的中国留学生来源十分复杂，有许多也相当优秀。例如我的一位朋友毕业于复旦大学日语系，到九州大学岩佐昌暲教授门下读博士，专攻中国现当代文学。他发现了当年郭沫若留学日本的一些原始记录，写了一本质量很高的专著，被国内学术界刮目相看。

日本大学的“专任”教职是很难落到中国留学生头上的，但也并不绝对。1994年春，我到东京参加“中国学会”的年会。一位刚刚在日本就职（即找到专任教职）的来自北京的中国留学生（女性）口头发表了一篇关于王国维的研究论文，引起与会中日学者的关注。事后，我亲耳听到一位日本学者发感慨：“我们学了一辈子中文，连语言关都没有过，而一些中国学生，来日本仅仅几年，就能用流利的日语讲述他们本国的文学了。这样下去，还要我们这些人有什么用!”的确，中国留学生在日本就职，就意味着给日本人“争饭碗”，这就引起了有关方面的注意。有的学校，在招聘条件上有国籍限制。更多的单位，表面上不做这样的规定，实际上他们的录用人选早已内定。中国留学生能够冲破种种障碍取得专任教师资格的，第一日语要好，第二要专业突出，第三要工作态度认真，第四要人脉好。有的时候，这四个条件的顺序是颠倒过来的。

许多日本人很讨厌中国的“托关系”“走后门”，但其实日本人也很讲究人脉。一位在北九州某大学任教的中国朋友告诉我，他就是靠天天请校长喝酒、套近乎才获得来之不易的专任教授资格的。记得那天他兴冲冲地告诉我：“终于成功了，年收入900万（当时约相当于70万元人民币），给个省长都不换!”更多的中国留学生是靠指导教授的推荐获得专任教职的。留学生朋友告诉我，日本学生就职也靠老师的推荐，指导教授不光负责他们的学业，也常常帮他们找工作，是真正意义上的“恩师”。不过，日本的教授在推荐人才的时候是有底线的，他们考虑的主要是学问、人品。就拿那位在北九州就职的朋友来说，我在他府上看到过一张有数十位日本学生签名的贺年卡，上面用稚嫩的汉字写满了“衷心感谢您”“喜欢您”“喜欢听您讲中文”“老师辛苦了”之类的话。可见他用辛勤的汗水给日本学生留下了美好的印象，也可见单靠人脉是很难在日本站住脚的。

在日本就职有时候要等，要有耐心，什么时候运气来了不一定。我在九州大学教过的两位中国留学生，一位研究《西厢记》，一位研究周作人。他们在毕业后许多年才分别找到了专任教职，并用日语出版了学术专著。研究《西厢记》的那位前不久还和我有联系，研究周作人的那位来信说想改行做家乡的地方戏，让我寄参考书去，谁知书寄去之后却如泥牛入海，杳无音信了。

总之，对于部分留学生来说，原本到日本学中国文学是为了谋生、找出路，但经过自己努力打拼，实现了生活、事业双丰收。后来我知道，这种情况，在留欧、留美的学生中也大有人在。

三

我第一次“冲出亚洲”去北美，只不过是五六年前的事，但对欧美同行的关注，特别是对中国学生赴欧美学中国文学这件事情的关心，却持续多年了。因为，自从产生了中国文学研究是一门国际性的学问这一观念之后，我对了解海外中国文学研究的兴趣越来越高，并且想象：师从海外汉学家的中国留学生，也一定是青出于蓝吧？

2001 年，《文艺研究》发表了荷兰学者伊维德（Wilt L. Idema）的论文《我们读到的是"元"杂剧吗？》[1] 一文。后来据本文的中译者宋耕先生介绍，方知道此文实际上是伊维德和美国学者奚如谷（Stephen H. West）两位教授合作的研究成果。本来，《元曲选》等明刊本所反映的并非元杂剧的原貌，这并不是欧美学者最先提出的。但"他们在大量文本分析的基础上，令人信服地提出了元杂剧由早期的市井演出到今天的文人案头剧中间的发展线索。更为重要的是，他们挖掘了文本修订背后的意识形态意义，指出元杂剧被明代统治者接纳、改编为一种宫廷娱乐之后，不但形式上发生了变化，更为重要的是，通过这些形式的变化，改变了杂剧的本质，其内容被纳入了正统意识形态的轨道之中"[2]。说实话，这篇论文对我的冲击很大。"他山之石，可以攻玉"，从此以后，我就特别关注伊维德、奚如谷两位先生及欧美学者的研究成果。恰巧我有一位博士生本科、硕士都是英语专业，我就毫不犹豫地为他选了一个这样的论文题目："英语世界的中国传统戏剧研究"（此书已于数年前出版）。我想把西方学者的成果系统地介绍到国内来，让不能阅读英文原著的中国学者们开眼界、长见识。同时又在想象：名师出高徒，伊维德、奚如谷他们的学生一定也很优秀吧？于是，近 10 年以来，我尽力把我指导的博士生们向海外"推"，有好几位先后赴日本东海大学、九州大学、名古屋大学和荷兰莱顿大学访学、联合培养或攻读学位。同时，也亲自或怂恿系主任引进一些优秀的"海归"。

去年暑假，我和中山大学的几位同行有机会去欧洲访问。这机缘来自我们近两年引进的一位"海归"。她是德国著名汉学家顾彬（Wolfgang Kubin）的学生，精通德语、英语、日语，在上海古籍出版社出版过关于玛雅文字的专著，在国内的专业是民俗学和民间文学。经过她搭桥引线，我们和德国慕尼黑大学签下了合作协议，因而得以访欧。此行的最后一站是位于荷兰阿姆斯特丹附近的莱顿大学。在这里，见到了仰慕已久的伊维德教授。他即将从哈佛大学退休，现居住地是荷兰。虽已年近七旬，但身体很好，告诉我说他最近对广东的说唱文学特别有兴趣。他带过的中国学生很多，其中陈靝沅已经在英国伦敦大学任教，并任欧洲汉学学会的秘书长，另一位则在美国亚利桑那州立大学奚如谷教授那里任职。伊维德的这两位高足后来我都见过，的确都很优秀。

相比较而言，我认识奚如谷先生的时间要早几年，见面的机会也多些。他原任

---

① 刊于《文艺研究》2001 年第 3 期。

② 宋耕：《元杂剧改编与意识形态——兼谈"宏观文学史"的思考》，《二十一世纪》2003 年第 5 期。

美国加州大学伯克利分校教授，现在是亚利桑那州立大学的讲座教授。他和伊维德年纪相仿，但人高马大，一脸大胡子，性格豪爽。几年前他曾应邀到中山大学座谈过一次。本来是想请他讲座的，但奚教授谦虚不肯讲，只好在小范围座谈。第二次见面是在韩国首尔，汉阳大学的吴秀卿教授主办了一次中国戏剧的国际研讨会，我们又遇上了。最近的一次是 2008 年 12 月，奚教授做东道主，也是主办中国戏剧研讨会，邀请的中国学者不多，我忝列其中。这一次，见到不少奚如谷的中国学生，其中一位和我太太是同乡，河南新乡市人，北京大学本科毕业。按照留日学生的口头禅，算是“一流学生”了。她现在在旧金山附近的一所大学任教。就是这位同胞在会上的发言，让我认识到了在海外学习中国文学有可能产生的弊端。

记得她谈的是明传奇《八义记》。她用双语发言，英语和汉语一样流利，让我这个土老帽羡慕不已。但她的核心观点是《八义记》中的屠岸贾是一位“悲剧英雄”，则未免令人大跌眼镜。林兆华改编的话剧，有意弱化甚至抹杀元杂剧《赵氏孤儿》中的善恶、是非界限，让屠岸贾和赵盾一家乃至程婴等人，都成了国君手上的一枚枚棋子。话剧结尾，国君把屡遭屠岸贾迫害、劫后余生的赵孤领走抚养，不禁令人猜测起屠岸贾的命运，未来的他会不会重蹈赵盾一家的覆辙？在陈凯歌执导的电影中，屠岸贾人性未泯，他教赵武习武并对赵武百般呵护，义父义子之间建立了很深的友情。我们看屠岸贾对程婴的责问：“你有什么权力决定你儿子的生死？你又有什么权力让赵家的孩子替你报仇？他杀得了我吗？他下得了手吗？从你带着这孩子来到我家的那一刻起，你就败定了！”然而，屠岸贾最后还是死在了义子的剑下。若说这两部作品中的屠岸贾是“悲剧英雄”，或可算得上差强人意。但《八义记》的情况完全不同。

《八义记》大体因袭了南戏《赵氏孤儿记》，只在细节上作了一些改动。如果说元杂剧《赵氏孤儿》中的屠岸贾还只是一个诛杀忠良的刽子手的话，那么南戏、传奇中的屠岸贾就更是一个十恶不赦的独夫民贼。作品中屠的妻子性情善良，曾让门客张维用说评书的方式规劝丈夫不要对赵氏一门痛下杀手，结果张维却被屠岸贾痛打了一顿禁闭起来。接着，钼麑前往行刺赵盾未果触槐而死。张维逃脱后径向赵府报信：指使钼麑行凶的正是屠岸贾。作品中屠妻责备丈夫说：“相公使钼麑，钼麑触槐；用韩厥，韩厥自刎。”骄横一世的屠岸贾最终落了个众叛亲离的下场，连自己的妻子都与他同床异梦，这还不是孤家寡人吗？再从艺术成就看，明末的《远山堂曲品》把《八义记》列入“能品”，即三流作品，曲学大师吴梅谓此剧“肤浅庸俗”，这样一个作品能塑造出一个“悲剧英雄”来？实在令人匪夷所思！

“英雄”应当是善良的，起码是有人性的。把嗜血成性的刽子手称作是“悲剧英雄”，我在国内从未听说过。因而想到，假如这位留美的学生没有出国，她也许不会提出这么“前卫”的观点来吧？这就牵涉到中国留学生出国学什么的问题。

在这次研讨会上，奚如谷先生发表的论文指出，元刊杂剧在刊刻的时候故意

"留白"，是提醒使用剧本的正旦或正末此时场上的情形。论文从人们熟视无睹的一个小问题入手，不仅指出了元刊杂剧的版式问题，而且还涉及剧本形态与演出形态问题，是一个典型的小题大做的文章，听后颇受教益。但很显然，他的这位学生，并没有学到这样严谨的治学方法。我无心指责这位留学生，更不敢批评奚教授，只是想提醒已出国或将要出国学习中国文学的学子们，外面的世界很精彩，但万变不离其宗：证据第一，材料第一。没有一个海外汉学家是靠对作品（尤其是三流作品）的主观、武断的解析而获得学术界认可的，哗众取宠的"创新"没有生命力。到了海外，要学你们老师的绝活，要做真学问，而千万不要被五颜六色的"新"理论所迷惑。◻ 2013・6

诗情的消解与西美尔的货币哲学

□鲁枢元

在当前我们的社会里，“日常生活中诗情的消解”似乎愈演愈烈。别的不说，即便在被看作人类文明圣殿的大学校园里，在这本该是诗情荟萃的大学文学院、中文系里，又还剩下多少诗情呢？

早年，中国现代文学史中记载下的那些文学的精灵、诗歌的魂魄，如沈从文、朱自清、郁达夫、徐志摩，其实又都是大学的教授。或北京大学的教授，或南京大学的教授，或清华大学、中山大学的教授……他们一边做教授，一边也写诗，写诗一般的散文、诗一般的小说。从他们的传记看，他们个人的生活也几近于一首情深意浓的诗。那时，即使在兵荒马乱、颠沛流离的西南联大的日常生活中，也仍然不乏诗的激情、诗的意绪。而在现在的大学里，起码在我曾经工作过的一些大学里，“诗人教授”已经绝迹，校园诗情越来越稀少淡薄。

眼下，在号称文学殿堂的大学文学院、中文系里，诗情没有了，诗歌没有了，诗人没有了。时值岁尾，我突然发现，充塞在我们日常生活中的，竟然是层出不穷的数字和表格：年度教学工作量统计表、年度科研工作量统计表、年度岗位聘任考核表、博士指导教师简况表、科研项目进度表、横向科研调查表、国内外学术活动登记表、获奖登记表……和朱自清、徐志摩们相比，别的我们比不上；但我们一年里填写的表格，他们一辈子恐怕也不曾填过。

不知从什么时候开始，“诗歌”变成了“表格”。

“表格”，不可小觑。我想起了两位朋友的遭遇。

一位是较我年轻一些的朋友，写诗，写诗评，也从事中外诗学的比较研究，在中国当代诗歌界拥有很高的威望。他在一个学术会议上发言，只讲了30分钟，一些名牌大学的研究生听完之后竟感慨地说：“三年研究生白读了！”就这样一位“诗人学者”，却迟迟不能解决“教授”职称，更当不上“博士生导师”。原因是，他的那些诗歌和随笔式的诗评上不了“权威刊物”，他的那些独辟蹊径的诗学研究总也拿不到“国家项目”，因此也就总填不满教授、导师的“评审表格”。

一位是较我年长一些、已经年逾花甲的朋友，她以当代作家批评，尤其是女性文学批评享誉国内文坛，并且有幸早早跻身“教授”“博导”行列，为她所服务的那所大学做出了杰出贡献。去年，由于年度工作量统计表上的某些数字不足，其本来已经相当微薄的“岗位津贴”立马被扣除1/3，真是“宰你没商量”！现任校长是她教出来的学生，面对那一张数字不足的“表格”，也爱莫能助。

“表格”，在我们的日常生活中，在我们的文学生涯中，竟是如此地至高无上，如此地冷漠无情，如此地斤斤计较。一方面它成功地阻止了诗情画意往高等教育的流入，一方面它也有效地窒息了诗情画意在大学校园的萌生。于是，即使在大学的文学院系里，也不再会生长诗人和诗情。

“日常生活中诗情的消解”，也曾经是前《上海文学》杂志的主编、现上海大学教授蔡翔先生的一部著作的书名。蔡先生以充分的事例，论述了从20世纪80年代到90年代，中国文学如何迅速地由写“大河”“林莽”“黑骏马”转换到写“青菜”“豆腐”“蜂窝煤”。他认为“日常生活中诗情的消解”是一种“文化的困窘和精神的退化”，是“理想主义的受挫和乌托邦激情的衰落”。

我想，蔡翔先生说得不错，理想的破灭和激情的颓败是事实，但或许这并不是根本的原因。在民间，比起“吃糠咽菜”的生活来，“青菜豆腐”有时也会成为一种理想和激情；此类理想和激情也还会推动生产力的发展、社会的进步、民众日常生活水平的提高，青菜、豆腐、蜂窝煤很快就会变成牛奶、面包、手机、电脑。但是，从目前已经开始普及的牛奶和手机中，仍然看不到一丝一毫诗意充盈、文学繁荣的迹象。

责任恐怕也不仅仅在于作家们一厢情愿的选择。任何选择，必然是在一定时代背景、社会环境之中的选择。“好风凭借力”，时转运来，“一地鸡毛”也可以“平步青云”；“时不利兮骓不逝”，西楚霸王也无计可施，于是，张承志们的“英雄路”上就不能不是一片满目凄凉的“荒芜”。

问题在于，为什么在短短的几年里，中国人的日常生活以及中国的文坛会呈现出如此突兀的转折？而这又恰恰正是中国开始启动市场经济，国民的钱包，包括大学教授们的钱包开始鼓胀起来的时刻。问题究竟在哪里？难道“生活中的诗情”与“市场”“金钱”之间真的还存在着一个“不相容原理”？

我记得很早以前有一个说法：“少女可以歌颂她失去的爱情，财主却无法歌颂他失去的金钱”，这算不上文学理论，但是，在世界的文学名著之林中，倒真是很少有以歌颂市场和货币为题材的作品，德莱赛的《金融家》写了市场和货币，但市场和货币并没有取得正面的意义。电视剧《大宅门》写了中国医药商人们的悲欢离合，但并没有真的去写市场和货币，其卖点还在七爷白景琦那丰富而又混乱的男女关系。

从另一方面讲，市场和货币也从来不理会文学的诗情画意。自19世纪以来，在所谓“批判现实主义文学”一浪高似一浪的批判、讨伐声中，市场的开拓与货币的增值所向披靡，反倒把文学完全地挤兑出局。现在，连摘取诺贝尔奖的文学作品也很少有人问津。在任何一个城市，走上街头看一看，银行不但比书店多，比厕所也多。我们现在能够看到的唯一景象，是文学向金钱（即所谓的“畅销”“票房”）的妥协、臣服、倒戈、寄生。

那么，金钱，或者货币，究竟又是什么呢？

这个问题也已经越来越不好捉摸，在以往的社会里，货币可以是金条、银锭、铜板，更早一些还可能是石头、贝壳、牲畜、布帛，后来就统统变成了纸币或支票，现在则更进了一步，连纸也不纸了，变成了“电子钱包”，那其实就是“卡”上的一串或长或短的数字。然而，你如果拥有了这串足够的数字，你别的什么都不必费心，你就可以拥有你想要拥有的一切东西。

在当前社会里，货币正在奠定它在人类社会中从未有过的至高无上的地位。如果说在以往的社会中，货币之上还有皇帝、总统、国家、政府，那么新的自由主义经济学家已经在劝说国家、政府进一步减少对于国计民生的干预，让银行取代政府，让货币自行其是，以货币的流通规律操纵社会的发展规律。

在以前的那些社会形态中，金钱的地位固然也很重要，即所谓“一分钱难倒英雄汉”，历史上也曾上演过“秦琼卖马”“杨志卖刀”“杨白劳卖闺女”那样凄凉又悲惨的故事。但从来没有像今天这样，货币的价值成了唯一的价值，在人们的内心，“货币从一种纯粹的手段和前提条件成长为最终的目的”。金钱，或者说金融，已经完全支配了人类生活的各个方面及全部进程。

用齐奥尔格·西美尔（Georg Simmel，1858—1918）的话说：“金钱成了现代社会的语法形式。”

西美尔的深刻，在于他从一开始就凭自己的直觉洞悉到货币在现代社会的地位和意义，并且从哲学的、社会心理学的乃至美学的意义上做出了解释。

与马克斯·舍勒一样，西美尔也是最近几年来才被介绍到中国学术界的一位德国哲学家。在当时的德国学术界和教育界，西美尔也是一个“另类”。作为一个哲学家，他研究的课题大都比较奇特，如饮食、交际、性别、卖淫、冒险、忧郁、奢侈、腻烦、招魂术、贸易展等，以及选择心理学、文化学的视野研究货币。他的著述多为率性之作、随笔文体，不合高等学府的学术规范，因此他始终申请不到一个“教授”的位置，只能在柏林大学做一个“编外讲师”。将近一个世纪过后，人们才渐渐发现，在对于资本主义的学术探讨中，没有人能够绕过这个“编外讲师”，人们甚至把他看作是与“革命的马克思”“保守的韦伯”鼎足而立的第三势力，一些名声比他大得多的哲学家，如卢卡契、布洛赫、舍勒、本雅明，都直接受到过他的影响。国内目前仅有四种西美尔的翻译著作刊行，即《桥与门》（上海三联书店1991年版）、《金钱、性别、现代生活风格》（学林出版社2000年版）、《时尚的哲学》（文化艺术出版社2001年版）、《货币哲学》（华夏出版社2002年版），西美尔是用一种“悲观主义”“寂静主义”“审美主义”“浪漫主义”的姿态从事他的文化哲学研究的，因此，他的文字就更容易引起我的共鸣。

与以往的一些经济学家不同，在西美尔看来，现代的货币体制是绝对理智的、逻辑的、运算的，以货币为核心的“市场经济”推崇并强化的心理能量是理智和算计，现代精神变得越来越精于算计，而不是传统社会所推重的血统、情感和意愿。西美尔说，“现代风格的理性主义特征显然受到了货币制度的影响”：

现代人用以对付世界，用以调整其内在的——个人的和社会的——关系的精神功能大部分可称作为算计（calculative）功能。这些功能的认知理念是把世界设想成一个巨大的算术题，把发生的事件和事物质的规定性当成一个数字系统。①

我们时代的这种心理特点与古代更加易于冲动的、不顾一切的、更受情绪影响的性格针锋相对，在我看来它与货币经济又有非常紧密的因果关系。货币经济迫使我们在日常事务处理中必须不断地进行数学计算。许多人的生活充斥着这种对质的价值进行评估、盘算、算计，并把他们简化成量的价值的行为。货币估算的闯入，教导人们对每一种价值锱铢必较，从而迫使一种更高的精确性和界限的明确性进入生活内容……虽然它们对生活方式的高尚风格的形成并无补益。②

读了这段话，我们大概可以明白了，我们之所以没完没了地填表，原来是由于一种量化的、算计性的东西进入了我们的校园生活，进入到我们的文学院和中文系中。表格后面是货币，是一种货币制度，教授及其学术生涯都已经通过那些“表格”被装进了货币经济的天罗地网。在货币体制严格管理下的校园里，诗情难以再呼吸到鲜活的空气，诗人终于成了明日黄花。

西美尔的货币哲学还认为，金钱无特性，货币夷平了差异，“金钱的权力产生了任何其他文化因素都无法比拟的扩张，这种扩张给生活中最针锋相对的趋势以同等的权利”③。“货币本身是对事务价值关系的机械反映，对任何人的用处都一样，因此，在金钱交易中人人的价值相等”——就像金钱在妓女那里夷平了嫖客们的价值一样，你不能说我是文艺学教授，我少付一点钱吧，在古代的李香君那里或许还可以通融，在市场经济已经深入人心的今天，妓女行列中不再生长李香君——“这不是因为人人都有价值，而是因为除了钱别的都毫无价值。”④“货币通过其广泛的影响，通过把万事万物化约为一种相同的价值标准，它拉平了无数的上下变动，取

---

① 西美尔著，陈戎女译：《货币哲学》，北京：华夏出版社 2002 年版，第 358 页。

② 参照西美尔著，顾仁明编译：《金钱、性别、现代生活风格》，上海：学林出版社 2000 年版，第 39 页。

③ 西美尔著，顾仁明编译：《金钱、性别、现代生活风格》，上海：学林出版社 2000 年版，第 33 页。

④ 西美尔著，陈戎女译：《货币哲学》，北京：华夏出版社 2002 年版，第 348 页。

消了远近亲疏……”① 在成熟的、严格的货币体制下，“合并成生活形式的精确性与准确性的相同因素已经相互融合，成就了一种最缺少个人色彩的结构”。②

早先，人们喜欢说金钱是污浊的、血腥的、肮脏的。在西美尔看来，金钱恰恰是纯净的、透明的，像蒸馏水一样。金钱不但自己没有特性，它甚至还具有清洗事物特性的功能。商业社会中的人相信，一切事物，都可以在货币那里找到其对应的确切价值。凡是不能被货币价值加以表达的那些东西，包括人们心灵深处那些丰富细微、灵动奥妙的东西，都会被货币价值干干净净地过滤掉。西美尔说货币可以“洗心”，在当代社会中，人心已经“汇入货币的汪洋大海”，而“从货币的汪洋大海中流出的东西也不再带有流入的东西的特点”，③ 经过货币洗礼的心灵再也不会是原来的心灵了。

总之，在现代社会里，货币的价值体系与其他形形色色的价值体系相比，它是“非人格”的、“无色彩”的、“平面化”的、“齐一化”的。

相对于事物广泛的多样性，货币上升到了一种抽象的高度；它成为一个中心，那些最为对立者、最为相异者和最为疏远者都在货币这里找到了它们的公约数……因此，货币事实上提供了一种凌驾于特殊性高高在上的地位，以及对其无所不能的信心。④

就这一点，货币成了上帝，一种无形无迹却又无处不在的统摄力量。西美尔说，“正是因为这种非人格性和无色彩性，这种无特性，货币才做出了无法估量的贡献”⑤。在当下社会里，货币正是凭借着它的“非人格”“无个性”才势如破竹地取代其他的一切价值；但也正因为如此，被货币占领的人类的生活界也越来越变得“非人格”“无色彩”。金钱的法则与诗情的法则相对立，诗情的法则屈服于货币的法则，西美尔认为这就“可以说明为什么一个具有纯粹审美态度的个性人物会对现代深感绝望”⑥。西美尔在他的《货币哲学》一书中还多次悲哀地指出：个体文化中的灵性、精致和理想正在日益萎缩，现代货币制度下，再也容不得一个尼采，甚至也容不下一个歌德。

感性、情感、直觉、个性、人格色彩、独创精神以及心灵深处那些幽微奇妙的震颤悸动，该是文学之所以是文学、诗歌之所以是诗歌的基本的、内在的属性，或者套用一下佛家的用语，即诗的“自性”。在现代社会里，一个强大而又严密的货币体制从釜底抽薪，抽去了文学和诗歌的赖以是其所是的“自性”，诗歌的生命枯萎了，这很可能是诗情在当代日常生活中渐渐消解的更为深刻的原因。

---

① 西美尔著，陈戎女译：《货币哲学》，北京：华夏出版社 2002 年版，第 404 页。
② 西美尔著，曹勇、吴曹译：《时尚的哲学》，北京：文化艺术出版社 2001 年版，第 190 页。
③ 西美尔著，顾仁明编译：《金钱、性别、现代生活风格》，上海：学林出版社 2000 年版，第 15 页。
④ 西美尔著，陈戎女译：《货币哲学》，北京：华夏出版社 2002 年版，第 166 页。
⑤ 西美尔著，顾仁明编译：《金钱、性别、现代生活风格》，上海：学林出版社 2000 年版，第 3 页。
⑥ 西美尔著，顾仁明编译：《金钱、性别、现代生活风格》，上海：学林出版社 2000 年版，第 73 页。

时代发展了，社会进步了，文学艺术反而趋向于消亡——这是黑格尔当年做出的一个判断，曾被称作文艺美学中的“黑格尔难题”。

按照黑格尔的说法，消解的不仅是诗词这种文体的形式，还有生活中的那种“诗情画意”。在黑格尔看来，诗情在人类现代社会（他称作“市民社会”）的消解，是由于理性取代了感性、科学取代了蒙昧的结果。这里，尽管黑格尔对于“科学”“理性”的理解以及对文学艺术的理解存有自己的局限和偏见，但他对文学艺术在现代社会中的命运的判断大抵不错。

在文学艺术与科学技术的第一轮较量中，正如同黑格尔预言的那样，文学艺术已经失败。用西美尔的话说则是：“个人文化之发展远远滞后于物质文化的进展。”①

海德格尔不甘于这一失败，曾寄希望于“贫乏时代的诗人”。然而，直到21世纪降临，诗人们并没有能够挽救时代的精神的贫乏，也未能给生活注入更多的诗意。继科学技术对人类日常生活的“框定”之后，货币——而且是在微电子技术装备之下的货币——对人类日常生活的“平面化”“齐一化”，将进一步有效地清洗掉人间残留的任何诗情。

拯救的希望或许还会存在，那该是在“货币体制外求生存的诗人”，还有，从货币网罗中突围的民心。回 2004 · 2

① 西美尔著，陈戎女译：《货币哲学》，北京：华夏出版社2002年版，第464页。

没有经典的时代

□张 柠

回顾整整一个世纪的中国文学，我们可以想象，正在大学里讲授中国现代文学的教授们面对学生时，脸上有着怎样的尴尬。我们还可以想象，当有人将《射雕英雄传》也列为“二十世纪的文学经典”时，金庸先生内心有着怎样的惶惑。一位研究现代文学的老教授无可奈何地对学生们说：“由于研究对象的规定，你们不得不仔细阅读、研究许多品位不高的作品，时间久了，会使你们的鉴赏力下降。所以，你们在研究之余要经常阅读一些外国大作家的作品，比如莎士比亚、托尔斯泰、歌德等的作品。”

当然，人们还在找各种各样文学以外的问题，来作为继续从事二十一世纪文学研究的对象。比如，研究《子夜》与民族资产阶级发展史的关系，研究《家》的反封建、争自由的主题，研究《骆驼祥子》和中国近代意义上的市民个人主义夭折的原因，研究周作人为什么当了汉奸和隐士，研究沈从文为什么迷上了古代服装、钱锺书为什么钻进了故纸堆。近几年还有人用细读批评的方法重新解读《三里湾》《艳阳天》和歌剧《白毛女》等作品，无非是想说明意识形态如何侵蚀了文学和“人”。这两年，许多人干脆离开文学领域，转而去研究顾准的日记和陈寅恪在中山大学的那段生活以及相关的知识分子问题（知识分子的确很成问题了）。所有这些工作无疑是十分有意义的，但与文学的意义不相干。这些现象的出现，只能说明“二十世纪中国文学”的意义并不在文学本身。

现代文学研究者最大的尴尬是：英雄无用武之地。就拿叙事作品来说吧。你面对着一大堆一大堆的作品，先免谈审美鉴赏问题，而是对所谓的学术研究而言，你的专业知识根本用不上，你无法从审美的角度，尤其是从叙事诗学的角度来谈论它们，你被迫不得不使用许多专业外的术语：文化、道德、启蒙、批判、民主、科学、权力、反抗……弄得这个学科身份十分可疑。这个领域的研究者所谈论的那些社会问题、思想问题，都无法从具体客观的“文学形式”这个角度切入，而往往只能直奔主题。这岂不是越俎代庖地闯入了文化史、思想史领域？同样，中国作家也很喜欢写“问题小说”，在干预社会的同时，渐渐离开文学。在1997年的国际比较文学大会上，名誉主席佛克马呼吁文学研究者应该更多地关注文学形式，并说：“文学把对于过去纷乱的记忆塑造成某种特定的形式。文学形式是令人信服……文学形式又是令人难以忘却的，……文学之所以具有某种至关重要的社会功能，是因为它不同于历史和新闻报道。”这些观点对于中国现代文学的整体研究是无法相适的。

二十世纪八十年代中后期，现代文学研究界曾经有过“重写文学史”的提法。文学史当然可以不断地重写，就像中国的历史也经常被重写一样。可是，对二十世纪中国文学史的重写却必须绕开一个死胡同。这个死胡同就是——注重文体史、风格史、对“人”的诗学意义的表达史这样一种文学专业的视野。我们必须无奈地放弃这个奢望。看来从事中国现代文学这一几乎谈不上审美愉悦功能的文学的研究工作，是一件很痛苦的事。你去读一读二三十年代的文学期刊就知道，它们竟也叫文学！

今天，我们可以毫不迟疑地说，在世界文学的坐标系里，中国文学的二十世纪，是一个没有经典的世纪！

本来，在文学史的长河中，一百年没有经典作品也不是什么奇怪的事情。鲁迅曾说：“在中国……从十八世纪末的《红楼梦》以后，实在也没有产什么较伟大的作品。”那我们就读老经典吧。但二十世纪中国的实际情况是：旧经典的价值遭到强烈的质疑，新经典又没有出现。这种现象的确给当代人，尤其是这一领域的人文学者带来了深深的不安。于是，人们便“翻箱倒柜”，到处寻找优秀作品；先是发掘了沈从文、钱锺书、路翎等人作品的价值，接着找出刘呐鸥、穆时英、施蛰存，又过分抬高张爱玲、徐讦、无名氏等人作品的价值。

今天中国文坛之所以如此混乱，没有经典是其中一个重要原因，以致浮躁、狂妄之风四处弥漫，有些人开始还只说自己是鲁迅，因为这老头子也没有写出什么伟大的作品嘛；后来干脆要以托尔斯泰自居了。这种局面的出现，无疑不仅是文学本身的问题，而且是中国文化“断裂”之后的一个世纪以来，精神危机、价值混乱在文学中的表征。一部文学经典是一个民族过去的审美传统和对未来的审美理想在一位伟大作家某部作品中的体现。这样的作家之所以伟大，是因为他在分裂了的过去和将来之间，凭着自己的全部意志力，充当了一条拉索的作用。当文化的传统与现代之间断裂太大，以至于仅靠一个作家的人格力量，或仅靠短短的时间不能将那断裂弥合，自然就不可能有经典产生。

更令人尴尬的是，我们的学者和读者在拼命地寻找和渴求经典，而西方当代文学中，所有的传统经典都被视作话语权力的一种，成了要被解构的对象。从表面上看，这颇像二十一世纪初中国文学界、思想界的反传统运动，也是将老祖宗一概否定，但本质上却相差甚远。“五四”新文化运动的先驱们反传统的目的在于反“吃人的历史”“吃人的礼教”，想使没有人之地位的“沙聚之邦”成为“人国”（鲁迅语)。就在他们高扬西方文艺复兴运动所确立的科学、民主大旗之时，西方反传统的非理性思潮正风起云涌。一个世纪之后的今天，西方人对传统经典的破坏更是采取了釜底抽薪的方法：人的主体是一种假象，作者死了，文学文本根本没有一种确定的意义，阅读就是为文本创造出无限多的，但没有同一性客观尺度的各种意义等等。在这样的知识背景下，已经不是没有经典、要不要经典的问题，而是艺术消亡与否的问题了。这里要说的是：近代以来，西方的有经典而拆解、拒绝之，与中国的求经典而不得，绝不是一回事；并且，当代西方文学与鲁迅先生当年“别求新声于异邦”时的情形也已是南辕北辙了。

中国作家的文学观念的逐渐觉醒，是“新时期”以来的这二十多年的事。通过二十多年的操练，当代文学的情况如何呢？我以为，从总体上看，“新时期”以来的叙事性文学作品大多都停留在人的观念觉醒和代表叙事观念成熟的布局形式这一层面，而没有进入整体审美意义上人的观念的形式化这一层面。

新时期初期的文学，的确好像是与“五四”时期的文学接上了轨。因为它们有一个共同的地方，那就是在大的历史事件的打击下的突然醒悟。于是它们都呼唤人的尊严和爱心，渴望人的道德意识和审美意识的觉醒，批判对人性的压抑和摧残……但所有这些，也依然是通过对日常生活经验艺术化的“记忆”方式（也就是说，不是文学的方式）实现的。所以，它们才能迅速地与巨大的社会思潮汇合到一起，引起一时的轰动效应，而不是文学本身的效应。历史事件总是转瞬即逝的，我们的文学也同样跟着转瞬即逝。它不能为历史事实的记忆、为精神史增添什么。它完全可以被历史档案馆所取代。“新时期”初期的叙事文学患的是“形式贫血症”，所以，就更谈不上“人的心灵和肉体双重价值的审美形式化”了。换句话说，其记忆的领地被创伤性经验所充斥（所以记仇），叙事形式中因而缺少经验的整体性，也不可能对人有深层的反思和判断。

人的观念的觉醒与文学观念的觉醒并不是一回事。后者与作家的记忆术与表达术密切相关。我们可以发现中国人“记忆术”的奥秘，就是“记忆之门”被“健忘的硬壳”所包裹，除非有全民族的灾难发生，否则便宁愿玩麻将也不“记忆”。好像说，要记大家记，一个人就不干。所以，中国作家常常想着如何靠体现公众“记忆”的、能引起轰动的题材来取胜，而善于将最平凡的日常生活变成个人独特的经验记忆；在日常生活之中，他就彻底地堕入肉体的“眩惑”和遗忘之中。

历史就是面对大的历史事件的，而文学则不得不时时面对平常的生活经验，并将它记忆化、心灵化（鲁迅将文学称为“心声”）。大的历史事件不过是日常生活的特例、将日常生活形式化的“催化剂”。但新时期文学即使在“十年浩劫”这一巨大的创伤性历史事件之后，也没有发出震撼人心的“沉痛至大之声”；在一个人的观念不断觉醒的时代，也没有出现像《巨人传》那样，通过真正意义上的游戏精神，将人的肉体价值变成审美形式的作品。以致到了今天，我们读到的常常是像

《废都》那样的，带着浓郁的中国阴性文化色彩的、对无价值肉体迷醉的作品；还有像《柏慧》那样眼泪汪汪的、虚假浪漫主义的作品。

二十世纪八十年代中后期，叙事性文学开始了叙事观念的成熟——个人经验的表达、深层经验记忆的恢复、自由地虚构、强调叙事及叙事主体自身的意义等等。但是，可以说这一良好开端并没有达到我们预期的效果，并且越到后面，就越暴露出中国人的弱点——玩麻将的心态；稍稍聪明一点的人就知道成功的秘诀，玩技巧玩得比马尔克斯、博尔赫斯还要玄乎（他们最善于模仿马尔克斯式的开头和博尔赫斯式的结尾）。

这里有两个最主要原因。第一，这一探索始终是停留在“布局结构形式”（语言风格、话语组织、情节安排等）的层面上。第二，他们玩弄的是一些无目的的布局形式。有些作家为此找了一个借口：我不为谁写作，我只为我自己写作！这种任性的做法的直接后果就是艺术经验的极端个人化、梦幻化，在感官和肉体的迷宫里不思归途。

叙事文学对“经验整体性”的要求，以及对“叙事整体性”的探索，实质上也是对人的更高意义的整体性的追求。它一方面能防止文学的意识形态化，另一方面也阻止表达的潜意识化甚至生物化。这是“布局结构形式”向“审美结构形式”转化的基本要求。这一要求尤其对长篇叙事文学显得更重要。长篇小说就是这样一种文体：它关注对人的经验的整体性的追求，因而对“结构”有着明确的要求；同时，它又维护人的发展的未完成性和多种可能性，因而它必须冲破那种完成化了的、封闭的“布局结构形式”：它还必须撇开那种完成化的、没有更多的指望的人物形象——英雄形象，而把笔墨给予平凡的人。这就是当代长篇小说创作的最大的难题。今天的作家凭什么写长篇小说呢？当他们一窝蜂地都来写长篇小说的时候，难道就没有碰到这些难题吗？□ 1998·1－2

论孤独的价值

□周国平

一、为孤独“正名”

我很有兴味地读完了英国医生安东尼·斯托尔所著的《孤独》一书。在我的概念中，孤独是一种具有形而上意味的人生境遇和体验，为哲学家、诗人所乐于探究或描述。我曾担心，一个医生研究孤独，会不会有职业偏见，把它仅仅视为一种病态呢？令我满意的是，作者是一位有着相当人文修养的精神科医生，善于把开阔的人文视野和精到的专业眼光结合起来，因此不但没有抹杀，反而更有说服力地提示了孤独的价值，其中包括它的心理治疗作用。

事实上，精神科医学的传统的确是把孤独仅仅视为一种病态的。按照这一传统的见解，亲密的人际关系是精神健全的最重要标志，是人生意义和幸福的主要源泉甚至唯一源泉。反之，一个成人倘若缺乏建立亲密的人际关系的能力，便表明他的精神成熟进程受阻，亦即存在着某种心理疾病，需要治疗。斯托尔写这本书的主旨正是要反对这种偏颇性，在自己的专业领域内为孤独“正名”。他在肯定人际关系的价值的同时，着重论证了孤独也是人生意义的重要源泉，对于具有创造天赋的人来说，孤独甚至是决定性的源泉。

其实，对孤独的贬损并不限于今天的精神科医学领域。早在《伊利亚特》中，荷马已经把无家无邦的人斥为自然的弃物。亚里士多德在他的《政治学》中据以发挥，断言人是最合群的动物，接着说出了一句名言：“离群索居者不是野兽，便是神灵。”这话本身说得很漂亮，但他用意是在前半句，拉扯开来大做文章，压根儿不再提后半句。后来培根引用这话时，干脆说只有前半句是真理，后半句纯属邪说。既然连某些大哲学家也对孤独抱有成见，我就很愿意结合着读斯托尔的书的心得，来说一说我对孤独的价值的认识。

二、 孤独与心理健康

交往和独处原是人在世上生活的两种方式，对于每个人来说，这两种方式都是必不可少的，只是比例很不相同罢了。由于性格的差异，有的人爱交往，有的人更喜独处。人们往往把交往看作一种能力，反过来说，不善交往固然是一种遗憾，不耐孤独也未尝不是一种很严重的缺陷。

从心理学的观点看，人之需要独处，是为了进行内在的整合。所谓整合，就是把新的经验放到内在记忆中某个恰当位置上。唯有经过这一整合的过程，外来的印象才能被自我所消化，自我也才能成为一个既独立又生长着的系统。所以，有无独处的能力，关系到能否真正形成一个相对自足的内心世界，而这又会进而影响到他与外部世界的关系。斯托尔引用温尼考特的见解指出，那种缺乏独处能力的人只具有“虚假的自我”，因此只是顺从，而不是体验外部世界。世界对于他仅是某种必须适应的对象，而不是可以满足他的主观性的场所，这样的人生当然就没有意义。

事实上，无论活得多么热闹，每个人都必定有最低限度的独处时间，那就是睡眠。不管你与谁同睡，你都只能独自进入梦乡。同床异梦是一切人的命运，同时却也是大自然的恩典，在心理上有其必要性。据有的心理学家推测，梦具有与独处相似的整合功能，而不能正常做梦则可能造成某些精神疾患。另一个例子是居丧。对丧亲者而言，最重要的不是他人的同情和劝慰，而是在独处中顺变。正像斯托尔所指出的“这种顺变的过程非常私密，因为事关丧亲者与死者之间的亲密关系，这种关系别人没有分享过，也不能分享”。居丧的本质是面对亡灵时“一个内心孤独的深处所发生的某件事”。如果人为地压抑这个哀伤过程，则也会导致心理疾病。

关于孤独对于心理健康的价值，书中还有一些有趣的谈论。例如，对外界刺激作出反应是动物的本能，“不反应的能力”则是智慧的要素。又例如，“感觉过剩”的祸害并不亚于“感觉剥夺”。总之，我们不能一头扎在外部世界和人际关系里，而放弃了对内在世界的整合。斯托尔的结论是内在的心理经验是最奥妙、最有疗效的。荣格后期专门治疗中年病人，他发现他的大多数病人都很能适应社会，且有杰出的成就，“中年危机”的原因就在于缺少内心的整合，通俗地说，也就是缺乏个性，因而仍然不免感觉人生的空虚。他试图通过一种所谓“个性化过程”的方案加以治疗，使这些病人找到真正属于自己的人生意义。我怀疑这个方案是否当真有效，因为我不相信一个人能够通过心理治疗而获得他本来所没有的个性。不过，有一点倒是可以确定的，即个性以及基本的孤独的体验乃是人生意义问题之思考的前提。

三、孤独与精神创造

人类精神创造的历史表明，孤独更重要的价值在于孕育、唤醒和激发了精神的创造力，我们难以断定，这一点是否对所有的人都起作用，抑或仅仅适用于那些具有创造天赋的人。我们至少应该相信，凡正常人皆有创造力的潜质，区别仅在量的大小而已。

一般而论，人的天性是不愿忍受长期的孤独的，长期的孤独往往是被迫的。然而，正是在被迫的孤独中，有的人的创造力意外地得到了发展的机会。一种情形是牢狱之灾，文化史上的许多传世名作就诞生在牢狱里。例如，波伊提乌斯的《哲学的慰藉》、莫尔的《纾解忧愁之对话》、雷利的《世界史》，都是作者在被处以死刑之前的囚禁期内写作的。班扬的《天路历程》、陀思妥耶夫斯基的《死屋手记》也是在牢狱里酝酿的。另一种情形是疾病，斯托尔举了耳聋造成孤独的例子，这种孤独反而激发了贝多芬、戈雅的艺术想象力。在疾病促进创作方面，我们可以续上一个包括尼采、普鲁斯特在内的长长的名单。太史公所说“左丘失明，厥有国语，孙子膑脚，而论兵法”等，也涉及了牢狱和疾病之灾与创作的关系，虽然他更多地着眼于苦难中的发愤。强制的孤独不只是造成了一种必要，迫使人把被压抑的精力投于创作，而且我相信由于牢狱或疾病把人同纷繁的世俗生活拉开了距离，人会因此获得看世界和人生的一种新的眼光，而这正是孕育出大作品的重要条件。

不过，对于大多数天才来说，他们之陷于孤独不是因为外在的强制，而是由于自身的气质。大体说来，艺术的天才，例如斯托尔所举的卡夫卡、吉卜林，多是忧郁型气质，而孤独中的写作则是一种自我的治疗的方式。如同一位作家所说：“我写忧郁，是为了使自己无暇忧郁。”一开始只是作为一种补偿的写作，后来便获得了独立的价值，成了他们乐在其中的生活方式。创作过程无疑能够抵御忧郁，所以据精神科医生们说，只有那些创作力衰竭的作家才会找他们去治病。但是，据我所知，这时候的忧郁往往是不治的，这类作家的结局不是潦倒便是自杀。另一类是思想的天才，例如斯托尔所举的牛顿、康德、维特根斯坦，则相当自觉地选择了孤独。以便保护自己的内在世界，可以不受他人干扰地专注于意义和秩序的寻求。这种专注和气功状态有类似之处，所以，包括这三人在内的许多哲学家都长寿，也许不是偶然的。

让我回到前面所引的亚里士多德的名言。一方面，孤独的精神创造者的确是野兽，也就是说，他们在社会交往的领域里明显低于一般人的水平，不但相当无能，甚至有着难以克服的精神障碍。在社交场合，他们往往笨拙而且不安，有趣的是，人们观察到，他们倒比较容易与小孩或者动物相处，那时候他们会感到轻松自在。另一方面，他们同时又是神灵。也就是说，他们在某种意义上已经超出和不很需要通常的人际交往了，对于他们来说，创造而不是亲密的依恋关系成了生活意义的主要源泉。所以，还是尼采说得贴切，他在引用了“离群索居者不是野兽，便是神灵”一语之后指出：亚里士多德“忽略了第三种情形：必须同时是二者——哲学家”。

四、 孤独与宗教体验

孤独之为人生的重要体验，不仅是因为唯有在孤独中，人才能与自己的灵魂相遇，而且是因为唯有在孤独中，人的灵魂才能与上帝、与神秘、与宇宙的无限之谜相遇。正如托尔斯泰所说，在交往中，人面对的是部分和人群，而在独处时，人面对的是整体和万物之源。这种面对整体和万物之源的体验，便是一种广义的宗教体验。

在世界三大宗教的创立过程中，孤独的经验都起了关键作用。释迦牟尼的成佛，不但是在出家以后，而且是在离开林中的那些苦行者以后，他是独自在雅那河畔的菩提树下连日冥思，而后豁然彻悟的。耶稣也是在旷野度过了四十天，然后才向人宣示救世的消息。穆罕默德在每年的斋月期间，都要到希拉山的洞窟里隐居。

我相信这些宗教领袖绝非故弄玄虚。斯托尔所举的例子表明，在自愿的或被迫的长久独居中，一些普通人同样会产生一种与宇宙融合的“忘形的一体感”，一种“与存在本身交谈”的体验。而且，曾经有过这种体验的人表示，那些时刻是一生中最美妙的，对于他们的生活观念发生着永久的影响。一个人未必因此就要皈依某一宗教，其实今日的许多教徒并没有真正的宗教体验，一个确凿的证据是，他们不是在孤独中，而必须是在寺庙和教堂里，在一种实质上是公众场合的仪式中，方能领会一点宗教的感觉。然而，这种所谓的宗教感，与始祖们在孤独中感悟的境界已经风马牛不相及了。

真正的宗教体验把人超拔出俗世琐事，倘若一个人一生中从来没有过类似的体验，他的精神视野就未免狭隘。尤其是对于一个思想家而言，这肯定是一种精神上的缺陷，一个恰当的例子是弗洛伊德，在与他的通信中，罗曼·罗兰指出：宗教感情的真正来源是“对永恒的一种感动，也就是一种无边的大洋似的感觉”。弗洛伊德承认他毫无此种体验，而按照他的解释，所谓与世界合为一体的感觉仅是一种逃避现实的自欺，如婴儿在母亲怀中寻求安全感一样，属于精神退化现象。这位目光锐利的医生总是习惯于把一切精神现象还原成心理现象，所以，他诚然是一位心理分析大师，却终究不是真正意义上的大思想家。

五、 孤独与老年

在斯托尔的书中，孤独的最后一种价值好像是留给人生的最后一个阶段的。他写道“虽然疾病和伤残使老年人在肉体上必须依赖他人，但是感情上的依赖却逐渐减少。老年人对人际关系经常不大感兴趣，较喜欢独处，渐渐地较专注于自己的内心”。作者显然是赞赏这一变化的，因为它有助于老年人摆脱对人世的依恋，为死亡做好准备。

中国的读者也许会提出异议。我们目睹的事实是，今天中国的老年人比年轻人更喜欢集体活动，他们聚在一起扭秧歌，跳交谊舞，活得十分热闹，成为中国街头一大景观。然而，凡是到过欧美的人都知道，斯托尔的描述至少对于西方人是准确的，那里的老年人都很安静，绝无扎堆喧闹的癖好。他们或老夫老妻做伴，或单独一人，坐在公园里晒太阳，或者作为旅游者去看某处的自然风光。当然，我们不必在中西养老方式之间进行褒贬。老年人害怕孤独或许是情有可原的，孤独使他们清醒地面对死亡的前景，而热闹则可使他们获得暂时的忘却和逃避。死亡终究不可逃避，而有尊严地正视死亡是人生最后的一项光荣。所以，我个人比较欣赏西方人那种平静度过晚年的方式。

对于精神创造者来说，如果他们能够活到老年，老年的孤独心境就不但有助于他们与死亡和解，而且会使他们的创作进入一个新的境界。斯托尔举了贝多芬、李斯特、巴赫、勃拉姆斯等一系列作曲家的例子，证明他们的晚年作品都更加深入自己的精神领域，不太关心听众接受的特点。一般而言，天才晚年的作品是更空灵、更超脱、更形而上的，那时候他们的灵魂已经抵达天国的门口，人间的好恶和批评与他们无关了。歌德从 38 岁开始创作《浮士德》，直到临死前夕，即他 82 岁才完成，应该不是偶然的。▢ 1998·1－2

百年身世浮沤里

□伍立杨

一

古人以为，除日、月、星三种光芒以外，天地万物，有始有终，“谁不零落”？（《晋书·左贵嫔传》）俗世虽多奢谈永恒，然而，除了看不见的空气，硕远无垠的虚空、荒漠可怕的静寂之外，就连人类自身精神心血的结晶，一切文化成果，也要随着时间的蠕动，随着其物质载体的剥蚀风化而分崩瓦解，最终归于乌有。露水湛湛，日晒即干。人类自身科技的发达，当然也可拯救这种虚无于万一——认识并发掘自然，通过观察、归纳、演绎与实验的科学，来巩固人类的生存，以技术的不断改进来减轻劳动强度，从而获得肢体的安逸。然而一方面由于生命的短促，目光的狭隘，从事技术改进的人毕生被劳作的怪圈所束缚，心血耗尽，如牛负重，终至命归黄泉尚不知其所以然；一方面又由于技术进步的接力赛薪火相传，人作为主动者，必然对最大的承受者——大自然造成毁灭性的破坏。小心眼的人类即认为地球是宇宙的中心——这一看法至19世纪尚在流行——为了中心的中心，即人自身，又有什么事情做不出来呢？

科技的前途是个谜。但科学的哲学却可以帮助人类认识自身的虚无。这也许是科学实验和仪器提供给人的终极帮助。银河系中含有恒星数十亿个，其中最远的恒星彼此之间的光需三十万年才能到达对方。恒星系统以外，广大空间的浩瀚中，更有数以百万计的旋涡星云，茫然在那里蠢动，其中所距最远者所发的光芒，须行走一亿四千万年方能到达我们眼中。倘若地球和这样的星云相比只算是一粒灰尘，那么人又算得什么呢？

关于天体演化，《科学史》的作者，W. C. 丹皮尔说：“地上的九十二个元素可为恒星内部的热力所毁坏，地上的原子，即用以组成地球和我们身体的原子，或许只是这个宇宙过程的副产物，剩余的死灰。”（商务印书馆版，第629页）

凯尔文爵士提出的能量逸散原理，以及克劳胥斯提出的熵向极大值增加的学说，都指示一个最后死亡的平衡状态，在此状态中，热量在均匀地扩散，而物质永久地静止。

因此，丹皮尔先生又引秦斯（J. H. Jeans）的著作说："宇宙不可能是由其现有的成分中偶然产生的，也不可能如现在一样地继续下去，宇宙将无日光，也无星光，只有辐射的一道冷辉，均匀地扩散在空间。这确是今日科学所可见到的全部宇宙演化，终究必将达到的最后结局。"（《科学史》，商务印书馆版，第630页）这种结果，善感者思之难忍，但是石坚而朽，星华而逝，林木虽茂，无形可久。宇宙，恐怕不大可能为了谁的高兴与否而继续维持其存在。《庞贝城的毁灭》那幅古画所精细刻画的人类的惊恐，也许最能说明人与自然的关系，说明宇宙的盲目、盲心兼茫然。《关尹子·二柱》中说："譬如水中之影，有去有来，所谓水者，实无去来。"人之于无垠的虚空，亦如影之于水。

现代尝有无名氏编一奇闻，说是外星人到地球考察后写一报告，乃谓地球细菌密布，其名曰人，繁殖极快，蹂躏地球，吃动植物，排泄污物，酝酿战争，在垃圾堆中算计争夺，穷极攫取，无有尽头，地球奇痒难耐，总有一天会人球共灭，云云。其实古人早已伸发此意，《论衡·本性》云："然则人生于天地也，犹鱼之于渊，虮虱之于人也。"又说："故人在天地之间，犹蚤虱在衣裳之内，蚁蝼之在穴隙之中。"而地球也实在并非无灵之物，不停地挖掘穿凿，"皆为疮伤，或得地骨，或得地血"。这样看，人类种种危害，正是自取毁灭的前因。

也许古人早已领悟人类自身种种与生俱来的劣行，心头的大痛隐情遂渐渐衍为一种恒久蒙络，挥之不去的忐忑不安。唐人张若虚当月白风清之夜，临春花，睹江流，却辗转复沓，感喟无尽。"江畔何人初见月，江月何年初照人。人生代代无穷已，江月年年望相似……不知乘月几人归，落月摇情满江树。"全唐诗仅存张若虚诗二首，但使它为压卷之作，真无愧色！那种对自身命运的深思，仿佛永不消弭的阴霾，衍成生命的苦闷和疑问，这大概和伽利略1604年的演讲"自然界没有一件东西能保持永久"是出于同一机杼的。就在这种不能持久的世界，更有无尽的折磨充斥，所以清人钱箨石要说："三十四年何限罪，百千万念不如灰。"而林黛玉的悲歌，简直让人战栗："一年三百六十日，风刀霜剑严相逼……一朝春尽红颜老，花落人亡两不知。"若说林黛玉还是恃怙双失的如白居易所谓的"柔弱苗"，弱质伶丁，飘萍断梗，不堪风雨助凄凉，那么，古代西班牙国王拉曼三世的自白总要令人嗒然有思了罢？他历数平生际遇，不禁黯然生悲："我治国五十载，升平欢宴，物阜民丰，人民拥戴，权力与享受，呼之即来，人间的福祉，未尝稍乏。然此情形中，我勤加计算，我一生的真正纯粹的幸福日子，总共仅有十四天！"真是发言凌厉，可惊可愕，乃因欲餍愿偿，乐亦随减。愿足意快，为时无几。至于浮世众生，困于种种钳制，即使偶有乐事，也必回思无趣，愈加苦恼，正所谓：

香冷绣帏人意懒，

热场经过转添愁。

陶渊明设计理想的农耕社会：鸡犬之声相闻，黄发垂髫，怡然自得；意人康帕内拉设计太阳城；英人莫尔勾勒乌托邦：井然有序，为无上美满之理想国，其状可亲，其心可感，其情可悯，然其终局，颇类近人王韬小说中的情形："忽觉鼻中奇痒，一道白光突出，美人已杳，启眸视之，座下死一九尾狐。转至向所居处，则庐舍全无，但见苍松翳空，黄叶寒径，行云舒卷，流水潺潺而已！"食尽鸟投林，"红炉焰上片雪飞"，石火光中留泡影，烟云过眼，多快！从前读《红楼梦》屡生烦躁之感，想那林黛玉，泪腺特别发达吗？何苦每日必寻事哭泣不止呢？原来她的心酸所来有自，所谓眼中流血，心内成灰是也。她哭的真不只是小小一己，她也是大哭古往今来的"俺们大伙儿"。天地尚不能久，何况人乎！

二

据一份评论今后一百年全球天气变暖之后果的报告说，至2100年，地表气温将上升0.5到1.5摄氏度，三分之一的冰川会融化，海平面则上升15至100厘米。《荀子·富国篇》尝谓："天地之生万物也，固有余足以食人矣；麻葛、茧丝、鸟兽之羽毛、齿革也，固有余足以衣人矣。"他太乐观了，未曾料人类的蛮横厉害。科学家断言地球将逐步变暖，又断言其中颇有人为因素。各种能源的消耗迫使老天爷脾气越来越暴躁。所谓暖和，并不是想象中的四季如春，暖和的叠加，意味着暴热，紧接着的是土地海洋化，沙漠扩大化，超常的狂风暴雨促成饥馑瘟疫的发生，环境的难民将批量出现。汉代饶歌十八曲中的情诗说，天啊，我要和爱人相亲相伴，永不分离，除非"山无棱，江水为竭，冬雷震震，夏雨雪，天地合，乃敢与君绝！"看来星星情火，缕缕情丝，播腾于寸心之中，欲求解脱，而竟不能！然而在自然的变异中，海枯石烂都是可能的，并且恐怕是必然的，那时候不但要"与君绝"，人人都要"自绝"。偶然来，必然去，偶然有，必然空，一切赌咒发誓，都是自欺欺人。那就不仅是北邙无数荒丘，前人田地后人收，流水无情草自春了——而是一切都成了无垠虚空中的一粒灰尘了。托尔斯泰每每以道德准则来规范艺术，他的话多云山雾罩，但他不知基于何种心理说过这样一句话："我为了一张漂亮的脸，甘愿放弃一切已有的物质享受。"（转引自《巨匠与杰作》）这倒很可能因了他的孤独，而流露出来的透顶透底的悲观，以及其中生命的恐慌和挣扎的痕迹。

死生，大事也。古代埃及所产生的木乃伊及豪华陵墓建筑，乃是因为他们关怀死亡，相信死者的灵魂终将进入阴间，再次回到身体里来；而古巴比伦人不同，他们更倾心于现世的繁荣而不是来世的盛衰，因此巫术、卜筮和占星术要比其他地方都来得更为发达。虽然宗教观的表达方式颇有歧异，而其实质，在根柢上，都是一样的。现代生物学以人为碳水化合物，佛教以为人身乃地、火、水、风四者构成，四大基本元素只是暂时假合而成，终将归于虚幻、无常，“胞胎常沌，四大皆空，没甚姓名”（《水浒后传》三十一回）。一切都是幻象，生前死后的论证关怀，也实出无奈，聊且为之罢了！“旧时王谢堂前燕，飞入寻常百姓家！”死骨日以朽，壮颜日以丑。百年同一瞬，岂复论先后！1995 年 12 月 14 日《今晚报》引外电报道说，秋冬之季，巴黎郊外的墓园成了一些人的好去处。不是为凭吊，而是为气氛。秋冬间的墓园神秘而悲凉，引人深思，对于人认识自身本质颇有助益。

人，既知这种彻头彻尾的悲凉之不能免，人生如梦的慨叹就越发生生不息，层出不穷了。苏东坡说：“人似秋鸿来有信，事如春梦了无痕。”而“如梦”正是大乘佛教十喻之一，佛说如梦，是我法两空。梦是一种意念载体，是潜意识的心灵投影，人生如梦，无非是无数小梦极度放大而已。梦包含了逝去的生命，以及这以外一切的虚空。所以，人一方面同自然万物比照，要感慨：流光容易把人抛，红了樱桃，绿了芭蕉。一方面由人群而反观诸己，更要长喟：故友飘零尽，余等亦轻尘！

汤显祖的“临川四梦”，张宗子的《陶庵梦忆》，莎士比亚的《仲夏夜之梦》，庄周的“梦为蝴蝶”，把一个个观念戏剧化、假定化。据说至人无梦，但普通小民，终不免为梦所苦，梦后犹存余哀，却不知其所众业，最后还是要在那个大梦里，跌入各自的太虚幻景。古希腊抒情诗人宾达尔（Pindar）尝谓“人生是一个影子所做的梦”。他说得好极了，尽管梦中说梦，又是影子又是梦的，虚幻轻飘得很，但是，还有什么比梦更贴近现实生活呢？感慨虚无其实是清醒的，人生一世，若朝露之托于桐叶之上，奄忽而逝，这与科学的精神正相接壤通气。

觉后始知身是梦，更闻寒雨滴芭蕉！（唐·徐凝）

大梦将尽，犹事雕虫，聒噪不休，这一番笔墨，实在也是一种梦呓。但韩愈说：“莫忧世事兼身世，且着人间比梦间。”梦中尚可自由徜徉，一睁眼却被现实的麻绳绑个结结实实，所以韩愈有此逆向比喻。契诃夫笔下的万卡，年方几岁，为鞋店学徒，备尝艰辛，圣诞节前给他爷爷写了那封无法投递的信。“他在梦中看见一铺暖炕。炕上坐着他的爷爷，泥狗在炕边走来走去，摇着尾巴……”这正是拿人间去比梦间的要旨所在！痛苦何以使艺术家更有力地表达自己的个性呢？乃因痛苦作为一种心理感受，其程度深浅跟理解的强弱有关，梦醒而失路的知识者的心灵创痛要超乎一般人。

晋代的谢安给他的朋友支遁写信，说：“人生如寄耳，顷风流得意之事，殆为都尽。”《古诗十九首》里面，人生如寄的思想更是多得如闪烁的星芒：“人生天地间，忽为远行客。”“人生寄一世，奄忽若飘尘。”孤单、寂寞、困苦，固为天定，就是被服纨素，据要路津，登楼四望，暇目销忧，甘脆肥浓，风流遂愿，仍不免晚来闭眺，云树兴嗟；晨起临妆，镜花悟幻，知聚散无常，浮生一梦耳。古人虽不能以现代科学成果观照世界，却不免有着极端的科学情怀，那种天然敏感的潜质，看清了人的悲凉和宇宙的盲目。

人生如寄，犹言整个人生过程的迅忽轻飘，而由无数时间碎粒组成的人生过程，往往又是愁苦随身，众里身单，终日目睹，但见异类，未尝不闻乐而拊心，临觞而叹息也。杜甫《醉时歌》“儒术于我何有哉？孔丘盗跖俱尘埃”，敏锐看清终局的毫无意义。而心情的彷徨也仿佛一种蒙络灵绪的涡状星云，布满生命的每一个时段，甚至没有丝毫间隙。鲁迅《影的告别》，影之云云，委实正是心灵的徘徊，天堂、地狱，以及那些人将来的黄金世界，皆因“不乐意”，而拒绝前往，影子虽然来告别，却不知何适，既难以跟从庸俗的形而随其俯仰，又不愿受“希望”的欺骗而满足廉价的幸福，最终不免“向黑暗里牧彷徨于无地”，好像飞鸟落水，绝难舒展。

汉高帝驾崩不久，张良屡有退志，欲从仙人赤松子游于白云山水之间。吕后感于他的辅佐之德，乃很体贴地对他说“人生一世间，如白驹之过隙，何自苦若此?”(《汉书》卷四十）张良拗不过她，真的过了六年人间繁华，才结束了他的毕生哀乐。张良欲学仙，是人间风雨有激使然，背景无非人间如梦，所以要延长这个梦；而吕后着眼点在人生之短促迅忽，所以要加强享乐的密度，背景也是感于生存的虚幻，殊途而理同。生存的迷惘，似乎渗透到了思维的每一网点。而其所以迷惘，倒是清楚的，但这清晰整体上毕竟是一个硕大无朋的彷徨，叹息人间万事皆非。李叔同出家后所刻“烟寺晚钟”一印，冲向稚拙，刀法多藏锋，和他出家前的渊懿沉雄颇有不同，读之生发大悲悯，好像晚钟的飘逝和淡烟的流散，跟人生的渐渐衰残正是一物的两面。其间人生的本质是因放弃而净化。读他的《送别》《蝶梦》更可加深这种感觉。

三

心灵的不舒适或许尚可创作艺文，退一步想，借想象来安抚落寞的心境。下层社会的细民把他们的目之所察，心之所悟，情与肉交缠于民歌中；智识阶层呢，说着言不由衷的话，力图在平庸的现实牛皮上咬出几个洞来。而肉身的虚无，却彻底无可补救了。草木无情，有时飘零，俯仰人间，都是无聊岁月。人虽然是万物之灵，然而，百感忧其心，万事劳其形，“渥然丹者为槁木，黟然黑者为星星。奈何以非金石之质，欲与草木而争荣?”欧阳修说得已很透彻。冯小青“去则弱絮风中，住则幽兰霜里”，谁又不是这样呢？谁又逃得出这个通律呢？魏晋人“终日驰车走，不见所问津”，精神和物质生活同样没有着落，徘徊中终于靠向玄学和佛学。人与人的自相残杀，豪杰枭雄也不免感慨万千：“生民百遗一，念之断人肠。”（曹操《蒿里行》）也是这样百念俱灰的境况。年老的爱书家波纳尔，每每在他的书堆旁，向他的猫儿诉说他的珍藏以及他隐隐燃烧着的绝望的恋情，怅坐寂默，不能自解。契诃夫笔下的马车夫——姚纳·波达波夫，驾着怪车在雪野里蠕动，在喧嚣而又寂寞的人世漩涡里想心事，可是“我拿我的烦恼向谁去诉说?”（《旧约·诗篇》）没有任何一个人理会他倾诉关于他死去的儿子的事。最后他冒着雪走到马厩里来，讲得起了劲，把儿子的故事讲给马儿听了，“小母马嚼草，听着，闻主人的手”。死是最后的空洞，而生的过程，实在也就是一种缓慢的死亡，在这样一个缓慢的过程中，马车夫的彷徨悲戚，不正是人的本质处境么？种种荒唐的小波折后面藏了多少人生的辛酸。人及其自身所处的社会生发了种种可怕的日常生活，平生奔波为口忙，不可避免地要跌进单调、无味、贫血的生活牢笼，人自身有不可补救的病，而社会制度的病态缺陷，更不知容纳了多少污秽，工厂里流出的水，脏得像资本家商人的血。欲火的轰燃中，卑劣和罪恶由此生生不息，淫威肆虐，玉石摧毁。联邦党人当美国革命后期，乃激烈发议，讨论社会制度之修订，使之为短暂的人生增添一分体贴公正，汉弥尔顿认为不同利益集团组成社会结构，在文明国家中，他们受不同情感和见解的支配，而“管理互不相容的利益集团，是现代立法的主要任务”。可惜这种法制精神，在世界各地分布如地形图一样，颜色深浅各不同，生活的质量也就大不一样啦!

叔本华说人一出生，其罪孽就产生了。这既说明人是来源于一种完全不可知的偶然，也说明他在江河日下的病态社会中的悲凉。《鲁迅全集》第一卷说当时军阀混战中，蜀中乡村小孩只值八文钱，相当于几粒水果糖的价格，而西安碑林有一首《荒岁歌谣》，更证明人命的危浅：“人肉竟作羊肉卖，街市现有锅儿煎。家有亡人不敢哭，恐怕别人解机关。”近代捷克人卡夫卡，作品每多苦闷及绝意绪，笔调密布冷酷与嘲弄气氛，即是深感于种种不景气的社会，个人和个人的生命往往连蚁蝼也不如，所以他笔下那个大男人，一觉醒来，干脆变成了一只大昆虫，现代文明甚至以失却人的自身为代价。机器和规条榨干了人的性灵。他们的情志也仿佛败军之将，恐惧失魄，视彼敌人，皆谓勇士。汉代那些中小地主阶层的知识分子深感于社会的动荡残酷，如幕燕釜鱼，无以为计，他们的感慨悲哀，也无处遣，只好不想了，不说了，最后凝结成一种无奈：“努力加餐饭。”然而，这是需要相当的物质背景的啊！否则，当真正的穷途末路到来之际，即使人类的肉身“现有锅儿煎”，恐怕还没有薪釜呢！到了近代，孙中山先生和他的朋辈乃在一片泥泞与烂污中长途跋涉，舍生取义，穷究探寻，他的社会、经济、行政改革措施，每每说到人生的实处痛处，当重任在肩，他能勇敢挑起；在社会混浊、政坛纷争白炽化的情势下，又能决意退出，保持清高清醒，恢宏忍让。中山先生论民权，以为史前人与天相争夺，“自有历史以来都是人同人争，专制到极点，人民就反抗，所以百余年来，革命的思潮便非常发达”。又论民生“就是人民的生活——社会的生存，国民的生计，群众的生命”。这是把人真正当作人来看的良心宣言。

乌托邦派虽然极为悲天悯人，但还只是说理想上的空话，作一种寄托，到中山先生则是由不妨心到实践改变。1925 年先生临终前嘱咐诸党人：“死生常事，本无足虑，但所抱主义终未完全实现。希望诸同志努力奋斗，使国民议会早日成立，达到三民、五权之主张。”（《孙中山年谱长编》）他的数十年的艰辛奔走，实际上也正是要为这梦幻般飘忽、磐石般沉重的人生求得一定的意义，起码的饱暖和安居，尊严和自由！然而，可惊的是深刻的人道主义者狄更斯“决不相信采用某种政治信条就能使生活有所改进，也不相信现在的任何统治形式会带来幸福，他对人类可臻完美缺乏信心”（《狄更斯传》，第54页）。可能底蕴也是“古人极于德，中世逐于智，当今争于力”（《韩非子》）吧？人生有尽，世变无涯，真的是一蟹不如一蟹了。难怪南明政权的吏兵两部尚书瞿式耜最后要痛吟：“一生傲岸真乌有，六尺昂藏亦子虚！”那般愁惨，字字血泪，极度难释而又极度空幻。仿佛巨石坠千丈坑，难以逆上。

即使这样如梦的人生，中间却横亘着历代对人的尊严的侮辱，中世纪教廷的黑暗，近世法西斯纳粹的仇杀，东方“极左”分子的反人道的猖獗，一般良善人群，总是受着无尽的煎熬，而历史也总是在大杀戮、人吃人、人整人、民族斗争、秘密监狱、政党纠纷、殖民侵略、种族灭绝的恶性循环中兜圈子，其间又每每环绕独夫变态的政治情热，痴狂阴毒，一意孤行，嗷嘈小民成了受人肆意侮弄的棋子木偶，古久先生的陈年簿子上写满了吃人二字，这样的古久先生很多，很多！因之世上很少有晴朗的空气。乔装打扮的现代封建余孽百般遮蔽事实的巨大悲剧性，其为残酷，病痛于民，真正是蟊贼多于禾稼。种种暴政，又是“其治如狼牧羊，其爪牙吏虎而冠”（《史记·酷吏传》）。小民劁类，略无喘息机会。一些地区更以淘汰民族精华为能事，正义、博爱、血性、人格、利他主义渐次被逼迫到难以容纳而归于消隐，算计他人、专门利己、告密成风，为小我而不惧洪水滔天等劣质，反而密布弥漫，加以礼义廉耻没有钞票重要，这种不堪的风气甚至渗透到遗传基因之中大量传承，整个种族的精神面貌，更其丑陋不堪，一片狼藉了！

人生固是虚幻，而横亘其中的痛苦，却沉重得像磨盘。1902年，沉疴缠身的契诃夫前往乌拉尔山区的某家大地主庄园调养，在那里和一个大学生谈心，契诃夫对景生愁，认为城市固贫困混乱，乡村更加民不聊生，年轻的时候尚可像麻雀一样叽喳跳跃，但还不到40岁，就已老态龙钟，开始想死了。所以托尔斯泰那种堂皇到离谱的艺术准则也实在只是空中楼阁，当不得真，也经不起现实的检验。汉代的相和歌辞说：“头多虮虱，面目多尘，孤儿泪下如雨。”这是因为人之来到世上，是一个硕大无朋的偶然，“孤子偶生，命当独苦”，委实是在为整个人类写照。生活艰辛的步伐难以挪移，人们在烦恼困厄中打发日子，譬之失舵小舟，飘泊于大海中，前无涯岸，后乏救援，狂风若掣，猛浪若奔，想不折樯断楫可能吗？

这样的绝境浩劫谁能逃脱呢？可是就是这深渊一样的痛苦，最终仍然要被一场大梦挟裹，归于乌有，这更是透顶透底的虚幻。

休去倚危栏，夕阳正在烟柳断肠处。

科学、宗教、艺术，最后归结到现实上来，现实最终归结到虚空上来。譬如树枝花叶果实，终归坠落。事事皆非，无在不是梦幻。自救既是空想，冀求造物主的援手更属虚妄。只有梦幻的连环，如两镜互照，生生无息，稍微投影一点光色，但它也旋即归于消融，像电光火石，梦幻泡影，一切生活、社会最终被无常打扫得干干净净。

百年身世浮沤里，

大地山河旷劫中！ 1999 · 4

钱这东西

□南　帆

一

俗人一个，免不了要说到钱。当然，我习惯于虚伪地使用“货币”这个词。“货币”是书面语，抽象一些，不会让人立即就想到一张张用于付账的皱巴巴钞票。其实，我们还设计出许多掩护性的词汇：经济、资本、资金、润笔、稿酬、孔方兄，如此等等。我们就是不想说那个粗俗的字眼——钱。

不知道源于什么传统，文人雅士必须羞于谈钱。这如同一个古老的陋习。现代社会怎么可能不说到钱呢？国家的财政大臣是一个伟大而又体面的职业，大腹便便的银行家四处接受人们的致敬，学院里面的金融专业人满为患。这些人士的所有职责就是理直气壮地谈钱。经过一些经济学术语的搅拌，“钱”这个字眼已经在他们的口吻之间周转得珠圆玉润。但是，文人雅士却没有理由计较钱。文人雅士不就是吟风弄月吗？清风明月不用一钱买，他们还有什么必要考虑钱？“千金散尽还复来”是李太白醉醺醺的狂言。然而，这句狂言却迫使那些瘦骨伶仃的诗人强作慷慨。钱不就是一些纸吗？他们勉强地戏谑着，抖抖索索地将口袋里的最后两张钞票交到了小酒馆的柜台上，然后气壮山河地坐到了一伙快乐的食客中间，内心一阵阵发虚。

现在我们到底明白了过来，文人雅士说一说钱并非见不得人的事。“文人雅士”不过是一个虚名，并没有多少人拥有一间平静的书斋，拥有一张宽敞而又平坦的书桌。我们也有权利谈钱，谈这些钱怎么买面包，付房租，给孩子交学费，偶尔再省吃俭用地买两本心爱的书籍。文人雅士也可以斤斤计较，铢两悉称，甚至可以在谈钱的时候穿插一些粗话，例如说：“妈的，老子没钱！”

二

的确，文学之中存在一个嘲弄或者鄙视金钱的传统。莎士比亚鞭挞了夏洛克，莫里哀嘲笑过“悭吝人”，巴尔扎克唾弃了葛朗台，艾略特之后的一大批诗人对于纸醉金迷的现代世界深怀忧虑。文学似乎无视金融为近代历史所制造的奇迹，作家们甚至热衷于描写一些老派的传统性格，热衷于让血性、情谊、义气、勇敢、道义、正直、善良抗拒金钱的权威和诱惑。作家们喜欢的信条是，可以为少女失去爱情而歌唱，但不能为守财奴失去金钱而歌唱。

可是，这个传统并不表明作家可以免费生存。作家同样是两个肩膀扛着一张嘴，那一张嘴同样要吃五谷杂粮，作家的每一本书都要花钱印刷，哪一本书产生不了利润就会被书商毫不客气地拒之门外。文学史上，托尔斯泰或者普鲁斯特那样衣食无虞的作家没有几个。相反，许多作家是在债主的压迫之下匆匆忙忙写作。巴尔扎克和陀思妥耶夫斯基都曾经负债累累，他们时常焦心地计算着某一篇稿子能够偿还哪一笔债务。爱伦·坡似乎更悲惨一些，他衣不蔽体地躲在一个寒冷的地下室里援笔疾书，那些精彩的短篇大约仅能换取一些维持热量的食物。作家期望自己的作品卖出一个公道的价格，作家对于剽窃和盗版义愤填膺，这丝毫不奇怪。不少作家雇用了经济代理人与出版机构讨价还价。这些书生终于弄懂了合同和版税的意义，于是，他们开始像推敲一个句子的结构一样，计算钱的数目。没有一个作家不承认，钱是重要的。

那些文学反复地告诉人们，现实之中还存在着金钱无法计量的价值。这恰好证明，作家深知钱对于日常生存的压力。这样的压力可以轻而易举地击穿种种人生的守则。文学没有能力解除钱的包围，但文学在包围之中坚持一种主题：某些人生的守则不该因为金钱的数目而随意修改。有些人生的守则无价，那么，钱多或者钱少都是一回事。多数作家肯定愿意自己的钱更多一点，但是他们所从事的文学说出了一个又一个这样的故事：至少有一些东西多少钱都不该出卖。

的确，文学就是用这种复杂的眼光看着钱。

三

似乎有一个大作家说过，深刻地思考，简朴地生活。这是什么日子呢？我想做出一幢小木屋，明亮的阳光从窗口落到了橙黄的地板之上。一个作家正在一张大书桌上面写作，一页又一页写就的稿纸参差地叠在桌子的右上角。稿子旁边的一杯清茶冒出了几缕热气。这样的简朴是迷人的。

但是我明白，维持简朴的生活仍然要依赖一定的基本费用。思想的风筝正在自由自在地放飞，风筝下面那一根细细的线索不该遭到忽略。“基本费用”是一个很重要的概念，一个人不得不耗费一定的物质养活自己的躯体。基本费用在数日之内，每一文钱都是一枚重大的筹码。某些难堪的时刻，多少好汉曾经因为一碗粥或者一块肉而魂不守舍。

陶渊明是文人之中的隐士。他不愿意为五斗米折腰，挂印弃官，飘然而去，如同《归去来兮辞》之中写的那样，陶渊明的志趣是“园日涉以成趣，门虽设而常关。策扶老以流憩，时矫首而遐观”。可是，如果陶渊明没有那么几间茅屋和几垅田地，“采菊东篱下，悠然见南山”的日子还能寄存在哪里?

“穷得只剩下了钱”，这不过是新生阔佬的调侃之语。其实，只有傲视天下的人才可能真正从心里蔑视钱。一些人回忆说，毛泽东的双手不愿意触碰到钱，他对于钞票有一种强烈的厌恶。在他那里，钱的本质得到了无比清晰的表现——钱不过能用来换取种种物品。如果一个人可以毫无困难地拥有他所向往的任何物品，钱还会有什么意义？我的想象中，只有毛泽东才有资格操着湖南口音的普通话轻描淡写地说：钱，不就是一些纸吗?

四

“基本费用”承担的是生存的起码需要。丹尼尔·贝尔在一本书里分辨了需要和欲望：

一个人拥有一辆汽车和一套住宅是需要；一个人拥有九十双皮鞋和三百套夏装却是一种欲望。需要是有限的，一个人只有一副躯体；欲望是无限的。人心不足，欲壑难填——占有的贪婪不是躯体的使用所能够解释的。钱多不咬手，有了一百万的财产就要争取二百万，有了二百万理所当然地瞄准了三百万，这又有什么不对呢?

需要时常不声不响地升级为欲望，仿佛自然而然。一个人想吃饭肯定是正常的，一个人想吃得稍微好一些也无可厚非。到酒店吃一顿又有什么了不起呢？酒店的菜比较丰盛，为了让侍者单独服务而偿付一些小费合情合理。酒店是一个公众场合，购买一套礼服略事打扮是应该的。穿上一套崭新的服装再蹬一辆破旧的自行车有些可笑，出租汽车方便得很。当然，出租汽车再方便还是比不上自己拥有一辆小汽车。既然想买小轿车，就要争取一步到位；桑塔纳太大众化了，为什么不憋一口气干脆买一辆奔驰呢？的确。只要温度得当，渺小的需要就会一下子孵化出巨大的欲望。人们总是以为自己的胃、性器官以及种种躯体的感官感知世界，渴求会不断地增加。美味佳肴，声色犬马，纽约的豪华住宅，巴黎的最新时装，文艺复兴时期艺术大师的珍品，东方古董——这一切都有理由说成是需要。一心一意地想吞下整个世界的时候，钱哪里会有个够？这时，只有一个顿悟才会让人从欲望返回需要，重新了解自己的躯体。五官、四肢，一百公斤以下的体重，仅此而已。这副躯体真正需要的绝不是一张无穷无尽的清单。托尔斯泰晚年急于将自己的财产遣散，一个简单的事实肯定触动了他——他的躯体仅仅要求一些粗粝的食物和粗布制作的衣裳。弱水三千，仅取一瓢饮，这才是需要。

五

某些时候，人们会有一个伟大的发现——钱是会自我繁殖的，只要有一定的环境。不要急于将钱交到某一个商店的柜台后面，拉回一些电器或者家具；也不要小心翼翼地将钱藏在枕头里面，每天晚上重新数一遍。可以将钱存放在银行里面，或者看准机会购买某种证券、从事某种投资。这如同精心地饲养一种特殊的动物。这样的饲养肯定会得到回报，这些钱终于生出了小钱。可爱的钱子和钱孙代代不绝，这是一个奇妙的炫惑。电器或者家具的购买十分有限，人们很快就会有满足的时候；如果把钱当成繁殖另一笔钱的种子，谁还会觉得钱太多了呢？

这样，钱不再是商品交换的中介，钱有了自己的生命。钱的饲养成为一种神秘的行业。这个世界，多少人围绕着钱忙碌地奔走，费尽心机，并且诞生了诸如“国际货币基金组织”“财政部”“银行”“总裁”“董事长”“总经理”这些含金量很高的组织和头衔。是的，这时的商品已经退隐，人们似乎仅仅和钱相互周旋。

然而，令人惊奇的是，钱在这样的游戏之中并没有经常露面。钱已经抽象为一系列数字体现在账面之上。股票、期货、贷款、融资，买空卖空，那些挺阔的大面值钞票并没有到达现场。多数人对于两千万与两千五百万之间的差别没有具体的感觉，谁会冒险地用手提箱装着一大堆钞票走来走去呢？人们只不过看到几个数字的组合之中少了一个“五”字。拾到一个金元宝的快乐或者刺心挖肉的痛苦并没有立即兑现，数字的替身冲淡了将要产生的重大后果。

这就是金融的时代。人们时时刻刻地感觉到钱的存在，可是，人们又不知道大笔大笔的钱究竟存在哪一处。

六

钱曾经让萨特产生了一种矛盾的心情。他不在乎钱。萨特自由自在地花掉了许多不期而遇的稿费，并且拒绝了诺贝尔文学奖。萨特经常为贫困的人们慷慨解囊，资助年轻人，在咖啡馆里付给侍者过量的小费。另一方面，萨特又不断地担心自己会缺钱。他从来不用支票簿，而是像农民一样将大卷纸币装在口袋里。如果需要付一千法郎，他会一下子从口袋里掏出十万法郎来。萨特在晚年的时候承认，身上的大量现钱给他带来了安全感。

钱是换取商品的符号。许多时候，钱的购买功能没有必要立即实现。一大笔钱原封不动地放在那里，暂时不与任何一间商店发生联系，这一笔钱仍会产生丰富的含义。这就像不发射的核弹头同样具有威慑力一样。一大笔钱仅仅是一叠纸张绘上了特殊的图案，但它却是人们赖以存身的许诺。

伸出手来按一按自己的口袋，那几张救命的钞票还在，人们可以安心地喝茶或者会女朋友；如果那几张钞票变成了厚厚的一叠，这时就会渐渐地出现另一种心情——尊严。

的确，这个世界喜欢将钱的数目作为尊严与否的尺度。一只胃的暂时满足仅仅需要十元钱。如果一个人的口袋此刻拥有一千元，他就感到了体内的一种昂然的气势——他可以高视阔步地走过街道，多余的九百九十元让他身上的每一块肌肉都感觉良好。钱是成功与否的通俗尺度。一个身家百万的人难免会自觉地将自己扮演为上层人士。钱无法立即转变为学识、品德或者良知，但钱就是产业、名声、荣誉和社会地位。这就够了。身高、口味、穿几码的鞋或者使用何种母语都不会像钱那样让一个人感到如此自豪。油盐柴米的开支之外，钱的潜在意义就是鉴定一个人是否高贵。“势利”是一个富有概括力的复合词，“势”和“利”往往是联成一体的。人穷志短，家贫万事哀，没有钱的人怎么配享受尊严？鲁迅说过，倘若有谁从小康人家坠入困顿，那就可以看见世人的真面目。这是身临其境的惨痛之言。

七

电视剧已经将这句话传颂四方：钱不是万能的，但没有钱却万万不能。对于那些一分钱掰成两半使用的穷人说来，这的确是一个沉重的真理。不过，人们可能会惊奇地发现，许多悲剧却是在富裕的时刻上演的。钱是剂猛药，可以救人性命，也可以取人性命。唐人张说写了一篇《钱本草》，用一百八十七个字解释钱的性能：

> 钱，味甘，大热，有毒。偏能驻颜，采泽流润，善疗饥，解困厄之患立验。能利邦国，污贤达，畏清廉。贪者服之，以均平为良；如不均平，则冷热相激，令人霍乱。其药无采时，采之非礼则伤神。此既流行，能召神灵，通鬼气。如积而不散，则有水火盗贼之灾生；如散而不积，则有饥寒困厄之患至。一积一散谓之道。不以为珍谓之德，取舍合宜谓之义，无求非分谓之礼，博施济众谓之仁，出不失期谓之信，入不妨己谓之智，以此七术精炼，方可久而服之，令人长寿。若服之非礼，则弱智伤神，切须忌之。

无论怎么说，锱铢必较也好，慷慨豪爽也好，总之，钱已经成了一件事情。只要涉及钱，问题的性质就变化了。一伙人围着一盘象棋残局品头评足，抬杠争辩；可是，一旦哪一方说要赔点什么，人们立即就噤了口，表情严重了起来——钱可不是闹着玩的事。

也许问题就在于，人们的表情往往过分严重一些。钱的魔力已经十分神奇，人们没有必要一惊一乍地进一步夸大。那些以钱为事业的人有机会多挣一些，人们无须嫉妒；某些明星开出天文数字的身份似乎不尽合理，好在这样的人目前还不太多。在我看来，“平常心”或许是看待钱的一种明智态度。多挣一点钱肯定是让人愉快的事情，但是没有理由为了挣得更多而勉强做一些让人不愉快的事情。钱能够让人们为自己创造一些小小的奇迹，诸如跨国旅行或者按照自己的愿望建造一幢别墅，可是因为这些钱而骄矜傲慢就会显得有些愚蠢。人们至少还要意识到，许多事情不是钱能够办成的——钱不能使一个人增加身高、改变年龄或者阻止太阳的升起。所以，一个人最好在钱的不同数目面前保持坦然和从容。钱多的时候可以过一过王子的日子，香车宝马，锦衣玉食；钱少的时候就像一个农夫，喂鸡养鸭，种稻割麦。钱是生活的一部分，而不是相反——生活是钱的一部分。

俗人一个，说到钱是很正常的事情。但是，我终于吐不出什么惊人之语。一个著名的禅宗故事说：看山是山，看水是水，这是一重境界；看山不是山，看水不是水，这是另一重境界。可是，返璞归真之后，看山还是山，看水还是水。钱是什么呢？假如不再想引经据典，夸夸其谈，那么就把话说得笨一点——钱就是钱，而不是别的什么。□ 1998 · 1 – 2

折断翅膀的飞翔

□余　杰

美国法学家罗纳德·德沃金说过："在一个自由社会里，教育的一个核心部分是学会忠诚于个体真理而不是忠诚于集体真理的重要性和深刻性。"与之相对应的是，在一个不自由的社会里，文学则是抵制服从文化、抵制谎言机制的最后防线，文学家以真理为旨归而不以权力为目标。自由的价值是在与不自由的状态斗争的过程中获得的——文学家就如同天生就喜爱飞翔的鸟儿，即便翅膀被折断，心灵仍然在不可抑止地飞翔。

俄罗斯作家帕斯捷尔纳克就是这样做的。在获得诺贝尔文学奖之后，帕氏面临着被苏联政权驱逐出境的威胁。他们不把帕氏的获奖当作俄罗斯民族的荣耀，却把这个消息看成是对统治阶层不可饶恕的"冒犯"——这个政权俨然以俄罗斯大地的主人自居，随心所欲地决定谁可以生活在俄罗斯、谁不可以生活在俄罗斯，以及人们在俄罗斯应该怎样生活。对于帕斯捷尔纳克而言，俄罗斯是不能离开的，他扎根于这片土地，这片土地是其创作的源泉。而这恰恰是帕氏被对方捏在手里唯一的弱点。在此意义上，苏联政权展示出它最为卑鄙无耻的一面：以放逐民族文化最优秀的创造者、以损害民族文化的生命力为代价，换取少数人统治的"稳定性"。他们认为，对帕氏的惩罚是必须的：因为帕氏属于"不稳定因素"之一。

由于不愿离开自己的祖国和人民，帕斯捷尔纳克直接给最高领导人赫鲁晓夫写信申辩，他写道："我的出身、生活和工作都同俄罗斯相联。……被放逐异国他乡在我是不可忍受的。"帕氏不是视死如归的烈士，而是像日瓦格医生一样敏感、像孩子一样纤弱的知识分子，他没有选择对抗到底，而是被迫走入了一种"内心流亡"的生活。帕氏被解除了"武装"——他的翅膀折断了，眸子却依然仰望天空。帕氏谦卑而不失尊严地告诉那个可以决定自己命运的领袖："对我的攻击仍在进行，并且开始带有吹毛求疵和报复性。我不知道这类攻击有多少公正可言。审判针对的是一本书，可谁都又并不了解这本书，书的内容被片面摘取的引文所歪曲……"高高在上的赫鲁晓夫大概没有阅读到这封信，也没有命令那些御用文人们停止攻击帕斯捷尔纳克，直到他本人被阴谋集团所罢黜。在下台之后幽居的日子里，赫鲁晓夫这才认真读完《日瓦格医生》，他为自己昔日的所作所为羞愧万分，并托人向作者捎去迟到的忏悔。

以凄美如天鹅绝唱的姿态，帕斯捷尔纳克被迫告别了心爱的文学——沈从文也经历了这样一个翅膀折断的痛苦过程。帕斯捷尔纳克被折断的翅膀一直未能愈合，他再也没有体验过飞翔的快乐，他是在“等待与容忍”中辞世的，日瓦格医生那颗负担过重的心脏突然停止跳动——这一结局成为作者本人的谶语。面对厄运，帕氏这样痛楚而不乏从容地写道：“我已从思想上告别了我的独立工作，并且开始安于这样一种想法，即我所写的一切，今后再也不会重版，青年人也将永远不会知道它们。这对一位作家来说是一种巨大的损失，而我甘于牺牲这一切。”这不是签署一份投降书，也不是故意裸露伤口以获取怜悯。相反，作家默默地接受了残酷的命运，却始终没有丧失“勇敢与耐心”。在给作协主席团的信中，帕斯捷尔纳克保持了一种罕见的、堂吉诃德式的贵族气质：“我知道在舆论的压力下，会提出开除我作家协会会籍的问题。我不期待得到你们的公正待遇。你们可以枪毙我，流放我，你们可以做你们想做的任何事情。我提前向你们说声再见。但请不必着急，这样做不会给你们增添丝毫幸福与光荣。请记住，若干年后，你们肯定不得不为我平反恢复名誉。在你们的实践中，这样的反复已经不是第一次了。”飞翔过，这就是一种光荣，爬虫一辈子也理解不了这种幸福感——如今，有谁记得那些伤害过帕氏的所谓“作家”们呢？帕斯捷尔纳克至死都没有失去他内心深处的骄傲。

我对那些被折断的翅膀、被羞辱的灵魂一直保持着深深的敬意。在侮辱者和被侮辱者之间，我永远站在后者一边。诗人和翻译家屠岸与帕斯捷尔纳克有过相似的经历：因为“自我交待”曾经在1945年的一次文艺晚会上朗诵过“胡风分子”绿原的诗歌，并且在胡风的鼓励下完成了莎士比亚十四行诗歌的翻译，一向积极“革命”的屠岸突然被视为“问题人物”。一夜之间，他莫名其妙地被划入了“三反分子”的行列，他的共产主义信仰也破灭了。“唯一的安慰是未来一定能够解释清楚，但未来什么时候才能到来呢？”尽管没有受到暴力的折磨，但那无所不在的政治压力已经在吞噬着他的健康：肺病再次发作，比肺病更可怕的精神疾病也随之发作，“有半年的时间我惶惶不可终日，经常睡不着觉，吃完安眠药之后才能睡一到两个小时，内心慌乱、完全不能静下心来，讲话讲着讲着就发愣。但我外出的时候都掩饰得很好，除了我爱人之外，谁也不知道我患忧郁症。”诗人是革命的同路人，却往往为革命所摧毁，鲁迅在探讨叶赛宁的命运时就已经发现了这个可怕的秘密。

紧接着，更残酷的运动时代到来了。诗人们陷入了天罗地网之中，无处可逃。在接受《新京报》访谈的时候，屠岸回忆说：“到了一九六七年情况最严重的时候，我不想活了：跳楼吧，形象不好；投水呢，冬天护城河的水太浅……最终我选择了上吊。绳子挂起来了，我已经把脖子伸到绳套里试了试，但我最终没有死，因为我看到我四岁的女儿。我最宠爱的小女儿看着我，她不知道我在寻死觅活，她看着我的眼神充满了依恋，我感到她很爱我，我不能走，不能让她当孤儿。”那时候，无论是活着还是死去，都无法逃脱铺天盖地的羞辱：选择活着，便只能处于一种“非人”的状态、一种“牛鬼蛇神”的状态，如屠岸所说：“我也怕死，但我遭受的精神侮辱太厉害了，人格全部扫地。”选择死去，自己倒是能一了百了，但家人将受到无休止的牵累，“那时候你若自杀，不会有人同情你，只会给你最大的责难，因为你自杀是自绝于民”。那时候，没有什么东西能够保护你——学识、才华、创造力、想象力……在冷酷的天平上，这些素质都被放在另一端的“政治”压得失去了重量。文明似乎失败了，野蛮成为生存的前提，世界变成了一个充满血腥的鳄鱼潭——谁会在意天上的星辰呢？

是的，最恐怖的专制制度，不是焚书，也不是坑儒——那只是暴君的咆哮；最恐怖的专制制度，是折断翅膀，扭曲心灵。书被烧掉，还可以继续写；心灵被扭曲，就再也无法复原。“改造”人的思想和精神，这是古今中外最为邪恶的一种想法，它通常是以卑劣、粗糙的心灵去统治高贵、细腻的心灵。屠岸是在 1969 年 4 月被“落实政策”的，当时首先做自我检讨，然后再接受批判，之后宣判：“你还是可救的，可以与群众一起学习，做群众让你做的事情。”在十多年被打入另册、如履薄冰地“活着”之后，这种半截子的“赦免”，让屠岸“心中有一种舒解和喜悦的感情，也有一丝的悲凉”。他悄悄地温习英文，诗歌的魅力如磁铁一样吸引着他，诗歌和女儿一起成为生活的希望。正是有了诗歌和女儿，黑暗虽然伤害了他，却没有能够消灭他。他伤痕累累——反右和“文革”过去很多年了，年逾八旬的屠岸仍然无法告别昔日的精神创伤，“政治运动给我心里留下的阴影，我始终都没有完全走出来，甚至到现在还做噩梦，梦见在迷宫里走不出来、考试不及格或者欠债……”这位才华横溢的诗人和翻译家，未能尽情地发挥自己的天赋，成了那个时代的幸存者中一个活的标本。

当受难成为不可逃避的命运时，当翅膀的折断成为不得不接受的现实时，如何完成自我的救赎？如何保持言说和思考的能力？换言之，帕斯捷尔纳克、沈从文和屠岸们，是否有可能让受伤的心灵停止流血？是否有可能在受难中完成荣耀的见证？用德国文学家托马斯·曼的话来说，不幸地生活在“痛苦的屈辱”中的堂吉诃德们，应当遵循这样一些生活原则：第一，“不要担心未来——在当代这是唯一可行的生活策略”。第二，“让自己沉溺于无邪的深入内心的沉静工作——这是唯一可以帮助我们的事情”。平静和坚持不懈地从事自己的创造性工作。第三，“没有其他路标时，自己做自己的路标”。第四，“知道如何去‘等待与容忍’”，知道在“悲惨、该诅咒的和无可抵抗的时代里”，如何从事正当的工作。第五，“保持勇敢与耐心”。

要坚信这样的事实：翅膀失去了，飞翔的感觉不能失去。◻ 2006 · 3

站在两个时代的交接处

——读王炯华著《朱九思评传》有感

□邓晓芒

王炯华老师长我九岁，说起来应该属于我的前辈，但我内心总把他当兄长看。近读他为我现在供职的华中科技大学（原华中工学院）的创办人朱九思先生所写的传记，颇有感慨。我只想以一个晚辈的眼光，谈谈我对九思先生以及他们那一代革命者的理解，试图在革命年代和当今的改革时代之间做一种沟通，以便对我们这个民族近一个世纪以来所经历过的沧桑有一个大致贯通的理解。

在比我更年轻的人中，像我这样能够同时理解革命年代和改革时代的人已经不多了。我所谓的“革命年代”，包括我的父辈们曾经拿性命去拼搏的那个革命战争年代，同时也包括1949年以后打着“革命”的旗号所开展的历次政治运动的时代，尤其是“文化大革命”的时代；而“改革时代”则是指最近30多年的改革开放、“革命”话语逐渐淡出的时代。这两个时代的交接，在中国当代史上应该说是一种质的飞跃，也就是从道德意识形态（不论真假）统帅一切转移到以经济建设为中心、从标榜政治正确转移到谋求利益实惠、从“跟着某人走”到各人走自己的路的大转向。遥想当年，我们从学校到下乡当知青，“革命”一词在我们心目中是那么神圣，“政治上要求进步”是年轻人为人正派的最主要的标志。我的父母在20多年的“右派”生涯中，也始终坚持自己是“革命者”，是被“误伤”的真正的“左派”，认为他们当年追求的革命理想一字不改地成了整他们的棍子，这里头肯定是“搞错了”。“文革”中的“翻案”失败并进一步挨整，使他们开始怀疑自己几十年来所追求的东西是否从一开始就走偏了。然而，从感情上说，他们还是属于那个“激情燃烧的年代”。记得20世纪70年代初的一个春节，我向朋友借来一台自制的“矿石收音机”，晚上偷听“苏修”莫斯科广播电台对华广播的古典音乐节目（那时“偷听敌台”是要坐牢的），父亲走来斥责我，不说那很危险，却说那是“资产阶级的东西”，令我马上关掉。

九思先生和我的父母是同一代人，曾在当时的《新湖南报》共事，我父亲接替九思先生担任报社第三任社长（第一任为李锐）。这都是一些正直的共产党人，20世纪50年代初，报社的人际关系和谐，朱正、钟叔河等一大批年轻报人生龙活虎，才华横溢，充满激情，同事之间不称官职，只称“同志”或“老?”“小?”，官气很少。那时的领导干部的确比较廉洁，当然也是没有什么可贪的，但也隔三岔五搞一次“运动”，打一批“老虎”。但1957年以后一切都变味了，用李锐老的话说：“周惠到省委不久，便派他的亲信官健平接管了《新湖南报》，将九思调到教育厅”，“官健平在《新湖南报》打了54个右派，基本是编辑部主要人员，成为全国报业之首。后来查清，官健平同他的父亲都是原福建铲共团的杀手，他父亲是负责人。”（《朱九思评传·序一》）《新湖南报》的右派集团案由此真相大白，人们总结说，这不是反右，而是“国民党整共产党”。九思先生因为走得早，躲过一劫，并得以在（武汉）华中工学院施展才华和抱负。

但我总有点怀疑，当年如果不是重用官健平，而是依靠另外什么“根正苗红”的人来做，是否事情会有本质的不同？或者说，全国那么多地方都发生了反右错划的冤案，是不是都是由“国民党”操纵的呢？再者，如果我父亲不是被排挤，而是由他来主持报社的反右斗争，是否就不会出现冤案呢？显然，问题还可以往深处挖。即使是由于“坏人当道”造成了历史的悲剧，也要追究为什么总是“坏人”当道。即使是九思先生这样的好人，创办华中工学院后不久遇上“反右”，也只能尽量减少一些“误伤”，而不能根本改变什么。“相对说来，华工的‘反右’又还比较平稳。他们的右派人数不是流行总数的5%，而是不到3%。然而即使这样，1980年落实政策表明，除一人因组织政党并从事政党活动……而不能改正外，其余237人全都属于冤假错案。”（《朱九恩评传》，第64页）身为华工的领导，“他的确没办法，但的确有责任。”（《朱九恩评传》，第68页）

九思先生是一个有事业心的人（这样的干部今天已经是凤毛麟角了），为了把国家的事情办好，他采取了铁腕手段办学。当然在政治上自己不能“犯错误”，否则再好的想法也不能实现，而会被人扳倒。他的独断专行在华工是有名的，而且事必躬亲，在他手下当干部没有哪个不怕他，学生们背后曾把自己的学校戏称为“华中神学院”。但他的确保持着20世纪50年代初共产党人的那种清廉作风。他身为一校之长，自己的儿女却没有一个上大学的；华工盖教职工住房，他因为自己在省委已有一套旧房子，便放弃了在华工的更好更大的房子。前年我曾去他省委的家看过他，那是一套很小的三室一厅，大约是20世纪90年代初建的，住得还不如我的宽敞。在个人私德方面，他无可挑剔。而在事业方面，多年来他如履薄冰，尽量减轻损失、扩充学校的实力，可说是做到了一个正直的共产党人所能做到的极限。自从他白手起家，到70年代末提出以麻省理工学院作为追赶的目标，把华工办成国际一流的综合性大学，并将这种理念传给他的继任者，将没有任何历史积淀的华中工学院折腾成今天在国内外著名的华中科技大学，的确不容易。九思先生爱才如命，1981年，武汉大学“文革”后首届硕士研究生毕业，他托人带信给当时正在武汉大学读研二的我，请我帮他推荐几位最优秀的毕业生去他那里工作，以组建哲学系。我推荐了黄克剑和陈家琪（这两位今天都是国内哲学界顶尖级的名教授）。可惜的是，不久在“反自由化”和“清除精神污染”的政治运动中，他们又相继被迫离开了华工。我常想，如果没有政治的干扰，华工今天的发展会是个什么样子呢？恐怕早已实现“国际一流大学”的理想了吧？

但更深层次的思考是，为什么一个如此有理想、有抱负而又脚踏实地的领导干部，辛苦经营几十载，却仍然没有能够把一所大学办成国际一流的综合性大学呢？就算是有意识形态的运动，那些运动的出发点不也是为了让大学的方向更加“纯洁”、发挥社会主义的优越性而克服资本主义的腐朽性？为什么就老是赶不上人家呢？现在有两种倾向试图解释这种现象，一种是全盘否定当年的理想主义，认为整个事情一开始就错了，人们想要用一种理想化的制度代替现存的腐朽的制度，结果却并没有跳出腐败的周期律；另一种是觉得当初的理想被人为地歪曲和利用了，当务之急是返回到起点，重新开始。在我看来这两种态度都是表面化的。一方面，我觉得对当年的理想主义是不能简单否定的，任何一个热血青年在当时的腐败统治下都不可能不起来反抗、起来大声疾呼，要批判和改变这个不合理的社会。在这方面，我深深理解我的父辈们那些高尚的思想和行动。但另一方面，他们当年的单纯和幼稚在今天看来也是不言而喻的，这不是他们个人的幼稚，而是我们这个民族的幼稚。因为我们这个民族的历史太单调，几千年来都只有一个王朝取代另一个王朝的循环更替，我们没有想到从西方传入的现代社会设计理念会经历如此诡异的悖谬。所以我的态度是，既不能抛弃对待历史的理想主义，但同时也要对这种理想主义进行彻底的反思，研究这种理想主义是如何一步步走向自己的反面的，而不是归咎于几个别有用心的阴谋家和野心家。如果我们否定了自五四运动以来的起点，我们这个社会就永远不会进步；但未经反思地回到起点（且不说能否做到），我们又会陷入新一轮的循环。

去年春节，我回长沙看望89岁的老母亲，我妹妹帮她录了一盘延安时代和解放区的老红歌，每天都要放一阵子。那天早上，母亲站在厅当中，突然放开喉咙唱起《兄妹开荒》来。听到她那本色的声音，我的心颤抖了，眼泪涌到了眼眶。但我不跟着她唱，就像我今天已经不再唱下乡时那些豪情满怀的歌了一样。我知道，那些歌代表了她的时代，她的生命，她是在唱她自己。而我之所以不唱红歌，不是因为觉得那些歌不好，而是对我自己的时代和我那时的思想进行了一番批判，是因为我已经走出了我自己。◻ 2012·5

一位女学者的李庄经历

□岱　峻

游寿是中国当代著名的书法家、考古学家、人类学家，为金石书法大家胡小石的入室弟子。被誉为“百年书坛一代才女”，抗战期间她流寓四川，供职中央博物院筹备处和中央研究院历史语言研究所，留下了一段是非恩怨。

1946年10月4日，游寿负气离开四川南溪县李庄镇的中央研究院历史语言研究所（以下简称史语所）。她是史语所在李庄六年中走得最郁闷的一个。熬过八年抗战的漫漫长夜，在“漫卷诗书喜若狂”的日子里，游寿忍无可忍，分掷史语所所长傅斯年和代理所务的董作宾一纸嗔言：

> 平生志在为学，岂较区区作驽马恋栈耶？岂效无赖汉专以告讼为事?! 即日离渝归东海。①

一个年已不惑的女人，一个兵荒马乱物价飞涨的年代，丢弃了一份尚可维生的俸禄；一个谙于文史，长于金石的学者，离开了为之服务数年的最高学术单位，且连论文都遭拒印——四年多的光阴，竟没留下一星半点痕迹……

暧昧的李庄叙述

游寿在李庄的经历及起止时间，在现有的文本中有不同的表述。

王立民先生在《大觉空寂的游寿》一文中这样写道：

> 研究生毕业后，游寿主要在当时中国最高学术研究、教学机构中央研究院历史语言研究所、中央博物院、中央大学、中央图书馆从事研究和教学工作……

叙述中显然忽略了时间顺序。立民兄是游寿的弟子，他撰写老师的年表中也写到这段经历：

1942年10月—1943年9月

① 台湾“中央”研究院历史语言研究所傅斯年图书馆“史语所档案”。

国立博物院筹备处助理（四川李庄），与董作宾、曾昭燏一起整理青铜、玉器、甲骨文物及金石拓片。著有《金石甲骨论丛》《金石文献纂论》《六朝人苦闷》《沙溪集》。

1943 年 10 月—1944 年 3 月

在（四川李庄）国立中央研究院历史语言研究所担任图书馆馆员，整理金石甲骨秘本善本资料。著有《金文策命文辞赏赐仪物》《汉魏隋唐金石文献论丛》《书苑镂锦》《山茶花赋》《山居志序》。

1944 年 4 月—7 月

国立中央大学国文研究所助理，研究唐文学资料，收集战时流入四川的金石拓片及古迹文物。著《隋唐东邦史料考辑》。

1944 年 8 月—1945 年 2 月

在国立中央研究院历史语言研究所，著《隋唐东征史》《隋唐与三韩问题》《唐代墓志书体》《伐绿萼梅赋》。

1945 年 3 月—5 月

由四川李庄至重庆歇马场，候飞机回南京。①

照年表所记，游寿在李庄的起止时间是 1942 年 10 月至 1945 年 3 月，而其中在史的起止时间为 1943 年 10 月至 1945 年 3 月，其中还要减去 1944 年 4 月至 7 月三个月在中央大学的时间，前后不足一年。为核实此事，我曾经询问过立民兄，据他说依据是游寿自己填写的履历。

但这一表述与我在 2004 年四川文艺出版社出版的《发现李庄》一书中的记载有较大差异。游寿到李庄的时间无疑，离开的时间应该是 1946 年 10 月 4 日，她在史语所整整服务了三年零两个月。

那时在史语所，她已不叫游寿，而是改名游戒微。

在史语所的档案里，有 1943 年 8 月 21 日呈中央研究院总办事处的函："本所借用中央博物院筹备处游寿君来所任图书管理员一案，此系交换工作人员性质，本所于可能范围之内酌量借给中博院一二人。乞转呈院长核准。"② 四天之后，再呈一函，"据游寿君声称，现已改名游戒微，请更正并祈转院长鉴核"③。这是例行公事，1943 年 9 月 1 日，总办事处也就"业经奉批，准予备案"④。

游戒微是与史语所相联系的一个名字，不过这一期间很短，离开李庄后她又恢复原名游寿，甚至在后来的各种介绍中都很少有人知道那个曾用名。

至此，便有两个疑问：游寿为何要让在史语所的这段时间"缩水"？为何忌讳

① 王立民：《文心雕虫》，北京：北方人民出版社 2003 年版，第 94 页。
② 台湾"中央"研究院历史语言研究所傅斯年图书馆"史语所档案"。
③ 台湾"中央"研究院历史语言研究所傅斯年图书馆"史语所档案"。
④ 台湾"中央"研究院历史语言研究所傅斯年图书馆"史语所档案"。

“游戒微”这个名字？

《伐绿萼梅赋》与《山居志序》

《伐绿萼梅赋》与《山居志序》是游寿在李庄完成的文学作品，收进年表，足显其重要性。承蒙立民兄赠复印件，咏读再三，以为内中藏着一些“象外之意”，或许能窥其经历和心境？

游寿是诗人，年轻时就被誉为闽东四大才女之一。谢冰莹的散文集《女兵自传》中有一篇《海滨故人》的文章，记叙了她与游寿、谢文炳、郭莽西、方玮德等人20世纪30年代初在厦门创办文学月刊《灯塔》的事。那时游寿27岁，在厦门集美师范学校教书。谢冰莹称游寿与方玮德“两人都是诗人”。

游寿后来就读中央大学中文系和金陵大学国学研究所，她与曾昭燏、沈祖棻等师从胡小石等国学大师，尤其醉心古诗词和书法。沈祖棻曾写下《得介眉塞外书，奉寄十首》，诗中叙同学旧事，其中“犹忆春风旧讲堂，穹庐雅谑意飞扬。南雍尊宿今何在？弟子天涯鬓亦苍”“少年好弄惯操觚，共把风情戏老儒。见说尖酸到文字，独怜结习未能无”两首，据沈祖棻的丈夫程千帆解释，游寿才思敏捷，能言善辩。

20世纪30年代初在中央大学讲“乐府通论”的教授叫王易，字晓湘，博学而讷于言辞。女生游寿，字介眉，素善谑，便拟《敕勒歌》之体嘲道：“中山院，层楼高。四壁如笼，乌鹊难逃。心慌慌，意忙忙，抬头又见王晓湘。”见者无不大笑。①

沈祖棻的诗和程千帆的注，道出了年轻时游寿的性格和才具。恃才傲物，率性而为。这种性格会不会催生悲剧性命运的种子？

以上介绍，或可作为理解游寿及重要著作《伐绿萼梅赋》的补充背景。且看这篇作品的序：

> 壬午之冬，来游西川。寄居咏南山馆亚门，香飘雪曳，冰肌玉质。顾视绿萼梅一株，蟠娇偃蹇，长自瓦砾，南枝如鹏翼垂云，伸覆墙外，盖上有樟楠竹桂，蔽雨露之泽，草木有本性，槎枒以望生。明年，余移居海红花院。又明季夏，主人伐而去之，曰：枝干虬围，伤籧篨也。余默然久。兰芷当门，锄而去之，此言不虚。乙酉冬，余居驭仙草堂，又出入山院，门庭无改，独不见故枝羁旅门墙。感草木虽无言，而性灵或有同者，遂赋之。

“壬午之冬，来游西川”是写实，正好是1942年，游寿应中央大学同学曾昭燏之邀，到李庄中央博物院筹备处作助理员。

---

① 程千帆口述，张伯伟编：《程千帆全集》，石家庄：河北教育出版社2000年版。

但“寄居咏南山馆亚门”，却是“接花移木”的“借景”。咏南山馆在距离镇上七八公里的板栗坳栗峰书院，那里是史语所考古组办公地，距李庄镇还有八里多路。初到李庄，游寿住在镇上张家祠堂的中央博物院筹备处。1943 年 9 月，她才由山下的中央博物院筹备处调到山上板栗坳史语所图书室，也就是赋中所写“明年，余移居海红花院”。

“又明季夏，主人伐而去之”，“余默然久。兰芷当门，锄而去之，此言不虚”。心有所感，情发于中。物犹如此，人何以堪？按说，诗人对主人“伐绿萼梅”蠢行的谴责和对梅树兰芷遭遇的同情，当笔走龙蛇形诸纸上。而那份伤感一直压在心里一年多，直到“乙酉冬”，“又出入山院”，睹物伤情，“感草木虽无言，而性灵或有同者，遂赋之”。

笔者研究李庄数年，熟悉诗人笔下的环境。咏南山在李庄板栗坳，又称栗峰书院，不过是弹丸之地，“板栗坳是张家聚族而居的场所，从明代晚年（万历时期）经过了清代，陆续修建，修成了七处大院子，还附带一个戏楼院……最北的是田边上，然后是老房子、柴门口、牌坊头、戏楼院及新房子。在田边上的对面是一个分开大院，桂花坳”。①

史语所的百多号人就分住在那七处大房子中。过去过来就那几栋屋，那么些人。也就是说即使真有人伐除绿萼梅，“凭吊处”也是天天经过的寻常之景，何以要历年的情感发酵，才感怀赋之？

联想前述诗人的“借景”，“伐除绿萼梅”会不会也是假托？诗人的本意，抑或是借他人的酒杯，浇自己心中的块垒？

伐绿萼梅处，在咏南山馆亚门。那是董作宾的办公地。1942 年 8 月 19 日董作宾在《栗峰上的历史语言研究所》一文中写道：

> 一座装潢雕刻精美的咏南山大舞台，那是董彦堂（作宾）的工作室，他整天在那里披览，摹绘，抄写。或者木坐呆想他的能力所不能解决的问题。②

此一情况，董作宾的弟子李孝定也有回忆：

> 董彦堂先生，孟真先生指定的我在北大文科研究所的论文导师，建议我作甲骨文集释的工作。……这三年中，师徒二人，据大门板摆成桌子的两边，铆在戏楼院的戏楼上，唱了三年戏。我是跑龙套的，戏码就是这本《甲骨文字集释》，彦堂先生是京朝名角，唱的是大轴，戏码是《殷历谱》。这可算学术界的一段小掌故。③

---

① 《史语所在李庄——劳榦回忆丁声树》，杜正胜、王汎森编：《新学术之路》，台北：“中研院”史语所 1999 年版。

② 董作宾：《董作宾先生全集乙编》，台北：艺文印书馆 1977 年版，第 1063 页。

③ 李孝定口述，陈昭容记录：《我与史语所》，《新学术之路》，台北：“中研院”史语所 1998 年版，第 909 页。

游寿笔下的《伐绿萼梅赋》所写："处士过此而盘桓，妒妇见之亦恨嫉"，"熏莸臭味既殊趣，清浊浮沉又甚分"，"甲第混负贩，同贵贱而联翩。或无为而称治，或损益以求贤"……已非单纯的写景状物，而是心有戚戚的不平之鸣。"伐绿萼梅"的那位主，会不会与咏南山馆的董作宾有关系？绿萼梅遭伐，会不会是游寿的自况？

绝非笔者穿凿附会，还有游寿的《山居志序》可证。《伐绿萼梅赋》的写作时间是"乙酉冬"，即1945年，诗人尚在史语所供职，臧否人物，理论是非，当有顾虑。但她写作《山居志序》的时间已是"癸未四月病中"，癸未即1948年，此时游寿已"跳出三界外"，弃职他就。于是文章就直抒胸臆，一泻千里。

山居的地点，游寿序中说得明白，"峰以栗名，地乃为坳。陟坡陀以升降，绕江流如襟带。水路交臻，时有山市"——史语所在长江边上的李庄板栗坳栗峰书院。

> 一苇西浙，爰适此山。既怀嘉□，即削名籍。职同守藏，将泥水以自蔽。居寄庑下，无赁舂之劳苦。借百城之富，□抽思之写……

诗人寄人篱下，有志难伸，唯有安慰即坐拥书城。然而，"少慕狂狷，率性任情。长读诗书，风雨无晦，鸡鸣不已"。高士之志总是难谐现实环境。

> 若夫爵登封五等，恩隆九族，苌弘之数典，张华之博物，楛失蘩弱，金路玉罕，雕版绘像，比物丑类。胥列专车，计尺度而分氏族；辨音夷貉，论方言以记辅轩。或则吮墨含毫，焚膏继晷，灯豆摇影。龟卜繇兆方紬，稚子索哺，孺人怨语如絮。

当时，史语所分四个组，一组历史，傅斯年自任主任；二组考古，李济兼任主任；三组语言，李方桂任主任；四组体质人类学，吴定良任主任。也许，游寿对史语所治学的路子和方法都不以为然。道不同，不相谋。于是，身边的人与事也就面目全非：

> 人怀荆山之璞，家悬灵蛇之珠。天纲八纮，顿之落山矣。故鱼目混珠，滥竽邀赏。诩平生著作，自题手泽。美闺中淑女，谓居秦楼。国无世业，犹依父荫以扬声，制非封建，竟比翰花而自贵。道无四皓，遁隐商山，安望玄德，礼致令下，一纸顾盼。南溪何怪，妙选不伦。或则髡□，□俗执拗，仍同顽禅。贯竖学儒，气度自然斗筲。客无三千，士难五百，不知狗盗，亦惭鸡鸣。

环境与心境互为因果，又互相影响：

> 膏沐未施，掠云鬟以欲颓；锦绮间叠，看珠碧而溅泪。生长戚里，但知歌吟，未习机杼，试濯江波。调姜韭初尝辛酸，问米薪始知珠桂。此是女伴，长话殷勤。

不愉快发展到极至，卒彰显其志：

> 夫尺蠖能屈，龙性难驯。多怀激烈，直抒慷慨。未闲典故，词甚鄙陋，通

人拊掌，无所恨也。

这段话，与本文开篇所引游寿给傅斯年、董作宾的辞职书何其相似！

或许是两次错位

李庄是在四川南溪县长江边上的一个古镇，抗战期间接纳了同济大学、中央研究院历史语言研究所、中央博物院筹备处、中国营造学社和中央研究院社会科学研究所等单位，驻地分散。镇上只有同济大学和中央博物院筹备处，其余都四下散布在乡间。

游寿到李庄，也许第一步就是一个错误。

游寿，1906 年出生在福建霞浦一个衰落的官宦家庭。1928 年考入南京中央大学，1934 年考取金陵大学文科研究院的研究生，1936 年毕业获硕士学位。金陵文风，偏重旧学，名师云集，如汪旭初、王伯沆、黄季刚、吴瞿庵、林公绎、胡小石、汪辟疆等，盛极一时，可谓国学重镇。

她与曾昭燏是同窗好友，她曾回忆："有一天遇到曾昭燏，她在外语系一年级，我叫她转到中文系，学文字学，再学一点文献、考古文物，这样前途较广阔。她在第二年转到中文系，以后我们共同构写了甲骨文前后编，用蝉翼笺影写，请胡小石先生题词。我随带身边多年，可惜在日本军国主义侵略中国时在南京失掉了。"

曾昭燏与游寿又是金石书法大师胡小石的同门弟子。曾昭燏为便于随时向胡小石请益，曾居于胡家阁楼三年。但 1935 年后，曾昭燏留学英国，入伦敦大学专攻考古学。1937 年获考古学硕士学位，并留校任助教，旋前往德国柏林德国国家博物院实习，有论文《论周至汉之首饰制度》和专著《博物馆》一书。此时的曾昭燏已受傅斯年与李济的影响很深。

游寿金陵大学研究生毕业不久，"卢沟桥事变"爆发了。1937 年 12 月南京失守。当时，游寿的丈夫陈幻云在江西临川地方法院任首席检察官。游寿随夫宦游，在临川参加了雷洁琼组织的妇女抗战救国运动。后来陈幻云调重庆司法院司法行政部任编审，游先生又跟随去了四川，应胡小石之邀，任四川国立女子师范学院讲师。

1941 年，曾昭燏就任中央博物院代理总干事，游寿应邀到了李庄。游寿曾说起这个过程："曾昭燏从国外回到昆明，又辗转到四川乐山李庄山中，她要打开'善斋'一批青铜器，便找我去。在旧中国，一个研究金石的人能看到拓片，就可满足，现在能看到许多青铜器，太好了。在这阶段，我不但参与整理'善斋'青铜器，而且还看到留在箱库中未发表的安阳青铜器。"

中央博物院筹备处主任李济兼任史语所考古组主任，两处关系如同一家。此时，中央博物院班底中，李济、曾昭燏、夏鼐、吴金鼎、王介忱夫妇等都是国外学人类学、考古学的。他们在战前和迁徙途中进行了一系列的发掘。他们的努力，推进了考古学上的地层学和类型学方法的发展，“所从事的田野工作及其方法正代表了当时英国甚至可以说是世界的较高水平”。

迁四川李庄后，中央博物院筹备处田野考察由发掘收集变为整理研究。但从1941年起，与史语所、营造学社合组川康古迹考察团，连续在四川彭山豆坊沟、岩子山、江口镇等地进行了汉代岩墓的清理发掘。

中央博物院的工作重心和方向，与游寿原先的估计或许有些差异。“海归派”学者与金陵学人做学问也肯定大异其趣。即使是同学曾昭燏，学术方向、治学方法已与过去拉开了距离。

或许，游寿生出学术上的孤单感和有翅难飞的困顿。于是她择良木而栖便选择了史语所。

论工作条件，中央博物院人少，尚在筹备阶段，工作难以正常开展，但在镇上，生活环境优于史语所；史语所在一个山坳里，离镇上有七八里地，但那里图书资料充盈，傅斯年、董作宾、梁思永、李方桂、凌纯声都是名冠全国的学术大师。从游寿后来的人生轨迹判断，她去史语所显然是冲着良好的学术环境。殊不知，那是一个天大的误会。

学术无国界，学者有门派。游寿毕生走的是金陵“旧学”之路。这条路恰恰被傅斯年看成歧途。

傅斯年办史语所，他有感于西方汉学家的独特建树，目睹中国历史语言学的衰歇，提出了振兴救弊的主张。他说：

> 西洋人作学问不是去读书，是动手动脚到处寻找新材料，随时扩大旧范围，所以这学问才有四方的发展，向上的增高。中国文字学之进步，正因为《说文》之研究消灭了汉简，阮、吴诸人金文之研究识破了《说文》。近年孙诒让、王国维等之殷文研究更能继续金文之研究。材料愈扩充，学问愈进步，利用了档案，然后可以订史。利用了别国的记载，然后可以考四裔的史事。在中国史学的盛时，材料用得还是广的，地方上求材料，刻文上抄材料，档库中出材料，传说中辨材料。到了现在，不特不能去扩张材料，去学曹操设“发冢校尉”，求出一部古史于地下遗物，就是“自然”送给我们的出土的物事，以及敦煌石藏、内阁档案，还由他毁坏了好多，剩下的流传海外，京师图书馆所存摩尼经典等等良籍，还复任其搁置，一面则谈整理国故者人多如鲫，这样焉能进步？①

傅斯年脾气暴躁，性格狷介，疾恶如仇，雄才独断。史语所的人私下里称他“傅老虎”，但都服他敬他。“槛外人”对他却多歧见。人们指责他做学问搞“党同

---

① 傅斯年：《历史语言研究所工作之旨趣》，刘溪主编，曹颐编校：《中国现代学术经典·傅斯年卷》，石家庄：河北教育出版社1996年版，第344页。

伐异”，强调学脉传承“唯我独尊”。王世襄曾经写道：

> 1943年冬我从北京来到重庆，一心想去李庄中央历史语言研究所工作。主要目的是当时很多著名学者都集中在这川南小镇，到那里可以有请教、学习的机会。史语所所长正是傅先生，办公地点在重庆聚贤新村。承蒙梁思成先生亲自带我去拜见他。这次进谒，傅先生只说了两句话。第一句问：“你是哪个学校毕业的？”我回答：“燕京大学国文系本科及研究院。”傅先生说：“燕京大学毕业的不配到史语所来。”我只得赧然而退。此后蒙梁思成先生收容，到营造学社任助理研究员。①

如果说燕京与北大还有些近邻关系，而游寿的学脉恰恰属于与之相对的“南高——金陵学派”。去史语所游寿也许是“烧香找错了庙门”。

游寿到史语所是补缺和救急。1943年3月底，史语所善本书库的管理员王育伊“急于赴渝”，坐镇史语所的董作宾致傅斯年，“继任育伊之人，乞兄注意物色”。②

这段话放在今天很不好理解，图书管理，无非是采购、整理、编目、上架、借出、还回等等，就像商店的营业员，只要大字认得一筐，钱不至于数错，谁干都可以。而当年史语所不同，图书馆是傅斯年建设新学术的重要保证。且看李庄时期的史语所图书馆：

> 这是第一院，是山村入口的第一所，而且是一间最大的房子。大门是一排九间，门内的大厅也是一排九间，中间的七大间是汉籍书库，这无疑的要算大后方唯一的文史图籍最完备的图书馆。最后一进是西籍书库，还有些善本书分存第三院。这里共有中文书十三万多册，西文书一万多册，中外杂志两万册。因此，除了史语所的同人阅读之外，许多有关系的机关团体，都有人在这里研究参考。北京大学文科研究所有四个研究生侨居读书，社会科学研究所、中央博物院、中国营造学社，也常常有人来借书或阅览。南开大学的研究员、东北大学的研究生、中英庚款委员会补助的研究人员，都会常常的借住读书。还有四川大学的毕业生，自费前来读书，完成他私人的著述。这一座精神食粮的仓储，中国文化的宝库，到现在算是能够供应当前的需要而取之无尽，用之不竭。也不负十年前傅孟真（斯年）先生购求时每册必经他亲手审择，和近年来数万里辗转迁运，爱护保管的一片苦心了。③

1943年10月，中国营造学社负责人梁思成为写《中国建筑史》需要找寻汴京史料，曾向史语所图书管理员那廉君去信求助。

那廉君回信：“关于旧迹中之记载宋时东京城坊者，前亦询及劳贞一（劳榦，历史学家，治宋史）及全汉升先生（史学家，治经济史），谓此种材料并不多见，

---

① 王世襄：《傅斯年先生的四句话》，《文汇报》，2006年7月5日第15版。

② 台湾“中央”研究院历史语言研究所傅斯年图书馆“史语所档案”。

③ 董作宾：《董作宾先生全集乙编》，台北：艺文印书馆1977年版，第1063页。

后学曾翻检明人李濂所辑汴京遗迹志有记数页，如需此书，尚祈见示”①。

第二天，梁思成立即复信：“关于汴京图承代询劳全两先生，李濂汴京遗迹志拟再查一下，便中乞交彭敏樵带下。”②

史语所乃中国人文学术之塔的塔尖，这里的学者都是某个方面的专门家。因此图书管理员，要求通才。

要求高并不等于待遇好。游寿在史语所负责善本书库。初到之时，图书管理员那廉君即对她的安排“降格使用”犹感不安。1943 年 8 月 26 日，那廉君有信致傅斯年：“闻本所本年度第二次所务会议报告事项中‘借调中博院游寿女士为图书管理员’一案有‘名次在那君之后’一语，窃以为未便，乞收回此意”③。

论资排辈，是史语所的惯例，但以游戒微之资历，显失公允。同事都深感不妥，游寿心中岂会平静?

祸从口出

战时山村，史语所研究人员的生存状态十分艰难。1944 年 6 月 21 日，有一事对游寿影响甚大，史语所的档案中有一封致她的函：“前日见揭帖，深感悚异，执事如以为不可，一言即决，何至出此类揭帖。今既如此，只有与王君对换房屋，并无他法，即希照办。”④ 从语气判断，这是所里告知她的，处理结果不容商量。

事件的起因或许是房屋纠纷。在板栗坳，房屋问题曾困扰过很多人，如此前两月，李庄董作宾就给在重庆的傅斯年写信请示：“均一住家房子腾出后，济之兄要为三组同人作宿舍，逯钦立亦拟要此房作结婚新房，如何之处，请决定。”⑤ 对其他人的住房问题，所里颇费心思。游寿会不会因为自己“人微言轻”而出此下策，粘揭帖——这或许就是贴“小字报”一类——形式出众，语气尖刻。这件事何以了结？它在多大程度上影响了游寿的心境？已不得而知。

如果说她是冲着从事学术研究才来史语所的，不到两年，就已感到一种难以言说的疲惫。1945 年 1 月 25 日，她向傅斯年“因病暂请给假三日”⑥。

调进游寿，傅斯年并非权宜之计，也确有培养的考虑。1945 年 2 月 16 日，他给游寿的同学、中央博物院筹备处副主任曾昭燏写信：“前谈游戒微先生事，最终结论仍以前法为妥，即改任为助理研究员，拟在开会时特别申请以第三年论，若两

① 台湾“中央”研究院历史语言研究所傅斯年图书馆“史语所档案”。
② 台湾“中央”研究院历史语言研究所傅斯年图书馆“史语所档案”。
③ 台湾“中央”研究院历史语言研究所傅斯年图书馆“史语所档案”。
④ 台湾“中央”研究院历史语言研究所傅斯年图书馆“史语所档案”。
⑤ 台湾“中央”研究院历史语言研究所傅斯年图书馆“史语所档案”。
⑥ 台湾“中央”研究院历史语言研究所傅斯年图书馆“史语所档案”。

年内游先生写成著作，即可讨论升副研究员，不待满四年也。”①

曾昭燏是曾国藩的曾孙女，三哥曾昭抡是著名的化学家，三嫂俞大均（时任中央大学外语系教授）是傅斯年夫人俞大彩的姐姐。也就是说傅斯年与曾昭燏的哥哥是连襟。外举不避贤，内举却避亲，这封信不过是傅斯年与曾昭燏的按计行使。可惜游寿不明白老同学曾昭燏和傅斯年的这番苦心。

1945 年 2 月 21 日，也就是傅斯年给曾昭燏去信的五天之后，她给傅斯年又写了一张无期的假条：“因旧疾复发，又因家乡沦陷，暂欲赴渝一行，未完工作抑另派人。或准予假，乞请裁夺。”②

依傅斯年愤世嫉俗的性格不难想象他读到这封信时的心情。傅斯年办史语所，实行的是英国培根所说的“集团式的研究方式”（胡适语），十分强调统一意志和纪律保证。

历史组的助理研究员李临轩，研究断代史。1943 年 6 月 15 日，他向傅斯年提出：“因病初愈，防受暑重翻，只得暂请外出假五日，分发承办工作，随带五日归家抄写。至于前两次因病请假，俟以后星期例假补作，俯予赐准。”③ 也就是说，请假休息，工作不停；请假时间，以后在例休假中扣除。

战时背景下，强调纪律当然有其合理性；但纪律的大棒却不免扼杀个人意志。如此看来游寿显得不大懂事，也不大在乎史语所的规矩。

史语所一个萝卜一个坑，拔出萝卜带出泥。游寿的离去，牵出一系列的麻烦事情。3 月 3 日，傅斯年嘱咐那廉君：“游戒微先生工作异动，善本书库由张苑峰先生兼管。”④ 3 月 5 日张政烺先生致傅斯年：“迟至今日，未接管别存书库。不久当着手，届日当会同游戒微君及佐理人员王志维君将别存书库之金石拓本图书器物彻底清点。”⑤

游戒微去重庆，自有个人原委。据王立民先生诉，她与丈夫陈幻云的婚姻不为人知。李济之子李光谟、董作宾之子董敏也曾告诉过我，李庄的研究人员都有些惧怕游寿和曾昭燏这两个老处女。从另一面也证实了王立民所言无虚。如果她在重庆有家，与丈夫团聚，当是天经地义。但她不提此事，肯定有内心的隐秘。众人不辨就里，对她的时走时归，就不免有微词。

她是 1945 年 3 月中旬离开李庄的，4 月 11 日，再向傅斯年续假，“前蒙准假一月，现已届满，唯尚有多待，且江水多阻，续假一月，旷日恐久，请即停薪，以塞众议”⑥。

---

① 台湾“中央”研究院历史语言研究所傅斯年图书馆“史语所档案”。
② 台湾“中央”研究院历史语言研究所傅斯年图书馆“史语所档案”。
③ 台湾“中央”研究院历史语言研究所傅斯年图书馆“史语所档案”。
④ 台湾“中央”研究院历史语言研究所傅斯年图书馆“史语所档案”。
⑤ 台湾“中央”研究院历史语言研究所傅斯年图书馆“史语所档案”。
⑥ 台湾“中央”研究院历史语言研究所傅斯年图书馆“史语所档案”。

4月25日她给那廉君写信："下渝月余，顷奉屈翼鹏先生之教，又是牵连人事，顷复书设心处地排解，非畏某君之气焰。"① 心情不顺，莫非是游寿滞留在渝的原因？

此一去，她耽误了四个多月，大约是7月中旬回的李庄。8月25日游寿再致信傅斯年："年来受闲气盖平生未有，常恐冒渎神听。然以防微杜渐，聊试一鸣，君子不欲高上人，固不与所中旧人寻仇。"② 怒火中烧，难以自禁。

傅斯年9月18日回信："一切照前约之办法，您以旧名义未作研究，部分之管理事项可不担任，一切均交张政烺先生接收。移交之事，乞速办。"③

抗战胜利已历数月，东归光复，人心所向。1946年3月5日，游寿再致傅斯年一信："本所还都计划已奉命在五月以后，职夏日多病，欲先下渝觅交通机会，至都日既向所中前所派人员报到，并听其指命，伏恳赐准。"④ 同一内容的信，她再也分致董作宾。

半个月后，游戒微在重庆再致傅斯年："本所复员在夏天，职每年夏令必病，万不得已，呈请下渝自觅还都机会。顷抵渝已一周，正极力设法交通工具，倘得先行至京之日，即向所中所派接收人石璋如先生报到。"⑤

董作宾是否准允了游戒微的请假？此事他又是如何向傅斯年禀报的？未查到依据。3月2日，傅斯年致函董作宾："游竟自行离所，应将其免职。此人不能再留其在所。弟当时找她，大失策。甚对本所不起。"⑥

这简直就是傅斯年的"罪己诏"。傅斯年此举大概有安稳人心，消除游寿擅自出走的负面影响的意思。当初史语所辗转万里，人员流失，能在艰难困苦中稳住一个人文学术集团，实为不易，怎能由一个游寿就使人心涣散，众叛亲离？几乎是与此同时，傅斯年给所里同仁写过一封公开信，表明自己一不会弃所去做官，二不会背离同仁独自先享受。

3月27日，傅斯年给游戒微一封措辞极为严厉的信："执事未得董先生同意，自作主张，自行离所，应自离李庄之日起，以停止职务论。"⑦

四天后，游戒微回信："顷奉手谕，不胜骇愕。职此次离所彦堂先生曾批示'暂作请假'。职在所中前后四年，自揣无过，倘钧长以离所还京太早者，亦可即返李庄。"⑧

---

① 台湾"中央"研究院历史语言研究所傅斯年图书馆"史语所档案"。
② 台湾"中央"研究院历史语言研究所傅斯年图书馆"史语所档案"。
③ 台湾"中央"研究院历史语言研究所傅斯年图书馆"史语所档案"。
④ 台湾"中央"研究院历史语言研究所傅斯年图书馆"史语所档案"。
⑤ 台湾"中央"研究院历史语言研究所傅斯年图书馆"史语所档案"。
⑥ 台湾"中央"研究院历史语言研究所傅斯年图书馆"史语所档案"。
⑦ 台湾"中央"研究院历史语言研究所傅斯年图书馆"史语所档案"。
⑧ 台湾"中央"研究院历史语言研究所傅斯年图书馆"史语所档案"。

这当中有过失有误会，也有迁怒。事若至此，尚有转机，游戒微在致傅斯年的同时，又致董作宾一信："此次请示先行归京经过，不图先生背后报告，傅所长有停职通知。今且忍耐不言，顷再缄倘以为不得擅行还京者，即重返李庄。"① 这封信本可换一种方式，求得宽宥。但游寿性格如此，岂能俯就？

至此，游寿的《伐绿萼梅赋》为何背景要置于咏南山馆亚门就不言而喻。

同事中那廉君是与游戒微相处最久，相知最深的。他了解她的为人。他在4月1日也向傅斯年写信求情："致游戒微先生信之措辞，似有更改之必要。前奉彦堂先生之嘱，就先生之函稿及彦堂先生所拟之函稿各抄一份寄上。二者择一发出，或均不发，统请裁夺……"②

傅斯年本性执拗倔强，疾恶如仇。且又有与曾昭燏的那层关系，因此对游寿的抱怨也就更甚。那廉君从旁劝解，也许反而使他火上加油。傅斯年决定壮士断臂，"以塞众议"。

1946年4月7日，傅斯年分别致信董作宾、游戒微。给董作宾的信是："见游来信强词夺理，附致兄一信尤如诬妄。此等人万不可留其在研究所。一切文件附上，均至要紧，乞交那公（指那廉君——作者注）特别保存，以备万一打官司之用。兄万不可回她信，以免上其当。兄代为弟事受累，弟无知人之明，弄她进所，对所尤深歉疚也。"③

傅斯年给游戒微的信："先生如于停职之办法有所申辩，自无不可，此事之决定系根据执事来渝留下之字而作，与董先生无涉。又，执事致董先生信之词调，自为执事一贯之常态，亦即敝所不能永久忍耐者。故前此决定绝不能更易。"④

"平生志在为学，岂效区区作驽马恋栈耶……"在收到傅斯年解聘信三天后，游戒微终于挣脱了羁绊，吐尽渥气，展翅欲飞。

栗峰书院学与行

游寿在李庄的栗峰书院，可谓苦多乐少。但坐拥百城，遨游书海，对一个读书人来说，却是不幸中的大幸。

1943年9月7日，她"提取全唐文四十涵叁百贰拾册"；某年11月11日"提取三代吉金文存壹部四涵"⑤；某年4月14日"检还图书馆唐代丛书一本"⑥ ……青灯黄卷，养浩荡之气。她的阅读兴趣，仍循着李清瑞、胡小石的轨迹。

---

① 台湾"中央"研究院历史语言研究所傅斯年图书馆"史语所档案"。
② 台湾"中央"研究院历史语言研究所傅斯年图书馆"史语所档案"。
③ 台湾"中央"研究院历史语言研究所傅斯年图书馆"史语所档案"。
④ 台湾"中央"研究院历史语言研究所傅斯年图书馆"史语所档案"。
⑤ 台湾"中央"研究院历史语言研究所傅斯年图书馆"史语所档案"。
⑥ 台湾"中央"研究院历史语言研究所傅斯年图书馆"史语所档案"。

借用墓志考证史事，是游寿在李庄的一项主要工作。1945 年 8 月 15 日，她向傅斯年写信："归所月余，姑整理未竟之稿，拟东归前墓志史料第一辑可完成，唯拓片尚封存室内。倘谕彦堂先生准予取出历代墓志，是公私两便。仍乞裁夺。"①

她曾在 1940 年完成的《李德裕年谱》中写道："新旧唐书李德裕传俱言六十三卒于珠崖贬所，补录传记亦云焉，唯续前定录云六十四。于是说者稍有考订是非。旧书本传云三年正月方达珠崖郡，十二月卒。今据新出土所撰彭城刘氏墓志末，烨附记云：己巳岁十月十六日贬所奄承凶讣。则公之卒在大中三年为可信。"此即她以墓碑订史实之一例。

抗战胜利的新曙光降临之际，游戒微抓紧时间整理自己的著作。1946 年春节刚过，即致书傅斯年："《冢墓遗文史事丛考》已于三十四年草讫，呈送岑仲勉、陈槃两研究员，指示之点，亦已改定，极想早日付梓，如何呈交，请核示。"② 岑仲勉、陈槃是史语所一组，即历史组的研究员，游寿的论文当是他们指导和审定。完成这部书稿，这或许是游寿李庄四年最感欣慰的一件事。

但随着游寿与史语所关系的僵化，随着她的离职和被解聘，她在李庄史语所完成的这一著作如何处置，也成了问题。本来游寿的论文《冢墓遗文史事丛考》已收入史语所在李庄的文章总汇——上中下三大册《六同别录》，但傅斯年坚决下令将游寿的论文撕去。同事那廉君向傅斯年写信求情："……《六同别录》已装订成册，如撕去游先生一文，势必重新装订，并改封面，此举是否可免，敬乞告知。"③

傅斯年一意孤行，1946 年 4 月 11 日，史语所致函游戒微："所著《冢墓遗文史事丛考》一书，本所不能付印，可由执事自行设法出版……"④

这件事显出傅斯年心襟狭窄，有违恕道，尤显霸蛮。再说游寿的论文是拿中央研究院的俸禄，在职务期间内完成的，怎能独断专行，任性使气，随意拒印？

在李庄，林徽因曾写下一件憾事：1943 年春，在逃难来李庄的研究人员中间包括他们的妻子们在内，染上了一种最终导致争吵、愤怒、谩骂和友谊破裂的煽动性流言蜚语。"……我很怀疑，是不是人们在一个孤岛上靠十分菲薄的供应生活，最终就会以这种小孩子的方式相互打起来。"人在环境面前都是脆弱的。尽管是一群高尚的人。恩格斯曾经评论歌德："歌德有时候是非常伟大的，有时候是渺小的；他有时候是反抗的、嘲笑的、蔑视世界的天才，有时候是谨小慎微的、事事知足的、胸襟狭隘的小市民。"

面对这一切，游寿定然是欲哭无泪。"愤怒出诗人"，她的《伐绿萼梅赋》《山居志序》在这种心情支配下，相继产生。

---

① 台湾"中央"研究院历史语言研究所傅斯年图书馆"史语所档案"。
② 台湾"中央"研究院历史语言研究所傅斯年图书馆"史语所档案"。
③ 台湾"中央"研究院历史语言研究所傅斯年图书馆"史语所档案"。
④ 台湾"中央"研究院历史语言研究所傅斯年图书馆"史语所档案"。

俱往矣，故人旧事

此后，中央研究院在大陆的岁月，已是秋风中的枯叶。秋日里的灿烂已是最后的光景。

回到南京，游寿在恩师胡小石的推荐下，进入中央图书馆任金石部主任。从史语所的图书管理员到中央图书馆任金石部主任，对中国最伟大的女书法家游寿来说，可谓一段奇缘——“书卷气”又添“金石气”。

1947 年，游寿转入中央大学中文系任副教授。新中国成立后，游寿转入南京大学任教，1951 年随丈夫陈幻云调入山东会计专科学校，继而入山东师范学院任副教授。

1951 年 10 月，毛泽东在全国政协一届三次会议上提出，首先要在知识分子中间进行思想改造。1951 年 11 月 30 日，中共中央发出《关于在学校中进行思想改造和组织清理工作的指示》。

1954 年 1 月 15 日，中共中央机关报《人民日报》发表一篇题为“‘学者’——政治阴谋家”的评论文章，文章说：

> 胡适有了这样一个坚实的“后台”，和蒋梦麟、朱家骅、傅斯年等反动分子，结成了一个有势力的学阀集团，通过经济手段控制了中国的学术界。……胡适的学阀集团今天不存在了，但是曾经依靠过这个集团或者为这个集团服务过的人，今天也应该从思想上、政治上彻底清算这个集团的罪恶了。

李庄的那段不堪回首的经历，又成了历次运动中游寿的罪证。尽管她曾经遭到傅斯年为代表的史语所的排斥和挤兑，以致被迫离去；尽管自我交待和检查中她对傅斯年多有怨尤……但她百口莫辩，没有人会相信她、理解她、同情她，反而会认为她在“隐瞒历史，以曲求伸”。

“既以往之迷途，觉今是而昨非。”游寿唯一的选择只能是远离了解这段历史的人——于是，她在 1957 年“反右”结束后，主动请调黑龙江，任教哈尔滨师范学院；再者，她尽量模糊在史语所的时间，完全断绝与“李庄的孑遗”的任何联系，再不愿提及甚至有意隐去在李庄史语所的这段经历。

她隐晦得非常彻底，即使大学时代的同学，也断绝音讯。直到 20 世纪 70 年代，游寿退休后，才开始“池鱼思故渊”。她从塞外给原中央大学的同学沈祖棻寄去诗笺。沈也写下十首《得介眉塞外书，奉寄》，谨选摘两首：

> 断无消息廿年余，绝徼终传一纸书。犹及生前相问讯，翻教老泪失裙裾。
>
> 当年意气已全销，老病偷闲远市朝。话到交亲存殁感，春愁汹涌尚如潮。①

---

① 沈祖棻著，程千帆选编：《沈祖棻创作选集》，北京：人民文学出版社 1985 年版，第 218 页。

晚年的游寿，已能平静坦然地面对李庄往事。她在文章中写道：

在这阶段，我不但参与整个“善斋”青铜器，而且还看到留在箱库中未发表的安阳青铜器。听梁思永先生口述东北昂溪考古工作、细石器文物等，这给我以后离开山东赴东北搞考古工作有很大的启发。在李庄山中，我认识了许多学术界人物，如李济先生，他是在国外学考古的。此外，有梁思永、夏鼐，研究人类学的凌纯声和吴定良，向达则专攻唐史及敦煌学，搞语言研究的有李方桂，董作宾独揽了甲骨。他们各搞一门，但互通消息，有时开个报告会。由于凌先生和向先生是南京学友，有时互相谈谈所学，有时也流露出依人之叹。当时的头头傅斯年却感到秀才难伺候。①

1975 年，她重新抄写前引旧稿《伐绿萼梅赋并序》，在文尾的“跋”中写道：

乙酉冬至初藁，乙卯立冬后十日重抄。右藁流居西川所作。日者，王云自北京归，转夏鼐问讯。又读英人李约瑟之中国科学技术史序论，故人旧事盖已三十年矣。今存者几人？

游寿写得很隐讳。李约瑟在《中国科学技术史序论》中，提到了 20 世纪 40 年代初的李庄之行，提到了史语所和傅斯年……

岁月磨去了很多东西，却留下一段沉重的思念。□ 2007 · 1

① 王立民：《清贫的富者——忆我的老师游寿先生》，《人物》2001 年第 9 期。

通过广告可以发现一个国家的理想

□鞠惠冰

广告，滚蛋？

1979年春，北京市政府以商业和交通的考虑为由，决定将西单“民主墙”迁往月坛公园，原来的地方则变成了“广告墙”。在即将变成“广告墙”的墙壁上有一张大字报这样写道：“为什么要将重要的民主之窗换成这么无聊的商业广告？广告，滚蛋!”

西单的“民主墙”从“民主”“自由”以及“人权”等“重要”的内容变为“无聊”的“商业广告”，这件事本身就是耐人寻味的。1979年，中国政局正处于一个十字路口。在这个时候，是对以“文革”为代表的中国十几年国家政治进行“彻底的清算”，还是立足于经济，进行“给人民更多的实惠”的改革，这显然是不同的政治势力的一个重要的分水岭。西单“民主墙”变为“广告墙”，正是体现出当时中国不同的政治势力较量的结果和今后改革的路向。在变动的社会生活中，广告不知不觉地被当成一种时代的角色，在一定程度上代替了以前的政治标语的功能，成为“开放、改革”的象征物。1979年最初是这样揭开一个新时代的序幕并翻开中国当代广告史的第一页的。

广告的复兴首先面对的是为广告“正名”的问题。尽管广告的恢复在民间和官方都做了一些努力，但由于人们对广告的误解太深，广告在20世纪80年代初仍然步履艰辛，高呼“广告，滚蛋”的大有人在。如1981年，中央电视台播放了“西铁城”手表的电视广告，当时引起不少人的非议，甚至有权威人士指责说：中央电视台为何播放外国手表广告而不播放国产手表广告？这样做岂不是有崇洋媚外之嫌？岂不是长他人之志气，灭自己之威风？有官员要求中央电视台停播这条广告。电视台答曰与外商签订了一年的播放合同，一旦违约就会产生不好的国际影响，有损我国的形象。电视台的辩解是巧妙的，它没有提到经济赔偿而只是强调“国际影响”。因为在某些官员看来，“国际影响”是不得不顾及的。在电视台的据理力争之下，这条广告才坚持播了下去。

广告的命运由此可见一斑。在中国这样一个传统道德偏见颇深的国度，人们习惯于以一种道德眼光去审度一切，包括审度商贾行为。在这种道德眼光中，商贾的叫卖被名之为“王婆卖瓜，自卖自夸”，其言之下褒贬一望便知。由于商业经济的不发达，人们一直混淆商业上的“自我推销”与道德上的“自我炫耀”，认为两者都有悖于传统的“自谦”美德，因而极不可信。常言道：“好酒不怕巷子深。”人们首先假定了事物好坏的自明性，也假定了对这种自明性的普遍认知能力。作家麦天枢这样描述：“我们这个民族是藏匿起来生活的民族。炫耀自己为社会所排斥。公共价值观里的重要一点是包住自己，不张扬。无论是在社区做人，还是在单位办公，社会的所得性和人格性上，都是内敛的。而西方现代商品经济时代则完全相反。只有生活在‘为人所知’的公共时空里，才谈得上获得现代世俗社会的生存地位……这种‘为人所知’的努力是现代所有创造性的先导。它同时是广告业的性质之一。”

由于现代商品的性能、作用与价值对大多数人来说都可能是陌生的，广告作为基本的信息传达手段首先是帮助人们对商品的“知”。其次，广告作为商品生产、销售、消费这一整体运作结构中的结构性机制还有其他特殊的功能，这是日常道德眼光所无法洞察的。复兴之初的广告被普遍的意识形态偏见所禁锢，从1981年开始就有不少“人大”代表提出该不该做广告的问题，每年工商局都要解释并回答这一问题，直到20世纪90年代初这一问题才淡化下来。米兰·昆德拉在小说《不朽》中有这样的描写：“人们在高速公路上丧生，犹如上战场，但是汽车不能禁的，它们是现代人的骄傲；肇事中一定比例是由司机酗酒引起，但是酒不能禁，因为它是法兰西由来已久的光荣；醉酒者中有一定比例是由啤酒引起，但是啤酒也不能禁，否则将违反国际自由贸易的所有协定；在饮用啤酒的人中，有一定比例的人是受到广告的驱使，敌人的阿喀琉斯之踵在此！勇敢的议员决定在这一点上开刀。”很多人就是这样指认广告的社会文化作用，在此逻辑之下，所有的广告都可被视为罪恶之源。长久以来，广告承担了很多不公正的“待遇”，单一的视角、僵化的思维模式不但使对广告的分析脱离了社会文化的整体框架，而且也有悖于广告自身的特质。

在中国当代广告史上，1992年是十分重要的一年。在邓小平南方谈话和“十四大”建立社会主义市场经济等一系列全面开放的政策推动下，广告业彻底松绑。虽然在传统文化心理上，中国人对广告明确的利益企图与告白还有点拒绝，但广告基本上已经突破了关隘，其迅猛的发展态势可以称得上所向披靡。

从无到有，从名不正言不顺到可登大雅之堂，从幼稚到逐步发展成熟，中国现代意义上的广告运作已经走过了20年的历程。伴随着中国的改革开放，广告业从理念到实务都发生了翻天覆地的变化。

空气是由氧气、氮气和广告构成的！

今天，广告已深入、影响和改变着人们的生活，广告在反映社会现象的同时又形成重要的社会现象，并且成为一道全球性的文化景观。在当代所有的社会化制度中，广告是最具影响力的一种，正如丹尼尔·贝尔所言："广告就在我们的文明的门面上打上'烙印'"。它是货物的标记；新生活方式展示新价值观的预告；大众媒介的内容因它而呈现特定的结构；它似乎是建构性别以及身份认同的重要因素；由于影响并刺激了需求，消费经济借助于表面事物而得以存在；在政治运动中，广告也大举发挥指导策略的功能；在有关环境与种族等方面，广告俨然变成了强有力的代言人……甚至，20 世纪被称作"广告代理店和娱乐公园的世纪"。

我们知道，平均每人每年要看上千条广告，或许，每人一生要看几十万条广告。有史以来，广告让人类大同化，"消费者"这个概念适合白人、黑人、黄种人，适合政客、酒徒、律师、演员等所有人，社会各阶层的人们都在看广告。20 世纪 20 年代以来，资本主义经济的主要问题已从生产转向了消费。人们长期以来与自然争夺有限资源的战争开始从有效的生产转变为向最高限度的消费挑战。20 世纪后半期，这一挑战在广告竞技场上展开。当一个人在看广告时，经济的兴衰在此一举；当一个人在看广告时，主要的社会关系就被再生产出来了：到处都可以看到广告在模拟那些亲密的、个人的交流方式。它试图用家庭主妇们面对面交谈的口气对家庭主妇讲话，试图用老板或同事的口吻对干部或秘书讲话，试图像朋友或超我、或内心声音一样，以一种反省的方式对我们每个人讲话。它就这样通过一种真实模拟过程，在人们之间或者人们与产品之间营造出亲近的氛围。而这也是属于广告中被消费的东西，甚至可能是首先被消费的东西。

我们看到，广告这样奉承消费者：你的工作是不是疲惫不堪？你的生活空虚吗？到这儿来吧，我们的饼干、矿泉水让你想起初恋；当你忍无可忍时为什么和老板对着干呢？为什么不试图给你的环境购买新的商品和服务呢？这是你唯一自我更新的途径！不要斗争，因为你失去的不是枷锁而是面包和小汽车。广告的意识形态就是提议用消费解决一切问题：个人的不安全感，对地位的焦虑，对生活空间的焦虑，父母对他们是否有能力满足孩子需要的焦虑……

越来越多的广告正成为一种浩大同谋，成为我们整个社会生产与消费的一部分。据说当年福特公司只管职工 12 小时的工作时间，后来成立了社会部，也就是力劝职工戒烟、戒酒、少玩女人以便多干点活儿。后来资本家突然开了窍，产品既然可以创造，需求当然也可以刺激。资本主义创造的工人生活开始变得温情脉脉，广告部成了福特厂的新社会部。美国则为自己做了最大的广告——"今日有钱今日花"。越来越多的厂家倾心于这种无声的合谋，于是产品的合格证与质量指标统统成了广告中不需要的东西，情调与品牌定位成了广告的全部，广告与产品分离替换成影像。

一位法国的理论家说过，商品物化的最后阶段是形象，商品拜物教的最后形态是将物转化为物的形象。在这种社会文化背景下，人们的消费心理也从商品消费转向形象消费。“如果那些做广告的人不能想象出与众不同的形象，使这种产品区别于其他的商品，那么他们就算是失败了。”于是在广告的创作中，汇集了对形象包装的最高技巧。在形象增生的时代，广告必须能够吸引消费者已经疲惫麻木的感知力，于是艺术的创新以最快的速度被运用于广告创意中，或者说，广告创意成为当代艺术的绝对命令，在这个意义上，阿多诺认为，“广告成了唯一的艺术品”。

1996年，中国广告代表团首次参加戛纳国际广告节，并带去了31件影视广告作品和38件平面广告作品参赛，但这69件广告作品竟无一件获奖，正像中国代表团戏称的那样——“全军覆没在戛纳”。这对首次走出国门的中国广告界无疑是一次沉重的打击。在戛纳广告节的会场里，来自世界各地的广告人率直地表达他们的好恶。那些令人叫绝的好广告总是赢来阵阵由衷的掌声，而我们没有料到的是，当放映中国的电视广告时，全场竟然平静得没有任何声音。这实在太令人难堪，太令人难过了，因为人家根本就没有看懂我们的广告。

满腹委屈的中国广告人不断向戛纳广告节主席罗杰先生提问：不懂得我们的本土文化，评委如何评判我们广告的好坏？评委们读得懂中国唐诗吗？罗杰先生反问了一句：“那些不是你们本土文化的好广告为什么你们都看懂了？”因为广告也是一种艺术。

广告不仅是推销一种产品，而应将其活色生香地放进社会生活网络里，在这个关系网络里找到它说话的位置。位置选对了，共鸣与回应深刻而持久。透过广告，透过形象，透过语言还可以看到社会状况、基本收入、人际关系、社会潮流、经济状态、社会阶层等复杂的社会关系。广告和广告形象不仅仅是在产品与消费者之间沟通，其本身就是一种产品，就在创造和生产价值，它们越来越多地承载了社会文化价值。虽然最终导致的是商业性目的，但广告正是把那些最深层的欲望通过形象引入到消费中去。杰姆逊在《后现代主义与文化理论》中有这样的总结：“某些饮料广告便有这个特色，宣传说你只要喝这种饮料，不仅会有妙龄女郎偎依着你，而且你会感到生活极其美好，充满了浪漫色彩，诸如此类的夸张。这样，直接的欲望和深层的无意识的需求都得到了满足；你可以梦想一个妙龄女郎甚至更进一步，你可以幻想全部生活都发生改观……这些广告正是在悄无声息地告诉你，难道你所渴望的不正是这种乌托邦式的对世界的改造吗？如果是这样，为什么不用我们的产品呢？虽然我们不能许诺任何东西，但这些产品起码含有改变精神状态的成分。”

天使还是恶魔?

从广告普遍的渗透性所掀起的阵阵消费浪潮中，人们看到了经济的发展，也领受到了广告对政治、文化、生态乃至对人的灵魂的冲击。在《智者之书》中，德克特罗如此评价电视商业广告的影响："人人都在利用广告。它就是今天的学校。"的确如此，环顾世界，消费者发现要将广告的虚幻世界同日常生活的现实分离开来实在是太困难了。广告所产生的直接或间接、正面或负面的影响，已日益引起人们的关注。

最抬举广告的，恐怕要算美国总统了。富兰克林·罗斯福总统就对广告倍加褒扬。罗斯福是美国任期最长，且在任期中对希特勒宣战、决定对广岛扔原子弹的传奇人物。他说："如果我能重新生活，任我选择职业，我想我会进广告界。若不是有广告来传播高水平的知识，过去半个世纪各阶层人民现代文明水平的普遍提高是不可能的。"这段话以后被概括为"不做总统，就做广告人"而流传甚广。

温斯顿·丘吉尔有和罗斯福同样的观点："广告培育了人的消费力。它为争取有一个美满的家庭、为自己和为全家争取有更好一点的衣着、更好一点的饮食立下了目标，它激发了个人的努力，也刺激了生产。"

与此相对，认为广告应该予以废止的也大有人在。英国工党左派领袖安奈林·比万说："广告是罪恶的勾当。"著名历史学家阿诺德·汤因比说："想不出在什么情况下广告能不是邪恶的了。""我们西方文明的命运将取决于我们和麦迪逊大道①所代表的一切作斗争的结果。"

针对这些把广告贬得一无是处的观点，直接予以答辩的是曾被法国《扩张》杂志评选为11位工业革命以来有杰出贡献的人物之一（其他10位是：爱迪生、爱因斯坦、凯恩斯、克鲁伯、列宁、马克思、巴斯德、罗特希尔德、亚当·斯密、老汤姆华生）、并被誉为"现代广告教皇"的广告大师大卫·奥格威。大卫·奥格威表白：

> 在写牙膏广告时，我们并不认为自己是在做颠覆性工作，如果我们做得很好，小孩子就不用那么常去看牙医了。
>
> 在我为波多黎各写广告时，我并不觉得有罪恶感。这些广告吸引了一些产业和观光客，到一个濒临饥饿边缘达四百年之久的国家。
>
> 在我为世界野生动物基金会写广告后，我也不认为自己很无聊。
>
> 在我写一个找回我家小狗泰迪的广告后，我家的小孩对我感激不已。
>
> 并非没有人会认为印刷厂是邪恶的，因为他们经常印黄色作品。他们也印

① 麦迪逊大道：美国的广告业中心。

圣经，广告只有它替邪恶的东西做广告时，才是邪恶的。在广告界，我没有认识一个愿意替妓女做广告，同时有些人拒绝做酒类、香烟的广告。

左派的经济学家一直热衷于拯救受上天谴责的人，他们认为，广告诱使人们乱花钱买些他们不需要的东西。是哪个杰出人才来决定你的需要是什么？你需要一台洗碗机吗？你需要防臭剂？你需要到罗马旅行？我对说服你需要这些东西，并不感到良心不安。这些信仰卡尔文主义的大人物似乎不了解的是，不管你需不需要这项产品，购买东西是人生较无害的乐趣之一。记得第一次买车时那种飘飘欲仙的陶醉感？大多数人喜欢浏览广告，不管是廉价品或高级品的广告。我看乡村别墅的广告看了四十年，终于存够了钱去买一栋。

没有人知道，看报纸上广告的人，要比看新闻的人多。在1963年，纽约所有的报纸罢工了几个星期，调查研究显示出，读者最怀念的就是广告。

大卫·奥格威的“自白”以一个广告人的直接经验和体会生动地指出了广告存在的合理性和必要性。他所关注的其实是以最基本的广告与消费者为基础的诸多关系，在这样一个开放和变动的结构中，一方面，从广告讯息的发送方来看，由于广告主、广告产品、目标定位等都有所不同，再加之广告操作技巧和表现策略的差异，因此，每一条具体的广告所蕴含的商品信息和文化信息都是有“个性”的；另一方面，从消费者，即广告信息的接受方来看，存在着由不同国家、不同地域、不同阶层、不同年龄、不同职业等所构成的不同的消费者，尤其是不同的消费者心理，因此，即使是相同的一条广告，消费者的反应也是不一样的。另外，这样一个开放变动的结构又因其处于更加宏观的国家、社会、政治、经济与文化的上层建筑的结构中而愈显出复杂性。所以，广告与消费者的结构关系只是一个发散点，由于视角的不同，它扩展为不同的关系结构：广告与商品价格的关系如何？是抬高了商品价格还是降低了商品价格？广告与消费者需求的关系如何？是否存在着真实需要与虚假需要的区别？广告是反映了消费者的真实需求还是凭空创造了虚假的需求？广告与文化及权力的关系如何？是否如葛兰西所说是一种“文化霸权”？广告有无价值？它提供了什么样的价值……

广告业或许夸大其词、文过饰非、妄许诺言，但这无损于它对社会的影响力和冲击力。正如美国历史学家大卫·波特所说：“现代广告的社会影响力可以与具有悠久传统的教会和学校相匹敌。广告主宰着宣传工具，它在公众标准形成中起着巨大的作用。”广告巨大的贡献就在于它使人们沉浸在一个无止境的新产品潮流之中，而在这一过程中，又促成了大众行为与欲望——形成了消费经济的生力军。

从世界范围看，在20世纪最初20年中，正是广告使得照相机、自行车、电动剃须刀这些产品的销量保持着非凡的增长势力。在以后的岁月中，它越来越普遍地渗透进人们的日常生活，影响着人们购买怎样的产品和时装流行款式，甚至影响个人的生活方式。广告向从未进入博物馆的人介绍最新潮艺术风格和流派。广告甚至还改变了人们生活中最细微的环节，如促使人们形成喝速溶咖啡、刷牙、洗澡和使用除臭剂等生活习惯。

广告也不再忽视一些严肃的社会问题，它为人们提供了全球范围内的辩论议题，如环境问题、酒的泛滥问题、吸烟以及随后的艾滋病问题等，许多广告公司还通过政治宣传活动、公益广告和体育赛事的赞助而支持并帮助某一社区党派的活动。随着与社区服务的结合，广告继续提供有关健康医疗、教育和金融等方面的有用信息。

今天，广告比以往有了更多的方式，广告出现在报纸、杂志上，出现在电视、收音机的商业宣传中，出现在广告牌、包装袋上，也出现在T恤衫和商店的购物袋上……广告开始无处不在，它的天职似乎就是创造精彩的形象来填充我们日益空虚与单调的生活。广告业在这一进程中充当了多种角色——作为销售商、品位制作人、教育家、流行文化创造者以及历史学家——多方面、多层次地影响和塑造着人们的日常生活。或许商业信息有时是扰人的，但是我们不妨从另一个方面去着想，如果世界上没有了广告，我们就只能买到有限的商品，享受有限的服务和娱乐。而且也不难想见，世上也就不会有一个做着清晰的梦的国家。所以，不妨想一想大卫·奥格威的话："广告不应予以废止。但是它必须经过改造。"⧉ 2002·2

节日变形记

□耿占春

每年到了某个日子，就会有一两个旧友打个电话，没有别的事情也没有多余的意思，就是提醒今天这个日子。或许它只是一个纪念，一个温和的抗议形式，一个失败者的记忆，却是人们之间沉默的交流。尽管电话中沉默的内容是难以诉说的，但电话交流本身所传达的是彼此的信任和对未来的信任。有时候，我们相信这个日子所纪念的事件是未来的事件，而不仅是一个过去的事件，这个事件有一个未来时。打电话的人着眼于将会发生的事情。被纪念的日子只是未来的一个雏形，这个事件的真正意义也许还会重演。然而随着时世变迁，这个日子似乎在成为过去。还会有电话，这个电话仅仅表达了他这样的信赖：他知道这个日子的记忆和经验能够与我分享。一年中的其他日子已经完全私人化了，每个人都在忙自己的事情，但这个日子可以与某个人分享，从而分享希望、愤怒、悲哀。这个日子具有我们之间的共享性，但后来它只是证明我们的记忆。有些日子常常是历史谎言的忌日。如果能够从日历上撕掉这一页，也许早就这么做了。它像是一个对谁都不光彩的伤疤，在时间中赤裸裸的，产生着历史的荒凉，令一些人悲愤，一些人难堪，更多的情况下是无可奈何。

然而这些日子所纪念的公共事件正在淡化，就像这个社会的基本道德那样正在淡化。在许多层面和许多事情上，道德或道义对社会生活进程的干预能力在减弱，它只是在诸如救助失学儿童的个别案例中显示一息尚存的道德良知。许多情况下这些日子的记忆被有意无意地抹去，或者被其他叙述所歪曲，在社会层面上没有获得它的出生证，就像公共社会里的一个没有被认可的异己者。但对社会历史来说，它仍然是一个值得记住的日子，不论我们现在过得如何，这些日子或提醒我们没有实现的梦想，或提醒我们曾经的失败和屈辱以及它小心地被遮掩起来的状况。也许我们现在的每一天，都是这个节日的变形，都有它的影子，正因为这一天还没有成为纪念日。

许多年流逝之后，我们如此的生活已经抹去了这些日子的清晰的意义，我们具有同谋的生活，我们的无能为力和无可奈何的处世策略，我们因此所分享的利益已经耗尽了它的道德内涵。假使获得了出生证，它所能够产生的意义也不会是道德力量方面的了。我们如此的生活已经使这些个日子产生某种空洞，其最终成为一个纪念日只是填充了另外一个空洞。连相互打电话这样简捷的纪念仪式也无法保持我们与它的道德维系。事实上，随着流光的冲刷，这个日期已经不用那么惧怕了。其中的道德热情和道义蕴藉早已开始消散蒸发。也许只有到这个日期彻底空洞化时，它才能获得一个道德苍白的节日面孔。我们的历史就这样产生了它的节日，而这些节日的变形记就这样重新塑造了历史。

每年似乎都有许多貌似公共的纪念日，翻开日历可以看见许多以红字标记的日子。除了农历的节气之外，一个民族有远远近近的那些值得纪念的日子。有吉日良辰与凶日险时，以赫西俄德的话说，有些日子就像亲娘，有些日子如同继母。这些纪念日与历史的某些特别时刻、事件和特殊人物有关，比如某些英雄或领袖的诞辰和忌日，这些日子更与群体的命运有关，这些被清晰标记的日子是苦难日、耻辱日，也有胜利日和尊严恢复的日子。纪念日是对它所纪念的事件的仪式化的重演。它是一个民族历史情节剧中的转折点。然而，如果一个民族能够拥有这样的日历仍然是一种幸运。事实上人们会发现他们手中的日历是异己的，那些红色符号标记的纪念日与他们这个群体的悲哀与欢乐并非完全有关，他们的屈辱与尊严都没有达到纪念日的“历史高度”。

许多日子标记着权力阶级的光荣，统治者们把自己的传记变成一个民族的历史书写，把自己的传记记忆变成一个国家的集体记忆。在这样的记忆中，即使那些记录它们所遭遇苦难的日子也已经转化为荣耀，转换为权力合法性的注释。就像《天方夜谭》中水手辛巴达所讲述的全部历险和他所经受的全部磨难，都转变为他巨大财富的神圣合法性的论证。辛巴达的宫殿灯火通明，他邀请了全城的贵族在品尝美酒的同时听他讲述他的历险故事，既非出于好客亦非出于娱乐，而是为他的权力与财富举行神圣的典礼，为此他特别邀请了一个下人、一个贫穷的挑夫来充当听众，并且每天给他一百金币，以消除下人对他财富与权力的怨恨，并且更重要的是要把这个下人变成他的传奇故事的底层传播者，变成权力的信徒。权力者以盛大的庆典、排场的仪式来纪念历史上的某一天，其奢侈程度当然要配得上其光荣的牺牲和权力谱系的辉煌。并要全体民众充当这个庆祝仪式的旁观者，甚至希望唤起他们热情的参与者的幻觉。就像希望唤起这些无权者分享权力的幻觉以满足意识形态的需要。

纪念日重复地排列在每一年的日历上，历史上这些日子被置于同时性的序列之中。无论数十年还是数百年甚至千年前的日子，人们每年都要重新经历一次；无论是苦难、屈辱还是尊严荣耀，我们每年都要重新经历它，重新体验和感受它；无论是失败还是英雄业绩，人们在每年一度的庆典日或纪念日，以仪式的方式再次经验它。这是人类历史的构成方式，也是人类价值的维护。纪念日或庆典日既是对过去的追忆，也是对现在与历史渊源的再次确认。这是人类的伟大创造，除了讲故事之外，纪念日和庆典日是叙述人类历史的戏剧化的方式。在某种意义上，节日本身就是一个伟大的戏剧，一种仪式化的戏剧。就像真正的戏剧那样，带有准宗教的民众仪式的性质。在纪念日和庆典日这幕公民戏剧中，使得他的同胞再次共同经历他们历史中的关键时刻和重要事件，再次共同经历苦难、尊严、屈辱，再次感受他们的共同的源泉，共同的经验与记忆，再次唤醒共同体的感受。纪念日创造和维护了共同体，创造了经验的分享——无论他们在现实中是多么的不平等，在纪念日的意义上，比之他们共同经历的苦难、共同的耻辱和共同的奋争，比之伟大的胜利尤其民族尊严的恢复，现今一切利益上的不平等、鸡毛蒜皮的分配不公以及他们的社会等级差异显得多么微不足道——纪念日具有巨大的政治功能，纪念日与庆典日所具有的节日庆祝意味，以及节日的狂欢性弥合了分歧与冲突，创造了伟大的经验共同体，创造了社会团结。纪念日或庆典日是政治仪式和民间集会狂欢的结合部。因此，纪念日和庆典日不仅是对一个民族的历史的叙述、重演，还具有极为现实的社会功能。它的节日氛围使人人平等地分享欢乐，分享共同的经验与记忆，这和利益个人化的社会日常现实形成了多么巨大的反差。没有统治者不懂得利用这些纪念日的政治意义，以弥补权力合法性之不足，也可以弥补社会生活意义之匮乏。节日或庆典本身还具有显示富强、富足之特征。纪念日是一个叙述，也是一个演示，而且意义资源丰富。

没有节日就没有时间，没有纪念日和庆典日就没有一个民族的历史，然而不同的纪念日或庆典日形成了不同的历史叙述。它们演示了不同的历史场景。或者说它们显现了不同的历史经验与历史记忆。

任何这类庆典仪式上不可缺少人民，如果没有人民群众，盛大节日的快乐气氛就会荡然无存。然而人民有时会从热情的参与者变成冷漠的旁观角色。我们常常看到的是，胜利者打败了先前的统治者，然而它继承了前任统治者的全部统治遗产。胜利的始终都是权力阶级。而这些节日庆典只是被统治阶级向统治阶级移情的仪式，并且最终要求他们用“历史记忆”取代或者抹去他们的自传记忆。

由于权力的禁忌，不只是某个特殊纪念日没有给予出生证，不只是这个日子所象征的贡献牺牲与磨难没有进入历史记忆，没有成为合法的精神遗产，长达多年的战争苦难和长达数十年的悲惨生活也没有形成合法的和公开的集体记忆。从我们孩提时代起，在纪念抗日战争结束的周年纪念仪式中，我们看到的曾经只是唱歌跳舞，是歌舞升平的晚会，只庆祝自己的“胜利”，只讲述与政权的光辉历史有关的个别“战斗”，甚至以小人书、小说、电影、电视剧叙述那些人人耳熟能详的业绩。结果我们以前所看到的抗日战争的文化记忆就是快乐的“地道战”“地雷战”和“铁道游击队”等，人民过节一般地就打败了日本侵略军。这些几乎带有喜剧性的文学艺术的战争叙事渗透了意识形态的编撰与想象，可是如此形成的战争记忆不仅抹去了日本侵略者的凶残野蛮，也抹去了下一代人对前代人在战争中所饱受的苦难与凌辱的记忆。日本侵略者的凶残行径和人民所遭受的悲惨蹂躏都被这样的纪念和叙述所掩饰了，更不用说进行必要的历史反思。权力的历史叙事不是为了真实的民族记忆，而是为了明显的意识形态功能，作为虚假意识意义上的意识形态，不可能建立在求真的历史记忆和集体经验上，意识形态是实施遗忘的方式。然而在它这样做的时候，对民族记忆实施有组织的遗忘之时，道德的根基也就被瓦解了。这难道不是侵略者不道歉的一个隐秘原因？

权力的叙事不是为了叙述历史，不是为了保持一个民族的真实的集体记忆和集体经验，相反，真实的集体记忆和经验对权力的自我保持是一种相反的力量。权力叙述是宣传而不是叙述历史，其本身具有非历史性和非经验性。许多本该被一个社会或一个民族记忆的尊严、苦难与耻辱，却由于意识形态的忌讳等原因进入了遗忘。那些构成一个社会的集体记忆和集体经验的事件与日子，被某些禁忌所避讳，最终没有能够成为人们的记忆与经验。它们被这个社会中的少数人，通常是边缘化的人所保持，成为他们的异端思想的一个来源。幸好，对战争还有民间记忆，民间的老人们在意识形态的战争叙事之外从没有停止过对他们所亲历事件的讲述，无论他们怎样接受了意识形态的教化，他们的苦难记忆就像他们身上的伤痕一样不易消失。但是他们没有合法的纪念方式，没有可以自由传播的叙事形式，更没有盛大的庆典仪式。所幸我们已经开始看到了问题的改善，在一代亲历事件的人行将远逝之时，民族记忆得到某些尊重，时至今日更加求真的历史叙述已经不是追认失败者的权力合法性的问题，而是涉及一个民族的道德基础的恢复。

如果一个社会失去了可以共享的节日，那就是说他们之间已经失去了共同的历史，共同的记忆和共享的经验。尽管有这些相对于接近真实历史的社会记忆，历史重构的实践仍然是可能的，这种历史重构可以在主要方面从社会群体的记忆获得指导性动力，也可以显著地塑造他们的记忆。征服者和胜利者会以各种各样的手段重新组织人们的记忆，当一个民族剥夺另一个（弱小）民族的民族意识时，当一个以暴力取得政权的集团要取得其权力合法性时，它也会使用“有组织忘却”的方法。极端的情况是，“当国家机器被系统地用来剥夺其公民的记忆时，——所有极权主义都有这样的行为方式；极权统治剥夺臣民的记忆之日，便是他们受精神奴役之时。在极权统治下，可怕的不仅在于侵犯人的尊严，而且还在于这样的恐惧：可能再也不会有人真实地见证过去。奥威尔召唤一种形式的政府，其敏锐性尤其在于对此集体健忘状态的领悟——市民反对国家权力的斗争，是他们的记忆反抗强迫性忘记的斗争；他们一开始就制定了目标，不仅要拯救他们自己，还要活下来为后代做见证人，要成为无情的记录者：索尔仁尼琴和维塞尔的名字一定代表了很多人。在这样的环境下，他们站在对立面写历史，不是唯一的关于历史重构的纪实实践；但是恰恰因为如此，它保存了其声音本可能会被忘记的那些社会群体的记忆”。

当代优秀的作家宁肯在他的小说《沉默之门》中以寓言化的形式见证了“有组织忘却”的另外一种创造：“记忆删除”方式和“集体电疗”。他在小说中写道：“按此原理，所谓精神治疗某种意义就是对过往记忆的删除。电疗无疑是最干净彻底的方法，大量脑细胞死亡的同时也是记忆的死亡。不过事情并非如此简单——因为事实上记忆是删除不掉的。倘若真的删除了那只能说是事故。事实是删除的不是记忆，而是记忆中的情感与声音，这有点类似通常海边渔民的风干工作，也就是说电击之后，你的记忆还在，但水分全失。因为删除了记忆中的情感与声音人们以为就删除了记忆，不是这样。你仍可以回忆过去，但似乎与自己无关，或者像另一个人的记忆。”你亲历的经验和记忆难以删除，但是能够删除其记忆与经验中的“情感与声音”，将其“水分”进行“风干”。宁肯所叙述的这家精神病医院具有广泛的社会性，而其风干记忆的电疗，也就是意识形态删除记忆中的情感与声音的功能：“电疗当然不是一项惩罚措施，其科学性不容置疑，任何患者经过电疗处理之后都会安安静静，整齐划一。”赶上节假日、重要会议或上级主管检查工作，病院立即“上上下下行动起来，大扫除，检查安全隐患，防火防盗，同样一次集体电疗是免不了的。如同大扫除之后病院上下整洁井然有序，病房也会安静许多天”。当然，即使他们高声念着整齐划一的固定搭配的语言，他们也已经进入了“沉默之门”。

弗洛伊德从一开始就表明，为了阻止重复，只有抽象的（毫无情感的）回忆是不够的，构成一般的概念，甚至再现被压抑事件的全部特殊性，也是不够的，为了在认识与抵制之间，在再现与障碍之间建立活的联系，有必要在记忆所在的地方寻求记忆，直接置身于过去。因此，我们不能仅仅通过简单记忆而痊愈，正如我们不仅仅由于失忆而患病一样。正如德勒兹所说：这里，如在别处一样，恢复意识并不重要。促使痊愈发生——或不发生——的更具表演性和戏剧性的运作有一个名称：转换。转换仍然是重复，主要是重复。如果重复使我们患病，它也使我们痊愈；如果重复束缚我们、毁灭我们，它也解放我们。在这两种情况下，它的“魔鬼”力量得到了检验。一切治疗都是驶向重复之海底的旅行。在这个意义上，重复自身构成了我们的疾病与健康、我们的丧失与得救的选择性游戏。

刘易斯·科塞引用匈牙利作家捷尔吉·康拉德说，后者的三句意味深长的话概括了当代东欧知识分子所面临的困境、痛苦和磨难：“今天，只有持不同政见者还保持着连续的情感。其他人则必须将记忆抹掉；他们不允许自己保持记忆——许多人热衷于失去记忆。”然而我怀疑，在今天，东欧的持不同政见者如做了总统的哈维尔或者荣归故里并据说做起传播公司的索尔仁尼琴是否还能够保持“连续的情感”或自我认知的连续性？那些被迫抹去记忆的人也许还有救，现在更难以恢复的是我们热衷于失去记忆，为了不再遭受记忆的打扰，为了不让自己陷于精神分裂，我们让自己不再注目于那些让人感受到耻辱和羞愧的经验，是啊，如果一个人总是瞩目于那些让良知（良知！在计算机的大量词库里竟然没有这个词。每次你都要重新把它组织起来，然后它又消失了。这台机器对良知这个词的记忆是多么短暂!）感到战栗不安的脆弱的和消失的生命，他将从哪里获得勇气继续生存？

然而社会的未来不是一个空洞的概念，历史也不是一个纯粹被神秘的力量所支配的玩偶。我们自身就是时间的容器，我们身上就储藏着这个未来。一代人会把遗忘、沉默和冷漠传递给以后的人们，也能够在自我认知的困难行为中使记忆和话语康复。如果我们一直生活在一个悲哀的节日的变形记里，我们有什么理由期望未来？ 2007·4

给你一顶小丑帽

□刘心武

逛蛇年春节庙会，看到很多摊档在售卖小丑帽，有用闪光纸制作的，顶端下沿都有彩色穗子的尖顶高帽；有用呢绒缝制的，不但帽筒很高，而且样式极为滑稽，或顶端呈章鱼触须状，或呈蹄类动物的弯角状。尖顶高帽，在中国不说是古已有之，也出现得够久的了，鲁迅笔下的跳无常（他不但用文字描写还亲自绘图），就是一个例子。彩色呢绒拼镶的小丑帽，则似乎是从西洋传来的，举凡西洋古典绘画、戏剧，以及表现其古典生活的影视里都常常出现。

庙会上的小丑帽销得很好。我就亲眼看到种种买帽子、戴帽子的景象：有的还没付款就迫不及待地往自己脑袋上扣，有的则买下像献花一样戴到同游伴侣头上，有的买来戴上后就一直那样游逛到底，出了庙会还戴着在大街上走，甚至戴着乘地铁……

我注意观察，兴致勃勃地买小丑帽、戴小丑帽的，几乎全是年轻人。

我这个年纪上下的人，对小丑帽，恐怕都会有特殊的记忆，那就是在“文化大革命”里，特别是在“红卫兵”大破“四旧”，掀起揪斗“牛鬼蛇神”的“红色恐怖”浪潮时，凡被揪出批斗的“一小撮”（其实往往一大串、一满台），就会被戴上高帽子批斗兼游街。开始多半是纸糊的，比较粗糙，后来朝精致化发展，有用钢铁焊成的，有的在帽檐挂满两边利刃的刮胡子刀片，那高帽子不仅把被批斗者丑化为“狗屎堆”，也兼有刑具的功能。在那样的岁月里，我最害怕的，就是被揪出来，扣上一顶小丑帽。我记得在那一年盛夏，一位年长的教师被揪斗，他头上被扣上的是一顶用木棍、手帕合成的西洋式小丑帽，批斗他的“小将”确实很能“洋为中用”，但那顶小丑帽下因尊严扫地而痛苦不堪的、扭曲的脸，很多年来都牢牢粘在我心膜上，无法淡化。

改革开放以后，有机会看到意大利电影导演费里尼拍摄的影片《8 又 1/2》，里面主人公的噩梦场面，也是被戴上尖顶帽，在宗教审判的场所示众，令我好奇的是，那尖顶帽倒并非欧洲宫廷弄臣的那种形状，而与鲁迅笔下的跳无常帽子相近，也就是电影《闪闪的红星》里，潘冬子用绳索套着胡汉三脖子游垅时，扣在胡汉三头上的那种高帽。这是费里尼善于“中为洋用”，还是中西胜利者在对待“非我族类”时有着不约而同的时尚？我期待着有关学者、专家出来解谜。

如今庙会上制卖小丑帽的商家，他们当然不会强迫任何人去戴那小丑帽，他们会努力推销，推销的说辞手段，都立足于让消费者自愿觉得戴那帽子是桩有趣的事。庙会上买小丑帽戴小丑帽的年轻人、小孩子，不消说一定是出于自愿，一定是觉得有趣。有的，看那戴着小丑帽招摇过市的模样，简直是洋洋得意，那小丑帽竟成了他们内心幸福快乐的外在象征。

同样的一顶小丑帽，在特定情境下，当它是别人用暴力强迫你戴上时，便是屈辱，便是灾难，甚至会令你痛不欲生。而在另外的情境下，当那是你自愿选择戴上时，便是幽默，便是奇趣，甚至会使你心花怒放。

前不久，一家网站把演艺界一些明星评为了“十大丑星”，其实那些在网上投票的网民，无非是通过这种方式，抒发一下对已属于“公众人物”的诸明星们的揶揄罢了。有的被评为“丑星”的演艺圈人士就总没想清楚，众人仰望的“星”，其实并非“万民之神”，而是“大众玩偶”。比如一个儿童得到一个洋娃娃，开始他或她会搂着抱着，给换漂亮衣服，让其陪自己睡觉，但时间长了，他或她就会摔洋娃娃，甚至挖眼拆腿，劈成两半，要看看它肚子里究竟有些什么东西。这从头到尾的行为，都是“玩”，而洋娃娃的遭遇，也便是它作为玩偶的宿命。

如今也有把是否被糟改作为自己是否真成了明星的试金石的，听说被报纸娱乐版开了涮，也就是有人制作了小丑帽请其“入帽”，竟高兴极了，我认识一位演艺圈的人士，有一天就拿着那样一份报纸来向我展示，笑眯了，笑麻了，笑酥了，笑泥了，仿佛中了六合彩的特等奖，那原因很简单，如果那报纸不把其当成明星，怎么能不吝宝贵篇幅，在糟改其他明星时把该人捎带上，以取悦读者、增加发行量、吸引更多广告客户？

如今更有“自作自受”小丑帽，以图把自己加冕为名人的，方式多种多样，但其中不可不用的配方则是拿真正的大名人来陪衬，比如，无妨把自己与辜鸿铭、钱锺书、张爱玲、余秋雨等并列为“中国文化界百年来十个最讨人嫌的人物”；但这样做的效果究竟如何呢？至今真因此被俗众记住，果然也成为“大众玩偶”者，似尚无一例——人们或许能记住那“十讨嫌”事件，却绝对记不得制帽者本身的名字。这倒也反过来说明了世道与人性的残酷一面。

如今我们都置身在不会有人以暴力手段真把高帽子扣到你头上的现实情境里，就算有人非要给你制作一顶语言构成的小丑帽，甚至那真是专门为你制作的，并加以展览、宣谕，只要你不主动去认戴，毕竟他也还是不奈你何。当然，有时候，针对你的小丑帽，或者其他什么丑怪的东西，并非恶意，倒是出于幽默，或不过是开个低级玩笑罢了，你大可不必认真应对。但也应该提醒小丑帽及其他丑怪物的制作者，即使并无恶意，也别强加于人，且要防止引发副作用。报载，2001 年蛇年春节，天津一位女婿到丈母娘家拜年，他头戴“爆炸发”（一种火红的冲天型假发，应比一般小丑帽更丑怪），鼻架化装舞会上所戴的蓝色卡通眼镜，敲开门后，开门的丈母娘在昏暗的楼道背景下猛瞅见那么个魑魅对着自己龇牙怪笑，顿时晕菜，险些因心脏病急性发作而魂归离恨天。这当然是那位去拜年的女婿始料未及的。

由此想到我们当下的文化批评。小丑帽式的批评，也是颇为时兴的一种，尤其在“文化庙会”的空间里，很畅销。应该有这样一种批评存在。“文化庙会”与“文化小丑帽”的存在令我们感受到多元并存下的轻松、谐趣、嬉戏、欢快、不必总有深度、不必总那么较真……像美国的“文化庙会”就很发达，除了评“十佳”，一定还要评“十差”，不是只有奥斯卡金像奖，还有金酸莓奖专门糟改某些影片影人，可以说是“小丑帽子满天飞”，但即使被人准备了小丑帽，那影片也很可能仍有票房，那影人也可能仍在持续走红。“金酸莓”奖还真的准备了些草莓形状的奖座，但评奖者不会强迫获奖者去认领，也不会强行把那奖座送到人家家里，因此就不会发生类似天津女婿把丈母娘吓个半死那样的事件。

话说回来，倘若整个的文化批评，特别是文学批评，全都“庙会化”了，全成了“小丑帽子满天飞”了，那也不是好局面。摆脱了“文革”的高帽子噩梦，学到了“庙会式”小丑帽的幽默，我们应该把自己的文化空间调理得更加生态平衡、葳蕤多姿。

2001年1月30日地坛庙会归来。▣ 2001・2

做一只猪为什么这样难

□殷国明

接触到玉猪是若干年前的事了。那是被考古界定名为“红山文化”遗址中出土最多、也最为典型的一件玉器，其耳朵肥大，眼睛圆圆，加上扇形眼眶和突出的吻部，真是十分惹人喜爱。

但是，我始终感到纳闷的是，尽管学者在考证中发现，属于5 000多年前的红山文化，确实有着养猪、依赖猪、感激猪甚至崇拜猪的习俗，但是还是不承认这是只玉猪，而是给予它一个美称——“玉猪龙”。尽管这样一来，猪升华为了一种龙的意象，似乎猪假龙威。玉猪的文化意义和地位也获得了空前提升，有了更显赫的文化价值和诠释的空间。但是结果却不仅混淆了不同文化之间的原生状态和特点，而且其到底是猪还是龙也成了一个问题。

猪就是猪嘛，其本身有自己独特的意味和特点，为什么一定要和龙搭上界呢？其实，活在5 000多年前的、属于新石器时代文化的红山人，不仅不会把猪当作龙，也不会把自己雕刻的玉猪称为玉猪龙，更不会认同如今学者们从自己的文化想象出发津津乐道的所谓“玉猪龙”的文化意义。

那么，又是何时猪失去了自己独立的文化身份，攀龙附凤，与龙有了瓜葛了呢？于是，从玉猪到玉猪龙，不仅意味着华夏文明的一种漫长的历史文化整合过程，而且体现了人类文化发展在某一个历史阶段的共同特征。可以想见，玉猪龙这个名称的出现，凝结着后人们的一种文化想象——体现了一种正统的“龙文化”对于史前文化的一种重新归类、编码和虚构过程，由此构建了中国现存的、被人们普遍认同的文化意象传统。可以想象，至少在周代之前，华夏文明还依然呈现出一种多种文化图腾和意象纷呈的局面，还没有形成统一的龙图腾崇拜的意象，在不同诸侯、部族甚至氏族的旗帜和礼器上，还堂而皇之地飘扬或镌刻着自己的图腾意象，是猪的就是猪，是熊的就是熊，是狗的就是狗，但是随着文化交流和整合范围的扩大，这种情况逐渐改变了。很多诸侯、部族甚至氏族或主动、自动或被迫，放弃或改变自己的图腾崇拜，攀龙附凤，依附或融合于一种更为强势的文化系统之中。这种情景不仅发生在东方，也同样发生在西方。最典型的莫过于基督教的出现，竟然使精妙绝伦的万神殿成为一片废墟，里面各种各样异教的图腾神像遭到毁坏。

显然，这种情景已经引起了历史学界的关注。李学勤在2006年6月的一次题为“最新考古发现对古代研究的影响”演讲中，就特意提到了中华文明“多线条起源”的问题，指出最近中国考古学的最新发现对古代研究有着深刻影响，国内不同地区的最新考古成果，证明了中国文明的形成和发展历程是多元的，也是多线的。这不仅说明灿烂辉煌的中国古代文明是各地区、各民族共同缔造的，而且意味着长期以来人们认为的中国历史文化单元、单线的观点到了应该发生根本改变的时候了。这是因为他对于中华文明追索得越远越深，就会越发感到以往的历史观念的局限性和褊狭性；就会越发意识到，要想真正回到历史的原生态，领略、理解和诠释中华文明的丰富内涵，就必须冲破和超越这种思维观念上的局限和褊狭性，从而进入一个新的历史视域。①

还好，中国还留存着呈现那个百兽竞技、万神起舞时代的无数精美的青铜器，遗憾的是，由于历史资料的缺失（很多都是被后人作为异端给销毁和删除了）和既定的思维方式的限制（“攀龙附凤”不仅体现在日常生活中，而且渗透到了历史研究、文化考古和艺术欣赏之中），人们对于它们的解读和理解显得非常浅薄，甚至牵强附会。例如，在关于龙意象的起源和命名中，这种既定的思维方式就表现得非常普遍，人们总是喜欢以“求同”理念来代替甚至掩盖其中不同的文化特色和元素，用所谓“龙”来强化或拔高其文化价值。这一点，我们从1973年在内蒙古翁牛特旗三星他拉村出土的一件玉器的命名中就能领悟到，所谓“华夏第一玉龙”实际上只是体现了一种既定的文化想象而已。与此同时，一旦面对一些无法产生此种联想的精美绝伦的历史遗产之时，学界就几乎难免面临“失语”的窘境，例如“三星堆”出土的大量青铜器，就对于中国现存的传统历史观念提出了挑战。

“玉猪”的命运，也难免遭受同样的坎坷。其实，这种情景在中国文化中并不少见。例如，在对于贵州苗族地区的龙崇拜现象的研究中，就呈现出了同样的情景。人们在当地发现，贵州苗家的龙崇拜现象不仅源远流长，而且与中原汉族传统相比有所不同，其中最明显的是龙意象的泛化现象，几乎各种动物都可以被称为龙，例如力气大的象龙，辟邪的蜈蚣龙，吐丝的蚕龙，还有牛龙、猪龙、鸡头龙等等②。由此我们不难发现，这种动物图腾崇拜中与龙联姻的现象相当普遍，它们一方面为地域文化的存在保存了基因，另一方面也丰富了正统和主体文化的内涵。显然，学者们津津乐道的“胡氏贵州龙”（为纪念其发现者被胡承志先生而命名）的古生物，生活在远古三叠纪，绝灭于7 000多万年前，比侏罗纪的恐龙还要早，恐

① 文本详见2006年9月的《解放日报》。

② 这种现象是否和民间传说中的“龙性好淫”有关，还有待研究。据说龙好淫，可与天下万物交，与猪交则生象，与牛交则生麟，与马交则生龙马，与人交则生龙子龙孙，比如传说尧帝就是人与龙交所生。这种说法在现今贵州少数民族中还相当流行。

怕与后来华夏大地出现的龙崇拜毫无关系。所以，尽管贵州龙化石的发现极大丰富了我们对生物进化的认识，激发了我们对龙意象产生的想象，但是却依然无法断定这些动物到底与龙有什么实际联系。

值得思索的是，从地理上看，红山文化遗址（也就是玉猪的出土地）与贵州苗族地区相距甚远，而且形成了在物质文化遗产与非物质文化遗产的相互印证，在文化心理和思维方式方面有着惊人的一致。但是，为什么会发生这种一致？在这种一致中又隐藏着什么样的文化秘密？其在中国文化甚至人类文化的生存与发展中起着什么作用？这不仅需要我们重新审视历史文化的真实状态，而且引起我们对于现存的、流行的文化理念与知识系统的怀疑、反思和检视。十分凑巧的是，在写这篇文章的时候，正好读到摩罗在《随笔》2007 年第 1 期上的文章《主流的力量有多大》，其中正好谈到贵州苗族的生活和文化状态：

> 十几年前，挪威有关部门跟中国有关部门合作，在贵州梭嘎的长角苗寨建立了一个生态博物馆，试图对苗族的生活方式和文化形态进行保护和研究。梭嘎生态博物馆建立起来之后，当地苗族人借助这个窗口与外部世界的交流越来越多。为了改变自身的贫困，他们急于与外边的主流文化认同，对自己民族的文化有点漠不关心，他们的男性青年纷纷到外边打工，脱下自己的民族服装，穿上汉服，做最艰苦的工作（大多是挖煤）。他们不说自己是苗族人，只希望取得跟汉族一样的待遇。他们的下一代最大的理想就是通过读书考学，脱离苗寨，过上城里人的富裕生活。对于酒令歌，几乎没有人再感兴趣了。他们的女孩子也热衷于上学，至少要上到小学毕业或者初中。她们再也不想学习刺绣，也不再喜欢穿自己民族的服装，即使在自己的吊脚楼里吃饭休闲，她们也爱穿着汉族服装……

在继续列举了其他种种类似的文化现象之后，作者感叹道：

> 男孩不爱酒令歌，女孩不爱刺绣，男孩女孩都不爱自己的民族服装，他们的民族文化将如何保护和传承？

为此作者不仅为弱势的民族文化传承感到担忧，而且也为中国传统文化的命运感到焦虑，因为面对西方强势文化的冲击，中国文化人的知识结构正在而且已经发生着变更，很多元素和特色已经或者正在消失。

而这一切都会使我们再次回望在几千年前就发生的同样的文化过程。也许在文化认同和创新方面，原本就不存在古今、新旧和中西之分，而对于文化丰富性的认同和传承最终取决于人类自身的心灵和知识状态，并直接受制于人类价值观的拓展。

所以，玉猪改称“玉猪龙”是必然的；猪图腾不与龙联姻也难，否则连这个生相也有被剔除的可能。活到猪年，恰又属猪，做猪难，做一只特立独行的猪真是不容易。□ 2007・2

中国美学与当代文化产业

□刘悦笛

众所周知，美学作为来自欧洲的哲学分支学科，在东亚诸国的出场必然经历“西学东渐”的过程，这便形成了一个历史过程，即从美学“在中国”到“中国的”美学。

追本溯源，对于中国而言，美学是19世纪末20世纪初西学东渐的产物，又是中西文化会冲与融合的成果。它最初是依据西方的学科分化和学术规范构建而成，而又必然具有本土的特质。然而，这种中西互动却造成这样的悖论：中国审美主义虽以康德意义上的“审美非功利”为基本理论预设，但又都强调审美之“无用之用”的实用性功能。这种功能具体表现在，美学在中国总是与（外在的）“理想社会”和（内在的）“理想生命境界”相互关联起来。①

这便形成了一种独特的中国美学的主潮，也就是所谓的“中国审美主义”思潮。从“审美形而上学”的角度来看，这种美学的主流是一种“泛感性论”的生命哲学，它具有三重意蕴：其一，将“生命”与“审美”贯通；其二，赋予艺术以“宗教式”的救赎功能（以蔡元培的“美育代宗教”说为代表）；其三，以“泛审美”的目光观照世界。归根结底，“生命的艺术化”是中国审美主义的核心，它要借审美之途来安顿此岸的生存，现代中国美学家朱光潜的“人生的艺术化”与宗白华的“艺术的人生观”，就是其典型化的形上境界。

一、从“启蒙功能”到“市场功能”：中国美学的角色转换

在20世纪的20、30年代与80、90年代，中国的审美主义获得了空前的发展，并成为社会变革和思想启蒙的急先锋。特别是在80年代，出现了全社会皆学美学的“美学热”，这是一场以抽象理性形式所表达的“感性解放”，当代思想家和美学家李泽厚的“实践美学”和具有人类学意味的哲学思想在其中占据了主导。这便

---

① 刘悦笛：《美学的传人与本土创建的历史》，《文艺研究》2006年第2期；刘悦笛：《生活美学：现代性批判与重构审美精神》，合肥：安徽教育出版社2005年版。

是美学在中国的“前导性”问题，它犹如幽灵在汉语思想界内游荡和隐现。实质上，“审美人生”与“理想社会”犹如一张纸的两面，前者往往为后者提供着内在依托和主体根基，后者则是前者的外在实现和客观显现。而华夏古典文化重个体生命的安顿和体贴，则为“生命艺术化”的思想奠定了传统基源。由此来看，从20世纪初国学大师王国维的“人生解脱美学”与梁启超“社会关怀美学”的二元并置，直到世纪末关注生命的美学思潮与审美文化研究的共时性的出现，都是在从内、外不同的角度论述着相同的主题。

然而，中国美学所承担的“启蒙功能”，却在20世纪90年代市场经济建立之后得到了转切。这是由于市场经济使得中国社会发生了深刻的变化。在计划经济时代，社会秩序的获得主要依赖于政治活动的强力整合作用，经济活动对此贡献很少。于是，政治活动便不可避免地在社会生活中占据了中心地位，并使得经济与文化活动服从于自身，从而使得三大活动领域以政治为中心统合为一个整体，即诸“领域合一”。而在市场经济条件下，市场这只“看不见的手”的作用使经济活动本身就直接构成了一种保证社会秩序的整合力量。由此导出的结果是，各个领域间将不再存在一种直接的从属关系，而是相互拉开了距离，相对地分离了。此可称为“领域分离”。从“领域合一”到“领域分离”，这是从非市场经济转变为市场经济时“社会结构”所发生的最为根本性的转型，它深刻地影响着文化运作方式、文化结构及文化内容的转变。①

历史地看，20世纪中叶后的中国，随着社会结构的逐渐分离，中国文化的总体发展格局也经历了三大阶段。就历史发展的顺序来看，最先是意识形态的一度空间，时间是20世纪80年代之前；随着社会转型的开始，精英文化开始游离出来，形成意识形态与精英文化的“文化二元分立”局面，这是80年代的基本情况；最后则是随着市场经济的全面兴起而来的“大众文化”漫卷之势，并由之而构成与“意识形态”“精英文化”并存的另一极。至此，“文化三分天下”的格局便已露出端倪，从90年代开始这种局面基本形成。可见，中国文化的格局变化是一个由“整体统合”到“逐渐裂变”的历史过程，我们称之为“复调文化时代”的来临。②

在当代中国历史的变迁当中，中国美学自觉地介入到社会转型和文化分化的进程当中。在“文化二元分立”阶段，美学自觉起到了“思想启蒙”的功能。这意味着，美学在精英文化摆脱意识形态的束缚并与之形成二元格局的历史进程当中，起到了一种推波助澜的作用，或者说充当了一种“分离者”的角色。这充分表现在

① 王南湜、刘悦笛：《复调文化时代的来临——市场社会下中国社会文化的趋向》，石家庄：河北人民出版社2003年版。

② 王南湜、刘悦笛：《复调文化时代的来临——市场社会下中国社会文化的趋向》，石家庄：河北人民出版社2003年版。

20世纪80年代“美学热”的凸显、“主体性”思想的彰显和“文化热”的浪潮当中。

然而，到了“文化三分天下”的阶段，美学便自然被赋予了“市场的角色”。在中国，美学研究者们对“大众文化”和“审美文化”的理论研究的提倡，恰恰是同大众文化的繁荣共步发展的。当大众文化真正繁荣之后，知识分子又发现了文化背后的经济要素，于是“文化产业”的理论与实践便成为当代的社会热点。可以说，在中国，“大众文化”的兴起成了“文化产业”的前奏，从事文化产业研究的学者也大都具有美学的学术背景。当然，这里必须区分出两种意义的美学，一种是狭义上的“作为学科”的美学，另一种则是广义的美学，介入现实和文化的美学，大众文化和文化产业研究更多属于后者。无论怎样，文化的经济化、商业化和市场化，已在当代中国成为既定的事实，尽管知识分子对此所持的立场各异。

二、当代焦点：“日常生活审美化”及文化产业位置

“日常生活审美化”（the aestheticization of everyday life），是当代欧美文化研究中的热点专题，这一观念主要来源于社会学界，以当代英国社会学家迈克·费德斯通（Mike Featherstone）的思想为代表，常常被视为“后现代文化”中“文化边界崩溃”的特定内容。① 在中国，这种观念已经被大量地用于描述当代中国文化的某种现状，并成为人们关注的焦点问题。当然，与欧美主流社会进入后现代阶段不同，中国社会仍处于前现代、现代与后现代多元共生和并置的格局里面。

简单说来，所谓“日常生活审美化”②，就是直接将“审美的态度”引进现实生活，大众的日常生活被越来越多的“艺术的品质”所充满，亦即法国社会学家皮埃尔·布尔迪厄（Pierre Bourdieu）所谓的“把审美特性授予原本平庸甚至‘粗俗’的客观事物”，或者“将‘纯粹的’审美原则应用于日常生活中的日常事物”③。

当审美消费可以在任何时空中实现，任何东西都可能成为审美消费物的时候，就是日常生活审美化的极端状态。从时装、首饰的“身体包装”到工业设计、工艺品和装饰品的“外在成品”，从室内装潢、城市建筑、都市规划的“空间结构”到包装、陈列和编辑图像的“视觉表象”，都体现出一种对日常生活的审美关怀。同时，不仅普通大众的日常生活及其周遭环境都得到了根本改观，而且，就连人自身，只能属于每个自己的“身体”，也难逃大众化审美设计的捕捉。在当代社会里

---

① CHRIS BARKER. Cultural studies: theory and practice. London: Sage Publications, 2000: p. 155.

② MIKE FEATHERSTONE. Consumer culture and postmodernism. London: Sage Publications, 1991: pp. 65–72.

③ PIERRE BOURDIEU. Distinction: a social critique of the judgement of taste. London: Routledge & Kegan Paul, 1984. 其实，当代审美泛化包括两个互动的方面，一方面是日常生活审美化，另一方面则是审美日常生活化，后者更多与当代前卫艺术的发展趋势相关。参见刘悦笛：《艺术终结之后：艺术绵延的美学之思》，南京：南京出版社2006年版。

面，从美发、美容、美甲再到美体，皆为直接面对身体的审美改造。这样，“消费文化中对身体的维护保养和外表的重视提出了两个基本范畴：内在的身体与外在的身体”①。当设计的对象转向主体的时候，就不只包括对人的外观的物性设计，而且还包括对“灵魂、心智的时尚设计”。这便是沃尔夫冈·韦尔施（Wolfgang Welsch）所描述的人们不只在美容院和健身房“追求身体的审美完善”，而且在冥思课程当中“追求灵魂的审美精神化”。② 这两方面都指向了一种所谓的“美学人”（homo aestheticus）的存在。

在这种大众的日常生活的表面审美化当中，随着文化与经济的相互接合，“文化工业”（culture industry）在其中产生了重要的推动作用。③ 阿多诺（T. W. Adorno）在其晚年所写的《文化工业再思考》（1975）一文中，就认为“大众并不是衡量文化工业的尺度，而是文化工业的意识形态”④。实际上，“文化工业”一反康德“无目的的合目的性”的命题，从而成为“市场所宣告的有目的的无目的性”。⑤ 换言之，“文化工业”以其商业的实用目的，用市场的交换价值取代了文化的使用价值，从而收买了无目的性的领域。如此看来，“文化工业”就将——文化的无目的性与市场的目的性——两种原本相反的形式合而为一。一方面文化工业是以纯然消遣形式出现的个体接受，另一方面却又是以实用消费形式出现的市场经营，二者在“文化工业”那里得到了有机的结合。这种经济动力要素的注入，显然会进一步推动“大众对自身与周遭生活越来越趋于美化的装扮”。于是，文化工业就利用其“有目的的无目的性”驱逐了康德美学的“无目的的合目的性”。

然而，“日常生活审美化”起码还可以作出这样的区分，一种是“表层的审美化”，这是大众身体与日常物性生活的“表面美化”。但还有一种“深度的审美化”，这种审美化应该是深入到了人的内心生活世界，因为，外在的文化变迁总是在慢慢地塑造和改变着大众的意识、精神、思想乃至本能，“深度的审美化”由此不可避免地要出现了。

在大众文化层面上，这种“深度的审美化”更与“拟像”（simulacrum）文化的兴起息息相关，大众也在通过视觉接受这种文化对自身的“塑造”乃至“改造”。让·鲍德里亚（Jean Baudrillard）曾创建了一套“拟像三序列”（the three orders of simulacra）理论，其主旨就在于要从历史序列的角度，为这类“后现代文

① 迈克·费德斯通（Mike Featherstone）：《消费文化中的身体》，见汪民安、陈永国编：《后身体文化、权力和生命政治学》，长春：吉林人民出版社 2003 年版，第 324 页。

② WOLFGANG WELSCH. Undoing aesthetics. London：Sage Publications，1997.

③ 李怀亮、刘悦笛主编：《文化巨无霸：当代美国文化产业研究》，广州：广东人民出版社 2005 年版，第 16 – 49 页。

④ T W ADORNO. Culture industry reconsidered. New German critique，1975（6）：pp. 12 – 19.

⑤ 霍克海默、阿多尔诺著，洪佩郁、蔺月峰译：《启蒙辩证法》，重庆：重庆出版社 1990 年版，第 148 – 149 页。

化”设定一个坐标系。他认为，拟像的三个序列与价值规律的突变相匹配，自文艺复兴时代以来依次递进：①仿造（counterfeit）是从文艺复兴到工业革命的“古典”时期的主导模式；②生产（production）是工业时代的主导模式；③仿真（simulation）是被代码所主宰的目前时代的主导模式。[①] 第一序列的拟像遵循“自然价值规律”；第二阶段的拟像遵循“市场价值规律”；第三阶段的拟像遵循的则是“结构价值规律”。在鲍德里亚的眼里，第三阶段的“拟像象”，主要用以描述后现代社会出现的一种“图像转向”（the pictorial turn）或“视觉文化转向”（the turn of visual culture）。

“日常生活审美化”最突出的呈现，就是仿真式“拟像”在当代文化内部的爆炸。当代影视、摄影、广告的图像泛滥所形成的文化事实，提供给大众的视觉形象是无限复制的影像产物，从而对大众的日常生活形成包围。这些复制品由于与原有的模仿对象发生了疏离，所以就成了一种失去了摹本的“拟像”。它虽然最初能“反映基本现实”，但进而又会“掩饰和歪曲基本现实”，最终“掩盖基本现实的缺场”，不再与任何真实发生关联。[②] 这种诉诸视觉化的文化由“眼”而入直接塑造着人“心”。于是，“拟像”创造出一种“第二自然”，大众沉溺其中看到的不是现实本身，而只是脱离现实的“拟像”文化。如此一来，“拟像”世界与观众之间的距离被销蚀了。“虚拟真实”与“实存真实”区分的抹平，带来的正是一种“超现实”（hyper-reality）的镜像。[③]

质言之，后现代审美文化最核心的特质在于：“拟像”与真实之间的界限得以“内爆”，一切都笼罩在“审美的灵光圈”之下，后现代的文化现实从而成为“超现实”的，不仅真实本身在“超现实”中得以陷落，而且，真实与想象之间的矛盾亦被消解了。在这里，文化“创意产业”（creative industry）与“内容产业”（content industry）便承担起了其应有的角色。这是由于，作为“文化工业”的当代发展形态，文化“创意产业”成了一种“以知识和创意为本的新经济”（knowledge and idea based new economy），这种“知识经济”或“创意经济”已经成为当代“知识经济”（knowledge economy）的核心和动力。这同时也意味着，文化产业已经实现了由传统的“文化工业”向当下的“创意产业”转向，这亦是中国文化产业发展的现状。

三、市场与政府：当代中国文化产业的内在张力

在20世纪后半叶，当代中国文化市场的真正出现，应该是“文化大革命”结

① JEAN BAUDRILLARD. Symbolic exchange and death. London：Sage Publications，1993：p. 50.

② JEAN BAUDRILLARD. Simulacra and simulation. Ann Arber：University of Michigan Press，1994.

③ JEAN BAUDRILLARD. Symbolic exchange and death. London：Sage Publications，1993：pp. 70 –76.

束后的1979年。随后经营性文化活动场所的竞相开业（主要是营业性舞厅等），打造出中国文化产业的历史起点，尽管直到1987年营业性文化场所才被官方认可。当然，此时的文化经营活动主要属于国有的文化事业部门。1985年，国务院转发国家统计局《关于建立第三产业统计的报告》，把“文化艺术”作为“第三产业”的一个组成部分列入国民生产统计的项目中，从而事实上确认了文化可能具有的“产业”性质。

在官方的文件里面，文化产业获得合法地位，经历了渐变的过程。1988年，“文化市场”的字眼出现在官方文件里面。1991年，国务院文件正式提出了“文化经济”的概念。1992年，“完善文化经济政策”的战略被正式提出，“文化卫生事业”被当作加快第三产业发展的重点，“文化产业”的官方说法也出现在这一年。2001年明确提出计划发展文化产业。2002年中国的《政府工作报告》中也提出：为了“进一步解决经济发展的结构性矛盾和体制性障碍”，应该“大力发展旅游业和文化产业”。同年，“文化事业”与“文化产业”被界分开来，“完善文化产业政策，支持文化产业发展，增强我国文化产业的整体实力和竞争力”的问题被凸显出来。可见，随着市场经济在中国的建立，文化产业越来越受到政府的提倡，这与韩国政府的文化产业国家战略是类似的。但在中国，对文化产业的提倡还是与“文化体制改革”纠缠在一起的，从而进一步推动经济体制和政治体制方面的改革。

与之颉颃，在市场方面，文化产业的发展在大城市当中尤为迅猛。以北京为例，其文化产业1998年增加值占全市GDP的比重是4.4%，其所创造的增加值已达87.9亿元，如果再加上旅游业所创造的增加值，总值将达到281.2亿元，占全市GDP的14%，已显现成为支柱产业的势头。据中国国家统计局的统计，到了2003年，从总量上看，2003年中国文化及相关产业所创造的增加值为3 577亿元，占GDP（11.69万亿元）的3.1%；2003年中国文化及相关产业有从业人员1 274万人，占全部从业人员（7.44亿人）的1.7%。到2004年，北京市文化产业实现增加值290亿元，占GDP的6.8%；上海445.7亿元，占6%；浙江669.7亿元，占6%；广东1 123亿元，占7%。20世纪90年代中期之后，随着发展文化产业成为政府部门大力提倡的事业，各种辅助性政策不断出台，中国的文化产业市场得以迅猛发展，这种市场与政府共同推动文化产业发展的局面而今愈演愈烈。但无可置疑，无论是文化体制改革还是文化产业发展，它们共同努力的方向都是——文化的经济化与经济的文化化。

21世纪以来，当下中国文化产业的发展出现了三个新的动向：

首先，从结构上看，出现了“行业的分散化”之发展趋势。传统意义上的文化产业新闻、出版、广电和文化艺术，在以往仍构成中国文化产业的“核心层”，而今新兴的文化产业部门所形成的“外围层”却出现了位居主流的趋势。以2004年为例，传统文化产业的从业人员有223万人，实现增加值884亿元；另外，新兴文化产业以网络文化、休闲娱乐、文化旅游、广告及会展等为主构成“外围层”有从业人员422万人，实现增加值835亿元。① 如此看来，不仅新兴文化产业的从业人员已超出传统行业近1倍，创造的价值已接近传统产业，中国新兴文化产业的规模行将超过传统文化产业，其在整个文化产业的带动作用已经日益显现。可以看到，当代中国文化产业已经形成了完善的结构，包括艺术表演业、大众娱乐业、视听业、大众传播业、图书出版业、电影业、网络服务业（IT）、电子娱乐游戏业、体育业、文化培训业、艺术品拍卖收藏业和会展业的各个部门和门类。

其次，从地域上看，出现了“地区的集聚化”之发展趋势。在千禧年之前，中国各个地区的文化产业发展基本呈现出“各自为战”的局面，但各级地方政府都已纷纷制订出文化产业的发展规划，皆以“文化产业产值”作为当地经济发展的支柱产业。随着各地文化产业的发展，“地区性规划”的重要价值被凸显出来，北京、上海、深圳、成都等城市开始建立一批具有开拓意义的“创意产业基地”，这是一种以“政府行为”为主导的文化创意产业的“集聚化”发展，从而形成了“东西南北中”的共同发展格局。以上海为例，其所设立的创意产业集聚区正在向第二代发展，也就是从以创意产业为核心的服务业，转向了以“主题性创意产业链”为核心的现代服务业。

再次，从技术上看，随着“三网合一”未来国际走势，有了“跳跃式发展”的趋势。所谓电话网、计算机网、有线电视网的“三网合一”，目前来看其建设成本正在逐步降低，以更低的价格实现网络稳定和高速运行在未来将是可能的。在这种背景下，网络信息技术与文化结合营造出巨大的创造空间，中国文化产业当中的“数字内容产业”得以异军突起。这种文化产业发展的急先锋，注重信息数字技术，将文化与数字结合起来，具有“起点高”的特点。从未来走势来看，必然会实现数字技术、网络、电视等技术的相互融合。现代科技的发展，网络社会的建立，使得中国文化产业有望抓住“数字化”的历史性机遇，搭上“数字融合”的快车，实现跳跃式的发展从而“渐入佳境”。

总而言之，当代中国文化产业正在出现以创意产业为龙头的发展大势，它更加依赖于文化自身的“创新意识”，文化产业的创作、开发、再加工、营销和配给的产业链已经形成，当代中国文化产业不仅已成为中国国民生产总值的重要构成部分，而且在力求加入“全球化”的进程当中。这表现在，一方面，在中国，文化生产、传播和消费的方式越来越取决于全球市场和技术革新；另一方面，作为贸易平衡的构件，中国文化产业也在力图成为可以提供大量就业、出口税收和外汇的朝阳产业。在这个意义上，韩国的文化产业可谓先行了一步，在中国所设的韩国文化产业振兴院正是为同样的目的而设置的。

---

① 张晓明、胡惠林、章建刚主编：《2005年：中国文化产业发展报告》，北京：社会科学文献出版社2005年版。

四、第三条道路：当代中国文化创意产业模式

实际上，整个中国文化产业的“发展模式”还需要深入的反思和总结。我们已经看到，文化与市场的张力结构始终左右着中国文化产业的发展。关键还是在于“谁来搭台”与“谁来唱戏”之间的关系，在以往的情况下，“搭台”的更多的是政府，而“唱戏”的无疑是本应担当文化产业真正主角的文化企业。然而，未来适合中国发展的道路究竟在何方呢？

当代中国文化产业要“走自己的路”，要打造出一种文化产业的新模式，这就需要借鉴当代国际文化产业大国的有益经验。我们看到，已经出现了两种文化产业的成熟模式，一种是“英国模式”，另一种则是“美国模式”；前者是“自上而下”的，后者则是“自下而上”的。

20世纪90年代，英国政府开始意识到国家文化战略的重要性。1990年，英国政府要求大英艺术委员会协同英国电影协会及各地区行业委员会共同起草英国文化发展战略。经过两年的调研、研讨和论证，在1992年形成“国家文化艺术发展战略”讨论稿。1993年以“创造性的未来”为题正式公布，这构成了英国文化产业的政府主管的核心理念部分。其实，英国政府早已形成了被称为“一臂间隔”（arm's length）的文化管理经典模式。1964年，当“鼓励音乐和艺术委员会”（CEMA）演变为著名的大英艺术委员会时，它就被认为是“世界上第一个政治家直接支持的分配政府资金的艺术机构”，这是“全球第一个体现了一臂间隔原则的中介组织”。

今天的英国，已经形成了政府（包括中央政府和地方政府及其所属文化行政管理部门）、非政府公共部门（与各级政府对应的、作为准自治非政府部门的公共组织）、各种行业性的文化联合组织（包括电影协会、旅游委员会、广播标准委员会等38个机构）的三层文化管理体制。“一臂间隔”正是在这三层结构中得以实现的：在中央政府与地方政府及其所属文化行政管理部门之间形成的是纵向的“垂直分权”，而在政府与非政府公共部门、各种行业性的文化联合组织之间形成的则是横向的“水平分权”，即在政府与各级艺术和文化机构之间达成必要的协定，通过政府与非政府组织之间的互动来管理文化资金和文化项目的运作。①

与之颉颃，美国政府虽然没有直接管理文化的政府部门，但对文化产业给予了鼎力的扶持，否则美国文化产业也不会具有如此庞大的规模并引导了整个世界文化市场。然而，这种支持并非（来自政府）“自上而下”实现的，而是“自下而上”来完成的，政府只是提供了宽松的外部环境和严格的法律保障。在这种自由和安全

---

① 刘悦笛：《国外文化政策选编：英国·编者按》，《文化政策调研》2004年总第18期。

氛围的促进下，美国对文化产业采取的是多方投资和多种经营的方式，鼓励非文化部门和外来资金的投入。从全球范围来看，“虽然各种（包括国家和亚国家）政府是文化政策形成的基本场所，但私人提倡也可能非常重要，在一些国家（例如美国）可能是最为重要的。此外，独立的组织，即非政府组织、艺术家协会等，在政策形成过程中也可能具有影响力。近年来许多国家中经济活动向私人方面的转移，表明在文化政策的形成过程中，需要在政府、公司和社区外加入新成员，因为过去纯粹以国家为基础来制定文化政策的方法，已被更广泛的跨地区和多层次的方法所代替”①。其实，美国政府仍没有忽略对文化的政策性支持，他们用于资助文化事业的经费亦有严格的审批程序，先由政府核定，再由议会审查批准。如果政府和议会就某一文化议题产生争议，那么，法院将出面对冲突予以裁决。显然，“三权分立”原则在文化领域亦贯彻到底了。②

实际上，在所谓的“英国模式”与“美国模式”之间，当代中国文化产业模式在未来可以走出“第三条道路”。

一方面，中国政府可以适度地借鉴英国“一臂间隔”模式的有益要素，使政府真正实现从“直接办文化”向“主要管文化”的转变；另一方面，还是要将企业作为文化产业发展的真正主体，在进行“文化投融资体制改革”的同时，争取民间资本在文化产业各个部门内更大的投入和融会。当中国文化产业更多地走出国门之后，在强调中国本土文化产业之“民族性”的同时，还可以借鉴“韩国文化产业振兴院”的模式，在其他接受中国文化产业影响的国家之内设立“中国文化产业振兴院”，在国际的范围内增加当代中国文化创意产业的竞争力。

无论怎样，随着全球化时代的来临，当代中国文化产业可谓“高端起步”，业已成为当代中国文化和经济的新的生长点，在不远的将来必然迎来其发展的崭新时代。□ 2007・3

① 联合国教科文组织编，关世杰等译：《世界文化报告：文化、创新与市场（1998）》，北京：北京大学出版社2000年版，第120页。

② 李怀亮、刘悦笛主编：《文化巨无霸：当代美国文化产业研究》，广州：广东人民出版社2005年版。

消费语境下的中国时尚杂志

□易文翔

回溯时尚杂志的起源，美国的 *HAPPER'S BAZAAR* 诞生于 1867 年，欧洲的 *L'OFFICIEL* 于 1921 年在巴黎面世，这些最初以时装潮流为主，逐渐发展成包括时装、美容、休闲等多方面的引领生活时尚的杂志，掀起了 20 世纪全球的时尚热潮。相比而言，中国的时尚杂志起步较晚，1980 年 2 月在中国内地出现了最早的一份关于时尚潮流信息的期刊读物——《时装》。20 世纪 80 年代，随着欧美的品牌时尚杂志开发全球市场，世界上版本最多的时尚杂志 *ELLE* 于 1987 年在香港创办最早的中文版 *ELLE*，次年在中国内地创办《ELLE 世界时装之苑》，具有现代意义的时尚杂志在中国时尚大舞台正式登场。随后，各类时尚杂志如雨后春笋，铺天盖地地发展起来，时至今日，时尚杂志已经成为引领时尚潮流、传递流行信息的重要载体。

一、 时尚杂志的兴起

自改革开放以来，中国的 GDP 年增长率平均达到 9.5%，这三十多年是新中国成立后经济增长最快的时期，同时也是中国人日常生活方式和消费观念发生巨变的时期，尤其是 20 世纪 80 年代末大众文化浪潮和消费主义文化兴起，推动了中国居民消费观念与消费行为在追随消费社会而出现明显的消费主义倾向。时尚杂志随之应运而生。

法国社会学家让·鲍德里亚 1970 年在《消费社会》中对“消费主义”作了如下阐释：消费主义是一种生活方式，消费是在不断追求中被制造出来、被刺激起来的欲望的满足。所以，人们所消费的，不是商品和服务的使用价值，更多的是它们的“符号象征意义”。中国社会最早对这种“符号”青睐的是新生的中间层，即我们常说的“小资”“白领”等。根据人类社会学对人与社会关系的定位，任何新生阶层的产生，其内部成员都存在身份认同问题，需要阶层内部的认同和阶层外部的区隔。中国的“小资”“白领”，其成员散布于社会上各种职业群体之中，彼此间存在很大差异，在趣味、消费、生活观念等方面尚未形成某种稳定的共识，故其身份具有复杂难辨的模糊性。美国社会学家赖特·米尔斯在1951年所著的《白领——美国的中产阶级》一书中具体分析了白领这种“身份恐慌”的遭遇。新生的白领阶层从一开始就面对自我身份确认的问题。为消除其“迷茫”与“恐慌”，时尚不失为一条便利路径。在时尚的消费中，消费品不仅仅作为一个具有使用价值而存在的商品，而且作为代表着一定社会意义的符号而存在。这也就是说，时尚消费已经逾越传统的消费概念，它不在于满足实际的需要，更主要的在于向人们炫耀自己的财力、地位和身份。消费者通过这种行动来感受某种社会优越感，激起旁人的羡慕和嫉妒。报纸、杂志本身就是一种消费品，读者阅读时尚报刊的过程，也是获得“群体成员感”的过程。它给读者一种进入某个时尚领地门票的感觉，摆脱了对落伍的恐惧，从而得到了某个时尚圈子的接纳。时尚传媒正是利用这种不同阶层的自我身份追问，以传媒为纽带，使白领建构起一个属于自己的世界。对时尚传媒的接受、消费成为白领自我认同与身份识别的依据。

时尚杂志的目标读者几乎都是国内的“小资”“白领”，即那些有教育背景和工作经验的人士。从人口数量上讲，他们和大众相比并不占优势，但有日益增长的趋势，他们以自己独有的特点吸引着社会的关注。他们的日常生活有独特的品位、情绪、格调，并且强调休闲，而且部分人的生活观念中甚至包含着某种仪式感，形成社会追逐的风潮。时尚杂志从诞生伊始就直言不讳地标示、突出自己的身份和品位。杂志为白领丽人、成功人士营造叙述空间，强调受众者高档商品购买者的身份——高收入、高消费阶层，同时也以此来展示其自身的精品意识和档次。杂志与受众之间的相互确认成就了时尚杂志在大众心目中的“身份”塑造，也实现了新生中间层以高额的物质消费来抬高精神层面上品格的诉求。

随着消费主义的兴起，大众媒介所传播的消费形象越来越多，教育、娱乐、服务业得到长足发展。现代大都市的人们，他们的休闲时间大部分消磨在电视、电影、杂志、报纸等大众传媒上，他们从传媒中获得的资讯远超过直接从人际交往中所得到的，伴随而来的是其心灵越来越孤独，他们“把同龄人视为个人导向的来源，这些同龄人无论是自己直接认识的或通过朋友和大众传媒间接认识的”①。时尚杂志紧扣这一心理特征，如其封面人物无外乎当红影视明星、大众偶像、精英成功人士等，用这些“符号”引导着受众。杂志扮演了一个“泛他人化”的角色，影响着受众的生活方式、思考方式乃至价值观念。

传媒虽然不能决定人们怎样想，却能决定人们想什么。② 时尚已经成为大众传媒的一个非常重要的板块。媒介对时尚的重视，导致受众认为时尚是非常重要的议题。同时，由于受众倾向于关注和思考媒介所关注的问题，并根据媒介为各种问题

---

① 大卫·理斯曼等著，王昆、朱虹译：《孤独的人群》，南京：南京大学出版社2002年版，第20页。

② 沃纳·赛佛林、小詹姆斯·坦卡德著，郭镇之等译：《传播理论：起源、方法与应用》，北京：华夏出版社2000年版，第263页。

所确定的重要程度以及先后顺序来分配自己的注意力，因此媒介有效地将大众引向了对“时尚”的高度关注。

二、 时尚杂志在中国

据传媒业界调查，买报纸的80%是男性，而买杂志的76%是女性。世界上最早的时尚杂志 *HAPPER'S BAZAAR* 是女性时尚杂志，欧洲的第一本时尚杂志 *L'OFFICIEL* 也是女性时尚杂志。在当今琳琅满目的杂志市场上，针对女性创办的杂志仍然占据着大部分市场。在现代化社会“高收入”“高消费”“高学历”的“中间阶层”中，有相当一部分是女性。她们在某种程度上对美丽外观、高层次生活质量更崇尚，在寻求对个性化需要满足的同时也要求在文化层面上得到表达和认可，以显示其崭新的身份和非凡的生活趣味。这便是女性时尚杂志崛起的重要契机。

中国的时尚杂志也是从女性时尚杂志起步的。1988 年的《ELLE 世界时装之苑》，1993 年创立的《时尚》，1995 年推出的《瑞丽》，都是针对女性读者的时尚杂志，三者构成中国时尚杂志三足鼎立的局面，掀起了中国时尚杂志的热潮。

这三种杂志最初都是以综合性时尚资讯占领市场先机，内容大多为从国外引进的代表时尚潮流的服饰、美容等信息。20 世纪 90 年代中后期，时尚杂志市场逐渐成熟，受众结构和需求出现多元化，大而全的综合性时尚杂志已经不能满足规模化“小众”的需求，杂志为了实现差异化开始细分市场，找准各自的读者目标，精确定位。

这种市场细分以读者的层次（包括年龄、消费能力等）为划分依据。例如《瑞丽》系列杂志以都市女性群体为对象，办刊的口号是“伴随女人成长的各个阶段”，《瑞丽可爱先锋》的读者对象是 18 岁至 25 岁的女性，除了经典的服饰美容方面的内容外，还有针对少女的心理、青春期情感、校园生活等内容，风格青春俏丽；《瑞丽伊人风尚》针对的是 25 岁至 35 岁的女性，突出面向成熟女性的健康、情感、职场等内容，倡导“优雅自信”，注重内在气质。后来又在产品线上对读者进行细分，新增的《瑞丽服饰美容》定位于城市中的年轻女性，关注女性从头到脚的美；《瑞丽可爱先锋》改名为《瑞丽时尚先锋》，目标瞄准都市感更强、时尚嗅觉更灵敏的女性。可以说，清晰的读者定位是这份杂志建构自身品牌的重要基础之一。

随着时代的发展，社会文化多元化与价值取向的多样化促使时尚杂志编辑视野拓展，20 世纪 90 年代后期男性奢侈品牌开始进入中国市场，“消费男色”成为中国时尚杂志的新领地。男性时尚杂志迅速兴起，《时尚先生 Esquire》《时尚健康男士》《大都市 · 男士版》《男人志》《TOM 新视线》《创意》《时尚财富》《名牌》《男人装》等，这些男性时尚杂志专指以男性为诉求对象的时尚生活杂志，而非财经、汽车、房产、通信等以男性比较感兴趣的话题划分的行业杂志。正如《新周刊》对《男人装》的评价："一本充满视觉快感的男性审美教科书，潮流男士的最佳伴侣。"这些男性时尚杂志所主要面对的核心读者群跟女性杂志一样，在年龄侧重点上各有不同，如《时尚先生 Esquire》《名牌》的读者相对来说是比较成熟的成功男士；而《时尚健康男士》《男人志》等更侧重于年轻读者。男性白领群体的时尚杂志一经问世就在短时间内获得不俗的反响，至今仍有较大的发展空间。

从服饰美容延伸到家居、生活、健康、旅游等内容，是时尚杂志又一次深刻的市场变革。在品牌时尚杂志中，细分化较完善的有《时尚》杂志系列。1993 年 8 月创刊的，由国家旅游局主管、中国旅游报社主办的《时尚》现在已经拥有十几种刊物。按时尚内容的延伸细分，家居内容类的有《时尚家居》《瑞丽家居设计》《家居廊》；健康内容类的有《时尚健康》男女版、《健康之友》；旅游内容类的有《时尚旅游》；汽车内容类的有《座驾》《名车志》等。

现在的时尚杂志已经形成从年龄、性别，再到时尚的延伸内容等等较为系统的细分，这一趋势今后会不断地进化和发展，时尚杂志的经营也将会有更多角度、层次的区分。

三、 时尚杂志的未来

21 世纪是数字的时代，杂志同其他纸媒一样面临着数字时代的挑战。当今人们的阅读，文字已经以多种方式电子化了：电子邮件、网站、博客、手机短信等等。早在 20 世纪 90 年代，有人预见了电子纸将会改变人们的阅读方式，它将带来传统媒体与现代媒体的革命性结合。技术的发展不会就此止步不前，日趋成熟、完全商品化的电子传媒冲击着出版产业的深层结构，继电子邮件取代书信，纸质正慢慢淡出载体舞台，当图书下载、信息更新、页面转换……这些成为一个普通人即可在掌上瞬间完成的事情的时候，纸制品便再也无法抵挡新载体的潮涌。

相对于传统出版物的产品和服务而言，对期刊出版业形成替代威胁的主要是与高新技术、信息技术相关形成的多媒介、多媒体出版物和网络服务，最典型的是电子杂志。不受刊号限制，无须纸张和印刷费用，低廉的运营成本造就了网络杂志的"机动灵活"，尤其是随着社会信息化水平的不断提高，eBook 等网络时代读书、读刊，已经被愈来愈多的大众选择和喜爱。传统纸介质期刊必然会有存亡的危机感。

这些由数字技术带来的媒介革命，一定程度上冲击了纸媒市场，当然包括时尚杂志市场，近几年时尚杂志市场的缩水便是明证。但是，杂志并不会在短期内消亡，如同报纸、图书在经历了数字革命"洗礼"后仍然存在。而且，时尚杂志作为一种品位的显示、展现，纸质的时尚杂志尚不能完全被电子杂志、手机杂志等数字形式取代。数字技术的革新，对于时尚杂志的发展，与其说是危机，不如视为一种新的空间拓展可能。

与技术层面相比，杂志本身所存在的问题更为迫在眉睫。经过二十年的发展，时尚杂志市场已经形成，也出现过繁荣时期。然而，人们同时也发现，在琳琅满目的“时尚盛宴”中，越来越难从中觅到真知灼见和独特品位，让人感觉“千纸一面”。

媒介多多少少都有着“同质化”的趋势，受众范围越小越容易在内容的策划编排上出现同质同构。与报纸、广播、电视相比，杂志是一种“小众”媒体，时尚类杂志更是如此，而且中国时尚杂志最初是在对 *ELLE*、*VOGUE* 这些老牌国外时尚杂志的模仿中诞生的，“同出一宗”，“基因”类似不可避免。虽然一些杂志力图寻求独特性，对市场做细致分析，但时尚界的“跟风”现象较为严重。这与“时尚”与众不同的本质相悖。目标受众、内容定位趋同，表现形式大同小异，类似的广告、发行渠道等，只会造成人力、物力资源的浪费，导致恶性竞争。如何走出这种困境，是时尚杂志生存之路的当务之急。

发展到今日，全球的时尚杂志传媒面临着重新整合的形势。中国的时尚杂志除了继续与国外品牌杂志合作之外，还必须依靠特色化和本土化来博取读者的青睐，打造本土的国际化传媒品牌。品牌是一本刊物能健康、稳定、可持续发展的核心要素，这是国际期刊发展积累的最重要的经验。上升为品牌的媒介，依靠品牌效应的发挥，不断开发产业价值链，真正实现社会效益和经济效益的双丰收。这样的媒介才能在经历了市场开拓及市场洗牌之后，仍然屹立不倒。⧉ 2012 · 4

货币法制视角下的中国古代社会

□张雪峰

“钱财如粪土，仁义值千金”，“君子不言利”，历史上国人向来羞于谈“钱”。据《孟子》记载：孟子见梁惠王，王曰：“叟，不远千里而来，亦将有以利吾国乎?”孟子对曰：“王，何必曰利，亦有仁义而已矣。”搞得梁惠王相当尴尬，只好“顾左右而言他”。孔子在《论语》里更直接表述为“君子喻于义，小人喻于利”。儒家思想是中国两千多年的正统，这种轻利重义、德本财末的理念自然影响到我国古代社会的价值取向，造成对经济史的研究和总结相对薄弱，与政治、思想、文学、技术史等方面的研究相比，是一片学术洼地。

于是，二十四史的舞台上仿佛只是充斥着帝王将相、才子佳人、草莽流寇乃至宦官优伶，但对于他们背后汹涌的暗流——货币（钱）却很少关注。而钱却始终左右着百姓的吃穿住行，左右着王朝的治乱兴衰，甚至是历史发展的背后推手。再者，中国古代经济发达，在世界经济史中地位重要，特别是汉唐宋明长期处于世界经济的中心，GDP 总量占世界 GDP 的一半以上，远超欧洲各国的总和，是当之无愧的世界第一大经济体。如此庞大的经济规模和地位，中国古代经济应有独特的发展规律，应有自己的古典经济学家和经济学理论，他们不应只散落在正史的食货志或货殖列传中。

长期以来，学界对货币史的研究都很薄弱，从法制角度进行的探讨更是鲜有，直到 2012 年 5 月，华南理工大学货币法制史研究中心正式揭牌，博士生导师石俊志教授出任主任，从法制角度研究古代货币才算有了专门的学术机构。该中心的成立标志着中国货币法制史这一新的研究领域在国内外学术界占据了一席之地，也为我们透视中国古代社会提供了新的视角和方法。

一、 十部专著， 拓荒中国货币法制史

货币法制史横跨历史学、经济学、社会学、法学等专业，是一门交叉学科，涉及金融理论、历史考证、古代法条，有一定的难度。石俊志计划以十部专著完成对

中国钱币形态从法制角度进行纵向的历史分析和横向的经济解读。目前已出版《中国货币法制史概论》《半两钱制度研究》《五铢钱制度研究》《中国货币法制史话》四部，另有“开元通宝”“年号钱”“制钱”“纸币”“金银货币”五部各在收集资料、撰写初稿、酝酿出版之中。对于第十部著作，石俊志有两种设想，或写一部有关“铁钱”的著作，铁钱主要流行于五代十国和宋朝时期的四川地区，目前学界对它的研究还不充分；或写一部《中国货币法制史料集注》，中国货币法制史料浩如烟海且纷纭庞杂，要做只能选取某个朝代的某一时期，以编年体例进行集注，为后来者提供操作范本。

写史要有大手笔，一般说来可分为三种境界：第一种是“浅入深出”，自已懵懵懂懂，讲得更是云遮雾罩，于是满纸都是生搬硬套的概念、术语，时不时还得来几张花里胡哨的图表，这类书可直接忽略；第二种是“深入深出”，自已殚精竭虑、颇有心得，但讲得艰深晦涩，难觅知音，只好束之高阁；第三种是“深入浅出”，虽然也旁征博引，但经过自己的融会贯通，讲得明白晓畅、例证翔实，让人欲罢不能，真正可以帮你“鉴往知来，返本开新”，而石俊志的史学著作，就是我一直期待的第三种书吧。这些著作中虽然涉及金融理论、历史考证、古代法条，并且援引了许多文献典籍中的文字，但并不艰涩难懂。读他的书，没有同类著作中常有的生硬的学科拼凑痕迹，也没有现代经济理论简单机械的套用说明，诙谐机智的语言，渗透着平民气息的朴实文风，将书斋中原来高雅严肃的学识，以民众喜闻乐见的形式表现出来，足见其深厚的学术功底和娴熟的文字驾驭能力。

二、 铜钱是古代法定货币的主要形态， 也是各王朝实现货币政策的主要载体

在中国古代社会，铜钱流通时间很长，从秦至清，贯穿中国两千多年的封建社会。秦统一中国后，在全国范围内推行圆形方孔的半两钱，结束了我国古代货币形状各异、重量悬殊的杂乱状态。秦汉以来所铸的钱币，通常在钱文中明确标明钱的重量，如“半两”“五铢”“四铢”（24 铢为 1 两）等等。621 年，唐高祖李渊改革币制，铸造“开元通宝”，此后铜钱不再用钱文标重量，都以通宝、元宝相称，一直沿用到辛亥革命后的“民国通宝”。

圆形方孔铜钱，可以贯穿携带，便于计数，对盛装器物磨损较轻。在铸造中，方孔钱易固定，便于加工操作；使用时，方孔阻碍旋磨，起到保护钱币的作用。除了客观实用的因素之外，圆形方孔铜钱与中国人“外儒内法”的统治思想和“外圆内方”的处世哲学相吻合，这种铸币工艺甚至影响了日本、朝鲜、越南、泰国、印度尼西亚等国，被它们借鉴使用。

铜钱的流通贯穿中国古代皇帝专制历史的始终。因此，中国古代的货币政策，大多是在铜钱流通的条件下实施的。现在，国内很多金融学者认为，只有在纸币流

通的条件下，政府才可能通过调节货币供应量来实施货币政策，中国古代各王朝如何通过调节铜钱供应量来实施货币政策呢？

从中国古代各王朝货币管理的实践案例来看，朝廷用以调节货币供应量所适用的货币类别，并不在于它是纸币还是金属货币，而在于它是否为信用货币。只有在使用信用货币的情况下，朝廷才能够通过扩大或减少货币信用发行，从而调整货币供应量，来实现其货币政策目标。

中国古代的黄金和白银是称量货币，或者说是非信用货币，各王朝不能根据主观愿望来调整黄金或白银的货币供应量，也就不能够通过调整黄金或白银的货币供应量来实现其货币政策目标。实施货币政策需用信用货币。中国古代的纸币和铜钱都是信用货币，各王朝通过扩大或缩小纸币或铜钱的发行数量来调节货币供应量，从而实现其货币政策目标。

中国古代各王朝实施货币政策的主要措施有：放民铸钱、钱币回笼、打击盗铸、打击毁钱、限制外流、铜钱减重、铸行虚币大钱等等。放民铸钱即允许百姓自由铸造或销毁铜钱，可以形成货币供应量市场自动调节的机制。朝廷抛售白银、绢布等实物，可以达到钱币回笼、稳定物价的效果。打击盗铸、打击毁钱、限制铜钱外流等，皆是保护货币流通总量稳定的措施。铜钱减重和铸行虚币大钱，既可以扩大铜钱货币供应量，又可以实现掠夺百姓财富，扩大朝廷铸币税收入的目的。

铜钱减重的措施，即朝廷铸行新钱的重量低于流通中旧钱的重量，但法定价值却与旧钱相等，这就可以用同等数量的铜材，铸造更多数量的铜钱，从而扩大铜钱的货币供应量。铜钱减重达到无可再减的程度时，就需要铸行虚币大钱，以一换多地收兑流通中的小钱，铜钱减重的进程就在虚币大钱的载体上继续下去。铸行减重铜钱与铸行虚币大钱两种措施交替使用，就可以使铜钱的减重，以及铜钱名义供应量的增长，成为持续不断的进程。

三、 我国古代纸币曾流通四百余年， 规模和时间不亚于现代

中国古代货币的主要形态是铜钱，铜钱的流通贯穿于中国古代皇帝专制历史的始终。但是，中国古代也曾有过类似现代的纸币流通，其流通规模之巨大和流通时间之长久并不亚于现代。

中国古代官方发行的纸币主要有五种类型：北宋的交子、南宋的会子、金国的交钞、元朝的中统宝钞和明朝的大明通行宝钞。

中国古代最早出现的官方发行纸币是北宋的交子。交子本由四川民间百姓发行，用来代替铁钱流通。百姓发行交子难以持久，发行者不久财衰，交子不能兑现，就发生了诉讼。1023 年，北宋王朝将民间经营的纸币交子收归官营，并设置了专营纸币发行和管理的机构——交子务，以朝廷财力支持交子的流通和价值的稳

定，就形成了官方发行的纸币。

交子官营初始，北宋王朝便制定了有关发行和管理的法律制度：一是发行限额制度，规定交子发行总量为12.563 4亿文；二是发行准备制度，规定将3.6亿文铜钱作为发行准备；三是界兑年限制度，规定交子流通两年便许向官府以旧换新，两年至三年为兑换期，三年届满作废。在如此完善的制度下，北宋交子的价值十分稳定，有效地支持了北宋商品经济的发展和繁荣。北宋末期，宋徽宗为了攻打西夏而大量增发交子，总量达到200多亿文，使交子的流通数量远远地超过了法定的限额，结果引发了严重的通货膨胀。于是，宋徽宗改交子为钱引，以增加百姓对纸币的信心。但是，没有等到纸币的价值稳定下来，北宋王朝就在金国的军事打击下灭亡了。

北宋灭亡之后南宋兴起，南宋王朝将民间经营的纸币会子收归官营，也建立了类似北宋时期的发行和管理机构以及相关的法律制度。南宋王朝统治地区的纸币主要有两种，东南地区流通的会子和四川地区流通的钱引，两者流通总规模平时保持在数百亿文，考虑到购买力因素，人均持币量超过20世纪中期我国改革开放之前的水平。

此时，攻占了北方中原地区的金国已经开始发行交钞。金国发行交钞，没有实行发行限额制度，且采用钱钞兼行，钞制混乱。到了金国晚期，朝廷发行交钞数量过大，出现了严重的通货膨胀，导致金国的经济崩溃。宋朝大臣吴潜在总结金国灭亡的原因时说："金人之毙，虽由于鞑，亦以楮轻物贵……其末也，百缗之楮，止可以易一面，而国毙矣。"他的意思是说，金国灭亡的直接原因是蒙古的攻打，但其中也有纸币贬值的原因。金国末期，十万文纸币只能买一碗汤面，在这种经济崩溃的情况下，金国就灭亡了。

中统元年（1260年），忽必烈在北平即位大汗，当年发行中统宝钞，同时禁止黄金、白银和铜钱作为货币流通。于是，中统宝钞成为忽必烈统治地区唯一合法流通的货币，元朝从此确立了单一纸币流通制度，纸币的流通更加繁盛。

明王朝发行大明通行宝钞，但没有实行纸币发行限额制度，纸币发行过多，发生严重的通货膨胀，结果百姓不再使用纸币。正统元年（1436年），明英宗废黜了禁止白银作为货币流通的法律，白银跃为主要流通货币，大明通行宝钞便逐渐退出流通领域，中国古代纸币流通制度从此宣告结束。中国古代纸币流通制度延续了413年。我国现代纸币流通制度始于晚清末年，至今仅百余年，远不如宋、金、元、明时期纸币流通时间长久。

四、黄金西流，白银东流，推动金价上涨和白银货币化

中国古代的黄金和白银是称量货币，或者说是非信用货币，各王朝不能根据主

观愿望来调整黄金或白银的货币供应量，也就不能够通过调整黄金或白银的货币供应量来实现其货币政策目标。此外，黄金和白银作为法定货币在中国古代流通的时间相对较短，秦汉时期，黄金是法定货币；明清时期，白银是法定货币。

黄金体积小价值大，色泽艳丽，不锈不烂，分割也不太困难，是适宜作货币的理想金属。春秋战国时期，大宗交易支付，国与国交往，朝贡、馈赠、赏赐、贿赂大都使用黄金，贵族商贾买卖珍贵的奢侈品，也多以黄金论价。

秦统一全国后，规定黄金为上币，以镒为单位。西汉承袭秦制，黄金仍为法定货币，单位改为斤，秦汉是中国货币史上使用黄金货币最盛的时代。这一时期，黄金的一个重要用途就是皇帝将它赏赐给文臣武将，因此，皇帝赏赐黄金的情况是考察当时黄金总量变化的一个角度。据《汉书》记载，西汉（公元前206—公元25年）皇帝赐黄金100余次，总量达90余万斤，合今天270余吨。《后汉书》记载东汉（25—189年）皇帝赏赐黄金9次，约2.2万斤，合今5.5吨左右，仅为西汉的2%。至晋隋期间，黄金愈加贵重，汉代称黄金一斤为“一金”，到了晋代，称“一金”却往往指的是一两了。由此看来，从汉朝开始，中国古代黄金数量大大减少了。

西汉以后黄金到底去哪儿了呢？近代学者对黄金失踪的原因众说不一，其中主要有：黄金散入民间、黄金进入窖藏、黄金用于器物等。石俊志通过大量史料考证，认为中国古代黄金失踪最主要的原因，应该是流到了国外。汉武帝派遣张骞出使西域以后，西域商路逐渐畅通繁荣，中国的对外贸易迅速增长，是黄金外流最主要的原因。西汉至五代初期，中国与西方各国的黄金白银比价差异较大。从地理上看，西方黄金价格高，东方白银价格高，而且这种价格差异是循序渐进的。以南北朝时期为例，中国和印度的黄金白银比价为1单位黄金兑换5~6单位白银；阿拉伯则为1单位黄金兑换6.25单位白银；罗马和拜占庭是1单位黄金兑换14.4单位白银。

中、西方各国之间黄金白银比价的差异很快被商人发现，他们通过西行带金、东行带银的方式来减少成本、扩大利润。这种逐利行为，大约持续了1 000年，直至中、西方国家黄金白银比价渐趋一致。为了佐证这种观点，石俊志通过西方学术界的朋友收集了大量史料，1999年诺贝尔经济学奖获得者、欧元之父——罗伯特·蒙代尔就是其中之一。

黄金西流，白银东流，使中国黄金货币日益稀缺，价格不断上涨，完成了非货币化的进程。另外，白银货币趋势逐渐明显，宋代以后，白银就逐步成为我国古代主要的流通货币。

1436年，明代中期的明英宗废黜了禁止白银作为货币流通的法律，白银跃为主要流通货币。从此以后，至1933年废两改元，中国古代白银作为核心的法定货币流通，延续了将近500年。在此期间，尽管出现了各种各样的白银货币形态，银铤、元宝、碎银、外国银圆以及中国民间铸造的银圆，其流通价值皆与其重量密切相关。因此，明清两朝的白银货币制度可以被称为银两货币制度，白银货币仍属于称量货币，是依靠其本身金属价值流通的货币。

五、研究中国货币法制史，还原历史本来的面目，揭示社会变迁背后的普遍规律

梁启超有一句名言：“二十四史是二十四家帝王将相的家谱，是一部帝王将相改朝换代的历史。”历史学家写史也是为了“代圣人立言、佐治国理政”，在这些宏大叙事的正史中，注重文治武功、礼乐教化，描写的大都是重要历史人物的活动场景，可以说是一部社会精英史，对历史的评价，也大都站在社会精英的角度。如果从货币法制视角去评价历史，对历史的感受会有很大差别。

楚汉战争期间，刘邦为了筹措军饷自行铸钱，钱文袭用秦半两旧名，但实际重量仅三铢左右。汉武帝穷兵黩武，国库空虚，为缓解财政压力，发行轻钱来转嫁经济危机。三国两晋南北朝时期，国家分裂，各地政权对立，铸行虚币大钱成为各政权掠夺民间财富用来支持战争的有效手段，而率先开铸虚币大钱先河者，便是素有爱民如子之称的刘备。汉献帝建安十九年（214 年），刘备攻打益州的刘璋，包围了成都。为鼓舞士气，刘备与将士们约定：如攻下成都，刘璋的资财悉数归众将士所有，自己分文不取。结果士气大振，成都被攻破，刘备也履行了承诺。但是，因刘备没拿刘璋的财富充盈军费，后续部队给养十分困难。刘备接受左将军西曹掾刘巴的建议，铸造直百钱，以十几铢青铜代表五百铢青铜，数月之间，刘备的库府里就堆满了物资。

古今学者大都赞扬唐太宗李世民的“贞观之治”，但需要注意的是，贞观年间设置有“捉钱令史制度”。每个衙门设置 9 位“捉钱令史”，朝廷要求他们经商（以朝廷的身份从事不平等的商业交换活动），每人每年给 5 万钱作为本钱，并规定每年上缴朝廷利息 4.8 万钱，以这种方式作为官员俸禄的来源。如果他们经营得好，朝廷还可以给这些人官员的实职。但这些人基本上都是些逐利小人，依仗朝廷大肆盘剥百姓。后经褚遂良向李世民纳谏，“捉钱令史制度”一度废除，但由于朝廷没有更多的经费用于发放官员俸禄，这一制度再度恢复。对于这一历史现象，社会精英和普通百姓的解读恐怕会有很大差别。

“天下熙熙，皆为利来；天下攘攘，皆为利往。”社会生活不是抽象的，是由实实在在的细节构成的，古代社会也不例外，衣食住行、婚丧嫁娶、休闲娱乐都要以具体的形式和内容表现出来，而这些细节都与经济发展息息相关，并通过货币渗透到社会生活的方方面面。通过对中国货币法制史的研究，我们可以了解历代王朝巧取豪夺、聚敛财富的本质。由于历代明令禁止百姓铸钱和毁钱，又规定不得对官方铸造的轻重、大小不同的铜钱进行选择，于是，朝廷就通过铜钱减重或铸造虚币大

钱，雁过拔毛地从民间敛财。通货膨胀时，一石米可卖到一万枚铜钱；通货紧缩时，百姓要卖儿卖女换取铜钱缴纳税赋。就在这一收一放之间，社会财富被轻而易举地转移到了统治阶层手中。

统治阶层的贪婪还可从度量衡的变化中表现出来。从长期历史过程看，中国古代的度量衡是缓慢变化的，其规律是长度和容量单位值逐步上升，而重量单位值持续下降。为什么会出现这种现象呢？石俊志认为，主要是因为货币处于和商品对立的地位，商品主要是由民间生产的，朝廷需要的商品从民间征收。货币却是朝廷铸造的，民间需要的货币需要向朝廷换取。朝廷需要商品不断地增加，但是又需要铜钱不断地减重。因此，主要用来衡量谷帛的容量和尺度都呈现着增长的趋势，唯独主要用来衡量金属货币的重量却呈现出下降的趋势。

“以史为鉴，可以知兴替。”中国古代各王朝采用的货币政策手段极为丰富，成功的经验和失败的教训很多，大多可以作为我国当前制定或实施货币政策的参考。中国古代各王朝货币政策稳定，则国运昌盛；货币政策紊乱，则民生凋零。中国古代各王朝衰败前夕，无不发生严重的货币危机；而货币危机的爆发，并不一定以朝廷的灭亡为结局。这说明，在中国古代社会，货币危机是可以治理的。我们的祖先，通过对货币危机的治理，也积累了许多宝贵的经验。充分借鉴中国古代各王朝货币法规和货币政策的经验，可以避免中国古代历次由于货币法规和货币政策制定失败而造成的经济危机和社会动荡的灾难重演。◻ 2014 · 2

跋：纪念与告别

□ 徐南铁

从《粤海风》105 期的1 000 余万字里面选文章编书，陷入割爱之难。所有的文章都是自己一篇篇看过、挑选过，经手发表出来的，字里行间有作者与编者的相互认同，至少有基本的一致。不少文章的背后还有一些直白或深藏的故事，比如文章的来历、当时的背景、与作者的渊源、发表之后或赞同或批评的反响。那些给作者及编者带来的种种影响或后果，形成了一个个后续或延伸的链接，耐人寻味，发人深思。

我总觉得，挑选文章出集子是杂志文化立场和文化追求的集中反映，是编者趟过时间之河以后与作者的再度相遇和共鸣，也是杂志对读者的再一次推荐和提醒。敢于并且能够选出这么多篇文章来出集子，算得上是一种文化自信的展示。以此回望，也就不枉我们在编刊过程中的种种不容易了。那些曾经的字斟句酌、投鼠忌器，那些一再的掂量轻重和揣摸时宜，还有发稿时难免的痛苦抉择、印出来之后常有的惴惴不安，决不是"为他人做嫁衣裳"就能够一言以蔽之的。作为时代的报告，作为岁月的告慰，作为存在的依据，也作为《粤海风》的告一段落，这四本书在这浮泛不安的社会里自有清音，成为我主编《粤海风》百余期杂志留存的一个缩影，一个交代，也成为人生的纪念和职场的告别。

这里选的文章取材不同，角度有别，长短不一，风格各异，但它们所蕴含的人文精神却是一致的。作者仰望历史的天空，放眼脚下的大地，心怀由挚爱而生出的种种感念，包括难言的愤懑与深深的忧伤。他们的文章是《粤海风》办刊理念的呈现，携带着《粤海风》办刊风格的印记。也正是这些文章，铺垫和延伸着《粤海风》办刊理想的道路。百期《粤海风》的存在，或许本身就是一个偶然。而偶然不是常态，最终还是要向必然回归。林林总总的往事走不出我们这种刊物的宿命空间，《粤海风》只不过是当代清明上河图中一个极微小的局部。但正是因为这些作者和这些文章，风过留痕，《粤海风》在人们心目中留下了思想文化探索道路上的跋涉脚印。

在惋惜许多未被入选文章的同时，我还不由想到一些没能够在《粤海风》亮相的文章。它们有的甚至是在杂志已经印好之后而不得不撤下来的，杂志因而重印。曾有一篇来稿认为，中国20世纪的第一次启蒙是失败的。一位有关同志追问：关于此事上面是怎么说的？他要求编辑部查找中央文件对照。这样的故事，我只能把它当作历史的悲喜剧来看。

曾经，一位做教授的朋友告诉我，他在某全文期刊网上看到近期的《粤海风》，但是他在该期发表的一篇关于鲁迅的文章却找不到，竟然被从中剔除了。他对“全文”网的“不全文”感慨万端，却也万般无奈。此事给我的感觉是，自己就好像足球比赛的中场队员，对方球员带球晃过了我，却有后卫队员立即补位，进行拦截。回头望望，深感我们的防线很强大。而且难以避免的是，这四本书中的一些文章也是“不全文”。

很感欣慰的是，我为这四本书延请四位文化大家作序，无不欣然命笔。最先找的是邵燕祥先生，是他建议我多找几个人来写。只是四篇序中的两篇已被杂志登载时，书稿还在几家出版社辗转，前程未卜。

《粤海风》出满100期的2014年，我主编了这套《粤海风文丛》凡七本，有三本已在2014年春夏问世，包括我为各期杂志写的卷首语结集《迎面有声》。2015年春天，我离开了《粤海风》社长兼主编的位子。不断有人问：杂志是否延续你的风格？我说这不是我关心的事情。我只是付出了18年心血，编辑出版了105期杂志而已。我现在创办了微信公众号《记忆》和《粤海述评》，每天推送原创文章，宛如当年编杂志，却享受着新媒体的乐趣。

从我接手改版、主编《粤海风》，到这四本书的最终出版，时间正好20年。衷心感谢暨南大学出版社的李战女士，这位少年时即熏陶于北大的才女让我欣慰感知：出版界还是有人坚持文化担当、拥有事业激情的。

在这里我还要记下这些名字：潘英伟、易文翔、刘平辉、王威廉、傅修海、陈桥生、谢长林、萧宿荣、唐宁……他们伴随杂志历程留下的或深或浅的不同印迹，也留在了我的心里。

注：书中每篇文章末尾的数字，是该文发表的年份和期数。